밤은 부드러워

Tender is the Night

밤은 부드러워

Tender is the Night

F. 스콧 피츠제럴드 지음
김문유. 김하영 옮김

내 마음은 벌써 너와 함께 나는구나!
밤은 부드러워……
그러나 이곳에는 불빛 한 점 없고
오직 푸르른 어스름과 이끼 낀 오솔길로
바람과 더불어 부는 하늘의 빛이 있을 뿐

—존 키이츠의 〈나이팅게일에게 부치는 노래〉 중에서—

1부

1

프랑스 마르세유와 이탈리아 국경 중간쯤에 위치한 경치 좋은 리비에라 만(灣)에 장밋빛 호텔이 위풍당당하게 서 있었다. 인사라도 하듯 허리를 굽힌 종려나무들이 아침 햇살에 붉게 물든 호텔 전면을 식혀주며 서 있고, 호텔 앞쪽으로는 그리 길지 않은 해변이 눈부시게 펼쳐져 있었다. 최근 들어 이곳은 상류사회 명사들의 여름 휴양지로 자리를 잡아가고 있었다. 그러나 십여 년 전만 해도 4월이 되어 영국인 단골 고객들이 북쪽으로 떠나고 나면, 이곳은 사람들의 발길이 뚝 끊어지다시피 했다. 지금은 호텔 근처에 방갈로가 다닥다닥 들어서 있지만 이 이야기가 시작될 무렵에는 고스의 에트랑제 호텔과 칸 사이에 있는 소나무 숲을 따라 지어진, 오래된 별장 열댓 채만이 늪에 피어난 수련처럼 소나무 숲 사이에서 지붕부터 삭아가고 있었다.

호텔과 황갈색 모래 해변은 따로 구분이 가지 않았다. 이른 아침이면 멀리 보이는 칸 시가지와, 분홍색과 미색이 어우러진 오래된 성채, 이탈리아 국경지대에 솟은 자줏빛 알프스 산이 너무 맑아 속이 훤히 들여다보이는 얕은 바다로 내려와 해초가 일으키는 잔물결에 흔들리며 누워 있었다. 채 8시가 되지 않은 이른 시간임에도 파란색 가운을 입은 남자는 아직 냉기도 가시지 않은 물에 뛰어들려고 했다. 한참 준비운동을 열심히 하던 그는 해변으로 내려와 심호흡을 요란하게 하며 바다로 뛰어들었다. 남자가 해변에서 사라진 뒤, 한동안 해변과 만(灣)은 침묵 속에 잠겨들었다.

한 시간가량 지난 후, 침묵에 잠긴 바다와 해변을 깨우며 수평선 서쪽으로 상선이 꾸역꾸역 모여들었고 호텔 안뜰은 잔심부름을 하는 사내아이들이 내지르는 소리로 시끄러웠다. 그러는 사이 솔잎에 맺힌 아침 이슬이 서서히 말라갔다. 다시 한 시간쯤 지나자 모르 강의 하류를 따라 구불구불하게 난 길에서 자동차 경적이 울리기 시작했다. 이 강을 경계로 하여 해변지역은 진정한 의미의 프로방스(Provencal)와 나뉘었다.

해변에서 2킬로 남짓 떨어진, 소나무가 뽀얗게 먼지를 뒤집어쓴 포플러에게 자리를 내준 곳에 외딴 기차역이 있었다. 1925년 6월 어느 아침, 이 역에서 내린 한 여인과 그 딸이 마차를 타고 고스호텔로 향했다. 여인의 아름다운 얼굴은 흐르는 세월을 이기지 못하여 시들어가고 있었지만 표정은 고요하면서도 빈틈이 없는 기분 좋은 인상을 주었다. 그러나 여인을 바라보던 사람들의 눈은 금세 옆에 앉은 딸에게로 옮겨갔다. 딸의 뺨에는 저녁나절 찬물에 목욕을 끝내고 나와 오들오들 떠는 어린아이의 몸처럼 발그레한 홍조로 물들어 있었다. 예쁜 이마는 부드러운 경사를 이루며 살짝 도드라졌고, 이마와 머리의 경계에서부터 애교머리와 은빛이 도는 다갈색과 금발의 곱슬머리가 이마 위로 내려와 있었다. 밝고 맑게 빛나는 커다란 눈은 물기에 젖어 촉촉했고, 뺨의 홍조는 젊고 세찬 심장의 고동이 살갗 바로 밑에까지 올라온 것처럼 참으로 붉었다. 그 모습에서는 유년 시절에 좀 더 머물까, 아니면 그만 벗어날까 하는 망설임이 묻어났다. 머지않아 열여덟 살이 되는 딸은 거의 다 자라 있었지만 아침이슬을 머금은 꽃봉오리 같은 싱그러운 느낌을 그대로 간직하고 있었다.

저 아래로 바다와 하늘이 만나 이룬 가늘고 뜨거운 수평선이 모습을 드러내자 여인이 입을 열었다.

"왠지 너나 나나 이곳이 마음에 들 것 같지 않구나."

"아무래도 저는 집으로 가야 할 것 같아요."

딸이 맞장구를 쳤다.

두 사람 다 말은 쾌활하게 했지만 특별히 가고 싶은 곳이 따로 있는 것도 아니었고 바로 그 때문에 따분했다. 어디로 가든 이 모녀에게는 마찬가지였다. 두 사람은 뭔가 짜릿한 것을 원했다. 지칠 대로 지친 신경에 자극을 줄 필요가 있어서가 아니라 상을 받아 마음껏 놀 자격이 충분한 초등학생들이 방학이 되기를 손꼽아 기다리듯, 그렇게 열렬히 짜릿한 흥분을 맛보고 싶어했다.

"여기서 사나흘 지내고 집으로 가자꾸나. 나는 당장 배편을 알아봐야겠다."

호텔에 도착한 딸은 유창하기는 했지만 다른 생각에 빠진 사람처럼 다소 맥이 빠진 프랑스 말로 수속을 마쳤다.

엄마와 함께 호텔 1층에 여장을 푼 로즈마리 호이트는 빛이 환하게 비추어 들어오는 프랑스풍 창으로 걸어가 호텔을 빙 둘러 난 베란다로 몇 발짝 내디뎠다. 걸음을 옮길 때는 잘록한 허리에 힘을 주어 상체를 곧게 세우고는 발레리나처럼 사뿐사뿐 걸었다. 베란다로 나온 로즈마리는 따가운 볕이 머리 위로 곧바로 내려 쏘이자 얼른 뒤로 물러섰다. 햇빛은 너무 눈이 부셔 쳐다볼 수가 없었다. 오십 미터쯤 앞에서는 지중해가 사정없이 내리쬐는 태양 빛에 굴복해 순간순간 제 빛깔을 내어주고 있었고 난간 아래로는 빛바랜 뷰크 자동차 한 대가 차도 위에서 볕에 익어가고 있었다.

아무리 둘러봐도 활기가 느껴지는 곳은 해변뿐이었다. 해변에서는 나이 든 영국 여인 셋이 앉아 주문처럼 일정한 리듬이 실린 잡담을 나눠가며 빅토리아조(1837~1901: 옮긴이), 그것도 1840년대나 60년대, 80년대에 영국에서 유행한 단조롭기 짝이 없는 무늬를 넣어 스웨터와 양말을 뜨고 있었다. 바닷물 가까운 모래밭에서는 십여 명의 피서객들이 줄무늬 파라솔 아래서 자리를 지키고 앉아 있었다. 그동안 아이들은 바닷가 얕은 물 속에서 만만한 물고기 뒤를 쫓거나, 코코넛 기름을 발라 번들거리는 벗은 몸으로 햇볕 아래 누워 있었다.
로즈마리가 해변으로 들어서자 12~13세쯤 됐을까 싶은 사내아이가 신이 난 듯 소리를 내지르며 곁을 지나쳐 물 속으로 첨벙 뛰어들었다. 로즈마리는 처음 보는 얼굴들이 쏘는 듯 강렬한 눈길로 자신을 빤히 쳐다보는 것을 느끼며 가운을 벗고 사내아이 뒤를 따라 바다로 들어갔다. 얼굴을 물 속에 묻고 몇 미터나 헤엄쳐 왔는데도 일어서보니 바닷물이 발치밖에 닿지 않았다. 그러자 로즈마리는 바닷물의 저항에 맞서 다리를 힘겹게 끌며 앞으로 나아가다 물이 가슴까지 차올랐을 때 해변을 힐긋 뒤돌아보았다. 외알 안경을 끼고 착 달라붙는 수영복을 입은 대머리 남자가 그녀를 유심히 지켜보고 있었다. 털이 숭숭 난 가슴팍은 앞으로 튀어나와 있고 배꼽은 흉하게 쑥 들어가 있었다. 로즈마리가 바라보자 남자는 안경을 벗어 우스꽝스럽게 난 가슴 털 속에 숨겼다. 그리고는 손에 들린 병을 들어 술을 입 속에 부어넣었다.
로즈마리는 하늘을 보고 누워 고르지 못한 손놀림으로 부교(浮橋)를 향해 헤엄쳐 갔다. 바닷물은 로즈마리의 몸 위로 손을 뻗어 아래로 끌어내려 열기를 식혀주며 머리카락 사이사이로 스며든 다음 몸 구석구석으로 퍼져 나갔다. 로즈마리는 빙글빙글 돌다 바닷물을 껴안기도 하고 허우적거리기도 하며 앞으로 나아갔다. 이윽고 부교에 다다랐을 때는 숨이 몹시 차 있었다. 하지만 햇볕에 보기 좋게 타서 흰 치아가 더욱 하얗게 보이는 여인이 내려다보자 문득 하얗다 못해 창백한 제 몸을 의식하고 몸을 돌려 해변으로 나왔다. 술병을 들고 있던 털북숭이 남자가 모래밭으로 나오는 로즈마리에게 큰 소리로 말을 걸었다.
"부교 뒤로 상어가 출몰한답니다!"
남자는 어느 나라 사람인지 쉽게 분간이 되지는 않았지만 점잔을 빼듯 느릿느릿한 옥스퍼드 말투를 썼다.
"어제 쥬앙 만(灣)에 떠 있는 부교에서 영국 뱃사람 둘이 상어에게 잡혀 먹혔답니다."

"어머나!"
놀란 로즈마리가 소리쳤다.
"부교에서 버려지는 쓰레기를 먹어치우려고 오나 봅니다."
남자는 단지 위험을 경고하려고 말을 붙였다는 듯 안경을 꺼내 쓰고는 폼이 잔뜩 들어간 잔걸음으로 두어 발짝 물러나더니 다시 술을 한 모금 들이켰다.
남자와 이런 대화가 오가는 동안 사람들이 수군거리며 자신에게 관심을 보이는 것이 그다지 불쾌하지 않았던 로즈마리는 자리를 찾아 주위를 둘러보았다. 가족마다 파라솔 앞의 모래밭을 차지하고 있는 것이 분명했다. 서로 이리저리 부산하게들 오가며 이야기를 나누고 있었다. 이렇게 한가족 같은 분위기라면 그 속으로 끼어드는 것은 불청객 노릇밖에 안 될 터였다. 좀 더 위쪽, 조약돌과 말라버린 해초가 여기저기 흩어져 있는 바닷가 위에 살빛이 그녀만큼이나 하얀 사람들이 무리를 지어 앉아 있는 것이 보였다. 그들은 비치파라솔 대신 자그마한 양산을 펼치고 누워 있었다. 파라솔을 받치고 있는 사람들보다는 모래밭에 대한 텃세가 덜할 것이 분명했다. 결국 로즈마리는 피부가 가무잡잡하게 그을린 사람들과 그렇지 않은 사람들 중간쯤에 빈자리를 발견하고는 모래 위에 가운을 펴고 누웠다.
로즈마리는 그렇게 누워서 사람들 목소리에 처음으로 귀를 기울였다. 사람들 발이 제 몸을 비켜 가고 그들의 그림자가 지나가는 것이 느껴졌다. 낯선 사람이 나타나자 호기심이 발동한 개가 로즈마리의 목에 대고 후텁지근하고 신경질적인 입김을 뿜어대며 킁킁거렸다. 로즈마리는 쨍쨍 내리쬐는 볕에 살갗이 조금씩 타들어 가는 것을 느꼈다. 파도가 이제 지친 듯 자그마한 소리로 쏴쏴 거리며 잦아들었다. 얼마 안 있어 로즈마리는 한 사람 한 사람의 목소리를 구별할 수 있게 되었다. 가만히 들어보니 '저 에이브라는 작자'라고 깔보는 누군가가 지난밤 칸의 어느 카페에서 웨이터를 납치해 토막 내서 죽이려고 했다는 이야기를 하고 있었다. 그 이야기가 틀림없는 사실이라고 주장하고 나선 사람은 완벽한 이브닝드레스 차림새를 한 백발의 여자였다. 보석이 달린 장식 핀이 머리에 그대로 꽂혀 있고 시든 난초 한 송이가 어깨 위에 얹혀 있는 것을 보면 지난 저녁 파티에 갈 때 입은 옷을 그대로 입고 나온 것이 분명했다. 로즈마리는 백발의 여자와, 또 그 이야기에 솔깃해하는 사람들이 왠지 싫어져 얼굴을 돌렸다.

로즈마리와 가장 가까운 곳의 젊은 여자가 파라솔 아래 엎드려 있었다. 로즈마리와 서로 마주 보는 위치에 있는 여자는 모래밭에 펼쳐 놓은 책을 보며 무슨 목록 같은 것을 작성하고 있었다. 여자는 수영복 어깨 부분을 벗어 등에 걸치고 있었다. 크림색 진주 목걸이에 대비되어 더욱 건강해 보이는 갈색 등은 햇빛을 받아 눈부시게 빛났다. 매끄러운 얼굴은 사랑스럽고 정이 많아 보였다. 두 사람의 눈이 잠깐 마주치기는 했지만 여자는 로즈마리를 쳐다보지 않았다. 그녀의 뒤쪽으로는 승마 모자를 쓰고 빨간 줄무늬 수영복을 입은 잘생긴 남자가 보였다. 얼굴이 길고 사자 갈기 같은 금발에 파란 수영복을 입은 남자가 검은 수영복 차림의 젊은이에게 무슨 말인지 아주 심각하게 하고 있었다. 검은 수영복을 입은 남자는 틀림없이 라틴계로 보였다. 두 남자 모두 모래 위에 흩어진 작은 해초 부스러기를 줍고 있었다. 로즈마리의 생각에는 이들 대부분이 미국인 같았지만 최근에 알게 된 미국인들과는 어딘지 모르게 달라 보였다.

그들을 잠시 동안 지켜본 로즈마리는 승마 모자를 쓴 남자가 일행에게 짧은 무언극을 보여주고 있다는 사실을 알게 되었다. 남자는 갈퀴를 들고 진지하게 이리저리 움직이며 자갈을 걷어내고 있었다. 하지만 그러면서도 엄숙한 얼굴을 유지하며 이해하기가 힘든 익살을 펼치고 있었다. 사람들은 남자의 익살을 어렴풋하게나마 이해하고 기분이 좋아졌는지 비로소 남자가 뭐라고 말만 하면 폭소를 터뜨렸다. 로즈마리처럼 거리가 멀어 남자가 하는 말을 잘 들을 수 없는 사람들조차 그의 익살을 이해했다는 듯 관심이 있는 눈길을 보냈다. 하지만 해변에 있던 사람 중에 유일하게 한 사람만 끝내 미국인 일행이 벌이는 법석에 별다른 반응을 보이지 않았다. 바로 진주 목걸이를 한 젊은 여자였다. 아마도 차분한 성격 때문인지 재미에 쏙 빠진 사람들이 요란스레 박수를 쳐댈 때마다 여자가 보이는 반응이라고는 종이 위로 몸을 더 바싹 수그리는 것뿐이었다.

외알 안경을 쓰고 술병을 든 남자가 갑자기 로즈마리 쪽에 대고 말을 붙였다.

"수영을 아주 잘하던데요."

"아뇨, 아직 서툴러요."

"아주 명랑한 분이군요. 어쨌든 반갑습니다. 나는 루이스 캠피온이라고 합니다. 여기 있는 숙녀 한 분이 아가씨를 지난주 소렌토에서 보았기에 누군지 알고 있다며 무척 만나고 싶어하더군요."

밀려오는 짜증을 눌러 참으며 주위를 둘러보던 로즈마리의 눈에 햇빛에 타지 않은 사람들이 자신을 바라보고 있는 것이 보였다. 로즈마리는 마지못해 일어나 기다리는 사람들에게 다가갔다.

"이분은 에이브럼즈 부인이시고…… 이쪽은 맥키스코 부인…… 또 이쪽은 맥키스코 씨……. 그리고 이쪽은 로열 덤프리 씨……."

"우린 아가씨가 누군지 알고 있어요."

이브닝드레스를 입은 여자가 목소리를 높여 말했다.

"로즈마리 양이지요. 아가씨를 소렌토에서 알아보고 호텔 직원에게 확인했지요. 우리 모두는 로즈마리 양이 아주 훌륭한 배우라고 생각해요. 그래서 왜 미국으로 돌아가서 다른 멋진 영화를 찍지 않고 여기에 머무는지 궁금해 한답니다."

사람들은 어깨를 과장되게 으쓱해 보이며 로즈마리의 대답을 기다렸다. 로즈마리를 알아본 여자는 이름으로 봐서는 유대인 같았지만 유대인은 아니었고, 세상 돌아가는 일에는 둔감한 듯하면서도 사람들과는 어울리기 좋아하는 중년부인이었다.

"첫날부터 피부를 그렇게 태우면 좋지 않다고 얘기해주고 싶었어요."

이브닝드레스를 입은 여자가 쾌활하게 말을 이었다.

"로즈마리 양 같은 배우에게는 피부가 생명이잖아요. 하지만 이 해변에서는 형식을 몹시 따지는 것 같아요. 그래서 이런 말을 로즈마리 양이 어떻게 생각할지 몰라 망설였답니다."

2

"우리는 로즈마리 양도 물망에 올라 있는 줄 알았는데."

바이올렛 맥키스코는 예쁘장한 젊은 여자였지만 어딘가 모르게 상대가 진절머리를 낼 만큼 집요한 구석이 있었다.

"우린 누가 물망에 올라 있는지 몰라요. 남편에게 특별히 친절했던 한 사람이 주요 등장인물로 결정됐다는 것밖에는……. 사실상의 조연으로 말이지요."

"구상 중인 영화가 있다는 말씀이시지요?"

로즈마리는 무언가 집히는 데가 있어서 물어보았다.

"저런, 우리가 알 턱이 있겠어요. 우리야 그저 관객일 뿐이지 영화 구상에 직접 참여하는 사람들이 아니니까요."

에이브럼즈 부인이 뚱뚱한 여인 특유의 발작적인 웃음을 터뜨리며 대꾸했다.

아마(亞麻)빛 머리칼을 한 유약해 보이는 젊은 남자 로열이 나섰다.

"에이브럼즈 아주머니야말로 늘 영화를 구상 중이시지요."

그러자 루이스가 로열에게 외알 안경을 흔들어댔다.

"에이, 로열! 그런 터무니없는 말을 해서야 쓰나."

로즈마리는 아주 불편한 기색으로 일행을 쳐다보며 이럴 때 어머니가 해변으로 내려와 옆에 있어 준다면 얼마나 좋을지를 생각하고 있었다. 로즈마리는 이런 부류의 사람들을 좋아하지 않았다. 저쪽 반대편 모래밭 끝에서 호기심 어린 눈으로 자신을 바라보던 사람들과 비교해보면 더욱이나 마음에 안 들었다. 나서지 않으면서도 치밀한, 어머니의 타고난 사교술이라면 이런 반갑지 않은 상황을 단호하고도 민첩하게 정리했을 터였다. 로즈마리는 유명세를 타기 시작한 지 이제 겨우 여섯 달밖에 안 되었다. 그런 데다 사춘기 초기에 배운 프랑스식 예절과 서민적인 미국식 예절이 뒤섞여 있는 가운데, 미국식 예법이 좀 더 몸에 밴 상태였다. 따라서 이럴 때 자신이 어떻게 처신해야 할지 난감한 그녀였지만 이런 반갑지 않은 상황을 겨우겨우 참아내고 있었다.

바싹 마르고 주근깨가 낀, 불그스름한 얼굴의 삼십대 남자 맥키스코는 '영화 구상' 이니 어쩌니 하는 화제에는 조금도 흥미가 없어서 쭉 바다에 시선을 두고 있었다. 그는 아내를 한번 흘끗 쳐다본 다음 로즈마리에게 몸을 돌리더니 공격적인 어조로 물었다.

"여기에 온 지 오래됐습니까?"

"아뇨, 오늘 도착했어요."

"저런."

이제 대화 주제가 바뀐 것이 분명하다고 느낀 맥키스코는 다른 사람들을 쳐다보았다.

"여름내 여기서 머물 계획이에요? 그러면 영화 구상이 어떻게 구체화될지 지켜보게 될 거예요."

바이올렛은 남편의 의도도 알아차리지 못하고 물었다.

"바이올렛, 제발 그 얘기 좀 집어치워! 제발 다른 이야기 좀 해보란 말이야!"

드디어 맥키스코의 성질이 폭발했다.

바이올렛은 에이브럼즈 부인 쪽으로 몸을 기울이더니 남편에게 들릴 정도로 식식거렸다.

"남편은 신경과민이에요."

"신경이 과민해서 그런 것이 아냐. 상황이 그래서 그렇지 절대로 신경이 과민해서 그런 것이 아니야."

화가 난 맥키스코가 속을 부글부글 끓이는 것이 눈에 보였다. 노기로 인해 얼굴 근육이 실룩거렸고 그 때문에 그가 무슨 말을 해도 사람들은 귀담아 듣지 않게 되었다. 문득 자신이 처한 상황을 어렴풋이 깨달은 맥키스코는 벌떡 일어나 바다로 들어가 버렸다. 그러자 그 뒤를 바이올렛이 따라갔다. 기회는 이때다 싶은 로즈마리도 두 사람을 뒤따라갔다.

맥키스코는 숨을 깊게 들이쉬고 얕은 물 속으로 뛰어들었다. 그리고는 뻣뻣하니 서툰 팔놀림으로 지중해의 물살을 가르며 나아가기 시작했다. 크롤(크롤 스트로크의 준말로 몸 전체를 물 속에 잠그고 두 손으로 번갈아 물을 끌어당기며 나아가는 수영법: 옮긴이)을 시도해보려는 것 같았다. 숨이 찬 맥키스코는 몸을 일으켜 주위를 둘러보았다. 여전히 해변은 널었고 눈에 잡힐 정도밖에 다다르지 못했다는 사실에 아연한 얼굴이었다.

"아직 숨쉬는 법을 배우지 못했소. 다른 사람들은 어떻게 숨을 쉬는지 도무지 모르겠소."

맥키스코는 대답을 구하는 눈길로 로즈마리를 바라보았다.

"물 속에서 숨을 내쉬는 것 같은데 네 박자로 팔을 저은 다음 물 밖으로 머리를 내밀고 숨을 쉬셔야 해요."

로즈마리가 설명을 해주었다.

"내게는 숨쉬기가 가장 어려운 부분이오. 부교로 가보겠소?"

사자 갈기 머리를 한 남자가 활개를 펴고 부교 위에 누워 있었다. 부교는 출렁거리는 물결을 타고 앞뒤로 흔들리고 있었다. 바이올렛이 부교에 손을 뻗치려는 순간 노가 갑자기 그녀의 팔을 세게 내리쳤다. 그러자 부교에 누워 있던 남자가 벌떡 일어나 그녀를 끌어올렸다.

"다치신 줄 알고 놀랐습니다!"

활기가 없는 수줍은 목소리였다. 남자는 로즈마리가 이제까지 보아온 얼굴 중에 가장 슬픈 듯한 얼굴을 하고 있었다. 광대뼈는 인도 사람처럼 툭 튀어나왔고 윗입술은 길었으며 거무스름한 황금색 눈은 눈썹 밑으로 쏙 들어가 있었다. 그는 자신이 하는 말이 한 바퀴 빙 돌아 바이올렛의 귀에 가 닿기를 바란다는 듯이 얼굴을 옆으로 돌리고 말을 했다. 그리고는 이내 물 속으로 뛰어들었다. 남자의 껑충한 몸이 꼼짝도 하지 않고 물 속에 떠서 해변을 향했다.

로즈마리와 바이올렛은 남자가 하는 모습을 잠자코 지켜보았다. 기운이 다 빠졌는지 남자는 돌연 몸을 둥글게 말았다. 야윈 넓적다리가 물 위로 솟아오르더니 이내 온몸이 바다 속으로 감쪽같이 사라져버렸다. 남자가 사라진 자리에서는 거품이 한 방울도 올라오지 않았다.

"수영을 잘하는데요."

로즈마리가 감탄을 했다. 그러나 바이올렛의 대꾸는 의외로 거칠었다.

"글쎄요, 별 볼일 없는 음악가라고나 할까요."

바이올렛은 남편 쪽으로 몸을 틀었다. 그때 맥키스코는 두 번이나 실패한 끝에 가까스로 부교에 올라온 참이었다. 간신히 균형을 잡은 그는 폼을 좀 잡아보려고 애썼지만 그러다 한 번 더 균형을 잃고 비틀거렸다.

"에이브 노스가 수영은 잘하지만 시시껄렁한 음악가라는 말을 하고 있었어요."

"맞는 말이지."

맥키스코가 시큰둥한 얼굴로 아내의 말에 동의했다. 그는 아내의 세계를 창조해주고는 그 안에서 약간의 자유를 허락하는 것이 분명했다.

"안테일(미국 출신 작곡가이자 피아노 연주자로 일찍 유럽으로 건너가 관현악곡을 발표했으며 이 책이 출간된 뒤 미국 할리우드로 돌아와 오페라 및 영화 음악에 몰두하기도 했음: 옮긴이)같은 음악가가 내 취향이지요. 나는 안테일이 좋아요."

바이올렛이 로즈마리 쪽으로 의기양양하게 몸을 틀었다.

"조지 안테일과 제임스 조이스(아일랜드 출신의 소설가. 시인으로 20세기 문학에 커다란 변혁을 초래한 세계적인 작가. 주요저서에 《율리시스》와 《더블린 사람들》이 있음: 옮긴이), 할리우드에서 이런 사람들 이름을 들어볼 일이 별로 없었을 테지만, 남편은 《율리시스》가 미국에 소개된 뒤 가장 먼저 비평서를 썼어요."

"담배 한대 피웠으면 좋겠는데, 지금 내게는 그게 더 중요해."

맥키스코가 착 가라앉은 목소리로 중얼거렸다.

"남편에게 무슨 착상이 떠오른 모양이에요. 안 그래요, 당신?"

갑자기 바이올렛의 말끝이 흐려졌다. 진주 목걸이를 한 여자가 자신의 두 아이들이 놀고 있는 바닷물로 뛰어들었던 것이다. 그러자 잠수해 있던 에이브가 둘 중 한 아이를 어깨에 태우고 화산처럼 수면 위로 솟아올랐다. 놀라워하면서 즐거운 비명을 지르는 아이들의 모습을 진주 목걸이 여자가 다정하고 평온한 눈길로 바라보고 있었다.

"저 두 사람은 부부인가요?"

로즈마리가 물었다.

"아니요. 저 여자는 딕 다이버 부인이에요. 그런데 다이버 부부 일행은 호텔에서 묵지 않아요."

바이올렛은 다이버 부인에게서 눈을 떼지 않았다. 잠시 후 그녀가 로즈마리 쪽으로 얼굴을 돌렸다.

"외국에 가본 적 있어요?"

"네, 파리에서 공부한 적이 있어요."

"아! 그렇다면 로즈마리 양도 이 해변에서 즐겁게 보내려면 훌륭한 프랑스 가족들과 안면을 트고 지낼 필요가 있다는 것을 알고 있겠군요. 그런데 저 사람들은 왜 저렇게 따로 노는지 몰라?"

바이올렛이 왼쪽 어깨로 해변을 가리켰다.

"저 사람들은 저렇게 무리를 지어 자기네들끼리만 어울려요. 물론 우리야 소개장을 가지고 있어서 파리에서 꽤 유명한 화가들과 작가들을 많이 만났지만요. 덕분에 아주 즐거운 시간을 보냈어요."

"그러셨겠네요."
"남편이 첫 소설을 쓰는데 거의 마무리가 되어 가는 중이에요."
"아, 그러세요?"
로즈마리는 심드렁하게 대꾸했다. 사실 로즈마리는 바이올렛의 이야기에는 관심이 없었다. 어머니가 이 불볕더위 속에 잠이나 들었는지 그것이 궁금할 뿐이었다.
"제임스 조이스의 《율리시스》에서 아이디어를 얻었죠. 차이가 있다면 《율리시스》가 하루 24시간 일어나는 일을 다루었다면 남편은 백 년이라는 긴 시간을 배경으로 삼았다는 거예요. 남편은 영락한 늙은 프랑스 귀족을 주인공으로 삼았는데 그를 기계문명이 발달한 현대시대로 옮겨다 놓았죠."
"제발, 바이올렛. 그 이야기를 아무한테나 떠들어대지 좀 말아. 책이 나오기도 전에 사람들이 무슨 이야기인지 다 알아버리면 어떻게 되겠어?"
로즈마리는 해안으로 돌아왔다. 이미 따끔거리기 시작하는 어깨에 가운을 걸치고 햇볕 아래 다시 누웠다. 승마 모자를 쓴 남자는 이제 술병과 작은 잔 여러 개를 들고 파라솔을 옮겨 다녔다. 이윽고 남자와 그 친구들은 더욱 활기차게 떠들면서 파라솔을 모두 한데 모아놓고 그 아래로 모여들었다. 로즈마리는 누군가 떠나게 되어서 마지막으로 해변에서 술잔을 기울이는 것이라고 짐작했다. 아이들조차도 시끌벅적한 소리에 이끌려 그쪽으로 몸을 돌렸다. 로즈마리는 그 모든 흥겨움이 승마 모자를 쓴 남자에게서 나오는 것이라고 생각했다.
하늘도 바다도 한낮의 고요에 빠져들었다. 아스라이 하얀 선으로 보이는 칸 시가지조차도 산뜻하고 차가운 빛깔의 신기루처럼 보였다. 울새의 가슴처럼 하얀 돛단배가 밧줄을 뒤에 매단 채 더 멀고 더 짙푸른 바다에서부터 해안으로 들어왔다. 넓디넓은 바닷가 어디에도 생명이 있는 것이라고는 그림자 하나 얼씬거리지 않았다. 파라솔을 투과한 햇볕 아래에서만이 알록달록한 수영복을 입은 사람들의 움직임과 속삭임이 들리는 가운데 모종의 일이 진행 중이었다.
루이스가 가까이 다가오자 로즈마리는 눈을 감고 자는 척을 했다. 그런 다음 눈을 가느스름히 뜨고는 희미한 시야에 지저분한 기둥처럼 보이는 그의 두 다리를 바라보았다. 그는 모래빛깔처럼 누런 구름이 움직이는 대로 따라가며 햇볕을 피해보려 했지만 구름은 넓고 뜨거운 하늘 속으로 아득히 멀어져 버리고 말았다. 그 모습을 바라보던 로즈마리는 정말로 잠이 들었다.
로즈마리가 온몸이 땀에 흥건히 젖어 눈을 떠보니 승마모자를 쓴 남자 말고는 해변이 텅 비어 있었다. 남자는 마지막 남은 파라솔을 접고 있다가 그녀에게 다가와 말을 걸었다.
"떠나기 전에 아가씨를 깨우려고 했지요. 한꺼번에 그렇게 심하게 태우는 것은 좋지 않습니다."
"고맙습니다."
인사를 하던 로즈마리가 진홍빛이 되어버린 다리를 내려다보고 소리를 질렀다.
"어머, 세상에!"
로즈마리는 쾌활하게 웃으며 남자와 이야기를 나눠보려고 했다. 하지만 딕 다이버는 이미 파라솔을 접어 운반대를 들고는 자기 차로 가버렸다. 로즈마리는 바닷물 속으로 들어가 땀을 씻어냈다. 딕은 다시 돌아와 갈퀴와 삽 등을 주워 모아 갈라진 바위틈에 차곡차곡 집어넣었다. 그리고는 바닷가를 다시 한 번 돌아보며 빠뜨린 것이 없는지 살펴보았다.
"몇 시나 됐지요?"
"1시 30분쯤 됐을 겁니다."
두 사람은 잠깐 아득히 넓은 바다를 바라보았다. 그때 딕이 입을 열었다.
"나쁜 시간은 아니지요. 하루 중 가장 고약한 시간은 아니니까요."
딕은 로즈마리를 물끄러미 쳐다보았다. 잠깐 동안 로즈마리는 딕의 밝고 파란 눈 속에 빠져들었다. 열정적이면서도 대담하게……. 딕은 마지막 남은 잡동사니들을 어깨에 메고 차로 갔다. 그러자 로즈마리도 물에서 나와 가운을 흔들어 턴 다음 호텔로 올라갔다.

3

로즈마리 모녀는 거의 2시가 다 되어 식당에 들어왔다. 바깥에 서 있는 소나무들이 바람의 흔들림에 따라 그 그림자들이 빈 테이블 위에서 이리저리 흔들리고 있었다. 웨이터 둘이 접시를 쌓아놓고 이탈리아어로 시끄럽게 이야기를 나누다가 로즈마리 모녀가 들어서자 갑자기 조용해졌다. 그리고는 어디를 가든 다를 것이 없는 메뉴판을 가져왔다.

"저, 해변에서 사랑에 빠졌어요."

로즈마리가 들뜬 목소리로 속삭였다.

"누구랑?"

"처음에는 괜찮아 보이는 사람들 모두와 그랬고요, 나중에는 한 남자랑요."

"말은 해보았니?"

"조금……. 아주 잘생겼어요. 그리고 머리카락이 붉어요."

로즈마리는 배가 몹시 고팠던 것처럼 게걸스럽게 음식을 먹어댔다.

"하지만 유부남이에요. 세상일이 늘 그렇지요, 뭐. 언제나 괜찮다 싶은 남자가 있으면 하나같이 기혼자예요."

로즈마리에게 어머니는 가장 가까운 친구였다. 엘시 스피어즈는 모든 가능한 수단을 다 동원해 딸의 길잡이 역할을 해주고 있었다. 어머니가 딸을 뒷바라지하는 것은 영화계에서 그렇게 드문 일은 아니었다. 그러나 엘시의 경우 자기 자신의 실패를 보상받으려 하지 않는다는 점에서 다른 사람들과 달랐다. 엘시는 살면서 쓰라린 괴로움을 맛본 적도 없거니와 큰 회한도 없었다. 만족스런 결혼을 두 번 했고 두 번 다 남편들을 앞세웠다. 남편을 잃을 때마다 그녀의 지독한 금욕주의는 점점 더 깊어졌다. 두 남편 중 한 사람은 기병대 장교였고 한 사람은 군의관이었다. 둘 다 재산을 조금씩 남겼고 엘시는 그것을 한 푼도 허투루 쓰지 않고 로즈마리를 위해 쓰려고 했다. 엘시는 딸을 위한 일이라면 돈을 아끼지 않았고, 딸에게 꿈을 심어주려고 아낌없는 노력과 헌신을 마다하지 않았다. 그간의 노력이 결실을 맺어 로즈마리는 이제 세상을 자신의 눈으로 볼 수 있게 되었다. 그러나 로즈마리가 '순진한' 어린아이 때에는 어머니의 갑옷과 자신의 갑옷이라는 이중외피에 둘러싸여 보호를 받았다. 때문에 로즈마리는 천박하고 취미가 저속한 사람들이라면 아예 신뢰를 하지 않았다. 하지만 로즈마리가 영화에서 갑작스런 성공을 거두자 엘시는 딸과 정신적 이유(離乳)를 할 때가 되었다고 느꼈다. 그렇지만 엘시는 다소 격렬하고 가슴 죄는, 많은 노력이 필요한 이 과정이 자신을 제외한 다른 것에 초점이 맞추어진다면 딸과의 정신적 이유가 고통스럽기보다는 즐거울 것이라는 생각이 들었다.

"그럼 넌 여기가 좋단 말이니?"

"그런 사람들을 알고 지내면 재미있을 것 같아요. 다른 부류의 사람도 있지만 그 사람들은 별로 좋게 느껴지지 않아요. 그런데 이 사람들은 저를 알아보았어요. 어디를 가든 〈아빠의 딸〉을 안 본 사람이 없어요."

엘시는 딸의 자만심이 가라앉기를 기다렸다가 사무적인 태도로 말했다.

"그러니까 생각나는데, 얼 브래디는 언제 보러 갈 생각이니?"

"오늘 오후에 가려고 생각했어요. 어머니가 푹 쉬고 나면."

"너 혼자 가렴, 나는 안 갈 테니."
"그럼 내일까지 기다렸다가 같이 가요."
"나는 너 혼자서 갔으면 싶구나. 먼 길도 아니고, 또 네가 불어를 못하는 것도 아니잖니?"
"어머니, 꼭 그럴 필요 없잖아요?"
"그래, 정 그렇다면 나중에 가거라. 하지만 여기를 떠나기 전에는 가봐야 한다."
"그럴게요, 어머니."
점심을 끝낸 모녀는 갑작스레 맥이 탁 풀렸다. 맥이 탁 풀린다는 것은 한적한 여행지에 있는 미국 여행자들을 휩싸기 마련인 감정이다. 짜릿한 흥분을 느끼게 하는 것도 없고, 밖에서 불러대는 사람들의 소리도 없었다. 그러자 시끌벅적한 세상이 그리워진 두 사람에게 이 해변은 정체된 삶처럼 무료하게 느껴졌다.
"어머니, 여기서는 사흘만 있다 가요."
객실로 돌아온 로즈마리의 말이었다. 밖에서는 산들바람이 불어 열기를 사방으로 흐트러뜨려 나무 사이로 날려버렸다. 그러자 좀 후끈한 바람이 열린 창문을 통해 불어왔다.
"해변에서 사랑에 빠졌다는 남자는 어떻게 하고 말이니?"
"어머니 말고는 아무도 사랑하지 않아요."
로즈마리는 호텔 현관 앞에 잠깐 멈추어 서서 경비원에게 기차 시간을 물었다. 옅은 갈색이 도는 카키색 옷을 입고 책상 옆을 어슬렁거리던 경비는 딱딱한 얼굴로 로즈마리를 쳐다보다가 문득 제 직분을 깨닫고는 태도를 바꿨다. 로즈마리는 웨이터 두 사람과 호텔 버스를 타고 기차역으로 갔다. 웨이터들은 손님 앞이라 그런지 입을 다물고 있었다. 불편해진 로즈마리는 두 사람에게 신경 쓰지 말고 이야기를 나누라고 권하고 싶었다.
"나한테 신경 쓰지 말고 이야기들 나누세요."
기차의 1등 객실은 숨이 막힐 정도로 북적거렸다. 아를르의 갸르 다리와 오랑즈의 원형극장, 샤모니에의 겨울 스포츠 같은 철도회사의 선명한 광고가, 저 멀리 미동도 없이 누워 있는 바다보다도 더 생동감 있어 보였다. 맹렬한 속도에 열중해서 자신보다 느리고 숨이 콱콱 막히는 다른 기차에 탄 사람들을 비웃는 미국의 기차와는 달리 이곳의 기차는 자신이 지나가는 지역과 하나가 되었다. 기차가 내뿜는 증기는 종려나무 위에 앉은 먼지를 떨어주고 석탄재는 정원의 마른 거름과 뒤섞였다. 로즈마리는 창에 몸을 기울이고 손을 뻗으면 정원에 피어난 꽃을 꺾을 수 있을 것만 같았다.

칸의 기차역 밖에는 십여 명의 마부들이 마차 안에서 잠들어 있었다. 산책로 위로는 카지노와 말쑥한 상점들, 큼직한 호텔들이 무표정한 강철 마스크를 쓰고 여름 바다를 내려다보고 있었다. 한때나마 '휴가철' 이란 것이 도대체 있기는 했는지 믿어지지가 않았다. 로즈마리는 거의 습관처럼 사람들을 꺼렸다. 마치 자신이 이 정체된 곳에 해로운 기운이라도 퍼뜨리고 다닐까 봐 두렵다는 듯이……. 또 자신이 지난겨울과 다가올 겨울의 환락 사이에 끼인 한적한 시기에 왜 여기에 왔는지 사람들이 궁금해 할 것 같다는 듯이……. 저 위 북쪽에서는 명실 공히 사교계가 시끌벅적할 시기에 말이다.

로즈마리가 코코넛 기름을 사들고 약국에서 나오자 한 여인이 소파 쿠션을 한 아름 안고 앞을 가로질러 길가에 세워둔 차로 갔다. 로즈마리는 그 여인이 다이버 부인이라는 사실을 곧 알아보았다. 몸길이가 길고 다리가 짤막한 검은 개가 다이버 부인을 보고 짖어댔다. 그 소리에 졸고 있던 운전기사가 깜짝 놀라 눈을 떴다. 승용차에 올라탄 다이버 부인은 아름다운 얼굴을 반듯이 고정한 채 인상적이고 주의 깊어 보이는 눈으로 멍하니 앞을 바라보고 있었다. 밝은 빨간색 드레스 아래 드러난 햇볕에 탄 다리는 맨살 그대로였고 머리카락은 숱 많은 짙은 금발이었다.

로즈마리는 반 시간 동안 기차를 기다리며 크로와제 거리에 있는 알리에즈 카페에 앉아 있었다. 테이블 위로 나무들이 초록 그늘을 만들어 주었다. 악단은 니스 축제의 노래와 지난해 미국에서 유행한 곡을 연주해서 여러 나라에서 온 가상의 청중으로부터 갈채를 얻으려 애쓰고 있었다. 로즈마리는 어머니에게 드리려고 〈르 탕〉과 〈세터데이 이브닝 포스트〉지를 샀다. 그리고 시트로네이드를 마시며 〈세터데이 이브닝 포스트〉지를 펼쳐 어느 러시아 황녀의 회고록을 읽어보았다. 아련한 1890년대의 풍습이 프랑스 신문의 헤드라인보다 더 현실감 있고 시대적으로도 더 가깝게 느껴졌다. 호텔에서 로즈마리를 내리누르던 것도 바로 이런 감정이었다. 로즈마리는 몹시 강조된 유럽의 아주 기괴한 언동을 희극이나 비극으로 보는 데 익숙해 있었지만 자신에게 가장 필요한 것을 구분해 내는 법을 훈련받지 않았다. 그런 로즈마리에게 프랑스식 삶이란 공허하고 케케묵은 것으로 느껴졌다. 오케스트라가 연주하는 구슬픈 곡과 보드빌(노래와 춤을 섞은 희가극: 옮긴이)의 곡예사를 위해 연주하는 우울한 음악의 여운에 귀를 기울이다 보니 이런 기분은 더욱 강해졌다. 로즈마리는 어서 고스호텔로 돌아가고 싶어졌다.

다음날, 로즈마리의 어깨는 햇볕에 너무 타서 수영을 할 수가 없었다.

모녀는 찻삯을 두고 끈질긴 승강이를 벌인 끝에 차를 한 대 세내었다. 로즈마리는 프랑스에서는 돈을 어떻게 써야 하는지 나름대로 습관을 들인 상태였다. 두 사람은 여러 강이 모이는 삼각주인 리비에라 해안을 따라 드라이브를 했다. 폭군 이반 시대 러시아 전제 군주같이 생긴 운전기사가 관광안내를 자청하고 나선, 칸과 니스와 몬테카를로 같은 화려한 이름에다 장황한 주석을 붙여 설명해주자 도시들은 그 침체된 외양을 벗고 빛을 발하기 시작했다. 운전기사는 그곳에 와서 만찬을 즐기거나 죽은 옛 왕들의 이야기며, 부처 같은 눈으로 영국 발레리나를 넋을 잃고 바라보던 인도 군주들의 이야기, 또 잃어버린 영화롭던 과거의 추억에 젖어 발트 해의 황혼 속에서 수 주일을 보낸 러시아 왕자들의 이야기를 장황하게 늘어놓았다. 특히 인상적인 것은 러시아 사람들의 향취가 그대로 남아 있는 해안을 따라 늘어선, 문 닫은 서점과 잡화점들이었다. 10년 전, 4월이 되어 휴가철이 끝나면 러시아 정교회는 문을 걸어 잠그고 즐겨 마시던 달콤한 샴페인을 자신들이 다시 돌아올 때까지 창고에 저장해 두었었다.

"내년에 다시 오겠소."

하지만 그것은 성급한 약속이었다. 이렇게 말하고 떠난 사람들이 다시 오는 일은 없었으니까…….

늦은 오후에 차를 타고 호텔로 돌아오는 기분도 괜찮았다. 수평선 위 하늘은 어린 시절 가지고 놀던 구슬과 홍옥처럼 신비한 빛을 띠고 있었다. 갓 돋은 새싹처럼 파르스름하고 세제를 푼 빨랫물처럼 푸른가 하면 포도주처럼 검붉게 물들어 있었다. 집 밖에 나와 음식을 먹는 사람들을 지나치는 것도, 시골 선술집의 담장이넝쿨 너머 들려오는 금속성의 거친 피아노 소리를 듣는 것도 유쾌했다. 모녀가 코르니슈 도로를 꺾어 돈 다음 줄지어 늘어선 채 어둠에 잠겨드는 나무들을 따라 고스호텔로 향할 때 달은 이미 다 부서져 가는 수로교(水路橋)를 비추고 있었다.

호텔 뒤쪽 언덕 어딘가에서 댄스파티가 열리고 있었다. 로즈마리는 모기장을 통해 비쳐드는 흐릿한 달빛을 받으며 멀리서 들려오는 음악 소리에 귀를 기울였다. 그러자 해변에서 만났던 기분 좋은 사람들이 떠오르며 다음날 아침에 그 사람들을 다시 만날지도 모른다는 생각이 들었다. 하지만 그들은 분명 자신들만으로도 충분히 만족할 것이고, 파라솔과 대나무로 짠 깔개, 개들과 아이들이 제자리를 잡고 나면 해변 일부는 말 그대로 그들만의 울타리에 둘러싸이게 될 것이다. 로즈마리는 무슨 일이 있어도 남은 이틀을 그 기분 좋은 사람들 말고 다른 부류의 사람들과 보내지는 않겠다고 다짐했다.

4

일은 로즈마리가 원하는 쪽으로 풀렸다. 맥키스코 부부는 아직 해변에 나와 있지 않았고 로즈마리가 가운을 막 펼치자마자 승마 모자를 쓴 남자와 웨이터를 톱으로 두 동강 내려고 했다던 금발의 키 큰 남자가 일행을 떠나 로즈마리에게로 다가오고 있었다.

"잠은 잘 잤나요?"

딕이 인사를 하며 모래밭에 털썩 주저앉았다.

"자, 햇볕에 그을린 사람도 있고 그렇지 않은 사람들도 있었는데 어제는 왜 혼자 떨어져 있었지요? 마음이 쓰이더군요."

로즈마리는 일어나 앉아 살짝 웃으며 두 남자의 느닷없는 방문을 기쁘게 받아들였다. 딕이 말을 이었다.

"우리는 아가씨가 오늘 아침에 나오지 않으면 어쩌나 걱정하고 있었지요. 먹을 것도 있고 마실 것도 있으니 함께 갑시다. 말하자면 초대를 하는 겁니다."

딕은 친절하고 매력적으로 보였다. 그가 말하는 소리를 듣고 있노라면 자신을 보살펴 주는 것은 물론, 곧 새로운 세계를 제 앞에 열어 보여줄 거라는, 끝도 없이 이어진 눈부신 미래를 펼쳐 보여줄 거라는 확신이 들었다. 딕은 로즈마리라는 이름을 직접 언급하지 않고 그녀를 소개함으로써 모두가 그녀가 누군지 알고는 있지만 그녀의 사생활을 존중하려 한다는 사실을 쉽게 이해하도록 신경을 써가며 소개를 했다. 이것은 배우로서 성공한 이래 직업적인 사람들한테서밖에 받아보지 못한 배려였다.

딕의 부인인 니콜 다이버는 진주 목걸이 아래로 볕에 그을린 등을 드러낸 채 닭고기 요리법에 관한 요리책을 열심히 읽고 있었다. 로즈마리 눈에 스물네 살쯤으로 보이는 니콜의 얼굴은 전형적인 미인이라는 말이 잘 어울릴 듯싶었다. 그러나 인상으로 말할 것 같으면 처음에는 뚜렷한 골격과 특징을 지닌 실물 이상의 크기로 만들어, 마치 이마와 혈색, 그리고 우리가 기질과 성격에서 연상할 수 있는 모든 것들이 로댕과 같은 조각가의 의도에 따라 조형되었다가, 그 뒤에 손을 조금만 잘못 놀려도 그 힘과 특징이 훼손될 만큼 예쁜 얼굴로 조각해 놓은 것 같았다. 특히 조각가는 입술에 필사적인 공을 들인 것 같았다. 니콜의 입술은 잡지 표지에 나오는 모델의 입술처럼 활 모양을 하고 있었다. 그렇다고 입술만 혼자 도드라지지 않고 다른 얼굴 부위와 조화를 이루고 있었다.

"여기 오래 있을 생각인가요?"

니콜이 물었으나 그 목소리는 너무 낮고 거의 쉬어 있었다.

문득 로즈마리는 한 주 더 머물 수도 있다는 생각이 슬그머니 들었다.

"그렇게 오래는 아니에요."

로즈마리는 모호하게 대답을 했다.

"어머니와 저는 오랫동안 여행을 했어요. 지난 3월에 시칠리아에 도착해서 천천히 북쪽으로 올라오는 중이에요. 지난 1월 영화를 촬영하다 폐렴에 걸렸거든요. 하지만 지금은 회복되는 중이에요."

"저런! 어쩌다 그랬어요?"

"음, 수영 때문이었어요."

로즈마리는 사적인 이야기를 털어놓으려 하자 왠지 어색했다.

"유행성 감기에 걸렸는데 그 사실을 모르고 있었어요. 그때 저는 공교롭게도 베네치아에 있는 한 운하로 뛰어드는 장면을 찍고 있었지요. 돈이 많이 들어간 세트라 그날로 촬영을 끝내야 했어요. 그 바람에 저는 오전 내내 반복해서 운하로 뛰어들었어요. 어머니가 촬영장으로 의사를 불렀지만 소용없었어요. 이미 폐렴에 걸린 뒤였거든요."

로즈마리는 사람들이 다른 질문을 하기 전에 얼른 화제를 돌려버렸다.

"여러분은 여기가 마음에 드세요, 그러니까 이 해변이오?"

"좋아할 수밖에요. 이 두 사람이 여기를 찾아냈으니까요."

에이브는 고개를 돌려 상냥함과 애정이 깃들인 눈으로 다이버 부부를 바라보았다.

"아, 그러셨어요?"

"호텔이 여름에 문을 연 것이 올해로 고작 두 해째예요."

니콜이 설명을 했다.

"우리가 고스호텔 측에 요리사와 급사, 그리고 심부름하는 아이를 두게끔 설득을 했지요. 그런데 그게 수지가 맞은 거예요. 그리고 올해는 상황이 훨씬 더 낫군요."

"그런데도 호텔에서 묵지 않으시는군요."

"우리는 저 위쪽 타름에 별장을 지었답니다."

딕은 우산을 다시 세워 로즈마리의 어깨 위로 쏟아지는 햇볕을 가려주며 말했다.

"사정을 말하자면 북쪽지방에 있는 휴양지는 모두 추위를 모르는 러시아인들과 영국인들이 차지하고 있답니다. 그런데 우리 미국인들 절반은 열대기후 지역에서 온 사람들이지요. 그래서 우리가 여기로 오기 시작한 겁니다."

라틴계로 보이는 젊은 남자, 토미 바르방은 〈뉴욕 헤럴드〉지를 뒤적거리고 있었다.

"이것 참, 도대체 이 사람들 국적이 어디야?"

토미가 불쑥 말을 꺼내더니 불어 억양을 약간 실어 신문 기사를 읽어나갔다.

"'베베이에 있는 호텔, 팔라스의 투숙객은 판들리 블라스코 씨와 마담 보니아스' —내가 과장해서 읽는 것이 아닙니다— '코리나 메돈카, 마담 파슈, 세라핌 툴리오, 마리아 아말리아 로토 마이스, 모이시즈 튜벨, 마담 파라고리스, 아포슬 알렉산드르, 욜란다 요스푸글루, 주느베바 드 모뮈!' 이 여자 이름이 가장 매력적인데. 주느베바 드 모뮈라. 이 여자를 보러 베베이로 달려갈 만하겠는걸."

토미가 갑자기 비틀거리며 일어서더니 기지개를 쭉 폈다. 그는 딕이나 에이브보다 서너 살 젊어 보였다. 키가 크고 몸은 건장했지만 두 어깨와 팔뚝에 몰려 있는 근육을 빼고는 비쩍 말랐다. 언뜻 보면 전형적인 미남 같았는데 그 얼굴에는 늘 보일 듯 말 듯 냉소가 어려 있었다. 그 냉소가 강렬한 빛을 내뿜는 갈색 눈의 매력을 망가뜨렸다. 그러나 시간이 흐른 뒤, 지루함을 견디려고 꽉 다문 입과 초조하고 무익한 고뇌 때문에 주름이 깊이 팬 그 젊은 이마를 잊어버릴 때도, 사람들은 그 눈만은 기억했다.

"우리는 지난주, 미국 신문에서 멋진 사람들 몇 명을 보았어요. 이블린 오이스터 부인하고, 또 누구들이었지요?"

니콜이 물었다.

"플레쉬 씨가 있었지."

역시 자리에서 일어서며 대답한 딕은 갈퀴를 잡고 진지한 태도로 모래밭에서 자갈을 걷어내는 데 몰두하기 시작했다.

"아, 맞아요. 플레쉬! 당신, 그 사람 때문에 섬뜩하지 않았어요?"

니콜과 둘만 있으면 조용했다. 로즈마리는 니콜과 함께 있는 것이 어머니와 같이 있는 것보다 더 평온했다. 에이브와 프랑스인 토미는 모로코에 대해 이야기를 나누고 있었고, 니콜은 천 조각을 꺼내 요리법을 베껴 적고 있었다. 로즈마리는 다이버 부부 일행이 챙겨온 장비들을 살펴보았다. 그늘을 만들어 주는 커다란 파라솔이 네 개, 휴대용 탈의장이 하나, 압축공기가 채워진 고무를 씌운 사다리 하나가 있었다. 그리고 로즈마리로서는 처음 보는 낯선 물건들도 있었다.

전쟁이 끝나고 사치품 제조업에 갑작스레 불이 붙었다. 이들은 그 사치품들의 최초 구매자들일 것이다. 로즈마리는 이 사람들이 유행의 첨단을 걷는 상류사회 사람들이라고 짐작했다. 어머니는 이런 사람들을 무위도식하는 사람들이니 경계하라고 했다. 그럼에도 불구하고 로즈마리는 이 해변에서는 그렇게 느껴지지 않았다. 로즈마리는 밤이 지나면 어김없이 아침이 밝아오는 것만큼이나 고정된 그들의 일과에서조차 어떤 목적과 방향성, 또 자신이 알고 있는 것과는 전혀 닮지 않은 창조적 행위가 존재한다고 느꼈다. 그녀는 딕 일행이 서로 맺고 있는 관계의 본질을 깊이 들여다볼 만큼 정신적으로 성숙해 있지 않았다. 그저 자신을 대하는 그들의 태도에만 관심이 있었다. 그러나 로즈마리는 이들이 얽히고설킨 어떤 기분 좋은 관계를 맺고 있음을 느낄 수는 있었는데, 그녀는 그것들을 이들이 무척 즐거운 시간을 보내고 있는 것으로 이해했다.

로즈마리는 세 남자를 차례로 쳐다보기도 하고 잠깐 잠깐씩 훔쳐보기도 했다. 세 남자 모두 나름대로 매력이 있었다. 셋 모두 남달리 상냥했는데, 로즈마리가 느끼기에 그것은 과거에도 그랬고 앞으로도 변함이 없을 그들 삶의 일부 같았다. 그것은 주변 상황 때문도 아니고 배우들이 대중 앞에서 보이는 예의와도 전혀 달랐다. 그런 배려는 로즈마리 자신이 속한 세계에서 유일한 지식인을 상징하는 감독들이 보이는, 거칠고 입에 발린 다정함과는 달랐다. 그것은 타인의 감정을 해치지 않으려고 구석구석까지 신경을 써주는 세심한 배려였다. 배우와 감독들, 그들은 이제까지 로즈마리가 알고 있는 남자들의 전부였다. 그 사람들 외에는 이질적인 개인들이 모였으면서도 서로 구별이 안 되는 한 무리의 남학생들이 있었다. 로즈마리는 그들을 지난가을 예일대학의 댄스파티에서 만났는데 첫눈에 반하는 사랑에만 관심이 있는 족속들이었다.

이곳의 세 남자는 달랐다. 토미는 세련미도 별로 없을 뿐만 아니라 회의적이며 냉소적이었다. 태도는 딱딱하다 못해 무관심하기까지 했다. 에이브의 수줍은 성격 저변에는 사람을 재미있게 하면서도 당혹스럽게 만드는 상당한 유머감각이 있었다. 천성이 진지한 로즈마리는 그런 능력에 선뜻 신뢰가 가지 않아 에이브에 대해 좋은 인상을 받지는 못했다.

하지만 딕, 그는 완벽 그 자체였다. 셋 중에서 전적으로 완벽했다. 내색은 하지 않았지만 로즈마리는 딕을 보며 감탄했다. 피부색은 햇볕에 그을려 불그레했고, 팔과 손을 덮은 짧고 연한 털 역시 불그스름했다. 눈은 밝고 선명한 푸른색이었다. 코는 좀 뾰족한 편이었고 언제나 진지한 표정으로 사람들을 바라보거나 이야기를 나누었고 이런 태도가 사람들을 기쁘게 했다. 누가 자신들을 그렇게 바라보아 주겠는가? 사람들의 시선은, 자신들에게 관심이 있든 없든 그저 던져지는 것일 뿐 그 이상은 아니기 때문이다. 딕의 목소리에는 희미한 아일랜드 억양이 살짝 실려 있었는데 그 음성은 세상에 구애를 하듯 달콤했다. 하지만 로즈마리는 딕의 무정함에 여러 번 마음이 아팠다. 자신의 미덕이기도 한, 자제와 극기라는 겹겹이 쌓인 견고함이 자리하고 있다는 사실을 느낄 수 있었기 때문이다. 아, 로즈마리는 딕을 원했다. 그리고 고개를 들던 니콜은 로즈마리가 남편을 원하고 있음을 알아챘다. 그리고 남편이 이미 로즈마리에게 매혹되었다는 사실에 살며시 한숨을 내쉬었다.

정오가 가까워 오자 맥키스코 부부와 에이브럼즈 부인, 로열, 루이스가 해변으로 왔다. 그들은 새 파라솔을 가져와서는 다이버 부부 쪽을 잠깐씩 곁눈질하며 펼쳐 세우고는 흡족한 표정을 지으며 그 아래로 들어갔다. 하지만 맥키스코만은 예외였다. 그는 사람들을 조롱하며 파라솔 밖에 그대로 있었다. 갈퀴로 모래밭을 고르던 딕은 그들의 파라솔 가까이까지 갔다가 돌아왔다.

"젊은이 둘이서 예법에 관한 책을 보고 있던데."

딕은 목소리를 낮추어 말했다.

그러자 에이브가 대꾸했다.

"상류층 사람들과 사귀어볼 생각인가 보지."

메리 노스, 그러니까 로즈마리가 여기 처음 온 날 부교에서 마주쳤던, 햇볕에 그을린 젊은 여자가 수영을 마치고 오더니 고상하고 환한 미소를 지으며 농담을 했다.

"맹꽁이 부처가 왕림하셨군요."

"저 사람들, 에이브 친구들이잖아요."

니콜이 에이브를 가리키며 메리를 일깨워주었다.

"그런데 에이브는 왜 저 사람들한테 가서 이야기를 나누지 않지요? 저 사람들이 매력 없어서 그런가요?"

"아주 매력적으로 보이는데요. 하지만 그저 끌리지가 않을 뿐이에요. 그게 다예요."

"그런데 올 여름엔 해변에 너무 많은 사람이 몰린 것 같아요. 딕이 자갈더미를 골라서 만든 우리 해변인데."

니콜은 무엇인가를 골똘히 생각하더니 다른 파라솔 밑에 등을 보이고 앉아 있는 세 노인네들 귀에 들리지 않게 목소리를 낮추어 말했다.

"그래도 작년 여름 줄기차게 소리를 질러대던 영국 사람들보다는 나아요. 그 사람들이 뭐라고 소리친 줄 아세요? '바다가 참 파랗지 않아요? 하늘이 참 하얗지 않아요? 귀여운 넬리 코가 빨갛지 않아요?'"

로즈마리는 니콜과 적이 되고 싶지 않았다.

"그런데 싸움이 있었던 것은 모르지요."

니콜이 말을 이었다.

"로즈마리가 오기 전날 그 유부남, 이름이 가솔린이나 버터 대용식품같이 들리는 사람 말이에요."

"맥키스코 말인가요?"

"맞아요. 글쎄, 그 부부가 말다툼을 했는데 아내가 남편 얼굴에 모래를 던졌어요. 그러자 남편이 아내를 타고 앉아 모래로 얼굴을 문질렀어요. 얼마나 충격적이던지, 우리는 그만 전기에 감전되는 줄 알았어요. 나는 딕이 나서서 말려주기를 바랐지요."

밀집으로 엮은 돗자리를 멍하니 내려다보던 딕이 말했다.
"가서 저 사람들을 식사에 초대하면 어떨까 생각 중인데."
"안 돼요, 그러지 마세요."
니콜이 얼른 남편을 말리고 나섰다.
"내가 보기에는 꽤 괜찮은 생각 같은데. 어쨌든 저 사람들도 여기에 온 사람들이잖아. 그러니 우리가 좀 맞추면 되지 않겠어."
"그렇지 않아도 우리는 아주 잘 맞추고 있어요."
니콜이 웃으며 고집을 부렸다.
"나는 모래로 코가 문질러지는 꼴을 당하지는 않을래요. 나는 쩨쩨하고 매정한 여자거든요."
로즈마리에게 이렇게 말하고 나서 목청을 높여 아이들에게 소리쳤다.
"얘들아, 수영복들 입어!"
로즈마리는 이번 해수욕이 자신의 인생에서 가장 인상적인 해수욕이 될 것이라고 느꼈다. 해수욕이라는 말이 나올 때면 불쑥불쑥 튀어나올 그런 기억 말이다. 일행 전체가 한꺼번에 바다로 들어갔다. 한참 동안 원하지 않던 게으름에서 벗어날 만반의 준비가 되어 있던 일행은 식도락가들처럼 차가운 백포도주를 곁들여 먹어 입이 얼얼한 카레 요리의 열기를 바닷물의 냉기로 식혔다. 다이버 부부의 하루는 손쉽게 얻을 수 있는 물질로부터 최상의 것을 산출해내고, 모든 변화가 그 나름의 충분한 가치를 인정받았던 좀 더 오래된 문명시대의 하루처럼 체계적으로 조직되어 있었다.
로즈마리는 수영에 철저히 몰입했다가 곧 프로방스 지방의 점심때나 볼 수 있는 잡담으로 이어지는 또 다른 변화가 있으리라는 것을 모르고 있었다. 그렇지만 그녀는 딕이 자신을 보살펴주고, 또 자신은 그 명령을 따르기라도 하듯 그의 보호에 자신을 내맡기는 데서 기쁨을 맛보리라는 것을 다시 한 번 깨달았다.
니콜이 공들여 매만지고 있던 옷을 남편에게 건네주었다. 딕은 탈의장으로 들어가더니 금세 속이 다 비치는 검은색 레이스 속바지를 입고 나타나 사람들 사이에 동요를 일으켰다. 그러나 속바지를 자세히 살펴보니 실제로는 살색 천으로 속을 댄 것이었다.

"이런, 여장 남자의 묘기인가!"

맥키스코가 한심하다는 듯이 내뱉었다. 그리고는 로열과 루이스 쪽을 얼른 돌아보았다.

"아, 죄송합니다."

로즈마리는 그 옷차림을 보고 너무 재미있어 했다. 순진한 로즈마리는 다이버 부부의 값비싼 수수함에 진심으로 감동했다. 그 수수하고 단순해 보이는 표면 내부가 실제로는 얼마나 복잡한지, 그 단순함 속에 순수함이라고는 하나도 없다는 것을 눈치 채지 못했고, 그것들이 전 세계에 걸친 상품진열장에서 양보다는 질을 따져 선택한 것이라는 사실도 몰랐다. 또 다이버 부부의 소박한 행동과 아이들 침실에서나 맛볼 수 있는 평화와 친절한 마음 씀씀이, 단순한 미덕을 더 중시하는 태도 역시 주위 사람들과 필사적인 타협을 벌인 결과이며, 로즈마리로서는 상상도 할 수 없는 투쟁 끝에 얻은 것이라는 사실을 깨닫지 못하고 있었다.

다이버 부부는 표면적으로는 한 사회 계급이 얼마나 고도로 진화할 수 있는지 여실히 보여주고 있었다. 그렇다 보니 그들 곁에 있는 사람들 대부분이 어색해 보였다. 그러나 표면 아래에서는 실상 이미 질적인 변화도 진행되고 있었다. 하지만 로즈마리에게는 그런 사실이 전혀 보이지 않았다.

로즈마리는 셰리주와 과자를 먹고 있는 다이버 부부 옆에 서 있었다. 딕이 침착하게 파란 눈을 들어 로즈마리를 바라보았다. 그리고 한참 속으로 말을 고른 다음 부드러우면서도 박력 있게 입을 열었다.

"로즈마리처럼 말 그대로 막 피어나는 아가씨는 오랜만에 처음 보는군요."

호텔로 돌아온 로즈마리는 어머니 무릎에 얼굴을 파묻고 서럽게 울었다.

"어머니, 그 사람을 사랑해요. 그 사람이 못 견딜 만큼 좋아요. 누군가에게 이런 감정을 느끼게 되리라고는 생각도 못 했어요. 그러나 그 사람은 유부남이고, 더구나 저는 그 사람 아내도 좋아해요. 어쩌면 좋아요. 아, 그 사람을 너무 사랑해요!"

"한번 만나보고 싶구나."

"그 사람 아내가 우리를 금요일 저녁만찬에 초대했어요."

"사랑을 한다면 행복해야 하는 것이 당연하다. 누굴 사랑한다는 것은 기쁜 일이니까."

로즈마리가 고개를 들더니 앙증맞은 웃음을 지어 보였다. 그녀에게 어머니는 항상 정신적 지주와 같았다.

5

로즈마리는 마음이 내키지 않아 뾰로통한 얼굴을 하고 몬테카를로로 갔다. 마차를 타고 라튀르비로 가는 울퉁불퉁한 언덕을 넘어 한창 다시 짓고 있는 오래된 고몽 촬영장에서 마차를 내렸다. 명함에 자신이 왔다고 적어서 들여보낸 뒤 답이 오기를 기다리며 창살로 된 촬영장 입구에 서 있노라니 마치 할리우드를 들여다보고 있는 기분이 들었다. 최근에 찍은 영화 세트에서 나온 별난 부스러기들과 파괴된 인도의 거리 장면, 마분지로 만든 커다란 고래, 농구공만한 버찌가 주렁주렁 매달린 거목이 창백한 애머랜스(비름 속(屬)의 관상식물: 옮긴이)나 미모사가 코르크나무나 분재소나무같이 특정 지역에서만 고유하게 자라는 이국적 산물들 옆에서 흐드러지게 핀 꽃처럼 널려 있었다. 촬영장 안에는 간이식당 하나와 헛간처럼 보이는 무대가 두 개 있었다. 촬영장 근처 어디를 보든 분장을 한 배우들이 희망에 부푼 얼굴로 삼삼오오 모여 차례를 기다리고 있었다.

10분이 지나자 노란 바탕에 검은색이 군데군데 섞인 머리칼을 한 젊은 남자가 출입구로 서둘러 내려왔다.

"안으로 들어오시지요, 로즈마리 양. 얼 브래디 씨는 세트 위에 계십니다. 로즈마리 양을 무척 뵙고 싶어합니다. 기다리시게 해서 죄송합니다. 아시겠지만 여기의 프랑스 여배우들 중에는 재촉하면 연기가 더 나빠지는 축들이 있어서 말입니다."

스튜디오 매니저가 밋밋한 촬영장 벽에 난 조그만 문을 열었다. 로즈마리는 스튜디오 매니저를 따라 어둑어둑한 건물 안으로 들어가며 돌연 기분 좋은 친밀감을 느꼈다. 어슴푸레한 조명 속에서 여기저기 흩어져 자리를 잡고 있던 사람의 형상들이 창백한 잿빛 얼굴을 들어 로즈마리를 쳐다보았다. 그 모습은 마치 연옥에서 고통받고 있는 혼령들이 인간이 거쳐 가야만 하는 여정을 지켜보는 것 같았다. 사람들이 소곤거리는 소리가 먼 곳에서 들려오는 오르간의 부드러운 전음(顫音, 어떤 음을 연장하기 위하여, 그 음과 2도 높은 음을 교대로 빨리 연주하여 물결 모양의 음을 내는 장식음: 옮긴이) 같이 들렸다. 플랫(무대 배경의 한 부분으로 보통 장방형의 나무 얼개에 가벼운 판자나 천으로 메운 것: 옮긴이)을 설치하면 생기는 모퉁이를 돌아가자 창백하고 타닥거리는 무대 조명이 나타났다. 무대 위에 셔츠와 소맷부리가 분홍빛으로 빛나는 프랑스 남자 배우가 미국 여배우와 얼굴을 맞댄 채 꼼짝도 않고 서 있었다. 몇 시간 동안 그 자세로 있었던 듯 두 배우는 지치지도 않고 서로를 빤히 쳐다보고 있었다. 그러고도 한참이나 무대 위에서는 아무런 움직임도 없었다. 조명 한 줄이 쉿 소리를 내며 꺼졌다가 다시 켜졌다. 위쪽에서 조명에 둘러싸인 납빛 얼굴이 나타나더니 더 위쪽에 있는 어둠에다 대고 무엇인지 알아들을 수 없는 소리를 질렀다. 그러자 침묵을 깨며 로즈마리 앞쪽에서 목소리가 들렸다.

"자기, 스타킹 안 벗었지. 그러다가는 열 개도 더 해먹겠어. 그 드레스는 15파운드나 한단 말이야."

소리를 지른 남자가 뒷걸음질을 하다가 로즈마리와 부딪치자 옆에 있던 스튜디오 매니저가 두 사람을 소개했다.

"감독님, 이 아가씨가 로즈마리 양입니다."

로즈마리와 얼 브래디는 서로 초면이었다. 얼 브래디는 민첩하고 정력적인 남자였다. 악수를 할 때 로즈마리는 얼 브래디가 자신을 위아래로 훑어보는 것을 느꼈다. 그녀는 그런 행동이 무엇을 뜻하는지 알고 있었다. 그리고 누군가 그런 눈으로 자신을 쳐다보면 마음이 편했고 늘 희미한 우월감을 느꼈다. 자신의 몸이 재산 가치가 있다면 로즈마리는 그 몸의 주인으로서 그로 인해 얻을 수 있는 이점이라면 모두 취했다.

"조만간 로즈마리 양을 만날 것 같았지요."

이렇게 말하는 얼 브래디의 목소리에는 사생활을 지나치게 참견하려는 기미가 약하게나마 묻어 있었고 거만한 런던 토박이 억양이 어렴풋이 남아 있었다.

"여행은 재미있습니까?"

"네, 하지만 이제는 집에 가고 싶어요."

"아니, 아니, 무슨 말씀을! 좀 더 머물러요. 로즈마리 양과 할 얘기가 있어요. 로즈마리 양이 출연한 영화, 그 〈아빠의 딸〉에 대해서 말입니다. 파리에서 그 영화를 보았습니다. 그리고 당장 로즈마리 양이 다른 영화사와 계약이 돼 있는지 알아보려고 전보를 쳤지요."

"유감스럽게도 전보를 받기 바로 전에 계약을 했어요."

"정말 멋진 영화더군요!"

로즈마리는 바보처럼 맞장구를 치고 싶지 않아 미소를 짓는 대신 얼굴을 찡그렸다.

"평생 영화 한 편 찍고 끝내고 싶은 사람은 없으니 기회는 또 있겠지요."

"물론 그렇지요. 앞으로 어떻게 할 계획입니까?"

"어머니는 제가 쉬어야 한다고 생각하셨어요. 할리우드로 돌아가면 우리는 아마 퍼스트 내셔널 사(社)와 계약을 하든가 훼이머스 사(社)와 계속 일을 하든가 할 거예요."

"우리라니 누구를 말하는 겁니까?"

"제 어머니요. 사무적인 일은 어머니가 결정해주세요. 저는 어머니 없이는 일을 못 하거든요."

얼 브래디는 로즈마리를 다시 한 번 위아래로 꼼꼼하게 눈여겨보았다. 그런 그에게 로즈마리는 왠지 모르게 끌렸다. 그것은 좋아하는 것도 아니었고 그날 아침 해변에서 딕에게 느꼈던 무의식적인 감탄은 더더구나 아니었다. 말하자면 그것은, 순간적으로 서로에게 반한 것이었다. 얼 브래디는 로즈마리를 갈망하고 있었고, 로즈마리는 처녀의 수줍음이 허락하는 한 느긋하게 그 감정을 즐겨볼까 하고 속으로 생각 중이었다. 그렇지만 로즈마리는 얼 브래디와 헤어진 뒤 반 시간도 안 돼서 그를 잊게 되리라는 것을 알고 있었다. 영화 속에서 입을 맞춘 남자 배우를 곧 잊어버리듯이 말이다.

"어디 묵고 있지요? 맞아요, 고스호텔이라고 했지요. 음, 나 역시 올해 계획은 다 세워놓았습니다. 하지만 로즈마리 양에게 보낸 편지에서 언급한 제안은 아직 유효합니다. 코니 탈마지가 꼬마였을 때 이후로 로즈마리 양처럼 함께 영화를 찍고 싶은 여배우는 처음입니다."

"저도 감독님하고 일해보고 싶어요. 할리우드로 돌아갈 생각은 없으세요?"

"그 지긋지긋한 동네는 넌더리가 납니다. 나는 여기가 좋아요. 구경시켜 줄 테니 지금 찍는 장면 끝낼 때까지만 기다려 주겠어요?"

얼 브래디는 촬영 중이던 세트로 돌아가며 낮고 차분한 음성으로 예의 그 프랑스 배우에게 연기 지시를 시작했다. 5분이 지나도록 얼 브래디는 끊임없이 말을 했다. 한편 프랑스 배우는 이따금 발 위치를 바꾸며 고개를 끄덕였다. 돌연 얼 브래디가 조명을 향해 뭐라고 지시를 했다. 그러자 갑자기 웅-웅- 소리를 내며 불빛이 환하게 들어왔다. 로즈마리는 자신의 이야기로 떠들썩할 로스앤젤레스에 와 있는 기분이 들었다. 기분이 좋아져 한 번 더 얇은 판자들로 만든 촬영세트를 헤치고 들어가면서 로스앤젤레스로 돌아가고 싶어졌다. 로즈마리는 그런 기분으로 얼 브래디를 보고 싶지 않았다. 그는 일을 다 마치고 나서야 그런 기분을 느낄 것 같았다. 로즈마리는 야릇한 기분을 그대로 간직한 채 촬영장을 떠났다. 지중해 지역에 영화 촬영소가 있다는 사실을 알고 나자 그곳도 그렇게 조용한 곳만은 아니라는 생각이 들었다. 로즈마리는 거리에서 마주치는 사람들이 마음에 들었다. 기차역으로 돌아오는 길에는 욕실용 샌들도 한 켤레 샀다.

엘시는 딸이 자신이 이른 그대로 일을 마치고 오자 기분이 좋았다. 하지만 그녀는 딸을 더 큰 세상으로 떠나보내고 싶었다. 엘시는 겉으로는 기운이 있어 보였지만 사실은 지쳐 있었다. 가까운 사람의 죽음을 지켜본다는 것은 그야말로 사람을 지치게 하는 일이다. 그녀는 그런 일을 벌써 두 번이나 겪었다.

6

점심에 마신 포도주 때문에 기분이 좋아진 니콜은 어깨 위에 꽂은 인조 동백꽃이 볼에 닿을 만큼 두 팔을 포개서 머리 위로 쭉 뻗어 올리고는 예쁘게 가꾸어 놓은 정원으로 나갔다. 정원의 한쪽 면은 집과 접해 있었다. 집에서부터 정원이 시작되는 것도 같고 집 안으로 정원이 뻗어 가는 것처럼 보이기도 했다. 정원의 다른 두 면은 마을과 연해 있었고 나머지 한 면은 바위로 된 바닷가 절벽과 접해 있었다.

마을로 이어지는 담을 따라서 모든 것이 지저분하니 먼지를 뒤집어쓰고 있었다. 제멋대로 뻗어나간 덩굴식물과 레몬나무와 유칼리나무들이 고작 며칠 손을 보지 않았다고 이미 길 쪽으로 웃자라 있거나 영양부족으로 말라비틀어졌고 혹은 군데군데 죽어 있었다. 반대쪽으로 방향을 돌려 작약꽃밭을 지나면, 나뭇잎과 꽃잎들이 촉촉한 물기에 젖어 돌돌 말려 올라간 아주 파릇파릇하고 서늘한 곳으로 들어서게 될 때마다 니콜은 매번 신기하기만 했다.

그녀는 엷은 자줏빛 스카프를 목에 두르고 있었다. 그 때문에 투명한 햇살 속에서 얼굴은 자줏빛으로 물들고 발 주위에서 어른거리는 그림자도 자줏빛을 띠었다. 니콜의 얼굴은 굳어 있었다. 아니 단호해 보였다. 그러나 초록빛 눈에는 슬픈 의혹의 기미가 어려 있었다. 금발이던 머리칼은 거뭇거뭇해졌지만 니콜은 머리카락이 그녀 자신보다 더 눈부셨던 열여덟 살 때보다 스물네 살인 지금이 더 매력적이었다.

정원의 하얀 경계석을 지나 안개처럼 꽃이 흐드러지게 핀 오솔길을 따라 걷던 니콜은 바다가 내려다보이는 곳까지 왔다. 그곳에는 무화과나무 속에서 잠이 든 초롱불과 큰 테이블, 버들가지로 엮은 의자와 시에나에서 산 커다란 파라솔이 정원에서 가장 큰 나무인 우람한 소나무를 가운데 두고 옹기종기 모여 있었다. 니콜은 거기서 잠깐 멈추어 섰다. 그리고는 그 사이 몰라보게 자란 금련화와 아무렇게나 뿌린 한줌 씨앗에서 싹을 틔운 것처럼 금련화 밑동치 둘레에 뒤엉켜 피어난 붓꽃을 멍하니 바라보며, 집 안에서 가정교사가 말다툼을 벌인 아이들을 나무라고 타이르는 소리에 귀를 기울이고 있었다. 그 소리가 여름 대기 속으로 잦아들자 니콜은 분홍빛 꽃구름을 이룬 작약꽃 무리와 적갈색 튤립, 연약한 담자 색 줄기에 꽃잎이 투명한 장미꽃 사이로 걸어 들어갔다. 돌연 화려한 빛깔을 자랑하던 꽃밭이 끝나며 축축한 계단이 2미터 아래 평지로 뻗어 있었다.

그곳에는 판자를 둘러친 우물이 하나 있었다. 그 판자는 날씨가 아무리 맑아도 축축하고 미끄러웠다. 니콜은 반대쪽에 있는 계단을 올라 조금 빠른 보폭으로 채소밭으로 갔다. 그녀는 활발하게 움직이는 것을 좋아했다. 그러나 때때로 정적이면서도 사람들의 감정을 환기시키는 평온한 인상을 주기도 했다. 알고 있는 말도 별로 없는 데다 아무것도 믿지 않았다. 또 말수가 적어 사교모임에 나가서도 꼭 필요할 때만 무미건조하다 싶을 정도로 정확하게 세련된 유머를 구사했다. 그렇지만 처음 만난 사람들이 자신의 이런 과묵한 태도에 불편해하는 기색을 보이면 즉시 화제를 장악하고 주도해나가며 스스로도 놀랄 만큼 열정적으로 달려들었다가는, 할 만큼 했다고 판단되면 사냥감을 물어온 말 잘 듣는 사냥개처럼 수줍은 태도를 보이며 갑자기 화제를 넘기고 물러섰다.

니콜이 초록색 채소밭에 서 있을 때 딕은 저 앞에서 오솔길을 가로질러 작업실로 가고 있었다. 그녀는 딕이 지나갈 때까지 조용히 기다렸다. 그런 다음 샐러드에 쓸 채소들이 자라고 있는 밭고랑을 따라 계속 걸어 작은 동물원으로 갔다. 니콜이 나타나자 비둘기와 토끼, 앵무새가 시끌벅적 혼성합창을 불러댔다. 바닷가 절벽 쪽으로 내려간 니콜은 낮고 구불구불한 담이 둘러져 있는 곳에 도착해 200미터 아래 지중해를 내려다보았다.

니콜은 타름이라는 오래되어 예스런 풍치가 풍기는 언덕 위에 자리를 잡았다. 별장과 그곳에 딸린 정원은 해안 절벽과 인접해 늘어서 있던 농가들을 개조하여 만든 것이었다. 작은 집 다섯 채를 합쳐서 별장을 짓고 네 채는 헐어내고 정원을 들였다. 바깥쪽에 있던 담들은 손을 대지 않고 그대로 둬서 저 아래 길에서 올려다보면 별장은 마을과 구분이 되지 않았다.

니콜은 잠깐 동안 지중해를 내려다보고 있었다. 하지만 그곳에는 그녀의 지칠 줄 모르는 손으로도 할 수 있는 것이 아무것도 없었다. 얼마 안 있어 딕은 망원경을 들고 작업실에서 나오더니 동쪽으로 칸을 바라보았다. 곧 니콜이 시야에 잡히자 딕은 얼른 집으로 들어가 확성기를 갖고 다시 나왔다. 딕은 자그마한 기계들을 많이 가지고 있었다.

"니콜, 말한다고 하고 깜빡 잊고 있었는데, 사도가 베푸는 최후의 관용으로 에이브럼즈 부인, 그러니까 그 호호 할머니도 초대했어."

딕은 확성기에 대고 외쳤다.

"그럴 줄 알았어요. 당신 너무해요."

자신의 대답이 쉽게 딕에게 가 닿자 확성기를 들고 나온 딕이 민망해 할지도 모른다고 생각한 니콜은 목청을 높여 외쳤다.

"내 말 들려요?"

"그래."

딕은 확성기를 내리는가 싶더니 다시 들어올렸다.

"몇 사람 더 초대하려고 그래. 젊은 남자 둘을 초대할 거야."

"좋아요."

니콜이 조용한 목소리로 동의했다.

"정말 못된 파티를 열고 싶어, 진심이야. 떠들썩한 싸움이 벌어지고, 유혹의 눈길이 오가는 파티 말이야. 그래서 사람들은 기분이 상해 집으로 가버리고 여자들은 술에 취해 욕실에서 정신을 잃는 그런 파티를 열고 싶어. 당신은 그냥 지켜만 봐."

곧 딕은 집 안으로 들어갔다. 니콜은 남편이 가장 그 다운 기분, 즉 흥분에 젖어 있다는 사실을 알아챘다. 이럴 때면 딕은 모든 사람들을 흥분 속으로 휘몰아 넣고, 흥분상태가 사라지면 자신은 자기 식의 우울증에 빠져들었다. 물론 단 한 번도 우울함을 밖으로 드러내지 않았지만 니콜은 짐작으로 알고 있었다.

이런 흥분상태는 대상의 중요성에 비추어볼 때 균형이 맞지 않을 정도로 도를 지나쳐서 사람들로 하여금 정말 탁월한 기량을 발휘하게 해주었다. 일부 현실적이고 끊임없이 의심하는 사람들만 아니면 딕은 사람들을 매혹하고 무비판적인 사랑을 불러일으키는 능력이 있었다. 그러나 흥분상태가 필연적으로 수반하는 낭비와 방종한 언행을 깨닫는 순간 딕은 그에 대한 반작용으로 무기력에 빠졌다. 그리고는 가끔 자신이 벌였던 광란의 축제를 두려운 마음으로 뒤돌아보았다. 비정한 피의 굶주림을 채우려고 자신이 명령한 살육의 현장을 응시하는 장군의 시선으로.

그렇지만 딕의 세계에 잠시 발을 들여놓은 것은 그 자체만으로도 색다른 경험이었다. 그 세계에 들어가면 사람들은 딕이 자신들의 독특한 운명을 알아보고 그에 합당한 특별한 준비를 했다고 믿게 되었다. 그의 섬세한 배려와 정중한 태도는 금세 모든 사람들을 사로잡았다. 그러나 이런 행동은 너무도 빠르고 즉각적으로 행해지기 때문에 그 결과를 통해서만 관찰이 가능했다. 딕은 이렇게 사람들의 신망을 얻은 다음에는 혹시 첫 꽃을 피운 관계의 고리가 약해지지 않을까 조심성도 내팽개친 채 얼른 자신의 즐거운 세계로 통하는 문을 열었다. 사람들이 딕의 세계에 완전히 찬동하는 한 그의 최대 관심사는 사람들을 즐겁게 하는 것이었다. 하지만 그 세계가 모든 것을 갖춘 완벽한 세계라는 사실을 의심하는 기미라도 보이면, 딕은 사람들 앞에서 모습을 감추어 버렸다. 그러고 나면 사람들은 딕이 무슨 말을 하고 어떤 행동을 했는지 거의 기억하지 못했다.

그날 저녁 8시 30분이 되자 딕은 맨 처음 도착하는 손님들을 맞으려고 밖으로 나왔다. 그는 손에 코트를 들고 있었는데, 그것은 투우사가 들고 있는 망토처럼 일면 형식을 갖추려는 의도도 있었지만 마음속에 무언가를 감추고 있다는 암시를 줄 의도도 포함되어 있었다. 로즈마리 모녀를 맞은 딕은 그들이 먼저 입을 열기를 기다렸다. 새로운 환경 속에서 자기 목소리에 자신을 갖도록 하려는 것처럼 말이다. 이것은 그만의 독특한 버릇이었다.

아름다운 타름에 올라, 어느 곳보다 더 신선한 공기를 접하고 그 매력에 쏙 빠진 로즈마리 모녀는 주변을 감상하듯이 둘러보았다. 비범한 사람들이 아무리 뛰어난 자질을 지녔다 하더라도 상황 변화에 따라 그 자질들을 다르게 표현하지 못하면 평범한 사람이 되기도 한다. 그와 똑같이 꼼꼼하게 계산된 다이애나 별장(다이버 부부의 별장)의 완벽함도 코르크 마개가 안 열리거나 하는 사소한 실수 때문에 한꺼번에 와르르 무너질 수 있었다. 첫 손님이 밤의 흥분을 안고 도착하는 동안 가정의 일과는 조용히 뒷전으로 밀려났다. 다이버 부부의 아이들과 가정교사가 테라스에서 아직 저녁을 먹고 있는 것을 보면 알 수 있었다.

"참 아름다운 정원이군요!"

엘시가 감탄을 발했다.

"니콜의 정원입니다. 아내는 정원을 가만 내버려두는 법이 없습니다. 항상 손질을 하기에 병이 들지 않나 걱정을 하지요. 저는 조만간 흰가루병이나 잎마름병 때문에 아내가 골머리를 앓게 할 작정입니다."

딕은 집게로 곧장 로즈마리를 가리키더니 부성애 같은 애정을 감추려는 듯 경쾌하게 말했다.

"로즈마리 양의 머리를 보호해줄까 합니다. 음, 로즈마리 양에게 해변에서 쓸 모자를 하나 줄 생각입니다."

딕은 로즈마리 모녀를 정원에서 테라스로 데려가서는 찬 과일즙을 따라 대접했다.

얼 브래디가 도착하여 로즈마리를 보고는 놀란 눈치였다. 그러나 그의 태도는 무뚝뚝함을 문에다 떼어놓고 온 것처럼 촬영장에서 만났을 때보다 한결 부드러웠다. 당장 얼 브래디와 딕을 비교해본 로즈마리는 딕 쪽으로 분명하게 마음을 잡았다. 두 남자를 비교해 보면 얼 브래디는 약간 상스럽고 본데없이 자란 티가 좀 났다. 하지만 로즈마리는 얼 브래디의 체격을 보자 촬영장에서 느낀, 전기에 감전된 듯한 짜릿한 기분을 다시 한 번 느낄 수 있었다.

얼 브래디는 테라스에서 저녁을 먹고 일어서는 아이들에게 스스럼없이 말을 걸었다.

"레이니어, 노래 하나 불러주겠니? 톱시랑 같이 아저씨한테 노래 한곡 불러줄래?"

"무슨 노래를 부르지요?"

얼 브래디의 청을 받아들이며 프랑스에서 자란 미국 아이들 특유의 묘하고 단조로운 말투로 레이니어가 물었다.

"왜, 그 〈내 친구 참새〉라는 노래 있잖니."

레이니어와 톱시 남매는 수줍음도 타지 않고 나란히 섰다. 저녁 공기 위로 두 아이의 낭랑하면서도 높은 목소리가 울려 퍼졌다.

달빛이 밝으니
내 친구 참새야
네 깃털 하나 뽑아 주렴
글씨를 쓸 수 있도록

촛불은 꺼지고

남은 장작도 없으니
제발 문 좀 열어주렴

노래가 끝났다. 아이들은 지는 햇살에 얼굴을 빨갛게 물들인 채 흡족한 듯 미소를 지으며 차분하게 서 있었다. 로즈마리에게는 다이애나 별장이 세상의 중심만 같았다. 이런 무대 위에서라면 영원히 잊혀지지 않을 일이 반드시 일어날 것 같았다. 로즈마리는 문이 딸그랑거리며 열리자 더욱 기분이 좋아졌다. 나머지 손님들은 한꺼번에 도착했다. 맥키스코 부부와 에이브럼즈 부인, 로열과 루이스가 테라스로 올라왔다.

그들이 나타나자 로즈마리는 무척 실망했다. 그녀는 어울리지 않는 사람들을 불러들인 데 대해 해명이라도 해보라는 듯 얼른 딕을 쳐다보았다. 하지만 딕의 표정에서는 별다른 변화를 읽을 수 없었다. 뿐만 아니라 뒤이어 도착한 손님들을 그들이 지닌 미지의 무한한 가능성에 경의를 표한다는 듯이 뿌듯한 태도로 맞아들였다. 딕을 너무나도 신뢰하는 로즈마리는 곧 맥키스코 내외의 등장을 당연하게 받아들이게 되었다. 마치 그 부부를 만나려고 내내 기다리고 있었다는 듯이.

"파리에서 뵌 적이 있습니다."

맥키스코는 아내와 함께 바로 뒤따라 들어온 에이브에게 말했다.

"사실은 두 번 뵈었지요."

"예, 기억합니다."

에이브가 대꾸했다.

"그게 어디서였지요?"

더 묻지 않아도 될 것을 맥키스코가 물었다.

에이브는 이런 속이 뻔한 잡담에 진절머리가 났다.

"글쎄, 그게……. 기억이 안 나는군요."

두 사람의 대화가 중단되자 로즈마리는 본능적으로 누군가 재치 있는 말을 해야 한다고 느꼈다. 하지만 딕은 늦게 도착한 두 쌍의 부부를 애써 떼어놓으려 하지 않았다. 심지어는 바이올렛이 거드름을 피우며 즐거워하는 것도 그대로 내버려두었다. 딕이 이런 사교상의 문제를 나서서 중재하지 않는 것은 그 순간에는 그런 문제가 중요하지도 않을 뿐더러 시간이 가면 저절로 해결되리라는 것을 알고 있기 때문이었다. 그는 좀 더 나중에 내보이려고 새로 준비한 것들을 아끼면서, 손님들이 즐거운 시간을 보내고 있다고 느낄 수 있는 좀 더 무르익은 순간을 기다리고 있었다.

로즈마리는 토미 옆에 서 있었다. 토미는 어느 때보다 더욱 냉소적인 분위기에 잠겨 있었다. 뭔가 특별한 자극을 받고 있는 것처럼 보였다. 그는 다음날 아침에 떠날 예정이었다.

"댁으로 가시나요?"

"집이라고요? 나는 집이 없는 사람입니다. 전쟁에 나가지요."

"무슨 전쟁이지요?"

"무슨 전쟁이냐고요? 그야 아무 전쟁이면 어떻습니까. 최근에 신문을 본 적은 없지만 어딘가에서 전쟁이 벌어지고 있을 겁니다. 전쟁은 항상 일어나니까요."

"무엇 때문에 전쟁을 하는지는 상관하지 않으시나요?"

"전혀 상관하지 않습니다. 대우만 좋다면 말이지요. 판에 박힌 생활이 지루해지면 다이버 부부를 보러 옵니다. 두 사람을 보면 몇 주 안에 다시 전쟁터로 나가고 싶어지리라는 것을 알기 때문이지요."

로즈마리는 바짝 긴장을 하며 물었다.

"다이버 부부를 좋아하시잖아요?"

"물론이지요. 특히 니콜을. 하지만 두 사람을 보고 있으면 전쟁에 나가고 싶어집니다."

로즈마리는 아무리 생각해 봐도 이 말뜻을 알 수가 없었다. 로즈마리로 말하자면 다이버 부부를 보면 언제까지나 그 두 사람 옆에 머물고 싶었으니까 말이다.

"토미 씨는 반은 미국인이시지요."

로즈마리는 그 사실이 문제의 해답이라도 되듯이 물었다.

"반은 프랑스 사람이기도 하지요. 게다가 교육은 영국에서 받았고 열여덟 살 이후로는 여덟 개 나라의 군복을 입었습니다. 하지만 내가 로즈마리 양에게 다이버 부부를 좋아하지 않는다는 인상을 주지 않았다면 좋겠군요. 두 사람을 좋아합니다. 특히 니콜을 무척 좋아하지요."

"누군들 좋아하지 않겠어요?"

로즈마리는 순진하게 대꾸했다.

로즈마리는 토미가 멀게 느껴졌다. 토미의 저음은 듣기에 불쾌했다. 그녀는 토미의 신랄하고 모독적인 언사 때문에 행여 다이버 부부를 동경하는 마음이 흔들리지 않도록 조심했다. 로즈마리는 토미가 만찬 석상에서 옆에 앉지 않는 것을 다행으로 여겼다. 그리고 정원에 있는 테이블로 자리를 옮겨갈 때 그가 '특히 니콜을' 이라고 한 말을 되새겨보았다.

로즈마리는 산책로에서 딕과 잠깐 동안 나란히 걷게 되었다. 딕의 간결하면서도 과단성 있는, 영리하고 민첩한 행동을 접하다 보면 사람들은 자기도 모르게 그가 모든 것을 알고 있다고 확신하게 되었다.

로즈마리는 영원 같았던 지난 1년 동안 돈도 벌었고 어느 정도 명성도 얻었으며 이름 있는 사람들과 만나기도 했다. 그러나 이 유명한 사람들은 단지 그 수만 늘었을 뿐, 의사 미망인인 어머니와 그 딸이 파리의 호텔에서 교제했던 사람들과 별반 다르지 않았다. 로즈마리는 감상적이었다. 그럼에도 영화는 그 점에 있어서 그녀에게 만족스런 기회를 많이 제공해주지 못했다. 딸을 출세시키려는 일념을 품은 엘시는 딸에게 어디에서나 접할 수 있는 자극 같은 그럴싸한 대체물을 일절 허용하려 들지 않았다. 그리고 로즈마리 역시 이미 그 정도 수준은 넘어 있었다. 다시 말해 로즈마리는 영화를 직업으로 삼고는 있었지만 영화에 빠져 있지는 않았다. 로즈마리가 어머니의 얼굴에서 딕을 인정하는 표정을 읽었을 때, 그것은 딕이 '진정한 남자' 라는 뜻이었다. 즉 가능한 한 깊은 관계를 맺어도 좋다는 허락을 의미한 것이었다.

"당신을 지켜보고 있었소."

로즈마리는 딕의 그 말뜻을 알고 있었다.

"우리는 당신을 아주 좋아하게 되었소."

"저는 당신을 처음 본 순간 당신을 사랑하게 됐어요."

딕은 그 말이 그저 듣기 좋으라고 한 소리라는 듯이 못 들은 척했다.

"가끔은 새로 사귄 친구들이 오래 알고 지낸 친구보다 함께 있으면 더 좋을 때가 있지요."

딕은 이런 사실이 중요한 문제인 것처럼 말을 했다.

로즈마리는 딕의 이 말을 정확하게 이해할 수가 없었다. 그러는 사이 해질녘 어스름 속에서 등불이 하나둘 켜지며 정원에 차려진 테이블이 보였다. 로즈마리는 딕이 오른손으로 어머니를 부축하고 가는 것을 보고 무척 기뻤다. 그녀는 루이스와 얼 브래디 사이에 앉았다. 주체할 수 없을 정도로 감동한 로즈마리는 얼 브래디에게 자신의 감정을 털어놓을 생각으로 몸을 돌렸다. 하지만 딕 얘기를 꺼내자마자 얼 브래디의 눈에서 차가운 불꽃이 튀는 것을 보고 로즈마리는 얼 브래디가 아버지 같은 역할을 해줄 마음이 없다는 것을 알아차렸다. 그녀는 얼 브래디가 손을 잡으려고 하자 이번에는 쌀쌀맞게 굴었다. 결국 두 사람은 영화 얘기만 계속했다. 좀 더 정확히 말하면 얼 브래디가 영화 얘기를 했고 로즈마리는 그 말을 들어 주었다. 로즈마리는 예의를 갖추느라 얼 브래디의 얼굴에서 눈을 떼지 않았지만 마음은 딴 곳에 가 있었다. 그 기색이 너무도 역력해서 로즈마리는 얼 브래디가 그 사실을 눈치 채고 있다는 것을 느낄 수 있었다. 그녀는 얼 브래디가 말하는 요점을 알아들었으며 나머지는 자기가 어렴풋이 알고 있는 것으로 메워가며 이해를 했다. 마치 시계 치는 소리를 처음부터 듣지 않았어도 그 리듬을 따라가다 보면 미처 헤아리지 않은 시계 소리에도 저절로 익숙해지는 것처럼 말이다.

7

얼 브래디의 말을 듣고 있던 로즈마리는 잠깐 눈을 들어 토미와 에이브 사이에 앉아 있는 니콜을 바라보았다. 촛불에 비친 니콜의 숱 많은 머리칼은 거품 덩어리처럼 보였다. 로즈마리는 가만히 귀를 기울였다. 드문드문 들리는 이야기 속에서 낭랑하면서도 짧게 끊어지는 목소리를 분명하게 알아들을 수 있었다.

"가여운 사람 같으니, 그런데 에이브, 왜 그 웨이터를 톱으로 자르고 싶었어요?"

니콜이 물었다.

"그냥 웨이터의 몸속에 뭐가 들어 있는지 궁금했어요. 니콜, 당신은 웨이터 몸 안에 뭐가 들어 있는지 알고 싶지 않아요?"

"오래된 메뉴판, 부서진 찻잔 조각들하고 팁으로 받은 잔돈에 쓰다 남은 연필 도막들, 뭐 그런 거겠지요."

니콜은 대꾸하며 살짝 웃었다.

"정확히 맞추었어요. 음, 하지만 나는 그 사실을 과학적으로 증명하고 싶었던 거지요."

"웨이터 배를 가르면서 톱을 연주할 생각이었나?"

토미가 물었다.

"말도 말게. 웨이터가 얼마나 비명을 질러대던지 그만 놀라서 말이야. 우리는 그 사람 장기 어딘가가 파열된 줄 알았다니까."

"별 희한한 얘기를 다 들어보네요."

"다른 음악가의 연주용 톱으로 웨이터의 배를 갈라보려 했던 음악가라……."

사람들이 테이블에 앉은 지 반 시간쯤 지나자 어떤 변화가 감지되기 시작했다. 사람들은 저마다 지니고 있던 어떤 것, 즉 편견과 걱정거리, 의심 같은 것을 접었다. 그러자 바야흐로 그들은 참된 본성만을 지닌 다이버 부부의 손님이 되었다. 서로 다정한 모습도 보이지 않고 관심도 없어 보였다면 그것은 다이버 부부의 체면을 깎아내리는 행위가 되었을 것이다. 사람들은 모두 친절하고 서로에게 관심을 보이려고 노력했다. 이 모습을 본 로즈마리는 그곳에 모인 모든 사람들이 좋아졌다. 단 맥키스코는 예외였다. 그는 파티 분위기에 동화하지 않으려고 작정한 사람 같았다. 그것은 악의가 있어서이기보다는 도착하면서 느낀 좋은 기분을 술의 힘을 빌려 유지하려고 마음먹은 탓이었다. 그는 의자 등에 기댄 채 신랄하게 빈정거리는 표정으로 딕을 빤히 쳐다보았다. 얼 브래디와 에이브럼즈 부인 사이에 앉은 그는 얼 브래디에게는 영화에 대해서 사람의 기를 죽이는 비평 몇 마디를 던졌고, 에이브럼즈 부인한테는 아예 아무 말도 하지 않았다. 그러나 딕을 비꼬아 주려는 의도는 테이블 건너편에 앉아 있는 딕을 대화에 끌어들이려는 시도 때문에 이따금 중단되었다.

"반 부렌 덴비의 친구가 아닌가요?"

맥키스코는 이런 식으로 딕을 대화에 끌어들이려 했다.

"저는 모르는 사람 같은데요."

"나는 댁이 그 사람 친구인 줄 알았소이다."

그는 짜증이 날 만큼 끈덕지게 물고 늘어졌다. 덴비라는 사람 얘기가 제 무게를 감당하지 못하고 흐지부지 중단되자 맥키스코는 앞 얘기와 똑같이 밑도 끝도 없는 엉뚱한 다른 화제를 꺼내서 다시 한 번 딕에게 말을 걸었다. 하지만 매번 딕이 보여주는 정중한 관심이야말로 맥키스코의 전의를 빼앗았다. 그러면 잠깐 어색한 침묵이 흐른 뒤 맥키스코가 끼어들어 중단되었던 대화는 그를 빼놓고 계속 이어졌다. 맥키스코는 다른 이야기로 훼방을 놓으려 했지만 그것은 손을 빼어버린 빈 장갑을 쥐고 끊임없이 악수를 하는 격이었다. 결국 맥키스코는 아이들끼리 잘 놀아 봐라 하는 태도로 물러 나와 그저 샴페인을 마시는 데만 열중한 것이었다.

로즈마리는 이따금씩 식탁을 둘러보며 사람들이 즐거운 시간을 보내기를 간절히 바랐다. 마치 그들이 장래에 자신의 의붓자식이라도 되는 양. 향긋한 패랭이꽃을 꽂아놓은 큰 꽃병에서 반사되는 은은한 불빛이 적당히 술기운이 오른 에이브럼즈 부인의 얼굴을 비쳤다. 에이브럼즈 부인은 활기가 넘치고 아량이 넓으며 친절한 부인이었다. 에이브럼즈 부인 옆에 앉은 로열의 여성적인 외모는 이 즐거운 저녁 모임에서는 덜 두드러져 보였다. 그다음에는 바이올렛이 앉아 있었다. 그녀는 아직 도착하지 않은 수완가의 아내같이 뒷자리에 물러서 있는 처지를 자신에게 분명하게 납득시키려 애쓰던 것을 그만두었다.

다음에는 딕이 앉아 있었다. 그는 분위기가 느슨해지면 나서서 다시 활기를 불어넣으며 자신이 연 파티에 깊이 빠져들었다.

그 옆자리에 로즈마리의 어머니가 앉아 있었다. 언제나 그렇듯 한 점 빈틈도 없이.

토미가 어머니 옆에 앉아 도시풍의 세련된 말투로 유창하게 이야기를 하는 모습을 본 로즈마리는 토미가 다시 좋아졌다. 그다음은 니콜이었다. 문득 낯선 눈으로 바라보니 니콜은 이제까지 만난 어느 여성보다도 아름다웠다. 성녀처럼 성스럽고 바이킹족이 숭배한 성모상 같은 니콜의 얼굴은 촛불 속에 흩날리는 미진 너머에서 빛나고 있었다. 그리고 소나무에 걸린 포도주 색 랜턴에서 쏟아지는 붉은빛을 받아 발그레했다. 니콜은 그야말로 고요 그 자체였다.

에이브가 니콜에게 자신의 도덕률에 대해 이야기를 하는 중이었다.

"물론 내게도 도덕률이 있지요. 사람이 도덕률 없이 살 수는 없으니까요. 내 도덕률로 볼 때 나는 마녀사냥에 반대해요. 사람들이 마녀사냥을 할 때마다 나는 정말이지 화가 나요."

로즈마리는 에이브가 젊은 나이에 화려한 출발을 했지만 그 뒤 7년 동안이나 곡을 하나도 못 쓴 음악가라는 얘기를 얼 브래디한테 들어서 알고 있었다.

에이브 옆자리에 앉은 루이스는 어떻게든 대번에 눈에 띄는 유약함을 드러내지 않으려고, 심지어는 옆에 앉은 사람들에게조차 상냥하기는 하지만 어느 정도 무관심한 태도를 보이려고 안간힘을 쓰고 있었다. 루이스의 옆자리에는 메리가 앉아 있었다. 그 얼굴이 어찌나 밝아 보이던지 투명한 유리처럼 반짝이는 그녀의 치아를 보며 같이 웃어주지 않고는 못 배길 정도였다. 활짝 벌어진 입술 주위에 예쁘고 자그마한 원을 그리며 기쁨을 드러내고 있었다.

맨 끝으로 얼 브래디가 있었다. 그는 처음에는 자기 자신의 정신건강이 어떻고 다른 사람들이 지닌 단점을 멀리함으로써 정신건강을 유지한다는 둥, 이러쿵저러쿵 자기 건강에 대한 얘기를 세련되지 못하게 늘어놓았다. 하지만 시간이 흐르면서 얼 브래디는 성실한 진면목을 드러내며 다른 사람들 말에 진지하게 귀를 기울였다.

버넷 부인(《소공녀》로 유명한 미국여류작가: 옮긴이)의 책에 나오는 어린 아이처럼 뭐든지 잘 믿고 받아들이는 로즈마리는 주변에서 벌어지는 우스꽝스럽고 난잡한 즉흥적인 행동들은 시간이 되면 끝나리라 믿고 있었다. 컴컴한 대기 위에서 반딧불이 날아다녔고 좀 낮고 먼 해안 절벽에서는 개 짖는 소리가 들렸다. 테이블이 자동으로 움직이는 무도회장의 무대처럼 공중으로 조금 솟아올라 보였고, 식탁을 둘러싸고 있던 사람들은 캄캄한 우주 속에서 서로 떨어진 채 식탁 위에 있는 음식만으로 양식을 삼고 그 불빛만으로 몸을 따뜻하게 하는 것같이 느껴졌다. 그러다가 맥키스코한테서 새어나온 낮고 묘한 웃음소리가 세계로부터 분리를 이루어냈다는 신호라도 되듯 다이버 부부는 갑자기 생기가 넘치며 쾌활해졌다.

자신들이 유력한 사람들임을 예민한 지각으로 확신하고 또 자신들의 정중한 대우를 받고 이미 우쭐해질 대로 우쭐해진 손님들의 환심을 사려는 것처럼 말이다. 잠깐 동안 다이버 부부는 따로따로, 혹은 둘이서 함께 식탁에 둘러앉은 모든 사람들에게 말을 하면서 자신들의 애정과 호의를 확신시켰다. 그러자 다이버 부부를 향해 고개를 돌린 얼굴들은 크리스마스트리 곁에서 선물을 기다리는 불쌍한 아이들의 얼굴 같았다. 그러다 어느 순간 돌연 좌중을 둘러쌌던 화기애애한 분위기는 온데간데없이 사라졌다. 파티에 초대된 사람들은 유쾌함을 넘어, 좀처럼 경험하기 힘든 분위기 속으로 빠져들었다. 그러나 그런 순간은 그 분위기가 불쾌하게 느껴지기 전에, 또 손님들이 그런 분위기가 존재했다는 사실을 채 깨닫기도 전에 끝이 났던 것이다.

그렇지만 뜨겁고 달콤한 남국의 흩어진 매력은 사람들 가슴속으로 파고들어 갔다. 가만가만 다가오는 밤과 저 아래 누워 있는 지중해에서 희미하게 철썩이는 파도소리, 남국의 매력은 이런 것들을 남기고 다이버 부부에게로 녹아 들어가 두 사람의 일부가 되었다. 로즈마리는 니콜이 어머니에게 노란 이브닝 백을 받으라고 설득하는 모습을 지켜보았다. 어머니는 그 가방을 보고 감탄했었다.

"본래 물건이란 그것을 좋아하는 사람이 가져야 한다고 생각해요."

니콜은 이런 말로 어머니를 설득했다.

그녀는 눈썹연필, 립스틱, 작은 수첩 등 자신이 지니고 있던 노란색 물건을 그 이브닝 백에 죄다 쓸어 담으며 말했다.

"같은 색깔이라 서로 어울리잖아요."

얼마 뒤 니콜의 모습이 보이지 않았다. 로즈마리는 곧 딕도 정원에 없다는 것을 알았다. 손님들만이 정원 여기저기를 배회하거나 부지중에 테라스 쪽으로 걸음을 옮기거나 하고 있었다.

"화장실에 가보지 않을래요?"

바이올렛이 로즈마리에게 물었다.

로즈마리는 그럴 때가 아니라고 판단했다.

"나는 가보고 싶어요."

바이올렛이 우겼다. 솔직하게 말하는 데 거리낌이 없는 바이올렛은 뭔가 비밀을 캐보려는 태세로 집 쪽으로 걸어갔다. 그 사이 로즈마리는 한편으로는 그녀를 비난하면서도 한편으로는 호기심이 일었다. 얼 브래디가 바닷가 절벽으로 내려가 보자고 제안을 했지만 로즈마리는 이때야말로 딕과 함께 할 시간이라고 느꼈다. 그래서 핑계를 대고 남아서는 맥키스코와 토미가 벌이고 있는 말다툼에 귀를 기울였다.

"댁은 왜 공산주의자들과 싸우고 싶어합니까?"

맥키스코가 물었다.

"인류가 이제까지 벌인 실험 중에서 가장 위대한 실험 아닌가요? 또 리프족(모로코 북쪽 산악지대 원주민: 옮긴이)은 어떻고요? 내가 보기에 정의로운 편에 서서 싸우는 것이 더 고결한 행동 같은데 말입니다."

"어느 쪽이 정의로운지 어떻게 알지요?"

토미가 빈정대며 물었다.

"그야 머리가 있는 사람이라면 대개 알지요."

"댁은 공산주의자이신가 봅니다?"

"나는 사회주의잡니다. 러시아를 심적으로 지지하지요."

"나는 군인입니다."

토미가 쾌활하게 말했다.

"사람을 죽이는 것이 내 일이지요. 리프족과는 내가 유럽인이라서 싸웠고 공산주의자들과는 그들이 내 재산을 빼앗으려고 해서 싸웠습니다."

"하고많은 핑계 중에 고작 그런 편협한 핑계밖에 댈 것이 없나요."

맥키스코는 누군가와 합세해서 토미를 비웃어주려고 주위를 둘러보았지만 아무도 동조하고 나서는 사람이 없었다. 그는 토미에 비해 자신이 모자라는 것이 뭔지 알 수가 없었다. 토미의 단순한 사상도, 그가 받은 힘든 훈련도 아니었다. 맥키스코는 사상이라는 것이 무엇인지 알고 있었고, 지적으로 풍부해지면서 점점 늘어나는 수많은 사상들을 이해하고 분류할 수 있었다. 하지만 자신이 '무식한 녀석' 이라고 여기는, 사상이라고 인정할 만한 것은 전혀 찾아볼 수 없는, 그런데도 자신이 그보다 우월하다고 느껴지지 않는 토미에게 도전을 받은 맥키스코는 토미를 구시대가 낳은 마지막 인물이고, 따라서 아무짝에도 못 쓸 위인이라고 단정을 해버렸다. 맥키스코는 미국 상류계층 사람들과 친분을 맺으면서 그들이 변덕스러우면서도 어설프게 신사인 양 굴고, 무지를 즐기며 일부러 무례하게 행동하는 것을 보고 충격을 받았다. 그런데 이 모든 것은 무슨 분명한 목적이라도 있는 것처럼 보이게 하는 요인들을, 나 몰라라 하는 영국인들의 속물근성을 본 따 만든 것이었다. 이런 태도는 보잘것없는 학식과 예의만 갖추어도 다른 어느 곳에서보다 대단한 인정을 받는 미국이라는 땅에 그대로 이식되었으며, 1900년 무렵에 나온 〈하버드 예법〉이라는 책에서 그 정점에 달했다. 맥키스코는 토미도 그런 유형의 사람이라고 단정을 내리고는, 급하게 오른 취기에 자신이 토미를 두려워한다는 사실을 잊어버렸다. 이러다 보니 결국 맥키스코는 곤경에 빠졌고, 그런 자신의 처지를 곧 깨달았다.

왠지는 잘 모르겠지만 맥키스코 때문에 부끄러워진 로즈마리는 마음속에서 이는 흥분을 차분한 얼굴 아래 감춘 채 딕이 식탁으로 돌아오기를 기다렸다. 토미와 맥키스코, 에이브, 이렇게 세 사람과 함께 텅 빈 식탁에 앉아 있던 로즈마리의 시선은 은매화와 양치식물들이 자라난 오솔길을 따라 테라스까지 옮겨갔다. 그러다 불 켜진 현관문을 뒤로하고 서 있는 어머니의 아름다운 옆모습을 취한 듯 바라보았다. 로즈마리가 막 집 안으로 들어가 보려고 하는데 바이올렛이 집 안에서 허둥지둥 달려나왔다.

몸 전체에서 흥분의 기운이 느껴졌다. 입을 다문 채 의자를 꺼내 앉는 그녀의 두 눈이 빛났고 입 주위가 조금 실룩거렸다. 그곳에 남은 모든 사람들은 그녀가 뭔가 흥미 있는 사건을 목격했다는 것을 알아챘다. 사람들 눈이 모두 아내에게 쏠리자 맥키스코는 당연히 아내에게 물었다.
"무슨 일이야, 바이올렛?"
"여보, 글쎄."
바이올렛이 의기양양하게 입을 열더니 다음에는 로즈마리를 쳐다보았다.
"세상에! 아니, 아무것도 아니에요. 정말이지 말할 수 없어요."
"다 아는 사람들인데 뭘 그러세요."
에이브가 한마디 거들었다.
"저어, 2층에 올라갔다가 본 건데요, 아, 글쎄……."
이해할 수 없다는 듯 절레절레 머리를 흔들던 바이올렛이 때맞추어 하던 말을 그만두었다. 토미가 일어서더니 공손하지만 따끔하게 충고를 한 것이다.
"이 집에서 일어나는 일을 두고 이러니저러니 말하는 것은 현명한 행동이 아니지요."

8

바이올렛은 숨을 크게 한 번 내쉬고는 애써 표정을 정리했다.

드디어 딕이 나타났다. 본능적으로 분위기를 직감한 딕은 토미와 맥키스코 부부를 떼어놓고는 지나치다 싶을 정도로 문외한이 되어서 맥키스코에게 문학에 대해 이것저것 캐물었다. 이렇게 해서 딕은 맥키스코에게 그가 바라던 우월감을 실컷 즐길 시간을 주었다. 남은 사람들도 딕을 도와 정신적 광명이 더욱 환하게 빛나도록 했다. 등불을 비추어 어둠을 밝히자는 데 누군들 기쁘지 않겠는가? 로즈마리 역시 딕을 거들었다. 사이사이 할리우드에 대한 로열의 지칠 줄 모르는 질문에 참을성 있게 답을 해주면서…….

로즈마리는, '이제야말로 딕과 둘만의 시간을 갖게 됐어. 딕은 자신의 원칙이 어머니가 내게 가르쳐주신 원칙과 같다는 것을 알아야 해.' 하고 생각하고 있었다.

로즈마리가 옳았다. 곧 딕은 그녀를 테라스에 있는 일행에게서 따로 떼어내 주었다. 둘만이 있게 되자 딕은 로즈마리를 집에서 멀리 떨어진 바닷가 절벽으로 데려갔다. 두 사람은 서로 앞서거니 뒤서거니 하며 일정하지 않은 보폭으로 천천히 걸어갔다.

딕과 로즈마리는 지중해를 바라다보았다. 저 아래 멀리, 레렝 군도에서 오는 마지막 유람선이 하늘에 둥둥 떠서 가고 싶은 대로 날아가는 독립기념일 축하 풍선처럼 리비에라 만을 가로질러 떠가고 있었다. 시커멓게 보이는 섬들 사이에서 유람선은 검푸른 해수를 부드럽게 가르며 나아가고 있었다.

"당신이 무슨 일을 할 때면 왜 어머니 얘기를 하는지 알게 됐습니다."

딕이 먼저 입을 열었다.

"어머니가 당신을 대하는 태도는 무척 훌륭해 보입니다. 미국에서는 찾아보기 힘든, 지혜 같은 것을 지닌 분이시더군요."

"어머니는 완벽하세요."

그 말 속에는 정말로 어머니가 완벽했으면 하는 바람이 담겨 있었다.

"어머님께 내가 계획하고 있는 일을 말씀드리고 있었소. 그랬더니 두 모녀가 프랑스에 얼마 동안 머무를지는 로즈마리 당신에게 달렸다고 하시던데."

내가 아니라 바로 당신한테 달렸어요, 하고 로즈마리는 하마터면 큰 소리로 말할 뻔했다.

"여기서 더 머물 이유도 없으니 말이오."

"머물 이유가 없다니요?"

"내 말은 이곳에서의 여름은 끝이 났다는 거요. 지난주에는 니콜의 언니가 떠났고 내일 토미가 떠날 거요. 월요일에는 노스 부부가 떠날 예정이고. 우리가 올 여름에 남은 시간 동안 즐거운 시간을 더 보낼지는 모르지만 오늘 저녁 파티 같은 이런 특별한 재미는 끝이오. 나는 이런 특별한 즐거움은 극적으로 끝내고 싶소. 감상에 젖어 서서히 사라지는 것을 보느니 말이지요. 나는 당신이 우리와 동행하고 싶은지 궁금하오."

"어머니는 뭐라고 하셨어요?"

"괜찮게 여기시는 것 같았소. 어머니는 함께 가실 생각이 없고 로즈마리 당신 혼자 가길 바라시던데."

"저는 다 자란 뒤로는 파리에 가본 적이 없어요. 당신과 둘이서 파리를 보고 싶어요."
"그렇게 말해주니 고맙소."
로즈마리는 딕의 목소리가 갑자기 쇳소리처럼 차갑게 들렸다.
"당연한 일이지만 우리는 당신이 해변에 처음 모습을 보인 순간부터 쭉 당신에게 호기심을 품고 있었소. 그때 그 생기발랄함, 우리는 그런 생기발랄함을 보고 당신이 배우라서 그렇다고 여겼소, 특히 니콜이. 그런 활기는 다른 개인이나 집단과 어울린다고 해서 저절로 고갈되지 않는 법이지."
로즈마리는 본능적으로 딕이 자신을 그저 스쳐만 지나 결국은 천천히 니콜에게 돌아갈 거라는 것을 느꼈다. 그녀는 감정을 억누르며 딕과 똑같이 냉정한 목소리로 말했다.
"저 역시 선생님 일행 모두에 대해 알고 싶었어요. 누구보다 딕 당신을요. 내가 말했잖아요. 당신을 처음 본 순간 사랑을 느꼈다고 말이에요."
로즈마리로서는 그런 식으로 달려들 만도 했다. 그러나 탁 트인 공간으로 나오자 딕의 마음은 냉정해지고 로즈마리를 이리로 데려오게 이끈 충동은 온데간데없이 사라졌다. 그러자 딕은 자신이 한 번도 연습해 본 적 없는 장면과 생소한 말들과 몸부림을 벌이고 있다는 사실을 깨달았다.
딕은 로즈마리가 별장으로 돌아가고 싶은 마음이 일도록 하려고 애썼으나 쉽지 않았다. 실은 로즈마리를 아주 잃고 싶지가 않은 것이 딕의 마음이었다. 로즈마리는 자신을 기분 좋게 해주려고 농담을 하는 딕 옆에서 불어오는 바닷바람만 쐬고 있었다.
"로즈마리, 당신은 자신이 무엇을 원하는지 몰라요. 그러니 가서 어머니에게 당신이 무엇을 원하는지 물어봐요."
로즈마리는 딕에게 매혹되었다. 그녀는 딕이 입고 있는 가톨릭 사제의 제의처럼 보이는 검은색 코트에 손을 갖다대고는 부드러운 천을 만지작거렸다. 그녀는 당장이라도 그대로 주저앉을 것 같았다. 로즈마리는 그런 자세로 마지막 한마디를 했다.

"당신은 내가 만나 본 중에서 가장 멋진 사람이에요, 어머니만 빼고요."

"로즈마리, 당신의 눈을 보면 꿈을 꾸는 것처럼 보이오."

딕은 크게 웃으며 니콜이 있는 테라스로 로즈마리를 데려갔다.

돌아갈 시간은 너무도 빨리 왔다. 니콜과 딕은 사람들 모두 늦지 않게 돌아갈 수 있게 배려를 했다. 다이버 부부의 커다란 아이조타 자동차에 토미와 그의 짐이 실려 있었다. 토미는 그날 밤 호텔에서 묵고 다음날 새벽 기차를 탈 예정이었기 때문이다. 에이브럼즈 부인과 맥키스코 부부, 루이스가 아이조타에 함께 탔다. 얼 브래디가 몬테카를로로 가는 길에 로즈마리 모녀를 내려주기로 했다. 로열도 아이조타가 만원이라 더 탈 수 없게 되자 얼 브래디의 차에 동승했다. 정원에 밝혀 놓은 랜턴 등이 만찬을 즐겼던 식탁을 비추는 가운데 다이버 부부가 현관문 앞에 나란히 서 있었다. 니콜은 큰 소리로 계속 인사를 하며 그 우아함으로 밤을 가득 채웠고 딕은 한 사람 한 사람 이름을 불러가며 작별 인사를 했다. 로즈마리는 니콜과 딕 두 사람만 별장에 남겨두고 떠나오는 것이 몹시 마음에 걸렸다. 그녀는 다시 한 번 바이올렛이 욕실에서 무엇을 보았는지 궁금해졌다.

9

밤은 청명하고 칠흑처럼 새까만데, 흐릿한 별 하나 남기고 모든 별이 다 져버린 것 같았다. 앞쪽에서 울리는 자동차 경적은 밤공기를 삼켜버린 짙은 안개 때문에 둔탁하게 들렸다. 얼 브래디의 운전기사는 차를 천천히 몰았다. 그래서 앞서가는 아이조타 뒤에 있는 뒤쪽 깜박이 등이 구불구불한 모퉁이를 돌 때면 이따금씩 보이더니 나중에는 아예 보이지 않게 되었다. 하지만 10분쯤 지나자 앞차의 미등이 다시 시야에 잡히는가 싶더니 갓길에 차가 멈추어 섰다. 얼 브래디의 운전기사가 속력을 늦추어 아이조타 뒤로 붙었다가는 얼른 천천히 차를 전진시켜 아이조타를 지나쳐 갔다. 얼 브래디의 차가 아이조타를 지나치는 순간 얼 브래디의 차에 탄 사람들은 조용하던 차 속에서 희미하게 들려오는 사람들 음성을 들었고 딕의 운전기사가 싱긋이 웃는 것을 보았다. 얼 브래디의 차는 계속 앞으로 달려 캄캄한 어둠과 어스레한 빛이 번갈아 나타나는 강둑을 빠르게 지나치더니 드디어 급강하하는 롤러코스트처럼 몸집 큰 고스호텔로 달려 내려갔다.

로즈마리는 세 시간 정도 선잠을 잔 뒤 눈을 떴다. 그리고는 들뜬 마음으로 달빛을 받으며 누워 있었다. 관능적인 어둠에 둘러싸인 채 앞으로 일어날지도 모를 일들을 머릿속에 그려보았다. 모든 상상들은 마지막에는 꼭 키스로 끝이 났다. 하지만 키스 자체는 영화 속에서 하는 키스처럼 현실감이 느껴지지 않았다. 로즈마리는 몸을 뒤척였다. 늘 겪는 불면증의 첫 신호였다. 그녀는 이 문제를 어머니의 시각에서 보려고 했다. 그러는 중에 로즈마리는 경험을 넘어서는 예리한 판단을 종종 했다. 그것은 귀 너머 주워들은 옛 사람들의 말들을 기억했기 때문이다.

로즈마리는 자라는 동안 내내 어른이 되면 일을 해야 한다는 생각을 했다. 엘시는 자신을 과부로 만들어 놓고 앞서 간 두 남편이 남긴 얼마 안 되는 유산을 딸을 교육하는데 썼다. 그리고 딸이 열여섯 나이에 활짝 피어나자 온천 도시 애레벵으로 부랴부랴 데리고 갔다. 그리고 딸에게는 미리 알리지도 않은 채 그곳에서 쉬고 있던 미국인 영화 제작자의 방에 억지로 들여보냈다. 그 결과 그 제작자가 뉴욕으로 돌아갈 때 모녀도 동행했다. 이렇게 로즈마리는 배우의 길로 들어서는 첫 관문을 통과했다. 영화에서 성공이 잇따르고 그 결과 비교적 안정적으로 자리를 잡게 되자 엘시는 그날 밤 가벼운 마음으로 다음과 같은 암시를 던졌다.

"나는 너를 일을 하도록 길렀다. 결혼은 꼭 해야 하는 것은 아니다. 이제 네가 좋아하는 첫 남자를 만났다. 그것도 괜찮은 남자를. 가거라! 가서 무슨 일이 있든 그것을 경험을 쌓는 기회로 삼거라. 너나 그 남자 둘 중 하나는 상처를 입게 되겠지. 하지만 무슨 일이 있다 해도 그 때문에 네가 다치는 일은 없을 것이다. 엄밀히 말해 너는 여자라기보다는 남자의 입장에 있으니까."

로즈마리는 어머니의 완벽함이 무한하다는 것 말고는 생각이라는 것을 해본 적이 별로 없었다. 그래서 어머니와 연결된 마지막 탯줄을 끊어야 한다고 생각하니 잠이 오지를 않았다. 부연 새벽빛에 밝아오는 하늘이 높직한 프랑스풍 창문을 통해 비쳐들자 로즈마리는 일어나 맨발에 온기를 느끼며 테라스로 나갔다. 새벽 공기 속에서는 은밀한 속삭임이 들렸다. 둥글게 휜 호텔 후면에 있는 차도를 따라 들리던 발소리가 다음에는 먼지 쌓인 도로에서, 다음에는 돌이 깔린 산책로로 이어지고, 콘크리트 계단을 밟고 올라오는 소리가 나더니 이제까지 밟아온 길을 거꾸로 밟아 가버렸다. 칠흑 같은 바다 너머, 저 높고 검은 그림자가 진 언덕 위에 다이버 부부가 살고 있었다. 로즈마리는 니콜과 딕 두 사람을 같이 떠올리자 피어오르는 연기 같은, 오랜 옛날 아주 먼 곳에서 들려오던 찬송가 같은 노래를 두 사람이 부르는 소리가 희미하게 들리는 것만 같았다. 아이들은 잠들고 별장의 문은 닫힌 채.

로즈마리는 방 안으로 들어가 가운을 걸치고 실내화를 신은 다음 다시 나와 죽 이어진 테라스를 따라 현관 입구로 급히 걸어갔다. 다른 객실들은 모두 곤한 잠에 취해 있었다. 로즈마리는 정문의 넓고 하얀 계단 위에 앉아 있는 사람의 형체를 보고 걸음을 멈추었다. 가만 보니 루이스가 울고 있었다.

루이스는 소리 죽여 서럽게 울면서 여자들이 흐느낄 때처럼 어깨를 들썩였다. 지난해 연기한 한 장면이 불현듯 떠오르자 로즈마리는 그에게 다가가 어깨 위에 손을 살며시 올려놓았다. 그는 처음에는 로즈마리를 알아보지 못해서 낮은 비명을 질렀다.

"무슨 일이세요?"

차분하고 상냥한 눈을 보아 호기심 때문에 묻는 것은 아니었다.

"제가 도울 일은 없나요?"

"아무도 나를 도울 수 없어요. 전부터 알고 있었어요. 문제는 내게 있다는 것을. 늘 그랬답니다."

"무슨 일인지 제게 이야기하고 싶으세요?"

루이스는 말을 해도 좋을지 알아보려고 로즈마리를 쳐다보았다.

"아니요."

루이스는 말을 하지 않기로 마음을 정했다.

"아가씨도 나이가 들면 알게 될 거요. 사랑을 하는 사람들이 겪는 고통이 어떤 건지. 그 엄청난 고뇌를 알게 될 거요. 사랑을 하기보다는 열정을 모르는 어릴 때가 더 좋은 법이라오. 전에도 이런 일은 있었지만 이번 같은 경우는 처음이오. 너무도 뜻밖이오. 그것도 공교롭게 모든 일이 잘 풀려가고 있는 시점에서 말이오."

루이스의 얼굴은 점점 밝아오는 빛 속에서 보니 혐오감이 일었다. 그녀의 변덕스런 성격 때문이 아니라 루이스의 얼굴 근육이 씰룩거리는 것을 보고 로즈마리는 갑작스런 혐오감을 감추지 못했다. 감수성이 예민한 루이스는 로즈마리가 자신에게 혐오감을 느끼고 있다는 사실을 깨닫고 갑자기 화제를 바꾸었다.

"에이브가 이 근처 어딘가에 있을 텐데."

"어머, 그분은 다이버 부부 별장에 머물잖아요!"

"그래요, 하지만 그 사람은 궁지에 빠져 있어요. 무슨 일이 있었는지 모르나 보지요?"

그때 2층의 어느 객실 덧창이 열리더니 한 영국인이 또렷한 목소리로 내뱉었다.

"부디 조용히 좀 해주겠소?"

로즈마리와 루이스는 미안해서 몸 둘 바를 몰라 하며 계단을 내려가 해변으로 가는 길가에 있는 벤치에 가 앉았다.

"그럼 무슨 일이 있었는지 모르고 있어요? 세상에, 그런 일을 여태 모르고 있었다니."

루이스는 슬슬 분위기를 잡더니 비밀 이야기를 주절주절 늘어놓았다.

"나는 그렇게 난데없이 일이 벌어지는 것은 처음 보았어요. 나는 항상 흥분 잘하는 사람들은 멀리 해왔지요. 그런 사람들을 보면 얼마나 당황하게 되는지 며칠 동안 못 일어나는 경우도 있지요."

루이스는 의기양양해서 로즈마리를 쳐다보았다. 그녀는 도대체 그가 무슨 말을 하고 있는지 알 수가 없었다.

"곧 결투가 벌어질 겁니다."

"뭐…… 라…… 고요?"

"결투 말이에요. 아직 무엇 때문인지는 모릅니다만."

"누가 결투를 한다는 거지요?"

"처음부터 얘기해 주리다."

루이스는 숨을 길게 들이쉬고는, 로즈마리가 좀 미덥지는 않지만 혹시 비밀을 지키지 않더라도 그것 때문에 로즈마리를 원망하지 않겠다는 듯이 말했다.

"물론 로즈마리 양은 다른 차에 타고 있었으니 글쎄, 어떻게 보면 운이 좋았다고 할 수 있지요. 나는 십년감수하는 줄 알았어요. 일이 어찌나 갑작스레 터지던지."

"무슨 일이 생겼는데요?"

로즈마리가 다그쳐 물었다.

"발단이 뭔지는 나도 모르오. 처음에 그 여자가 말을 꺼냈다오."

"그 여자라뇨?"

"바이올렛 말이오."

루이스는 마치 벤치 아래쪽에 사람들이 있기라도 한 듯 목소리를 낮추어 말했다.

"하지만 다이버 부부 얘기는 마시오. 그 사람이 다이버 부부를 들먹이는 사람이 있으면 가만히 있지 않겠다고 으름장을 놓았으니까요."

"누가 그런 협박을 했지요?"

"토미가 그랬소. 그러니 아가씨는 내가 그 사람들 얘기를 했다는 사실조차 말하면 안 됩니다. 우리들 중 아무도 바이올렛이 하려고 했던 말이 뭔지 알아내지 못했소. 토미가 바이올렛에게 말을 못 하게 해서 말이오. 그러자 바이올렛의 남편 맥키스코가 두 사람 사이에 끼어들더니 결국 결투를 하게 된 거지요. 오늘 아침 5시 정각에 말이오. 한 시간도 채 안 남았소."

루이스는 자기 자신의 슬픔을 생각하며 갑자기 한숨을 내쉬었다.

"나는 결투 당사자가 나였으면 싶을 지경이오. 나야말로 살아야 할 이유가 하나도 없는 지금 죽는 편이 나을 거요."

루이스는 여기서 말을 중단하고는 비탄에 빠져 몸을 앞뒤로 흔들었다.

다시 철제 덧창이 위로 올려지더니 예의 그 영국 사람이 소리를 질렸다.
"정말이지 그 입 좀 당장 못 다물겠소?"
그와 때를 같이해서 다소 산란해 보이는 에이브가 호텔에서 나오다가 두 사람을 알아보았다. 둘은 바다 위로 이미 하얗게 밝은 하늘을 배경으로 앉아 있었던 것이다. 로즈마리는 에이브가 입을 열기 전에 경고의 표시로 머리를 흔들어 보였다. 세 사람은 길을 따라 더 아래쪽에 있는 다른 벤치로 자리를 옮겼다. 로즈마리는 에이브가 술이 좀 취해 있다는 것을 알아차렸다.
"두 사람이 뭘 하고 있었던 겁니까?"
에이브가 다그쳐 물었다.
"저는 방금 일어난걸요."
로즈마리는 웃다가 위에서 소리치던 사람이 생각나 간신히 웃음을 참았다.
"나이팅게일이 시끄럽게 울어대는 통에 일어났나 보군요."
에이브의 말 속에는 은근한 암시가 들어 있었다. 그는 그 말을 한 번 더 되풀이했다.
"아마 나이팅게일이 울어대는 소리가 듣기 괴로웠겠지요. 이 바느질 봉사단 회원이 무슨 일이 있었는지 말해주던가요?"
루이스가 점잔을 빼며 말했다.
"나는 내 귀로 직접 들은 것만 알고 있소. 직접 들은 것 외에는 아무것도 아는 것이 없소이다."
루이스는 자리에서 일어나더니 얼른 다른 곳으로 가버렸다. 그러자 에이브가 로즈마리 옆에 앉았다.
"왜 그렇게 루이스 씨를 고약하게 대하세요?"
"내가 그랬나요?"
에이브가 놀라서 물었다.
"오늘 새벽 내내 이 주변을 어슬렁거리며 울었답니다."
"그렇다면 뭔가 슬픈 일이 있나 보지요."

"그럴지도 모르지요."

"결투를 한다니 무슨 소리예요? 누가 결투를 한다는 거지요? 딕의 차 안에서 무슨 일이 있기는 있었던 것 같은데, 정말 그랬나요?"

"남 말하기 좋아하는 사람들이 수군거리며 부풀려 놓은 것은 분명하지만 무슨 일이 있기는 있었던 것 같아요."

10

일은 얼 브래디의 차가 길가에 멈추어선 딕의 아이조타를 지나쳐갈 무렵 시작됐다. 감정이 실리지 않은 담담한 에이브의 설명을 듣고 있자니 어느새 사람들이 모였던 전날 밤, 일이 벌어진 현장으로 빠져들게 되었다.

"바이올렛이 다이버 부부와 관련해서 알게 된 무슨 일인가를 에이브럼즈 부인에게 들려주고 있었답니다. 바이올렛은 다이애나 별장 2층에 올라갔다가 우연히 뭔가를 목격했고 그것은 바이올렛으로서는 아주 충격적인 광경이었던 모양입니다. 하지만 토미는 다이버 부부의 충실한 경비원 같은 존재랍니다. 사실 바이올렛은 드세고 만만찮은 여자지요. 일은 토미와 바이올렛 쌍방이 모두 잘못하여 일어났답니다. 그런데 다이버 부부의 친구들은 다이버 부부와 관련된 문제를 다른 여러 사람들이 알고 있는 것 이상으로 심각하게 받아들이는 경향이 있어요. 물론 거기에는 얼마간의 희생이 따르지요. 가끔 두 사람은 그저 발레에서 나오는 매력적인 인물들처럼 보일 때가 있고 그로 인해 그만한 관심을 받기도 하지요. 하지만 이번 일은 그 정도가 아니었어요. 로즈마리 당신도 사건의 전모를 알고 있었으면 좋을 걸 그랬어요. 하여튼 토미는 딕이 니콜에게 소개해준 친구들 중 하나였지요. 그런데 바이올렛이 자신이 목격한 니콜 이야기를 자꾸만 사람들에게 비치려고 하자 토미가 이렇게 부탁을 했답니다.

'맥키스코 부인, 부탁이니 다이버 부인에 대한 얘기는 그만하시지요.'

'전 댁한테 얘기하지 않았어요." 하고 바이올렛이 항의를 했다더군요.'

'두 사람 일은 두 사람이 알아서 하도록 놔두는 것이 좋을 것 같군요.'

'두 사람이 그렇게 신성한가요?'

'두 사람 얘기는 그만하라고요. 다른 얘길 하란 말입니다.'

토미는 루이스 옆에 있는 조그만 좌석에 앉아 있었어요. 루이스가 그 이야기를 내게 해줬지요.

'어머, 토미 씨, 명령이라도 하듯 고압적이시군요.' 하고 바이올렛이 대들었답니다. 늦은 밤 자동차 안에서 오가는 대화가 어떤지는 당신도 알 거예요. 누군가는 중얼중얼 투덜대는데 그 소리에 관심을 보이는 사람도 없고 파티 뒤에 찾아오는 나른함에 젖어 있거나, 아니면 지루해 하다가 잠에 곯아 떨어져 버리지요. 그러니 차 안에 있던 아무도 무슨 일이 일어났는지 몰랐답니다. 차가 멈추고 토미가 사람들 정신이 번쩍 들게 할 만큼 큰 소리로 외칠 때까지 말이지요. 기병대에게 내리는 명령처럼 우렁찼다더군요.

'여기서 내리고 싶소? 호텔까지는 1마일만 더 가면 되니 걸어가도 되고 아니면 내가 댁들을 거기까지 끌고 가리다. 당신도 입 좀 닥치고 당신 아내 입도 틀어막아 주시오!'

그러자 맥키스코가 나섰지요.

'당신 알고 보니 순 싸움꾼이군. 당신이 나보다 힘이 세다고 나를 얕잡아 보는 모양인데 나는 당신 같은 사람 하나도 무섭지 않소. 이럴 때 필요한 것이 결투지…….'

맥키스코가 실수를 한 것이지요. 프랑스 사람인 토미는 맥키스코한테 몸을 기울이고 '좋소! 결투를 합시다.' 라고 한 것이지요. 그러고 나서 기사는 계속 차를 몰았답니다. 그런 상황이 벌어지고 있을 때 로즈마리가 탄 차가 지나간 거예요. 그 뒤, 여자들은 다시 이야기를 시작했고 차가 호텔에 다 왔을 때까지 상황은 여전히 그대로였다더군요. 토미가 칸에 있는 누군가에게 결투 입회인이 되어달라고 전화를 했대요. 맥키스코는 루이스를 입회인으로 세울 수가 없었지요. 루이스는 그 일에 열을 내지 않았거든요. 그러자 맥키스코는 내게 전화를 걸어서는 무턱대고 그냥 내려와 보라고만 하더군요. 바이올렛은 그만 기절을 했어요. 에이브럼즈 부인이 객실로 데려가 진정제를 먹이자 바이올렛은 침대에서 편안하게 잠이 들었지요. 나는 내려가서 토미를 설득해 두 사람을 화해시키려고 했지만, 토미는 맥키스코가 사과를 하지 않는 한 어떤 것도 받아들이지 않겠다고 버텼고 맥키스코도 사과 같은 것은 절대 하지 않겠다고 쓸데없는 고집을 부렸어요."

이야기를 마친 에이브에게 로즈마리가 조심스럽게 물었다.

"니콜과 딕도 이번 일이 자신들 때문에 일어난 것이라는 것을 알고 있나요?"

"아니, 모르고 있어요. 뿐만 아니라 앞으로도 이번 결투가 자신들하고 무슨 관련이 있다는 것을 두 사람은 영영 몰라야 해요. 저 쓰레기 같은 루이스가 로즈마리한테도 그 얘기를 하지 말았어야 하는 건데. 하지만 이미 말을 했으니 어쩌겠소. 운전기사한테는 이 일을 두고 입이라도 벙긋하면 오래된 악기 톱을 사용해주겠다고 말해두었소. 이 결투는 두 남자만 알고 있는 일이오. 토미에게 필요한 것은 전쟁이지요."

"저는 다이버 부부가 몰랐으면 좋겠어요."

에이브가 시계를 들여다보았다.

"올라가서 맥키스코가 어쩌고 있는지 봐야겠소. 함께 가겠소? 그 사람은 세상에 혼자 남은 것 같은 기분일 거예요. 틀림없이 잠도 못 잤을 겁니다."

로즈마리는 그 허술한 남자가 극도로 긴장한 채 날밤을 꼬박 새우는 상상이 들었다. 잠시 후 연민이 혐오감을 극복해주자 로즈마리는 에이브와 함께 맥키스코에게 가보기로 하고는 아침이 활력을 불어넣어 준 듯이 에이브 옆에서 계단을 펄쩍펄쩍 뛰어올라갔다.

맥키스코는 손에 샴페인 잔을 들고 있었다. 술기운에 기대 전의(戰意)를 상실한 채 침대 위에 앉아 있었다. 그는 아주 왜소하고 시무룩하고 창백해 보였다. 확실히 맥키스코는 밤새 글을 쓰고 술을 마신 것이 분명해 보였다. 그는 몽롱한 눈으로 에이브와 로즈마리를 빤히 쳐다보더니 이렇게 물었다.

"시간이 되었소?"

"아니요, 아직 반 시간 정도 남았소."

탁자 위는 종이들로 어지럽게 덮여 있었다. 맥키스코가 낱장의 종이들을 힘들여 모아 놓고 보니 하나의 긴 편지가 되었다. 마지막 장에 쓰인 글씨는 너무 크고 읽기도 힘들었다. 맥키스코는 점점 희미해지는 은은한 전등불빛 속에서 마지막 장 하단에 자신의 이름을 휘갈겨 쓰고는 그것을 봉투에 꾸역꾸역 쑤셔 넣어서 에이브에게 건넸다.

"아내한테 전해주시오."

"찬물에 머리를 담가보는 것이 좋을 텐데."

에이브가 권했다.

"그러는 것이 좋을 것 같소?"

맥키스코가 어정쩡하게 물었다.

"나는 정신이 너무 말짱해지는 것은 원치 않소."

"지금 당신 몰골이 너무 형편없어서 하는 말이오."

맥키스코는 고분고분 에이브가 시키는 대로 욕실로 갔다.

"모든 것을 뒤죽박죽인 채로 그냥 두고 가게 생겼소."

맥키스코가 소리를 질렀다.

"바이올렛이 어떻게 미국으로 돌아갈지 모르겠소. 보험 하나 들어놓은 것도 없소. 보험을 들 만큼 여유가 있던 적이 한 번도 없었다오."

"어리석은 소리는 집어치우시오. 한 시간만 지나면 바로 여기서 아침을 먹게 될 테니."

"물론 나도 알고 있소."

맥키스코는 머리가 물에 젖은 상태로 돌아왔다. 그리고는 마치 처음 보는 사람처럼 로즈마리를 쳐다보았다. 갑자기 맥키스코의 눈에 눈물이 어렸다.

"아직 소설을 못 끝냈는데, 그 생각을 하면 가슴이 미어지오. 당신은 나를 좋아하지 않지만 그거야 어쩔 수 없는 일이지. 나는 본래 문학가요."

맥키스코는 흐리멍덩하고 낙담한 소리를 내며 머리를 절망적으로 흔들었다.

"살면서 많은 실수를 저질렀소, 정말로 많은 실수를. 그렇지만 나는 가장 뛰어난 축에 속했소. 어떤 면에서는……."

맥키스코는 여기서 말을 멈추더니 불 꺼진 담배를 뻐끔뻐끔 빨았다.

"전 맥키스코 씨를 좋아해요. 하지만 맥키스코 씨가 결투를 해야 된다고 생각하지는 않아요."

로즈마리가 말했다.

"맞소, 나는 그자를 말로써 제압하려 해야 했소. 하지만 이제 와서 없었던 일로 할 수도 없잖소. 괜히 관여할 자격도 없는 일에 뛰어들었소. 성미가 워낙 불같아서 말이오……."

맥키스코는 반박의 말이라도 기다리듯 에이브를 진지하게 쳐다보았다. 그러더니 돌연 발작적인 웃음을 터뜨리며 다 식은 담배꽁초를 입으로 가져갔다. 그의 호흡이 빨라졌다.

"문제는 내가 결투를 제안한 것이오. 바이올렛이 입만 다물고 있었다면 일을 어떻게 무마해볼 수도 있었을 텐데. 물론 지금이라도 그냥 떠나버리거나 팔짱을 끼고 앉아서 모든 일을 그냥 웃어넘길 수도 있소. 하지만 그렇게 되면 바이올렛은 다시는 나를 존경하지 않을 거

요."

"아뇨, 부인은 당신을 존경할 거예요. 그것도 예전보다 더 존경할 거예요."

"아니, 당신은 바이올렛을 몰라서 그런 말을 하는 거요. 남의 약점을 잡고 나면 바이올렛은 아주 고약하게 변해요. 우리 부부는 결혼한 지 12년이 되었고 일곱 살짜리 딸아이를 두었는데 그 아이가 죽고 말았소. 그 뒤로는 로즈마리가 알고 있는 그대로요. 우리 두 사람은 조금씩 빙빙 겉돌기 시작했고 진지한 말을 나누지도 않고 서로 소원(疏遠)해졌소. 바이올렛은 오늘밤 파티에서 나를 겁쟁이라고 불렀소."

난처해진 로즈마리는 아무 대꾸도 못 했다.

"별일 없을 거요."

에이브는 가죽 케이스를 열었다.

"이것들이 토미가 결투할 때 쓰는 권총이오. 눈에 좀 익혀두라고 빌려왔소. 토미는 이 총들을 여행 가방에 넣어 가지고 다닌답니다."

에이브는 오래된 무기들 중 하나를 손에 들고 무게를 가늠해보았다. 로즈마리는 총을 보자 불안한 마음에 한숨이 새어나왔고 맥키스코는 초조한 눈빛으로 총을 쳐다보았다.

"음, 마주 보고 서서 45구경 권총으로 서로 쏘아대는 것은 아닌 것 같소."

"모르겠소."

에이브는 무심하게 대꾸했다.

"내가 아는 것이라고는 긴 총신을 따라 보게 되면 더 잘 보인다는 것뿐이오.

"거리는 어떻소?"

맥키스코가 물었다.

"그 점에 대해서는 알아보았소. 만일 쌍방 중 한쪽이 확실히 죽어야 끝날 경우에는 여덟 보(步) 간격을 두고 맞붙고, 둘 다 생명에는 지장이 없이 상처만 살짝 내는 정도에서 끝내고자 할 때는 20보(步)거리요. 끝으로 명예를 회복하기 위해서라면 거리는 40보(步)요. 토미의 입회인과 나는 마흔 보로 하기로 동의했소."
"그 정도라면 좋소."
"푸시킨의 소설에 멋진 결투 장면이 있소."
에이브가 기억을 더듬으며 말했다.
"결투에 임하는 두 사람이 절벽 끝에서 만약 둘 중 누구라도 일단 한 방 제대로 맞으면 그대로 낭떠러지 아래로 떨어졌다오."
이 이야기가 맥키스코에게는 아주 먼 옛날에 있었던 학술적인 이야기로 들렸다. 그래서 그는 에이브를 물끄러미 쳐다보며 물었다.
"뭐라고요?"
"바닷물에 잠깐 빠졌다가 새롭게 태어나고 싶지 않느냐 말이오?"
"아니, 절대 사양하오. 나는 수영을 못 한다오."
맥키스코는 한숨을 쉬었다.
"도대체 이게 다 무슨 짓인지 모르겠소."
그는 힘이 하나도 없이 말을 했다.
"내가 지금 무슨 짓을 하고 있는지 모르겠소."
결투는 난생처음 해보는 일이었다. 사실 맥키스코는 감각적인 세계란 곳이 있는지도 모르고 살아온 부류의 사람이라서 당면한 현실에 맞닥뜨리게 되자 너무도 당황한 것이다.
"이제 가는 것이 좋겠군요."
에이브가 이렇게 말하고 보니 맥키스코는 약간 의기소침해 있었다.
"좋소."
맥키스코는 독한 브랜디 한 모금을 단숨에 들이켜고 휴대용 술병을 호주머니에 넣고는 거의 무뢰한처럼 말했다.
"내가 그자를 죽이면 어떻게 되는 거요? 감옥에 가게 되는 거요?"
"이탈리아 국경까지 태워다 드리리다."
맥키스코가 로즈마리를 힐긋 쳐다보며 말했다.
"떠나기 전에 당신에게 알아보고 싶은 것이 하나 있소."

"저는 두 분 다 다치지 않았으면 좋겠어요. 결투는 아주 어리석은 일 같아요. 그러니 결투를 안 하고 문제를 해결할 방법을 찾아보세요."

로즈마리가 마지막으로 부탁했다.

11

로즈마리가 아래층으로 내려가 보니 루이스가 아무도 없는 로비에 혼자 있었다.

"당신이 위층으로 올라가는 것을 보았는데, 맥키스코는 괜찮은가요? 결투는 언제 한다고 합디까?"

루이스가 흥분해서 물었다.

"저는 몰라요."

로즈마리는 루이스가 결투가 무슨 서커스인 양, 맥키스코가 비극을 연기하는 광대인 양 말을 하자 몹시 화가 났다.

"호텔 차를 예약해 뒀는데 같이 가겠소?"

루이스는 극장 관람석을 예약해 놓은 사람처럼 물었다.

"저는 가보고 싶지 않아요."

"왜 보고 싶지 않다는 거요? 나는 십년감수할 것 같기는 하지만 꼭 가서 보고 싶소. 아주 멀찌감치 떨어져서 보면 되지요."

"로열 씨하고 함께 가보지 그러세요?"

루이스의 외알 안경이 벗겨졌다. 하지만 이번에는 그것을 감출 털이 없었다. 그는 힘겹게 몸을 일으켜 세웠다.

"그 작자는 절대로 다시 보고 싶지 않소."

"어쨌든, 저는 못 갈 거 같아요. 어머니가 좋아하시지 않을 거예

요."

로즈마리가 객실로 들어가자, 스피어즈 부인이 잠이 덜 깬 채로 잠자리에서 일어나 딸을 찾았다.

"어딜 갔었니?"

"그냥 잠이 안 와서요. 어머니는 좀 더 주무세요."

"내 방으로 좀 건너오너라."

로즈마리는 어머니가 침대에서 일어나 앉는 소리를 듣고는 어머니 방으로 가서 무슨 일이 있었는지 들려주었다.

"너도 가보지 그러니?"

스피어즈 부인이 딸에게 넌지시 권했다.

"너무 가까이 가서 볼 필요는 없지만 나중에 네가 도울 일이 있을지도 모르잖니."

로즈마리는 결투를 구경하고 있는 자신을 상상하는 것이 싫어서 난색을 표했다. 하지만 아직 잠이 덜 깨서 의식이 몽롱한 상태에 있는 스피어즈 부인은 의사의 아내였을 때 누가 죽거나 참화를 겪고 있다고 한밤중에 걸려오던 전화 생각이 났다.

"나는 네가 여기저기 돌아다니며 나 없이도 네 판단에 따라 의연하게 행동을 했으면 좋겠구나. 레이니 광고 때는 이보다 훨씬 더 위험한 일도 했지 않니?"

로즈마리는 여전히 자기가 왜 결투 현장에 가야 하는지 납득이 가지 않았다. 하지만 열두 살 때 자신을 파리의 오데옹 무대로 들여보냈다가 다시 돌아왔을 때 반갑게 맞아주었던, 그 확신에 차고 통찰력 있는 어머니 말을 따랐다.

로즈마리는 계단을 내려오다가 에이브와 맥키스코가 차를 타고 가버리는 것을 보고는 핑계가 생겼으니 안 가도 되겠구나 하고 생각했다. 하지만 곧 호텔 차가 모퉁이를 돌아 나와 끼익 소리를 내며 멈추어 서더니 루이스가 로즈마리를 잡아끌어 제 옆자리에 앉혔다.

"두 사람이 우리가 따라가는 것을 못마땅하게 여길지 몰라서 저기 숨어 있었어요. 여기 이렇게 무비 카메라도 챙겨 왔답니다."

로즈마리는 어이가 없어서 피식 웃고 말았다. 루이스는 망가지려야 더 망가질 수도 없는 구제 불능인 사람이었다. 그나마 인간성이라도 더 나빠지지 않는 것이 다행이라면 다행이었다.

"바이올렛은 다이버 부부를 왜 싫어하지요?"

로즈마리가 의아해서 물었다.

"다이버 부부는 바이올렛을 참 친절하게 대했잖아요."

"문제는 그런 것이 아니에요. 바이올렛이 뭔가를 목격했답니다. 그게 문제의 발단이에요. 토미가 가로막고 나서서 바이올렛이 본 것이 정확히 무언지 알 수가 없었지만."

"그럼 그 일 때문에 루이스 씨가 그렇게 슬퍼한 것은 아니란 말이네요."

"맞아요, 그 일 때문은 아니었소."

루이스는 목이 메어서 잠시 쉬었다 다시 말을 이었다.

"그것은 호텔로 돌아와서 생긴 다른 일 때문이었소. 하지만 이제는 아무렇지도 않소. 이제는 완전히 마음을 비웠으니까."

로즈마리와 루이스는 앞차가 가는 대로 해변을 따라 동쪽으로 가서 쥬앙 레펭을 지나갔다. 그곳에는 새로 짓는 카지노 건물의 뼈대가 한참 올라가고 있었다. 새벽 4시가 지나자 푸른빛이 도는 잿빛 하늘 아래 그날의 첫 고기잡이배들이 삐걱삐걱 소리를 내며 연한 청록색 바다로 나아가고 있었다. 두 사람은 간선도로를 벗어나 시골로 통하는 샛길로 들어섰다.

"골프 코스로군."

루이스가 소리를 질렀다.

"틀림없이 이 골프장에서 결투가 벌어질 거요."

루이스의 예측이 맞았다. 에이브가 차를 저만치 앞쪽에 세울 때 동쪽 하늘이 빨갛고 노랗게 물드는 것을 보니 무더운 하루가 될 것 같았다. 호텔 차 기사에게 소나무 숲 속으로 차를 몰고 가라고 이르고 로즈마리와 루이스는 숲 그늘 아래 자리를 잡고 앉아서 에이브와 맥키스코가 서성이는 희부연 페어웨이(골프에서 티(tee)와 퍼팅 그린(putting green) 사이에 있는 잔디 구역: 옮긴이)를 둘러보았다. 거기서 에이브와 맥키스코가 왔다갔다하고 있었다. 맥키스코는 냄새를 맡는 토끼처럼 이따금씩 머리를 들었다. 이윽고 더 앞쪽에 있는 티(골프에서 각 홀의 출발점: 옮긴이) 바로 옆에서 움직이는 사람들의 형체가 보였다. 로즈마리와 루이스는 그들이 토미와 그의 프랑스인 입회인임을 알아볼 수 있었다. 토미의 입회인은 총이 담긴 상자를 옆구리에 끼고 있었다.

어지간히 긴장이 되는지 맥키스코는 슬그머니 에이브 뒤로 가더니 휴대용 병에 담아간 브랜디를 꿀꺽꿀꺽 들이켰다. 맥키스코가 긴장으로 뻣뻣해진 몸으로 계속 앞으로 걸어가 상대방 쪽으로 곧장 나아가려고 하자 에이브가 그를 제지한 다음 토미 입회인인 프랑스 사람한테 가서 말을 주고받았다. 해가 지평선 위로 떠올랐다.

루이스가 로즈마리의 팔을 움켜잡았다.

"나는 못 보겠소."

그는 거의 목이 멘 채 훌쩍였다.

"못 견디겠어. 이러다가는 내가 내 명에 못……."

"제 팔 좀 놓으세요."

로즈마리가 매몰차게 말한 후 불어로 미친 듯이 기도를 했다.

결투를 벌일 두 남자가 마주 보고 섰다. 토미는 옷소매를 걷어올린 채였다. 두 눈은 햇빛을 받아 불안하게 빛났지만 바지 솔기에 손바닥을 문지를 때 보니 움직임은 침착했다. 맥키스코는 술기운 때문에 무서운 것이 없는지 에이브가 손수건을 들고 다가설 때까지 입술을 오므려 휘파람을 불며 태연하게 긴 코끝을 잡아당겨 뾰족하게 만들었다. 프랑스인 입회인은 얼굴을 돌리고 서 있었다. 로즈마리는 맥키스코에 대한 지독한 연민 때문에 한숨을 쉬었고 토미에 대한 증오로 이를 갈았다. 그때였다.

"하나 둘 셋!"

에이브가 긴장된 음성으로 수를 헤아렸다.
맥키스코와 토미는 동시에 총을 쏘았다. 맥키스코는 잠깐 기우뚱했지만 곧 균형을 잡고 바로 섰다. 두 사람이 쏜 총알은 모두 빗나갔다.
“자, 이것으로 결투는 끝났소!”
에이브가 큰 소리로 말했다.
결투를 벌인 두 사람이 다가섰고 모두 궁금한 얼굴로 토미를 바라보았다.
“분명히 밝히는데 나는 이것으로 만족할 수 없소.”
“뭐라고? 자네는 분명히 만족했어. 다만 그걸 의식하지 못할 뿐이야.”
에이브가 조바심을 치며 말했다.
“결투를 다시 하자면 자네 친구가 반대할 것 같나?”
“빌어먹을 자네가 잘 보았네, 토미. 자네가 결투를 고집했고 내 의뢰인은 끝까지 최선을 다했네.”
토미는 차갑게 비웃었다.
“거리가 터무니없이 멀었네. 나는 그런 광대놀음에는 익숙지가 않아. 자네 의뢰인에게 상기시켜 주게, 여기는 미국이 아니라고.”
“미국을 헐뜯어 보았자 무슨 소용인가.”
에이브가 다소 날카롭게 쏘아붙이고 어조를 바꿔 토미를 달랬다.
“이걸로 충분하네, 토미.”
두 사람은 잠깐 동안 기분 좋게 말을 주고받았다. 그러자 토미가 고개를 끄덕이더니 좀 전 결투를 벌였던 상대에게 차가운 태도로 고개를 숙여 인사를 했다.
“악수는 안 합니까?”
프랑스인이 차 옆으로 바싹 다가섰다.
“두 사람은 벌써 아는 사이랍니다.”
에이브의 말이었다.
그는 맥키스코 쪽으로 몸을 돌렸다.

"자, 그만 여기를 뜹시다."

둘이 골프장 밖으로 성큼성큼 걸어갈 때 맥키스코는 기쁨을 감추지 못하며 에이브의 팔을 꽉 잡았다.

"잠깐만요!"

에이브가 소리쳤다.

"토미에게 권총을 돌려줘야 합니다. 총이 다시 필요할지 모르니까 말이오."

맥키스코는 에이브에게 총을 건네며 "그자랑 같이 지옥에나 떨어져라." 하고 총에다 대고 악담을 했다.

"가서 말하시오. 그자가 할 수 있는 것이……."

"토미한테 당신이 재결투를 원한다고 전하리까?"

"나는 이미 결투를 했소."

맥키스코는 차를 타고 갈 때 소리를 질렀다.

"그것도 아주 잘했단 말이오, 안 그렇소? 나는 겁을 먹지도 않았소."

"당신은 만취 상태였소."

에이브가 퉁명스럽게 내뱉었다.

"아니, 나는 멀쩡했소."

"좋소. 그럼 당신은 취하지 않았다고 칩시다."

"왜, 내가 술을 한 모금 마셨든 안 마셨든 그게 무슨 큰 차이라도 있단 말이오?"

맥키스코는 자신감이 붙자 에이브를 매섭게 노려보았다.

"무슨 차이가 있느냔 말이오?"

맥키스코는 되풀이해서 물었다.

"당신 스스로 깨닫지 못한다면 이해시키려 해 봐야 무슨 소용이 있겠소."

"전쟁 중에는 모든 사람들이 언제나 술에 취해 있다는 것을 모르시오?"

"자, 그 얘기는 그만둡시다."
그렇지만 이 결투 사건은 아주 끝난 것이 아니었다. 두 사람 뒤로 다급한 발소리가 들리더니 프랑스인 의사가 옆에다 차를 댔다.
"실례합니다, 신사 분들."
그는 숨을 헐떡이며 말했다.
"계산을 좀 해주시겠습니까? 물론 진료비만 내시면 됩니다. 토미 씨는 천 프랑밖에 없어서 계산을 할 수가 없다고 하고 또 한 사람은 지갑을 안 가져 왔다고 합니다."
"저런 생각만 하는 프랑스인을 믿다니."
에이브는 이렇게 중얼거린 다음 의사에게 물었다.
"얼마면 되겠소?"
"내가 지불하겠소."
"아니오, 나한테도 돈은 있소. 우리 모두 똑같은 위험에 처해 있었지 않소."
에이브가 의사에게 왕진요금을 지불하는 동안 맥키스코는 갑자기 숲 속으로 들어가더니 구토를 했다. 그런 다음 전보다 더 창백해진 그는 에이브의 부축을 받으며 바야흐로 발그레하게 밝아오는 아침 속을 걸어 자동차 있는 곳으로 왔다.
루이스는 관목 숲에 벌렁 드러누워 숨을 헐떡이고 있었다. 이번 결투의 유일한 피해자인 셈이었다. 한편 로즈마리는 돌연 발작이라도 일으킨 듯 깔깔거리며 샌들을 신은 발로 루이스를 계속 걷어찼다. 그녀는 루이스가 일어날 때까지 쉬지 않고 발길질을 해댔다. 이제 로즈마리에게 중요한 문제는 몇 시간 안에, 마음속으로는 여전히 해변에서 만난 '다이버 부부'라고 부르는 사람들을 보게 되리라는 사실뿐이었다.

12

로즈마리, 노스 부부, 딕, 젊은 프랑스 음악가 둘, 이렇게 모두 여섯 명이 부아쟁에서 니콜을 기다리고 있었다. 그들은 다른 사람들도 점잖은지 보려고 식당에 있는 다른 손님들을 대충 둘러보았다. 딕이 자신 말고는 신사다운 미국 사람은 한 사람도 없다고 말하자, 일행은 딕의 주장을 반박해줄 본보기가 될 만한 사람을 찾고 있었다. 상황은 그들에게 불리하게 돌아갔다. 10분이 지나도록 한 사람도 식당으로 들어오는 사람이 없어서 결국 딕의 콧대를 꺾어놓을 수가 없었던 것이다.

"그렇지만 딕이 이 식당에서 유일하게 점잖은 사람은 아니야……."

"아니, 신사다운 사람은 나뿐이래도 그러네."

옷을 잘 차려입은 미국인이 여자 둘을 데리고 식당으로 들어왔다. 여자들은 거리낌 없이 옷자락을 펄럭이며 식탁 사이를 휙 하고 지나갔다. 문득 그 남자는 사람들이 자신을 지켜보고 있다는 사실을 감지했다. 그는 반사적으로 손을 들어올려 넥타이의 불룩하게 튀어나온 매듭부분을 매만졌다. 좌석을 잡지 못한 또 한 무리의 사람들 중 한 사람은 면도한 얼굴을 손바닥으로 계속해서 가볍게 두드리고 있었고, 옆에 있는 동료는 다 태운 담배꽁초를 무의식적으로 입에 댔다 내렸다 하고 있었다.

좀 더 나은 축들은 안경과 수염을 만지작거렸고, 안경이고 수염이고 아무것도 없는 축들은 밋밋한 입 언저리만 쓰다듬거나 귓불을 잡아 당기기도 했다.

어느 유명한 장군이 식당으로 들어왔다. 그러자 에이브는 그 장군이 웨스트포인트에 입학한 해가 언제인지 헤아려보며 딕과 5달러를 걸고 내기를 했다.

장군은 두 손을 양옆에 자연스럽게 내려뜨린 채 좌석으로 안내되기를 기다렸으나, 갑자기 장군이 도움닫기 선수처럼 허리에 손을 올리자 장군이 드디어 분통을 터뜨렸다고 여긴 딕은 '아! 저 장군 역시 신사답기는 틀렸군.' 하고 탄성을 지르는 순간 장군은 곧 냉정을 되찾았다. 그걸 보고 일행은 안도의 한숨을 쉬었다. 장군의 격한 감정이 거의 가라앉자 웨이터가 의자를 빼어주었다.

분노가 아직 다 가시지 않은 장군은 손을 번쩍 들어올려 말끔하게 손질된 희끗희끗한 머리를 긁었다.

"보게, 신사다운 사람이라고는 나뿐이지 않나."

딕은 자신만만하게 말을 했다.

로즈마리는 딕의 말을 그대로 믿었고 자신의 일행들 외의 다른 사람들이 참을 수 없을 정도로 싫어졌다. 로즈마리 일행은 파리에서 이틀을 머물렀다. 하지만 실제로 그들은 여전히 리비에라 해변의 파라솔 아래 있는 기분이었다. 전날 밤, 파티에 참석한 사람들은 할리우드의 메이페어 파티밖에 참석해 본 적이 없는 로즈마리에게 정말 대단해 보였다. 그때 딕은 그들 중 몇 사람들과만 인사를 나눔으로써 친교의 범위를 한정시키려 했다. 이를테면 어울릴 사람들을 선별한 것이다. 다이버 부부는 사람들을 많이 알고 있는 것 같았다. 하지만 그런 사람들도 마치 다이버 부부를 아주, 아주 오랜만에 만나서 몹시 놀라는 것처럼 보였다.

"아니, 어디들 계시기에 통 안 보이십니까?"

상냥하지만 단번에 외부인들을 칼같이 물리치고 자기들끼리만 다시 뭉치는 것이었다. 로즈마리는 곧 그런 사람들을 오래전부터 알고 있었다는 기분이 들었다. 그래서 로즈마리는 그들에게 다가갔다가는 퇴짜를 놓고 떨쳐버렸다.

그들 일행은 너무나도 미국적인 냄새가 났다. 그러나 가끔은 미국 냄새가 전혀 안 날 때도 있었다. 딕이 자신의 일행에게 돌려주는 것은 오랜 세월 세상과 타협하느라 때가 묻어버린 그들 자신이었다.

바깥 날씨가 묻어 들어온 것 같은 하늘색 옷을 입은 니콜이, 향료를 듬뿍 친 설익은 음식 냄새가 진동하고 어두컴컴하고 담배연기로 자욱한 레스토랑으로 살그머니 들어왔다. 자신의 미모를 찬탄하는 사람들의 눈빛을 읽은 니콜은 환한 미소로 감사인사를 대신했다. 그들은 잠깐 동안은 모두 상냥하고 아주 예의 바르게 행동했다. 그러다 그런 것에 싫증이 나면 우스갯소리도 하고 신랄한 비난도 하다가 종국에 가서는 이런저런 계획을 마구 세웠고, 시간이 지나면 잊혀질 것이 분명한 것들을 두고 소리 내어 웃기도 했다. 그것도 아주 실컷…….
그러는 사이 남자들은 포도주를 세 병이나 비웠다. 식탁에 둘러앉은 세 여자는 미국인의 삶이 얼마나 변화무쌍한지를 상징적으로 보여주는 인물들이었다.

니콜은 자수성가한 미국 자본가의 손녀딸이자 리프 바이센펠트 가문 출신인 한 백작의 외손녀였다. 메리는 날품팔이 도배장이의 딸인 동시에 타일러 대통령(미국 제 10대 대통령: 옮긴이)의 후손이었다. 로즈마리는 중산층 중에서도 중류 계급 출신이었다. 그러나 어머니 덕분에 할리우드라는 미지의 정상에 올라서게 된 것이다. 이 세 여자들의 닮은 점이자 동시에 이들이 다른 수많은 미국 여자들과 다른 점은, 세 여자 모두 한 남자의 세계 안에 존재하는 것을 행복해한다는 것이었다. 이들은 남자들에게 대항하면서가 아니라 남자들을 통해서 자신의 개체성을 유지했다. 세 여자는 모두 괜찮은 고급 매춘부가 될 수도 있었고 현모양처가 될 수도 있었다. 운 좋게 좋은 집안에서 태어났느냐 아니냐에 따라서가 아니라, 남자를 잘 만났느냐 아니냐 하는 더 큰 운에 의해서 말이다.

아마도 로즈마리는 이들의 세계에 익숙지 않은 탓에 다른 사람의 사생활에 대해 관심을 삼가는, 오래된 암묵의 약속에 무턱대고 빠져든지도 모른다. 식탁이 치워지고 웨이터가 로즈마리에게 프랑스 식당에는 의례 있기 마련인 어두컴컴하고 후미진 뒤쪽으로 안내해주었다. 거기서 로즈마리는 흐릿한 오렌지색 전등 불빛에 의지해 전화번호를 찾아 프랑코-아메리칸 영화사에 전화를 걸었다. 틀림없이 영화사는 〈아빠의 딸〉 복사 필름을 갖고 있을 것이다. 그러나 영화사 측에서 말하기를, 그 필름은 다른 곳에 빌려주어 당장은 없다는 것이었다. 하지만 그녀를 위해 주 중에 생앙제 거리 341번지에서 상영을 하겠다고 약속했다. 크로우더 씨에게 필름을 달라고 하라는 것이었다.

전화박스는 의류보관실과 접해 있었다. 전화수화기를 제자리에 걸어 놓던 로즈마리는 외투를 죽 걸어놓은 외투걸이 반대편, 채 2미터도 떨어지지 않은 곳에서 두 남녀의 속삭임을 들었다.

"그럼 나를 사랑하는 거요?"

"그럼요, 사랑하고 말고요!"

니콜의 목소리였다. 로즈마리는 전화박스에서 나갈까 말까 망설이고 있었다.

그때 딕의 음성이 들렸다.

"당신을 안고 싶어 미치겠어. 지금 당장 호텔로 갑시다."

니콜은 숨을 헐떡였다. 한동안 무슨 말이 오가는지 로즈마리에게는 한 마디도 들리지 않았다. 그렇지만 두런두런하는 소리는 여전히 들렸다. 그 두런거림에서 느껴지는 가늠할 수 없는 은밀함에 로즈마리는 전율을 느꼈다.

"당신을 안고 싶어."

"4시에 호텔에서 기다릴 거예요."

로즈마리는 두 사람의 목소리가 멀어질 때까지 숨을 죽이고 서 있었다. 로즈마리는 두 사람의 속삭임을 듣고 처음에는 무척 놀랐다. 그녀에게는 두 사람의 관계가 서로 간에 애틋한 애정이 없는, 다시 말해 좀 냉담한 관계로 비쳤던 것이다. 이제 강렬한 감정의 격류가 용솟음치는 것을 느꼈다. 마음 깊은 곳에서 우러나는 정체를 알 수 없는 그런 감정을. 로즈마리는 자신이 다이버 부부의 애틋한 사랑에 매혹이 되었는지 아니면 상처를 받았는지 알 수가 없었다. 하지만 적어도 깊은 감동을 받은 것은 분명했다. 그 때문에 로즈마리는 식당으로 돌아왔을 때 외톨이가 된 기분이었다. 하지만 두 사람의 다정한 모습에 마음이 훈훈해졌고 '그럼요, 사랑하고 말고요!' 라고 했던 열정적인 속삭임이 마음속에서 메아리가 되어 울렸다. 로즈마리는 자신이 목격한 두 사람의 밀담에서 느껴지는 독특한 분위기를 앞에 두고 앉았다. 그녀는 이런 경험하고는 거리가 멀었지만 두 사람의 그런 행동을 보고 영화 속에서 러브신을 연기할 때 느꼈던 혐오감 같은 것은 전혀 느끼지 않았다.

로즈마리는 그 생각을 아무리 떨쳐버리려 해도 제자리에서 맴돌 듯 결국에는 어김없이 두 사람의 밀회 생각으로 다시 돌아왔다. 그래서 니콜과 쇼핑을 하면서도 로즈마리는 정작 당사자인 니콜보다 두 사람의 밀회 약속에 신경이 더 쓰였다. 로즈마리는 니콜을 새로운 눈으로 바라보며 그녀의 매력을 평가했다. 분명 니콜은 로즈마리가 이제까지 만나 본 여성 중에서 가장 매력적인 여자였다. 니콜은 심지가 굳고 가족에게 헌신적이며 정숙했다. 그리고 뭐라 표현할 수 없는 신비감을 지니고 있었다. 이제 어머니의 중류 계급적인 사고방식을 체득한 로즈마리는 그런 신비감을 니콜의 돈에 대한 태도와 관련시켜 생각해 보았다. 로즈마리는 자신이 직접 돈을 벌어서 썼다. 유럽에 머물게 된 이유도 영화촬영을 위해 1월의 싸늘한 날씨에도 물 속에 여섯 번이나 들어가야 했기 때문이다. 체온이 39도에서 40도를 오락가락하는 고열상태에 빠지자 어머니가 촬영을 중단시켰다.

로즈마리는 니콜의 조언을 받아가며 드레스 두 벌과 모자 두 개, 구두 네 켤레를 자기 돈을 주고 샀다. 니콜은 종이 두 장에 달하는 기다란 구입품 목록에 있는 것들을 샀고, 상점 진열창에 마음에 드는 물건이 보이면 그것도 사들였다. 마음에는 들지만 자신에게는 별 쓸모가 없는 것들은 친구들에게 줄 선물로 샀다. 또한 색색의 구슬과 접었다 폈다 하는 비치 쿠션, 조화(造花), 꿀, 손님용 침대, 여러 개의 가방과 스카프, 모란잉꼬 몇 마리, 참새우 빛깔이 나는 새로 나온 천을 3미터나 샀다. 그리고 수영복 열 벌과 고무로 된 악어, 금색과 상아색 말이 든 여행용 체스 한 벌을 샀다. 뿐만 아니라 메리에게 줄 커다란 면 손수건 여러 장, 빨갛고 파란 허미즈(Hermes, 명품 브랜드의 하나: 옮긴이)의 세무가죽 재킷 두 벌을 구입했다. 하지만 이렇게 엄청난 물건을 사는 니콜에게는 속옷이나 보석을 사들이는 고급 매춘부들과는 조금도 닮은 구석이 없었다. 매춘부들이 속옷이나 보석을 사들이는 것은 결국은 직업상 필요한 도구나 실패했을 때를 대비한 보험 같은 성격이 있었다. 그러나 니콜은 전혀 다른 처지에서 이런 것들을 사들였다. 니콜이 누리는 이런 엄청난 여유는 누군가 밤새워 이루어낸 발명과, 누군가의 뼈 빠지는 노역의 결과였다.

니콜을 위해 기차들은 시카고에서 출발해 대륙의 둥그런 복부를 지나 캘리포니아로 달려갔다. 껌 공장은 연기를 내뿜고 공장 작업대의 연동장치는 자꾸만 늘어갔다. 남자 노동자들은 큰 통에 들어 있는 치약을 섞고 구리로 된 커다란 통에서 치약을 퍼 올렸다. 여자 노동자들은 8월이 되면 서둘러 토마토 통조림을 만들거나 성탄절 전야에도 싸구려 잡화점에서 씩씩하게 일했다. 백인 피가 섞인 혼혈 인디언들은 브라질의 커피 농장에서 뼈 빠지게 일을 했고 발명가들은 새로 발명한 트랙터의 특허권을 강제로 빼앗겼다. 바로 이런 사람들이 니콜에게 십일조를 바쳤다. 그러나 이런 체제 전체가 동요하고 계속 비난을 받게 될수록 도매상처럼 대량으로 물건을 사들이는 니콜의 구매 욕구는 점점 더 커졌다. 마치 번져 가는 불길 앞에서 제자리를 지키고 서 있는 소방관의 얼굴이 벌겋게 달아오르는 것처럼. 니콜은 자아 안에 자신의 운명을 품고서 아주 단순한 행동규범을 실천했다. 그럼에도 그 원칙들을 한 치의 빈틈도 없이 행동에 옮기는 과정을 보면 어떤 기품이 배어 있었다. 로즈마리 자신도 즉시 니콜의 원칙을 따라해 보려고 했다.

4시가 가까워 오고 있었다. 니콜은 어깨 위에 모란잉꼬 한 마리를 올려놓고 서서는 모처럼 만에 수다를 떨었다.

"글쎄, 로즈마리가 그날 물 속에 들어가지 않았으면 어떻게 됐을까요? 나는 가끔 그런 일들이 궁금해요. 우리는 전쟁이 나기 직전에 베를린에 있었어요. 나는 열세 살이었고 어머니가 돌아가시기 바로 전이었지요. 언니는 궁중무도회에 참석할 예정이었어요. 언니한테 온 무도회 초청장에 왕가의 자손 세 명의 이름이 올라 있었는데, 모든 것은 의전관이 미리 정해 놓았대요. 언니는 파티에 가기 반 시간 전부터 옆구리에 통증을 느꼈고 열이 심하게 났어요. 의사가 맹장염이라 수술을 해야 한다고 했지요. 하지만 어머니는 계획대로 언니를 파티에 보내시려고 묘안을 짜내셨지요. 결국 언니는 드레스 밑에다 얼음주머니를 차고 2시까지 춤을 추었어요. 그리고 다음날 아침 7시에 수술을 받았지요."

그때는 엄격한 것이 좋았다. 교양 있는 사람들은 다 자기 자신에게 엄격하기 때문이었다. 하지만 4시가 되자 로즈마리는 딕이 지금 호텔에서 니콜을 기다리고 있을 생각만 계속 들었다. 그리고 '니콜은 호텔로 가야 해. 딕을 기다리게 하면 안 돼.', '호텔에 왜 가지 않지요?'라는 생각이 떠오르기도 했으나 갑자기 이렇게 말하고 싶어졌다. '당신이 가고 싶지 않다면 내가 갈 거예요.'

그러나 니콜은 상점 한 곳을 더 들렀고 그러고 나서야 남편과의 약속이 기억났는지 갑자기 멍한 표정을 짓더니 이내 택시를 손짓해 불렀다.

"안녕, 재미있었지요, 그렇지요?"

니콜이 물었다.

"너무 즐거웠어요."

로즈마리가 대답했다. 니콜과 함께 있는 것은 생각했던 것보다 힘들

었지만 니콜이 차를 몰고 가버리자 로즈마리의 온 자아가 제 존재를
주장하며 들썩거렸다.

13

딕은 건널목 모퉁이를 돌아서 참호를 따라 진창 위에 질러 깐 판자 길을 계속 걸어갔다. 전망경이 설치된 곳에 이르자 잠깐 그 속을 들여다보았다. 그리고 계단을 올라가 방어용 흉벽 너머를 천천히 둘러보았다. 전면에는 우중충한 하늘을 인 보몽 하멜이 있었고 왼쪽으로는 비극적인 전투가 벌어졌던 티프발 언덕이 보였다. 딕은 그 장소들을 자신의 쌍안경으로 자세히 들여다보고 있자니 슬픔 때문에 목이 메어왔다.

참호를 따라 계속 걸어가다 보니 일행이 다음 건널목에서 자신을 기다리고 있었다. 딕은 제 가슴을 가득 채운 흥분을 사람들에게 전해주고 그들과 그 감정을 공유하고 싶었다. 비록 정작 전투를 목격한 사람은 딕 자신이 아니라 에이브였지만 말이다.

"여기 이 땅은 전투가 있던 그해 여름, 일보 전진을 위해 스무 명의 병사가 목숨을 잃은 곳이오."

딕이 로즈마리에게 설명을 해주었다. 로즈마리는 딕의 말을 듣고서 6년생의 키 작은 나무들이 자라고 있는 헐벗은 파란 평원을 바라보았다. 만약 딕이 지금 자신들이 포격을 받고 있다는 말을 했어도, 그날 오후의 로즈마리는 딕의 말을 곧이곧대로 믿었을 것이다. 그녀의 사랑은 이제 깊어질 대로 깊어져 마침내는 불행을 느끼기 시작했고 그대로는 못 견딜 지경이 되었다. 로즈마리는 어떻게 해야 좋을지 알 수가 없었다. 어머니와 이야기를 하고 싶었다.

"그 뒤로도 많은 사람들이 죽었고 오래잖아 우리도 모두 죽게 될 걸세."

에이브가 위로라도 하듯 이렇게 말했다.

로즈마리는 긴장을 한 채 딕이 이야기를 계속하기를 기다렸다.

"저 작은 개울을 봐요. 걸어서 2분이면 갈 수 있는 거리요. 그러나 영국군이 저기까지 가는 데는 한 달이 걸렸소. 전 부대가 아주 천천히 전진해 갔지. 제1선에서는 병사들이 죽어나가고 뒤에서는 계속 앞으로 밀어붙였소. 그러면 적군은 아주 천천히, 하루에 몇 센티미터씩 후퇴를 했지요. 수백만 개의 핏빛 융단을 깔아놓은 듯 전사자들의 시체를 그대로 남겨둔 채 말이오. 유럽인들은 이 세대가 가기 전에는 절대로 그런 짓을 되풀이하지 않을 거요."

"뭐라고, 겨우 얼마 전 터키에서 물러난 것이 누군데. 또 모로코에서는 어떻……."

"그것은 문제가 다르지. 이곳 서부전선에서 있었던 혈투는 다시 있을 수 없을 걸세. 적어도 상당 기간은. 젊은 친구들은 자신들도 그렇게 할 수 있다고 생각하지만 절대 그렇게 못 하지. 마른현에서 처음 벌어진 전투에서라면 몰라도 여기서 벌어졌던 혈투처럼 싸울 수는 없지. 이 전쟁은 신의 존재를 회의하게 했고, 세월을 앗아갔고, 인간성에 대한 확신을 잃게 했고, 계층 간에 존재하는 엄밀한 관계를 무너뜨렸네. 병사들은 기억을 더듬어 추억할 수 있는 모든 것을 가슴에 품고 거기서 우러나는 감정으로 무장을 해야 했지. 크리스마스와 황태자와 그 약혼녀 사진을 넣은 엽서를 기억하고 발랑스에 있는 작은 카페들이며 운터덴린덴 로(路)에 있는 비어가르텐(옥외에서 맥주나 음료를 파는 가게: 옮긴이)과 시청에서의 결혼식이며 더비 경마대회에 가던 일과 할아버지의 구레나룻을 떠올려야 했네. 그렇게 일진일퇴하는 끔찍한 전투를 견뎌내야 했지."

"그랜트 장군이 1865년 피터스버그 전투에서 이런 식의 전법을 처음 시도했지."

"아니, 그렇지가 않네. 그랜트가 발명한 것은 대량 학살법이지. 이런 식의 전투는 루이스 캐롤과 쥘 베르느, 《물의 요정》을 쓴 운디네, 볼링을 하는 시골 사제와 마르세유의 대모와 부르템부르크와 웨스트팔리아 뒷골목에서 남자들에게 걸려든 여자들, 이런 사람들이 발명한 거야. 이것은 사랑 때문에 일어난 전쟁이었어. 한 세기에 걸친 중산층의 사랑을 이 전선에 아낌없이 퍼부은 거지. 이 전투는 최후의 사랑 전쟁이었어."

"자네는 이 전쟁을 소설로 옮겨보라고 D. H. 로렌스에게 넘겨주고 싶은가 보지."

에이브가 빈정거리는 투로 말했다.

"내 모든 아름답고 안전한 세계는 거센 돌풍과도 같은 격정적인 사랑과 함께 날아가 버리고 말았네. 그렇지 않소, 로즈마리?"

딕은 계속해서 애통해했다.

"저는 모르겠어요. 선생님은 모르시는 것이 없잖아요."

로즈마리는 침울한 얼굴로 대답을 했다.

로즈마리와 딕은 다른 사람들과 뒤처져 걸었다. 갑자기 흙덩이와 작은 돌멩이가 빗발치듯 쏟아졌다. 에이브가 다음 건널목에서 이렇게 소리쳤다.

"몸이 근질근질 한 것을 보니 전쟁의 망령이 다시 내 속으로 들어오나 본데. 나는 이 참호를 폭파시키려 하네."

에이브의 머리가 참호 제방 위로 쏙 올라왔다.

"자네는 죽었어. 자네는 규칙도 모르나? 조금 전 흙덩이는 수류탄이 터진 거란 말이야."

로즈마리가 깔깔 웃었다. 딕은 에이브에게 복수를 하려고 돌멩이 한 줌을 집어들었다가 내려놓았다.

"여기서는 장난치고 싶지 않네."

딕은 사죄하는 듯한 태도로 말했다.
"탯줄은 끊어지고 금접시는 깨지고 모두 그런 식으로 엉망이 됐네. 하지만 나처럼 늙은 낭만주의자가 할 수 있는 일은 아무것도 없다네."
"나도 비현실적이기는 마찬가지네."
일행은 말끔하게 복원된 참호를 나와 뉴펀들랜드 출신 전사자들의 기념관으로 향했다. 비문을 읽던 로즈마리가 갑자기 눈물을 쏟았다. 대부분의 여자들처럼 로즈마리도 감성이 풍부하다는 말을 듣는 것을 좋아했다. 게다가 로즈마리는 딕이 들려주는 이야기라면 우스운 것이든 슬픈 것이든 다 좋았다. 하지만 로즈마리는 무엇보다도 자신이 딕을 얼마나 사랑하는지 그가 알아주기를 바랐다. 이제는 그 사실이 모든 것을 엉망으로 만들어버려, 꿈을 꾸듯 설레는 마음으로 옛 격전지 위를 걷고 있었다.
그 뒤에 일행은 차에 올라 아미앵으로 향했다. 가늘고 차갑지 않은 비가, 새로 조성된 관목 숲과 덤불 숲 위로 촉촉이 내리고 있었다. 지나가며 보니 커다란 화장용 장작더미와 탄피, 폭탄과 수류탄, 철모, 총검과 총의 개머리판, 썩은 가죽각반이 전투가 끝난 뒤 6년이 지나도록 땅바닥에 버려진 채 나뒹굴고 있었다. 커브 길을 돌자 갑자기 넓은 바다 위에 이는 하얀 물마루처럼 묘석이 즐비하게 늘어서 있었다. 딕은 기사에게 차를 세워달라고 부탁했다.
"저기 그 아가씨가 있군. 그런데 화환을 그대로 들고 있는데."
일행은 딕이 차에서 내려 여자에게 다가가는 것을 가만히 지켜보았다. 여자는 손에 화환을 들고 출입문 옆에서 이러지도 저러지도 못하고 서 있었다. 그녀가 타고 온 택시는 밖에서 기다리고 있었다. 이날 아침 기차 안에서 만난 이 젊은 여자는 테네시 주 동부에 있는 상공업 도시 녹스빌에서 온 빨간 머리의 아가씨로 오빠의 무덤에 화환을 바치려고 왔다. 여자의 얼굴은 속상하고 애가 타서 흘린 눈물로 얼룩져 있었다.

"육군성에서 번호를 잘못 가르쳐준 것이 틀림없어요."
여자는 울먹였다.
"거기서 알려준 번호를 찾았더니 다른 이름이 써 있었어요. 2시부터 줄곧 찾고 있는 중인데 무덤이 너무 많아요."
"내가 아가씨라면, 이름을 보지 않고 아무 무덤에나 그 화환을 바치겠어요."
딕은 이렇게 조언을 했다.
"그렇게 해도 될까요?"
"오빠도 아가씨가 그러기를 바랄 거예요."
날은 점점 어두워지고 빗줄기는 굵어졌다. 테네시에서 온 젊은 여자는 출입문 안쪽 맨 앞에 있는 무덤 앞에 화환을 놓고는 딕의 제안을 받아들여 타고 온 택시를 그냥 돌려보내고 딕 일행과 함께 아미앵으로 돌아왔다.
로즈마리는 젊은 여자의 애처로운 사연을 듣고 다시 한 번 눈물을 흘렸다. 한마디로 하루종일 눈물이 마를 새가 없는 날이었다. 하지만 그 와중에 로즈마리는 뭔가 배웠다는 느낌이 들었다. 그녀는 정확히 그게 무엇인지는 알지 못했으나 나중에는 그날 오후를 행복한 시간으로 기억했다. 그 순간에는 지난 즐거움과 앞으로 맞게 될 즐거움을 이어주는 연결고리로만 보이지만 시간이 지나고 나면 즐거움 그 자체였다고 깨닫게 되는, 그런 평온무사한 시간으로 말이다.
아미앵은 파리의 북부 역과 런던의 워털루 역처럼 폭격을 맞은 기차역이 여러 개 있었다. 그런 아미앵은 전쟁의 상처가 채 아물지 않은, 기억에 오래 남는 화려한 도시였다. 20년이나 묵은 시내 전차가 대성당 앞에 있는 자갈이 깔린 커다란 잿빛 광장을 가로지르고, 날씨마저 오래전 찍은 사진처럼 희뿌옇게 보이는 이 도시는 밝은 낮에 보면 절망적인 기분이 든다. 하지만 어둠이 깔리면 프랑스식 삶에 딱 들어맞는 모든 것들이 빛바랜 사진 속으로 되돌아온다. 팔팔한 매춘부들이 거리를 오가고, 남자들은 무수한 주제를 놓고 카페에서 논쟁을 벌이고, 젊은 청춘남녀들은 값이 헐하면서도 마음에 드는 곳을 찾아 머리를 맞댄 채 정처 없이 헤매고 다닌다. 물론 그런 곳은 어디에서도 찾을 수 없지만 말이다.

로즈마리 일행은 기차를 기다리며 커다란 상가에 앉아 있었다. 상가는 담배 연기와 사람들이 떠들어대는 소리, 음악 소리를 위로 올려 보낼 정도로 높직한 건물이었다. 게다가 친절하게도 악단이 '그래요, 우리에게는 바나나가 없어요.'라는 곡을 연주하기 시작했다. 사람들은 악단의 지휘자가 자신의 지휘에 너무도 흡족해하는 것처럼 보이자 박수를 쳐주었다. 테네시 주에서 온 아가씨는 슬픔도 잊고 흥에 겨워하더니 나중에는 딕과 에이브에게 열정적인 눈길을 보냈다. 딕과 에이브는 점잖게 그녀를 골려주었다.

그런 다음, 로즈마리 일행은 부르템부르크 사람들, 프로이센 호위병, 알프스 사람, 맨체스터의 방적공과 늙은 이튼교 출신자들에게 축축한 비를 맞으며 영원을 좇으라고 남겨둔 채 파리행 열차에 올랐다. 일행은 기차역에 있는 간이식당에서 만든 소시지와 치즈를 넣은 샌드위치를 먹고 포도주로 입가심을 했다. 니콜은 뭔가에 마음을 빼앗긴 듯 불안하게 입술을 깨물며 딕이 가져온 옛 격전지에 대한 안내책자를 진지하게 읽고 있었다. 사실 딕은 그 안내책자를 보고 그곳에 얽힌 사건 전부를 재빠르게 머릿속에 넣어두었다가 그것을 쉽고 간단하게 설명해준 것이다. 그러다 보니 자신이 열었던 파티 하나와 어렴풋이 닮아갔던 것이다.

14

파리로 돌아왔을 때 니콜은 너무 지쳐서 예정에 있던 장식미술 전람회에 갈 수가 없었다. 일행은 니콜을 로이 조지 호텔에 남겨두었다. 니콜이 유리문으로 비쳐 들어오는 호텔 로비의 불빛 때문에 엇갈려 보이는 벽면 사이로 사라지자 로즈마리는 하루종일 따라다니던 압박감에서 벗어났다. 니콜은 하나의 힘, 권력이었다. 그런데 그녀의 힘은 어머니가 갖고 있는 것처럼 꼭 호의적이고 예측이 가능한 힘만은 아니었다. 그것은 어림이 안 되는 힘이었다. 로즈마리는 왠지 니콜이 두려웠다.

밤 11시, 로즈마리는 딕과 노스 부부와 함께 방금 문을 연 센 강 위에 있는 선상카페에 앉아 있었다. 강은 다리 위에 켜진 가로등 불빛을 받아 희미하게 반짝이며 조각조각 부서진 차가운 달빛을 흔들어 재우고 있었다.

로즈마리가 어머니와 같이 파리에서 살 때였다. 일요일이면 가끔 모녀는 소형 증기선을 타고 수레즈네까지 올라가며 장래 계획에 대해 이야기를 나누었다. 모녀는 지닌 돈이 많지 않았다. 하지만 딸의 미모를 너무 자신한 스피어즈 부인은 딸의 마음에 너무도 큰 야망을 심어주었다. 스피어즈 부인은 딸을 유리한 고지에 오르게 하기 위해 기꺼이 돈을 투자했다. 이제는 로즈마리가 어머니에게 보답할 차례였다. 유리한 위치에 서게 됐으니 말이다.

파리에 온 이후로 에이브는 계속 얇은 포도주 빛 털 코트를 걸치고 다녔고 눈은 햇빛과 술 때문에 늘 충혈되어 있었다. 로즈마리는 그가 어디를 들르든 항상 술을 마신다는 사실을 처음으로 깨달았다. 그러자 그녀는 그의 아내 메리가 어떻게 남편의 그런 행동을 못마땅해 하지 않는지 의아했다. 메리는 조용한 여자였다. 그러나 웃기를 잘했는데 웃을 때를 제외하고는 너무나 조용해서 그녀에 대해서는 아는 것이 별로 없었다. 메리는 검은색 생머리가 자연스럽게 흘러내리도록 뒤로 빗어 넘기는 것을 좋아했다. 가끔은 머리카락이 관자놀이 위로 멋을 부린 듯 비스듬히 흘러내려 와 눈을 거의 덮기도 했는데, 그럴 때 머리를 뒤로 젖히면 곧 제자리로 돌아왔다.

"여보, 우리 이것만 마시고 오늘밤은 일찍 잠자리에 들어요. 당신도 여기서 취하도록 마시고 싶지는 않지요."

메리의 목소리는 경쾌하게 들렸지만 근심이 은근히 실려 있었다.

"시간이 꽤 늦었군. 이제 그만 모두 일어나는 것이 좋겠어."

딕이 메리를 거들고 나섰다.

귀골 티가 나는 에이브의 얼굴에 고집 같은 것이 보이더니 단호하게 잘라 말했다.

"오, 그건 안 되지."

에이브는 침울한 얼굴로 잠시 말을 끊었다.

"아니, 아직은 아닐세. 샴페인 한 병은 더 마시고 가야지."

"나는 더 마실 생각이 없네."

"로즈마리를 두고 한 소리야. 로즈마리는 타고난 술꾼이지. 스피어즈 부인 얘기로는 욕실에도 술병을 챙겨 둘 정도라던데……."

에이브는 남은 술을 로즈마리의 잔에다 다 따라 부었다. 로즈마리는 파리에 온 첫날 레몬에이드를 마시고 탈이 난 뒤로는 술을 전혀 입에 대지 않고 있었다. 하지만 이제는 달랐다. 샴페인 잔을 들더니 단숨에 쭉 들이키는 것이었다.

"어떻게 된 거요? 나한테는 술은 안 마신다고 했잖소."
딕이 버럭 소리를 질렀다.
"앞으로도 전혀 안 마시겠다고 하지는 않았어요."
"어머니가 알면 어쩔 셈이요?"
"이 잔만 마시고 갈 거예요."
로즈마리는 술을 마셔야 할 것 같았다. 딕도 술을 마셨다. 많이는 아니지만 그래도 마시기는 마셨다. 로즈마리 생각에는 아마도 술이 두 사람을 가깝게 느끼게 해줄 것 같았다. 뿐만 아니라 그녀가 하고 싶은 말을 하려면 술기운이 필요했다. 로즈마리는 술을 단숨에 들이키고는 사래가 들려 캑캑거리고 나더니 말했다.
"있잖아요, 어제가 내 생일이었어요. 나는 이제 열여덟 살이 됐어요."
"그 얘기를 왜 이제 해요?"
사람들이 화를 냈다.
"그러면 생일을 축하한다고 야단법석을 떨고 그러다 보면 이런저런 말썽도 생겼을 테니까요."
로즈마리는 샴페인 잔을 비웠다.
"생일축하는 이걸로 충분해요."
"그렇게는 절대 안 되지."
딕은 로즈마리를 보고 딱 부러지게 말했다.
"내일 저녁에 당신 생일파티를 열어줄 테니 잊지 말아요. 열여덟 살이라, 정말로 의미 있는 나이지."
"맞는 말이야."
에이브가 맞장구를 쳤다.
"그 뒤로는 그게 그거지."
"에이브는 미국으로 가는 배에 오르게 되니까 비로소 모든 것이 중요하게 느껴지나 봐요."
메리가 말했다.

"에이브는 이번에는 정말로 미국에 도착하면 할 일들에 대해 계획을 단단히 세웠어요."

이 말을 하는 메리는 마치 자신에게는 더 이상 아무런 의미도 없는 사실을 말하느라 지쳐버린 사람 같았다. 마치 실제로 자신과 남편이 좇고 있거나 끝내 가보지 못한 길이 한낱 꿈이 되어버렸다는 듯이 말을 했다.

"에이브는 미국에서 작곡을 하고, 나는 뮌헨에서 성악을 공부할 거예요. 그런 다음 우리 부부가 다시 합치면 뭐든지 할 수 있을 거예요."

"멋진 계획이에요."

술기운이 오른 로즈마리가 맞장구를 쳤다.

"이제 그 얘기는 그만하고 로즈마리를 위해 마지막으로 한 잔만 더 하지. 그러면 로즈마리는 자신의 몸속에서 일어나는 생리적 변화를 좀 더 쉽게 이해할 수 있을 거야. 그런 욕구는 열여덟 살이 되어야 비로소 시작되니까."

딕은 에이브가 내뱉는 실없는 소리를 너그럽게 웃어넘겼다. 딕은 에이브를 좋아했다. 하지만 딕은 에이브가 재기하리라는 희망을 오래전에 버렸다.

"의학적으로 보면 자네 말은 옳지 않네. 그건 그렇고 이제는 그만 가세."

그러자 에이브가 은근히 윗사람 티를 내며 부드럽게 말했다.

"왠지 자네가 학술 논문을 끝내기 훨씬 전에 내가 브로드웨이에서 새 곡을 발표할 것 같은데."

"나도 그러기를 바라네."

딕이 차분하게 말했다.

"그러기를 바라네. 나는 자네가 '학술 논문'이라고 부르는 작업을 아예 포기할지도 몰라."

"딕, 그게 무슨 소리예요!"

메리는 깜짝 놀란, 아니 충격을 받은 사람처럼 소리를 질렀다. 로즈마리는 그처럼 철저히 무표정한 딕의 얼굴을 한 번도 본 적이 없었다. 딕이 한 말이 뭔가 심상치 않다는 것을 눈치 챈 로즈마리는 메리와 함께 '어머, 딕!' 하고 소리를 지르고 싶었다.

하지만 돌연 딕이 다시 웃음을 터트리며 덧붙여 말했다.

"음, 다른 논문 때문에 포기한다는 말이에요."

딕이 말을 하며 식탁에서 일어났다.

"좀 앉아 보게, 딕. 나는 자세히 알……."

"언젠가 때가 되면 말해주겠네. 잘 자게, 에이브. 잘 자요, 메리."

"잘 자요, 딕."

메리는 손님들이 거의 다 빠져나간 선상카페 위에 앉아 더할 수 없이 행복한 시간을 보내기라도 할 사람처럼 딕에게 미소를 지어 보였다. 메리는 당차고 희망을 잃지 않는 여자였다. 그녀는 남편이 가는 곳이면 어디든 따라다니며 이런 사람과도 저런 사람들과도 어울렸지만 남편이 가고 있는 잘못된 길에서 그를 끌어주지는 못했다. 그러다가 가끔은 자신의 인생이 남편에게 얼마나 단단히 묶여 있는지 깨닫고는 낙담할 때가 있었다. 그런데도 행운은 그녀의 주위를 떠나지 않았다. 마치 그녀가 행운의 상징이라도 되듯이.

15

"뭘 포기한다는 거예요?"

택시에 오르자 로즈마리는 딕의 얼굴을 마주 보며 진지하게 물었다.

"대수롭지 않은 거요."

"과학자세요?"

"의사요."

"어쩜!"

로즈마리는 반가운지 생긋이 웃었다.

"제 아버지도 의사였어요. 그런데 당신은 왜……."

로즈마리는 여기서 말끝을 흐렸다.

"무슨 대단한 비밀이 있는 것은 아니오. 의사로 한창 잘 나가다 얼굴에 먹칠을 하고 리비에라로 숨어 들어온 것은 아니오. 단지 진료를 하고 있지 않을 뿐이오. 언젠가는 다시 개업을 할 거요."

로즈마리는 얼굴을 가만히 들어올리고 딕이 키스해주기를 기다렸다. 딕은 로즈마리가 무엇을 원하는지 모르는 것처럼 그녀를 한동안 물끄러미 쳐다보다가 로즈마리를 두 팔로 끌어안고 자신의 뺨을 그녀의 보드라운 뺨에 대고 비볐다. 그리고는 다시 한참 동안 로즈마리를 내려다보았다.

"이렇게 사랑스런 꼬마를 보았나."

로즈마리는 딕을 보고 생글생글 웃으며 그의 코트 깃을 만지작거렸다. 그것은 남자를 유혹하는 여자가 의례 쓰는 낡아빠진 수법이었다.

"나는 당신도 니콜도 사랑해요. 사실 그게 내 비밀이지요. 나는 당신에 대한 이야기를 아무한테도 할 수가 없을 지경이에요. 더 많은 사람들이 당신이 얼마나 근사한지 아는 것이 싫어서요. 정말 당신하고 니콜을 사랑해요, 너무 사랑해요."

딕은 이런 소리를 골백번도 더 들었다. 심지어 말투까지 똑같았다.

갑자기 로즈마리가 딕에게 다가앉았다. 딕은 로즈마리의 나이 같은 것은 잊었다는 듯이 로즈마리와 숨 막힐 듯한 키스를 나누었다. 키스가 끝나자 로즈마리는 딕의 팔에 기댄 채 몸을 뒤로 젖히고는 한숨을 내쉬었다.

"당신에 대한 사랑을 접기로 했어요."

딕은 속으로 흠칫했다. 혹시 자신이 조금이라도 로즈마리에게 마음을 빼앗겼다고 암시할 만한 말을 비쳤던가?

"한데 참 얄궂은 운명의 장난 같군. 나는 이제야 슬슬 마음이 끌리는데 그런 말을 하다니."

딕은 애써 아무렇지도 않다는 듯 말을 했다.

"당신을 아주 사랑했어요……."

마치 수년 동안 사랑했다는 말처럼 들렸다. 그리고는 눈물까지 흘리며 말했다.

"당신을 너…… 무 사랑했어요."

그러자 딕이 웃음을 터트렸다. 하지만 자기도 모르게 진지한 어조로 말했다.

"당신은 얼굴도 예쁘지만 어딘지 모르게 기품이 느껴져. 사랑에 빠진 척하거나 수줍은 척하거나, 당신이 무슨 행동을 하든 나는 다 이해가 가."

어두컴컴한 택시 안에서 니콜과 함께 산 향수 냄새를 풍기며 로즈마리는 다시 딕에게 바싹 다가들더니 어깨로 목을 감싸며 매달렸다. 딕은 그녀와 입을 맞추기는 했지만 그 맛에 빠져들지는 못했다. 로즈마리가 격정에 사로잡혀 있기는 했지만 그런 열정이 그녀의 눈이나 입, 어디에서도 느껴지지 않았던 것이다. 다만 샴페인 향기가 은은하게 날 뿐이었다. 딕은 그녀가 더욱 열정적으로 안겨오자 한 번 더 입을 맞추었다. 그러나 그 순간 딕의 열정이 싸늘하게 식었다. 그녀의 키스에는 아무 감정도 실려 있지 않았을 뿐더러 입을 맞추는 순간 그녀의 시선은 자신을 바라보는 것이 아니라 자신의 뒤에 있는 밤의 어둠에, 암흑의 세상에 고정되어 있었던 것이다. 로즈마리는 자신이 느끼는 황홀감이 마음속에서 이는 일시적인 감정이라는 것을 아직 모르고 있었다. 로즈마리가 이 사실을 깨닫고 그 열정을 온 세상에 대한 열정으로 바꾸는 순간, 딕은 그녀의 애정을 의심이나 후회도 없이 받아들일 수 있었다.

로즈마리의 객실은 다이버 부부의 객실에서 대각선 방향에 위치해 있었고 엘리베이터와는 더욱 가까웠다. 두 사람이 호텔 현관문에 닿았을 때 로즈마리가 돌연 이런 말을 했다.

"당신이 나를 사랑하지 않는다는 것을 알아요. 기대하지도 않아요. 그러나 당신은 어제가 내 생일이었다는 말을 안 했다고 나무랐지요. 그런데 나는 아까 그 말을 했어요. 그러니 이제는 생일선물로 잠깐만 내 방에 들렀다 가줘요. 할 말이 있어요. 아주 잠깐이면 돼요."

두 사람은 로즈마리 객실로 들어갔다. 딕이 문을 닫자 로즈마리는 딕에게 바싹 다가섰다. 가까이 서 있었지만 손을 잡거나 기대거나 안기거나 하지는 않았다. 밤이라서 그런지 로즈마리의 얼굴빛이 해쓱해 보였다. 창백할 대로 창백한 그녀는 댄스파티가 끝나고 난 자리에 뒹구는 흰색 카네이션 같았다.

"당신이 웃을 때면 젖니가 빠진 틈을 보게 될 것만 같아."

딕은 다시 아버지 같은 의젓한 태도를 취했다. 아마 니콜이 가까이 있다는 사실을 의식해서였을 것이다.

하지만 이미 너무 늦었다. 로즈마리는 더욱 바싹 다가와 그에게 기대고는 쓸쓸히 속삭였다.
"나를 가지세요."
"어디로 가져갈까?"
충격을 받은 딕은 몸이 얼어붙기라도 한 듯 꼼짝도 하지 않았다.
"어서요."
로즈마리가 속삭였다.
"제발, 어서 가지세요. 사람들이 뭐라 해도 좋아요. 설사 내가 그런 행위를 좋아하지 않아도 괜찮아요. 한 번도 남자 품에 안기고 싶은 적이 없었어요. 그런 생각을 하는 것조차 혐오스러워 했지요. 하지만 지금은 아니에요. 당신이 나를 안아주면 좋겠어요."
로즈마리 자신도 제 행동에 깜짝 놀랐다. 그녀는 자신이 이런 식으로 말을 할 수 있으리라고는 상상조차 해본 적이 없었다. 그녀는 책에서 읽고 보고 꿈꾸던 것들을 기억해서 그대로 흉내 내고 있었다. 문득 로즈마리 자신도 지금 자신이 하고 있는 행동이 가장 자신 있는 역할임을 깨달았다. 그러자 그녀는 더욱 열정적으로 그 역할에 몰입했다.
"이러면 안 돼. 술 때문인가? 자, 우리 그런 생각일랑 아주 잊어버리자고."
"오, 아니에요, 지금은 말짱해요. 바로 지금 나를 안아줘요. 나를 가지라는 말예요. 나는 완전히 당신 여자예요. 또 그렇게 되고 싶어요."
"첫째로, 이런 일이 니콜에게 얼마나 큰 상처를 줄지 생각해 보았어?"
"니콜은 모르게 할 거예요. 이것은 니콜과는 상관없는 일이에요."
딕은 부드럽게 말을 이었다.
"그럼, 다음으로 내가 니콜을 사랑한다는 사실은 어쩔 거야."
"하지만 꼭 한 사람만 사랑하라는 법이 있나요? 나처럼 어머니도 사랑하고 당신도 사랑하고 그러면 되잖아요? 아니, 지금은 당신을 더 사랑해요."
"로즈마리, 당신은 나를 사랑하고 있지 않아. 하지만 모르지. 나중에는 사랑하게 될지. 그러나 그렇게 되면 그때부터 당신 인생은 엉망진창이 될 거야."

"아니, 그런 일을 없을 거예요. 약속해요, 다시는 당신을 보지 않을 거예요. 당장 어머니를 설득해서 미국으로 돌아갈 거예요."

딕은 이 애원을 받아들이지 않았다. 그는 로즈마리의 싱싱한 젊음과 촉촉한 입술을 너무도 생생히 기억하고 있었다. 딕은 어조를 바꿔 냉정하게 말했다.

"당신은 사랑에 빠진 것 같은 분위기에 취해 있을 뿐이오."

"오, 제발요. 아이를 갖게 된다 해도 상관없어요. 촬영장에서 본 어떤 여자처럼 멕시코로 가면 돼요. 아, 이런 감정은 난생처음 느껴 봐요. 키스신을 찍을 때 남자 배우들이 진지하게 키스를 하면 나는 그게 그렇게 싫을 수가 없었어요."

딕은 로즈마리가 여전히 사랑의 환상에 취해 있음을 알 수 있었다.

"그중 몇몇은 치아가 너무 커서 보기가 흉했지요. 하지만 당신은 아주 달라요. 멋져요, 당신과 키스하고 싶어요."

"당신은 사람들이 키스를 할 때는 무슨 속셈이 있어서 한다고 여겨서 내가 키스해주기를 바라는 것 같군."

"놀리지 말아요. 나는 어린애가 아니에요. 당신이 나를 사랑하지 않는다는 것을 알고 있어요."

로즈마리는 돌연 겸손하고 조용해졌다.

"내가 바라는 것은 그렇게 대단한 것이 아니었어요. 당신한테는 내가 별로 대단해 보이지 않는다는 것도 알아요."

"그런 바보 같은 소리가 어디 있소. 하지만 어리게는 보여."

잠시 생각을 더한 뒤 딕이 덧붙였다.

"당신은 배워야 할 것이 아직 너무 많아."

로즈마리는 딕이 입을 열 때까지 간절한 마음으로 기다렸다.

"그리고 최근의 일 돌아가는 사정이 좋지 않아서 로즈마리 당신이 원하는 대로 해줄 수가 없소."

로즈마리가 당황하고 낙담해서 고개를 떨어뜨리자 딕은 반사적으로 말을 계속했다.

"우리는 단지……."

딕은 하던 말을 그치고 로즈마리를 따라 침대로 가서 울고 있는 그녀의 곁에 앉았다. 그는 갑자기 혼란스러워졌다. 모든 면에서 볼 때 두 사람의 밀회는 절대 불가능했으므로 이 혼란이 도덕적인 문제로 인해 야기된 것은 아니었다. 그렇지만 왠지 그저 마음이 혼란했다. 그러자 잠시 동안 평소의 점잖음도 긴장을 조절하는 능력도 온데간데없이 사라졌다.

"내가 원하는 대로 당신이 해주지 않으리라는 것을 알아요. 가망 없는 희망일 뿐이지요."

딕은 일어섰다.

"잘 자요, 꼬마 아가씨. 이런 행동은 아주 부끄러운 일이라오. 당치 않은 얘기니 그만 잊어버립시다."

딕은 로즈마리에게 잠자리에 들라고 등을 토닥거려주었다.

"아주 많은 사람이 당신을 사랑하게 될 거요. 몸도 마음도 깨끗한 상태로 첫사랑을 만나는 것이 좋지 않겠소. 마음 역시 그렇다면 금상첨화고. 구닥다리 같은 생각이군, 그렇잖소?"

로즈마리는 딕이 문 쪽으로 한 걸음을 뗄 때 그를 올려다보았다. 그녀는 딕이 무슨 생각을 하는지에 대해서는 거의 알지 못한 채 쳐다보았다.

딕이 천천히 한 걸음 더 떼더니 돌아서서 다시 한 번 바라보자, 로즈마리는 잠깐만이라도 그를 붙들고 삼켜버리고 싶었다. 그 사람의 입이며 귀, 심지어 그의 옷자락에도 입을 맞추고 싶었다. 그를 아무도 볼 수 없는 곳에 꽁꽁 숨겨두고 싶었다.

그녀는 딕의 손이 손잡이에 닿는 것을 보았다. 그러자 그녀는 모든 것을 포기하고 침대 위에 무너지듯 드러누웠다. 문이 닫히자 로즈마리는 침대에서 일어나 거울 앞으로 갔다. 그녀는 거울 앞에서 머리를 빗기 시작하며 조금 훌쩍거렸었다. 그녀는 평소처럼 빗질을 150번 했다. 그런 다음 150번을 다시 빗었다. 팔이 아팠다. 그러자 팔을 바꿔 계속 빗질을 했다.

16

로즈마리는 아침에 눈을 뜨고 맑은 정신으로 지난밤 일을 떠올리자 얼굴이 뜨거웠다. 거울에 비친 자신의 아름다운 모습을 봐도 자신감이 생기기는커녕 어젯밤의 아픈 기억이 되살아날 뿐이었다. 어머니가 챙겨 보내주신 편지가 하나 있었다. 뜯어보니 지난가을 예일대학의 댄스파티에 데려가 주었던 남학생한테서 온 편지였다. 지금 파리에 와 있다는 것이었다. 그러나 이 편지도 마음을 달래주지 못하기는 마찬가지였다. 모든 것이 다 다른 세계의 일처럼 멀게만 느껴졌다. 로즈마리는 방에서 나와 다이버 부부를 만날 생각에 마음이 이중으로 괴로웠다. 그렇지만 니콜과 만나 가봉한 옷들을 입어보려고 같이 돌아다니면서 보니 어젯밤 일은 니콜의 비밀만큼이나 철저하게 베일에 싸여 있었다. 니콜은 어젯밤 일을 전혀 눈치 채지 못하고 있었다. 로즈마리는 니콜이 하는 말—정신없는 판매원에 대해—을 듣고 있다 보니 마음이 풀렸다.

"사람들 대부분은 세상 모든 사람들이 실제로 그런 것보다 자신들에 대해 훨씬 더 공격적이라고 느껴요. 사람들은 다른 사람들이 자신을 어떻게 판단하느냐에 따라 어떤 세계에 받아들여지고 안 받아들여지는 것이 결정된다고 생각하지요."

로즈마리가 어제처럼 마음에 여유가 있었다면 니콜의 이 말에 분개했을 것이다. 하지만 어제 있었던 일을 어떻게든 덮고만 싶은 로즈마리는 니콜의 말을 열렬히 환영했다. 그녀는 니콜의 미모와 현명함이 부러웠다. 뿐만 아니라 니콜 때문에 난생처음으로 남에게 질투라는 것을 느꼈다. 고스호텔을 떠나오기 바로 전, 지나가는 말처럼 어머니는 니콜이 대단한 미인이라는 말을 했었다. 그 말 속에는 딸의 미모가 니콜보다 못하다는 솔직한 암시가 들어 있었다. 지나가듯 하는 어머니의 말 속에 가장 뼈 있는 생각이 숨어 있다는 사실을 로즈마리는 잘 알고 있었다. 그녀는 어머니가 이렇게 말했다고 해서 속이 상하지는 않았다. 로즈마리는 최근에서야 자신이 매력적인 용모를 지녔다는 사실을 알게 되었다. 그래서 자신의 예쁘장한 용모는 엄밀히 말하면 타고난 것이라기보다는, 프랑스 말을 배워 안 것처럼 다소 다듬어진 것이라고 생각했다. 그런데도 로즈마리는 택시 안에서 니콜과 자신을 비교해 보았다. 니콜의 아름다운 몸매와, 때로는 야무지게 다물려 있고 때로는 뭔가를 기대하듯 세상을 향해 반쯤 열릴 때도 있는 우아한 입 언저리를 보면 로맨틱한 사랑에 걸맞은 모든 요소들이 잠재해 있었다. 니콜은 어렸을 때도 예뻤고, 나중에 나이가 들어 앙상하게 튀어나온 광대뼈 위로 피부가 팽팽히 당겨져도 여전히 아름다울 터였다. 타고난 골격은 그대로 남아 있을 테니까. 니콜의 머리칼은 원래 색은 종족 특유의 금발이었다. 하지만 머리칼이 적갈색으로 변한 지금이, 구름처럼 환한 머리칼이 그녀 자체보다 더 아름다워 보이던 때보다 더 아름다워 보였다.

"우리는 저기서 살았어요."

로즈마리가 갑자기 상페르 가(街)에 있는 한 건물을 가리키며 말했다.

"묘한 우연이군요. 내가 열두 살 때 어머니하고 베이비 언니하고 저기서 겨울을 보냈어요."

니콜은 길 건너편에 있는 호텔을 가리켰다. 두 여자는 아스라한 어린 시절의 기억을 떠올리며 두 건물의 칙칙한 정면을 말끄러미 바라보았다.

"그때는 호수와 숲이 딸린 집을 짓고 난 직후라서 우리는 돈 씀씀이를 줄여서 살았어요. 베이비 언니와 나, 그리고 가정교사는 어떻게든 검소하게 지냈고 어머니는 여행을 떠나셨지요."

"어머니와 저도 검소하게 살았어요."

이렇게 말하는 로즈마리는 검소하다는 말이 니콜과 자신에게 서로 다른 의미를 지니고 있음을 알고 있었다.

"어머니는 우리가 머문 곳을 언급할 때면 아주 조심성 있게 '작은 호텔' 이라고 하셨지요."

니콜은 그녀만의 독특한 얇고 매력적인 미소를 잠깐 지어 보였다.

"음, 그러니까 '싸구려' 호텔이라는 말 대신 그렇게 말씀하셨던 거예요. 허세 부리기 좋아하는 친구들이 우리 주소를 물어보면 절대 알려주지 않고 이렇게 말했지요. '우리는 작은 호텔에 묵고 있어.' 마치 큰 호텔들은 우리가 묵기에는 너무 시끄럽고 상스럽다는 듯이 말이에요. 물론 친구들은 우리의 속사정을 눈치 채고는 여기저기 떠벌렸지요. 하지만 어머니는 그게 바로 유럽에서 어떻게 처신해야 하는지 보여주는 예라고 항상 그러셨어요. 물론, 어머니는 그렇게 행동하셨지요. 어머니는 독일에서 태어난 독일 시민권자셨어요. 하지만 외할머니는 미국 분이셨고 어머니는 시카고에서 자라셨어요. 그러니까 어머니는 유럽인이라기보다는 미국인에 더 가까웠지요."

로즈마리와 니콜은 곧 남은 일행과 만나기로 돼 있었다. 기네메 가(街)에 있는 룩셈부르크 공원 건너편에 도착해 택시에서 내릴 때 로즈마리는 다시 한 번 마음을 다잡았다. 일행은 노스 부부의 숙소에서 점심을 먹기로 되어 있었다. 두 사람이 지낸, 우거진 파란 나무 이파리 위로 높이 솟은 셋집은 이미 가구정리가 다 되어 있었다. 로즈마리에게 이날은 전날과 다르게 느껴졌다. 딕과 얼굴을 맞대고 있으려니 모든 일이 아무 탈 없이 풀리고 또 모든 것이 원만하게 돌아가자 딕이 자신을 사랑하기 시작했음을 감지했다. 로즈마리는 말할 수 없이 행복했다. 뜨거운 감정이 온몸으로 퍼져나가는 것 같았다. 냉정하고 거칠 것 없는 자신감이 커져 콧노래라도 흥얼거리고 싶어졌다. 그녀는 딕을 좀처럼 쳐다보지 않았지만 모든 것이 제 뜻대로 되어가고 있다는 것을 알고 있었다.

점심 뒤에 다이버 부부와 노스 부부, 그리고 로즈마리는 다 같이 프랑코-아메리칸 영화사로 가서 뉴헤이븐(미국 코네티컷 주의 주도이자 예일 대학의 소재지: 옮긴이)에서 온 로즈마리의 젊은 팬인 콜리스 클레이와 합류했다. 로즈마리가 영화사로 오라고 전화를 한 것이다. 콜리스는 북부에서 교육을 받은 남부 사람답게 꽤나 규범적이고 판에 박힌 사고방식을 지닌 조지아 사람이었다. 지난겨울에 만났을 때, 로즈마리는 콜리스가 매력적이라고 생각했다. 뉴헤이븐에서 뉴욕으로 가는 차 안에서 딱 한 번이지만 손을 잡기도 했다. 하지만 이제는 그에게 아무 관심도 없었다.

영사실에서 로즈마리는 콜리스와 딕 사이에 앉게 되었다. 영사 기사가 〈아빠의 딸〉 필름을 영사기에 거는 동안 프랑스인 간부가 미국 은어를 써보려고 로즈마리의 주위를 어슬렁거렸지만 영사기에 문제가 생기자 영사기사에게 툴툴거렸다.

"이런, 참. 나는 아무것도 모르니 알아서 해."

곧이어 조명이 나가고 기계가 멈추는 소리며 사람들이 수런대는 소리가 들리더니 마침내 로즈마리는 딕과 둘만 남게 되었다. 두 사람은 흐릿한 어둠 속에서 서로를 쳐다보았다.

"사랑스런 로즈마리."

딕이 낮은 목소리로 불렀다. 두 사람의 어깨가 닿았다. 니콜은 관람석 끝에서 안절부절못하고 있었고 에이브는 발작적으로 기침을 해대며 코를 풀었다. 소동이 끝난 다음 일행 모두가 진정하고 자리에 앉자 필름이 돌아가기 시작했다.

그곳에 로즈마리가 있었다. 어머니의 애정 어린 보살핌을 받고 자란, 너무도 어리고 티 없이 맑은 모습을 한 로즈마리가 영화 속에 있었다. 로즈마리는 영화 속에서 입고 있는 드레스를 입었을 때의 감촉이 기억났다. 만든 지 얼마 안 되는 실크 드레스를 걸치고 느낀 신선하고 상쾌한 감촉이 특히 기억에 생생했다.

〈아빠의 딸〉, 이 영화는 구성이 허술해서 사람들이 외면하지 않았을까? 울고 또 울고, 처음부터 끝까지 울다가 끝이 난 영화였다. 여주인공이 너무 많이 울지 않았나? 그녀의 작은 주먹 앞에서 정욕과 타락한 세력들은 온데간데없이 사라졌다. 뿐만 아니라 불행한 운명의 행진이 그만 멈추었다. 그렇다 보니 피할 수 없던 것이 피할 수 있게 되고, 연역법이고 변증법이고 온갖 합리성은 맥없이 무너져 내렸다. 여성 관객들은 설거지통에 담가두고 온 씻지 않은 그릇들을 다 잊어버리고 눈물을 흘렸다. 심지어 영화에 함께 출연한 여배우도 엉엉 울었다. 그 여자는 아무데서나 울었다. 고가의 세트 위에 엎어져 울고 던칸 파이프라는 식당에서도, 비행장에서도 울었고 단 두 번에 촬영을 끝내야 하는 요트경주 신을 찍는 중에도 울었다. 또 지하철 안에서도 울고 나중에는 욕실에서도 울었다. 하지만 로즈마리는 눈물 같은 것은 보이지 않았다. 그녀의 섬세한 성격과 용기와 굳은 의지는 세상의 속악함에 침해를 받았고 로즈마리는 천박한 세상이 무엇을 앗아갔는지, 아직은 가면을 쓸 줄 모르는 순진한 얼굴을 보여주었다. 그렇지만 영화는 실제로 참 감동적이었다. 영화가 상영되는 동안 때때로 관람석을 채운 모든 사람들의 감격이 로즈마리에게 전해졌다. 영화 상영 중 한 번 있는 휴식시간이 되자 불이 켜지고 박수소리가 그친 다음, 딕은 로즈마리에게 진지하게 말했다.

"정말 놀랐어. 당신은 최고의 여배우가 될 거야."

휴식시간이 끝나고 〈아빠의 딸〉로 다시 돌아갔다. 이제 행복한 세월이 찾아왔고, 마지막 장면에는 아버지와 서로 화해한 로즈마리의 사랑스런 모습이 화면에 나왔다. 그런데 아버지 콤플렉스가 너무 뚜렷하게 다루어져서 정신과 의사인 딕조차 과도한 감상벽에 움찔할 정도였다. 영화가 끝나자 불이 들어왔다.

"제가 준비해둔 것이 하나 더 있어요."

로즈마리가 갑자기 주위를 둘러보며 말을 했다.
"딕이 테스트를 받도록 말을 해놨지요."
"뭘 받게 해 놨다고?"
"스크린 테스트요. 곧 시작할걸요."
다들 놀라서 아무 말도 못 하고 있었다. 그때 노스 부부가 못 참겠다는 듯 웃음을 터뜨렸다. 로즈마리는 딕이 자신이 한 말이 무슨 뜻인지 이해하고는 얼굴 표정이 변하는 것을 지켜보았다. 그와 동시에 로즈마리는 깨달았다. 자신이 카드에서 으뜸 패를 내놓는 데서 실수를 하고도 여전히 잘못된 패를 쥐고 있다는 것을 의심하지 못하는 사람과 같은 처지라는 사실을.
"나는 테스트 같은 것은 받고 싶지 않소."
딕은 잘라 말했다. 그리고는 사태를 대강 파악하고 경쾌하게 말을 이었다.
"로즈마리, 당신한테 실망했소. 여자한테는 영화가 괜찮은 직업이지만 나는 영화 같은 것은 찍지 않을 거요. 나는 내 사생활밖에 아무것에도 관심이 없는 늙은 학자요."
짓궂게도 니콜과 메리는 딕에게 기회를 잡아 보라고 열심히 권했다. 딕을 놀리던 두 여자 모두 로즈마리나 딕이 앉으라는 말이 없자 은근히 불쾌했다. 그러나 딕은 남자배우들에 대해 약간 신랄한 비평으로 스크린 테스트에 대한 화제를 접었다.
"멀쩡하게 생겨 가지고 문지기 같은 하찮은 역할이나 하는 것이 다지."
택시에는 딕과 콜리스도 같이 탔다. 콜리스를 중간에서 내려주기로 하고 딕은 로즈마리와 차를 마시러 가기로 했다. 니콜과 노스 부부는 에이브가 마지막까지 마무리 짓지 못한 일들을 처리하기 위해 먼저 일어났다. 택시에 오르자 로즈마리는 딕을 책망했다.
"당신, 스크린 테스트 결과가 좋게 나오면 그것을 가지고 캘리포니아로 가져갈 생각이었어요. 그리고 만약 영화 관계자들이 마음에 들어 하면 당신은 영화계로 진출하고 그러면 같은 영화에서 내 상대역을 연기할 수도 있었을 텐데 말이에요."

딕은 그만 질려버렸다.

"나를 끔찍이도 생각해주었군. 그렇게 생각해준 것은 고맙지만 나는 당신을 이렇게 바라보는 것이 더 좋아. 이제까지 내 눈으로 본 것 중에 당신처럼 매력 있는 모습은 처음이야."

"대단한 영화예요. 저는 네 번이나 보았습니다."

콜리스가 끼어들었다.

"제가 아는 뉴헤이븐에 사는 친구는 이 영화를 열두 번이나 보았어요. 그 친구는 이 영화를 한번 보려고 먼 길을 무릅쓰고 하드포드까지 갔답니다. 그러나 정작 제가 로즈마리를 뉴헤이븐으로 데려갔을 때는 너무 수줍어서 안 만나려고 했지요. 그런 이야기 들어본 적 있으세요? 요 귀여운 아가씨가 숱한 사람의 애간장을 녹였다는 거 아닙니까."

딕과 로즈마리는 서로를 바라보며 둘만 있고 싶었지만 콜리스는 분위기 파악을 전혀 못 하고 있었다.

"어디로 가시는지 제가 가다가 내려드리지요. 저는 루떼띠아에 묵고 있거든요."

콜리스가 제안을 했다.

"우리가 자네를 목적지까지 데려다 줄 테니 먼저 내리게."

"제가 선생님을 먼저 모셔다드리는 것이 더 편할 겁니다. 저는 조금도 귀찮지 않습니다."

"내 생각에는 우리가 자네를 데려다주는 것이 나을 것 같은데."

"하지만……."

뭐라 대꾸를 하려던 콜리스는 마침내 상황 파악을 하고는 로즈마리와 언제 다시 만날 것인지를 상의하기 시작했다.

결국 콜리스가 먼저 내렸다. 겉으로는 아무렇지 않은 척했지만 제삼자로 밀려나자 기분이 몹시 상해 보였다. 택시는 딕이 말한 주소에서 갑자기 멈추어 섰다. 딕은 숨을 깊이 들이쉬었다.

"들어가 보겠소?"

"나는 아무래도 좋아요. 당신이 원한다면 뭐든 하겠어요."

딕은 깊이 생각한 끝에 말했다.

"더 정확하게 말하자면 내가 원해서가 아니라 들어가야 할 필요가 있어서. 니콜이 돈이 궁한 내 친구한테서 그림 몇 점을 사주고 싶어하거든."

로즈마리는 흐트러진 짧은 머리를 매만졌다.

"5분만 머물다가 갈 거요. 아마 당신은 이런 부류의 사람들을 좋아하지 않을 거요."

로즈마리는 딕이 만나려는 사람들이 재미없고 고루한 사람들이거나 천박하고 술에 취한 사람들, 아니면 지루한 데다 집요한 구석이 있는 사람들, 그도 아니면 다이버 부부가 어울리고 싶어하지 않는 부류의 사람들일 거라고 여겼다. 로즈마리는 앞으로 마주하게 될 광경이 자신에게 어떤 인상을 심어줄지 전혀 모르고 있었다.

17

그곳은 무슈 가(街)에 있는 카디날레쯔 궁전을 본떠 지은 저택이었다. 하지만 일단 문을 열고 안으로 들어가 보니 로즈마리로서는 한 번도 본 적이 없는 낯선 것들만 있었다. 건물 외부, 즉 돌로 쌓아올린 담은 미래를 둘러싸고 있는 것처럼 보였다. 그래서 그 전시관 문지방을 넘어 시퍼런 강철로 된 긴 복도와 금도금한 은그릇과 기묘하게 경사가 진 많은 거울들이 빚어내는 무수한 면(面)들 속으로 들어가는 것은, 이렇게 표현해도 된다면, 아침식사로 오트밀과 인도 대마초로 만든 마취제를 먹었을 때 같은, 전기쇼크처럼 강렬한 경험이었다. 여기서 받은 느낌은 장식미술박람회에서 받은 어떤 인상과도 달랐다. 여기는 사람들이 전시관 건물 안에만 모여 있지 건물 앞에는 없기 때문이었다. 로즈마리는 세트 위에 있는 것 같은 우쭐한 기분을 만끽하며 그 자리에 모인 다른 사람들 역시 그런 기분을 느낄 거라고 막연히 생각했다.

그곳에는 서른 명가량의 사람들이 있었다. 대부분 여자들로 하나같이 루이자 메이 올컷(《작은 아씨들》을 쓴 미국 작가: 옮긴이)의 작품에 나오는 여주인공들처럼 차려입고 있었다. 여자들은 뾰족뾰족 날카로운 깨진 유리 조각들을 손으로 하나하나 집어 올리듯 조심스럽고 빈틈 하나 보이지 않으며 움직였다. 사람들은 혼자서도, 몇몇이 무리를 지어서도 분위기를 좌지우지할 수가 없었다. 그것은 누군가 자신의 소유가 될지도 모르는 작품에 우위를 점하게 되면, 어떤 비법을 써서 그렇게 됐는지는 몰라도 아무도 이 방에 모인 본래 목적이 무엇이었는지 모르게 된다는 것이다. 이 방은 조금씩 뭔가 다른 것으로 변해가고, 결국에 가서는 전혀 방 같지 않게 되어버렸던 것이다. 이 방 안에서 끝까지 살아남는다는 것은 기름칠을 해서 반짝반짝 윤을 낸 에스컬레이터 위를 걸어가는 것만큼이나 힘겨웠다. 그러니 앞에서 말한 깨진 유리잔의 파편을 치울 수 있는 능력이 있는 손을 가진 사람이 아니라면 이 방에서 원하는 바를 성취한 사람은 한 사람도 없었다. 그런 능력 때문에 그곳에 모인 사람들 대다수는 그 외의 사람들과 구별이 되었다.

여기에도 두 부류가 있었다. 한 부류는 봄과 여름을 홍청망청하며 보내버리고 나서는 이제 순전히 신경과민에서 비롯된 착상들을 행동에 옮기는 미국인들과 영국인들이었다. 그들은 어떤 때는 무척 조용하고 혼수상태에 빠진 듯 무기력해 있다가는 갑작스레 말다툼을 벌이고 침울해졌다가는 유혹의 눈길을 주고받기도 했다. 또 한 부류는 기생충이라 불릴 만한 족속인 식객들로 이루어졌다. 이들은 비교적 술을 잘 안 마시는 진지한 사람들로 인생에 목표도 있고 빈둥거리며 시간을 흘려보내지도 않는 축들이었다. 이 사람들은 다른 어떤 환경보다 이런 환경에서 마음의 평정을 잘 유지했다.

프랑켄슈타인이 딕과 로즈마리를 단숨에 끌어내려 당장 둘을 갈라놓았다. 그러자 로즈마리는 갑자기 위선적인 소인이 되어서 자신의 목에 있는 음역(音域) 중 고음부에서 살고 있는 것이 아닌가 하는 생각에 어서 감독이 와주었으면 하고 바라고 있었다. 그러나 아무리 죽을힘을 다해 날개를 퍼덕여도 로즈마리는 자신의 위치가 다른 모든 이들처럼 어울리지 않는다고 느껴지기는 마찬가지였다. 로즈마리는, 일련의 소규모 군부대가 우회하고 이동하고 행군한 뒤에, 아마 얼굴이 사랑스런 남자아이처럼 보이는, 단정하고 매력 있는 아가씨와 이야기를 하고 있었던 것 같았다. 하지만 실제로는 자신과 대각선 위치에 있는 1미터는 떨어진 청동 사다리 위에서 벌어지고 있는 대화에 솔깃해 있던 참이었다.

벤치 위에 젊은 여자 셋이 앉아 있었다. 세 여자 모두 늘씬하고 작은 머리는 꼬마둥이 머리처럼 손질이 되어 있었다. 그래서 여자들이 말을 할 때면 머리는 양장점에서 맞추어 입은 검은색 슈트 위에서 우아하게 움직였다. 어떻게 보면 꽃대가 긴 꽃도 같고 어떻게 보면 코브라의 구부러진 목처럼 보이기도 했다.

"어머, 쇼가 멋진데."

그중 한 여자가 깊고 성량이 풍부한 목소리로 말했다.

"사실 파리에서는 가장 멋진 쇼지. 나는 절대로 그 사실을 부정하지 않을 거야. 하지만 어차피……."

여자는 한숨을 쉬었다.

"똑같은 대사를 되풀이하겠지."

"나는 굴곡이 많은 인생을 살아온 사람들이 더 좋아. 그래서 나는 저 여자가 마음에 안 들어."

다른 여자가 말했다.

"나는 저 사람들이나 그 주위 사람들한테 그렇게 열광해 본 적이 정말 한 번도 없어. 음, 예를 들면 술독에 빠져 사는 에이브라는 사람은 어떻고?"

"그 사람은 여기를 떠났어. 하지만 네가 인정해야 할 것이 있어. 문제의 일행이 네가 만나본 인간들 중에서 가장 매력적인 인간들일지도 모른다는 것을 인정해야 해."

처음 말한 여자였다.

이 말을 듣고 로즈마리는 여자들이 다이버 부부를 두고 말하고 있음을 알 수 있었다. 로즈마리는 화가 치밀어서 몸이 팽팽하게 긴장되었다. 하지만 밝은 파란색 눈과 발그레한 두 볼, 풀을 먹여 빳빳한 푸른색 셔츠에 짙은 회색 슈트를 입은, 포스터에 등장하는 여자처럼 보이는 여자가 더 열을 올려 말을 했다. '행여 자기가 누구 얘기를 하고 있는지 로즈마리가 알게 되면 어쩌나 싶어' 기를 쓰고 화제가 바닥이 날 때까지 화제를 주도해 나갔다. 로즈마리는 혐오감을 드러내며 여자를 똑바로 쳐다보았다.

"점심을 함께 할 수 있을까요? 아니면 저녁식사나 내일 점심은 어떨까요?"

여자가 간청을 했다. 로즈마리는 딕을 찾으려고 이리저리 둘러보았더니 그는 여주인과 같이 있었다. 딕은 저택에 들어온 뒤로 계속 여주인과 이야기를 나눴다. 딕은 로즈마리와 눈이 마주치자 고개를 살짝 끄덕였다. 그와 동시에 코브라 목을 한 여자 셋이 로즈마리를 주목했다. 여자들은 긴 목을 로즈마리 쪽으로 돌리고 날카로운 시선으로 찬찬히 살펴보았다. 로즈마리는 무시하는 태도로 그들을 마주봄으로써 그들이 한 얘기를 다 듣고 있었음을 알려주었다. 그런 다음 로즈마리는 좀 전에 딕에게서 배운 대로 정중하면서도 매몰차게 그들을 떨쳐버리고 딕이 있는 곳으로 갔다. 여주인 역시 그곳에 모인 대부분의 여자들처럼 고국이 번영하는 덕분에 심심파적하고 있는 늘씬하고 부티 나는 미국인이었다. 그녀는 딕에게 고스호텔에 대해 이것저것 줄기차게 질문을 해대고 있었다. 딕이 그 호텔에 가고 싶어하지 않는데도 불구하고 끈질기게 조르고 있는 것이 분명했다. 로즈마리의 침착한 태도를 본 그녀는 여주인으로서 자신이 고집스럽게 굴었다는 생각이 들었는지 로즈마리를 흘긋 보았다.

"흥미 있는 사람들이 있던가요?"

여주인은 눈을 이리저리 바삐 놀리며 로즈마리의 관심을 끌 만한 남자를 찾았다. 하지만 딕은 곧 가보겠다고 말했다. 딕과 로즈마리는 당장 그곳을 벗어나 미래 세계의 문턱을 넘어 갑작스레 과거의 유물인 돌로 쌓은 담 밖으로 나왔다.

"끔찍하지 않았소?"

"끔찍했어요."

로즈마리는 고분고분하게 딕의 말을 그대로 따라했다.
"로즈마리?"
로즈마리는 긴장된 목소리로 나직하게 대답했다.
"왜요?"
"나는 이 모든 것이 끔찍하게 느껴져."
로즈마리는 다 들리도록 큰 소리로 고통스럽게 흐느끼며 몸을 떨었다.
"손수건 갖고 계세요?"
로즈마리가 더듬더듬하며 물었다. 하지만 그녀는 오래 울지 못했다. 이제 연인이 되어버린 두 남녀는 오래도록 서로 갈망해온 사람들처럼 다시 한 번 서로를 탐했다. 그 사이 차창 밖에서는 노을이 지며 현란한 빛깔의 간판들이 조용히 내리는 빗속에서 연기를 피워 올리듯 빛을 발하기 시작했다. 6시가 가까워져 오고 있었다. 거리는 오가는 사람들로 넘쳐나고 목로주점에서는 흐릿한 불빛이 새어나왔다. 차가 북쪽으로 방향을 틀면서 분홍빛 후광에 휩싸인 콩코르드 광장을 스쳐 지나갔다.
이제 두 사람은 서로를 마주 쳐다보며 주문인 양 서로의 이름을 속삭였다. 은은하게, 그 두 이름은 차 안의 공기 중에서 머뭇거리다가, 다른 말이나 다른 이름들보다 더 느리게 사라졌다. 마음속에 남은 음악 소리보다 더 천천히…….
"제가 어젯밤에는 어떻게 된 것인지 모르겠어요. 샴페인 때문이었을까요? 전에는 한 번도 그런 실수를 한 적이 없었거든요."
"나를 사랑한다고 말한 것밖에는 없었소."
"당신을 정말 사랑해요. 그 마음은 바꾸려 해도 안 돼요."
로즈마리는 말을 하며 울먹였다. 그녀는 손수건을 적시며 조금 울었다.
"나도 당신을 사랑하고 있는 모양이오. 그래서는 안 되는데 말이오."
두 사람은 다시 서로의 이름을 불렀다. 그리고는 마치 택시가 두 사람을 흔들어서 그런 것처럼 두 사람이 함께 급히 한쪽으로 쓰러졌다. 로즈마리의 젖가슴이 딕의 가슴 아래서 납작하게 눌렸다. 그녀의 입은 아주 달콤하고 따스했으며, 고통스런 구원을 받은 두 연인에게는 거의 아무 생각도 떠오르지 않고 아무것도 보이지 않았다. 그저 서로의 숨결을 빨아들이고 서로를 열렬히 갈구했다. 팽팽히 조여 있던 피아노 줄이 한꺼번에 느슨해지듯 신경이 이완되고 고리버들 의자처럼 흔들리자 두 사람 모두 피로에서 오는 가벼운 나른함을 느끼며 몽롱하고 평온한 세계로 빠져들었다. 민감하고 연약한 신경들은 반드시 다른 신경들과 하나가 되어야 한다. 입술과 입술이, 가슴과 가슴이…….

사랑에는 여러 단계가 있다. 로즈마리와 딕은 아직은 행복한 단계에 있었다. 둘은 상대에 대해 허황한 환상을 가득 품고 말도 안 되는 착각에 빠진 나머지 서로의 자아를 공유하는 것 이외의 인간관계는 하등 중요하게 취급되지 않는, 그런 단계에 있는 듯 보였다. 둘 다 다른 사람들 속에서는 쉽게 찾아볼 수 없는 순수함을 지녔기에 그 단계에 도달한 것처럼 보였다. 마치 일련의 순전한 우연이 두 사람을 함께 묶어주었고, 너무 우연이 많다 보니 나중에 가서는 두 사람이 서로에게 잘 어울리는 짝이라는 결론을 내리지 않을 수 없는 것처럼 말이다. 딕과 로즈마리는 순수한 상태로 그 단계에 도달했거나, 또는 그렇게 보였다.

그러나 딕에게 시간은 너무도 빨리 갔다. 딕은 호텔에 도착하기 전에 정신을 차리고 마음을 돌려 먹었다.

"어쩔 수가 없어. 당신을 사랑하지만, 그렇다고 지난밤 내가 말한 것을 번복한다는 뜻은 아니오."

딕은 낭패감을 느끼며 말했다.

"그것은 지금 중요하지 않아요. 내가 원하는 것은 당신이 나를 사랑하는 거예요. 당신이 나를 사랑한다면 다른 것은 아무 상관없어요."

"불행하게도 나는 당신을 사랑하오. 하지만 니콜이 이 사실을 알아서는 안 되오. 니콜이 어렴풋하게라도 의심하는 상황이 벌어져서는 안 된단 말이오. 니콜과 나는 계속 함께 살아가야 하오. 어떤 면에서 그것은 그냥 계속 같이 살고 싶다는 것보다 더 중요한 의미를 갖는다오."

"한 번 더 키스해줘요."

딕은 로즈마리와 키스를 했다. 하지만 즉시 그녀와 떨어졌다.

"니콜이 고통을 받아서는 안 되오. 니콜은 나를 사랑하고 나도 니콜을 사랑하오. 당신은 그것을 알아야 해."

로즈마리는 충분히 이해하고 있었다. 그런 일이라면 로즈마리로서도 잘 알고 있었고 그래서 사람들 마음을 다치게 하지도 않았다. 로즈마리는 니콜과 딕이 서로 사랑하고 있음을 처음부터 알고 있었다. 하지만 다이버 부부는 어느 정도 열정이 식은 관계라고, 그래서 실제로는 자신과 어머니 사이에 존재하는 그런 정도의 친밀감을 나누는 사이라고 생각했었다. 사람들이 자기 세계의 바깥사람들에게 그렇게 마음을 써줄 때는 가까운 사람들 사이의 애정의 강도가 약해졌다는 징조가 아닐까?

"그리고 내가 말하는 사랑은 적극적인 사랑이지. 음, 그것은 로즈마리에게 설명할 수 없는 복잡한 사랑이야. 그 말도 안 되는 결투도 결국 사랑 때문에 벌어진 일이고."

딕은 로즈마리가 무슨 생각을 하고 있을까 어림을 해보며 말했다.

"딕, 결투가 있었던 것을 어떻게 알았어요? 당신한테는 말하지 않기로 했을 텐데."

"로즈마리, 에이브가 비밀을 알고 입 다물고 있을 사람으로 보여? 하루에도 서너 번씩 술집을 들락거리는 친구한테 비밀을 털어놓느니 차라리 라디오 방송에 내보내거나 신문에 광고를 하는 것이 낫지."

딕이 빈정대는 투로 말했다.

로즈마리는 동의한다는 듯 웃으며 딕에게 가까이 다가앉았다.

"이제 로즈마리도 나와 니콜과의 관계가 복잡하게 뒤엉켜 있다는 것을 이해할 거야. 니콜은 그렇게 강하지 못해. 강하게 보일지는 몰라도 실제로는 아니야. 그 때문에 곤란한 상황이 벌어지기도 하지."

"아, 그런 얘기는 나중에 해요! 지금은 아무 말도 하지 말고 키스해 줘요. 지금은 사랑만 해요. 당신을 사랑할래요. 하지만 절대로 니콜이 눈치 채지 못하게 할 거예요."

딕과 로즈마리가 호텔에 도착했다. 로즈마리는 딕과 좀 떨어져 뒤따라가며 감탄과 깊은 애정을 느꼈다. 딕은 마치 무슨 대단한 일이라도 끝내고 방금 돌아온 사람처럼 힘찬 발걸음으로 서둘러 호텔 안으로 들어갔다. 그는 혼자만의 은밀한 기쁨을 창조해내고는 거기서 비롯된 행복을 두터운 외피에 둘러싸서 관리하는 사람이었다. 딕은 흠잡을 데 하나 없는 멋진 모자를 쓰고 노란 장갑을 끼었으며 무거운 지팡이를 들고 다녔다. 로즈마리는 오늘밤 딕과 함께 보낸다면 더없이 즐거울 텐데, 하고 생각했다.

두 사람은 위층으로 올라갔다. 층계가 무려 다섯 개나 있었다. 첫 계단참(階段站)에 오른 둘은 잠깐 서서 입을 맞추었다. 다음 층계참에서 로즈마리는 조심을 했다. 셋째 층계참에서는 훨씬 더 조심스럽게 행동했다. 그다음 층계참, 즉 층계참을 두 개 남겨 놓았을 때 로즈마리는 계단을 올라가다 말고 멈추어 서더니 별안간 딕에게 작별 키스를 했다. 딕이 조르자 로즈마리는 함께 층계 하나를 내려와 잠깐 있었다. 그러고 나서 남은 층계 둘을 올라왔다. 마침내 두 사람은 대각선으로 갈린 난간을 따라 손을 뻗어 상대의 손을 잡고 작별 인사를 했다. 결국에는 잡았던 손에서 손가락들이 미끄러지며 빠져나왔다. 딕은 아래층으로 내려와 저녁에 있을 파티 준비를 했고 로즈마리는 자신의 방으로 달려가 어머니에게 편지를 썼다. 어머니 생각을 잊고 있었던 로즈마리는 양심에 찔렸다.

18

다이버 부부는 솔직히 이미 굳어진 상류사회의 관습에 신경을 쓰지는 않지만 그렇다고 동시대의 유행에 무관심할 정도로 둔감하지는 않았다. 딕이 파티를 여는 이유는 예외 없이 지루함을 벗어나 자극을 맛보자는 것이었다. 그러나 그 사이사이 신선한 밤공기를 한번 맛보는 것이 더욱 값진 경험이었다.

그날 밤의 파티는 속도감 있게 펼쳐진 요란 법석을 떠는 익살극을 지켜보다 보니 금세 끝이 났다. 파티가 끝나자 사람들은 삼삼오오 한 패가 되어서 차에 나눠 타고는 커브가 급한 오디세이 도로를 따라 달려 파리로 향했다. 딕의 파티에서는 모든 것이 예견되어 있었다. 사람들은 신기하게도 만나자마자 즉석에서 어울렸고 그날 저녁을 함께 했을 뿐인데도 전문가, 아니 거의 안내자처럼 사람들을 이끌었다가 어느 순간 슬며시 그 무리에서 빠져나와 다른 패들 속으로 스며들어 같은 과정을 되풀이했다. 그래서 서로에 대한 신선함을 파티 내내 유지하는 듯도 했다. 로즈마리는 다이버 부부의 파티가 할리우드서 열리는 파티와 어떻게 다른지 절실하게 느꼈다. 규모가 얼마나 대단하냐는 문제가 되지 않았다. 딕이 파티의 흥을 돋우려고 마련한 소품 중에는 이란 왕이 타는 차가 있었다. 그가 이 차를 어디서 뇌물을 얼마나 주고 빌려왔던지 간에 이것은 사실 적절하지 못한 일이었다. 그러나 로즈마리는 이것을 지난 2년 동안 자신의 삶을 채운 믿어지지 않을 만큼 멋진 인생의 새로운 일면이라고 받아들였다. 이란 왕의 차는 미국에 있는 특수한 차대(車臺)에서 조립되었다. 바퀴와 냉각장치가 은으로 되어 있고 차체 안쪽에는 헤아릴 수 없이 많은 다이아몬드가 박혀 있었다. 아마 그 다이아몬드는 미국에서 제작이 끝난 그 다음주, 테헤란에 도착하자마자 이란 궁중의 보석세공사가 모조 다이아몬드를 빼내고 박아 넣은 것일 터였다. 차 뒤 칸에는 좌석이 하나밖에 없었다. 왕이 혼자 타고 다닐 차였기 때문이다. 그래서 파티에 참석한 사람들은 차례를 기다렸다가 한 사람씩 차에 들어가 바닥에 깔린 담비모피 위에 앉았다가 나왔다.

그러나 로즈마리에게는 딕밖에 보이지 않았다. 그녀는 현재 옆에 없지만 언제나 마음속에서 함께 하는 어머니에게 장담을 했다. 그날 밤의 딕처럼 그렇게 매력 있는, 그토록 완벽하게 매력 있는 남자는 결코 한 번도 본 적이 없다고.

에이브가 '헹기스트 소령과 호르자 씨'라고 깍듯하게 존칭을 붙여 부르던 두 영국 남자, 스칸디나비아의 왕위 계승자와 러시아에서 막 돌아왔다는 소설가, 또 엉뚱하지만 재치 있는 에이브, 어딘가에서 사람들과 어울려 죽치고 앉아 있을 콜리스, 로즈마리는 이 남자들 모두와 딕을 비교해 보았다. 결론은 비교해볼 가치도 없는 것 같았다. 이런 멋진 파티를 능란하게 감당하는 능력 뒤에 감추어진 열정과 헌신에 로즈마리는 그만 반해버린 것이다. 보병대가 하루치의 휴대 식량에 모든 것을 걸듯, 사람들 관심을 끌고 싶어 안달하는 여러 다양한 유형의 사람들을 별 힘도 들이지 않고 감동시키는 재주가 딕에게는 있었다. 그는 모든 이들을 위해, 가장 의미 있는 자신의 고유한 자아를 그대로 간직하고 있는 사람처럼 보였다.

시간이 흐른 뒤, 로즈마리는 이때가 가장 큰 행복을 맛보았던 때라고 떠올렸다. 첫 행복은 그녀가 딕과 함께 춤을 출 때였다. 로즈마리는 딕과 함께 춤을 추며 기분 좋은 꿈을 꾸는 사람들처럼 하늘을 나는 기분에 빠져 있었다. 로즈마리는 딕의 훤칠한 체격에 대비되어 자신의 아름다운 자태가 더욱 눈부시게 빛났다고 기억했다. 딕은 로즈마리를 이리저리 리드 해가며 마치 그녀가 화사한 꽃다발이나 많은 사람 앞에 펼쳐져 있는 진귀한 옷감처럼 아름답다는 암시를 느껴질 듯 말 듯 아주 섬세하게 드러내 보였다. 그처럼 행복하다고 느낀 시간 중에는 춤을 추지 않고 그저 서로 꼭 붙어 있을 때도 있었다. 가끔 딕과 로즈마리 둘만 남게 되는 이른 아침, 분 냄새 나고 촉촉한, 한창 물오른 로즈마리의 몸이 딕에게 바싹 다가들면 누군가가 버리고 간 모자들과 머플러, 등등을 배경으로 둘은 꼭 껴안은 채 그대로 앉아 있었다.

로즈마리가 가장 많이 웃었을 때는 사람들이 다 돌아가고 난 뒤에 남은 가장 괜찮은 여섯 사람—그날 저녁 파티에서 그래도 가장 덜 속물적인 여섯 사람—이 호텔 당직 경비에게, 퍼싱 장군이 캐비아와 샴페인을 먹고 싶어한다고 장난을 걸며 어슴푸레 밝아오는 리츠호텔의 현관 앞에 서 있을 때였다.

"장군님께서는 기다리는 것을 못 참으시는 분이랍니다. 병사든 무기든 장군님 명령이 떨어지는 즉시 움직일 수 있는 만반의 태세를 항상 갖추고 있지요."

그러자 웨이터들이 여기저기서 급히 달려나와 이리 뛰고 저리 뛰며 호텔 로비에 식탁을 차렸다. 퍼싱 장군 역할을 맡은 에이브가 들어와 식탁에 앉자 나머지 사람들은 꼿꼿이 서서 에이브에게 이 토막 저 토막 기억에 남은 대로 군가를 웅얼웅얼 불러주었다. 큰 기대를 했다가 보기 좋게 당한 웨이터들이 기분 상한 반응을 보이자 자신들이 무시당한다는 것을 알게 된 일행은 웨이터들을 꼼짝 못 하게 만들기로 했다. 호텔 로비에 있는 가구들을 쌓아 아주 크고 괴상한 덫을 만들어서 골드버그 만화에 나오는 기괴한 기계처럼 움직이게 했다. 에이브가 친구들이 하는 행동을 못 미덥다는 듯이 바라보며 한마디 했다.

"아무래도 악기 톱을 훔쳐 와서 해결하는 것이 낫겠는걸."

"그만 일어나요."

메리가 제지하고 나섰다.

"에이브가 저 소리를 할 때는 집에 갈 시간이 되었다는 뜻이에요."

초조해진 메리가 로즈마리에게 털어놓았다.

"에이브를 집으로 데려가야겠어요. 남편이 탈 임항열차(기선과 연결되는 열차: 옮긴이)가 11시에 떠나요. 에이브는 이 열차를 꼭 타야 해요. 저 사람 미래 전부가 거기에 달려 있어요. 그러나 내가 설득하려 들면 그이는 꼭 청개구리처럼 굴어요."

"제가 한번 에이브를 설득해 보지요."

로즈마리가 제안을 했다.

"그래 줄래요? 모르지요, 남편이 로즈마리 말은 들을지."

메리가 미심쩍은 얼굴로 물었다.

그때 딕이 로즈마리에게 다가왔다.

"니콜과 나는 집으로 갈 생각이오. 로즈마리도 우리와 같이 가고 싶어할 거라 생각하고 있었는데."

새벽 여명 속에서 로즈마리의 얼굴은 피로 때문에 파리해 보였다. 뺨에 보이는 희미한 검은 점 두 개가 낮에는 홍조로 물들어 있던 곳임을 말해주고 있었다.

"저는 못 가요. 메리한테 두 부부와 함께 있어주겠다고 약속했어요. 그렇지 않으면 에이브는 절대로 잠을 자려고 하지 않을 거예요. 딕, 당신이라면 어떻게 해볼 수도 있을지도 모르는데."

로즈마리가 대꾸했다.

"당신이 있어보았자 저 사람들한테 아무것도 해줄 것이 없다는 것을 모르겠소? 만약 에이브가 대학 때 내 룸메이트여서 처음부터 엄격하게 통제를 했다면 상황은 달라졌겠지. 하지만 지금은 내가 나서도 아무것도 달라질 것이 없소."

딕은 로즈마리에게 충고를 했다.

"그래도 나는 여기에 있어야 해요. 에이브가 그러는데 우리가 동행해주면 잠자리에 들겠다고 했어요."

로즈마리는 거의 반항적인 태도로 말했다.

딕은 로즈마리의 팔꿈치 안쪽에다 얼른 입을 맞추었다.

“로즈마리를 혼자 집으로 가게 하면 안 돼요. 그래야 스피어즈 부인한테 면목이 서지요.”

니콜이 떠나며 메리에게 소리쳤다.

조금 뒤, 로즈마리와 노스 부부, 뉴어크(미국 뉴저지 주에 있는 도시: 옮긴이)에서 왔다는 인형 목소리 제작자, 어느 자리든 빠질 때가 없는 콜리스, 옷을 근사하게 차려입은 조오지 호스프로텍션이라 불리는 구변 좋은 인도인, 이렇게 다섯 사람은 당근을 운반하는 짐차를 얻어 타고 수북하게 쌓인 당근 더미 위에 올라앉아 있었다. 당근 잔뿌리에 붙어 있는 흙냄새가 어둠 속에서 향긋하고 달콤하게 풍겼다. 당근 더미 맨 위에 앉아 있는 로즈마리는 드문드문 나타나는 가로등 사이에서 지는 긴 그림자 때문에 다른 사람들 모습이 보이지 않았다. 사람들 목소리는 자신과는 다른 경험을 하고 있는 사람들처럼 멀게 들려왔다. 그것은 로즈마리가 마음속에 딕을 품고 있어서였다. 노스 부부와 동행하게 된 것이 유감스럽고, 호텔에 있으면서 복도 건너편에서 딕이 잠들어 있기를, 그것도 아니라면 딕이 포근한 어둠 속에서 지금 옆에 앉아 있으면 얼마나 좋을까, 하고 바라서였다.

“올라오지 마. 당근 더미가 와르르 무너져 내릴 거야.”

로즈마리가 콜리스에게 소리를 질렀다. 그녀는 운전기사 옆에 앉아 있는 에이브를 향해 당근을 집어던졌다. 에이브는 노인네처럼 무기력해 보였다.

로즈마리는 날이 훤하게 밝아서야 호텔로 향했다. 비둘기들이 벌써 생 술피스 사원 위를 날고 있었다. 거리를 오가는 사람들에게는 밝고 더운 아침이겠지만, 자신들은 아직 지난밤의 여흥에서 벗어나지 못하고 있음을 깨닫고는 너 나 할 것 없이 모두 한꺼번에 웃음을 터트렸다.

‘드디어 나도 야단법석을 떠는 파티를 경험했어. 하지만 딕과 함께 있지 않아서 재미는 없었지.’ 속으로 이런 생각을 하고 있던 로즈마리는 버림받은 것 같은 슬픔을 느꼈다. 그런데 얼마 안 있어 무언가 움직이는 물체가 시야에 들어왔다. 그것은 샹젤리제 쪽을 바라보며 꽃을 활짝 피운 마로니에 나무였는데 길고 지붕 없는 화차에 끈으로 묶인 채, 사람들 웃음소리에도 휘청거렸다. 마로니에 나무의 모습은 그에 어울리지 않게 품위가 떨어지는 자리에 있으면서도 자신감을 잃지 않는 사랑스런 사람처럼 보였다. 마로니에 나무를 홀린 듯 쳐다보던 로즈마리는 그 나무가 자신의 처지와 똑같다고 느꼈고, 그 때문에 즐겁게 웃을 수 있었다. 그러자 문득 온 세상이 멋지게 보였다.

19

에이브는 11시에 생 라자르 역을 떠났다. 그는 유리 궁전이 풍미했던 1870년대 유물인 탁한 유리로 만든 둥근 지붕 아래서 홀로 서 있었다. 손은 손가락이 떨리는 것을 감추려고 코트 주머니 속에 찔러넣고 있었다. 모자를 벗자 정수리 부분만 뒤로 빗어 넘기고 아래쪽 머리칼은 완전히 한쪽으로 뻗친 것이 확연히 드러났다. 그 모습은 과연 저 남자가 2주 전, 고스호텔 앞 해변에서 해수욕을 즐기던 그 남자라고는 믿기 어려울 정도로 엉망이었다.

에이브는 기차 출발 시각보다 일찍 역에 도착했다. 그는 몸은 움직이지 않고 눈동자만 돌려 좌우를 둘러보았다. 몸의 다른 부분을 움직일 힘조차 남아 있지 않았던 것이다. 뉴룩스타일로 멋을 낸 매춘부가 그를 지나쳐 갔다. 곧이어 비행기에 탑승할 것처럼 보이는 자그마하고 가무잡잡한 사람들이 찢어지듯 날카로운 목소리로 이렇게 소리를 질렀다.

"주울, 아—안—녕!"

역 구내식당에서 술 한잔 할 여유가 될까 안 될까 고심하며 주머니에 들어 있는, 축축한 일천 프랑 되는 수표 뭉치를 만지작거리기 시작한 순간, 갈팡질팡하던 에이브의 눈이 계단 꼭대기에 서 있는 니콜에게로 가 꽂혔다. 에이브는 잠자코 니콜을 지켜보았다. 니콜은 아이들을 생각하며 얼굴을 찡그렸다. 흡족한 마음으로 아이들을 떠올렸다기보다는 앞발로 제 새끼들을 헤아리는 어미 고양이처럼 단순히 어미로서의 본능에 따라 생각이 났던 것이다.

에이브를 보자 니콜의 얼굴에서 조금 전의 침울한 표정이 사라졌다. 밝은 아침 하늘빛은 슬픔을 자아냈고 에이브는 눈 아래 난 햇볕에 벌겋게 그을린 거무스름하고 둥그런 자국 때문에 침울해 보였다. 두 사람은 벤치에 나란히 앉았다.

"당신이 와달라고 해서 왔어요."

니콜은 냉담하게 보이려고 긴장한 채 말했다. 에이브는 자신이 왜 니콜에게 나와 달라고 청을 했는지 잊어버린 사람 같았고, 니콜은 아주 흡족한 얼굴로 지나가는 사람들을 쳐다보았다.

"저 여자는 당신이 타는 배에서 제일가는 미인일 거예요. 저런 여자에게는 모든 남자들이 작별인사를 나누고 싶어하지요. 에이브, 저 여자가 왜 저런 옷을 입었는지 알아요?"

니콜의 말은 점점 더 빨라졌다.

"봐요, 왜 다른 누구도 사지 않는 옷을 저 여자는 샀을까요. 알겠어요? 몰라요? 정신 좀 차려요! 저것은 사연이 있는 옷이란 말이에요. 저 뛰어난 품질의 옷감만 봐도 알 수 있잖아요. 그러니 유람선 승객 중에 누군가는 외로움 때문에 저 드레스에 얽힌 이야기를 듣고 싶어할 사람이 있을 거예요."

니콜은 이 말을 끝으로 입을 다물었다. 말이 없는 니콜로서는 참으로 많은 말을 했다. 에이브는 니콜의 심각하고 결연한 얼굴 때문에 그녀가 하는 말에 전혀 집중을 할 수가 없었다. 에이브는 힘겹게 몸을 일으켜 세웠다. 그런데 그 자세가 마치 앉으려고 하면서 동시에 일어서려는 모양 같았다.

"당신이 나를 그 이상한 무도회에 데려간 날 오후, 그러니까 성 주느비에브 축일에……."

에이브가 입을 열었다.

"기억나요. 재미있었지요, 그렇잖았어요?"

"나는 재미없었어. 이번에는 당신을 보는 것이 하나도 즐겁지 않았어. 나는 당신들 두 사람 모두에게 진절머리가 나. 하지만 내 그런 감정은 눈치 채지 못했겠지. 당신네 둘은 나한테 훨씬 더 넌더리를 내고 있으니까. 내가 무슨 말을 하는지 알지. 내게 남들과 어울릴 의욕이 있다면 나는 새로운 사람들한테 갈 거야."

니콜이 에이브의 등을 찰싹 때릴 때 니콜의 벨벳 장갑에 거칠거칠한 보푸라기가 일었다.

"그렇게 기분 나쁜 얼굴을 하고 있으면 바보같이 보여요, 에이브. 아무리 그래도 바보처럼 보이고 싶지는 않을 것 아니에요. 나는 왜 당신이 모든 것을 포기하는지 이해를 못 하겠어요."

에이브는 기침을 하거나 코를 풀지 않으려고 무척 애를 쓰며 생각에 빠져 있었다.

"싫증이 나서 그런가 봐. 그렇다고 다 그만두고 원점으로 돌아가서 뭔가 새로운 것을 시작하는 것은 너무 막막하고."

남자는 여자 앞에서 아무것도 모르는 어린아이처럼 행동할 때가 가끔 있다. 하지만 정작 자신이 가장 무력한 아이처럼 여겨질 때는 좀체 마음 놓고 어린아이같이 굴지를 못한다.

"나한테는 그런 변명을 하지 않아도 돼요."

시간이 갈수록 에이브의 기분은 점점 더 나빠졌다. 생각해내는 말이라고는 마음을 거슬리게 하거나 몹시 신경질적인 것들뿐이었다. 니콜은 이럴 때 두 손을 무릎 위에 올려놓고 정면을 똑바로 쳐다보는 것이 자신이 취해야 할 적당한 태도라고 생각했다. 얼마 동안 두 사람은 입을 다물고 아무 말도 주고받지 않았다. 각자 상대방한테서 멀리 달아나려고 애썼다. 앞쪽에 파랗게 펼쳐진 하늘이 있어서 그나마 숨통이 트였다. 두 사람은 연인이 아니기에 함께 회상할 추억이 없었고 부부가 아니니 함께 설계할 미래도 없었다. 그럼에도 불구하고 오늘 아침까지만 해도 니콜은 남편 딕 말고는 다른 누구보다 에이브를 더 좋아했다. 그리고 에이브는 수년 동안 니콜을 향한 사랑 때문에 괴로워하며 술로 세월을 보냈다.

"여자라는 족속한테는 질려버렸어."

에이브가 갑자기 큰 소리로 말했다.

"그럼 당신네 남자들만의 세계를 만들어보지 그래요?"

"친구들도 지겨워. 추켜세워 주는 거나 좋아하지."

니콜은 기차역에 걸려 있는 시계의 분침이 빨리 돌아가게 하고 싶었다.

"니콜, 당신도 그렇게 생각하지?"

에이브는 자신의 견해에 동의해 줄 것을 요구했다.

"나는 여자고 내가 할 일은 모든 것을 조화롭게 결합시키는 거예요."

"내가 하는 일은 당신이 어울려 놓은 것들을 다시 흩뜨려 놓는 거야."

"술에 취하면 당신은 아무것도 흩뜨려 놓지 못해요. 당신 자신만 분열될 뿐이라고요."

니콜은 마음도 무겁고 겁도 조금 나려니와 자신감도 줄었다. 기차역은 사람들로 북적댔지만 니콜이 아는 사람은 한 사람도 눈에 띄지 않았다. 잠시 후 다행스럽게도 니콜의 눈에 철모처럼 빳빳한 가짜 머리털을 한 늘씬한 여자가 눈에 들어왔다. 그 여자는 우편함에 편지를 넣고 있었다.

"인사를 해야 할 사람이에요, 에이브. 어서 정신 차리고 일어나요!"

에이브는 참을성 있게 여자를 쳐다보았다. 여자는 몸을 돌리더니 뜻밖이라는 태도로 니콜에게 인사를 했다. 에이브는 그 여자를 파리 어딘가에서 본 적이 있다는 사실을 기억해냈다. 에이브는 니콜이 옆에 없는 틈을 타서 손수건을 입에 대고 토하듯 기침을 마음껏 하고 큰 소리가 나게 코를 풀었다. 아침 날씨가 점점 더워지자 에이브의 속옷은 땀에 흠뻑 젖어버렸다. 에이브는 손가락이 얼마나 떨리던지 성냥개

비를 네 개나 없애면서 겨우 담뱃불을 붙였다. 그는 술 한잔을 하고 싶어 기차역 구내식당에 꼭 갔다 와야 할 것 같았다. 하지만 니콜은 금방 돌아왔다.

"사람을 잘못 보았어요."

니콜이 냉담하게 말했다.

"자기를 보러 오라고 부탁하고 나더니 고맙게도 나를 타이르던데요. 저 여자는 나를 갈 때까지 간 여자로 보았나 봐요."

흥분한 상태에서 니콜은 조금 웃었다.

"사람들을 받아들여 봐요."

에이브는 담배를 피우다 들린 사래가 멈추자 니콜을 쳐다보았다.

"문제는 당신이 말짱할 때는 당신은 아무도 보고 싶어하지 않고, 당신이 곤란한 처지에 빠져 있을 때는 아무도 당신을 보고 싶어하지 않는다는 거요."

"누구, 나 말이에요?"

니콜이 다시 웃음을 터트렸다. 어떤 이유에서인지 모르지만 니콜은 두 사람이 뒤늦게 서로의 마음을 털어놓게 되자 기분이 좋았다.

"아니, 나는 안 그래요."

"자기 이야기를 하고 있군요. 나는 사람들을 좋아해요, 아주 많은 사람들을. 내가 좋아하는 사람은……."

로즈마리와 메리가 느린 걸음으로 에이브를 찾고 있었다. 니콜이 갑자기 앞으로 튀어나가며 크게 외쳤다.

"여기예요, 여기!"

그리고는 에이브에게 작별 선물로 주려고 마련한 손수건이 담긴 선물 꾸러미를 흔들며 반갑게 웃었다.

세 여자는 에이브의 거구에 눌려 거북하게 서 있었다. 에이브는 난파당한 갈레온 선(15~16세기 에스파냐, 포르투갈 두 나라가 대양무역(大洋貿易)에 이용한 범선으로 무역과 군용으로 사용된 대형선박의 통칭: 옮긴이)의 잔해처럼 세 여자 앞에 가로질러 누워서는 자신의 나약함과 방종, 편협함과 괴로움을 그 거구로 내리눌렀다. 모두 에이브라는 존재가 발하는 진지한 위엄과, 비록 이제는 조각조각 부서졌지만 사람들의 열정을 자극하는 뛰어난 기량의 소유자였음을 알고 있었다. 하지만 세 여자는 에이브에게서 뿜어져 나오는, 한때는 살고자 하는 의지였으되 이제는 죽음을 향한 의지로 변모한 강렬한 의지에 당혹감을 느꼈다.

딕이 세련되고 생기 있는 모습으로 기차역에 모습을 드러냈다. 딕의 안정감 있는 모습을 보자 세 여자는 구원이라도 받은 듯 반가운 소리를 지르며 원숭이처럼 팔딱 자리에서 일어나 딕의 어깨나 모자 테두리, 금을 씌운 지팡이 머리에 손을 얹었다. 이제 잠깐 동안은 에이브의 역겨운 행동이 일으키는 볼 만한 광경에서 벗어날 수가 있었다. 곧 상황을 파악한 딕은 일행을 역 밖으로 끌고 나와 별일 아닌 것처럼 사태를 수습했다. 바로 옆에서는 미국인들 몇 명이 크고 낡은 욕조 속으로 흘러들어가는 물소리와 흡사한 목소리로 작별인사를 나누고 있었다. 그들은 파리를 뒤로하고 기차역에 서 있노라니 대양 위에 몸을 기대고 있는 것 같은 느낌이 들었다. 새로운 인류의 핵심 분자를 생성하기 위해 원자를 변형시키는, 그런 정도의 큰 변모를 이미 겪은 것 같은 기분이 들었다.

그렇게, 부유한 미국인들이 역으로 밀어닥쳐서는 지적이고, 신중하고, 부주의하며, 솔직하고 새로워진 얼굴로 플랫폼으로 올라갔다. 그런 미국인들 틈에서 어쩌다 영국사람 얼굴이 보이면 눈에 띄고 낯설게 느껴졌다. 플랫폼이 미국인들로 넘쳐날 때는 그들의 흠잡을 데 없는 말쑥함과 그들의 부(富)에 대해 품었던 첫인상은 민족이란 어둠 속으로 서서히 묻혀들어 갔다. 서로 다른 민족이란 사실은 양쪽을 가까워지지 못하게 하고 서로에 대한 판단을 그르치게 했다.

니콜이 딕의 팔을 붙잡고 소리를 질렀다.

"어머, 저런!"

딕은 때맞추어 몸을 돌리고 눈 깜짝할 사이에 일어난 사건을 목격했다. 기차는 작별인사를 하러 나온 사람들의 물결을 뒤로하고 역을 출발했다. 니콜과 이야기를 나누었던, 머리카락이 헬멧처럼 생긴 젊은 여자가 이야기를 나누던 남자한테서 몸을 홱 돌려 날쌔게 달아나며 떨리는 손을 가방에 집어넣었다. 다음 순간 좁은 플랫폼의 공기를 가르며 두 발의 총성이 울렸다. 그와 동시에 기차는 날카롭게 기적을 울리며 움직이기 시작해서 잠깐이나마 총성이 울렸다는 중대한 사건의 의미를 희석시켰다. 에이브는 무슨 일이 일어났는지 그런 것에는 관심도 없다는 듯 객실 창가에서 다시 한 번 손을 흔들었다. 그러나 사람들이 모여들어 사건 현장을 둘러싸기 전에 플랫폼에 남아 있던 사람들은 총소리가 어떤 결과를 초래했는지 목격했다. 총을 맞은 사람이 플랫폼 위에 주저앉아 있었던 것이다.

기차는 9킬로미터를 달려간 다음에서야 멈추어 섰다. 딕이 몰려든 구경꾼들을 뚫고 나오는 동안 니콜과 메리와 로즈마리는 역 주변에서 기다리고 있었다. 이쯤에서 군중은 두 편으로 나뉘어졌다. 한쪽은 들것에 실린 남자를, 다른 한쪽은 아직 어떻게 된 영문인지 파악을 못한 경찰관 사이에서 창백하고 굳은 얼굴로 걸어가는 여자를 각각 따라갔다.

"마리아야. 총을 맞은 남자는 영국인인데 신원을 확인하는 데 시간이 꽤 걸린 모양이야. 마리아가 쏜 총이 그 남자 신분증을 관통했대."

딕은 허둥대며 말을 했다. 딕과 세 여자는 몰려든 구경꾼들로 어수선한 기차역을 서둘러 빠져나왔다.

"경찰이 마리아를 어느 경찰서로 데려가는지 알아냈어. 나는 그리로 가볼게."

"하지만 그 여자 언니가 파리에 살고 있는데 당신이 왜 나서요. 그 여자 언니에게 전화를 하지 그래요? 아무도 그 생각을 못 하다니 참 이상하네요. 언니 되는 여자가 프랑스 사람과 결혼했으니 당신보다 일을 더 잘 처리할 거예요."

니콜이 반대했다.

딕은 잠시 망설이더니 아무래도 안 되겠다는 듯 고개를 흔들고는 경찰서로 출발했다.

"잠깐만요! 바보 같은 짓이에요. 당신이 무슨 도움이 된다고 그래요. 당신의 그 프랑스 실력으로 말이에요?"

니콜이 남편 뒤에 대고 소리를 쳤다.

"적어도 경찰이 난폭하게 다루지 않도록 지켜볼 수는 있지."

"당연히 꼼짝 못 하게 잡아두겠지요. 마리아가 그 남자에게 총을 쏜 것은 분명한 사실이잖아요. 이 상황에서 우리가 할 수 있는 최선의 행동은 그 여자 언니 로라에게 당장 전화를 걸어 사실을 알리는 거예요. 로라가 우리보다 잘 대처할 거예요."

니콜은 남편을 안심시키려고 씩씩하게 말했다.

딕은 아내의 말에 승복하지 않았다. 게다가 딕은 로즈마리에게 뭔가 보여줄 생각이었다.

"기다려 봐요, 당신."

니콜은 단호하게 말한 뒤 급히 전화박스로 내달렸다.

"니콜이 나섰다 하면 다른 사람은 아무 할 일이 없지."

딕이 아내를 비꼬았지만 거기에는 애정이 깃들어 있었다.

그는 그날 아침 처음으로 로즈마리를 쳐다보았다. 두 사람은 눈길을 주고받으며 그 눈 속에서 어제 느꼈던 감정의 흔적을 찾아보려고 애썼다. 처음 얼마 동안 두 사람에게는 상대방의 존재가 비현실적으로 느껴졌다. 시간이 좀 지나자 느리면서도 마음이 훈훈해지는 사랑의 콧노래가 다시 시작되었다.

"당신은 누구든 상관없이 도움을 주는 것을 좋아하는군요, 그렇지 않나요."

로즈마리가 물었다.

"그러는 척할 뿐이오."

"어머니도 사람을 가리지 않고 도와주시는 것을 좋아하시지요. 물론 당신이 하는 만큼 많은 사람들을 돕지는 못하시지만요. 가끔은 내가 세상에서 제일 이기적인 인간이라고 느껴질 때가 있어요."

로즈마리는 한숨을 내쉬었다.

처음으로, 로즈마리가 어머니 이야기를 꺼낸 것이 딕을 기쁘게 하기보다는 짜증스럽게 했다. 딕은 로즈마리 어머니를 어디론가 멀리 떠나보내 버리고 싶었다. 로즈마리가 굳건히 발 딛고 서 있는 디딤돌과 같은 어머니라는 존재로부터 그녀를 떼어놓고 싶었다. 그러나 이런 충동은 자제심을 잃어서 나타나는 현상임을 깨닫고 있었다. 만일 단 일 분이라도 자신이 긴장을 푼다면 자신을 압박해 오는 로즈마리의 충동이 어떤 결과를 초래할까. 딕은 두려움을 느끼며 로즈마리와 자신의 일시적인 연애감정이 슬그머니 멈추게 된 것을 알아챘다. 이런 일은 움직이지 않고 그대로 한자리에 머물러 있을 수 있는 성질의 것이 아니다. 계속 앞으로 나아가든 아니면 본래의 자리로 돌아가야 한다. 처음으로 딕은 두 사람의 관계에서 칼자루를 쥔 쪽은 자신이 아니라 로즈마리라는 생각이 들었다.

딕이 어떤 절차를 밟아야 할지 생각해내기 전에 니콜이 돌아왔다.

"로라를 찾았어요. 아직 아무도 연락을 해주지 않았더군요. 내 전화를 받고 처음 알았대요. 목소리가 희미해졌다가 다시 커지더군요. 정신을 잃었다 다시 되찾았나 봐요. 로라가 그러더군요. 오늘 아침 무슨 일이 생길 줄 알고 있었다고요."

"마리아 옆에 누군가 있어줘야 하는데."

여자들을 다시 평온한 분위기로 이끌기 위해 딕은 부드러운 어조로 말했다.

"로라는 실내장식에 남다른 감각이 있어요. 격조까지 갖추었다고 할 정도는 아니지만 말이에요. 우리 중에 누군가가 총소리 속에서 기차역을 출발하는 열차를 또 볼 일이 있을까요?"

그들은 폭이 넓은 철제 계단을 쾅쾅 소리를 내며 내려왔다.

"그 불쌍한 남자를 생각하면 참 안 됐어요. 그래서 마리아가 내게 그런 이상한 말을 했나 봐요. 마리아는 총 쏠 준비를 하고 있던 중이었나 봐요."

니콜이 웃음을 터트리자 로즈마리도 따라 웃었다. 하지만 사실 두 여자 모두 속으로는 공포에 떨고 있었다. 그러기에 니콜과 로즈마리는 딕이 두 사람이 알아서 판단하라고 내버려두지 말고 이 사건을 윤리적인 관점에서 논평을 해주기를 간절히 바랐다. 그렇다고 두 여자는 자신들이 그런 바람을 갖고 있다는 사실을 의식하지는 못했다. 로즈마리의 경우는 특히 그랬다. 로즈마리는 이런 종류의 사건을 다룬 영화에서, 탄피 조각들이 날카로운 소리를 내며 머리 옆을 스쳐가는 경험을 여러 번 한 적이 있었다. 하지만 그때그때 받은 충격들은 모두 그녀의 내부에서 쌓여가고 있었다. 한동안 딕은 자신의 몸속에서 새로이 감지된 감정이 맹렬한 기세로 자라나는 데에 놀라 마음의 동요를 느꼈다. 그래서 다른 때처럼 일을 거침없이 척척 풀어내지를 못했다. 그렇다 보니 여자들은 뭔가 빠진 것 같은 허전함을 느끼며 모르는 사이에 왠지 모를 불행감에 빠져들었다.

그러나 아무 일도 없었다는 듯 다이버 부부와 그 친구들은 거리로 나와 일상으로 돌아갔다.

하지만 일어날 일들은 모두 일어났다. 에이브는 미국으로 떠났고 이날 오후에는 그의 아내 메리가 곧 잘츠부르크로 떠나게 돼 있었다. 이렇게 해서 파리에서의 시간은 막을 내렸으나, 그 총성이 무슨 흑막이 있었는지는 아무도 모른 채 정리가 되어버린 그 충격이 파리에서의 시간을 마무리 지어 주었는지도 모른다. 그 모든 이들의 삶 속으로 뚫고 들어왔던 것이다. 총격사건의 여파는 그들을 따라 포장도로까지 미쳤다. 도로에서 잡역부 둘이 검시가 끝난 주검을 옆에 내려놓고 택시를 기다리고 있었다.

"자네 총 보았나? 장난감 총처럼 생긴 것이 성능은 꽤 좋던걸."

"그야말로 강력했지!"

다른 잡역부가 경험이 많은 체하며 말했다.

"셔츠는 보았나? 피가 시뻘겋게 물든 것이, 전쟁터에서나 볼 광경이더군."

20

그들이 역 밖으로 나오자 광장에는 공중에 떠 있는 배기가스 덩어리가 7월의 뙤약볕 아래서 설설 끓으며 고열을 발산하고 있었다. 정말 끔찍했다. 자연이 내는 열과는 달리 햇볕을 받아 뜨거워진 배기가스에서 발산되는 열기를 접하고 보니, 교외로 벗어날 가망은커녕 이처럼 오염된 공기 속에서 숨이 콱콱 막히게 될 도로를 달릴 일밖에 없겠구나 싶었다. 로즈마리는 룩셈부르크 공원 건너편 야외에서 점심을 먹다가 갑자기 배가 아파 오더니 몸에 쥐가 났다. 그러자 마음이 초조해지면서 참을 수 없는 나른함이 턱까지 차올라 왔다. 기차역에서 이기적으로 처신을 한데 대한 자책감이 든 것이 바로 초조함과 나른함의 전조였다.

딕은 로즈마리의 내면에서 일고 있는 돌연한 변화를 전혀 눈치 채지 못했다. 그는 몹시 불행한 기분에 젖어 있던 탓에 점점 자신의 내면으로만 빠져든 나머지 순간적으로 주위의 사정이 어떻게 돌아가는지 파악하지 못했음은 물론, 자신의 판단의 기초이자 오랫동안 공들여 키워온 상상력을 동원할 수 없었던 것이다.

딕 일행과 합석해서 커피를 마시고 메리를 기차로 데려갔던 이탈리아인 성악교사가 그녀와 함께 떠나자 로즈마리 역시 영화 스튜디오로 계약서를 쓰러 가야 한다면서 자리에서 일어섰다.

"간부를 만나봐야 하거든요. 아, 그리고 그 남부 청년 콜리스가 두 분이 여기 계시는 동안 저를 찾아오면 제가 기다릴 형편이 아니었다고 좀 전해주세요. 내일 제게 전화하라는 말도 함께요."

좀 전에 있었던 소동에 대한 반작용으로 너무 느긋해진 로즈마리는 어리다는 것이 무슨 특권인 양 어린아이처럼 굴었다. 그 태도를 보고 다이버 부부는 자기 아이들에 대한 남다른 사랑이 되살아났다. 로즈마리는 니콜에게서 짧지만 날카로운 비난을 들었다.

"웨이터에게 부탁하는 것이 좋겠군요. 우리도 곧 일어날 거니까요."

니콜의 목소리는 매몰차고 건조했다.

로즈마리는 니콜이 그렇게 쌀쌀맞게 나오는 까닭을 얼른 깨닫고는 불쾌한 기색 없이 그녀의 말을 받아들였다.

"그렇게 하면 되겠네요, 그럼 먼저 가볼게요."

딕은 계산서를 달라고 했다. 그리고는 긴장을 풀고 느긋한 자세로 일없이 이쑤시개를 잘근잘근 씹었다.

"자, 그럼."

두 사람이 동시에 입을 열었다.

딕은 니콜의 입가를 언뜻 스쳐가는 불행의 그림자를 보았다. 그것은 너무도 짧은 순간의 일이라 딕만이 알아챌 수 있었고, 그렇기에 못 본 체할 수 있었다. 니콜은 무슨 생각을 하고 있었던 걸까? 로즈마리는 지난 몇 년 동안 자신이 연구한 십여 명의 사람 중 하나였다. 딕의 연구 대상의 면면을 살펴보면 이렇다. 프랑스인 어릿광대, 에이브와 메리 부부, 무희 한 쌍, 작가, 화가, 그랑귀뇰 출신의 희극 여배우, 러시아 발레단의 반미치광이 동성애자, 밀라노에서 1년 동안 후원해준 적이 있는 전도유망한 테너가수, 니콜은 이런 사람들이 딕의 관심과 열정을 있는 그대로 반영한다는 사실을 잘 알고 있었다. 하지만 니콜이 깨닫고 있는 것은 또 하나 있었다. 그것은 아이들을 낳을 때 말고는 결혼 이후 딕과 단 하룻밤도 떨어져 있어 본 적이 없다는 것이다. 다른 한편, 딕에게는 사람들을 즐겁게 해주는 능력이 있었다. 그것은 습관처럼 계속 사용해야 하는 능력이었다. 그런 능력을 지닌 사람들은 늘 실천을 통해 그 능력을 유지해야 하는 동시에 그런 재능을 발휘하지 않아도 스스로 엉겨 붙는 사람들과도 어울려야 한다.

이제 딕은 무감각하게 앉아서 어떤 확신 있는 태도도, 그렇다고 놀랄 만한 사건에 대해 아무런 설명도 없이 시간을 흘려보내고 있었다. 놀랄 만한 사건들도 끊임없이 되풀이되어 일어나다 보니 나중에는 다 그게 그것 같아 보였다.

미국 남부 출신의 콜리스가 촘촘히 놓여 있는 식탁들 사이를 비집고 다가와서 기사처럼 격식을 갖추어 인사를 했다. 그런 인사를 받을 때마다 딕은 깜짝 놀랐다. 딕과 알고 지내는 사람들은 '어이!' 하고 두 사람을 부르거나 아니면 두 사람 중 한 사람하고만 이야기를 나눴다.

자신이 환영받을 상황이 아니라는 것을 눈치 채지 못한 콜리스는 자신의 도착을 이런 말로 전했다.

"제가 좀 늦은 것 같군요. 아가씨가 벌써 어디로 샌 것을 보니 말입니다."

딕은 불쾌함을 속으로 삭이고 나서야 니콜에게 먼저 인사를 건네지 않은 콜리스를 용서할 수 있었다.

니콜은 곧바로 자리를 떠났고 딕은 콜리스와 같이 앉아서 남은 술을 마저 마셨다. 딕은 콜리스를 어느 정도는 좋아했다. 그것은 콜리스가 '전후 세대' 이기 때문이었다. 게다가 콜리스는 10여 년 전 뉴헤이븐에서 알고 지낸 대부분의 남부 사람들과는 달리 그렇게 까다롭지 않았다. 딕은 천천히 담배 파이프에 담배를 꾹꾹 눌러 채우며 재미있게 콜리스의 이야기에 귀를 기울였다. 오후 일찍, 어린아이들이 보모들과 함께 룩셈부르크 공원으로 느릿느릿 걸어 들어왔다. 딕은 하루 중 이맘때 아무 일도 없이 한가로이 보낸 것은 몇 달 만에 처음 있는 일이었다.

그러나 콜리스가 허물없이 털어놓는 장광설의 내용을 깨달은 순간 딕은 갑자기 온몸의 피가 싸늘하게 식는 것 같았다.

"선생님은 로즈마리에게 정열이 없다고 생각하실지 모르지만 로즈마리는 그렇게 냉정한 여자가 아닙니다. 솔직히 고백하자면 저는 오랫동안 로즈마리가 이성에게는 관심이 없다고 생각했었지요. 그러나 이런 일이 있었습니다. 로즈마리는 부활절 휴일 때 뉴욕에서 시카고로 가는 기차에서 제 친구와 함께 곤혹스런 일을 당했습니다. 빌 힐리스라는 친구였는데, 로즈마리는 빌 힐리스를 뉴헤이븐에서 아주 잘나가는 친구라 여긴 모양입니다. 로즈마리는 제 사촌 여동생과 객실을 함께 썼어요. 그런데 로즈마리와 빌 힐리스가 자기들끼리만 있고 싶어하자 사촌 여동생이 저와 빌 힐리스가 쓰는 객실로 와서 카드놀이를 했지요. 그런데 한두 시간쯤 뒤에 객실 밖으로 나가보니 로즈마리와 빌 힐리스가 객차 통로에서 차장과 승강이를 벌이고 있더군요. 로즈마리는 새하얗게 질려 있었습니다. 두 사람이 객실 문을 걸어 잠그고 햇빛가리개도 내리고 있었나 봅니다. 아마 차장이 검표를 하려고 문을 두드렸을 때 두 사람이 좀 '진한 애정표현' 을 주고받던 중이었나 보더군요. 두 사람은 차장의 노크를, 저와 제 사촌 여동생이 자기들을 골려주려고 그런 줄 알고 처음에는 문을 안 열어주었던 겁니다. 나중에 두 사람이 문을 열고 차장을 들어오게 했을 때 차장은 성이 날대로 나 있었지요. 차장은 빌 힐리스에게 거기가 그의 객실인지, 두 사람이 부부라서 문을 잠그고 있었는지 물었지요. 그러자 그 친구는 버럭 화를 내며 아무것도 잘못된 것이 없다는 사실을 납득시키려고 했답니다. 빌 힐리스는 차장이 로즈마리를 모욕했다며 차장에게 결투를 신청했지요. 그러나 그 차장으로 말할 것 같으면 빌 힐리스와 결투를 벌이고도 남을 사람이었지요. 정말이지 저는 두 사람을 진정시키려고 진땀 꽤나 흘렸답니다."

두 남녀가 벌였을 애정행각의 구석구석까지 상상이 미치고, 심지어는 두 사람이 객차 통로에서 당한 곤경까지 부러워진 딕은 자신의 내면에서 모종의 변화가 일고 있음을 느꼈다. 제삼의 남자, 그것도 이미 과거가 돼버린 남자가 있었다는 사실만으로도 딕의 마음은 평정을 잃었고 쓰라린 고통과 비참함, 욕망과 절망이 파도처럼 딕의 가슴속으로 밀려들었다. 로즈마리의 뺨을 쓰다듬는 손과 가쁜 숨소리, 제삼자의 시각에서 바라본 격렬한 흥분, 내면에서 이는 거역할 수 없는 은밀한 열정이 눈앞인 듯 생생하게 그려졌다.

'커튼을 내릴까?'

'그래요, 여기는 너무 밝아요.'

콜리스의 이야기는 바야흐로 뉴헤이븐의 남학생 사교모임의 역학관계로 넘어가고 있었다. 내용은 다르지만 그 말하는 투며 말에 강약을 주는 것도 똑같았다. 딕은 자신은 이해할 수 없는 좀 묘한 방식으로 콜리스가 로즈마리를 사랑하고 있을지도 모른다는 생각이 들었다. 빌 힐리스와의 연애사건도 로즈마리 역시 '평범한 인간' 이라는 사실을 분명하게 해준 것 외에는 콜리스에게 아무런 상처도 남기지 않아 보였기 때문이다.

"공부 잘하는 친구들이 있는 곳이라고 해서 사람들이 엄청나게 모여들었지요. 사실, 우리 모두 그것 때문에 그곳으로 갔지요. 뉴헤이븐은 이제 너무 커졌어요. 그런데 슬픈 사실은 그렇게 몰려든 사람들을 이제는 솎아버려야 한다는 거지요."

'커튼을 내릴까?'

'그래요, 여기는 너무 밝아요.'

딕은 파리 시내를 걸어 평소 거래하는 은행으로 갔다. 그는 수표를 쓰면서 줄지어 앉아 있는 은행원들을 한 사람 한 사람 쳐다보았다. 그러면서 누구에게 가야 일을 쉽게 끝낼지 생각 중이었다. 그는 수표장을 쓰면서 중요한 볼일이 있는 것처럼 보이려고 꽤 애를 썼다. 지나칠 정도로 꼼꼼하게 펜을 골라 유리 덮개를 씌운 높직한 책상 위에서 공을 들여가며 수표장을 썼다. 딕은 한차례 흐리멍덩한 눈을 들어 우편창구 쪽을 바라보았는데, 이번에는 하던 일에 집중하느라 정신이 활기를 잃고 흐리멍덩해졌다.

딕은 여전히 누구에게 수표를 내밀어야 할지 마음을 정하지 못하고 있었다. 줄지어 앉아 있는 남자들 중 누가 자신이 처해 있는 비참한 처지를 손톱만큼이라도 짐작이나 할 것이며, 저들 중 누가 최소한 자신에게 말이라도 걸까? 활달한 뉴욕 사람 페린, 그는 아메리칸 클럽에서 점심을 같이 먹자고 청한 적이 있는 친구였다. 에스파냐 사람 카사수스, 그와는 두 사람이 같이 알고 있는 한 친구 얘기를 주로 나누었다. 그 친구라는 사람이 십여 년 전에 세상을 떠났는데도 말이다. 다음은 머치하우스, 저 친구는 수표 발행 신청을 할 때마다 아내의 잔고에서 할 것인지 아니면 딕 자신의 잔고에서 할 것인지 물었다.

수표 원장(元帳)에 금액을 기입하고 그 금액 밑에 줄 두 개를 그으며 딕은 피어스에게 가기로 마음을 정했다. 피어스는 젊은 데다 허풍을 별로 떨지 않아도 되는 친구였다. 경우에 따라서는 볼거리를 제공하는 것이 그것을 지켜보는 것보다 쉬울 때가 있다.

딕은 먼저 우편창구로 갔다. 자신을 응대하던 창구 여직원이 책상에서 종이가 떨어지려는 순간 가슴으로 종이를 밀어 올리는 것을 본 딕은 여자하고 남자는 몸을 쓰는 것도 저렇게 다르구나, 하는 생각을 했다. 딕은 자신의 앞으로 온 우편물을 들고 옆으로 물러나 하나하나 뜯어보았다. 독일 출판사에서 보낸 정신의학 도서 열일곱 권에 대한 청구서, 브렌타노 사(社)에서 보내온 청구서, 버펄로에서 아버지가 보내신 편지 한 통이 있었다. 아버지의 육필은 해가 다르게 알아보기가 힘들어졌다. 터키 페즈 소인이 찍힌 토미의 엽서도 짧은 익살을 담은 채 우편물 사이에 끼어 있었고 취리히에서 개업을 하고 있는 독일인 의사 두 사람한테서 온 편지도 있었다. 그 밖에 칸의 석고기술자가 보낸 의문의 청구서와 가구상이 보낸 청구서, 볼티모어에 있는 의학 잡지 출판사에서 온 편지와 잡다한 광고지들, 이제 막 화단(畵壇)에 나온 어느 풋내기 화가가 보낸 전람회 초대장이 있었다. 니콜에게 온 편지 세 통과 로즈마리에게 온 편지 한 통도 끼어 있었다.

'커튼을 내릴까?

딕이 피어스에게 갔더니 그는 한 여성고객을 상대하고 있었다. 수표는 피어스 옆자리에 있는 카사수스에게 내밀어야 할 상황이었다. 카사수스는 한가했기 때문이다.

"어쩐 일인가, 딕?"

카사수스가 상냥하게 인사를 하며 콧수염이 양옆으로 퍼질 만큼 활짝 웃어 보였다.

"일전에 훼더스톤 이야기를 하다 보니 딕 자네 생각이 나더군. 훼더스톤 그 친구 지금 캘리포니아에 있다더군."

딕은 눈을 크게 뜨고 몸을 앞으로 굽히며 말했다.

"캘리포니아에 있다고?"

"그렇다더군."

딕은 카사수스가 보게끔 수표를 반듯하게 들고 피어스의 책상을 바라보다 피어스와 눈길이 마주치자 잠깐 동안 다정한 눈길을 주고받았다. 피어스가 3년 전 리투아니아 백작부인과 염문에 휘말렸을 때 떠돌던 오래된 농담을 떠올리며……. 피어스는 카사수스가 딕의 수표 발행 승인을 내줄 때까지 계속 싱긋 웃어주었다. 딕을 좋아하는 카사수스는 상환 청구권이니 뭐니 성가신 절차를 갖고 딕을 붙들어두려고 하지 않았다. 그는 코안경을 들고 일어서며 먼저 한 말만 되풀이했다.

"그래, 훼더스턴은 캘리포니아에 있대."

그 사이 딕은 페린을 쳐다보았다. 죽 늘어선 책상 맨 첫 머리에 앉아 있는 페린은 헤비급 세계챔피언과 이야기를 나누고 있었다. 페린이 곁눈질하는 것을 보고 딕은 페린이 자신을 불러 권투선수에게 소개시켜줄까 고심하다 끝내 생각을 바꿨음을 눈치 챘다.

카사수스와의 친근한 분위기를 칼로 무 자르듯 단번에 자르고 나와 유리 덮개를 한 책상으로 걸음을 옮겼다. 거기서 딕은 수표를 뚫어져라 쳐다보고 요모조모 자세히 살핀 다음 작별인사를 하고 은행을 나왔다. 오래전부터 은행 경비에게 돈을 집어주고 구슬려 놓은 터라 은행 문을 나서자마자 금세 택시가 튀어나왔다.

"파르 엑셀랑스 영화사 스튜디오로 갑시다. 파시 가(街)의 골목길에 있소. 뮤에트까지 가면 거기서부터는 내가 길을 가르쳐 드리겠소."

딕은 지난 이틀 동안 맞닥뜨린 사건들 때문에 몹시 혼란스러운 나머지 자신이 무엇을 하고 싶은지조차 확신할 수가 없게 되어버렸다. 딕은 뮤에트에서 택시를 내려 영화사 스튜디오를 향해 가다가 그곳에 닿기 전에 길 반대쪽으로 건너갔다. 멋진 옷에 고급스런 모자와 지팡이 등 장신구도 세련된 것으로 갖추었건만, 딕은 여전히 쫓기는 짐승처럼 마음이 불안했다. 딕은 위엄을 갖추려면 자신의 과거, 즉 지난 6년간의 고투에 대한 기억에서 완전히 벗어나야 했다. 타킹턴(미국 인디애나 주 출신의 소설가〈1869-1964〉로 주요 작품 〈인도에서 온 신사〉: 옮긴이) 소설에 나오는 젊은이처럼 정신을 놓고 그 구역을 경쾌한 발걸음으로 돌아보던 딕은 행여 영화사에서 나오는 로즈마리와 길이 엇갈리면 어쩌나 하는 생각이 문득 들자 지름길을 찾아 대도시의 복잡한 뒷골목으로 들어섰다. 그 구역은 우중충한 동네였다. 영화사 스튜디오 건물 옆에서 딕의 눈에 한 표지가 들어왔다. 〈슈미즈 천 벌〉 딕은 자신이 지금 하려는 일이 인생의 전환점으로 기록되리라는 것을 알고 있었다. 그것은 이제껏 경험한 어떤 것과도 닮은 점이 없었다. 심지어는 로즈마리에게 새겨주고 싶은 인상하고도 전혀 어울리지 않았다. 로즈마리는 항상 자신을 반듯한 언행의 표본으로 바라보았다. 그렇기에 자신이 이 구역을 어슬렁거리는 것은 로즈마리의 믿음을 깨뜨리는 행위였다. 그렇지만 이렇게 행동할 수밖에 없었던 것은 보이지 않는 어떤 현실의 투영이었다. 즉 딕은 자신의 의지와는 상관없이 그곳을 걷거나 그곳에 서 있었던 것이다. 셔츠 소매는 손목에 딱 맞게 내려와 있고 외투 소매는 엔진의 원통형 관처럼 셔츠 소매를 싸고 있었다. 칼라는 목에 석고로 본을 떠서 맞춘 듯 딱 맞았고 붉은 머리칼은 적당한 길이로 이발을 했다. 손에는 멋쟁이 남자처럼 작은 서류가

방이 들려 있었다. 그 모습은 한마디로 이탈리아의 페라라에 있는 교회 앞에서 깊이 뉘우치며 서 있어야 할 필요가 있음을 깨달은 또 다른 남자와 똑같았다. 딕은 잊혀지지도 않고 속죄를 받지도 못하고 삭제되지도 않은 것들에게 찬사를 바치고 있었던 것이다.

21

건물 주위를 서성거린 지 45분쯤 뒤, 딕은 뜻밖에 어떤 사람과 얽혀들게 되었다. 딕이 아무도 보고 싶지 않을 때면 공교롭게도 잘 일어나는 일이었다. 때때로 딕은 자기검열을 너무도 엄격하게 하는 바람에 스스로 목적한 바와 반대되는 결과를 초래하는 일이 있었다. 그것은 맡은 배역을 제대로 소화해내지 못한 배우가 관객들의 감정을 자극하고, 자신이 미해결인 채로 놔둔 부분을 관객 몫으로 남겨둠으로써 결과적으로 보면 연극을 감상하는 관객의 능력을 향상시키는 것과 같다. 이와 유사하게 우리 인간은 동정이 정작 필요하고 그것을 갈망하는 사람에게는 좀처럼 동정을 하지 않고, 우리에게 동정이라는 관념적인 기능을 훈련시키는 사람들에게 베풀려고 아껴둔다.

딕은 뒤이어 마주친 일을 이런 식으로 해석했을지도 모른다. 생테장즈 가(街)를 걷고 있는 딕에게 얼굴이 깡마른 서른 살가량 들어 보이는 미국인이 말을 걸어왔다. 마음 상한 일이 있었는지 얼굴에는 가볍지만 씁쓸한 웃음기가 어려 있었다. 딕은 남자의 요청에 응해 담뱃불을 빌려주며 남자를 살펴보고는, 유년기 이래 죽 어떤 부류의 사람인지 금방 알 수 있는 범주의 사람이라고 판단을 내렸다. 담배 가게 주위를 얼쩡대다가 카운터에 턱을 괴고는 아무도 모를 꿍꿍이를 속에 품고는 들고나는 사람들을 지켜보는 그런 유형의 남자 말이다. 그런 사람들은 소리를 죽여 가며 모종의 일을 꾸미기 일쑤인 차고(車庫)와 이발소, 극장의 로비를 제 집처럼 훤히 꿰고 있었다. 딕이 보기에 그 남자는 그런 장소에 있어야 제격 같았다. 가끔 그런 사람이 풍자만화가 테드의 신랄한 만화에 불쑥불쑥 모습을 드러내기도 했다. 소년 시절, 딕은 언제든 범죄로 빠져들 수 있는 그런 곳들을 가끔 불안한 시선으로 쳐다보았었다.

"여보쇼, 파리가 맘에 드쇼?"

남자는 대답을 기다릴 것도 없이 딕과 보조를 맞추려고 부지런히 걸으며 활기차게 물었다.

"고향이 어디쇼?"

"버펄로입니다."

"나는 산 안토니오 출신이오. 하지만 전쟁이 끝난 뒤 죽 여기서 죽치고 있수다."

"군대에 있었나요?"

"뭐, 그런 셈이오. 84연대라고, 그 부대 얘기 들어본 적 있소? 당분간 파리에 머물 생각이요, 아니면 지나가는 길에 들른 거요?"

남자는 딕을 앞서 걸으며 거의 위협적이다 싶은 눈길로 딕을 빤히 쳐다보았다.

"잠깐 들른 겁니다."

"어느 호텔에 묵고 있소?"

딕은 아까부터 속으로 웃고 있는 참이었다. 그 작자는 그날 밤으로 딕의 호텔 방을 털 터였다. 남자의 속셈은 훤히 들여다보이고도 남았다.

"여보쇼, 형씨같이 몸도 좋은 사람이 나 같은 사람을 보고 겁을 먹어서야 쓰겠소? 미국 관광객을 노리는 건달들이 쌔고 쌨다지만 나까지 경계할 필요는 없소."

슬슬 지겨워진 딕이 걸음을 멈추었다.

"나는 댁 같은 사람은 왜 이렇게 허비할 만큼 시간이 많은지 그게 궁금할 뿐입니다."

"나는 여기서 사업을 하고 있소."
"무슨 사업이지요?"
"신문 판매업이오."
험악한 태도에 전혀 걸맞지 않는 점잖은 직업이었다. 그런데 남자가 이렇게 고쳐 말했다.
"걱정 붙들어 매쇼. 작년에 벌 만큼 벌어 놨으니까. 6프랑에 넘겨받은 신문을 10프랑에서 20프랑까지 받고 팔았수다."
남자는 그러면서 낡고 빛바랜 지갑에서 오려 내어 가지고 다니는 신문 조각을 꺼내더니, 이제는 절도범의 동료가 되어버린 딕에게 그것을 건넸다. 그것은 풍자만화를 오린 것이었다. 금이 실린 여객선의 건널판을 쏟아져 나오는 미국인 인파를 그린 것이었다.
"매해 여름에 20만 명이 천만 달러를 쓰고 간다니, 참."
"여기 파시에는 어쩐 일로 나오셨소?"
남자는 주위를 조심스럽게 둘러보며 이렇게 물었다. 딕은 '영화 때문이지요.' 라고 모호하게 말을 했다.
"저기 저 건물에 미국영화 촬영소가 있는데 영어를 할 줄 아는 사람들을 쓴답니다. 지금은 휴식 시간을 기다리는 중이지요."
딕은 얼른 남자를 떼어버렸다.
아무래도 로즈마리는 딕이 이 지역을 돌아보는 사이에 가버렸거나 그가 이 지역으로 들어서기 전에 촬영소를 떠난 것이 분명했다. 딕은 길모퉁이에 있는 술집으로 들어갔다. 사람들 속을 비집고 주방과 지저분한 화장실 사이에 있는 작은 방으로 들어가서 로이 지요오지 호텔에 전화를 걸었다. 딕은 호흡에 이상이 온 것을 알았지만 만사가 그렇듯 그 증상은 딕을 자신의 감정 속으로 더욱 깊이 빠져들게 할 뿐이었다. 딕은 교환에게 호텔의 전화번호를 알려주고는 송수화기를 든 채 술집 안을 들여다보았다. 한참 만에 귀에 익은 작은 목소리가 '여보세요?' 하고 전화를 받았다.
"나요, 딕. 전화를 안 할 수가 없었소."

로즈마리는 잠깐 동안 아무 말도 하지 않고 있다가 조금 뒤에 활기 있게, 그것도 딕의 감정에 딱 어울리는 말투로 '전화해 줘서 기뻐요.' 하였다.

"당신을 만나러 영화 촬영소로 갔었소. 나는 지금 촬영소 건너편에 있는 파시 가에 있소. 둘이서 마차를 타고 불로냐 숲을 한 바퀴 돌아볼까 했었소."

"나는 거기서 잠깐만 있다 왔어요, 아이, 속상해!"

다시 침묵이 흘렀다.

"로즈마리."

"네, 딕."

"로즈마리, 당신 때문에 나는 아주 기묘한 처지에 놓이게 되었소. 꼬마 아가씨가 중년 남자의 마음을 휘저으면 곤란한 일이 생기는 법이오."

"당신은 중년이 아니에요, 딕. 당신은 세상에서 제일 젊어요."

"로즈마리?"

딕은 아무 말도 않고 선반 위에 있는 싸구려 프랑스 독주들을 쳐다보았다. 오타드, 럼 세인트 제임스, 마리 브리자드, 펀치 오랑제드, 앙드레 페네 블랑코, 셰리 로셰, 아마크냑.

"지금 혼자 있소?"

'커튼을 내릴까?

"내가 누구와 같이 있겠어요?"

"나도 혼자요, 지금 당신하고 같이 있고 싶소."

침묵이 흐른 뒤, 로즈마리가 한숨을 섞어 대답을 했다.

"저도 지금 당신과 함께 있고 싶어요."

전화기 저 너머 호텔 객실에 로즈마리가 누워 있고 낮은 음악 소리가 그녀의 주위를 구슬프게 흐르고 있었다.

'둘이서 차를

나는 당신을 위해
당신은 나를 위해
우리 둘만을 위해'

딕은 해변에서의 기억을 떠올렸다. 햇볕에 탄 로즈마리의 황갈색 얼굴을 하얀 가루분이 살짝 덮고 있었다. 그녀의 볼에 키스할 때 머리카락이 흘러내린 얼굴은 땀에 젖어 촉촉했다. 자신의 얼굴을 올려다보던 눈부신 하얀 얼굴과 동그라니 탐스런 어깨가 눈에 선했다.

'가당치 않은 일이야.' 딕은 생각했다. 얼른 거리로 나선 그는 뮤에트를 향해 힘차게 걸어갔다. 그리고 거기서 다시 다른 곳으로 걸음을 옮겼다. 작은 서류 가방은 여전히 손에 들려 있었고 손잡이에 금을 입힌 지팡이는 검을 차듯 비스듬히 쥐고 있었다.

로즈마리는 책상으로 돌아와 어머니에게 쓰던 편지를 마무리했다.

그는 오래 같이 있어 보지는 못했지만 훌륭한 사람 같아요. 저는 그와 사랑에 빠져버렸어요.(물론 저는 정말 딕을 최고로 사랑해요. 하지만 제 말이 무슨 뜻인지 아실 거예요.) 딕은 정말로 영화에 뛰어들려고 해요. 그래서 당장 할리우드로 떠날 거예요. 그럼 우리도 떠나야겠지요. 콜리스가 여기 파리에 쭉 있었어요. 콜리스는 흠잡을 데 없이 좋은 친구지만 다이버 부부와 함께 지내다 보니 자주 볼 새가 없었어요. 다이버 부부는 아주 멋진 사람들이에요. 제가 이제까지 알고 지낸 사람들 중에서 가장 기분 좋은 사람들일 거예요. 오늘은 몸이 좀 좋지 않아서 약을 먹고 있어요. 약을 먹을 필요까지는 없다는 것을 알면서도 말이에요. 어머니를 볼 때까지 여기서 겪은 모든 이야기를 하고 싶어 어떻게 견딜지 모르겠어요! 그러니 이 편지 받으시는 대로 바로 전보를 쳐주셔야 해요. 꼭! 어머니가 여기로 올라오시겠어요, 아니면 제가 니콜과 딕하고 내려갈까요?

6시에 딕은 니콜에게 전화를 했다.

"뭐 특별한 계획이라도 있소? 당신, 차분하게 저녁을 보낼 생각은 없소. 이를테면 호텔에서 저녁을 먹고 연극구경을 한다거나 뭐 그런 거 말이오?"

"당신, 그러고 싶어요? 저야 당신이 원한다면 뭐든 좋아요. 좀 전에 로즈마리에게 전화했더니 객실에서 저녁을 먹고 있던데요. 그런데 당신 제안이 너무 갑작스럽지 않아요?"

"나는 전혀 갑작스럽지 않은데. 여보, 당신 몸만 피곤하지 않으면 뭘 하든 밖으로 나와 보는 것이 어때. 그렇지 않으면 남쪽으로 가서 일주일 정도 있다 오든지. 그게 쓸데없는 일로 마음을 앓는 것보다 낫지 싶……."

딕은 좀 불만스러운 듯 대꾸했다. 심각한 실수였다. 니콜이 이 말을 놓치지 않고 날카롭게 따져 물었다.

"뭐 때문에 마음을 앓는다는 거지요?"

"마리아 일 말이야."

니콜은 연극을 보러 가는데 동의했다. 무슨 일에든 지나치게 집착하지 않는 것이 니콜과 딕 사이에 합의된 하나의 묵계(默契)였다. 두 사람은 그렇게 하는 것이 대체적으로 보면 살아가는 데 수월하고 저녁 시간을 좀 더 평온하게 보낼 수 있다는 것을 알게 되었다. 그래도 불가피하게 기분이 가라앉을 때면 두 사람은 그것을 다른 사람들한테 싫증이 나고 피곤해진 탓으로 돌렸다. 니콜과 딕은 파리 같은 대도시에서나 볼 수 있는 남녀처럼 근사하게 차려입고 밖으로 나가기 전에 로즈마리의 방으로 가서 가볍게 문을 두드려 보았다. 아무런 대답이 없었다. 로즈마리가 잠들었다고 판단한 두 사람은 네온불빛이 번쩍이는 포근한 파리의 밤 속으로 걸어 들어가 어두컴컴한 카페 후케에서 베르무트(백포도주에 향초 등으로 맛을 더한 술: 옮긴이)와 비터즈(칵테일에 섞어 넣는 쓴 맛 나는 술: 옮긴이)를 급하게 마셔댔다.

22

니콜은 아침 늦게 잠이 깼다. 그녀는 아직 잠이 덜 깬 상태로 잠꼬대를 중얼거리다가 떨어지지 않는 긴 속눈썹을 간신히 떼고 눈을 떴다. 오래잖아 니콜은 자신이 누군가 객실 문을 두드리는 소리에 잠이 깼다는 사실을 깨달았다.

"들어오세요!"

니콜이 소리쳤지만 아무 대답이 없자 얼른 실내복을 몸에 걸치고 나가 문을 열었다. 경관 한 명이 정중하게 인사를 하고는 객실 안으로 들어섰다.

"혹시 에이브 씨가 여기 계십니까?"

"뭐라고요? 그 사람은 미국으로 떠났는데요."

"언제 떠났지요, 부인?"

"어제 아침에요."

경관은 머리를 가로 저으며 집게손가락을 흔들어 보였다. 그리고는 좀 빠르게 이렇게 말했다.

"에이브 씨는 지난밤 파리에 있었습니다. 이 호텔 숙박부에 에이브 씨 이름이 기재돼 있습니다. 그러나 정작 객실은 비어 있더군요. 사람들이 여기로 오면 어떻게 된 영문인지 알 수 있을 거라고 하더군요."

"무슨 말씀을 하시는지 잘 이해가 되지 않는군요. 어제 아침 저와 제 친구들이 임항열차를 타고 떠나는 그 사람을 직접 배웅한걸요."

"그 말씀이 사실이더라도 에이브 씨는 오늘 아침 이 호텔에 있었습니다. 직원들이 신분증까지 확인했답니다. 게다가 잘 아는 사이인 부인도 여기에 계시고 해서."

"우리는 전혀 모르는 일이에요."

무슨 영문인지 모른 채 니콜은 딱 잘라 말했다.

경관은 뭔가 생각하는 눈치였다. 그는 비열해 보이기는 했지만 생김새는 준수했다.

"부인께서는 어젯밤 에이브 씨와 함께 계시지 않았습니까?"

"그렇다니까요."

"저희 경찰이 어제 흑인 한 명을 체포했습니다. 저희는 범인을 제대로 체포했다고 확신하고 있습니다."

"분명히 말씀드리지만 무슨 얘기를 하시는지 모르겠군요. 체포된 그 사람이 우리가 알고 있는 그 에이브라 하더라도, 거기다 그 사람이 어젯밤 파리에 있었다 하더라도, 우리는 그 사실을 전혀 모르고 있었어요."

경관은 고개를 끄덕이면서 쓴 입맛을 다셨다. 니콜의 말이 사실이라고 확신을 하면서도 아무 정보도 얻지 못해 낙담한 것 같았다.

"무슨 일이 있었나요?"

니콜이 물었다.

경관은 어깨를 으쓱하고 손바닥을 펴 보이며 꽉 다물었던 입을 푸우, 하고 열었다. 니콜이 매력적인 여자라는 것을 깨닫게 된 경관은 그녀를 바라보며 눈을 반짝였다.

"무슨 일인 것 같습니까, 부인? 뭐 흔한 사건입니다. 에이브 씨가 절도를 당해서 경찰에 고발을 했습니다. 저희 경찰이 그 절도범을 체포했으니 피해자 에이브 씨가 본인의 신원을 확인해주고 적법한 절차를 거쳐 고소를 하셔야 하거든요."

니콜은 실내복을 잡아당겨 여미고 가벼운 마음으로 경관을 돌려보냈다. 마음이 뒤숭숭한 니콜은 목욕을 하고 옷을 갈아입었다. 그러고 나자 시간은 이미 10시가 지나 있었다. 로즈마리에게 전화를 했지만 받지 않았다. 호텔 사무실에 전화를 해본 니콜은 에이브가 정말로 호텔에 투숙했었다는 사실을 확인했다. 그것도 오늘 아침 6시 30분에. 그러나 그가 잡아 놓은 객실은 여전히 비어 있었다. 니콜은 딕이 뭘 좀 알고 있을까 하고 스위트룸의 응접실에서 그를 기다리다 그만 포기하고 밖으로 나가기 위해 마음을 고쳐먹었다. 바로 그 순간 호텔 사무실에서 전화를 걸어와 다음과 같은 말을 전했다.

"그래쇼라는 사람이 찾아 왔습니다, 흑인입니다."

"무슨 일로 말인가요?"

"부인과 부군을 알고 있다고 합니다. 프리맨이라는 사람이 감옥에 잡혀 들어갔는데, 그 사람은 법 없이도 살 사람이라고 합니다. 이 사건과 관련해 어떤 오해가 있어서 에이브 씨를 보고 싶다고 합니다."

"우리는 그 사건에 대해서는 아무것도 몰라요."

니콜은 자신들은 이 사건과 아무 관련이 없다고 부인하며 전화수화기를 탁, 소리가 나게 내려놓았다. 에이브가 묘한 사건과 연루되어 엉뚱하게 다시 나타나자 니콜은 제멋대로 행동하는 에이브 때문에 자신이 얼마나 지쳐 있는지 분명하게 깨달았다. 니콜은 에이브를 마음에서 훌훌 털어버리려고 호텔을 나와 양장점에 있는 로즈마리에게 달려갔다. 니콜은 로즈마리와 함께 리볼리 가(街)를 돌며 조화도 사고 색색의 구슬로 만든 오색찬란한 목걸이도 샀다. 니콜은 로즈마리가 어머니에게 드릴 다이아몬드 목걸이와 스카프 몇 개, 캘리포니아에 있는 동료 배우에게 선물하기 위한 고급스런 담배케이스를 고르는 것을 도와주었다. 니콜은 아들에게 주려고 그리스와 로마 시대 병정 인형을, 그것도 부대 전체를 샀는데 그 값이 무려 천 프랑을 넘었다. 다시 한 번 로즈마리와 니콜은 서로 다른 방식으로 돈을 썼다. 로즈마리는 다시 니콜의 돈 씀씀이에 입이 딱 벌어졌다. 니콜은 자신이 쓰는 돈이 자기 돈이라고 확신했다. 그러나 로즈마리 생각에는 여전히 니콜의 돈은 설명할 수 없는 어떤 우연으로 그녀에게 넘어온 돈이었다. 그러므로 마땅히 그 돈을 신중하게 써야 한다고 생각하고 있었다.

이국 도시의 햇빛을 받으며 돈을 쓰며 돌아다니는 것은 재미있는 일이었다. 그것도 그들처럼 예쁘게 생긴 여자들이 자신들의 자신만만한 미모를 마음껏 과시하며 말이다.

호텔로 돌아와 아침이라 한결 밝고 말쑥해진 모습으로 나타난 딕을 보고는 두 여자 모두 어린아이처럼 마음껏 기뻐했다.

니콜과 로즈마리가 도착하기 바로 전에 딕은 자기에게 유리한 이야기만 골라서 늘어놓는 에이브의 전화를 받았다. 말하는 것을 들어보니 아침나절을 숨어 지낸 것 같았다.

"지금까지 살면서 그런 희한한 전화통화를 해보기는 처음이라니까."

딕의 이 말은 꼭 에이브만을 두고 한 말은 아니었다. 그런 사람들이 에이브 말고도 십여 명 더 있었던 것이다. 전화상에서 이런 사람들은 보통 다음과 같이 소개되었다.

"자네하고 이야기를 하고 싶어하는 사람이 감옥 안에 갇혀 있어, 아니 갇혀 있었대. 듣고 있어?"

"어이, 거기, 입 좀 다물지 못해. 아무튼 그 친구 무슨 사건에 연루돼서 고국으로 돌아갈 수 없었나 봐. 나 혼자 생각인데 말이야. 내가 보기에 그 친구가 갖고 있던 것이 말이야……."

그런 다음에는 꿀꺽꿀꺽 술 들이켜는 소리가 들리고 그것으로 그 친구라는 사람이 갖고 있었다는 것이 뭔지는 영영 수수께끼로 남게 되었다.

옆에 있던 누군가가 전화기를 넘겨받아 자신들의 제안에 대해 보충 설명을 했다.

"내 생각으로는 이번 건은 정신과 의사인 선생님이 어떤 면으로든 흥미를 가질 만한 일인 것 같습니다만."

이 말을 한 정체 모를 남자는 나중에 전화기에 매달리다시피 했다. 결국 그 남자는 정신과 의사인 딕의 관심을 이끌어내는 데 실패했다. 아니, 딕이 정신과 의사가 아니고 무슨 직업을 가졌더라도 결과는 마찬가지였을 것이다. 에이브와의 전화통화는 다음과 같이 이어졌다.

"여보세요."

"그런데요?"

"저어, 여보세요."

"누구시지요?"

"음."

전화선을 타고 킬킬거리는 웃음소리가 들려왔다.

"저어, 다른 친구 바꿔줄게."

딕의 귀에 발로 땅을 차는 소리며 수화기를 떨어뜨리는 소리 사이사이에 간간이 에이브의 목소리가 들렸다. 그리고 어렴풋이 이런 말을 구별할 수 있었다.

"아니, 나는 안 그랬소, 에이브 씨……."

그런 다음에는 누군가 건방지고 딱 부러진 목소리로 전화기에 대고 이렇게 말하는 것이었다.

"당신이 에이브 씨 친구라면 와서 좀 데리고 가시오."

에이브가 단호한 목소리로 주위의 소란을 잠재우고는 전화기를 낚아채서 근엄하게 말했다.

"딕, 내가 말이야. 몽마르트에 흑백 간 인종 폭동을 일으켰지. 이제 경찰서로 가서 프리맨을 유치장에서 꺼내올 참이야. 구두약을 만드는 코페하겐 출신 흑인이 여보세요, 자네, 내말 들려? 그러니까 봐, 만약 누군가 거기로 오거든 말이야……."

다시 한 번 수화기는 수많은 선율로 이루어진 합창처럼 온갖 시끄러운 소리로 윙윙거렸다.

"파리에는 왜 돌아왔나?"

딕이 다그쳐 물었다.

"에브레까지 갔는데 거기서 다시 파리로 돌아올 결심을 했지. 덕분에 생 술피스와 비교할 수 있었지. 그렇다고 생 술피스 오르간을 파리로 가져올 생각을 했다는 것은 아니야. 바로크는 더더구나 아니고! 나는 생 제르망을 가져오고 싶었어. 제발, 전화 끊지 말고 잠깐만 기다려 줘. 보이를 바꿔줄 테니."

"제발 그만둬."

"이봐, 메리는 잘 떠났어?"

"그래."

"딕, 나는 자네가 오늘 아침 여기서 만난 사람하고 얘기를 나눠보았으면 싶은데. 해군 장교 아들인데 유럽에 있는 의사는 안 만나본 사람이 없대. 그 친구로 말하자면 말이야……."

딕은 여기서 전화를 끊어 버렸다.

"에이브는 참 점잖은 사람이었어요. 정말 점잖았어요. 벌써 오래전 일이네요. 우리가 결혼했을 무렵이니까. 로즈마리가 그때 에이브를 보았으면 참 좋았을 텐데. 에이브는 우리가 있는 데로 와서 몇 주씩 머물다 갔는데 어찌나 조용하던지 우리는 에이브가 집 안에 있다는 것을 깜빡깜빡 잊어버렸어요. 가끔은 서재에 틀어박혀서는 약음기(弱音器)를 달아 소리가 약하게 나는 피아노를 몇 시간씩 쳤어요. 참, 딕! 그때 그 가정부 기억나요? 에이브를 혼령이라고 여겼잖아요. 가끔 복도에서 마주칠 때면 에이브는 그 가정부에게 소 울음소리를 내서 질겁하게 했지요. 그 덕분에 한번은 가정부가 찻잔을 전부 뒤집어엎은 일도 있었어요. 하지만 우리는 그런 것은 아무렇지도 않았어요."

니콜이 로즈마리에게 말했다.

아주 오래전 누렸던 행복한 시간들. 로즈마리는 자신의 삶과는 달리 유유자적한 삶을 머릿속에 그리며 다이버 부부가 누렸을 행복한 시간을 부러워했다. 로즈마리는 한가로움이라는 것을 거의 알지 못했다. 하지만 여유라는 것을 전혀 누려보지 못한 사람들을, 바로 그 이유로 존경했다. 그리고 다이버 부부가 누리는 여유가 자신이 생각하는 것과는 전혀 다른 여유라는 것을 깨닫지 못한 로즈마리는 여유를 휴식이라고 이해했다.

"그런데 어쩌다 저렇게 됐어요? 왜 술에 빠지게 된 거지요?"

로즈마리가 물었다.

니콜은 머리를 가로 저으며 그 문제에 대한 책임을 세태 탓으로 돌렸다.

"요즘은 셀 수 없이 많은 똑똑한 사람들도 엉망으로 망가지는 시대잖아요."

"언젠 그런 사람들이 없었나? 똑똑한 사람들은 자존심이 강해서 남한테 지지 않으려고 할 수 없이 악착을 떨지. 그러다 그런 긴장을 견뎌내지 못하면 그 길로 망가져 버리는 거지."

딕의 말이었다.

"그것은 당신이 말하는 것보다 더 근본적인 원인이 있을 거예요. 페르낭 같은 예술가들은 절대 술독에 빠져 허우적거리지 않아요. 왜 미국 예술가들만 방종에 빠지는 거죠."

니콜은 자기주장을 쉽게 접지 않았다. 뿐만 아니라 그녀는 딕이 로즈마리 앞에서 자신의 견해를 반박하자 기분이 상했다.

이런 질문에 답을 하다가는 한도 끝도 없다는 것을 아는 딕은 분명하게 결론을 내리지 않음으로 해서 니콜이 승리감을 맛보도록 했다. 딕은 자꾸만 니콜에게 비판적이 되어갔다. 비록 니콜이 이제까지 만난 여자들 중에서 가장 매력적인 여자라고 생각하고 있고, 니콜 덕분에 부족한 것 없이 살고 있지만, 딕은 두 사람 사이에 틈이 벌어지고 있음을 희미하게 감지했다. 또 스스로 점점 마음의 문을 닫고 무장을 하고 있음을 어렴풋이 의식하고 있었다.

로즈마리와 다이버 부부 세 사람은 아래층에 있는 호텔 식당에서 점심을 먹었다. 식당은 카펫이 깔려 있는 데다, 최근에 그들이 들른 식당들에서처럼 웨이터들이 쿵쾅거리며 급하게 걷지 않고 가만가만 조심스러운 걸음걸이로 음식을 내어왔다. 호텔 식당에 있는 미국인 가족들은 다른 미국인 가족들을 두리번거리며 서로 말을 걸어 보려고 했다.

옆 테이블에는 어떻게 불러야 할지 모를 한 무리의 사람들이 자리하고 있었다. 거기에는 모임의 간사 일을 하는 사람으로 보이는, '다시 한 번 말씀해주시겠습니까.' 를 연발하는 잘 차려입은 젊은 남자 하나와 20여 명의 여사들이 앉아 있었다. 여자들은 젊어 보이지도, 그렇다고 늙어 보이지도, 또 딱히 어느 한 계층에 속한 사람들 같지도 않았다. 그런데도 그 일행은 단합이 잘되어 있다는 인상을 주었다. 이를테면 남편이 사업상 참석하는 회합을 통해 알게 된 부인들 모임보다 뭔지 모를 유대감이 전체 성원들을 끈끈하게 엮어주고 있었다. 확실히 그 일행은 어떤 관광단보다 결속력이 있어 보였다.

딕은 어떤 직감 때문에 신랄하게 비웃어 주고 싶은 것을 그만두고 웨이터에게 그 사람들이 누구들인지 알아봐 달라고 부탁을 했다.

"전사자 가족 모임입니다."

웨이터의 설명이었다.

세 사람은 크고 작은 소리로 탄성을 질렀다. 로즈마리는 눈물을 글썽이기까지 했다.

"아마 젊은 쪽들은 남편을 잃은 아내들이겠지요?"

딕은 술잔 너머로 그 사람들을 다시 쳐다보았다. 여자들의 행복한 얼굴과 그 일행을 감싸고 있는 기품에서 딕은 성숙한 앞 세대의 미국을 보았다. 한동안 고인을 애도하러 온 침착한 여인네들 덕분에 식당은 잠시 동안이지만 아름다운 공간이 되었다. 순간 딕은 아버지의 무릎에 앉아 놀던 어린 시절로 돌아갔다. 가까스로 마음을 추스른 딕은 방금 전 추억한 세계와는 전혀 다른 현실 세계로 돌아왔다.

'커튼을 내릴까?'

23

에이브는 아직 리츠 술집에 있었다. 거기서 아침 9시부터 죽치고 있었다. 그가 숨을 곳을 찾아 이 술집에 도착했을 때 창문은 활짝 열려 있고 담배 냄새에 찌든 카펫과 의자방석에서 뽀얗게 먼지가 이는 것이 눈부신 아침 햇살에 드러나 보였다. 일에서 해방된 웨이터들은 제 세상을 만난 듯 복도를 막 달려나와 아무도 없는 술집 안을 돌아다녔다. 일반 술좌석 정 반대편에 있는 여성고객 전용 술좌석은 아주 좁아 보였다. 오후가 되면 어떤 부류의 사람들이 그곳으로 찾아들지 상상이 잘 안 되었다. 술집 주인인 그 유명한 폴은 아직 나와 있지 않았지만 재고 관리를 하는 클로드는 벌써 일을 하고 있었다. 그는 이런 이른 시간에 에이브가 나타난 것을 보고도 놀라는 기색도 없이 칵테일을 만들어주었다. 에이브는 긴 의자에 앉아 벽에 등을 기댔다. 두 잔의 술을 내리 마시고 나자 몸이 좀 풀렸다. 이발소에 올라가 면도를 하고 나자 기분은 한결 더 좋아졌다. 에이브가 술집으로 돌아와 보니 그 사이 폴이, 주문제작한 자동차를 타고 도착해 있었다. 에이브를 좋아하는 폴이 이야기를 나누려고 다가왔다.

"나는 오늘 아침 미국으로 가는 배 위에 있어야 하는데, 오늘이 아니라 어제 아침이지? 아무려면 어때."

"그런데 왜 가지 않았지요?"

폴이 물었다.

에이브는 잠깐 생각을 하더니 그럴듯한 이유를 생각해냈다.

"〈자유〉지에 실리는 연재물을 읽고 있는데 다음 회가 여기 파리로 배달되기로 되어 있어서 말이야. 내가 미국으로 가버리면 그것을 못 받아볼 것이 아닌가. 그렇게 되면 그 연재물을 다시는 못 읽게 될지도 모르지 않나."

"아주 재미있는 이야기인가 보지요."

"정말 죽-여 주는 이야기지."

폴이 일어서서 킬킬거리다가 웃음이 멎자 다시 의자의 등에 기대고 앉았다.

"에이브 씨가 정말로 떠나고 싶다면 내일 프랑스 호를 타고 가는 에이브 씨 친구 분들이 있습니다. 성함이 뭐라더라, 미스터 슬림 피터슨하고 또 미스터 생각날 듯 말 듯한데 턱수염을 막 기르기 시작한 호리호리한 분인데."

"야들리군."

에이브가 대신 생각해냈다.

"네, 야들리 씨, 맞습니다. 그 두 분이 프랑스 호를 탄답니다."

폴이 일을 하러 가려고 하자 에이브가 그를 붙잡고 늘어졌다.

"쉘브르를 경유하지 않아도 된다면 괜찮지. 짐도 그런 식으로 보내고."

"짐은 뉴욕에서 찾으시지요."

에이브는 폴의 제안이 그럴듯하다는 생각이 들었다. 에이브는 누군가의 보살핌을 받고 싶은 열망이 자꾸 커졌다. 아니면 차라리 이런 무책임한 상태로 계속 지내거나.

그러는 사이 다른 술 손님들이 하나 둘 들어왔다. 맨 처음 온 사람은 에이브와 어디선가 만난 적이 있는 거구의 덴마크 사람이었다. 그 남자는 에이브와는 대각선으로 마주 보는 좌석에 자리를 잡았다. 에이브는 그 남자가 종일토록 그 자리에 붙박여 앉아 술을 홀짝거리거나 점심을 먹고 사람들과 떠들어대며 신문을 읽을 거라는 짐작이 갔다. 그러자 그 남자보다 더 오래 버티고 앉아 있고 싶어졌다. 11시가 되자 남자대학생들이 삼삼오오 몰려오기 시작했다. 가방이 부딪치지 않게 서로들 조심스럽게 걸었다. 에이브가 웨이터를 시켜 딕에게 전화를 걸은 것은 바로 이 무렵이었다. 에이브는 딕과 통화를 하면서 다른 친구들에게도 전화를 걸었다. 여러 사람들과 한꺼번에 전화통화를 한 것이다. 결과야 뻔했다. 에이브는 자기가 경찰서로 가서 프리맨을 꺼내줘야 한다는 생각이 다시 들었다. 그렇지만 에이브는 그간 일어난 모든 일들을 악몽의 기억인 양 떨쳐버렸다.

1시쯤 되자 술집은 손님들로 꽉 들어찼다. 당연히 숱한 사람들의 목소리가 뒤섞였다. 하지만 웨이터들은 제 단골의 목소리는 귀신같이 구별해내서 주문도 받고 술값도 제대로 받아냈다.

"스틴저(브랜디를 사용한 씁쓸한 칵테일의 일종: 옮긴이) 두 잔이지요. 한 잔 더라고요……. 마티니 두 잔에다……. 쿼털리 씨, 더는 안 됩니다. 그만 드시지요……. 그게 벌써 세 잔째입니다. 쉐퍼 씨가 이것을 고르셨습니다……. 저야 시키시는 대로 할 뿐이지요. 정말 고맙습니다."

이 요란법석 속에서 에이브는 자리를 뺏겨 버렸다. 이제는 몸을 흔들흔들하며 서서 처음 만난 사람들과 말을 주고받았다. 그때 테리어 한 마리가 목에 매인 끈으로 에이브의 다리를 감았지만 요행히 넘어지지는 않았다. 개 임자가 백배 사죄를 하며 점심을 같이 하자고 했다. 하지만 에이브는 브리글리에서 볼일이 있다는 핑계로 점심초대를 사양했다. 술집이 바로 브리글리 근처에 있었던 것이다. 조금 뒤 에이브는 죄수나 하인의 태도와 닮은 데가 있는 알코올중독자 특유의 비굴한 태도로 사람들과 작별인사를 나누고 몸을 돌려 술집 안을 휘 둘러보니 손님들은 밀물이 들듯 갑자기 북적댄 것처럼이나 썰물 빠지듯 갑작스레 빠져나가고 없었다.

에이브와 멀리 마주 보고 앉아 있던 덴마크 사람과 함께 어울려 앉은 사람들이 점심을 주문했다. 에이브도 점심을 시켰다. 하지만 음식에는 거의 손을 대지 않았다. 나중에는 그냥 앉아서 지난 추억을 떠올리며 행복해 했다. 술을 마시면 지나간 시절의 행복한 추억들이 지금 일어나고 있는 것처럼 느껴졌다. 아니, 미래에도 계속될 것 같았다. 마치 그 일들이 지금 막 다시 일어나기라도 한 것처럼.

4시가 되자 웨이터가 에이브에게 다가왔다.

"쥴 피터슨이란 흑인이 에이브 씨를 찾는데, 만나보시겠습니까?"

"맙소사! 그자가 내가 여기 있는 것을 어떻게 알았지?"

"에이브 씨가 여기 계시다는 말은 하지 않았습니다."

"그럼 누가 그랬단 말이야?"

에이브는 널려 있는 술잔 위로 엎어졌다가 곧 정신을 수습하고 일어나 앉았다.

"자기 말로는 근처 미국인 술집과 호텔을 다 돌아보고 왔다고 합니다."

"여기에 없다고 해……."

그리고는 돌아서 나가려는 웨이터에게 물었다.

"그자가 여기로 들어올 수는 있는 거야?"

"알아봐 드리지요."

웨이터한테 사정 얘기를 들은 술집 주인 폴은 어깨 너머로 에이브를 힐긋 쳐다보더니 고개를 흔들었다. 그리고는 에이브에게 다가왔다.

"미안해요, 그건 좀 곤란하군요."

에이브는 간신히 일어나 캉본 가(街)로 갔다.

24

작은 가죽 서류가방을 들고 딕은 제7지구에서 걸어나왔다. 거기서 딕은 마리아에게 '디콜' 이라고 서명한 쪽지를 남겼다. '디콜' 은 딕과 니콜이 처음 사랑에 빠졌을 때 썼던 서명이었다. 딕은 제7지구에서 나와 양복점으로 갔다. 그곳에서 그가 지불한 금액에 착오가 있다는 이유로 직원과 실랑이를 벌였다. 딕은 무슨 대단한 인물이나 되는 양 고상하게 굴면서 이 가난한 영국인들에게 많은 사례를 하겠다고 약속한 자신이 부끄럽고 양복장이에게 소매의 실크 조각 위치를 바꾸게 한 것도 부끄러웠다. 양복점에서 나온 딕은 크릴론이라는 술집으로 가서 커피 한 잔과 진 두 잔을 마셨다.

딕이 호텔에 들어서자 현관이 이상할 정도로 밝았다. 딕은 현관을 나설 때서야 그 이유를 깨달았다. 바깥에는 벌써 땅거미가 지고 있었던 것이다. 바람이 심한 밤이었다. 샹젤리제 거리에 떨어져 있는 낙엽들은 때로는 가늘게 때로는 거칠게 노래를 부르다 그쳤다 하며 바람에 굴러다녔다. 딕은 리볼리 가(街)로 내려와서 상가 아래쪽에 있는 시가지 두 구역을 지나 거래은행으로 가 우편물을 챙겼다. 그러고 나서는 택시를 잡아타고 후드득 내리기 시작하는 빗속을 뚫고 샹젤리제로 올라갔다. 가슴속에 품은 사랑을 음미하며…….

새벽 2시, 로이 조지 호텔로 돌아온 딕은 복도에서 망설이다 니콜의 방이 아닌 로즈마리의 방으로 들어갔다. 레오나르도 다빈치의 모나리자 그림을 떼고 어느 삽화가가 그린 여인의 초상화를 걸 듯이. 딕은 귀신 들린 사람처럼 두려움에 떨며 빗속을 하염없이 걸었었다. 가슴에는 남성들의 숱한 열망들을 품고 말이다. 그러나 그 열망들 중에서 딕이 이해할 수 있는 단순한 것은 하나도 없었다.

로즈마리는 다른 사람은 아무도 모르는 비밀스런 감정들을 가슴 한가득 안은 채 객실 문을 열었다. 그녀는 하루종일 마음의 가닥을 잡지 못하고 혼돈에 빠져 그것을 즐기고 있었다. 마치 자신의 운명이 조각그림 맞추기 놀이라도 된다는 듯, 타고난 자질들을 헤아려보고 앞으로 만날 희망들을 헤아려보았다. 딕과 니콜과 어머니, 그리고 어제 만난 감독 얼 브래디를, 구슬 목걸이 중간마다 있는 매듭처럼 한 사람 한 사람 생각했다.

딕이 노크를 했을 때 로즈마리는 막 몸치장을 끝내고 빗줄기를 바라보며 어떤 시(詩)와 물이 넘치던 비버리힐즈의 하수구를 떠올리고 있었다. 로즈마리는 문을 열고 언제나처럼 고지식하고 신과 같은 모습을 하고 서 있는 딕을 쳐다보았다. 젊은이들에게는 나이 든 사람들이 엄격하고 완고하게 비치는 것처럼 말이다. 그런 로즈마리의 태도를 보고 딕이 실망을 느끼는 것은 당연했다. 넋을 빼앗길 정도로 달콤한 미소와 곧 아름다운 꽃으로 피어날 꽃봉오리라는 사실을 넌지시 알리려는 의도로 일 밀리미터의 오차도 없이 정확하게 계산된 그녀의 몸매를 보고 감응하는 데는 시간이 좀 걸렸다. 딕은 양탄자 위에 찍힌 그녀의 젖은 발자국을 알아보았다.

"영화배우 아가씨."

딕은 경쾌하게 입을 열었다. 그러나 자신이 억지로 경쾌해 보이려 한다는 사실을 딕 본인은 느끼지 못했다. 딕은 장갑과 서류가방을 화장대 위에 놓고 지팡이는 벽에 비스듬히 세워두었다. 어금니를 지그시 깨물어 입 언저리에 어린 고통의 그림자를 애써 감추었다. 그러자 그 고통스런 표정은 사람들 앞에 드러내 보이면 안 되는 두려움처럼 이마와 눈 꼬리로 옮겨갔다.

"이리 와서 내 무릎 위에 앉아. 무릎에 앉아서 당신의 사랑스런 입을 가까이 보여줘."

로즈마리는 딕에게로 와서 그의 무릎에 앉았다. 밖에서는 빗방울이 똑 또—옥 천천히 떨어져 내렸다. 그녀는 자신이 창조해낸 아름답고 차가운 얼굴에 입술을 갖다 댔다.

그러고 나서 로즈마리는 딕과 여러 차례 입을 맞추었다. 그녀가 딕에게 얼굴을 가까이 들이밀자 얼굴이 점점 더 확대되어 보였다. 딕은 로즈마리의 피부 결처럼 눈부신 피부는 한 번도 본 적이 없었다. 가끔은 아름다움이 가장 선한 생각을 반향하기도 하는 법이다. 딕은 니콜에 대한 책임감을 떠올렸다. 그러자 그녀가 복도 건너 둘째 방에 있다는 사실이 부담스러워졌다.

"비가 그쳤군. 지붕 위로 햇살이 쏟아지는 것이 보여?"

로즈마리는 일어서서 딕에게 몸을 구부리며 아주 진지하게 말했다.

"오, 우리는 타고난 배우예요. 당신과 나 말이에요."

로즈마리가 화장대로 가서 빗질을 하려고 빗을 머리에 대는 순간 누군가가 느리지만 쉼 없이 문을 두드렸다.

두 사람은 깜짝 놀라서 꼼짝도 않고 있었다. 노크소리는 줄기차게 되풀이 되었다. 그러나 문득, 문이 잠겨 있지 않다는 것을 깨달은 로즈마리는 빗질을 한 번으로 끝내고 딕에게 고개를 끄덕여 보였다. 딕은 재빠르게 두 사람이 앉아 있던 침대 시트를 잡아당겨 판판하게 핀 다음 문으로 갔다. 딕은 아주 자연스런 음성으로, 그러나 너무 크지 않게 말했다.

"그러니까 외출할 기분이 아니면 내가 니콜에게 말하지. 우리는 아주 조용한 마지막 저녁을 보낼 거야."

하지만 이렇게 일부러 말을 꾸며가며 조심할 필요는 없는 상황이었다. 문 밖에는 지난 하루 동안 몇 살은 더 먹어버린 것처럼 초췌한 몰골을 한 에이브가 서 있었고, 그 옆에 무서워 덜덜 떠는 수심에 찬 흑인이 서 있었다. 에이브는 그 흑인을 스톡홀름에서 온 피터슨 씨라고 소개했다.

"이 친구 상황이 지금 말이 아닌데 그게 내 잘못으로 그렇게 됐어. 우리는 명쾌한 조언이 필요해."

"우리 방으로 가세."

에이브가 로즈마리도 함께 가자고 고집을 부리는 바람에 세 사람은 복도를 지나 다이버 부부의 스위트룸으로 갔다. 자그마한 체구에 상당한 지위에 있는 흑인 피터슨이 그들 뒤를 따라갔다. 그는 공화당에 정치자금을 제공하는 국경지대에 사는 유순하고 전형적인 인물이었다.

자초지종을 들어보니 피터슨은 이른 아침 몽파르나스에서 있었던 싸움의 법적 증인인 것 같았다. 그는 에이브와 경찰서에 함께 가서 에이브의 진술을 뒷받침해주었다. 에이브의 주장은 어느 흑인이 제 손에 들려 있던 천 프랑짜리 어음을 낚아채 갔다는 것이었다. 그런데 바로 그 흑인의 신원이 이 사건의 요점이었다. 수사관 한 명을 동행해서 사건이 일어났던 술집으로 돌아온 에이브와 피터슨은 너무 성급하게 어느 흑인을 범인으로 지목했다. 그러나 한 시간 뒤 입증된 바에 따르면, 그 흑인은 에이브가 떠난 뒤에서야 술집에 들어왔다. 그러나 경찰이 유명한 흑인 지배인 프리맨을 체포하는 바람에 상황은 더욱 복잡하게 꼬였다. 프리맨은 술에 얼큰히 취해서 어슬렁거리다가 싸움이 일어난 초반에 모습을 감추었다. 나중에 진짜 범인이 밝혀졌는데, 그자의 친구들 말을 빌리면, 그는 단지 에이브가 주문한 술값을 치르려고 50프랑짜리 어음을 써준 것이 다라는 것이었다. 불행한 역을 맡은 그 진범은 일이 있은 뒤 곧 사라졌다가 다시 그 장면에 나타난 것이다.

간단히 말해 에이브는 한 시간이라는 공간 안에서 프랑스의 라틴지구에 거주하는 아프리카계 유럽인 한 명과 아프리카계 미국인 세 명의 사생활과 양심, 감정 속으로 휘말려 들었던 것이다. 이런 상황이 정리될 기미는 조금도 보이지 않은 채 낯선 흑인 얼굴들이 예상치 못한 장소와 모퉁이에서 불쑥불쑥 튀어나오고 쉴 새 없이 전화를 걸어오는, 그런 상황 속에서 하루가 지나갔다.

에이브 혼자만은 피터슨을 제외한 모든 사람들에게서 벗어나는 데 성공했다. 피터슨의 처지는 백인을 도운 우호적인 인디언의 처지와 다소 비슷했다. 배신을 당한 흑인들은 에이브를 뒤쫓기보다는 피터슨을 뒤쫓았고, 피터슨은 에이브한테서 얻게 될 보호에 큰 기대를 하고 있었다.

피터슨은 스톡홀름에서 구두약 제조업을 조그맣게 하다 실패를 했다. 그래서 이제는 구두약 제조법과 큰돈은 아니더라도 생계를 꾸려갈 만큼의 장사 수단을 지니고 있을 뿐이었다. 그런데 그의 새 보호자로 나선 에이브가 만난 지 얼마 되지 않아 베르사유에서 개업하게 해 주겠다고 약속을 한 것이다. 에이브가 예전 고용했던 운전기사가 베르사유에서 구둣방을 하고 있었고, 에이브는 피터슨에게 선금으로 2백 프랑을 건네주었던 것이다.

로즈마리는 이 시시하고 장황한 이야기를 듣고 있자니 염증이 났다. 이 기괴한 언동을 제대로 이해하려면 유머감각이 좀 더 있어야 했다. 구두약을 만들 수 있는 장비를 들고 있는 자그마한 남자는 이따금씩 흰자위가 드러나도록 겁먹은 눈을 굴리며 주위를 두리번거렸다. 에이브의 몰골을 보자니 수척한 데다 귀골적인 풍모는 더 이상 망가질 것도 없을 만큼 지저분하니 꼴이 말이 아니었다. 로즈마리는 모든 것이 혐오스러울 뿐이었다.

"저는 재기할 수 있는 기회를 얻고 싶을 뿐입니다. 제 제조방법과 그 과정이 쉬워서 파산하고 그만 스톡홀름에서 쫓겨 온 겁니다. 제조법 관리에 관심을 두지 않았기 때문이지요."

피터슨은 정확하지만 식민지 특유의 약간 비틀린 억양으로 말을 했다.

딕은 피터슨을 정중하게 대했다. 처음에는 흥미가 일었지만 나중에는 관심이 없어졌다. 딕은 에이브를 돌아보며 입을 열었다.

"자네, 어디 호텔에 가서 쉬지 그러나. 자네가 기운을 차리고 말짱

한 정신이 돌아오면 그때 피터슨 씨를 다시 뵙도록 하게."

"자네, 피터슨이 어떤 곤경을 겪고 있는지 모르겠나?"

에이브가 항의를 했다.

"저는 밖에서 기다리겠습니다. 아마 제 문제를 두고 제 앞에서 말씀들을 나누시기가 곤란하시겠지요."

피터슨이 공손하게 말했다.

그는 프랑스식 인사를 서툴게 흉내 낸 다음 방을 나갔다. 그러자 에이브가 간신히 일어섰다.

"요즘은 내가 별 인기가 없나 봐."

"인기는 있지, 믿음을 못 줘서 그렇지. 내 말은 이 호텔을 떠나라는 걸세. 원한다면 바에서 한잔 하고 가는 것은 괜찮겠지. 샹보드로 가게. 그게 아니고 더 융숭한 대접을 받고 싶다면 마제스틱으로 가고."

딕은 조언을 했다.

"귀찮겠지만 나랑 한잔 하지 않을 텐가?"

"여기 객실에는 술 같은 것은 전혀 없네."

딕은 거짓말을 했다.

방을 나가며 에이브는 로즈마리와 악수를 했다. 그는 부드럽게 얼굴을 펴고 한참을 그렇게 로즈마리의 손을 잡고 무슨 말인가 하려고 했지만 제대로 되지 않았다.

"로즈마리는 가장……. 가장 아름……."

로즈마리는 그의 더러운 손 때문에 불쾌했지만 얌전하게 웃어주었다. 마치 허황한 꿈을 좇는 사람을 숱하게 보았다는 듯이. 종종 사람들은 술 취한 사람에게 묘한 존경심을 보인다. 단순한 족속들이 광기를 지닌 사람들에게 보이는 존경심이라고나 할까. 그것은 두려움보다는 존경심에 가깝다. 모든 구속에서 벗어난 사람들에게는 경외감을 불러일으키는 어떤 것이 있다. 그들이 못 할 일은 아무것도 없기 때문이다. 물론 우리는 나중에 그들이 누린 우월감과 감동에 대한 대가를 치르게 한다. 에이브는 마지막 부탁을 하기 위해 딕을 돌아보았다.

"내가 호텔로 가서 따뜻한 물에 몸도 담그고 머리도 손질하고 잠을 좀 자고 나면 이 세네갈 놈들을 한 방에 날려버려야지. 그것은 그렇고 오늘 저녁을 이 따뜻한 곳에서 보내도 되겠나?"

딕은 그렇게 하라고 고개를 끄덕였다. 동의라기보다는 예의상 수긍했을 뿐이었다.

"자네는 지금 본인의 능력을 과대평가하고 있네."

"니콜이 여기 있었다면 분명 나를 돌아오게 해주었을 걸세."

"좋아."

딕은 장롱에서 상자 하나를 꺼내 응접실 한가운데에 있는 탁자로 가져왔다. 상자 안에는 수많은 종이 위에 낱글자가 적힌 종이판들이 들어 있었다.

"자네가 철자 맞추기 놀이를 하고 싶다면 다시 와도 되네."

에이브는 극도의 혐오감으로 몸에 경련을 일으키며 글자판들을 쳐다보았다. 그 종이판들을 오트밀처럼 먹으라는 소리를 들은 사람 같았다.

"철자 맞추기 놀이는 왜? 내가 그 정도로……."

"이것은 간단한 게임일세. 이 글자들을 가지고 단어를 만들어 보는 거지. 술이라는 단어만 빼고는 어떤 단어를 써도 돼. 분명 술이란 단어는 쓸 수 있을 테니까."

"내 장담하지만 자네는 술이라는 단어를 쓸 수 있을 거야."

에이브는 글자판 속에다 손을 집어넣었다.

"내가 술이라는 단어를 쓰면 돌아와도 된다는 거지?"

"철자 맞추기 놀이를 하고 싶으면 언제든 와도 좋네."

에이브는 그만두겠다는 듯 머리를 저었다.

"자네가 그런 생각을 하고 있다면 다 소용없네. 여기를 들르지 말 걸 그랬네."

에이브는 딕에게 손가락을 흔들어 언짢은 마음을 내보였다.

"하지만 그랜트 장군이 술에 취하면 다른 장군들을 물어뜯으려고 했다는 조지 3세의 말을 기억하게."

에이브는 마지막으로 절망적인 눈길을 로즈마리에게 보내며 밖으로 나갔다. 다행히도 피터슨은 복도에 없었다. 길 잃은 미아가 된 기분으로 에이브는 친구들이 타고 떠난다는 배 이름을 물어보러 폴에게 다시 갔다.

25

에이브가 비틀거리며 밖으로 나가기 무섭게 딕과 로즈마리는 서로 달려들어 얼싸안았다. 두 사람은 서로에게서 똑같이 나는 파리의 먼지 냄새를 맡았다. 로즈마리의 목과 어깨에서는 말할 수 없이 향긋한 온기가 느껴졌다. 딕은 30초 정도 더 그 상태 그대로 가만히 있었다. 로즈마리가 먼저 현실로 돌아왔다.

"저는 가봐야겠어요, 젊은 아저씨."

로즈마리가 장난스럽게 말했다.

로즈마리와 딕은 멀리 떨어지며 서로 뒤돌아보고 또 보았다. 로즈마리는 어려서 배운 대로 애교 있게 딕에게서 멀어져 갔다. 그러나 이런 면에 주목해서 개발해 보려는 감독은 아무도 없었다.

로즈마리는 자신의 객실의 문을 열고 책상으로 곧장 달려갔다. 손목시계를 놓고 왔다는 생각이 불현듯 들었던 것이다. 시계는 그곳에 놓여 있었다. 시계를 손목에 차던 로즈마리의 눈에 어머니에게 매일 쓰는 편지가 들어왔다. 마음속에 마지막 문장이 떠올랐다. 로즈마리는 그때 방을 둘러보지 않고도 차츰차츰 자신이 호텔방 안에 혼자 있지 않다는 사실을 깨달았다.

사람이 있는 공간에는 반쯤만 인지되는, 빛을 굴절시키는 물상들이 있기 마련이다. 유약을 칠한 나무와 놋쇠 빛, 은빛, 상아빛이 도는 세련된 장식들이 있고, 이런 것들 뒤로는 너무도 미미해서 그 존재가 거의 드러나지 않는, 빛과 어둠을 실어 나르는 무수한 입자들이 있다. 액자나 연필 끝이나 재떨이 위, 또는 유리 제품이나 도자기 장식품 위에 고요히 내려앉은 티끌들 말이다. 이런 총체적인 굴절은 시각의 미묘한 반사작용은 물론, 우리가 집착하는 것처럼 보이는 무의식 속에서 그 반사작용 때문에 연상되는 부서진 기억의 조각들에도 똑같이 영향을 미친다. 그것은 마치 유리를 끼우는 사람이 모양이 제각각인 자투리 유리조각을 언젠가 필요할 때 쓰려고 버리지 않고 간수하는 것과 같은 이치다. 그것이 나중에 로즈마리가 방 안에 실제로 다른 누군가가 있다는 사실을 알기 전에 '깨달았다.' 고 애매하게 묘사한 현상을 설명해줄지도 모르겠다. 어쨌든 로즈마리는 방 안에 정말 사람이 있음을 감지하고 발레리나처럼 사뿐사뿐 걸어 뒤를 돌아보니 흑인의 주검이 침대 위에 쭉 뻗어 있었다.

로즈마리는 '아아…….' 하고 외마디 비명을 지르고 아직 채우다 만 손목시계를 책상 위에 탕, 떨어뜨리면서 에이브의 짓이라는 터무니없는 생각이 들었다. 로즈마리는 문을 열어젖히고 복도를 가로질러 내달렸다.

딕은 몸을 꼿꼿이 세우고 있었다. 그는 그날 낀 장갑을 살펴보고 세탁하지 않은 지저분한 장갑들을 쌓아둔 장롱 구석에다 던졌다. 딕은 외투와 조끼를 벗어 걸고 셔츠는 다른 옷걸이에 펴서 걸었다. 이것은 딕만의 요령이었다. 니콜이 들어와서 에이브가 담배꽁초를 수북이 쌓아 놓은 재떨이를 쓰레기통으로 가져가 비우고 있었다. 그때 로즈마리가 객실로 헐레벌떡 달려 들어왔다.

"딕! 딕! 와서 좀 봐요!"

딕은 성큼성큼 큰 걸음으로 복도를 지나 로즈마리의 객실로 갔다. 그는 무릎을 꿇고 피터슨의 가슴에 귀를 대보고 맥박을 짚어보았다. 몸에는 아직 온기가 남아 있었다. 살아서 세파에 시달리느라 솔직하지 못했던 얼굴은 죽어서는 역겹고 비통한 표정을 짓고 있었다. 구두

약이 담긴 상자가 한쪽 팔 밑에 놓여 있었지만 정작 침대말에 달랑달랑 매달려 있는 본인의 신발은 윤이 나지 않았고 그 밑창은 닳아 빠져 있었다. 프랑스 법에 따르면 딕은 시체에 손을 댈 권리가 전혀 없었다. 하지만 그는 팔을 조금 들어올리고 좀 살펴보았다. 초록색 침대보 위에 얼룩 한 점이 보였다. 그 아래 요에는 희미한 핏자국이 남아 있으리라.

딕은 문을 닫고 서서는 생각에 잠겼다. 복도에서 조심스러운 발소리가 들리더니 니콜이 자신의 이름을 불렀다. 문을 열어주며 딕은 낮은 소리로 말했다.

"초콜릿하고 이불 좀 가져와. 아무한테도 들키면 안 돼."

그때 니콜의 얼굴에 긴장이 서린 것을 본 딕은 얼른 덧붙여 말했다.

"자, 잘 들어. 당신은 이 일로 당황해할 필요가 전혀 없어. 그저 흑인 하나가 죽었을 뿐이야."

"어서 끝났으면 좋겠어요."

딕이 들어 올려 보니 시체는 가벼웠다. 그동안 제대로 먹지도 못한 것 같았다. 딕은 시체를 들어 올렸다. 그러자 시체에서 더 많은 피가 죽은 남자의 옷 위로 흘러내렸다. 시체를 침대 옆에 내려놓은 다음 침대시트와 담요를 벗겨내어 문을 아주 조금만 비껴 열고 귀를 기울였다. 복도 아래에서 그릇 부딪치는 소리가 들리더니 선심을 쓰는 체하는 목소리가 '고맙습니다, 부인.' 하고 큰 소리로 외치는 것이 들렸다. 하지만 웨이터는 직원 전용 계단이 있는 다른 방향으로 가버렸다. 니콜과 딕은 얼른 복도로 나와 둘둘 만 침대 시트를 맞바꿨다. 스위트룸에서 가져온 시트를 로즈마리의 침대에 깔아 놓고 나서, 딕은 저물녘의 따스한 햇빛 속에 땀을 흘리며 서 있었다. 그러는 중에도 머릿속은 복잡했다. 시체를 살펴본 결과 몇 가지 분명한 점이 드러났다. 첫째, 에이브에게 원한을 품고 있는 프리맨이 에이브와 친한 피터슨을 추적한 끝에 그를 복도에서 마주친 것이다. 피터슨은 죽을힘을 다해 로즈마리의 객실로 피신했고 프리맨은 그를 거기까지 뒤쫓아가 잡은 다음 살해한 것이다. 둘째, 만약 상황이 있는 그대로 밝혀지게 놔둔다면 세상 누가 나선다 해도 로즈마리의 이미지를 손상시키는 것은 막을 수 없을 터였다. 로즈마리의 인기는 이제는 조금씩 식어가고 있었다. 다음 출연 계약은 〈아빠의 딸〉의 이미지를 어떻게 견고하게 유지하느냐 여부에 달려 있었다. 한마디로 불확정 상태였다.

딕은 자기도 모르게 셔츠 소매를 걷어 올렸다. 참으로 오랜만에 해보는 동작이었다. 그리고 시체 위로 몸을 굽혔다. 외투의 어깨 부분을 단단히 붙들고 딕은 발뒤꿈치로 문을 차서 열었다. 그리고는 시체를 질질 끌고 급히 복도에 있는 그럴듯한 곳으로 옮기고 나서 로즈마리 객실로 다시 왔다. 호화로운 양탄자에 묻은 핏자국을 말끔히 지웠다. 스위트룸으로 돌아온 딕은 호텔 지배인이자 소유주에게 전화를 걸었다.

"맥베스 씨? 닥터 딕 다이버입니다. 아주 중대한 일이 생겼습니다. 우리의 전화통화를 다른 사람이 들을 일은 없겠지요?"

호텔 주인 맥베스와 견고한 우정을 다지려고 특별히 애쓴 보람이 있었다.

"객실에서 나가다 죽어 있는 흑인을 발견했어요……. 복도에서요. 아니, 아니, 민간인입니다. 제 말씀은, 다른 투숙객들이 보기 전에 처리하는 것이 나을 것 같아 이렇게 전화를 드립니다. 물론 제 이름은 밝히지 않았으면 좋겠다는 말씀을 드려야겠군요. 저는 죽은 사람을 발견했다는 이유만으로 프랑스 경찰서를 들락거리는 번거로움은 피하고 싶습니다."

호텔의 이 세심한 배려라니! 이틀 전 닥터 딕 다이버에게서 이런 특성을 직접 목격했다고 해서 맥베스는 딕의 이야기 전부를 곧이곧대로 믿을 수 있단 말인가.

금세 맥베스가 도착했고 곧이어 경찰관이 도착했다. 경찰관이 도착하기 전에 맥베스는 딕에게 낮은 목소리로 말했다.

"선생님 성함은 입에 올리지 않을 테니 안심하십시오. 저는 그저 선생님이 신경을 써주신 점이 너무 감사할 따름입니다."

맥베스가 어떤 조치를 취했는지는 모르지만 불쾌하고 탐욕스러운 인상의 경찰관은 콧수염만 만지작거리다 형식적인 조서를 작성한 뒤 경찰서로 전화를 걸었다. 그동안 유해는 세상에서 가장 화려한 호텔의 객실로 옮겨졌다.

딕이 자신의 스위트룸으로 돌아가자, 로즈마리는 소리를 쳤다.

"도대체 무슨 일이에요? 어떻게 된 것이 파리에 있는 미국 사람들은 보기만 하면 서로 총을 쏘지 못해 안달이지요?"

"이때가 사람들이 한참 몰릴 때라 그런가 봐. 니콜은 어디 있지?"

로즈마리는 자신을 곤경에서 구해준 딕에 대한 존경심이 우러났다. 만약 그가 없었다면 이 사건으로 해서 일어났을지 모르는 불행들이 예시처럼 그녀의 마음을 훑고 지나갔다. 로즈마리는 모든 것이 잘됐다고 말하는 딕의 강하고 확신에 찬 목소리에 귀를 기울이며 열렬히 감격했다. 그러나 그녀의 흥분된 영혼과 육체가 딕에게 가 닿으려 할 때 그의 관심은 다른 곳에 쏠려 있었다. 딕은 침실로 들어가 욕실로 향했다. 그러자 이제는 로즈마리 귀에도 열쇠구멍과 문틈으로 새어나와 온 객실을 울리는 야수의 소리라고 밖에 할 수 없는 비명이 들렸다. 점점 커지는 그 소리를 들으며 로즈마리는 새로운 공포에 휩싸였다.

니콜이 욕실에서 넘어져 다쳤다고 생각한 로즈마리는 딕의 뒤를 따라갔다. 하지만 상황은 그런 것이 아니었다. 딕은 어깨로 그녀를 뒤로 밀며 욕실에서 벌어지고 있는 사태를 보지 못하게 했다.

니콜은 욕조 옆에 무릎을 구부리고 앉아 몸을 좌우로 흔들고 있다가 울부짖었다.

"당신이군요! 세상에서 하나뿐인 나만의 공간을 침입한 사람이 당신이에요……. 피 묻은 침대보를 들고서 말이에요. 당신을 위해 그것을 입을 거예요……. 나는 부끄럽지 않아요. 만우절에 취리히에서 파티를 열었을 때 온갖 바보 같은 사람들이 그곳에 모였어요. 그때 나는 침대 시트를 둘러쓰고 나가려고 했는데 다들 말렸어요……."

"정신 차려!"

"그래서 나는 욕실에 앉아 있었고 사람들이 내게 도미노 가장복(무도회 등에서 입는 두건과 작은 가면이 달린 헐렁한 옷: 옮긴이)을 가져다주며 그것을 입으라고 했어요. 그래서 그것을 입었어요. 내가 달리 뭘 할 수 있었겠어요?"

"정신 차려, 니콜!"

"나는 당신이 나를 사랑하리라고는 생각도 못 했어요……. 너무 늦은 일이었어요. 욕실에만 들어오지 말아요. 여기는 남의 눈을 피해 나 혼자 있을 수 있는 유일한 곳이에요. 피가 묻은 침대보를 여기로 끌고 와서 나보고 그것을 빨라고만 하지 말아요."

"정신 차려. 일어나서……."

응접실로 돌아온 로즈마리는 욕실 문이 쾅 닫히는 소리를 듣고는 선 채로 몸을 부들부들 떨고 있었다. 이제 로즈마리도 바이올렛이 다이애나 별장의 욕실에서 무엇을 보았는지 알게 되었다. 걸려온 전화를 받고 보니 다이버 부부의 숙소로 자신을 찾아온 콜리스였다. 그 전화를 받고 로즈마리는 얼마나 반가웠던지 하마터면 소리를 지를 뻔했다. 그녀는 콜리스에게 외출 준비를 할 테니 올라와 달라고 부탁했다. 로즈마리는 혼자서는 자기 방으로 들어가기가 겁이 났던 것이다.

2부

1

1917년 봄, 닥터 다이버가 취리히에 처음 발을 내디뎠을 때 그는 스물여섯 살이었다. 한 남자로서도 한창 좋은 나이었을 뿐 아니라 그야말로 미혼 남자의 전성기였다. 심지어는 전쟁기간 중에도 스물여섯이란 나이는 더없이 좋은 시절이었다. 총을 쥐고 전쟁터에 나가기에 딕은 이미 앞길이 유망한 능력 있는 의사이자 투자가치가 높은 투자대상이었다. 몇 년 뒤, 그에게는 이 은신처를 떠나는 것이 그렇게 쉬운 일이 아닌 것 같았다. 하지만 그 무렵 딕은 정말 제대로 마음을 정할 수가 없었다. 1917년에 딕은 자신이 전쟁 때문에 피해를 본 것이 하나도 없다고 미안해하는 태도로 말하며 그곳을 떠날 생각을 일소에 부쳤다. 지방 교육위원회는 딕에게 취리히에서 학업을 마치고 예정대로 학위를 받으라는 지시를 내렸다.

스위스는 하나의 섬이었다. 한쪽은 고리지아 주변의 우레처럼 요란한 파도에 씻기고 다른 쪽은 좀메와 아이즈네 지방을 따라 급류가 흐르고 있었다. 각 지방마다 요양을 온 병자보다는 음모를 꾸미러 온 외국인들이 더 많아 보인 적도 있다. 하지만 베른과 제네바의 작은 카페에서 소리 낮추어 소곤거리는 남자들이 다이아몬드 거래상이거나 사업차 여행을 온 사람들인 것만은 확실했다. 그렇지만 콘스탄스 호수와 누샤텔 사이에는 서로 스쳐가는 앞 못 보는 사람들이나 한 쪽 다리가 없는 사람, 몸을 가누지 못하는 사람들 천지였다. 맥줏집과 상점의 진열창에는 1914년 스위스가 국경지방을 사수한 것을 나타내는 산뜻한 포스터가 붙어 있었다. 포스터 속에서는 전의에 불타는 남자들이 국경지방인 산악에서 가상의 프랑스와 독일군을 노려보고 있었다. 이런 포스터를 붙이는 목적은 자신들의 힘으로 나라를 지켜냈다는 사실이, 그 당시 국민들 사이에 불처럼 번져간 조국에 대한 자랑스러움을 함께 느끼게 해주었다고 스위스인들의 가슴에 확실히 심어주기 위한 것이었다. 하지만 그 이후로 스위스군의 완패가 계속됨에 따라 이런 포스터들은 빛이 바랜 채 덜렁덜렁 붙어 있다가 어느 사이인지 모르게 떼어져 나갔다. 그리고 미국이 전쟁에 뛰어드는 실수를 범했을 때 미국의 우방국인 스위스는 다른 어느 나라보다 놀라워했다.

의사로서 딕은 잠깐, 전쟁의 언저리만 둘러보았을 뿐이다. 그는 1914년 미국 코네티컷 주에서 옥스퍼드 로즈 장학생으로 그곳에 왔다가 존스 홉킨스 대학에서 4학년을 마치고 학위를 취득하기 위해 미국으로 돌아갔기 때문이다. 1916년, 딕은 서둘지 않으면 그 위대한 프로이트가 폭격을 맞아 사망할지 모른다는 막연한 느낌이 들자 이럭저럭 해서 비엔나에 왔다. 그리고 용케도 다멘스티프 슈트라세에 있는 방에 앉아 논문을 쓸 동안 버틸 석탄과 기름을 구할 수 있었다. 곡절이 많은 논문이었다. 당시에는 찢어버리고 말았지만 나중에 고쳐 쓴 것이 1920년 취리히에서 출간된 책의 근간이 되었으니 말이다.

우리들 대부분은 살다 보면 한 번쯤은 화려한 시절을 맞게 된다. 딕에게는 이때가 바로 그 화려한 시절이었다. 그는 자신이 매력적이라는 사실도, 자신이 베푸는 타인을 향한 호의가 건강한 사람들 사이에서는 찾아보기 힘든 특징이라는 것도 모르고 있었다. 뉴헤이븐에서의 마지막 해를 보낼 때였다. 누군가 그를 '행운아, 딕' 이라고 불렀다.

그 별명은 아직도 머릿속에 남아 있다.

"행운아, 딕. 너는 참 대단한 녀석이야. 야, 네가 찾아냈구나. 네가 오기 전에는 아무도 그게 거기에 있다는 것을 몰랐어."

딕의 방에서 꺼져 가는 마지막 불꽃 주위를 왔다갔다하며 그 친구는 딕에게 속삭이고는 했다.

1917년 초, 그때는 석탄을 구하기가 점점 힘들어지던 시기였다. 딕은 그때까지 사 모은 거의 백여 권에 이르는 책을 땔감 삼아 불에 태웠다. 하지만 책 내용을 다 소화해서 5년 뒤에도 그 내용을 요약할 수 있다고 자신할 수 있을 때만 책을 불 속에 집어넣었다. 물론 5년 뒤에 기억할 필요가 있는 책에 한해서였지만 말이다. 이렇게 책을 한 권 한 권 독파하고 태우는 일은 아무 때건 필요하면 했다. 바닥 깔개를 어깨에 두르고 세상 모든 것 중에서 천국의 평화에 가장 가까운 학자의 고요한 안식을 누리면서……. 그러나 그런 안식은 오래 가지 못했다.

딕은 그런 추위에도 버텨주는 자신의 몸이 고마웠다. 뉴헤이븐에서는 링운동을 했고 이곳 스위스에서는 겨울에 다뉴브 강에서 수영을 하며 단련한 몸이었다. 딕은 대사관 2등 서기관인 엘킨스와 함께 방을 썼는데, 가끔 괜찮은 아가씨 둘이 찾아왔다. 둘 다 대사관 서기관에게는 넘치지도 모자라지도 않았다. 엘킨스와 알게 되면서 딕은 처음으로 자신의 정신 작용의 질에 대해 미미하나마 회의를 갖게 되었다. 딕은 자신의 정신 작용이 엘킨스의 사고 작용과 크게 다르다고 생각할 수가 없었다. 엘킨스, 그는 30년 동안 뉴헤이븐에서 쿼터백으로 활약한 모든 선수들의 이름을 다 외우고 있을 그런 친구였다.

"그래서 행운아 딕은 이 영리한 사람들 틈에 낄 수 없지. 그 사람들보다 더 망가졌으면 망가졌지 덜은 아니거든. 거기다 살짝 맛까지 갔어. 만약 인생이 마음먹은 대로 안 풀려도 병 같은 것이 걸린다거나, 상심을 하거나, 열등감에 빠진다거나 할 친구가 아니지. 하기야 뭐 좀 고장 난 것을 고치는 것이 애초에 잘못된 것을 다시 만드는 것보다야 낫기는 하겠지만."

엘킨스는 딕의 논리를 조롱하며 그것을 겉만 그럴듯하고 '미국적'이라면서 비웃었다. 그가 반지성적인 경구를 만드는 기준은 그것이 미국적이라는 것이었다. 하지만 엘킨스는 자신이 세상 때가 묻지 않은 것은 불완전함에서 오는 것이라는 사실을 알고 있었다.

"얘야, 내가 너를 두고 가장 바라는 것이 있다면 그것은 네가 역경의 맛을 보는 거란다."

대커리(영국의 소설가, 1811~1863: 옮긴이)의 《장미와 반지》에 나오는 요정 블랙스틱이 한 말이다.

대학에서 강의를 다 듣고 나면 딕은 이 문제를 두고 지적인 젊은 루마니아인과 이야기를 나누었다. 그는 이런 말로 딕의 마음을 편안하게 해주었다.

"괴테가 현대적인 의미에서 '갈등'을 늘 겪고 있었다는 증거는 아무것도 없어. 예를 들자면 융 같은 사람도 마찬가지지. 자네는 감상적인 철학자가 아니야. 자네는 과학자라고. 기억력도 좋고 힘도 있고 성격도 좋아. 무엇보다 판단력이 뛰어나지. 그게 자네한테는 문제가 될 소지가 있지만, 자네 자신에 대한 판단에서 말이지. 한때 나는 아르마디요라는 쥐(남미산 야행성 포유동물: 옮긴이)의 뇌를 2년 동안 연구한 남자를 알고 있었어. 조만간 아르마디요의 권위자가 될 거라는 생각에서 말이지. 나는 왜 그 연구 범위를 인간으로 확대하지 않느냐고 그 친구와 툭하면 논쟁을 벌였지. 헌데 그것은 너무 방자한 생각이었어. 아니나 다를까, 그 친구가 연구논문을 의학 잡지에 보냈는데 되돌아온 거야. 똑같은 주제를 다룬 다른 사람의 논문을 조금 전에 받았다면서."

딕은 취리히에 도착했을 때, 영원히 강하고 건강하겠다는 환상, 사람들은 근본적으로 선하다는 환상, 국가에 대한 환상, 거짓 자장가를 불러주던 서부개척 세대의 거짓말들, 오두막 밖에 늑대가 없다느니 하는 순진한 환상을 너무 많이 갖고 왔던 것이다. 학위를 받은 딕에게 프랑스 바슈라우베 정신병원에서 근무하라는 명령이 내려졌다.

유감스럽게도 프랑스에서 맡은 업무는 임상적이라기보다는 행정적인 것이었다. 그 보상으로 딕은 짧은 교본을 마무리 짓고 다음 논문을 위한 자료를 수집할 수 있는 시간적 여유를 얻었다. 딕은 1919년 봄,

제대와 동시에 취리히로 돌아왔다.

이제까지 말한 것은 전기(傳記)의 한 고리에 불과하다. 이를테면 그랜트가 걸리너(미국 일리노이 주(州)에 있는 도시로 남북전쟁 당시 유물을 보관한 박물관과 미국 대통령이 된 그랜트 장군에게 1865년 헌정된 저택으로 유명: 옮긴이)에 있는 그의 잡화점에서 빈둥거렸다는 얘기같이, 주인공이 얽히고설킨 운명의 부름을 받게 된다는 데에 대한 정보는 전혀 없는 단편적인 일화에 지나지 않는다. 더군다나 완전히 성숙한 뒤 만난 사람에게서 젊은 시절의 모습을 발견하고, 강인하고 날카로운 눈매를 지닌 생면부지의 사람을 놀란 눈으로 빤히 쳐다본다는 것은 당혹스러운 일이다. 그래도 위안이 되는 것은 딕의 진짜 인생이 이제 막 시작됐다는 점이다.

2

축축한 4월의 어느 날이었다. 알비스호른의 하늘 위에는 긴 구름이 비스듬히 끼어 있고 평지에서는 강물이 천천히 흘러갔다. 취리히는 미국의 여느 도시와 다를 것이 없는 곳이었다. 이틀 전 도착한 뒤로 내내 왠지 모를 허전함을 느끼던 딕은 그것이 이제는 더 이상 느낄 수 없는, 끝도 없이 이어지던 프랑스의 골목길을 걸으며 느끼던 감정이라는 것을 알게 되었다. 취리히 안에는 또 다른 취리히들이 많이 있었다. 지붕을 쳐다보던 눈은 딸랑딸랑 방울소리가 울리는 목장으로 옮겨갔다. 그리고 목장에 머물던 시선은 다시 더 위쪽에 있는 산 정상을 향했다.

그렇게 인생이란 그림엽서에서 볼 수 있는 파란 하늘을 향해 수직으로 올라가는 것이었다. 장난감과 케이블카, 회전목마와 작은 종의 고향인 알프스 산맥 지대는 '여기' 존재하지 않았다. 프랑스에서는 프랑스 포도덩굴이 땅 위에 있는 사람의 발 위로 자라나듯이 말이다.

한번은 취리히에 있는 대학의 실험실에서 뇌의 경부를 살짝 찔러보면서, 2년 전 현관 홀에 있는 거대한 예수 상을 보고 빈정대며 존스 홉킨스 대학의 낡고 붉은 건물을 분주하게 드나들던 전도유망한 의학도라기보다는 장난감 제조업자 같은 기분을 느꼈었다.

그럼에도 불구하고 딕은 취리히에서 2년을 더 머무르기로 결정을 내렸다. 그것은 딕이 무한한 정확성과 인내를 요구하는 장난감을 만드는 것 같은 실험실에서의 연구를 과소평가하지 않았기 때문이다.

오늘, 딕은 도물러 박사의 병원으로 프란츠 그레고로비우스를 만나러 갔다. 도물러 병원에서 병리학과 수련의로 있는 프란츠는 바우도이스 출신으로 딕보다 서너 살 위였다. 둘은 시가전차 정류장에서 만났다. 프란츠는 이탈리아의 유명한 협잡꾼이자 연금술사였던 칼리오스트로 같은 어둡고 근엄한 모습을 하고 있었지만 눈은 그와는 대조적으로 경건해 보였다. 프란츠는 그레고로비우스 가(家)의 3대 손이었다. 프란츠의 할아버지는 정신의학이 고래의 어둠 속에서 빠져나와 막 태동하던 무렵 크래펠린(E.kraepe-lin, 1856-1926, 면밀한 임상적 관찰을 토대로 정신질환의 원인, 경과, 예후 등을 총체적으로 체계화하여 독일은 물론 유럽 정신의학의 기틀을 세운 정신의학자이며, 저서〈정신의학의 개요〉는 정신의학 발전에 결정적인 영향을 미쳤다: 옮긴이)을 가르친 인물이다. 성품으로 말하자면 프란츠의 할아버지는 거만하고 괄괄하면서도 한편 양처럼 온순한 면이 있었다. 그는 자신을 최면술사라 여겼다. 만약 이 집안의 남다른 천재성이 조금 약화했다면 프란츠는 의심의 여지없이 훌륭한 임상의(醫)가 되었을 것이다.

병원으로 가면서 프란츠가 말했다.

"자네 전쟁 경험 좀 들어보세. 자네도 다른 사람들처럼 변했나? 자네 얼굴을 보니 어리석고 나이 먹지 않는 미국인 그대로군. 하지만 자네가 어리석지 않다는 것은 내가 알고 있지."

"전쟁은 구경도 못 했네. 내 편지를 보고도 그런 소리를 하나?"

"그것은 문제가 아니야. 우리 병원에는 먼 곳에서 나는 공습소리만 듣고도 전쟁 공포증을 앓고 있는 환자가 몇 있다네. 신문에서 공습 기사만 읽고도 그렇게 된 환자들도 몇 명 있지."

"그런 바보 같은 사람들이 어디 있나."

"믿어지지 않을 거야. 하지만 딕, 우리 병원 환자들은 부유층 사람들이지. 우리 병원에서는 '바보 같은' 이란 말은 쓰지 않네. 솔직히 말해보게. 자네, 나를 보러 여기를 왔나, 아니면 그 아가씨를 보러 왔나?"

두 사람은 서로 곁눈질을 했다. 프란츠가 의미심장한 미소를 지었다.

"당연히 나는 자네에게 처음에 보낸 편지들은 전부 읽었네. 변화가 시작된 것을 보고는 조심스러워서 더 이상 읽어보지 않았지. 확실히 그 아가씨는 자네가 맡게 생겼네."

프란츠가 사무적인 어조로 말을 했다.

"그것은 그렇고 그 환자는 잘 지내고는 있나?"

"아주 잘 지내고 있네. 내가 담당하고 있지. 사실 나는 영국과 미국에서 온 환자 대부분을 맡고 있다네. 모두 나를 그레고로 박사라고 부른다네."

"그 여자에 대해 내게 해명할 기회를 주겠나. 나는 그 여자를 딱 한 번 보았네. 그게 전부네. 내가 프랑스로 떠나기 직전 자네에게 작별인사를 하려고 왔을 때 말이야. 그때 나는 군복을 처음 입어보았는데 무척 어색하더군. 그런 차림으로 병사들 사이를 돌아다니며 경례를 하고 있었지."

딕은 입을 열었다.

"왜 오늘은 입고 오지 않았나?"

"이봐! 나는 3주 전에 제대했어. 그 여자를 우연히 만나게 된 사정을 말하자면 이렇다네. 자네와 헤어진 뒤 나는 자전거를 가지러 호숫가에 있는 자네네 건물을 향해 걸어 내려가고 있었네."

"〈세다르〉로 말인가?"

"멋진 밤이었다지, 달빛은 저 산 위로 쏟아지고……."

"크렌제그 산이지."

"나는 앞서 가던 간호사와 젊은 여자를 따라잡았네. 나는 그 젊은 여자가 환자일 줄은 몰랐지. 나는 간호사에게 시가전차 시간을 물어본 다음 일행이 되어 함께 걸었네. 그 여자는 내가 본 여자 중에서 가장 예쁜 여자였지."

"지금도 여전히 예쁘다네."

"그 여자는 미국 군복을 처음 보았다더군. 그 아가씨랑 얘기를 해 보았는데 나는 그녀가 환자라는 생각은 전혀 못 했네."

딕은 여기서 갑자기 말을 끊었다. 자신의 말투가 그녀에게 친밀감을 느끼고 있는 것처럼 들린다는 것을 깨달은 것이다. 조금 뒤에 딕이 하던 말을 계속했다.

"하지만 프란츠, 나는 아직 자네만큼 냉철하지를 못하네. 나는 그처럼 아름다운 환자를 보면 그런 병을 앓고 있다는 사실에 안타까움을 느끼지 않을 수가 없네. 그게 전부라네. 편지가 오기 시작할 때까지는 말일세."

"그 아가씨로서야 더 바랄 것이 없는 일이군. 가장 극적인 감정 전이(轉移)가 일어난 거야."

프란츠가 과장되게 감정을 실어서 말을 했다.

"그게 바로 내가 이 바쁜 날 자네를 만나려고 내려온 이유일세. 내 연구실로 가서 자네가 그 환자를 만나보기 전에 충분한 얘기를 나누고 싶네. 그래서 그녀를 취리히로 심부름을 보냈어. 사실은 말일세, 간호사 대신 그녀보다 상태가 더 불안정한 환자와 함께 보냈네. 나는 이번 사례가 아주 자랑스럽네. 내가 담당하기는 했지만 뜻하지 않은 자네의 도움도 큰 몫을 했지."

프란츠의 목소리는 열정으로 팽팽해 있었다.

전차는 취리히의 호반을 따라 뾰족 지붕을 이고 있는 샬레(스위스풍의 산장, 또는 스위스 양치기의 오두막: 옮긴이)가 보이는 기름진 목장 지역과 낮은 언덕들을 지나갔다. 태양이 푸른 바다와도 같은 창공으로 헤엄쳐 들어가자 돌연 더할 나위 없이 멋진 스위스의 계곡이 눈앞에 나타났다. 사람들 사이에서 크고 작은 유쾌한 탄성이 흘러나왔다. 그리고 맑고 신선한 건강의 냄새를 흠뻑 빨아들였다.

낮은 언덕과 호반 사이에 위치한 도물러 교수의 병원은 낡은 건물 세 동과 새 건물 두 동으로 이루어져 있었다. 10년 전 병원건물을 지을 때는 정신질환을 치료하는 최초의·현대적 병원이었다. 비록 병원 건물이 담쟁이 넝쿨에 덮인 무척 높은 담에 둘러싸여 있기는 했지만, 자세히 보지 않으면 보통 사람들 눈에는 전혀 도물러의 병원이 마음의 병을 가진 이들이나 정신적으로 불완전한 사람들, 말썽을 일으키는 사람들의 피난처로는 보이지 않았다. 사람들이 햇빛을 받으며 밀집을 긁어모으고 있었다. 차가 병원 부지 안으로 들어가자 환자와 함께 보도 위에 서 있던 간호사들이 하얀 손수건을 흔들었다.

딕을 연구실로 데려간 프란츠는 미안하지만 반 시간만 기다리라며 자리를 비웠다. 혼자 남은 딕은 프란츠의 연구실을 이리저리 거닐며 책상 위에 어질러 놓은 잡동사니들과 그가 쓴 책, 그의 아버지와 할아버지가 소장했고 또 직접 저술한 책들과 벽에 걸려 있는 전임자의 커다란 자줏빛 사진에 배어 있는 스위스인의 경건함으로부터 프란츠라는 친구의 인간상을 재구성해보려고 애썼다. 연구실 안에 담배 냄새가 가득 배어 있었다. 딕은 창문을 열어젖히고 햇빛 한 줄기를 안으로 들였다. 문득 그의 생각은 펄쩍 그네를 뛰어서 그 환자에게로 갔다. 그 여자에게로…….

딕은 여덟 달에 걸쳐 그녀한테서 편지 50여 통을 받았다. 첫 편지는, '미국에서는 여자들이 전혀 모르는 군인들에게 편지를 쓴다.' 라고 들었다는 변명조의 편지였다. 이름과 주소는 그레고로 박사한테서 받았으며 괜찮다면 가끔 행운을 비는 편지를 보내고 싶다 등등.

거기까지는 어조를 파악하기가 쉬웠다. 《키다리 아저씨》와 《위선자 몰리》같은 미국에서 크게 인기를 얻고 있는 명랑하고 감상적인 소설의 편지투를 흉내 내고 있었으니까. 하지만 그런 소설과 닮은 점은 그것으로 끝이었다.

그녀가 보낸 편지들은 두 시기로 나뉘었다. 휴전 무렵까지 보내온 편지들에서는 병적인 경향이 두드러지게 나타났다. 그러나 휴전 이후부터 지금에 이르기까지 보내온 편지들은 아주 정상적이었으며, 무르익어 가는 타고난 본성을 펼쳐 보이고 있었다. 나중에 온 편지들 때문에 딕은 바슈라우베 정신병원에서 보내는 지루한 시간이 어서어서 끝나기를 간절히 기다리게 되었다. 하지만 먼저 온 편지에서부터 딕은 이미 프란츠가 짐작하고 있는 것보다 더 많은 이야기를 종합해서 이어 맞추고 있었다.

대위님께

저는 군복을 입은 대위님이 참 멋져 보였어요. 그래서 대위님이 프랑스인이어도 좋고 독일인이어도 좋다고 생각할 정도였지요. 대위님도 제가 예쁘다고 생각하셨겠지만 저는 전에는 오랫동안 남녀가 그런 식으로 만나는 것을 좋지 않게 생각해 왔어요. 만약 대위님이 그런 비열하고 한심한 태도를 그대로 지니고 다시 여기를 오신다면, 또 제가 신사의 태도라고 배운 행동을 조금도 보이지 않는다면 하늘이 대위님을 도울 거예요. 하지만 대위님은 다른 사람들보다는 말이 없어 보이고,

(2면)

커다란 고양이처럼 조용해 보였어요. 저는 지금까지 여자아이처럼 소심한 남자애들만 좋아했어요. 대위님도 그런 남자인가요? 대위님한테도 그런 면이 있기는 있을 거예요.

이 모든 것을 용서하세요. 이게 벌써 대위님한테 쓰는 세 번째 편지인데 당장 보내지 않으면 결코 보내지 못할 거예요. 저는 달빛에 관해서도 생각을 많이 했어요. 그리고 제가 여기서 나갈 수만 있다면 찾을 수 있는 증인들이 많아요.

(3면)

사람들이 그러는데 대위님은 의사선생님이라지요. 하지만 대위님이 고양이가 아닌 한은 선생님이 의사라는 것은 하나도 특별할 것이 없는 얘기예요. 제 머리가 너무 아파요. 그러니까 이렇게 걸어다니는 것을 용서해주세요. 제 생각에는 하얀 고양이를 가진 보통 사람이 설명해줄 것 같아요. 저는 세 나라의 말을 할

수 있어요. 영어까지 더하면 네 개지요. 그래서 저는 제가 유능한 통역자가 될 수 있다고 확신해요. 만약 대위님이 프랑스에서 그런 일자리를 주선해주신다면 저는 모든 사람들을 벨트로 묶어놓고 모든 것을 통제할 수 있다고 확신해요. 수요일에 그랬던 것처럼요. 오늘은 토요일이고

(4면)

대위님은 멀리 계세요. 아니, 어쩌면 전사하셨는지도 모르지요.

언젠가는 제게 돌아와 주세요. 저는 여기 이 푸른 언덕에서 언제까지나 있을 테니까요. 병원에서 제게 아버지한테 편지를 쓰도록 허락하지 않는 한은 말이에요. 저는 아버지를 깊이 사랑해요.

이런 편지를 쓴 것을 용서해주세요. 오늘은 제정신이 아니에요. 기분이 나아지면 편지 쓸 거예요.

안녕히

니콜 워런

이 모든 것을 용서해주세요.

다이버 대위님께

저처럼 몹시 불안한 상태에 있는 사람에게는 자기관찰(심리학 용어로 자기의 정신 상태나 정신의 움직임을 내면적으로 관찰하는 일. 내성(內省)이라고도 함: 옮긴이)이 좋지 않다는 것을 알고 있어요. 하지만 저는 대위님이 제 상태가 어떤지 아셨으면 좋겠어요. 지난해인가 언젠가 제가 시카고에 갔을 때였어요. 저는 집안일을 거드는 사람들에게 말을 할 수도 없었고 거리를 걸을 수도 없었어요. 저는 제게 말을 걸어줄 사람을 계속 기다렸어요. 그것은 누구든 생각이 있는 사람이면 그렇게 해야 하잖아요. 앞 못 보는 사람은 다른 사람들이 안내해 줘야 하는 것처럼요. 그러나 아무도 제게

말을 걸지 않았어요. 아무 말도요. 사람들은 그냥 말을 걸려다 말았고, 제 머릿속은 이미 너무 엉망으로 엉클어져서 조리 있게 말을 할 수가 없게 되었어요. 남자 한 사람은 친절했어요. 그 남자는 프랑스 장교였는데 생각이 있는 사람이었지요. 그 사람은 제게 꽃을 한 송이 사주면서 이렇게 말했어요. '작아서 예쁘고
(2면)
귀엽군요.' 그 사람과 저는 친구가 됐어요. 하지만 그는 그러고 나서 가버렸어요. 저는 점점 더 아팠고 제게 상황을 이해시켜줄 사람이 하나도 없었어요. 사람들은 제게 잔 다르크에 대한 노래를 불러주었어요. 그전에도 가끔 불러주곤 했던 노래였어요. 하지만 그 노래는 단지, 그 노래는 저를 울게 했을 뿐이에요. 왠지 아세요. 그때는 제 머리에 아무 이상도 없었으니까요. 사람들은 계속 스포츠 얘기만 입에 올렸어요. 하지만 그때쯤은 저도 될 대로 되라는 마음이 들었어요. 그래서 그날은 미시간 거리로 나가 수십 킬로미터를 걷고 또 걸었어요. 결국 사람들이 자동차를 타고 저를 쫓아왔지요. 하지만 저는 차에
(3면)
타지 않으려고 버텼어요. 끝내는 사람들이 저를 억지로 차에 태웠는데 차에 타고 보니 간호사들이 있더군요. 그때 이후로 저는 모든 것을 깨닫기 시작했어요. 다른 사람들한테는 어떤 일이 일어나는지 느낄 수 있었거든요. 자, 이제 제가 어떤 상태인지 아시겠어요. 그러면 제가 똑같은 말을 끝도 없이 되풀이하는 의사들과 여기서 지내는 것이 무슨 소용이 있겠어요. 저는 나아지려고 여기에 왔어요. 그래서 오늘은 아버지께 오셔서 저를 데려가시라
(4면)
고 편지를 썼어요. 저는 대위님이 사람들을 진찰하고 치료하는 데 관심을 많이 갖고 계신 분이라 참 기뻐요. 아픈 사람을 치료

한다는 것은 분명 아주 즐거운 일이겠지요.

한편, 휴전 이후 보내온 편지는 다음과 같았다.

대위님은 다음 진찰을 포기하시고 나서야 제게 편지를 쓰실 것 같군요. 제가 수업을 잊고 빼먹을 때면 사람들이 제게 축음기로 듣는 레코드를 몇 장씩 보냈는데 저는 그것을 다 부숴 버렸어요. 그러면 간호사는 저와 말을 안 하려고 해요. 사람들은 영어로 말을 했어요. 그래야 간호사들이 못 알아듣잖아요. 시카고에 있을 때 어느 의사가 저를 보고 허세를 부린다고 했어요. 그러나 그 의사가 정말 하고 싶었던 말은 제가 나이도 어린데 자기와 맞먹으려 한다는 것이었어요. 그 의사는 그런 경우를 처음 보았거든요. 그렇지만 그때 저는 몹시 들떠 있어서 보통은 누가 뭐라고 해도 신경 쓰지 않았어요.
(2면)
대위님이 그날 밤 제게 즐겁게 노는 법을 가르쳐주시겠다고 그러셨지요. 음, 저는 사랑이 이 세상의 전부라고, 또 전부여야 한다고 생각해요. 아무튼 대위님이 진찰 때문에 바쁘시다니 기뻐요.
당신의 모든 것.

니콜 워런

행 중간이 드문드문 띄어 있는 것이, 음울한 음조가 저변에 깔린 편지 중에 이런 것들이 있었다.

친애하는 다이버 대위님께
편지를 보낼 사람이 아무도 없어서 대위님께 편지를 써요. 그러나 이런 한심한 상황을 저처럼 병든 사람이 분명히 알 수 있다면 대위님도 분명히 느끼시겠지요. 마음의 병은 다 나았어요. 게다가 저는 완전히 망가지고 창피를 당할 만큼 당했어요. 사람들이 원하는 것이 그거였다면요. 부끄러운 얘기지만 우리 가족은 저를 무시해요. 가족들에게 도움을 청하거나 연민을 구해봐야 아무 소용도 없어요. 이제 그런 일은 질색이에요. 제 건강만 갉아먹을 뿐이에요. 괜히 제 머릿속에 있는 문제가 치료될 수 있는 것처럼 굴면서 시간만 허
(2면)
비할 뿐이에요.
저는 여기 반( )정신병원 같은 곳에 있어요. 아무도 제게 진실을 말해주는 것이 적절하다고 생각지 않기 때문이지요. 제 상태가 어떤지 지금 알고 있는 것처럼 알고 있었다면 저는 그것을 견뎌낼 수 있었을 거예요. 저는 제가 아주 강하다고 생각해요. 그러나 제게 진실을 말해주었어야 할 사람들은 제게 그 진실을 알리는 것이 좋지 않다고 생각한 거예요.
(3면)
이제는 저도 사실을 알았고 또 그에 대한 대가도 치렀는데 그들은 자기들 개를 옆에 두고 앉아 내가 먹지 않던 것을 먹어야 한다고 말해요.
친구들과 가족들이 대서양 건너 멀리 있는 저는 언제나 외로워요. 반쯤 멍한 상태에서 여기저기를 돌아다녀요. 대위님이 제게 통역이나(저는 프랑스어하고 독일어를 그 나라 사람들
(4면)
만큼 잘해요. 이탈리아어도 꽤 하고요. 에스파냐어도 조금 알아요.) 적십자 야전병원, 그것도 아니면 정규 간호사 일자리를 알아봐 주시면 얼마나 좋을까요.

또 이런 편지들도 있었다.

제가 어떤 문제를 앓고 있는지에 대해 설명한 것을 믿지 않으신다면 적어도 대위님 생각은 어떤 것인지 설명해주실 수 있지 않나요. 대위님은 상냥한 고양이 얼굴을 하고 계시니까요. 그리고 선생님 얼굴은 여기서는 세련돼 보인다고 하는 그런 우스운 얼굴이 아니니까요. 그레고르 선생님이 대위님 사진을 한 장 주셨어요. 군복을 입고 계실 때만큼 멋져 보이지는 않지만 더 젊어 보여요.

대위님께
대위님이 보내주신 엽서를 받고 기분이 너무 좋았어요. 자격이 안 되는 간호사들에 대해 그런 관심을 가져주시다니 참 기뻐요. 오, 저는 대위님의 편지를 정말로 잘 이해했어요. 지금과는 다른, 제가 대위님을 처음 만난 그 순간을 떠올릴 수만 있다면 얼마나 좋을까요.

친애하는 대위님
저는 하루에 한 가지씩만 생각해요. 그거야말로 제 문제의 전부예요. 못 말리는 반항심과 균형 감각이 부족한 것을 빼면요. 대위님이 추천하는 정신과 의사라면 어떤 분이든지 기꺼이 환영할 거예요. 여기 사람들은 욕조에 누워서 '네 뒤뜰에서 놀아라'라는 노래를 불러요. 마치 제가 뛰어 놀 수 있는 뒤뜰이나
(2면)
여기저기 둘러보면 찾을 수 있는 희망이라도 갖고 있는 것처럼 말이지요. 사람들은 다시 과자가게에서도 그 노래를 또 부르려고 했어요. 그래서 저는 들고 있던 잔으로 그 남자를 칠 뻔했는데 사람들이 저를 붙들고 말렸어요.

이제 더 이상 대위님에게 편지를 쓰지 않을 거예요. 저는 지금 너무 불안정해요.

이 편지가 온 뒤 한 달 동안 편지가 오지 않았다. 그러나 어느 날 갑자기 날아온 편지는 전과는 많이 달라져 있었다.

—저는 천천히 회복되고 있어요…….
—오늘은 꽃과 구름이…….
—전쟁은 끝났는데 저는 전쟁이 있었는지도 거의 몰랐어요…….
—대위님은 참 친절하셨어요! 대위님이 하얀 고양이 같은 얼굴을 하고 계시지만 속으로는 틀림없이 무척 지혜로운 분일 거예요. 하지만 그레고르 박사님이 주신 사진에서는 그렇게 보이지 않아요…….
—오늘 취리히에 갔다 왔어요. 다시 도시를 보니 참 낯설었어요.
—오늘은 베른에 갔었어요. 시계가 많은 아주 기분 좋은 도시였어요.
—오늘 우리는 수선화랑 에델바이스를 볼 수 있는 높은 산에 올라갔다 왔어요…….

그 이후로 편지가 점점 줄었다. 하지만 딕은 일일이 답장을 다해주었다. 그중에 이런 편지가 있었다.

누군가 저를 사랑했으면 좋겠어요. 몇 년 전, 제가 아프기 전에 남자아이들이 저를 사랑했던 것처럼요. 하지만 제가 그런 생각을 할 수 있기까지는 아마 세월이 더 흘러야 되겠지요.

그러나 딕의 답장이 어떤 이유에서건 늦어지면 니콜은 걱정 때문에 안절부절못했다. 그것은 사랑하는 남자를 둔 여자의 근심과 같았다.

—혹시 제가 대위님을 귀찮게 했나요.
—제가 버릇없게 굴었나 봐요.
—대위님이 앓고 계신 것은 아닌지 밤새 걱정했어요.

사실 딕은 유행성 독감을 앓고 있었다. 몸이 회복됐어도 독감을 앓는 동안 기력이 쇠해져서 공식적인 임무인 통신 업무 이외의 일은 할 수가 없었다. 그리고 얼마 안 있어 바슈라우베 본부에 생기발랄한 위스콘신 출신의 전화교환원이 근무하게 되면서 니콜에 대한 기억은 묻혀버렸다. 전화교환원은 포스터에 나오는 여자처럼 입술을 빨갛게 칠하고 다녔는데 군인들 사이에서는 "교환대"라는 지저분한 여자로 알려져 있었다.

프란츠는 약간 거드름을 피우며 연구실로 돌아왔다. 딕이 보기에 프란츠는 훌륭한 임상의(醫)가 될 것 같았다. 간호사나 환자를 훈련하는 낭랑하면서도 딱딱 끊어지는 말소리는 그의 신경계에서 나오는 것이 아니라 놀라우면서도 무해한 허영심에서 나오기 때문이었다. 프란츠의 진실한 감정들은 잘 정돈되어 밖으로 드러나지 않았다.

"자, 그 아가씨 얘기를 해볼까, 딕. 물론 나는 그동안 자네가 어떻게 지냈는지, 또 내 얘기도 자네한테 해주고 싶네. 하지만 우선 그 아가씨 얘기를 하고 싶네. 자네에게 그 이야기를 하려고 오래전부터 별러왔기 때문일세."

프란츠가 말문을 열었다.

프란츠는 서류함을 뒤져 종이 한 묶음을 찾아냈다. 종이 다발을 뒤적거렸지만 자기만 알아볼 수 있게 정리돼 있었다. 프란츠는 종이 다발을 책상 위에 올려놓고 대신 딕에게 직접 이야기를 들려주었다.

3

1년 반쯤 전에 도물러 박사는 로잔에 사는 시카고 출신 워런 가(家)의 디버럭스 워런이라는 미국 신사와 서신을 주고받았다. 진료일자가 정해졌다. 어느 날 디버럭스는 열여섯 살 난 딸 니콜을 데리고 병원을 방문했다. 니콜의 상태는 눈에 띌 만큼 좋지 않아서 디버럭스가 도물러 박사와 상담을 하는 동안 니콜은 간호사의 부축을 받으며 병원 구내를 산책했다.

디버럭스는 눈에 띄게 잘생긴 미남으로 마흔 살도 채 안 돼 보였다. 훤칠한 키에 균형 잡힌 체격을 지닌 그는 모든 면에서 세련미를 갖춘 미국인의 전형이었다. 도물러 박사의 표현에 의하면 '아주 멋진 남자' 였다. 디버럭스의 큰 잿빛 눈은 제네바 호수의 물결을 받아 빛나고 있었다. 그러나 그에게서는 이 세상의 진미는 다 맛본 사람 같은 독특한 분위기가 느껴졌다. 디버럭스가 괴팅겐 대학을 다닌 사실이 밝혀지자 두 사람은 독일어로 대화를 했다. 말을 꺼내려는 그는 불안과 격렬한 심적 동요를 보였다.

"도물러 박사님, 제 딸아이는 머리가 정상이 아닙니다. 많은 전문가와 간호사들의 힘을 빌리고, 한두 번 안정 요법도 취해보았지만 딸아이의 병은 이제 제가 감당하기에는 벅찰 만큼 심각해졌습니다. 사람들이 박사님을 찾아뵈라고 권하더군요."

"좋습니다. 맨 처음부터 모든 상황을 들려주십시오."

도물러 박사가 입을 열었다.

"시작이라고 할 것은 없습니다. 적어도 제가 아는 한, 친가나 외가 두 집안 모두 정신질환을 앓은 사람은 없었습니다. 니콜이 열한 살 때 아내가 세상을 떠난 뒤로, 저는 말하자면 니콜의 아버지이자 엄마 역할을 다했습니다. 가정교사의 도움을 받아가며 말이지요. 아버지와 엄마 역할 둘 다를요."

이야기를 하는 디버럭스는 마음의 동요를 심하게 겪었다. 도물러 박사는 디버럭스의 눈가에 맺힌 눈물을 보고 처음으로 그의 입에서 술 냄새가 나는 것을 알았다.

"어렸을 때 딸아이는 무척 사랑스러웠습니다. 모두들 예뻐서 어쩔 줄 몰라 했지요. 다들 그 애를 보기만 하면 그랬습니다. 딸아이는 책을 읽거나 그림 그리기도 좋아했습니다. 무용도 좋아하고 피아노 치는 것도 좋아하고, 싫어하는 것이 없을 정도였지요. 아내가 그랬지요. 형제들 중에서 밤에 한 번도 울지 않은 아이는 니콜밖에 없다고 말입니다. 제게는 니콜 위로 딸이 하나 더 있고 사내 녀석은 하나 있었는데 죽었습니다. 하지만 니콜은……. 니콜……."

디버럭스가 더 이상 말을 잇지 못하자 도물러 박사가 이야기를 계속하도록 도와주었다.

"한마디로 니콜은 아주 정상적이고 밝은 아이였고 행복하게 자랐군요."

"네, 아주 정상적이었습니다."

도물러 박사는 잠자코 기다렸다. 디버럭스는 머리를 흔들고 한숨을 길게 내쉰 뒤 도물러 박사를 힐긋 쳐다보고는 눈길을 다시 바닥으로 떨어뜨렸다.

"대략 8개월 전이었습니다. 아니, 6개월이나 10개월 전인지도 모르겠군요. 니콜이 이상한 짓을 하기 시작했을 때 우리가 어디 있었는지 아무리 생각해 내려고 애써도 기억이 나지를 않아요. 그 애 언니가 처음 그 얘기를 내게 해주었지요. 하지만 무슨 일이 있었든 제게 니콜은 언제나 똑같아 보였습니다."

디버럭스는 마치 누가 자신에게 잘못이 있다고 책망이라도 하는 것처럼 좀 허둥대며 덧붙였다.

"변함없이 사랑스런 어린아이였지요. 처음에 일어난 일은 시종에 관한 것이었습니다."

"아, 그랬군요."

도물러 박사는 셜록 홈스처럼 자신이 시종 이야기가 나올 거라고 예상하고 있는 바로 그 시점에서 디버럭스가 시종 이야기를 꺼냈다는 듯이 고개를 끄덕였다.

"저는 시종을 하나 두고 있었습니다. 수년 동안 제 옆에서 시중을 들었지요. 여담이지만 스위스인이었습니다."

디버럭스는 눈을 들어 같은 스위스 사람인 도물러 박사의 아량을 구했다.

"그런데 니콜이 그 시종을 두고 이상한 생각을 한 겁니다. 니콜은 그 청년이 자기한테 환심을 사려고 접근했다고 생각했습니다. 물론 그때 저는 딸아이의 말을 믿고 시종을 내보냈습니다. 하지만 그게 모두 터무니없는 거짓말이었다는 것을 이제야 알게 되었습니다."

"따님은 그 청년이 무슨 행동을 했다고 주장하던가요?"

"거기서부터가 문제였습니다. 의사들이 아무리 알아내려 해도 알아내지 못한 것이 바로 그것입니다. 니콜은 의사들이면 시종이 무슨 짓을 했는지 알고 있어야 한다는 듯이 묵묵히 의사들을 쳐다만 보았습니다. 그렇지만 니콜은 그 아이가 추잡한 짓거리로 자신을 유혹했다는 뜻만은 분명히 전했습니다. 그 점에 대해서는 의혹이 없습니다."

"그렇군요."

"물론 저는 여자들이 외로움을 느끼게 되면 침대 밑에 남자가 있다거나 하는 그런 상상을 한다는 것은 책에서 읽어 알고 있습니다. 하지만 왜 니콜이 그런 생각을 해야 하지요? 그 애는 원하기만 하면 젊은 남자들을 얼마든지 사귈 수 있는데 말입니다. 우리는 포리스트 호수에 있었지요. 시카고 근처에 있는 여름 휴양지인데 그곳에 우리 별장도 있습니다. 니콜은 종일토록 바깥에서 남자아이들하고 골프를 치고 테니스를 쳤습니다. 그리고 그중 몇몇이 니콜한테 아주 반하기도 했지요."

디버럭스가 늙고 무표정한 도물러 박사를 마주 보며 이야기를 하는 내내 도물러 박사의 마음 한구석은 시카고에 가 있었다. 도물러 박사가 젊었을 때 한 번은 대학의 특별 연구원 겸 강사로 시카고에 갈 기회가 있었다. 그때 시카고로 갔다면 아마 거기서 부자가 되고 지금처럼 개인 병원의 소주주로 있는 대신 자신만의 병원을 갖고 있었을 것이다. 하지만 도물러는 그 넓은 시카고에 대해서 밀밭과 끝없이 펼쳐진 초원밖에 아는 것이 거의 없다는 생각에 미치자 시카고로 가지 않기로 마음을 정했던 것이다. 하지만 당시의 시카고에 대해서, 즉 아르모어나 파머, 필드, 크레인, 워런, 스위프트, 맥코믹 같은 엄청난 토지를 소유한 명문가에 대해서는 글을 통해 알고 있었다. 그리고 그때부터 시카고나 뉴욕에 기반을 둔 그런 계층에서 상당수의 환자들이 도물러 박사를 찾아왔다.

"니콜의 상태는 점점 나빠졌습니다. 발작인지 무언지 그런 것도 일으켰습니다. 자꾸만 더 얼빠진 소리만 해댔습니다. 그 애 언니가 그중 일부를 적어 보냈는데……."

디버럭스는 여러 번 접은 종이조각을 박사한테 건넸다.

"거의 언제나 남자들이 저한테 달려든다는 얘기지요. 아는 남자거나 거리에서 본 남자거나, 남자들이란 남자들은 다……."

디버럭스는 그런 상황에서 가족들이 겪은 놀라움과 괴로움, 두려움에 대해 늘어놓았다. 미국에서 백방으로 애써 보았지만 모두 효과가 없었다는 얘기도 했다. 결국 환경을 바꿔주면 고칠 수 있을지 모른다는 믿음을 갖고 딸을 데리고 대서양을 건너 스위스로 왔다고 했다.

"미국 유람용 보트를 타고……. 요행히 보트를 마련할 수 있었습니다."

덧붙이자면, 디버럭스는 자랑이라도 하듯 타고 온 배의 종류를 구체적으로 밝혔다. 디버럭스는 비굴한 미소를 지어 보였다.

"사람들 말처럼 돈으로 안 되는 것은 없으니까요."

"물론 그렇지요."

도물러 박사는 냉담하게 대꾸했다.

그는 디버럭스가 무엇을, 왜 숨기려고 거짓말을 하는지 궁금했다. 그게 아니라, 만약 디버럭스가 잘못 알고 있다면 진료실을 가득 채운 허위의 냄새는 무엇이며, 왜 이 잘생긴 남자는 느긋하게 쉬고 있는 운동선수처럼 팔다리를 축 늘어뜨린 채 의자에 앉아 있단 말인가? 저 밖에서는 2월의 날씨 속에 날개를 다친 어린 새가 비극의 주인공처럼 거닐고 있고, 진료실 안에서는 너무도 뻔히 속이 들여다보이는 거짓과 부정이 있었다.

"지금 제가 따님하고 잠시 이야기를 나누어보고 싶군요."

도물러 박사가 영어로 말했다. 그러면 디버럭스에게 친근감이 들지도 모른다는 듯이 말이다.

그 뒤 디버럭스는 딸을 남겨두고 로잔으로 돌아갔다. 그리고 며칠이 지난 어느 날, 도물러 박사와 프란츠는 니콜의 환자 카드를 놓고 머리를 맞댔다.

진단: 정신분열증. 병세가 급격히 악화 중.
남성 공포증은 정신분열증의 한 증상으로 체질적인 것은
전혀 아님……. 예후(豫後)는 좀 더 지켜봐야 하겠음.

두 사람은 날이 갈수록 커져가는 호기심을 안고 디버럭스가 약속한 두 번째 방문을 기다렸다.

그날은 좀처럼 오지 않았다. 2주가 지나자 도물러 박사가 편지를 썼다. 그래도 디버럭스에게서 아무런 연락이 없자 도물러 박사는 당시로써는 '터무니없는 짓'을 하고 말았다. 그는 브베이에 있는 그랜드 호텔로 전화를 걸었다. 그리고 디버럭스의 시종한테서 그가 미국으로 떠나려고 짐을 꾸리고 있다는 이야기를 듣게 되었다. 그러나 그 전화통화가 스위스 돈으로 40프랑이나 된다는 사실을 떠올린 박사의 조수는 튈르리 궁의 호위병처럼 전화통을 붙들고 버틴 결과 디버럭스와 통화를 할 수 있었다.

"디버럭스 씨가……. 무슨 일이 있어도 꼭 오셔야 합니다. 댁의 따님 건강은 전적으로 디버럭스 씨가 오시느냐 안 오시느냐 하는 데에 달려 있습니다. 저는 책임 못 집니다."

"하지만 이봐요, 의사 선생. 환자의 건강을 책임지는 것이 당신들이 하는 일 아니오. 나는 미국으로 빨리 오라는 전화를 받았단 말이오!"

도물러 박사는 아직까지 누구에게든 그렇게까지 심하게 대한 적이 없었다. 그러나 박사는 전화기에 대고 아주 신속하고 단호하게 최후통첩을 내려 번민에 빠진 디버럭스를 굴복시키고 말았다. 취리히에 두 번째로 도착한 뒤 30분 만에 디버럭스는 힘없이 무너졌다. 낙낙하게 맞추어 입은 외투 안에 싸인 그의 늘씬한 어깨가 가슴 밑바닥에서부터 터져 나오는 애끓는 흐느낌으로 들썩였고, 두 눈은 제네바 호수에 비친 태양보다 더 벌겋게 충혈되어 있었다. 그제야 디버럭스는 끔찍한 이야기를 털어놓았다.

디버럭스가 쉰 목소리로 입을 열었다.

"어쩌다 그렇게 됐는지, 모르겠습니다. 모르겠어요. 그 애가 어려서 아내가 죽은 뒤, 딸아이는 아침에 눈을 뜨면 내 침대로 왔답니다. 어떤 때는 내 침대에서 자기도 했지요. 저는 그 어린 것이 가여웠습니다. 아, 니콜이 좀 자란 뒤, 그 애와 나는 승용차나 기차를 타고 어디를 갈 때면 꼭 손을 잡고 다녔습니다. 그 애는 내게 노래도 잘 불러주었지요. 그리고는 자주 이런 말을 했습니다. '자, 오늘 오후에는 아무한테도 신경 쓰지 않는 거예요. 아빠와 나, 둘이 서로한테만 신경 쓰는 거예요. 그렇지 않으면 오늘 아침에 아버지는 내 거예요.'"

씁쓸한 자조가 그의 음성에 섞여 들었다.

"사람들은 우리에게 참 아름다운 아버지와 딸이라고 말하고는 했지요. 그들은 감탄의 눈으로 우리 부녀를 쳐다보았습니다. 우리는 꼭 연인들 같았습니다. 그러다가 어느 날 갑자기 우리는 정말 연인이 되고 말았습니다. 나한테 용기가 있었다면 그 일이 벌어진 뒤 바로 총으로 자살을 했을 겁니다. 하지만 나같이 한심한 성욕 도착자는 그럴 용기조차 없었습니다."

"그다음에는 무슨 일이 있었나요? 그때부터 이렇게 됐습니까?"

도물러 박사가 물었다. 그러면서 그는 다시 시카고와 30년 전 취리히에서 자신을 코안경 너머로 바라보던 온화하고 창백한 얼굴의 신사를 떠올렸다.

"아니, 아닙니다! 니콜은 거의……. 그 애는 당장 쌀쌀해지더니 이렇게만 말하더군요. '신경 쓰지 마세요, 신경 쓰지 말아요, 아빠. 아무렇지도 않아요. 신경 쓰지 마세요.'"

"무슨 심각한 증상을 보이지 않았습니까?"

"없었습니다."

디버럭스는 경련 같은 짧은 흐느낌을 토하고는 코를 몇 차례 풀었다.

"하지만 지금은 심각한 증상을 많이 보이고 있지요."

디버럭스의 이야기가 끝나자 도물러 박사는 안락의자에 등을 붙이고 앉아서 혼잣말을 했다.

"천하에 얼뜨기!"

이 말은 그가 20년 동안 스스로 용인해온 아주 속된 비난 중 하나였다. 그런 다음 도물러는 디버럭스에게 일렀다.

"취리히에 있는 호텔로 돌아갔다가 내일 아침 다시 와서 보는 것이 좋겠군요."

"그다음에는 어떻게 하지요?"

도물러 박사는 돼지 새끼라도 안을 만큼 손을 넓게 벌리고는 이렇게 말했다.

"시카고로 가시지요."

4

"그러고 나서야 우리는 사정을 알게 되었네. 도물러는 디버럭스 씨에게 최소한 5년 이상 딸과 떨어져 지낼 결심을 한다면 우리가 환자를 맡아 치료하겠다고 말했어. 큰 충격을 받은 디버럭스는 이런 사실이 미국에 있는 가족에게 알려지지 않을까 몹시 신경을 쓰는 것 같았네."

프란츠가 말했다.

"우리는 그녀를 치료할 계획을 세워놓고 결과를 기다리고 있었지. 사전 진찰결과는 안 좋았네. 자네도 알다시피, 저 정도 나이라면 완치 가능성, 소위 말해서 사회생활을 할 수 있을 정도로 완치될 가능성은 매우 낮아."

"처음 나에게 보낸 편지 내용을 봐도 상태가 아주 좋지 않은 것 같았네."

"아주 좋지 않았어. 좋지 않은 상태의 전형적인 본보기였네. 나는 그 첫 번째 편지를 병원 밖으로 보내는데 망설였지. 하지만 우리가 하고 있는 일을 자네도 아는 것이 좋을 거라고 생각했네. 자네가 답장을 써줘서 고마웠어."

딕은 한숨을 쉬며 말했다.

"그녀는 정말 예뻤지. 자신의 스냅사진을 여러 장 동봉해서 보냈어. 그곳에서 한 달 동안 나는 할 일이 없었네. 편지에다가는 착하게 잘 지내고 의사들의 말을 잘 따르라고만 썼어."

"그거면 됐네. 그렇게 말하면 그녀도 바깥에 있는 누군가가 자기를 생각하고 있다는 것을 알았을 테니까. 한동안 그녀는 아무도 사귀지 못했네. 그렇게 썩 친해 보이지 않는 언니 한 명 외에는 말일세. 게다가, 그녀의 편지를 읽는 것은 그녀의 상태를 알아보는데 큰 도움이 되었지."

"반가운 이야기군."

"이제 상황파악이 되었나? 그녀는 자기에게도 죄가 있다고 느꼈고 충격을 받았네. 그러고 나서 그녀는 기숙학교로 보내졌는데, 거기서 주위 학생들이 이야기하는 것을 듣기도 했네. 그래서 순전히 자기 방어적인 차원에서 자기에게는 죄가 없다는 생각을 하게 된 것일세. 그리고 거기서 환상의 세계로 빠져드는 것은 쉬운 일이었지. 그 환상의 세계에서는 남자를 좋아하고 믿을수록 더욱 사악해지는 것이……."

"그녀가 두려움을 직접 느꼈을까?"

"아닐세. 10월쯤인가, 그녀가 사실상 정상적인 모습을 띠기 시작하면서 우리는 곤경에 처했네. 그녀가 서른 살이 되었다면 우리는 그녀에게 스스로 상황을 처리하게 했을 테지만, 그녀는 너무 어렸네. 그래서 우리는 마음속에 정리도 안 된 상태로 그대로 굳어져 버리지 않을까 걱정했지. 도물러 박사도 그녀에게 '이제부터는 자기 자신을 잘 돌보아야 합니다. 이 사건으로 인해 당신의 인생이 끝났다고 생각하면 절대로 안 됩니다. 당신의 인생은 이제부터입니다.' 라고 솔직하게 이야기 해주었네. 그녀는 정말 뛰어난 지성을 가지고 있어서 프로이트를 읽어보도록 했지. 그녀는 매우 흥미를 보이더군. 사실, 이곳에서 사람들의 귀여움을 독차지하는 존재였네. 하지만 말이 별로 없는 여자였어."

그는 망설이면서 말을 덧붙였다.

"우리는 취리히에서 그녀가 자네에게 보낸 최근의 편지에 그녀의 마음상태나 미래의 계획에 대한 내용이 담겨 있지 않은지 궁금해 했네."

딕은 가만히 생각해보더니 말했다.

"그런 내용이 있기도 하고 없기도 하네. 원한다면 그 편지들을 여기로 가져오도록 하지. 보통 사람과 마찬가지로 삶에 대한 희망과 욕구를 가진 것으로 보였네. 낭만적일 정도로 말이야. 가끔 그녀는 감옥살이를 했던 경험이 있는 사람들이 과거를 이야기하듯 옛날을 이야기하더군. 하지만 그것이 죄에 관한 것인지 감옥살이에 관한 것인지 아니면 전반적인 경험에 관한 것인지를 전혀 알 수가 없네. 결국 나는 그녀의 인생에서 그저 인형 같은 존재일 뿐이지."

"물론 그렇지. 자네 처지를 잘 알고 있네. 다시 한 번 감사하네. 그래서 자네가 그 여자를 만나기 전에 내가 먼저 자네를 만나고 싶었던 걸세."

딕은 웃었다.

"자네는 그녀가 나에게 날듯이 달려들 거라고 생각하나?"

"아닐세. 그렇게 생각하지 않아. 하지만 나는 자네가 아주 점잖게 나가기를 바라지. 딕, 자네는 여자들에게 인기가 좋은 남자잖아."

"젠장! 그렇다면 얌전하고 쌀쌀하게 굴도록 하지. 그녀를 만날 때마다 마늘을 씹고, 고슴도치같이 수염도 기르겠네. 그녀가 달아나게 말이야."

"마늘은 안 돼! 자네는 자네의 경력에 흠이 가는 것을 원하지는 않겠지. 농담하지 말게."

딕을 진지하게 붙잡으며 프란츠가 외쳤다.

"그리고 다리를 약간 저는 듯 보일 수도 있네. 또 내가 살고 있는 집에는 욕조도 없어."

"농담 그만하라니까."

프란츠는 아무래도 괜찮다는 듯 편안한 척하며 말했다.

"이제 자네 계획을 말해주겠나?"

"계획이야 하나 있지, 프란츠. 훌륭한 심리학자가 되는 것이 나의 계획이야. 가장 위대한 심리학자 말일세."

프란츠는 유쾌하게 웃었다. 그러나 이번에는 딕이 농담을 하고 있는 것이 아니라는 것을 알았다.

"훌륭하네, 역시 미국인이야. 우리에게는 더 어려운 일이지."

말하면서 프란츠는 일어서서 창문 쪽으로 다가갔다.

"여기에서 보면 취리히가 보이네. 그곳에는 그로스 뮌스터 사원 탑이 있어. 그 지하 납골당 안에 할아버지가 잠들어 계시네. 다리 건너 편에는 우리 조상님 중 한 분인 라바터(스위스의 시인, 1741~1801 : 옮긴이)의 무덤이 있는데, 그분은 교회 묘지에 묻히기를 원치 않았네. 가까운 곳에는 또 다른 조상님인 하인리히 페스탈로치와 알프레드 에셔 박사의 동상이 있어. 그리고 쯔빈글리 동상이 그것들을 전부 내려다보면서 서 있네. 이처럼 나는 언제나 조상 영웅들의 영묘(靈廟)와 마주하고 있네."

"알겠네, 나는 단지 허풍을 떨어보았을 뿐이었어. 모든 것이 이제 시작일 뿐이야. 프랑스에 있는 대부분의 미국인들은 고국으로 돌아가려고 갖은 애를 쓰지만 나는 그렇지 않아. 그저 대학 강의에 참석만 하면, 그해의 나머지 월급을 군대에서 받을 수 있으니까. 앞으로 크게 될 인물을 알아보다니 정부도 대단하지 않은가? 그리고 한 달간 집에 가 있으면서 아버지를 뵙고 다시 돌아올 거야. 일자리가 있으니 말일세."

딕은 말하며 일어섰다.

"일자리라니, 어디에서 일을 할 셈인가?"

"자네의 경쟁자야. 인터라켄에 있는 기슬러 진료소일세."

"그곳에는 가지 말게. 그자들은 일 년에도 열 명이 넘는 젊은이들을 고생시켰어. 기슬러는 조울증환자이고, 병원은 그의 아내와 그녀의 정부가 운영하고 있네. 물론 이것은 비밀일세."

프란츠가 딕에게 조언했다.

"자네는 오래전부터 미국에 가려고 하지 않았나? 우리는 뉴욕으로 가서 억만장자를 위한 초현대식 병원을 세우기로 했었지."

딕은 가볍게 물었다.

"학생시절에 그런 이야기를 했었지."

딕은 진료소 한구석에 자리 잡은 프란츠의 단층집에서 프란츠와 그의 아내와 함께 저녁식사를 했다. 그는 마음이 무거웠다. 그것은 검소하고 절약하는 분위기 때문도 아니고, 또 프란츠와 딱 어울리는 그의 부인 때문도 아니었다. 그것은 프란츠가 큰 뜻을 버리고 현실과 타협하고 있는 듯했기 때문이었다. 프란츠에게는 욕망의 경계선이 다르게 표시되어 있었다. 그는 그것을 최후의 수단으로, 더 나아가 영광을 가져오는 것으로 여겼다. 그러나 주어진 형편에 맞게 생활 규모를 일부러 줄인다는 것은 생각하기 힘들었다. 좁은 집안에서 프란츠와 그의 아내가 하는 행동에는 우아함도 모험도 없었다. 전쟁이 끝난 후 프랑스에서 보낸 몇 개월과, 영광스런 미국의 보호 아래 행하여진 전쟁 뒤처리는 딕에게 영향을 미쳤다. 또한, 사람들은 그를 중요한 사람이라 생각했다. 그를 시계로 유명한 스위스의 중심지까지 오게 만든 것은 아마도 직관력일 터였다. 진지한 사람에게는 이러한 상황이 좋지 않다는 생각이 직관적으로 들었던 것이다.

그는 카아테 그레고로비우스가 매력적인 여자라고 생각했다. 그러다가 커다란 양배추 꽃같이 생긴 이 여자로 인해 마음이 점점 불편해졌다. 천박함이 아니라고 여기고 있는 이러한 생각 때문에 딕은 자기 자신을 혐오하기도 했다.

"하느님! 결국은 나도 다른 사람들과 같은 걸까요?"

그는 밤에도 자지 않고 생각하고는 했다.

"결국은 나도 다른 사람들과 같은 걸까요?"

이것은 사회주의자에게는 별것 아닌 사례지만, 흔하지 않은 일에 종사하는 사람들에게는 좋은 사례였다. 사실, 젊은 시절이라는 것은 자기가 더 이상 믿지 않는 것을 위해 죽을 것인가 아닌가를 결정하는 시기라고도 볼 수 있는데, 요 몇 달간이 딕에게는 그런 결정을 내릴 시기였던 것이다. 취리히에서의 끔찍하게 무료했던 시간에 가로등 불빛을 통해 남의 집을 엿보면서 딕은 착하고 친절하며 용감하고 현명해지기를 바랐지만, 그렇게 되기란 정말 어려운 일이었다. 그는 자신이 조화롭게 지낼 수 있다면, 사랑도 받고 싶어했다.

5

중앙 건물의 베란다에는 프랑스식 창문을 통해 빛이 내리쬐고 있었다. 그러나 벽 그림자가 드리워져 있는 곳과, 글라디올러스 꽃밭까지 늘어져 있는 철제의자의 기묘한 그림자가 비치는 곳은 어두웠다. 여기저기 왔다갔다 사람들을 힐끗힐끗 쳐다보던 니콜은 딕을 보자 날쌔게 몸을 움직였다. 방 안에서 그녀를 비추고 있던 불빛이 방을 나선 그녀의 얼굴에 아직도 남아 있는 듯했다. 그녀는 박자에 맞추어 걸었다. 그 주 내내 그녀의 귀에는 여름의 뜨거운 하늘과 시원한 그늘을 노래한 노랫소리가 울렸던 것이다. 그리고 딕이 도착함으로 인해 그 노랫소리는 커져서 귀에 생생하게 들렸다.

"안녕하세요, 대위님."

니콜은 복잡하게 얽힌 듯한 자신의 눈길을 겨우 진정시키고 나서 인사를 했다.

"여기 좀 앉으시지요? 정말 여름이군요."

선 채로 잠시 주위를 둘러보았다.

작고 통통한 부인이 숄을 걸친 채 그녀를 따라 밖으로 나왔다. 니콜은 그녀를 딕에게 소개했다.

프란츠는 양해를 구하고 그 자리를 떠났고, 딕은 의자를 세 개 가지고 왔다.

"아름다운 밤이군요."
부인이 말했다.
"정말 그래요."
니콜이 맞장구를 친 후, 딕에게 물었다.
"여기 오래 계실 건가요?"
"취리히에는 오랫동안 있을 겁니다."
"봄이 되고 나서 처음 보는 멋진 밤이에요."
"언제까지 이곳에 계실 건가요?"
"적어도 7월까지는 있을 생각이에요."
"나는 6월에 떠나려고 해요."
"6월은 참 아름다운 달이지요. 6월까지 여기 계시다가 7월이 되어 진짜 더워지면 떠나시지 그러세요."
"어디로 갈 예정입니까?"
딕이 니콜에게 물었다.
"어딘지는 모르지만 언니와 함께 갈 거예요. 이왕이면 멋진 곳으로 가고 싶어요. 많은 시간을 헛되이 보냈기 때문이지요. 하지만 가족들은 처음에는 조용한 장소로 가야 한다고 생각할 거예요. 아마 코모(이탈리아 북쪽에 있는 도시: 옮긴이) 같은 곳 말이에요. 코모에 같이 가지 않으시겠어요?"
"아, 코모로 말씀드리자면……."
부인이 이야기를 늘어놓기 시작했다.
건물 안에서는 주페의 '경기병 서곡' 이 갑자기 흘러나왔다. 니콜은 이 틈을 이용해 일어섰다. 그녀의 젊음과 아름다움에 자극을 받은 딕의 마음속에 격랑이 일었다. 그녀는 어린아이 같이 웃고 있었다.
"음악 소리가 너무 커서 이야기하기가 어렵네요. 좀 걷지요. 부인, 안녕히 가세요."
"안녕히 가세요."
그들은 좁은 길로 두 걸음 걸어 내려갔다. 그 순간 검은 그림자가 지나가자 니콜은 딕의 팔을 잡았다.
"언니가 미국에서 보내준 레코드판들을 가지고 있어요. 다음에 오시면 들려드리지요. 아무에게도 소리가 들리지 않게 축음기를 넣어둔 곳을 알고 있어요."
"대단하군요."
"혹시 '힌두스탄'을 알고 있나요? 한 번도 들어본 적은 없지만, 좋아하지요. 그리고 나는, '왜 그들은 베이비라고 부르나요?', '울고 있는 당신이 아름다워요' 같은 곡들도 갖고 있어요. 파리에서 이런 곡들에 맞추어 춤을 춰본 적이 있겠지요?"
니콜이 진지하게 물었다.
"파리에 가본 적도 없습니다."
니콜이 입고 있는 크림색의 드레스는 걸음을 옮길 때마다 파란색과 회색을 띠었는데, 그녀의 금발머리와 더불어 이 드레스가 딕을 황홀하게 했다. 딕이 볼 때면 니콜은 항상 미소를 머금고 있었고, 길가의 가로등에 비친 그녀의 얼굴은 천사 같았다. 니콜은 딕이 파티에 자기를 데리고 온 것 같은 감사한 마음이 들었다. 그리고 딕이 니콜과의 관계를 점점 불확실하게 여길수록, 그녀의 자신감은 커져갔다. 그녀는 세상의 모든 흥분을 모아온 듯한 최고조의 흥분에 달해 있었던 것이다.
"아무도 이제 제게 뭐라고 하지 않아요. 당신에게 '소가 돌아올 때까지 기다려주세요', '안녕! 알렉산더' 이렇게 두 개의 멋진 곡을 들려드리겠어요."
딕은 일주일이 지나고 두 번째 방문을 했다. 처음 방문했을 때보다는 늦은 시간이었다. 딕이 프란츠의 집을 나와서 지나갈 것이라고 생각되는 길에서 니콜은 그를 기다리고 있었다. 그녀는 머리를 귀 뒤로 넘겨서 어깨 위까지 빗어 내렸다. 그녀의 얼굴은 숲 속에서 달빛 아래로 금방 나온 듯했다. 딕은 그녀가 대부호의 딸이 아니라, 아무것도 없는 길 잃은 여자라면 좋겠다고 생각했다. 그들은 공장 모퉁이를 돌아서 바위를 기어올라 축음기를 숨겨두었던 곳으로 갔다. 그리고 두 사람은 밤이 끝없이 깊어 가는 가운데, 낮은 벽 뒤에 자리를 잡고 앉았다.

그들은 마치 미국에 와 있는 듯했다. 딕을 대책 없는 호색한이라고 생각하고 있는 프란츠마저도 그들이 그렇게 멀리 떠나 있는지는 상상하지 못했을 터였다.

그들은 너무나 슬펐어요.
택시를 타고 서로 만나러 갔지요.
그들은 웃는 얼굴을 좋아해서 힌두스탄에서 만났어요.
그러나 곧 싸움을 했나 봐요.
하지만 아무도 모르고 아무도 신경 쓰지 않아요.
그러다 마침내 한쪽은 가버렸고,
다른 한쪽은 슬픈 듯이 울고 있었어요.

과거와 미래의 희망이 교차하는 듯한 가녀린 곡조가 스위스의 밤에 계속 울려 퍼졌다. 축음기에서 들리는 음악 소리가 멈출 때면 귀뚜라미가 이어서 노래를 불렀다. 니콜은 축음기를 끄고 딕에게 노래를 불러 주었다.

은전 한 닢을
땅 위에 던져놓고
그것이 뒹구는 모습을 바라보아요.
둥글기 때문에 뒹구는 그 모습을…….

니콜의 입에서는 숨도 새어나오지 않는 듯했다. 갑자기 딕이 일어섰다.

"왜 그러세요? 이 노래 싫으세요?"

“아니, 나도 좋습니다.”
“우리 집에 있는 요리사가 가르쳐준 노래가 있어요.”

여자는 모르지요.
자기 남자가 얼마나 좋은가를,
내칠 때까지는 모르지요…….

“이 노래는 마음에 드시나요?”
니콜은 딕에게 미소를 지었다. 자기 마음속에 있는 모든 것을 담아서 그에게 보낸 그런 미소였다. 시간이 지날수록, 버드나무들과 어둠의 세계에서 감미로운 부드러움이 그녀의 몸 안으로 흘러 들어가는 듯했다.
그녀도 일어나다가 축음기에 걸려 넘어지면서 순간적으로 딕의 몸에 기대게 되었다.
“레코드가 한 장 더 있어요. ‘안녕! 레티’ 라는 노래를 들어본 적 있어요?”
“아니, 들어본 일 없어요.”
딕은 그런 노래를 알지 못할 뿐 아니라 냄새를 맡은 적도, 맛을 본 적도 없다는 말도 덧붙이고 싶었을지도 몰랐다. 단지 비밀의 방에서 뺨이 뜨거운 여자들과 함께 있고 싶을 뿐이었다. 1914년, 딕은 뉴헤이븐에서 알게 된 젊은 여자들이 생각났다. 그녀들은 길가는 남자들을 유혹하며 키스를 했다. 이제 여기에는 딕에게 유럽대륙의 정수를 느끼게 한 어려움 속에서 겨우 구조된 방랑자가 있었던 것이다.

6

딕이 니콜을 다시 만난 것은 5월이었다. 취리히에서의 점심식사는 신중한 회의 같았다. 딕의 이성은 그를 니콜과 멀리 하도록 했다. 그러나 식당 저쪽에서 낯선 사람이 니콜을 쳐다보고 있는 것을 보자 딕은 남성 본래의 모습으로 돌아가 그에게 세련되게 위협을 표시하여 그의 눈길을 다른 데로 돌렸다.

"남의 모습 훔쳐보기를 좋아하는 사람이에요. 저 남자는 그저 당신 옷을 보았을 뿐이겠지요. 그런데 옷이 꽤 많나 보지요?"

"언니 말로는 우리 집이 아주 부자래요. 할머니가 돌아가신 이후부터 말이에요."

니콜이 공손하게 말했다.

"그렇다면 이해가 가는군요."

딕은 니콜보다 나이가 많아서 그녀의 처녀다운 허영심과 발랄함, 그리고 레스토랑을 나설 때 실내의 거울 앞에 잠깐 서서 자신의 아름다운 모습을 비쳐보는 것까지 모두 예쁘게 느껴졌다. 딕은 또한 그녀가 자신이 아름답고 부유하다는 것을 깨닫고 새로운 영역에 손을 뻗치는 모습에도 기쁨을 느끼고 있었다. 딕은 자신과 니콜이 연결되었다는 강박관념에서 벗어나려고 애를 썼다. 딕과 상관없이 스스로 행복과 자신감에 차 있는 것을 보고 기뻐했던 것이다. 그러나 문제는 결국 니콜이 딕에게 전적으로 의지하고 있다는 점이었다.

여름이 되자 딕은 다시 취리히에서 일을 시작했다. 그는 팸플릿을 정리하고 군대에 있었을 때 해놓았던 연구에 보충을 하여 〈정신과의사를 위한 심리학〉이라는 책을 낼 준비를 했다. 염두에 두었던 출판사가 있었다. 그의 책에서 독일어를 수정해줄 가난한 학생들과도 이야기가 되어 있었다. 프란츠는 그러한 작업이 시기적으로 성급한 것 아니냐고 딕에게 말했으나, 딕은 그 주제가 그 정도로 비난받을 만한 것은 아니라고 이야기했다.

"내가 이렇게 잘 알고 있는 주제는 없어. 이 작업이 결코 기초적인 것에 그치지 않을 것이라는 것이 내 예감일세. 이 작업은 결코 물질적인 인식이 필요한 작업이 아니기 때문이지. 우리 직업의 약점이라면 약간 모자라거나 정신이상인 사람에 관심이 있어야 한다는 것일세. 이 직업의 테두리 안에서 환자를 돌봄으로써 보상을 받는다는 거지. 사실상 싸우지도 않고 쉽게 승리하는 셈이네."

딕은 고집을 부렸다.

"하지만 프란츠, 자네는 정말 운이 좋은 사람이야. 왜냐하면 태어나기도 전에 이미 운명이 자네로 하여금 이 직업을 선택하도록 결정했으니 말일세. 자네에게 그러한 '기질'이 없다는 것을 하느님께 감사해야 하네. 나는 옥스퍼드의 세인트 힐다에서 같은 강의를 듣던 어떤 여자 때문에 정신과의사가 되었네. 나도 고리타분한 사람이 다 되었을지도 모르지만, 지금의 이런 생각들을 맥주 몇 잔 마시면서 흘려보내고 싶지는 않아."

"알겠네. 자네는 미국인이야. 자네는 업무를 수행하는 데 큰 지장 없이도 그렇게 할 수 있어. 하지만 나는 이러한 일반성을 좋아하지 않네. 얼마 안 있어 자네는 너무 간단한 내용이라 많은 생각이 필요 없는 '속인에 대한 깊은 사고'라는 책이라도 쓸지 모르겠지만 말일세. 우리 아버님이 살아계셨다면 자네를 보고 불만에 차서 한 말씀 하셨을 걸세. 아버지는 냅킨을 집어들고……."

프란츠는 돼지 머리를 새겨 넣은 갈색 나무를 집어들었다.

"'글쎄, 내 신앙은 말이야…….' 이렇게 말씀하셨겠지. 그다음 자네를 쳐다보고 갑자기 생각에 잠겨서 '이게 다 무슨 소용이 있지?' 라고 묻고는 다시 투덜거리실 테지. 그러는 동안 저녁식사가 끝날 테고."

프란츠가 잠시 가만히 있자, 딕이 초조하게 말했다.

"나는 오늘 혼자야. 그러나 내일은 혼자가 아닐 수도 있네. 나도 자네 아버지처럼 냅킨을 집어들고 투덜거릴지도 몰라."

"우리 환자는 어떤가?"

프란츠가 물었다.

"잘 모르겠네."

"지금쯤은 그 여자에 대해 많은 것을 알고 있어야 할 때인 것 같은데."

"나는 그녀를 좋아해, 그녀는 매력적이지. 자네는 내가 어떻게 하기를 바라나. 그녀를 에델바이스가 피어 있는 곳으로 데리고 갈까?"

"아닐세. 자네가 과학책 저술에 몰두하고 있으니 어떤 생각을 가지고 있을지도 모른다고 생각해볼 따름이야."

"내 생애를 그녀에게 전부 바쳐야 된다는 말인가?"

프란츠가 부엌에 있는 그의 아내에게 말했다.

"맥주 좀 갖고 와."

"도물러를 만나야 하니까 더 이상 술을 마시고 싶지 않네."

"뭔가 계획을 세우는 것이 가장 나을 것 같네. 벌써 4주일이나 지났으니 말일세. 분명히 그녀는 자네를 사랑하고 있네. 만일 보통 사회에서라면 우리가 관여할 문제는 아니지만, 이곳 병원 안에서는 문제가 그리 간단하지가 않네."

"도물러 박사가 하라는 대로 해야 하겠지."

그러나 딕은 도물러가 이 문제의 해결책을 제시할 거라고 확신하지 않았다. 그 문제는 딕 자신이 관련된 문제였기 때문이었다. 딕의 의지와는 상관없이 상황은 진행되었다. 이 상황은 딕에게 어린 시절의 기억을 되살려 주었다. 모든 식구들이 벽장 열쇠를 찾고 있었다. 그러나 딕은 그 열쇠를 어머니 장롱 맨 위 서랍에 있는 손수건 밑에 감추어 두었던 것이다. 그때 딕은 철학적인 초연함을 경험하였다. 그리고 그가 프란츠와 함께 도물러 교수의 사무실로 가는 지금도 이러한 경험을 다시 할 수 있었다.

마치 베란다가 나무 넝쿨로 덮여 있는 유서 깊은 훌륭한 집처럼, 곧게 뻗은 수염에 잘생긴 얼굴을 한 교수가 딕의 기분을 편안하게 해주었다. 딕은 훌륭한 재능을 지닌 사람들을 알고 있었지만, 어떠한 사람도 도물러보다 더 나은 사람은 없다고 생각했다.

6개월 후, 도물러 씨의 죽은 모습을 보았을 때에도 그는 역시 그렇게 생각했다. 베란다에 불은 꺼져 있었고, 넝쿨과 같은 그의 수염은 굳어진 채 하얀 칼라까지 내려뜨려 있었다. 살아오면서 겪었던 그 수많은 생생한 기억들이 이제는 미세한 눈꺼풀 밑에 영원히 잠들었다.

"안녕하십니까."

딕은 군대에 다시 입대한 듯 부동자세를 취했다.

도물러 교수는 자신의 두 손을 마주잡았다. 프란츠는 그의 윗사람인 도물러 교수가 말을 중간에서 끊을 때까지, 마치 연락장교나 비서 같은 말투로 이야기했다.

"어느 정도 이야기가 된 것 같군요. 지금 우리에게 가장 큰 도움이 될 수 있는 사람은 바로 당신입니다, 다이버 선생."

도물러 교수가 부드럽게 말했다.

그 말을 듣고 딕은 고백했다.

"어떻게 결정을 내려야 할지 잘 모르겠습니다."

"자네가 어떤 결정을 내리든 그것은 자네가 선택할 문제지. 하지만 이른바 '전이' 라는 것을……."

도물러가 프란츠에게 얄궂은 눈길을 주자, 프란츠는 친절한 눈빛을 띠었다. 그리고 말을 이었다.

"끝내야 돼요. 니콜은 잘하고 있지만, 스스로 비극이라고 생각하는 것을 이겨낼 만큼은 아닙니다."

프란츠가 다시 무언가를 말하려 했으나, 도물러는 조용히 하라는 몸짓을 보였다.

"당신 입장이 아주 어렵게 된 것 같군요."

"예, 그렇습니다."

도물러 교수는 자리에 앉더니 웃었다. 그리고 날카롭게 생긴 작은 회색 눈을 반짝이며 말했다.

"당신은 감상에 빠져 있는지도 모릅니다."

딕은 자기가 끌려들어 가고 있다는 것을 느끼고 웃었다.

"그녀는 아름답습니다. 누구든지 어느 정도까지는 그 아름다움을 의식하지요. 저는……."

또 프란츠가 입을 열려고 했다. 이번에도 역시 도물러가 딕에게 질문을 하여 프란츠의 입을 막았다.

"어디론가 떠날 생각을 해본 적은 있습니까?"

"저는 떠날 수 없습니다."

"그러면 우리는 니콜 양을 퇴원시킬 수도 있소."

"도물러 교수님, 교수님이 최선이라고 생각하시는 대로 해주십시오."

딕은 한 발 물러섰다.

도물러 교수는 다리가 없어 목발을 짚고 있는 사람 같은 동작을 하며 일어났다.

"그러나 의사의 입장에서 볼 수밖에 없습니다."

조용히 말했다.

그는 한숨을 쉬면서 다시 의자에 앉아 번개가 잠잠해지기를 기다렸다. 딕은 도물러가 마음을 굳힌 것을 알았으나, 자신이 과연 이겨낼 수 있을지 확신이 없었다. 번개가 잠잠해지자 프란츠가 겨우 말참견을 했다.

"딕은 훌륭한 성품을 지닌 사람입니다. 문제를 제대로 해결하기 위해서는 딕도 잘 판단해야 할 것입니다. 제 생각으로는 어느 누구를 떠나보내지 않아도 그는 여기서 잘 협조하여 일을 처리할 수 있을 것 같습니다. 자네 생각은 어떤가?"

딕은 이러한 상황에 처하자 어색함을 느꼈다. 그리고 동시에 도물러의 질문 이후에 생긴 침묵 속에서 딕은 더 이상 조용히 있을 수가 없다는 것을 깨달았다. 그래서 딕은 갑자기 모든 것을 털어놓았다.

"저는 그녀를 사랑하는 것 같습니다. 그녀와 결혼까지 생각하고 있습니다."

"쯧쯧."

프란츠가 중얼거렸다.

"기다려."

도물러가 주의를 주었다. 그러나 프란츠는 계속 말을 이었다.

"뭐라고? 의사와 간호사로 인생 절반을 보낼 작정인가? 절대로 그럴 수는 없네. 내가 그런 사례들을 좀 알고 있어. 처음 치료로 완치되는 경우는 스물에 하나 정도야. 그녀를 다시는 안 만나는 것이 더 나을 걸세."

"당신 생각을 알고 싶소."

도물러가 딕에게 물었다

"물론 프란츠의 말이 옳기는 합니다."

7

딕이 앞으로 어떻게 해야 할 것인가에 대해 그들이 결론을 내린 것은 늦은 오후였다. 딕이 아주 친절한 태도를 보여야 하지만, 자신을 내세우지 말아야 한다는 것이 그 결론이었다. 그들이 일어섰을 때 딕은 가랑비가 내리는 창 밖을 보고 있었다. 비가 내리는 어느 곳에선가 니콜이 기대에 차서 그를 기다리고 있는 것만 같았다. 딕이 우비의 단추를 목까지 채우고 모자의 챙을 내린 다음 밖으로 나가자 현관의 지붕 아래 정말 니콜이 있었다.

"우리가 잘 만한 좋은 곳을 내가 알고 있어요. 앓고 있을 때에는, 저녁에 다른 사람과 같이 안에 앉아 있는 것도 괜찮았어요……. 그들이 나누는 이야기들도 다른 사람들이 나누는 이야기들과 별 차이 없어 보였지요. 그러나 나는 지금은 그들을 당연히 환자로 봅니다…… 그것은…… 그것은……."

"당신은 곧 이곳에서 퇴원할 겁니다."

"그런가 봐요. 항상 베이비라고 불리는 나의 언니가 나를 어디 다른 곳으로 데려가려고 몇 주안에 이곳에 온다고 했으니까요. 그리고 한 달 정도 있다가 다시 돌아올 거예요."

"언니라고 하셨습니까?"

"예, 저보다 조금 나이가 더 많아요, 스물네 살이지요. 언니는 지극히 영국식 사고방식의 여자예요. 고모와 함께 런던에서 살고 있지요. 영국인과 약혼했지만 그 약혼자가 죽었어요……. 나는 그 남자를 보지도 못했어요."

비 때문에 흐릿해진 일몰과 대비되어 더욱 희게 보이는 니콜의 얼굴은 딕이 전에 결코 보지 못했던 매력을 지니고 있었다. 솟은 광대뼈와 열정적이기보다는 차가울 정도로 창백한 그녀를 통해 건강한 망아지가 연상되었다. 그것은 단지 젊음의 반영일 뿐 아니라 중년과 노년에도 아름다울 거라고 생각하게 만드는, 그런 본질적인 아름다움을 지닌 것을 떠오르게 하는 모습이었다.

"무얼 그렇게 보고 있는 거예요?"

"당신이 더 행복해질 거라고 생각하고 있는 중입니다."

니콜은 놀랐다.

"내가 말이에요? 기분 좋군요……. 예전보다 나쁘지는 않겠지요."

니콜은 목재 헛간으로 딕을 데리고 갔다. 바바리코트를 입고 있던 그녀는 그곳에서 골프화를 신은 채 다리를 꼬고 앉았다. 그녀의 뺨은 습한 공기 때문에 생기가 돌았다. 그녀는 몸을 기대고 있는 나무 기둥에 꿀리지 않게 당당한 자세를 취하고 있는 딕과 마주 보았다. 니콜은 기쁜 표정을 짓다가도 비웃는 듯한 얼굴을 하고, 그러다가 진지해지려고 노력하고 있는 딕의 얼굴을 들여다보았다. 이러한 아일랜드인 같은 붉은 얼굴빛에 어울리는 딕의 모습을 니콜은 전혀 모르고 있었다. 그녀는 이러한 부분을 두려워했다. 그러나 그럴수록 그의 이러한 부분에 대해 더 알고 싶어졌다. 이것은 딕이 지니고 있는 가장 남성적인 면이었다. 또 다른 훈련된 부분들, 공손한 눈길에 깃들여 있는 사려 깊음, 이러한 것들을 그녀도 대부분의 여자들처럼 자기 것으로 삼고 있었다.

"이 요양소는 적어도 여러 가지 언어를 배우는 데는 아주 좋았어요."

"나는 두 명의 의사와는 불어로 말하고 간호사와는 독어로 이야기했지요. 그리고 이탈리아어나 기타 언어로는 잡역부나 다른 환자들과 이야기했지요. 그리고 어떤 사람에게 스페인어도 꽤 배웠답니다."

"대단하군요."

딕은 몸가짐을 추스르려 했지만, 그럴 필요가 없을 것 같았다.

"음악도 그래요. 내가 오직 재즈에만 흥미를 가지고 있다고 생각하지 말아주길 바라지요……. 나는 매일 연습하고 있답니다……. 지난 몇 달 동안 나는 취리히에서 음악사를 공부했어요. 사실 제가 끈기 있게 계속한 것이라고는……. 음악과 그림뿐이었지요."

니콜은 갑자기 몸을 숙여 흘러내린 신발 끈을 말아 올리고 딕을 올려다보았다.

"지금의 당신 모습을 그려보고 싶군요."

딕에게 인정받고 싶어 자신이 이룩한 성과를 늘어놓는 니콜의 모습이 딕을 슬프게 했다.

"부럽군요. 지금까지 나는 내 업무 말고는 아무것에도 관심을 가지지 않고 살아왔어요."

"남자는 그렇게 사는 것도 좋다고 생각해요. 하지만 여자들도 여러 가지 작은 일이라도 성취해서 자녀들에게 물려줘야 한다고 생각합니다."

그녀가 재빨리 딕의 말을 받았다.

"나도 그렇게 생각합니다."

딕은 일부러 관심 없는 척하며 말했다.

니콜은 조용히 앉아 있었다. 딕은 자기가 꿔다놓은 보릿자루 같은 쉬운 역할을 맡도록 니콜이 계속해서 떠들어 주기를 바랐다. 그러나 그녀는 아무 말도 하지 않고 앉아 있었다.

"당신은 이제 좋아졌으니……. 과거를 잊도록 노력해 보세요. 일 년이나 이 년 정도는 무리하지 말고 지내세요. 미국으로 돌아가서 사교계에 나가 사랑에도 빠져 보세요……. 그러면 행복을 느낄 겁니다."

"나는 사랑에 빠질 수 없어요."

니콜이 자기가 앉아 있는 통나무에 피어 있는 곰팡이를 신발로 긁으며 말했다.

"당신은 할 수 있습니다. 일 년 안에는 안 될지도 모르지만 곧 할 수 있을 겁니다. 또 당신은 집안에 예쁜 아이들이 가득한 지극히 평범한 삶을 살 수 있습니다. 물론 당신같이 젊은 나이에 병에서 회복된다는 것은, 병을 다시 재촉하는 요인들 또한 많아진다는 것을 의미하기도 합니다. 당신은 젊기 때문에 당신 주위 사람들이 죽고 나서 한참 후에야 당신도 죽음을 맞이하게 될 겁니다."

딕은 주장했다.

그러나 쓰라린 치료를 받고 있는 니콜의 눈에는 아픔이 어려 있었다.

"당분간은 누구와도 결혼하지 않을 거예요."

그녀가 조용하게 말했다.

딕은 너무나 흥분해서 아무 말도 할 수 없었다. 그는 마음을 가라앉히기 위해 곡식을 심어놓은 밭을 내다보았다.

"당신은 좋아질 겁니다……. 모든 사람이 당신을 믿고 있어요. 또 그레고로 의사는 당신을 자랑스러워하고 있으니, 아마도……."

"나는 그레고로가 싫어요."

"그러면 안 됩니다."

니콜의 세상은 산산조각 나고 말았다. 그러나 그 세상은 부서지기 쉬우며 불안한 세상이었다. 그 세상 밑에서 그녀의 감정과 본능이 싸우고 있었다. 그녀가 희망에 차서 입구에서 기다렸던 것이 불과 한 시간 전이 아니었던가?

그를 위해서 옷을 예쁘게 입고, 단추를 채우고, 수선화도 장만했다. 분위기는 조용하고도 부드러웠다.

"다시 재미있게 살면 좋겠지요."

니콜이 더듬더듬 말했다. 그녀는 자기가 얼마나 부자이며, 또 얼마나 큰집에서 사는가, 즉 재산이 많다는 것을 딕에게 말할까 하는 생각을 잠시 해보았다. 또한 그녀는 말(馬)을 취급하는 상인이었던 할아버지, 시드 워런을 생각하기도 했다. 그러나 그녀는 모든 가치를 혼란하게 만드는 유혹에서 벗어나 그것들을 빅토리아 왕조풍의 곁방에 가두어 두었다. 비록 공허함과 고통 말고는 아무런 안식처도 그녀에게 남아 있지 않았지만.

"나는 병원으로 돌아가야 해요. 비가 그쳤군요."

딕은 니콜과 함께 걸었다. 그녀의 불행이 느껴졌고, 그녀의 뺨에 흘러내리는 빗물을 닦아주고 싶은 마음이 들었다.

"새로운 레코드판들이 몇 개 있어요. 들어보고 싶어서 참을 수가 없군요. 아시겠지만……."

그날 저녁식사를 마치자 딕은 매듭을 지어야겠다고 생각했다. 그리고 그런 성가신 임무를 부여한 프란츠를 발로 차주고 싶었다. 딕은 홀에서 기다렸다. 그의 눈은 베레모를 좇고 있었다. 니콜의 베레모처럼 빗속에서 기다리며 젖어 있는 베레모가 아니라, 최근에 수술을 받은 머리에 씌어진 베레모였다. 베레모를 쓴 사람이 딕을 발견하고 가까이 다가왔다.

"안녕하십니까. 의사선생님."

"네, 안녕하십니까."

"날씨가 좋군요."

"예, 그렇습니다."

"여기에 계속 근무하시는 분이십니까?"

"아뇨, 방문하러 온 손님입니다."

"그렇군요. 그럼 실례하겠습니다."

또 한 사람과 성공적으로 이야기한 것을 기뻐하며 베레모를 쓴 그 가엾은 사람은 가버렸다. 딕은 다시 기다렸다. 조금 있다가 간호사가 아래층으로 내려와서 말을 전해주었다.

"니콜 양이 양해 좀 구해도 괜찮겠냐고 하십니다, 선생님. 쉬어야겠다며 오늘 저녁식사를 위층에서 하고 싶답니다."

간호사는 딕의 대답을 기다리고 있었다. 니콜의 그 같은 태도는 병적이라는 것을 딕이 암시해주기를 은근히 기대하고 있었다.

"예, 알겠습니다. 그러면……. 니콜의 건강이 나아졌으면 좋겠군요. 고마워요."

딕은 침을 삼키며 두근대는 가슴을 가라앉혔다.

그는 머리도 복잡했고 불만스러웠다. 그러나 어쨌든 그로 인해 딕은 홀가분해졌다.

그는 프란츠에게 저녁을 먹지 않겠다는 글을 남기고, 시골길을 따라 전차정거장까지 걸었다. 딕은 전차 레일과 판매기계의 유리판에 비치고 있는 봄의 석양을 보며 플랫폼에 도착했다. 정거장과 병원이 그의 마음속에서 멀어졌다 가까워졌다 하는 느낌이 들기 시작했다. 딕은 두려웠으나 취리히의 자갈들이 다시 그의 신발 밑에서 소리를 내자 기쁨이 되살아났다.

딕은 다음날 니콜이 무슨 말을 전할 것이라 기대했지만, 아무 말도 없었다. 혹시 그녀가 아픈 것은 아닌가 궁금해 하며 병원에 전화를 넣어 프란츠와 통화를 했다.

"니콜은 어제하고 오늘, 점심식사 하러 아래층으로 내려왔네. 조금 멍한 듯 보였고, 우울한 것 같았네. 어떻게 된 건가?"

딕은 두 남녀 사이에 놓여 있는 틈을 뛰어넘고 싶었다.

"우리는 별일 없었는데……. 적어도 내 생각에는 그래. 나는 거리를 두려고 했네. 관계가 더 깊어지면 그녀의 태도를 바꾸기가 어려울 테니까 말일세."

부드럽게 대해주지 않아서 아마도 그의 허영심이 상처받았을지도 몰랐다.

"니콜이 간호사에게 말을 전한 것을 보면, 그녀도 이해하고 있는 것으로 생각하고 싶네."

"그랬을 거야."

"최선의 상황이었네. 그녀가 지나치게 동요하고 있는 것 같지는 않아……. 그저 조금 우울해 하는 것 같아."
"그러면 됐네."
"딕, 조만간 들르게."

8

그다음 주일 동안 딕은 커다란 불만을 느끼고 있었다. 병에서 시작하여 기계론적인 패배로 끝난 그 사건이 밋밋하고 무미건조한 느낌을 남겼다. 니콜의 감정은 부당하게 다루어졌다. 만약 딕의 감정이 그렇게 다루어졌다면 어땠을까? 딕은 필시 행복에서 스스로 멀어졌을 것이 틀림없었다. 딕은 꿈에서 그녀가 큰 밀짚모자를 흔들면서 병원 복도를 걷고 있는 것을 보았다…….

한번은 직접 그녀를 본 일이 있었다. 그가 팔레스호텔을 지나고 있을 때, 호화로운 롤스로이스 자동차가 반달 모양의 입구로 돌아 들어갔다. 그 커다란 차 안에 자그마한 니콜이 언니로 보이는 젊은 여자와 나란히 떠 있는 듯 앉아 있었다. 니콜은 딕을 보더니 놀라서 입을 다물지 못했다. 딕은 모자를 올린 채 그냥 지나갔지만, 한동안 그로스뮌스터 사원의 모든 악령이 자신의 주위를 맴돌고 있는 것 같은 분위기였다. 딕은 마음속에 있는 것을 상세히 적어보려고 했다. 세상을 살아가다 보면 피할 수 없이 생기는 강압, 그에 따른 발병 가능성, 직접 그 내용을 적은 사람 빼고는 그 누구라도 확신을 갖게 할 수 있는 글이었다.

이러한 노력으로 딕은 자신의 감정이 얼마나 깊이 개입되어 있는가를 다시 한 번 깨달았다. 그때부터 딕은 해독제 역할을 해주는 것들을 마련했다. 그중의 하나는 바슈라우베에서 온 여성 전화 교환수였는데, 그녀는 사귀었던 남자들을 찾기 위해 니스에서 코블렌츠까지 필사적인 여행을 하고 있었다. 또 하나는 8월에 군용선으로 귀국할 준비를 하는 것이었다. 세 번째는 이번 가을에 독일에서 출간될 책 내용을 보강하는 작업이었다.

딕은 그 책을 방대하게 만들고 있었다. 그는 이제 더욱 기초적인 연구를 하고 싶었다. 만약 그가 교환 연구원 자격을 얻을 수 있다면 크게 도움이 될 수 있을 터였다. 그렇게 지내면서 딕은 다음과 같은 새로운 연구를 추진하고 있었다. 〈정신병 및 정신이상의 획일적 · 실용적 분류에 관한 고찰. 서로 다른 동시대의 학파들이 사용하고 있는 용어들로 진단될 천오백의 크레펠린 테스트 전후의 사례연구들을 기초로 함〉. 그 밖에도 엄청난 설명이 붙어 있다. 〈독립적으로 발생한 하위 의견 연표를 첨부함〉

이러한 제목은 독일에서 기념비적인 것이었다.

딕은 천천히 자전거페달을 밟아 몽트뢰로 가고 있었다. 유겐호른을 구석구석 구경했다. 호텔들 사이로 보이는 호수가 반짝여서 눈이 부셨다. 그는 영국 사람들을 여기저기서 보았는데, 4년 만에 나타난 그들은 마치 이 의심스런 나라에서 독일 민병대에 의해 습격당하지 않을까 걱정하며 탐정소설에 나오는 조심스런 눈을 하고 걸었다. 산에서 급류와 함께 내려온 바위더미 위에 세워진 이 마을에는 어디를 가나 건물이 서 있었다. 남쪽으로 오는 길에 베른과 로잔에서 딕은 '올해는 미국인이 올 것인가, 6월이 아니라면 8월에는 올 것인가.' 하는 질문을 많이 받았다.

딕은 가죽 반바지와 군인들이 입는 셔츠를 입고, 등산화를 신었다. 그의 배낭 안에는 면으로 된 옷과 갈아입을 내의가 들어 있었다. 글리온의 케이블카 정거장에서 딕은 자전거를 맡겨 놓고 역 휴게소의 테라스에서 맥주를 마시고 있었다. 그는 80도의 가파른 사면을 내려오는 케이블카를 바라보았다. 그의 귀에는 피가 말라붙어 있었다. 그는 마치 부상당한 운동선수가 된 듯한 느낌이 들었다. 딕은 다음 케이블카가 정거장으로 들어오는 동안 알코올을 달라고 하여 귀를 깨끗이 닦았다. 자전거가 실리는 것을 보고 딕은 배낭을 케이블카의 아래쪽 칸에 던져 넣은 후 케이블카에 올랐다.

산을 오르는 케이블카는 마치 다른 사람의 눈에 띄기 싫어하는 사람이 쓴 모자챙의 각도만큼 경사진 곳을 다니고 있었다. 케이블카의 밑에서 물이 뿜어져 나오는 것을 보자 그 아이디어의 독창성에 깊은 인상을 받았다. 보조 케이블카가 산꼭대기에서 물을 공급받은 후 브레이크를 풀자마자, 가벼워진 케이블카를 중력으로 끌어올렸다. 건너편 좌석에는 영국인 부부가 앉아서 이 케이블카에 대해서 이야기하고 있었다.

"영국제는 5~6년은 간답니다. 2년 전에 독일에서 싸게 들여왔다고 하는데, 몇 년이나 버텼는지 아세요?"

"몇 년이나 갔어요?"

"1년 10개월이래요. 그러고 나서 스위스는 그것을 이탈리아에 팔았다고 하더군요. 케이블 검사가 엄격하지 않은 것 같아요."

"만약 케이블이 끊어지기라도 한다면 스위스로서는 정말 끔찍한 일이지요."

차장이 문을 닫고 동료에게 연락을 했다. 케이블카는 크게 한번 흔들리고 나서 녹색 언덕 꼭대기를 향해 올라갔다. 낮은 지붕들을 지나자 바우트, 발라이스, 사보이, 제네바의 하늘이 여행객의 주위에 장엄하게 펼쳐졌다. 론 강이 흘러 들어가는 호수 한가운데에는 서양의 진정한 중심이 있었다. 호수 위에는 백조가 보트처럼, 보트가 백조처럼 떠다니고 있었는데, 어느새 무심한 아름다움 속에 묻혀 그 모습이 보이지 않았다. 날씨는 아주 맑았고, 햇빛을 받은 호수 표면이 반짝이고 있었다. 뜰에 있는 사람들의 그림자는 보이지 않았다.

시용과 살라농의 섬들이 보이자 딕은 케이블카 내부를 둘러보았다. 케이블카는 가장 고지대에 있는 집 위를 지나고 있었다. 양쪽으로 각

양각색의 꽃들이 무리를 지어 피어 있었고, 케이블카 안에는 '꽃을 꺾지 마시오.' 라고 씌어져 있었다.

꽃을 꺾는 것은 금지되었지만, 케이블카가 올라가면서 꽃들이 딸려 올라갔다. 도로시 페킨스종의 장미가 안에 딸려 들어와서 케이블카의 움직임에 따라 흔들리다가 제자리로 되돌아갔다. 이런 식으로 계속해서 꽃들이 케이블카 안으로 딸려 들어갔다 나가기를 반복했다.

한편에서는 영국인들이 경치에 감탄하다가 약간 소동을 일으키기도 했다. 그들은 한 쌍의 젊은이가 그들 사이를 지나가려고 하자 길을 비켜주었다. 그 한 쌍의 젊은 사람들 중 남자는 박제한 사슴 같은 눈을 가진 라틴계였고, 여자는 바로 니콜이었다.

두 사람은 올라오면서 힘이 들었는지 숨을 가쁘게 몰아쉬었다. 그들은 웃으며 영국인들을 한쪽 구석으로 몰아넣고 자리를 잡았다. 니콜의 '안녕하세요.' 라고 말하는 모습은 사랑스럽게 보였다. 딕은 뭔가 좀 달라졌다는 것을 느꼈다. 그것은 니콜이 자신의 부드러운 머리카락을 짧게 자르고 부풀려서 곱슬곱슬하게 만들었기 때문임을 곧 알게 되었다. 니콜은 푸른색 스웨터와 흰색 테니스 치마를 입고 있었다. 마치 5월의 아침처럼 아름다운 그녀의 모습에서 병을 앓았던 흔적을 찾아볼 수는 없었다.

니콜이 헐떡이며 말했다.

"경비원이 다음 정거장에서 우리를 잡을지도 모르겠어요. 다이버 선생님, 이분은 마모라 백작입니다."

그녀는 계속 숨을 가쁘게 몰아쉬면서 머리를 매만졌다.

"언니가 일등석 표를 사주었어요. 언니는 최고만 찾거든요."

니콜과 마모라는 서로 시선을 교환하고 소리쳤다.

"운전기사 뒷자리가 일등석이에요. 비가 올 때를 대비하여 커튼을 쳐놓아 바깥이 전혀 보이지 않아요. 하지만 언니는 매우 고상한 사람이라서……."

니콜과 마모라는 다시 정답게 웃었다.

"어디 가십니까?"
딕이 물었다.
"코오에 갑니다. 선생님도 그곳에 가시나요?"
니콜은 딕의 옷차림을 살펴보았다.
"앞에 실린 자전거가 선생님 자전거인가요?"
"예, 월요일에 해변에 가려고 합니다."
"태워 주시겠어요? 무척 재미있을 것 같은데."
"나는 당신을 팔로 안아서 내려다 드리겠습니다."
마모라가 불만스러운 듯이 말했다.
"당신과 롤러스케이트도 타고 말입니다. 아니면 당신을 하늘로 던져 올릴까요? 그러면 아마 당신은 마치 깃털처럼 가볍게 하늘에서 떨어질 것 같은데요."
니콜은 즐거운 것 같았다. 무거운 추가 아니라 가벼운 깃털처럼, 질질 끌려가는 것이 아니라 둥둥 뜨는 기분이었다. 그녀를 쳐다보는 것 자체가 즐거운 축제였다. 어떤 때에는 얌전하고 수줍어하며 포즈를 취하거나 얼굴을 찌푸리는 등 여러 가지 몸동작도 해보였다. 또 어떤 때에는 어두운 그림자가 드리우기도 했고 예전에 겪었던 고통이 손가락 끝까지 느껴지기도 했다. 딕은 혹시나 자기 때문에 니콜이 과거를 떠올릴까 하는 걱정이 들어서 그녀에게서 멀어지려고 했다. 딕은 다른 호텔에 가기로 결심을 했다. 케이블카가 중간에 다른 케이블카와 만나서 잠시 멈추자 마치 두 개의 하늘 사이에 매달려 있는 듯했고 차체가 흔들렸다. 이렇게 멈춘 것은 올라가는 케이블카와 내려가는 케이블카 차장들이 무언가를 교환하기 위해서였다. 케이블카는 숲과 골짜기를 지나 수선화가 피어 있는 산언덕을 계속 올라갔다. 호수 옆의 테니스코트에서 테니스를 치고 있던 사람들이 바늘 끝처럼 보였다. 공기가 신선했다. 이 신선함은 케이블카가 글리온으로 미끄러지듯 들어가면서 음악과 함께 어우러졌다. 그리고 호텔 정원에서는 오케스트라의 연주소리가 들려왔다. 그들이 등산용 기차로 갈아타자

음악 소리는 기관차에서 흘러내리는 물소리에 파묻혀 들리지 않았다. 코오는 바로 위에 있었다. 호텔 유리창들이 오후의 햇빛을 받아 타는 듯 붉게 빛났다. 그러나 차를 갈아타고 나서 올라가는 길은 달랐다. 여행객을 태운 기차는 엔진 소리를 내며 나선형의 철로를 돌아 산으로 올라갔다. 낮게 떠 있는 구름을 지나 기차는 계속 올라갔고, 기관차에서 뿜어 나오는 증기 때문에 니콜의 얼굴이 보이지 않았다. 기차는 바람을 따라 달렸고, 회전을 할 때마다 호텔이 조금씩 크게 보였다. 그러다가 기차는 마침내 정상에 도착했다.

혼잡한 가운데 딕은 배낭을 메고 자전거를 찾기 위해 승강장 앞쪽으로 갔다. 니콜이 그의 옆으로 다가왔다.

"우리와 같은 호텔에 투숙하지 않으실 건가요?"

니콜이 물었다.

"돈을 아껴야지요."

"우리 호텔로 와서 함께 식사라도 하시지요?"

짐을 찾느라 계속 혼잡한 분위기였다.

"이분은 언니예요. 이분은 취리히에서 오신 다이버 선생님이십니다."

딕은 스물다섯 살쯤 보이는 젊은 여성과 인사를 나누었다. 키가 컸고 자신감에 차 있는 듯한 여자였다. 그녀가 강한 듯하지만 상처받기 쉬운 성격이라고 단정한 딕은 꽃 같은 입을 지닌 다른 여자를 떠올리고 있었다.

"식사 후에 들르겠습니다. 우선 여기 분위기부터 익혀야 하니까요."

딕은 약속을 했다. 그는 니콜의 눈길이 자기 뒤를 좇는 것을 느끼며 자전거를 몰았다. 가망 없는 니콜의 첫사랑을 생각했다. 딕은 그것이 자신의 마음속을 헤집어 놓는 듯한 느낌이 들었다. 그는 300미터 정도 언덕을 올라가 다른 호텔에 방을 잡았다. 그리고 방에서 10분 정도 기억이 나지 않는 가운데 손을 씻고 있는 자신을 발견했다. 그는 마치 술에 취한 기분이 되어, 희미하게 들려오는 소리에 귀를 기울였다. 그가 얼마나 사랑을 받고 있는가를 알지 못하는, 별로 중요하지 않은 소리였다.

9

사람들은 딕을 기다리고 있었지만 그가 어떤 사람인지는 아직 잘 모르고 있었다. 그래서 베이비와 그 젊은 이탈리아 사람은 니콜과 같은 기대를 갖고 기다리고 있었다. 특별한 음향시설을 한 호텔의 살롱은 춤을 출 수 있게 널찍했다. 그러나 그곳에는 영국인 여자들과 미국인 여자들이 몇 명 있을 뿐이었다. 영국인 여자들은 나이가 지긋했고 목에 장식용 끈을 두르고 있었으며, 머리를 염색했고 핑크빛이 도는 회색 분을 발랐다. 그리고 역시 나이가 상당히 들어 보이는 미국 여자들은 눈처럼 흰 다리를 드러내고 있었으며, 검은색 옷을 입고 체리처럼 붉게 입술화장을 했다. 베이비와 마모라는 구석에 있는 탁자에 앉아 있었다. 니콜은 그들과 대각선 방향으로 약 40미터 떨어진 곳에 있었다. 그곳에 도착한 딕에게 니콜의 말소리가 들렸다.

"내 말소리가 들려요? 나는 지금 자연스럽게 이야기하고 있는데."

"아주 잘 들립니다."

"안녕하세요. 다이버 선생님."

"그런데 이게 뭡니까?"

"안에 있는 사람들 중 한가운데 있는 사람들은 내 말을 들을 수 없어요. 당신은 내 말이 들립니까?"

"웨이터가 우리에게 이 이야기를 해주었어요. 구석에서 구석으로 이야기를 주고받을 수 있는……. 말하자면 무선과 같은 것이지요."

베이비가 말했다.

산 위에 있는 것은 마치 배를 타고 바다에 떠 있는 것처럼 사람을 들뜨게 만들고 있었다. 잠시 후 마모라의 부모들도 그들과 합석했다. 그들은 베이비에게 극진하게 대하고 있었다. 딕은 그들의 재산이, 워런 가(家)의 재산과 관련이 있는 밀라노의 은행과 관계가 있을 것이라고 추측했다. 그러나 베이비는 새로운 남자를 만나면 생기게 마련인 마음속의 동요를 느꼈고, 딕과 이야기하고 싶어했다. 그녀는 마치 탄력 없는 쇠사슬에라도 묶여 있는 듯했고, 될 수 있는 한 빨리 결말을 내고 싶어하는 것 같았다. 그녀는 무릎을 이리 포갰다 저리 포갰다 하며 초조한 처녀들처럼 굴었다.

"니콜은 선생님께서 자기를 돌보아주었고, 또 건강을 회복하는 데에도 크게 도움을 주었다고 이야기하더군요. 우리가 이제부터 뭘 어떻게 해야 하는지 알 수 없네요. 요양소에서는 확실히 뭐라고 말을 해주지 않아요. 그 사람들은 니콜이 자연스럽고 즐겁게 살아가야 한다는 말만 했어요. 마모라의 식구들이 여기에 와 있는 것을 알았기 때문에 티노에게 케이블카가 있는 데까지 마중 나오도록 부탁을 했지요. 그런데 일이 터진 겁니다. 맨 먼저 니콜은 그분을 차 옆에서 기어오르게 했어요. 마치 둘 다 미친 사람처럼 말이에요……."

"그것은 아주 정상적인 행위입니다. 내 생각에는 그 사건이 좋은 징조인 것 같습니다. 그들은 서로 자기 자신을 과시한 것이지요."

딕은 웃었다.

"하지만 나는 정말 모르겠어요. 이 사건이 있기 전에도 취리히에서 니콜은 내 눈앞에서 머리를 잘라버리고 말았어요. '배니티 페어'에 나오는 사진을 보고 한 짓이었지요."

"괜찮습니다. 니콜에게는 정신분열증세가 있습니다……. 비정상적인 상태지요. 당신이 그것을 바꿀 수는 없습니다."

"그게 무슨 말이지요?"

"비정상적인 상태라는 말입니다."

"하지만 비정상적인 상태와 미쳤다는 것을 어떻게 구별하지요?"

"미친 것은 아닙니다. 니콜은 아주 건강하고 행복합니다. 걱정하실 필요가 없어요."

베이비는 무릎을 고쳐 앉았다. 그녀는 수백 년 전에 바이런을 사랑했지만 만족스런 사랑을 얻지 못한 여자들의 총체였다. 경비대 사관과의 비극적인 사건에도 불구하고, 그녀에게서는 무표정하고 활기가 없는 분위기가 풍겼던 것이다.

"책임을 지는 것은 상관없습니다만, 어떻게 해야 할지 결정을 내리지 못했어요. 우리 집안에 이런 일은 처음이었으니까요. 니콜이 충격을 받았다는 것은 우리도 알고 있지만 아마 남자 때문일 거예요. 하지만 우리는 정말 모르고 있어요. 아버지께서는 만일 누구 때문인지 알면 그자를 쏘아 버리겠다고 말씀하셨어요."

오케스트라가 '불쌍한 나비' 라는 곡을 연주하고 있는 가운데 젊은 마모라가 그의 어머니와 춤을 추고 있었다. 이 곡은 그들 모두가 처음 들어본 곡이었다. 딕은 음악에 귀를 기울였다. 그리고 마치 피아노 건반처럼 하얀 머리칼을 지닌 마모라의 아버지와 이야기하고 있는 니콜의 어깨를 바라보면서 불명예와 비밀에 대해 생각했다. 시간이 흐르고 있었다.

"내게 계획이 있어요. 아마 이것은 당신에게는 비현실적인 것으로 보일지 모르지만, 앞으로 몇 년 동안은 니콜이 치료를 받아야 할 거라고 사람들이 이야기합니다. 시카고에 대해서 알고 있나요?"

베이비가 변명하듯이, 그러나 차갑게 말했다.

"모릅니다."

"그렇군요. 그곳은 남쪽과 북쪽으로 갈라져 있어서 아주 달라요. 북쪽은 기품이 넘치는 곳이지요. 우리는 항상 그곳에서 살았어요. 적지않은 세월 동안을 말이에요. 그러나 전통을 자랑하는 시카고의 명문 집안들 가운데는, 내 말뜻을 이해하시는지 모르겠지만, 아직도 남쪽에 있는 집안들도 많아요. 시카고 대학도 남쪽에 있어요. 고리타분하게 생각하는 사람도 있겠지만, 아무튼 북쪽과는 달라요. 내 말을 이해하셨는지 모르겠군요."

딕은 고개를 끄덕였다. 어느 정도 집중해서 듣자 그녀의 말을 이해할 수 있었다.

"그곳에는 친척들이 많이 살고 있어요. 아버지께서 대학의 이사라든가 평의원 같은 직책을 맡고 계시지요. 니콜을 집으로 데리고 가서 그곳 사람들과 어울리게 한다면……. 니콜은 음악과 외국어에 능통하니까……. 니콜이 젊은 의사와 사랑에 빠지는 것보다 더 나은 일은……."

딕은 갑자기 기분이 좋아졌다. 워런 가(家)에서는 니콜을 위해 의사를 고용하려고 하는 것이다. 괜찮은 의사 없을까? 니콜에게 젊고 훌륭한 의사를 구해줄 수 있다면 그들은 한시름 덜게 될 터였다.

"어떤 의사를 원하시는지 생각해 보셨나요?"

딕은 기계적으로 물었다.

"좋은 기회인데 많이 지원하겠지요."

춤추던 사람들이 돌아왔으나 베이비는 작은 소리로 재빨리 속삭였다.

"이게 내가 생각했던 바입니다. 니콜은 어디 있을까? 어디로 가버린 모양입니다. 위층 자기 방에 있을지도 모르겠군요. 어떻게 해야 할까요? 별일 아닌지, 아니면 찾으러 나가야 하는지 모르겠네."

"그냥 혼자 있고 싶었을 겁니다. 혼자 사는 사람들은 외로움에 익숙하니까요."

베이비가 자기 말을 듣지 않고 있는 것을 알고 딕은 말을 멈추었다.

"내가 한번 둘러보지요."

밖에는 안개가 잔뜩 끼어 있어서 마치 커튼을 친 것 같았다. 호텔 주변에만 사람들이 모여 있었다. 딕은 버스의 조수들이 침상에 걸터앉아 스페인 포도주를 마시면서 카드놀이를 하고 있는 방의 창문 옆을 지나갔다. 산책로에 가까이 다가가자, 알프스의 흰 산봉우리들 틈에서 별들이 보이기 시작했다. 호수가 내려다보이는 길 위의 두 개의 가로등 사이에서 꼼짝하지 않고 서 있는 니콜의 모습을 보았다. 딕은 잔디밭을 가로질러 조용히 그녀에게 다가갔다. 니콜이 '오셨군요.' 하는 표정을 지으며 딕에게 돌아섰다. 잠시 동안 딕은 그곳에 온 것을 후회했다.

"언니께서 걱정하고 있습니다."

니콜은 감시를 받는 것에 익숙해 있었다. 그녀는 애써 변명했다.

"때로는 내게……. 너무 벅차요. 나는 너무 조용히 살아왔어요. 오늘밤 그 음악은 너무 심했어요. 나를 울고 싶게 만드는……."

"이해합니다."

"정말 흥분되는 날이었어요."

"그러셨겠지요."

"저는 주위 사람들과 원만하게 잘 어울리고 싶어요. 그렇지만 문제만 일으켰던 것 같네요. 오늘밤에는 어디론가 멀리 떠나고 싶어요."

마치 죽음을 앞둔 사람이 유서를 보관해 둔 장소를 말하는 것을 잊고 있다가 갑자기 떠올린 듯, 니콜이 도물러와 그의 배후의 사람들에 의해 '재교육' 받았다는 것이 갑자기 딕의 머리를 스쳤다. 그리고 그녀가 무슨 말인들 듣지 않았을까 하는 생각도 들었다. 그러나 딕은 이러한 생각들을 마음에만 담아둔 채 분위기에 맞추어 말했다.

"당신은 훌륭한 사람이니까 당신의 판단을 믿으세요."

"저를 좋아하시나요?"

"물론이지요."

그들은 주위를 거닐며 계속해서 이야기를 나누었다.

"제가 아프지 않았더라도 당신 곁으로 다가갈 수 있었을까요. 제 말이 무슨 의미인지 아시겠어요?"

딕은 이성을 잃을 정도로 당황하였다. 니콜이 너무나 가까이 붙어 있어서 호흡이 가빠왔지만 곧 자제력을 발휘해 소년 같은 웃음을 지으며 뻔한 이야기들을 늘어놓기 시작했다.

"당신은 스스로를 괴롭히고 있군요. 내가 아는 어떤 남자는 간호사와 사랑에 빠진 적이 있었지요."

니콜은 이러한 이야기가 계속되자 갑자기 '집어치워요.' 하고 소리치며 말을 막았다.

"말이 좀 심하군요."

"뭐라고요? 당신은 제가 상식도 없는 여자라고 생각하시겠지요. 아프기 전에는 물론 그랬겠지요. 그러나 지금은 그렇지 않아요. 당신은 지금껏 내가 본 사람들 중 가장 매력적인 남자라고 생각하고 있건만, 당신은 아직도 나를 미친 사람 취급하고 있군요. 내가 아무것도 모른다고 생각하지는 마세요. 나는 당신과 나에 대해서는 모두 알고 있으니까요."

그녀가 벌컥 화를 냈다.

딕은 또 다른 어려움에 처하게 되었다. 딕은 니콜의 언니인 베이비가 똑똑한 인재들이 많은 시카고에서 젊은 의사를 채용할 수 있다고 말한 것을 떠올리고는, 잠시 표정이 굳어졌다.

"당신은 매혹적인 아가씨요. 그러나 나는 당신과 사랑에 빠질 수 없어요."

"그럴 기회라도 주셨나요?"

"뭐라고요?"

그녀의 당돌함에 딕은 당황했다.

"지금 저에게 기회를 주시겠어요?"

목소리가 점점 작아지더니 가슴속으로 사라졌다. 딕은 젊은 여인의 입술을 느꼈다. 니콜을 안고 있는 딕의 팔에는 점점 힘이 들어갔고 니콜은 그의 팔에 안겨 깊은 숨을 토해내고 있었다. 지금 딕에게는 계획 같은 것을 생각할 겨를이 없었고 단지 걷잡을 수 없는 혼란에 빠져 있을 뿐이었다. 딕은 니콜을 끌어안은 채 그녀의 입술을 탐하였고 그녀는 더욱 깊이 안겼다. 딕은 자신이 점차 그녀와 사랑에 빠지고 있음을 느꼈다. 한편으로는 안도감과 승리감에 취한 채, 그녀의 젖은 눈에 비친 자신의 모습일망정 그녀에게 자신이 존재한다는 것에 대해 감사하게 생각하였다.

"정말이지 황홀한 키스였어."

그는 헐떡이며 말했다.

이제 주도권을 쥔 사람은 니콜이었다. 그녀는 아직도 감정을 추스르지 못하고 있는 딕을 남겨둔 채 교태로운 모습으로 등을 돌려 걸어갔다. 그녀는 딕의 마음을 사로잡았다는 승리감에 취해 날을 것만 같았다. 다음 케이블카가 왔지만 너무나 감미로웠으며 처음 느껴보는 기분인, 그러한 감정을 확실하게 음미하고 싶었고 그래서 그 자리를 좀체 떠나지 못하였다.

니콜은 갑자기 몸을 떨었다. 저 아래로 몽트뢰와 브베이가 팔찌와 목걸이처럼 빛나 보였고 그 너머로 어렴풋하게 로잔이 보였다. 아래 어디에선가 희미하게 댄스음악이 들려왔다. 니콜은 머리를 들었다. 시원해지는 느낌이었다. 그녀는 마치 격전을 치른 후 술에 취한 사람처럼 생각에 빠져 어린 시절을 회상하려 하였다. 그러나 아직도 딕을 두려워하고 있어서 이런 말을 하지 않을 수 없었다.

"딕, 제가 뜰에서 당신을 기다리고 있을 때 마치 저는 꽃처럼 아름다운 제 자신을 꽃바구니에 담아 당신께 바치는 듯한 마음이 들었지요."

딕은 그녀의 어깨 위에서 숨소리를 냈고 그녀는 계속해서 키스를 퍼부었다.

"비가 많이 내려요."

호수 저편 포도밭 쪽에서 천둥소리가 들리더니 산책로의 가로등이 깜박였다. 그리고는 순식간에 폭우가 쏟아져 빗물이 길과 도랑을 따라 흘러내려갔다. 갑자기 날이 어두워졌고 번개와 천둥이 요란했다. 어두워서 산과 호수도 보이지 않았고, 호텔은 소란과 혼란과 암흑 속에 묻혀 있었다.

딕과 니콜이 호텔 현관에 도착했다 그곳에서는 베이비와 마모라 가족 3명이 걱정스러운 모습으로 이들 두 남녀를 기다리고 있었다. 무도회장에서는 오케스트라의 왈츠 연주소리가 흘러나왔다. 의사 딕 다이버가 정신병환자와 결혼한다, 어떻게 그런 일이 일어날 수 있는가? 이런 상황이 어디에서부터 비롯되었단 말인가?

"옷부터 갈아입고 봅시다."

베이비가 뭔가를 캐는 듯한 시선으로 바라보더니 말했다.

"갈아입을 옷이 없네요, 속옷 말고는."

딕은 우비를 빌려 입고 자신이 묵고 있는 호텔로 터벅터벅 걸어가면서 조롱하는 듯한 웃음소리를 내었다

'엄청난 기회라…….맙소사, 자기들이 의사를 살 작정이라고? 하기는 시카고에서 의사를 구해서 그에게 매달리는 것이 더 낳을지도 몰라.'

딕은 기분이 비참했지만 그녀의 입술만큼 신선한 느낌을 주는 것은 없었다는 것, 그리고 빛나는 도자기 같은 그녀의 뺨에 흘러내리던 눈물 같은 빗방울을 떠올리자 비참했던 기분이 누그러졌다. 새벽 3시쯤 되었을까, 폭풍우가 그친 후의 적막함에 오히려 잠을 깬 딕은 창가로 갔다. 니콜의 아름다운 자태가 언덕을 거쳐 방으로 들어와서는 커튼 뒤에서 유령처럼 바스락거리는 듯했다.

다음날 딕은 2킬로미터를 걸어 올라서 로쉐 드 나웨로 갔다가 수영을 하기 위해 몽트뢰로 향하는 길로 내려왔고, 식사시간에 맞추어 호텔로 돌아왔다. 호텔에는 그 앞으로 두 개의 메모가 남겨 있었다.

저는 어젯밤에 있었던 일에 대해 부끄럽게 생각하지 않습니다. 제게는 가장 아름다웠던 사건이었으니까요. 비록 당신을 다시 만나지 못하더라도 그날의 일은 제게는 즐거운 기억이 될 거예요.

그 메모를 읽자 딕은 적잖게 안심이 되었다. 딕이 두 번째 메모가 담긴 봉투를 열자 도물러의 무거운 그림자가 물러가는 듯했다.

친애하는 딕 씨, 전화를 했었는데 안 계시더군요. 어려운 부탁을 드리려고 하는데 괜찮은지 모르겠습니다. 제가 파리로 돌아오라는 전화를 받았거든요. 파리로 가려면 아무래도 로잔을 거쳐서 가는 것이 빠를 것 같습니다. 월요일에 당신이 돌아오시니까, 니콜을 취리히로 데려다 주지 않으시겠습니까? 요양소로 말이에요. 너무 어려운 부탁이 아닌지 모르겠네요.

베이비 워런으로부터

딕은 몹시 화가 났다. 베이비는 딕이 자전거로 여행하는 것을 알고 있을 것이다. 그런데도 거절할 수 없는 그런 부탁을 한 것이다. 우리 둘을 함께 내팽개친 셈이다. 육친의 정과 워런 가의 돈이라…….

그러나 딕은 잘못 생각하고 있었다. 베이비의 의도는 그게 아니었다. 그녀는 비록 딕이 매력적인 남자라고 생각하기는 했지만 세속적인 눈으로 그를 보았고, 친영국적인 왜곡된 잣대로 그를 판단했던 것이다. 그리고 딕도 그렇게 하기를 원한다고 생각했다. 베이비에게 딕은 쓸데없이 '지적' 으로 보였고, 그녀가 런던에서 보아왔던 초라하고 속물적인 사람들과 같은 부류로 여기고 있었다. 딕은 일을 그르칠 정도로 너무 자기 자신을 드러내 보였다. 그래서 딕은 베이비가 생각하는 귀족과는 거리가 있었다.

게다가 딕은 어떤 하나의 일에 빠지면 거기서 잘 헤어 나오지 못했다. 여느 사람들처럼 딕도 베이비와 이야기하는 도중에 거기에 열중하지 못하고 다른 생각을 하는 모습을 여러 번 보였던 것이다. 베이비는 또한 니콜의 자유분방하고 어린아이 같은 태도도 마음에 들지 않았다. 그래서 니콜을 '가망 없는 인간' 으로 당연히 생각하는 것이 습관처럼 되어 있었다. 그리고 딕은 아무래도 베이비가 가족의 일원으로서 생각하고 있던 그런 의사는 아니었다. 베이비는 그저 딕을 편리한 도구처럼 이용하려고만 했다.

그러나 베이비의 이러한 부탁으로 인해 딕은 니콜이 그런 여행을 원하고 있다고 생각하게 되었다. 기차를 타는 일은 두려운 일일 수도, 또 마음에 부담이 되거나 아니면 즐거운 일일 수도 있었다. 그런 면에서 이번 여행은 결과가 어떻게 될지 모르는 하나의 새로운 시도였다. 딕은 생기 없는 니콜을 보면 마음이 아팠다. 자신이 유일하게 알고 있는 집으로 가게 된다는 것이 니콜에게는 그나마 위안이 되었다. 딕이 니콜을 취리히에 데려다 주고 떠날 때 그들은 사랑의 밀어를 나누지도 않았다. 니콜은 그저 딕의 뒷모습을 슬픈 듯이 바라볼 뿐이었고 이러한 니콜의 시선을 느끼며 딕은 이제 니콜이 겪는 괴로움은 그들 둘이 함께 감당해야 하는 괴로움이 되었다고 생각했다.

10

9월의 어느 날, 취리히에서 딕은 베이비와 차를 마시며 이야기를 나누고 있었다.

"신중하지 못했다고 생각되네요. 도대체 동기가 무엇이었는지 모르겠군요."

"기분 나쁘게 생각하지 마세요."

"하지만 나는 니콜의 언니예요."

"그렇다고 해서 기분 나빠야 한다는 법은 없소."

딕이 화가 난 것은 입에 올리기조차 불쾌한 말들을 너무나 많이 들었기 때문이었다. 너무나 불쾌해 베이비에게 따지기도 싫었다.

"니콜은 부자요. 하지만 그 때문에 내가 모험을 하는 것은 아니오."

"맞습니다. 니콜은 부자예요."

베이비는 퉁명스럽게 불평하듯이 대꾸했다.

"도대체 니콜의 재산이 얼마나 됩니까?"

딕이 물었다.

베이비는 흠칫 놀랐다. 그러자 딕은 엷게 웃음을 띠며 말했다.

"보시오, 이 얼마나 어리석은 질문인가를. 차라리 당신 가족의 남자 분과 이야기했으면 하오."

"모든 일은 다 내가 맡아서 하고 있어요. 당신이 모험을 한다는 것이 중요한 것은 아니지요. 우리는 당신이 어떤 사람인지 모릅니다."
그녀도 꿋꿋하게 응수했다.
"저야 의사 아닙니까. 저의 아버님은 목사님이셨고 지금은 은퇴하셨습니다. 우리 가족은 버펄로에서 살았지요. 지난 시절을 돌아보면 공부 하나는 얼마든지 할 수 있었던 환경이었습니다. 저는 뉴헤이븐으로 이주했고, 나중에 로즈 장학금까지 받았습니다. 저의 할아버님께서는 노스 캐럴라이너 주지사를 지내셨고 저는 미치광이 소리까지 들었던 안소니 웨인 장군의 직계 후손입니다."
딕은 자기소개를 늘어놓기 시작했다.
"안소니 웨인 장군이 누구지요?"
베이비가 의심스러운 듯이 물었다.
"미치광이 안소니 웨인 장군 말입니까? 미치광이라면, 지금 여기의 것만도 벅차요."
딕은 절망적으로 머리를 흔들었고 그때 니콜이 호텔의 테라스에 나와서 그들을 찾는지 두리번거리고 있었다.
"안소니 웨인 장군이 미치지 않고 제정신이었다면 육군원수만큼이나 많은 재산을 남겼겠지요."
딕은 내뱉듯이 말했다.
"잘 알았으니까 그만해요."
베이비의 생각이 맞았고 그녀도 그것을 알고 있었다. 워런 가는 작위는 없었지만 미국의 귀족이었다. 워런 가의 이름이 호텔 숙박부나 소개장에 쓰여 있을 때, 아니면 곤란한 상황에 처했을 때, 그들의 이름이 언급되기라도 하면 사람들의 태도가 달라진다. 그리고 이러한 달라진 사람들의 태도가 다시 베이비로 하여금 자신의 지위를 깨닫게끔 만들었다. 그녀는 이러한 것을 지난 200년 동안 전통으로 지켜왔던 영국인을 통해서 알고 있었다. 그러나 그녀는 딕이 니콜과의 결혼을 포기하겠다고 두 번씩이나 자신에게 대놓고 이야기하려 했다는 것은 모르고 있었다. 이번에도 딕은 그렇게 말할 뻔했지만 그렇게 하지 못한 것은 딕과 베이비가 이야기를 나누고 있는 테이블에 찾아온 니콜 때문이었다. 그녀의 자태는 아름다움으로 빛났고 순수함과 생동감마저 깃들여 있었다.

변호사님, 안녕하세요. 우리는 내일 코모에 갈 예정입니다. 그곳에서 한 일주일 정도 머물고는 취리히로 돌아갈까 생각 중이에요. 그래서 선생님과 언니 두 분께서 이 문제를 해결해주셨으면 합니다. 재산을 얼마나 받게 될 것인지는 우리에게 그렇게 큰 문제가 아닙니다. 취리히에서 2년 동안 아주 조용히 지낼 생각이에요. 딕에게 그 정도 돈은 있습니다. 베이비 언니는 생각하는 것보다 훨씬 현실적인 사람입니다. 내가 필요로 하는 것은 옷 같은 것들뿐입니다. 내가 가진 재산이 그 정도를 감당할 정도는 되나요? 물론 낭비는 하지 않겠어요. 당신은 재산이 그 정도는 되나요? 아니, 더 많겠지요. 나는 능력이 안 되니까 이 정도고요. 딕은 이쪽 재산을 받지 않겠다고 합니다. 우리가 자랑스러워하는 부분이지요……. 언니는 딕이 어떤 사람인지 거의……. 그런데 어디에다 서명을 해야 하나요? 어머, 죄송합니다.

……. 딕, 둘이 함께 있는 것이 우습고 쓸쓸하군요. 근처가 아니면 갈 데가 없으니까요. 우리는 서로 사랑하나요? 당신보다는 내가 더 많이 사랑하는 것 같아요. 당신이 내 곁을 조금만 떠나 있어도 금방 표시가 나요. 침대 안에서 손을 뻗으면, 바로 옆에 있는 당신의 따뜻한 몸을 만질 수 있다는 것이 믿어지지 않아요.

……. 죄송합니다만, 병원에 있는 제 주인님을 불러 주시겠습니까? 네, 그 작은 책은 어디서나 살 수 있습니다. 6개 국어로 출판하겠다고 했어요. 그래서 내가 프랑스어로 번역하기로 되어 있었지요. 그러나 요즘은 피곤해서, 몸이 무겁고 불편해서 쓰러질 것 같아요. '될 대로 되라' 는 제 마음에다 차가운 청진기를 갖다댑니다. 아, 병원에서 만난, 갓난아기를 안고 있던 불쌍한 여인, 죽는 편이 차라리 나았을지도 모르겠습니다. 우리가 이제 세 식구가 되었다는 것은 정말 기쁜 일입

니다.

……. 딕, 그것은 합리적이지 못한 행동일 것 같아요. 여러 번 생각해 보았지만, 좀 더 큰 아파트에 들어가는 것이 좋겠다는 것이 내가 내린 결론입니다. 다이버 집안보다 워런 집안이 더 부자라고 해서 우리가 불편하게 지낼 필요는 없지요. 하지만 우리는 마음을 바꾸기로 했어요. 영국 목사님이 이탈리아의 오르비에또 지방에 가면 좋은 포도주를 마실 수 있다고 말씀하시네요. 다른 곳에 내다 팔지는 않나 봐요. 우리도 포도주를 좋아하지만, 그곳 포도주의 이름을 들어보지 못한 것은 그 이유 때문이겠지요.

……. 갈색의 호수는 바닥으로 가라앉는 듯하고, 산허리에는 구름이 걸려 있어요. 사진사가 사진을 찍어주었습니다. 카프리로 가는 배에서 찍었는데, 머리칼이 흘러내려 배의 난간에 걸쳐 있는 모습이었어요. 장화같이 생긴 이탈리아 반도의 정강이에 해당하는 부분을 거쳐 왔어요. 무섭게 보이는 오래된 성 주변에는 바람이 불고, 언덕 위에서 망령들이 우리를 내려다보고 있는 것 같아요.

……. 이 배는 사람을 기분 좋게 만들어 줍니다. 발뒤꿈치가 갑판을 밟는 소리가 경쾌하게 들리네요. 바람이 세게 불기 때문에 몸을 앞으로 숙이고 외투를 꼭 부여잡습니다. 그리고 딕에게 뒤처지지 않으려고 애를 써보지요. 노래도 불러가면서 말입니다.

……. 딕과 함께 있으면 인생이 즐겁습니다. 갑판 위의 의자에 앉아 있는 사람들이 우리를 쳐다봅니다. 어떤 여자는 우리가 부르고 있는 노래가 무슨 노래인지 궁금한 모양입니다. 열심히 귀를 기울이고 있네요. 딕은 노래 부르기에 싫증이 난 것 같습니다. 딕, 당신은 이제 고독하지 않을 거예요. 하지만 인생이 싫어 등을 돌리더라도, 먼저 인생과 부딪혀야 합니다.

……. 구명보트가 매달린 기둥 위에 올라앉아 바다를 바라봅니다. 머리칼은 바람에 휘날리고 햇빛을 받아서 반짝거립니다. 하늘을 배경 삼아 꼼짝도 않고 있어 봅니다. 배는 나를 싣고 푸른 바다를 헤치

며 앞으로 가지요. 뱃머리에 새겨진 아테네 여신이라도 된 기분입니다. 뱃전에는 바닷물이 출렁이고, 배 뒤쪽에는 물거품이 소리를 내며 흩어집니다.

……. 그해, 우리들은 여행도 많이 다녔지요. 사하라 사막의 끝에서 메뚜기떼를 만나기도 했습니다. 운전기사는 그것이 땅벌이라고 친절하게 가르쳐주었습니다. 밤에는 하늘이 낮아 보이고 괴상한 신들이 허공에 가득 차 있는 것 같았습니다. 몸집이 작은 울레드 나일족들이 불쌍하게 보였습니다. 또 세네갈 쪽에서는 북소리와 피리 소리, 낙타 울음소리 등이 들려왔고, 토인들의 걸음 소리까지 들려와 아주 시끄러웠어요. 하지만 그때부터 다시 몸이 쇠약해졌지요. 기차와 바다가 모두 똑같아 보였습니다. 남편이 여행을 데리고 간 것도 그 때문이었는데, 둘째 아이인 딸, 톱시를 낳고부터는 상태가 아주 안 좋아졌어요.

……. 나를 이곳에 버려두는 것이 좋다고 생각하는 남편에게 한마디 했으면 합니다. 당신은 내 아기의 피부가 검다고 말씀하셨지요. 기가 차고 수치스런 일입니다. 우리는 단지 팀가드(아프리카 남쪽에 있는 멸망한 도시: 옮긴이)를 보러 아프리카에 온 겁니다. 고고학에 흥미가 있어서 말입니다. 아무것도 모른 채 항상 머릿속에만 무언가를 그리는데도 싫증이 났습니다.

……. 내가 건강해지면 당신같이 훌륭한 사람이 되고 싶습니다. 딕, 지금이라도 늦지 않았다면 의학공부를 시작하고 싶어요. 제 돈으로 우리 집을 반드시 장만해야겠어요. 이제 아파트에서 당신을 기다리는 것도 싫증이 났거든요. 당신도 취리히라면 지겨울 테고, 여기서는 글을 쓸 시간이 없잖아요. 학자가 글을 쓰지 못한다는 것은 기력이 다했다는 것을 솔직히 시인하는 거라고 말씀하셨지요. 나도 여러 학문 분야를 살펴보고, 그중에 하나를 선택하여 열심히 공부해보려고 해요. 그렇게 하면 정신건강에도 좋겠지요. 딕, 나를 도와주세요. 마음의 평안을 얻도록 말이에요. 햇빛에 검게 탄 몸으로 언제나 젊게 살

수 있는 따뜻한 바닷가에서 살았으면 좋겠어요.

……. 이곳은 딕이 연구하는 곳이 될 거예요. 우리 둘의 머리에 동시에 떠올랐던 생각이랍니다. 타름 강을 몇 번 지난 적이 있었지요. 여기에 와보니 마구간을 빼고는 집이 텅 비어 있었어요. 프랑스 사람 한 명이 중개를 해서 이 집을 사게 되었지요. 그러나 미국 사람이 그 언덕 마을의 일부를 매입했다는 것이 알려지자 즉시 해군은 염탐꾼을 보냈어요. 그들은 대포를 숨겨놓지나 않았을까 의심을 하고, 건축 자재를 모조리 조사하기도 했어요. 결국 베이비 언니가 우리를 위해 파리 외무성에 협조를 구해야 했어요.

……. 여름에는 아무도 리비에라에 오지 않았어요. 그래서 손님을 몇 분 모시고 일을 할 예정이에요. 여기에는 프랑스 사람이 몇 명 있어요. 지난주에는 미스탱게 씨가 오셨는데, 호텔이 영업을 하는 것을 보고 놀라더군요. 그리고 피카소와 〈나는 대식가가 아니다〉라는 책을 쓴 분도 오셨지요.

……. 딕, 당신은 왜 의사, 다이버 부부라고 쓰지 않고, 다이버 부부라고 등록을 했나요? 그냥 왜 그랬을까 하는 생각이 들어서 물어보았을 뿐이에요. 당신은 일이 전부라고 내게 가르쳤지요. 나는 그 말을 믿어요. 사람이란 무언가를 알고 있는 존재이며, 알기를 그치면 다른 사람과 조금도 차이가 없고, 아는 것으로 힘을 얻는다고 말씀하셨지요. 당신이 혼란스럽다면, 그래도 괜찮아요. 그러나 당신의 니콜은 물구나무를 서서 당신을 따라가야 하나요?

……. 토미는 내가 말이 없다고 이야기하네요. 처음 몸이 건강할 때에는 밤늦도록 딕과 많은 이야기를 나누었지요. 둘이 침대 위에 일어나 앉아 담배를 피우고, 날이 밝아오자 이불 속에 들어가 베개에 얼굴을 묻었지요. 빛을 피하려고 말이에요. 때로는 노래도 부르고 동물들과도 놀지요. 그리고 친구도 몇 명 있어요. 그중의 한 명이 메리예요. 메리와 둘이서 이야기를 하면 둘 다 상대방의 말에는 귀도 기울이지 않아요. 정말로 이야기라는 것을 하는 쪽은 남자들인가 봅니다. 내가

이야기 할 때에는 내 자신이 딕이라고 생각한답니다. 어떤 때에는 내가 아들도 되어봅니다. 영리하고 순한 내 아들 말이에요. 때로는 도물러 박사가 되기도 하고 또 어떤 때에는 토미, 그리고 당신이 되기도 합니다. 토미는 나를 사랑하고 있는 눈치예요. 그래서 토미와 딕은 서로 감정이 좋지 않지요. 하지만 그런 것 때문에 겉으로 특별히 드러난 충돌은 없었어요. 나는 내게 잘 대해주는 친구들과 조용한 바닷가, 그리고 남편과 두 아이들과 함께 살고 있어요. 모든 것이 문제없이 잘 돌아가고 있어요. 내가 메릴랜드 식의 닭고기 요리법을 프랑스어로 옮기는 것만 빼고 말이에요. 발끝에 모래가 묻어서 따뜻하네요.

"네, 주의하겠습니다. 사람들이 새로 더 왔다면서요. 아, 그 여자 말이군요. 맞아요, 누구하고 닮았다고 하셨지요? 아니, 못 보았습니다. 이곳에서는 미국의 새 영화를 볼 기회가 그렇게 많지 않으니까요. 로즈마리, 뭐라고 하던데……. 음, 7월 정도 되면 아주 붐빌 거예요……. 나에게는 특별할 것 같군요. 그럼요, 그 여자는 아름다워요. 하지만 사람이야 많지요."

11

8월의 어느 날, 딕과 스피어즈 부인은 시원한 나무 아래의 카페에 앉아 있었다.

"오늘 아침 편지를 하나 받았어요. 세상에, 흑인들 때문에 그렇게 고생을 하셨다면서요. 하지만 그 와중에서도 딕, 당신은 로즈마리에게 그렇게 잘해주셨다고 본인이 얘기합디다."

스피어즈 부인이 말했다.

"로즈마리도 의연하게 대처하더군요. 꽤 끔찍한 경험이었을 텐데 말이오. 그 고생을 겪지 않았던 사람은 에이브뿐이지요. 그 양반은 아브르로 달아나 버렸으니까 말이오. 그래서 아마도 그는 이 일을 아직 모를 겁니다."

"부인께서도 아주 혼이 났겠어요."

스피어즈 부인이 조심스레 말했다.

로즈마리가 보낸 편지의 내용 때문이었다.

니콜은 정신상태가 정상이 아닌 것 같았어요. 하지만 딕은 능히 감당할 수 있을 것 같은 생각이 들었고 그래서 저는 그 사람들과 남쪽으로 내려가기가 내키지 않았습니다.

"제 집사람은 이제 괜찮습니다. 내일 떠나시는 걸로 아는데, 배는 몇 시에 출발하지요?"

딕이 급하게 말을 이었다.

"곧 떠나겠지요."

"떠나신다니 아주 섭섭하네요."

"여기에 와서 즐거웠어요. 좋은 시간 보내고 갑니다. 딕, 로즈마리가 처음으로 호감을 가진 남자가 당신이에요."

또 한 차례의 돌풍이 나풀 언덕에 몰아쳤다. 대기의 변화가 계절이 바뀌고 있음을 알려주고 있었다. 무성했던 한여름도 거의 끝나가고 있었다.

"로즈마리의 경우, 남자와의 관계를 열심히 진척을 시키지요. 그렇지만 얼마 안 가서 그 남자를 나에게 넘겨버리거든요. 어떤 남자인가 조사해보라 이거지요."

스피어즈 부인이 웃으며 말했다.

"저는 그 조사의 대상에서 빠진 모양이지요?"

"당신에 대해서는 그럴 필요도 없었어요. 내가 당신을 만나보기 이전에 로즈마리는 이미 당신과 사랑에 빠졌으니까요. 그래서 나는 딸애한테 말리지 않겠다고 말했답니다."

딕은 스피어즈 부인이 자기나 니콜의 입장은 생각하지 않고 있다는 것을 알았다. 그리고 스피어즈 부인이 살아온 이력이 그러한 도덕 불감의 원인이라는 것도 알았다. 그녀에게는 이러한 것들이 특권 같은 것이었고 은퇴했을 때 기댈 수 있는 연금 같은 것이었다. 여자들은 운명적으로 생존을 위해서는 어떤 일이든 할 수 있으며 남자들이 정해놓은 범죄 따위로 말미암아 죄의식을 느끼지는 못한다.

사랑과 그로 인한 고통이 도를 넘지 않는 한, 스피어즈 부인은 적당한 거리를 두고 딸 로즈마리를 지켜보기만 할 심산이었다. 딸이 상처를 입을 가능성에 대해서는 생각조차 하지 않았다.

"부인께서 말씀하신 대로라면, 로즈마리가 상처를 입지는 않겠지

요."

딕은 끝까지 로즈마리에 대해서 객관적으로 생각할 수 있는 척하며 이야기를 했다.

"로즈마리의 경우, 고비는 지났다고 봅니다. 그래도 인생에 있어 중요한 시기들 중 많은 부분이 우연으로 보이는 일에서 비롯되지요."

"그것은 우연이 아니었어요. 딕, 당신이 그 아이에게는 첫사랑이었어요. 당신은 그 아이의 이상형이었던 거예요. 이런 얘기를 편지 쓸 때마다 하고 있답니다."

"로즈마리에게 감사를 전해야 하겠군요. 따님도 예의 바른 아가씨지요."

"딕, 당신은 내가 이제껏 봐왔던 사람들 중에 가장 예의 바른 사람이에요."

"제가 그렇게 보였다면 그것은 속임수에 불과할 뿐이에요."

그 말도 틀린 말은 아니었다. 남북전쟁이 끝난 후 북부로 이주해온 남부 출신의 예의 바른 젊은이가 있었는데, 딕의 아버지는 그 남부 젊은이의 다소 남을 의식하는 듯한 예의 바른 태도를 딕에게 가르쳤던 것이었다. 딕은 그런 예의 바른 태도로 행동하기도 했지만 그러한 태도를 멸시하기도 했는데, 그 이유는 그러한 예의 바른 태도들이 이기주의적이기 때문이 아니라 이기주의적인 것처럼 보였기 때문이었다.

"저는 로즈마리를 사랑합니다. 부인께 이렇게 말씀드리는 것이 스스로 방종함을 나타내는 것일 수도 있지만 말입니다."

딕은 돌연히 말문을 열었다.

그는 자신이 느끼기에도 매우 낯설고 사무적인 말투였다. 그들이 앉아 있는 카페의 탁자들과 의자들도 그 어조를 영원토록 기억할 듯싶을 정도였다. 벌써부터 딕은 로즈마리가 떠나버려 허전함을 느끼고 있었다. 해변에서 보았던 햇빛에 그을린 그녀의 어깨 생각만이 났다. 타름에서 딕은 그녀와 정원을 거닐었다. 지금은 오케스트라가 니스 카니발 송을 연주하고 있었고, 그 음악소리는 작년에 있었던 즐거웠던 순간들의 메아리 같았다. 그녀를 떠올리게 하는 가벼운 댄스도 시작되었다. 로즈마리는 세상의 모든 신비를 혼자 품고 있는 듯하기도 했으며, 육신에서 활력을 뿜어내도록, 그리고 주변이 하모니를 이루도록 하는 비법이라도 간직한 듯이 보였던 것이다.

딕은 스피어즈 부인이 자신의 딸 로즈마리를 그저 지켜보고 있지만은 못하리라는 것을 알고 있었지만 그래도 혹시나 하는 생각으로 이야기를 계속했다.

"부인과 로즈마리는 실제로 닮지는 않았어요. 로즈마리가 부인에게 배운 지혜는 따님 나름대로 변형이 되어 세상과 마주할 때 그녀를 보호해줍니다. 로즈마리는 이성적인 사고라는 것을 하지 않아요. 그녀의 진실한 내면에는 아일랜드적인 모습과 낭만적이고 비논리적인 모습이 담겨 있습니다."

스피어즈 부인도 로즈마리가 겉으로는 섬세하게 보이지만 사실은 열정적인 여자라는 것을 알고 있었다. 그녀의 내부를 들여다본다면, 커다란 심장과 간과 영혼이, 그 사랑스러운 외모 안에 어우러져 있을지도 모르는 일이었다.

작별인사를 하면서 딕은 스피어즈 부인이 매력적인 사람이라는 것을 알게 되었다. 그녀는 로즈마리 이상이었다. 딕은 로즈마리를 감당할 수는 있을지 몰라도, 결코 그녀의 어머니를 감당할 수는 없을 것 같았다. 로즈마리의 매력이 그녀의 어머니에게 물려받은 것이라고 해도, 어머니의 우아함과 딸의 매력을 비교해보는 것은 즐거운 일이었다. 그녀에게는 무언가를 기다리는 듯한 느긋한 모습이 있었다.

"안녕히 가십시오. 내가 니콜을 얼마나 좋아하는지 그리고 얼마나 성숙한 여자인지를 두 모녀분이 항상 기억해주기를 바랍니다."

다이애나 별장에 돌아온 딕은 연구실로 향했다. 연구실의 책상 위에는 자신이 저술한 책에 대한 자료가 놓여 있었다. 분류법에 관한 제1권은 소액의 보조금을 받아 출판한 것으로 큰 성공을 거둔 것은 아니지만, 어느 정도 괜찮았다. 딕은 그 책의 재판을 찍기 위해 협상을 진행시키고 있었다. 제2권은 소책자로 출판되었던 그의 첫 번째 저서 〈정신병 의사를 위한 심리학〉의 내용을 보충한 것이었다. 그러나 딕 역시 다른 많은 저자들처럼 자신의 아이디어가 빈약함을 느끼고 있었다. 팸플릿을 모아 놓은 형태의 소책자는 독일어로 50차례나 찍어 낸 것인데, 그 안에는 딕이 지금까지 생각한 것이나 알고 있는 것의 결정체가 담겨 있었다.

그러나 딕은 근래에 모든 일에 대해 불안감을 느끼고 있었다. 뉴헤이븐에서 몇 년 동안 시간을 허비한 것도 후회가 되었지만, 그가 가장 이해가 안 되는 것은 점입가경인 다이버 가의 사치스런 생활태도와 그러한 것을 과시하려는 욕구였다. 한편, 딕의 저술 작업은 처음에 계획된 바와 조금 다르게 진행되고 있었다. 딕은 어떤 독일인 학자가 몇 년 동안이나 아르마딜로라는 동물의 대뇌를 연구했다는 이야기를 루마니아인 친구로부터 들으면서 그 끈기에 감탄한 적이 있었다. 그 이야기를 떠올리면서 딕은 그러한 끈기 있는 독일인들이 베를린과 비엔나의 도서관 근처에 앉아서 자신의 저서가 어서 빨리 출판되기를 학수고대하고 있는 것이 아닌가 하는 생각을 해보기도 하였다. 딕은 현 상태대로 분량을 줄이고 요약하여 책을 출판하기로 결심했다. 10만 단어 정도의 분량을 제외시켜, 다음에 출간할 책의 서론 형식으로 내보낼 예정이었던 것이다. 다음에는 좀 더 학술적인 모습을 갖추어 출간하리라고 생각했다.

딕은 늦은 오후 그의 연구실을 서성대면서 이러한 그의 출간에 관한 결심을 굳혔다. 새로운 출간 계획대로 하려면 봄까지는 작업을 마쳐야 했다. 정열을 지닌 한 남자가 일 년 동안 작업을 해 왔는데도 의심이 들 정도면, 그 계획이 무언가 잘못되고 있다는 생각도 들었다.

딕은 자신의 원고 뭉치를 눌러놓기 위해 금을 입힌 막대기를 그 위에 올려놓았다. 하인들이 연구실에 들어오는 것을 금했기 때문에 그는 손수 연구실과 화장실을 청소했고 칸막이 시설도 수리한 후, 취리히에 있는 출판사에 편지를 보냈다. 그러고 나서는 진에 물을 타서 한

잔 마셨다.

딕은 정원에 있는 니콜을 보았다. 지금 딕은 그녀와 마주쳐야 한다는 사실에 마치 납덩이가 자신을 짓누르는 듯한 느낌이 들었다. 니콜 앞에서는 딕이 아무 일도 없다는 듯한 태도를 보여야 했다. 지금뿐 아니라 내일, 다음 주, 아니, 내년에도 그래야 했던 것이다. 딕은 파리에서의 일을 회상했다. 그곳에서 딕은 니콜이 자기 품에 잠들어 있는 동안 밤새도록 그녀를 안아주었던 것이다. 그리고 그다음 날 아침 일찍 딕은 부드러운 말투로 그녀를 안심시켰고, 니콜은 그로 인해 자신의 혼란한 심정을 털어놓지 못했다. 딕은 니콜의 머리 향기에 얼굴을 묻었고 니콜은 다시 잠이 들고 말았다. 그리고 니콜이 잠에서 깨기 전에 딕은 옆방에서 전화를 통해 사태를 수습했다. 로즈마리가 다른 호텔로 옮기기로 되어 있었던 것이다. 그녀는 영화출연 스케줄 때문에 딕과 니콜에게 작별인사 하는 것까지도 포기해야 했다. 호텔의 소유주인 맥베드 씨는 중국산 원숭이처럼 아무 말도 하지 않았고 듣지 않았던 양 행동해야 했다. 딕과 니콜은 짐을 챙겨 정오에 리비에라를 향해 떠났던 것이었다.

떠나는 도중 니콜은 호텔에서 보낸 지난밤에 대해 딕이 어떻게 나올까 궁금해 했다. 딕과 니콜이 침대차에 자리 잡고 나서 딕은 니콜이 자신의 반응을 기다리고 있다는 것을 알았다. 그러나 기차가 아직 천천히 달리고 있는 동안 밖으로 뛰어내려 되돌아가 로즈마리가 어디에서 무엇을 하고 있는지 알아보고자 하는 것만이 딕이 본능적으로 원하는 바였다. 딕은 책을 펼쳐 들었고, 니콜은 베개를 베고 누운 채 칸막이 사이로 딕을 보고 있었다. 니콜의 시선으로 인해 부담을 느낀 딕은 책의 내용이 머릿속에 들어오지 않자 피곤한 척하며 눈을 감았다. 그러나 여전히 니콜은 딕을 지켜보고 있었다. 그녀는 지난밤에 복용한 수면제의 약효로 말미암아 아직도 잠이 완전히 깨지 않은 상태였기는 해도, 딕이 다시 자신에게 되돌아 왔음에 편안하고 행복했다.

딕은 눈을 감았지만 그가 얻은 것과 잃은 것이 교대로 떠올라 머릿속은 더 복잡해지기만 했다. 그러나 복잡한 마음상태를 보이지 않으려고 정오까지 그렇게 누워 있었다. 점심식사 때가 되자 마음이 조금 안정이 되는 것 같았다. 항상 그랬기 때문에 친숙하기까지 한 기차승무원들의 부산스러움, 포도주와 미네랄워터, 훌륭한 음식들은 딕과 니콜에게 달라진 것은 없다는 환상을 심어주었다. 이번 여행은 딕과 니콜이 처음으로 함께 하는 여행이었지만, 그들의 마음은 서로 엇갈리고 있었다. 딕은 니콜 몫으로 한잔 정도만 남겨놓고 포도주를 거의 한 병 가까이 비웠다. 그들은 가정과 아이들에 대해서 이야기했다. 그러나 둘이 칸막이 사이로 되돌아가자 다시 어색한 침묵이 흘렀다. 슬픔에만 젖어 있을 것이 아니라, 그들이 이런 결과에 이르기까지의 과정을 되새겨볼 필요가 있을 것 같았다. 딕은 조바심이 들었는데, 이는 그의 성격상 드문 경우였다. 갑자기 니콜이 입을 열었다.

"로즈마리를 그렇게 남겨두고 온 일이 마음에 걸리네요. 괜찮겠지요?"

"괜찮을 거야. 로즈마리는 어디서나 자기 앞가림을 할 야무진 여자니까."

딕은 이렇게 말하고는, 그것이 니콜과 비교될까 봐 말을 이었다.

"어쨌든 그녀는 배우야. 그리고 아무리 어머니가 뒤를 돌봐준다고 해도 자기 자신은 자기가 챙겨야 하는 것이 그녀가 처한 환경 아니겠어."

"로즈마리는 매력적인 여자예요."

"아직 어린애지."

"그래도 매력적이란 말이에요."

딕과 니콜은 아무 생각 없이 이야기를 주거니 받거니 하고 있었다.

"로즈마리는 내가 생각했던 만큼 지성적이지는 않아."

"그래도 아주 영리한 여자지요."

"아냐, 그렇게 영리하지 않아. 또 그래봐야 젖비린내 나는 어린애일 뿐이지."

"로즈마리는 정말 예뻐요. 그렇지만 로즈마리는 영화에서 보았을 때가 예뻤어요."

니콜은 사심은 없다는 듯하면서도, 강한 어조로 말을 이었다.

"감독이 잘 지도한 거지. 사실 개성적이지는 않았어."

"제가 볼 때는 개성적이던데요. 로즈마리가 얼마나 남자들에게 매력적으로 보이는가는 제가 알 수 있어요."

딕은 갑자기 속이 뒤틀리는 듯한 느낌이 들었다. 도대체 어떤 남자들이, 또 얼마나 많은 남자들이 로즈마리에게 매력을 느낀단 말인가?

'커튼을 내릴까?'

'그래요, 여기는 너무 밝아요.'

로즈마리는 지금 어디 있는 것일까? 누구와 함께 있을까?

"몇 년 안에 로즈마리는 당신보다 10년은 더 늙어 보일 거야."

"그 반대지요. 언젠가 밤에 극장 프로그램에서 로즈마리를 본 적이 있는데, 그때 그녀의 젊음은 여전할 것 같다는 생각이 들더군요."

딕과 니콜 모두 그날 밤은 편치 못했다. 얼마 안 있어 딕은 로즈마리의 망령이 니콜과 자신에게 벽을 세우기 전에, 이를 쫓아 보내려고 할 것이다. 그러나 한동안은 딕에게 그러한 힘이 없었다. 어떤 때에는 사람에게서 기쁨보다 고통을 빼앗기가 더 어렵다. 로즈마리와의 추억이 딕의 마음을 사로잡고 있지만, 당분간 딕은 그런 내색을 비추지 않아야 했다. 그러나 그렇게 하는 것도 요즘 니콜로 인해 심적 부담을 느끼고 있는 딕에게는 더 어려운 일이었다. 니콜도 병을 안 지 3년이나 되었으므로 스스로 증상을 인식하고 그에 대한 대처를 해야 했다. 두 주일에 두 번 꼴로 니콜은 이상을 일으켰던 것이다. 한 번은 타름에서 저녁식사를 할 때였다. 그날 딕은 니콜이 침실에서 정신이 나간 채 웃으면서, 바이올렛에게 열쇠가 우물에 빠져서 욕실에 갈 수가 없다는 둥 횡설수설하는 것을 보았다. 맥키스코 부인은 영문을 몰라 놀라고 화를 내기도 했지만, 곧 이해하는 듯했다. 딕은 그때 크게 놀라지는 않았다. 왜냐하면 니콜이 곧 제정신으로 돌아왔기 때문이었다. 니콜이 고스호텔로 찾아갔지만 맥키스코 부부는 이미 떠난 후였다.

그러나 파리에서의 발작은 달라서 첫 번째 것보다 심각했다. 그것은 새로운 발병주기를 예고하는 것 같았다. 톱시가 태어나고 나서 니콜의 병이 재발했는데, 이것은 딕의 전문분야가 아니라서 많은 어려움이 있었다. 그러나 그러한 어려움을 겪으면서 딕은 니콜에 관해서는 단련이 되었고, 니콜이 지닌 병과 니콜이라는 사람은 별개라고 확실히 생각하게 되었다. 이로 인해 딕은 자기 보호적인 면을 지닌 직업상의 거리 두기와, 그의 마음속에 생겨난 냉정함을 구별하는 것이 이제는 어렵게 되었다. 딕은 니콜에 대해 무관심해졌고 그러한 무관심을 다시 예전의 감정으로 돌리려는 시도도 하지 않았다. 딕의 이러한 무관심은 공허함으로 변했다. 그는 니콜에 대해 아무 감정도 지니지 않게 되었고, 억지로 그녀를 돌보기는 했지만 그러한 봉사가 마음에서 우러난 것일 리가 없었다. 피부의 상처는 치료가 되지만, 사람이 살면서 겪은 마음의 상처는 그렇지 않은 수도 있다. 또한 그러한 마음의 상처는 어느 정도 회복되어 아물더라도 여전히 상처로 남는 것이며, 그 고통의 흔적은 손가락을 하나 잃는다거나 눈을 하나 잃는 것 같은 물리적인 고통에 비견되는, 아니 그 이상일 수도 있다. 물리적인 상처나 마음의 상처를 잊기는 어렵다. 그러나 잊어야 한다면 어쩔 수 없는 것이다.

12

딕은 니콜이 정원에서 기지개를 켜고 있는 것을 보았다. 니콜도 마치 호기심 많은 아이가 무언가를 찾는 듯이, 자신의 회색 빛 눈으로 딕을 바라보았다.

"칸에 갔었는데 거기서 우연히 스피어즈 부인을 만났지. 다음날 떠난다고 하면서 당신에게 작별인사 하러 오고 싶다고 하는 것을 내가 말렸어."

"아쉽네요. 스피어즈 부인을 만나보고 싶었는데. 좋은 사람인 것 같더라고요."

"또 누구를 만났느냐 하면, 음, 바솔로뮤 테일러도 보았지."

"정말이에요?"

"그 사람 얼굴이야 내가 못 알아볼 리가 없지. 늙은 족제비같이 교활한 사람이야. 동물원 부지를 알아보고 있더군. 내년에 모두 온다던데, 에이브럼즈 부인이 일종의 전초대 역할이었던 것 같아."

"우리가 여기 왔던 첫 여름에 언니가 그렇게 화를 냈던 것이 그것 때문이었군요."

"그 사람들한테는 자기네가 어디에 있다는 사실이 중요하지 않아. 그 사람들이 도오빌에 머물러 얼어붙은 듯 가만히 있으면 좋을 텐데, 왜 그렇게 하지 않는지 모르겠어."

"콜레라가 돌고 있다라든지 뭐 그런 유언비어를 퍼뜨릴 수는 없나요?"

"이곳에서 어떤 동물들은 파리처럼 죽고 만다고 바솔로뮤에게 겁을 주기는 했지. 그리고 사람의 목숨이란 전쟁터의 기관총 사수같이 허망한 것이라고도 말해주었어."

"설마, 그렇게까지 말하지는 않았겠지요."

"사실, 그렇게까지 말하지는 않았어. 그 사람, 아주 반기더군. 나하고 큰길에서 악수를 하는데 얼마나 반갑게 하던지."

딕은 대화를 나누고 싶지 않았다. 애정과 일상의 작은 일들을 생각하기보다는, 혼자 자신의 일과 미래에 대해 생각할 시간을 갖고자 하는 마음이 훨씬 더 컸다. 니콜도 딕의 이러한 심정을 대강은 알고 있었다. 그녀는 그럴 때의 딕을 끔찍하게 증오했지만, 그래도 그의 어깨의 감촉을 느끼고 싶어했다.

"여보!"

딕은 경쾌하게 니콜을 불렀다.

그는 집에 들어갔다. 집에 오면 무언가를 하고 싶었는데, 그게 무엇인지 그만 깜박 잊어버렸다. 하지만 곧 생각이 났다. 그것은 피아노 연주였다. 그는 앉아서 휘파람을 불며 피아노를 연주했다.

둘이서 차를
나는 당신을 위해
당신은 나를 위해
우리 둘만을 위해

멜로디가 흐르자 딕은 갑자기 이 곡을 듣고 니콜이 지난 몇 주 동안의 추억에 급히 빠져들 거라는 생각이 들었다. 그래서 다른 곡을 조금 연주해보다가 자리를 떴다.

딕은 어떻게 해야 할지 전혀 알 수 없었다. 그는 니콜이 가꾸어 놓은 집을 바라보았다. 니콜의 할아버지가 매입한 집이었다. 딕의 소유라고는 그의 연구실이 있는 건물과 그에 딸린 대지가 전부였다. 1년에 3천 달러의 봉급과 그 외에 가끔 들어오는 인세가 그의 수입이었는데, 그것으로 의복을 구입하고 술값 등 개인용돈을 썼으며, 비록 지금까지는 보육사의 비용에 한정되기는 했지만, 레이니어의 교육비도 부담했다. 이사를 하려면 딕의 몫을 반드시 계산해보아야 했다. 다소 금욕적으로 살면서, 혼자일 때에는 3등석을 이용하고, 제일 싼 포도주를 마시며, 옷의 손질을 잘해두고, 사치라도 할라치면 스스로 자신을 꾸짖으며, 재정적인 독립을 유지해 나갔던 것이다. 그러나 어느 정도가 지나자 그러한 독립이 어렵게 되었다. 니콜은 자신의 재산을 어떻게 적절하게 사용해야 할지를 계속해서 딕과 의논해야 했던 것이다. 이러면서 자연스럽게 니콜은 딕을 소유하기를 바랐고, 딕은 영원히 가만히 있기를 바랐으며, 딕으로 하여금 나태한 마음을 갖게 하였다. 그리고 이러저러한 명목으로 물건과 돈을 제공받은 딕은 늘 풍족하게 지낼 수 있었다. 절벽 위에 별장을 짓는다는 아이디어도 처음에는 딕과 니콜이 공상으로 시작한 것이었지만, 이것이 결국 그들을 갈라놓게 한 동기의 전형적인 보기였다.

삶이 재미없었다. 딕의 연구 활동은 니콜의 문제로 인해 지장을 받게 되었다. 거기다 니콜은 최근에 자신의 수입이 급속히 늘어나면서 딕의 연구 활동 따위는 하찮게 여기는 것 같았다. 니콜의 치료라는 목적을 위하여, 딕은 수년 동안이나 엄격히 가정을 유지하는 양 가장했지만 사실은 그 안에서 갈피를 잡지 못한 채 표류하고 있었다. 그러나 이렇게 남에게 자신을 감추는 일은 점점 어려워졌고, 딕은 연구에만 매달릴 수밖에 없었다. 딕이 더 이상 자신이 원하는 곡을 피아노로 연주하지 못하게 되었을 때, 그것은 그의 삶이 한계에 달했다는 암시였다. 커다란 방 안에서 들리는 시계 소리가 딕에게는 세월이 흐르는 소리 같았다.

11월이 되었다. 파도는 점점 검은빛을 띠었고, 마치 여름의 잔재를 모두 쓸어버릴 듯 방파제를 넘어 바닷가의 도로에까지 밀려왔다. 이러한 바람과 파도로 말미암아 해변은 쓸쓸하고 황량해 보였다. 고스 호텔은 내부를 수리하고 확장공사를 하느라 영업을 하지 않았지만, 주안 레 핀스에 있는 카지노를 찾는 손님들은 점점 늘어나고 있었다. 딕과 니콜은 칸이나 니스에서 많은 사람을 만났다. 12월이 되자, 니콜은 몸이 회복된 듯했다. 긴장상태도 없어졌고 말투도 부드러워졌다. 또한 실없이 웃거나 알 수 없는 말을 내뱉지도 않았다. 딕과 니콜은 크리스마스 휴가를 보내려고 알프스로 떠났다.

13

딕은 실내로 들어가기 전에 입고 있던 짙은 청색 스키복에 쌓인 눈을 모자로 털어냈다. 넓은 실내의 바닥은 지은 지 20년이나 되어 구두굽 때문에 긁힌 자국이 여기저기 보였지만 티파티 댄스를 위해 깨끗이 정돈되어 있었다. 그스타드 근처에 있는 학교들의 기숙사에 거주하는 미국의 젊은 학생들 80여 명이 '룰루를 데리고 오지 마세요' 나, 찰스톤의 음악에 맞추어 몸을 격렬하게 흔들어대고 있었다. 그곳은 젊고 단순하며 사치스런 사람들이 모인 자리였다.

딕은 사람들이 붐비는 가운데도 니콜과 베이비를 어렵지 않게 찾아낼 수 있었다. 니콜은 하늘색, 베이비는 붉은 벽돌 색 옷을 입고 있었는데, 쉽게 눈에 띄었던 것이다.

영국인 젊은이 하나가 워런 자매에게 말을 붙이고 있었지만 자매의 시선은 젊은이들의 댄스에 끌리고 있어 그 영국인에게는 별로 관심이 없는 듯했다.

딕을 보자 눈처럼 희지만 따뜻한 니콜의 얼굴이 더 밝아졌다.

"그 남자는 어디에 있어요?"

"그 사람은 기차를 놓쳤지만 나중에 다시 만나야지. 언니와 동생이 모두 아주 튀어 보이는군. 어떤 때에는 우리가 함께 파티에 참석하고 있다는 것을 깜박 잊어버린 채, 언니와 당신을 보고는 깜짝 놀랄 때도 있어.”

딕은 앉아서 무릎 위에다 무거운 장화를 얹어놓고 털어대며 말했다.

베이비는 서른 가까운 나이로 키가 크고 아름다웠다. 그녀가 런던에서 남자 두 명을 데리고 왔는데 한 명은 캠브리지를 갓 졸업한 사람이었고, 또 한 명은 나이가 좀 들었으며 빅토리아풍의 호색한 같아 보이는 사람이었다. 베이비에게는 노처녀다운 구석이 있었는데, 신체접촉을 꺼려서 어쩌다가 누구와 갑자기 스치기라도 하면 깜짝 놀라는 것이었다. 마치 키스나 포옹 같은 신체접촉이 직접 살을 통과해 그녀의 의식 맨 앞부분으로 기어들어오는 듯한 느낌을 주는 것 같았다. 베이비는 아무 몸짓도 하지 않았고 바른 자세를 유지했지만, 발로 소리를 내거나 머리를 까닥였다. 그녀는 흡사 친구의 재난을 통해 죽음을 상상하는 것을 즐기는 것 같았고, 니콜의 운명이 비극적이라고 생각하는 듯했다.

베이비가 데리고 온 남자들 가운데 나이가 어린 영국인은 여자들을 적당히 경사가 진 언덕으로 데려가 미끄럼도 타며 희희낙락하고 있었다. 딕은 무리를 하다가 발목을 다쳤기 때문에, 크게 가파르지 않은 곳에서 어린이들과 함께 어슬렁거리다가 호텔에서 러시아 의사와 맥주를 마셨다.

“딕, 재미있게 좀 놀아 봐요. 여기의 아가씨들과 사귀어 오후에 같이 춤이라도 추는 것이 어때요?”

니콜이 딕에게 강권하는 투로 말했다.

“아가씨들에게 뭐라고 하면서 말을 붙여야 할까?”

딕이 묻자 니콜은 작은 목소리로 요염하게 말했다.

“이렇게 말하라고요, ‘아가씨, 정말 귀엽군요.’ 당신 같으면 뭐라고 했겠어요?”

“나는 어린 아가씨들을 좋아하지 않아. 그 아가씨들한테서는 케스틸 비누 향과 박하향이 난다고. 춤까지 추게 된다면, 마치 유모차를 미는 느낌일 거야.”

조금은 위험한 대화 주제가 아닐 수 없었다. 딕은 내가 왜 이러나 하는 생각이 들 정도로 젊은 아가씨들의 머리 위를 바라보고 있었다.

"용무가 많군요. 먼저, 집에서 소식이 왔어요. 우리가 기차역 앞 토지라고 부르는 땅이 있어요. 철도회사가 처음에는 그 토지의 중심부분만을 사들였는데, 이제 그 나머지도 다 매수했답니다. 그 토지는 어머니의 소유였는데, 토지를 팔아서 받은 돈을 어떻게 투자할 것인가가 문제지요."

화제가 바뀌자 베이비가 데려온 영국인은 쫓기는 듯이 플로어에 있던 아가씨에게 가버렸다. 한 미국인 아가씨가 호기심 어린 눈길로 그를 보고 있었지만, 베이비는 신경 쓰지 않고 말을 이었다.

"거액이지요. 30만 달러나 되니. 나는 그래도 투자에 신경을 많이 쓰지만, 니콜은 그 방면에 대해서는 아무것도 모릅니다. 그리고 딕, 당신 역시 니콜과 마찬가지라고 생각해요."

"나는 기차역에 나가봐야 합니다."

바깥으로 나오자 눈이 내리고 있었다. 날이 어두워져 눈발은 보이지 않았지만 딕은 눈송이를 힘껏 들이마셔 보았다. 아이들 세 명이 소리를 지르며 썰매를 타고 놀고 있었고, 아이들이 노는 곳을 조금 지나서 어둠 속의 언덕 위를 올라가는 썰매 종소리가 들렸다.

휴일의 기차역에서 사람들은 새로운 연인을 갈구하며 기대감에 눈을 반짝이고 있었다. 딕은 프란츠 앞에서 자기가 끝없는 쾌락의 시간을 보내던 중에 30분이라는 아까운 시간을 할애하여 나온 척했다. 그러나 프란츠가 여기까지 온 데에는 딕의 생각과는 달리 확실한 목적이 있었다. 만나자는 프란츠의 요청에 '내가 취리히로 가든지 아니면 자네가 로잔까지 오든지 하세.' 하고 딕은 답장을 보냈던 것이고, 결국 프란츠가 그스타드까지 오게 되었다.

프란츠는 예의 바른 태도를 지닌, 마흔의 건강한 남자였다. 그러나 그는 대부분의 시간을 집에서 보냈다. 그는 자기가 치료했던, 망가진 부자들을 경멸했다. 그의 유전자 속에 있는 과학적인 기질은 프란츠를 더 넓은 세계로 이끌었지만, 아내감으로는 수수하고 전형적인 여인을 일부러 선택했다. 호텔에서 베이비는 프란츠를 재빠르게 살펴보았으나 그녀가 존경할 만한 점, 이를테면 특권계급이 서로 알아보는 수단이 되는 한층 미묘한 덕성이나 예의 같은 것을 찾아볼 수 없었다. 그러자 그때부터 베이비는 프란츠를 그저 그런 사람으로 취급했다. 니콜은 프란츠를 늘 약간은 두려워했으나, 딕은 다른 친구들을 좋아하듯이 조건 없이 프란츠를 좋아했다.

저녁이 되자 딕 일행은 언덕 아래의 마을로 내려갔다. 작은 썰매 같은 것을 타고 내려갔는데, 그 썰매는 이 지역에서는 마치 베니스의 곤돌라 같은 역할을 하는 교통수단이었다. 그들의 목적지는 고풍스러운 스위스풍의 술집이 있는 호텔이었다. 술집의 내부는 목조로 꾸며졌으며 소리가 좀 울리는 듯했는데, 시계와 나무로 된 술통, 맥주컵, 사슴뿔 등으로 내부 장식을 해놓았다. 사람들은 긴 테이블에서 끼리끼리 모여 마시고 떠들었지만, 마치 모여서 함께 퐁듀를 먹는 하나의 모임같이도 보였다. 퐁듀는 특히 소화가 안 되는 웰스 래빗 같은 형태의 음식인데 여기에다 와인으로 맛을 좀 중화시킨 것이었다.

커다란 술집 안은 즐거운 분위기였다. 베이비가 데려온 영국인 중 나이가 어린 남자도 분위기가 좋다는 말을 했지만, 딕 역시 그 말에 동감했다. 딕은 와인을 마시고 긴장이 풀린 편안한 마음이 되었다. 마치 피아노 앞에 앉아 그 옛날의 기쁨을 발산하는 회색 빛 머리의 90대 노인과 젊은 친구들에 의해, 세상이 다시 하나가 되는 듯한 생각이 들었다. 또한 딕은 육지를 눈앞에 두고 있는 배 안에 있는 느낌도 들었다. 모든 여자들의 얼굴에는 밤에 그 상황에서 당연히 생길 수 있는 가능성에 대한 순진한 기대가 어려 있었다. 딕은 점찍어 둘 만한 여자가 있는지 둘러보았다. 곧 앉아 있는 테이블의 뒤쪽에 그런 여자가 있다는 느낌을 받았다. 그러나 곧 잊어버리고, 말도 되지 않는 이야기를 꾸며대며 파티를 즐겁게 만들려고 애를 썼다.

"딕, 자네에게 할 이야기가 있네. 여기서 머무를 시간은 하루밖에 없어."

프란츠가 영어로 이야기를 꺼냈다.

"자네가 뭔가 할 말이 있구나 하는 생각이 들기는 했어. 그래, 뭔가?"

"내가 일을 하나 꾸미고 있다네. 아주 굉장한 일이지. 우리 둘을 위한 일이야."

프란츠는 딕의 무릎 위에 손을 얹으며 얘기했다.

"그게 뭔가?"

"딕, 우리 둘이 함께 운영할 수 있는 병원이 있어. 쥬거시에 있는 병원인데, 브라운이라는 사람이 운영하고 있지. 좀 오래된 병원이기는 하지만 몇 가지만 제외하고 시설이나 장비는 모두 현대식이라네. 브라운은 지금 병으로 누워 있지만, 오스트리아로 가기를 원하고 있어. 아마 거기서 임종을 맞고 싶은 것 같더군. 더할 나위 없는 기회네. 자네와 나, 환상적인 짝 아닌가! 그리고 내가 일을 마무리 지을 때까지는 아무에게도 이 일에 대해 이야기해서는 안 되네."

눈치를 보니 베이비가 이 이야기를 듣고 있는 것 같았다.

"우리가 그 일을 같이 시작해야 하네. 그렇다고 해서 자네를 너무 속박하거나 하지는 않을 거야. 이 일을 성사시키면 자네는 정착할 수 있는 장소와 실험실을 확보하게 되네. 날씨가 좋은 때를 택해 일 년에 절반 정도만 그곳에서 근무하면 된다네. 겨울에는 프랑스나 미국으로 가서 병원진료에서 얻은 새로운 경험을 바탕으로 저술활동을 할 수도 있어."

프란츠가 목소리를 낮추어 계속 이야기를 했다.

"그리고 자네 가족 중의 환자를 빨리 회복시키는 데도 그런 분위기가 좋지 않겠나. 병원이 가까이 있어서 정기적으로 진료도 받을 수 있으니 말일세."

딕의 표정에서 그다지 호응이 없음을 발견하자, 프란츠는 딕의 구미가 당길 만한 다른 제안을 급히 내놓았다.

"이렇게 하면 어떻겠나. 내가 경영을 맡고 자네가 연구와 상담업무를 맡는 거야. 나는 나 자신을 잘 알지. 나에게는 천재성이 없지만 자네는 달라. 하지만 나도 나름대로 유능하다는 소리를 듣지. 최신 임상의학분야가 내 강점 아니겠나. 전에 근무했던 병원에서는 몇 개월 동안 실질적인 원장 노릇도 했어. 교수도 내 생각이 괜찮다며 한번 해보라고 하더군. 자기는 죽을 때까지 일할 것이라면서 말이지."

딕은 결정을 내리기에 앞서 머릿속으로 미래의 모습을 그려보았다.

"재정적인 부분은 어떤 식으로 처리할 생각인가?"

이 질문을 듣더니 프란츠는 세수하듯이 두 손으로 자기 얼굴을 문질렀다. 다리에는 힘이 들어가서 입고 있는 바지가 터질 듯했고, 격한 감정이 목구멍까지 올라오는 듯했으며 이로 인해 목소리는 입천장까지 울리는 듯했다.

"그게 문제야! 돈 말일세! 내게는 재력이 없다네. 병원을 인수하려면 비용이 20만 달러는 있어야 해. 그리고 시설을 개수하는 비용도 2만 달러는 들 것 같고. 물론 자네가 동의하지 않으면 시설 개수는 필요 없지. 돈이 많이 든다고 생각하겠지만, 그 병원은 금광이나 마찬가지야. 물론 정확히 계산은 해보지 않았지만, 22만 달러를 투자하게 되면 수입은 대략 얼마나 되는가 하면……."

정말 슬프다는 듯이 프란츠가 대답했다.

베이비도 관심을 보이는 듯한 눈치여서 딕은 그녀를 이 대화에 끌어들였다.

"베이비, 당신은 겪어보았는지 모르겠군요. 유럽인이 미국인을 다급하게 만나고자 할 때에는 다 돈 때문이라는 것을 말입니다."

"그게 무슨 말이지요?"

베이비가 순진하게 묻자 딕이 대답했다.

"이 사람이 나와 큰 병원을 열어 미국에서 정신과환자들을 끌어들이자고 제안했어요."

프란츠는 근심에 잠겨 베이비를 바라보았고, 딕이 계속해서 말을 이었다.

"하지만 프란츠, 우리가 해낼 수 있을까? 자네의 유명세에다, 나도 책을 두 권이나 저술하기는 했지. 그 정도면 환자를 끌어들이기 충분한 건가? 그리고 나는 그렇게 큰돈이 없어, 아니, 그 액수의 10분의 1도 없지."

이 말을 듣자 프란츠가 쓴웃음을 지었다.

"솔직히 나는 돈이 없네, 니콜과 베이비는 큰 부자지만, 나는 그들의 재산을 만져보지도 못했어."

어느새 그들 주위의 사람들이 이 대화에 전부 귀를 기울이고 있었다. 딕은 뒤에 있는 테이블의 아가씨들도 듣고 있는지 궁금했다. 사실 프란츠의 제의에 딕도 구미가 당겼다. 그래서 딕은 마치 남자들이 자기들이 상관할 일이 아닌 것에 대한 논쟁에서 여자들의 입을 통해 의견을 내놓듯이, 베이비의 입을 통해 자기의 의견을 내놓기로 결정했다. 베이비는 갑자기 그녀의 할아버지처럼 냉정하고 신중한 사람이 되었다.

"딕, 그 제안을 고려해 보는 것이 좋을 것 같아요. 그레고로 박사가 어떤 말을 했는지는 모르지만 제가 보기에는……."

딕의 뒤 테이블에 있던 아가씨가 앞으로 몸을 굽혀 바닥에서 무엇인가 주웠다. 니콜은 딕과 마주 보고 있었는데, 그녀의 아름다움은 일시적으로나마 포근함과 안온함을 띠고 딕의 사랑 안으로 흘러들어 가 그것을 보호하고자 거기에 기댔다.

"딕, 한번 생각해보라고. 정신의학에 대해 글을 쓰려면 실제 직접 환자와 접촉하여 진료해본 경험이 있어야 해. 융이나 불러, 프로이드, 포렐, 베틀러 같은 정신의학자들도 정신병 환자들과 꾸준한 접촉을 통해서 책을 저술했던 사람들이야."

프란츠가 마음이 들떠 재촉했다.

"딕에게는 내가 있잖아요. 환자를 많이 만나볼 필요 있나요. 딕에게 정신병 환자는 나 한 사람이면 충분해요."

"그거하고는 다른 얘기지요."

프란츠가 조심스레 말을 받았다.

베이비는 니콜이 병원 옆에서 산다면 자기도 니콜에 대해서 염려하지 않아도 될 것 같았다.

"신중하게 생각해볼 문제로군요."

베이비가 말했다.

딕은 베이비의 거만함에 재미있어 하면서도 그녀가 거만을 떠는 것을 마냥 보고만 있지 않고 한마디 했다.

"나에게 병원을 사준다니 고맙기는 하지만 이 문제는 내 문제요, 베이비."

물론 부드러운 말투였다.

베이비는 자기가 주제넘게 끼어든 것을 깨닫고는 얼른 한발 물러섰다.

"물론 전적으로 딕 당신 문제지요."

"이 같은 중요한 일을 결정하려면 몇 주는 걸리겠지. 니콜과 내가 취리히에 정착할지도 모른다고 생각하니 기분 좋군."

이렇게 말하면서 딕이 프란츠를 쳐다보자 프란츠는 즉시 말을 받았다.

"그렇고 말고. 취리히에는 가스도 있고 수도도 있고 전기도 있어. 나도 거기서 3년이나 살았었지. 아무튼 잘 생각해보라고. 틀림없이 좋다니까."

부츠를 신은 50여 명의 사람이 쿵쿵거리며 문을 향해 걷기 시작했다. 딕 일행도 거기에 합류했다. 서늘한 달빛 아래 딕은 한 소녀가 자신의 썰매를 앞 썰매에 연결하는 것을 보았다. 딕 일행도 썰매 하나에 모두 올라타고는 말에게 채찍질하자, 찰싹 소리와 함께 말은 긴장한 채 어둠을 헤치며 달렸다. 딕의 일행이 탄 썰매는 뛰거나 급히 움직이는 사람들을 뒤로 한 채 내달렸다. 좁은 썰매 위에서 서로 몸을 부대끼고 있다가 썰매에서 떨어진 사람들이 부드러운 눈 위에서 숨을 헐떡이며 말을 쫓아가다가 지쳐서 포기하고 안타까운 소리를 질렀다. 평원 저쪽은 조용했다. 썰매 행렬은 끝없이 펼쳐진 길을 계속해서 달렸다. 눈 덮인 평원은 얼마나 조용한지 늑대울음소리조차 들리지 않았다.

사넨에 도착해서 딕 일행은 시(市)의 댄스축제가 벌어지는 곳으로 몰려갔다. 그곳은 목동들과 호텔 종업원들, 상점주인들, 스키 강사들, 안내원들, 여행객들, 농부들이 모두 뒤섞여 바글바글했다. 전통적인 요들송이 흘러나왔다. 그 친숙한 리듬은 딕이 처음에 느꼈던 낭만적인 것과는 다른 것이었다. 처음에 딕은 그가 그 여자를 의식 밖으로 몰아냈기 때문이라고 생각했다. 그러자 베이비가 말했던 것이 떠올랐다.

"신중하게 생각해봐야 해요."

그 말 뒤에 숨은 의미는 무엇일까? 이런 뜻이 아닐까?

"딕, 당신은 우리 소유야. 당신도 곧 받아들이게 될 거야. 독립적인 체하는 것은 바보 같은 짓이지."

딕이 사람에 대한 적의를 억눌러왔던 것은 수년 전부터였다. 뉴헤이븐의 대학교 신입생 때 '정신위생학' 에 대한 에세이 한 편을 읽고 난 후부터였다. 그러나 지금은 베이비에 대해서 분노를 느끼고 있었다. 그녀가 지닌 부자들 특유의 거만함에 울화가 치밀지만, 그래도 그것을 되도록 안에서 삭이려고 노력했다. 남자란 자존심이 상처받기 쉬우며, 일단 간섭을 받게 되면 섬세해지게 된다. 물론 입으로만 복수하는 남자들도 있지만, 여자들이 진실을 이해하려면 수백 년이 지나야 할 것이다. 깨어진 계란 껍데기를 골라낸다는 것은, 딕에게는 깨어진다는 것에 대한 두려움을 심어주는 일이었다.

"예의 바른 사람들이 너무나 많아요."

딕은 썰매를 타고 그스타드로 돌아오면서 말했다.

"그것은 좋은 현상이라고 생각하는데요."

베이비가 대꾸했다.

"아니지요."

베이비는 모피코트를 입고 있었지만, 딕은 그것이 무슨 동물의 털로 만든 것인지 알 수가 없었다.

"사람들이란 상처받기 쉬운 존재이기 때문에 서로서로 조심스럽게 대해야 한다는 것을 인정하는 태도, 이것이 예의 바른 태도라고 하겠지요. 하지만 인간에 대한 존경심이라는 문제도 생각해봅시다. 예의 바른 당신은 아무에게나 대놓고 겁쟁이나 거짓말쟁이라고 부르지는 않지요. 하지만 당신이 그렇게 예의 바른 태도로 계속 살아간다면, 타인의 어떤 점에 대해 존경심을 표해야 할지 모르게 될 겁니다."

"미국인들이 오히려 예의를 더 중요하게 생각하는 것 같군요."

한 나이 지긋한 영국인이 말했다.

"나도 그렇게 생각합니다. 아버지 시절의 예의란 총부터 쏘고 난 후에 사과하는, 그런 예의였지요. 사람들이 무기를 가지고 있었으니까요. 하지만 당신네 유럽에서 민간인들이 무기를 지니지 않게 된 것은 18세기 초부터였지요."

딕은 심사가 틀어진 듯 말했다

"실제로는 아마도……."

"실제로 정말 무기를 지니지 않았지요."

"딕, 당신은 항상 예의 바른 사람이고 말고요."

베이비가 심사가 틀어진 딕을 달래듯이 말했다.

여자들은 놀라서 딕을 좀 별난 사람으로 보고 있었다. 베이비가 데리고 온 젊은 영국인은 이 상황을 이해하지 못하고 있었다. 그는 천방지축 날뛰는 철없는 젊은이였던 것이다. 일행과 호텔까지 가는 동안에도 그는 자기가 친구와 한 시간에 걸쳐 치고받고 싸웠다는 둥 이상한 소리만 늘어놓았다. 그 젊은이를 보고 있자니 장난기가 발동해서 딕이 물어보았다.

"그래서 그가 당신을 칠 때마다 당신은 그를 더 좋은 친구라고 생각했다는 거요?"

"더 존경하게 되었지요."

"이해할 수가 없어요. 사소한 일로 친구끼리 치고받고 하다니."

"제가 아무리 설명해도 이해가 안 될 겁니다."
그 영국인 젊은이가 기분 나쁘다는 듯이 내뱉었다.
'내 생각을 이야기해버리면 이렇게 된다니까.' 하고 딕은 속으로 생각했다.
딕은 그 젊은이와 대화한 것에 대해 부끄럽게 생각했다. 젊은이의 이야기가 엉터리였던 것은 그가 아직 성숙하지 못한데다가 말투도 상스럽기 때문이라는 것을 깨달았기 때문에, 그를 놀린 것이 부끄러웠던 것이다.
축제 분위기는 한참 무르익어 갔고, 딕 일행은 사람들로 분비는 주점으로 갔다. 거기에는 튀니지 사람인 바텐더가 음악이 흐르는 가운데 조명을 만지고 있었고, 아이스링크 너머로 달빛이 또 하나의 음악 선율처럼 큰 창문을 통해 흘러들고 있었다. 달빛 아래서 딕은 니콜의 표정을 살폈다. 그녀는 활력 없이 보였고, 아무것에도 흥미가 없는 듯했다. 니콜에게서 눈길을 뗀 딕은 어두운 실내 분위기에 취했다. 조명이 붉은빛이 되자 담뱃불이 푸른빛을 띠는가 싶더니 은빛으로 바뀌었다. 출입문이 열리고 닫힐 때마다 춤추는 사람들을 비추는 하얀 조명이 빨갛게 빛났고, 담뱃불 끝은 푸른빛이 도는 은색으로 바뀌었다.
딕이 물었다.
"프란츠, 밤새도록 맥주를 마시고 돌아가서 환자들에게 자네가 인격자가 틀림없다고 말할 수 있는가? 환자들이 자네를 위장병환자로 볼 거라고 생각하지 않나?"
니콜이 그만 들어가서 자야겠다고 말하자, 딕은 그녀를 엘리베이터 문 앞까지 데려다 주면서 말했다.
"니콜, 당신과 취리히로 가고도 싶지만, 나는 그 병원에 대해 관심이 없다는 것을 프란츠에게 보여줘야 하겠어."
니콜이 엘리베이터 안으로 들어가며 진지하게 말했다.
"딕, 베이비 언니는 양식이 있는 사람이에요. 베이비 언니는……."
니콜이 말도 마치기 전에 엘리베이터 문이 닫혀버렸다. 딕은 마음속으로 니콜이 끝내지 못한 말의 뒤를 이었다.

"베이비는 그저 그런, 이기적인 여자야."

이틀 뒤, 프란츠와 기차역으로 썰매를 타고 가면서 딕은 자기가 그 문제에 대해서 긍정적으로 생각하고 있다는 것을 인정했다.

"프란츠, 니콜과 나는 항상 제자리인 것 같아. 이렇게 살면 피할 수 없는 긴장감이 생기게 마련이지. 니콜은 그런 긴장을 이겨내지를 못해. 리비에라의 여름은 목가적인 분위기였는데 많이 변하고 있는 것 같아. 내년에는 여기도 분위기가 확 달라질 거야."

딕과 프란츠는 비엔나 왈츠가 들려오는 싱그러운 초록 담장에 둘러싸인 아이스링크를 지나갔다.

"프란츠, 우리가 그 병원을 운영할 수 있었으면 좋겠어. 자네 이외에는 누구와도 그 건을 추진하고 싶지 않네."

잘 있어라, 그스타드여! 잘 있어라, 사람들아! 꽃들도, 눈송이도, 잘 있어라! 그스타드여, 안녕!

14

딕은 5시에 깨어났다. 꿈도 아주 오래도록 꾸었는데 전쟁에 관한 꿈이었다. 그는 창가로 가서 자신이 꾸었던 꿈을 떠올려 보았다. 꿈은 음울하고 장엄하게 시작되었다. 짙은 감색 제복을 입은 군인들의 행렬이 어두운 광장을 지나가고 있었고, 그 뒤를 군악대가 프로코피예프의 '3개의 오렌지에 대한 사랑' 을 연주하면서 따라갔다. 얼마 안 있어 마치 재앙의 상징인 듯한 소방차가 나타났고, 응급 치료소에서 수족 등이 전달된 군인들이 폭동을 일으키는 끔찍한 장면도 등장했다. 딕은 침대 옆의 전등을 켜고 그 꿈을 자세히 적어나갔으나 '비전투원의 전쟁신경증' 이라는 다소 역설적인 말로 끝을 맺었다.

침대 옆에 앉아 있던 딕은 밤이라는 시간, 그가 사는 집, 그리고 그 안에 있는 방조차도 모두 허무하게 느껴졌다. 옆방에서는 니콜이 자고 있었는데 외로움에 떨며 잠꼬대를 하는 것 같았다. 비록 잠결에서지만, 니콜이 외로워하는 것을 보니 마음이 좋지 않았다. 시간이 멈춘 채 지난 세월이 마치 필름을 빨리 되감는 것처럼 획 하고 지나가는 듯한 느낌이 들었지만, 니콜은 시계가 가고 달력이 넘어가는 것에서 세월의 흐름을 느꼈고, 사라져 가는 자신의 아름다움이 슬플 뿐이었다.

쥬거시에서 보낸 지난 일 년 육 개월이라는 시간은 니콜에게는 시간 낭비처럼 여겨졌다.

5월에는 핑크색, 7월에는 갈색, 9월에는 검은색, 다시 봄에는 흰색, 이렇게 길에서 일하는 사람들의 옷 색깔이 변하는 것으로 계절이 바뀌었음을 알 뿐이었다. 그녀가 처음으로 병을 털고 일어났을 때에는 기대에 차 있었으나 지금은 딕을 제외하고는 그녀에게 희망이란 없었고, 아이들에게도 겉으로 애정을 보이는 척만 하고 있었을 뿐 실제로는 고아들을 맡아 기르는 것이나 진배없었다. 니콜이 좋아했던 사람들은 대부분 반항적인 성격으로, 니콜을 괴롭혔고 못되게 굴었다. 그녀는 그러한 사람들 속에서 활력을 찾으려 했다. 그들을 독립적인, 창조적인, 또는 거친 사람들로 만드는 것이 바로 그러한 활력이라고 생각했던 것이다. 그러나 니콜은 찾을 수가 없었다. 왜냐하면 그들의 비밀은 그들도 잊고 있었을 어렸을 때의 기억 깊은 곳에 숨어 있었기 때문이다. 그러나 니콜의 주위 사람들은 외부에 나타난 니콜의 매력에 더 관심이 있었다. 그러한 매력은 환자인 니콜이 가지고 있는 또 다른 면이었다. 소유되기 원하지 않는 남자, 딕을 소유하려는 니콜, 그래서 그녀의 삶은 더 외로웠다.

딕도 여러 차례 니콜에게서 벗어나려고 시도했지만 소용이 없었다. 물론 그들 사이가 항상 소원(疏遠)한 것은 아니었다. 함께 즐거운 시간도 보내고 사랑의 대화도 나눌 때도 있었다. 그러나 딕은 니콜을 두고 돌아서서 자기 자신에게 향할 때, 항상 니콜의 손에는 아무것도 쥐어주지 않았다. 그럴 때 니콜은 지켜보거나 원망도 해보지만, 딕이 곧 다시 오리라는 것에만 희망을 걸어야 함을 알게 되었다.

딕은 베개를 베고 누워 다시 한동안 잠을 잤다. 한참 후에 일어난 딕이 면도하는 동안 니콜은 아이들과 하인들에게 즉석에서 간단한 지시를 내리기도 하면서 온 집안을 왔다갔다했다. 레이니어가 딕에게 다가오더니, 자기 아버지가 면도하는 모습을 지켜보았다. 딕이 정신병원 의사로 근무하는 것을 보며 자란 레이니어는 딕에 대해 특별한 신뢰감과 동경심을 지니게 되었지만, 아버지 이외의 다른 어른들에 대해서는 지나칠 정도로 무관심했다. 레이니어에게 환자들이란 괴상한 사람들, 또는 활력이 하나도 없거나 인성이 메마른 사람들로 비쳐졌다. 딕은 이 잘생기고 장래가 촉망되는 아들, 레이니어와 많은 시간을 함께 했는데, 이들 부자 사이에는 공감대가 형성되기도 했지만, 한편으로는 엄격한 장교와 존경심을 지닌 사병과의 관계 같은 면도 있었다.

"아버지는 면도하실 때 왜 항상 머리끝에 비누거품을 조금씩 남기세요?"

레이니어의 질문에 입 주위와 턱에 비누를 바른 채 딕은 조심스레 대답했다.

"나는 그런지 전혀 몰랐구나. 턱에 거품을 묻힐 때 첫 번째 손가락을 쓰는데, 그것 때문인가. 그래도 그렇지, 어떻게 거품이 머리 위에 묻는지 참 이상하구나."

"내일도 그럴지 한번 봐야겠어요."

"아침식사도 하기 전인데 참 별난 질문도 다 하는군."

"저는 질문이라고 생각하고 말씀드린 것은 아닌데요."

"네 생각이야 그랬겠지."

30분 정도 지나 딕은 병원 사무실로 향했다. 딕의 나이도 어느덧 서른여덟 살이었다. 리비에라에 있을 때에는 턱수염을 길렀지만 여기서는 기르지 않았다. 그러나 그때보다도 더 의사다운 분위기가 딕에게서 풍겨 나왔다. 그가 유럽에서도 최고의 시설을 자랑하는 이 병원에 온 지도 1년 반이나 흘렀다. 도물러 박사가 운영하는 병원과 마찬가지로 이곳도 현대적 시설을 갖춘 병원이었다. 작고 외진 시골 마을에 있는 어둡고 음침한 그런 병원이 아니었던 것이다. 거기에다 딕과 니콜이 취향대로 여기저기 보수공사를 해놓아서 취리히에 들르는 심리학자들이 다들 한 번씩은 찾아올 정도로 병원은 근사한 모습으로 탈바꿈되었다. 캐디 하우스까지 있었다면 영락없는 골프장의 모습일 터였다. 영원한 어둠 속으로 침잠해 들어갈 듯 심각한 증세를 보이는 환자들이 입원해 있는 들장미관과 밤나무관은, 작은 숲으로 가려져 있어 본관건물에서는 잘 보이지 않았다. 또한 병원 뒤쪽으로는 커다란 채소밭이 있었는데, 그곳에 나와서 일을 하는 환자들도 있었다. 이 병원에는 환자의 치료를 위한 작업장이 세 곳이 있었는데 딕은 이곳들을 살펴보는 것으로 아침진료를 시작했다. 첫 번째가 목공 일을 하는 작업장이었다. 햇빛이 환하게 잘 들어서 톱밥마저 반짝이는 듯한, 그런 곳이었다. 그곳에서는 항상 여섯 명 정도가 망치질도 하고 무언가를 그리기도 하면서 일을 하고 있었는데 딕이 지나가면 일을 하다가도 조용히 눈을 들어 쳐다보고는 했다. 딕 역시 목공 일에 대해서는 잘 알고 있었기 때문에, 공구라든지 그 밖의 목공과 관련된 주제를 놓고 조용하고 친근하면서도 관심이 있는 목소리로 그들과 잠시 동안 대화를 나누기도 했다. 두 번째 작업장은 목공소 가까운 곳에 위치한 제본소였다. 이곳에는 회복이 가장 빠른 상태의 환자들이 일하고 있었다. 마지막이 구슬세공과 주물을 만드는 작업장이었다. 이곳에 있는 환자들은 마치 방금 어려운 질문을 해결하고 안도의 한숨을 내쉬는 듯 보였지만, 그러한 한숨은 또 다른 질문의 시작일 뿐이었다. 정상적인 사람이라면 무엇인가 의문이 들면 그에 대해 깊이 생각하다가도 어느 정도 시간이 지나면 잊기 마련이다. 그러나 이들 환자들은 영원히 원점을 맴돌듯이, 해답이 없는 질문을 끊임없이 반복하기 때문이었다. 그나마 이들에게 즐거움을 주는 것은 자기들이 만들어낸 갖가지 모양과 색깔의 작품들이었다. 이곳의 환자들은 딕을 보면 반색을 했다. 대부분의 환자가 그곳에 근무하는 또 다른 의사인 프란츠보다 딕을 더 좋아했던 것이다. 물론 환자 중에는 딕이 자신들을 무시한다느니, 괜히 어려운 말을 쓴다느니, 위선적이라느니 하며 불만을 늘어놓는 사람들도 없지는 않았다. 사회생활을 하면서 남들로부터 그 정도 싫은 소리도 듣지 않고 사는 사람이 어디 있느냐고 생각할 수도 있겠지만, 그 남들이란 존재가 또 평범한 이들은 아니어서 그들이 늘어놓는 불평 역시 유별난 면이 있었다.

딕과 항상 이야기를 나누는 영국인 여자가 있었는데, 그녀는 자기만

이 그런 주제로 이야기를 한다고 생각하는 여자였다.

"오늘밤에 연주회가 있나요?"

"잘 모르겠어요. 라디슬라우 박사를 못 보았거든요. 어젯밤 작스 부인과 롱스트리트 씨의 연주는 어땠어요?"

"그냥 그랬어요."

"나는 좋았는데, 특히 쇼팽이 좋았어요."

"제 생각에는 그냥 그랬던 것 같아요."

"언제 우리도 당신의 연주솜씨를 감상할 수 있는 거지요?"

그녀는 어깨를 으쓱해 보였는데, 벌써 몇 년째 이 질문만 받으면 아주 흐뭇해하는 것이었다.

"언젠가는 들려드려야지요. 하지만 연주 실력이 뛰어나지 못해서 말이지요."

사람들은 그녀가 전혀 연주를 할 줄 모른다는 것을 알고 있었다. 그녀에게는 뛰어난 음악가인 여자 형제가 두 명 있지만, 어릴 때 음악을 배우지 못했던 것은 형제들 중 그녀뿐이었다.

딕은 작업장을 한 바퀴 다 돌고 나서 들장미관과 밤나무관으로 갔다. 바깥에서 보기에 이들 건물은 여느 건물들과 마찬가지로 밝아 보였다. 식당과 바와 붙박이 가구가 반드시 들어가게 하였는데, 이는 니콜의 구상이었다. 그녀 나름대로 갖은 상상력을 다 동원해서 구상한 것이지만 사실 그녀는 창의력이 부족했다. 그러나 창의력 부족에서 오히려 더 창의적인 모습이 보이는 경우도 있는데, 그녀가 그랬다. 금으로 세공되어 우아한 자태를 뽐내는 창가의 조명이 강하고 튼튼한 밧줄 끝에 매달려 있는 모습이라든지, 또는 현대적 감각을 보여주는 장식품들이 에드워드 시대에 대량으로 쏟아져 나온 물건들보다 오히려 더 튼튼하다든지 하는 점들은 방문객들이 전혀 꿈꾸지도 못할 정도로 예상을 뛰어넘는 것이었다. 심지어 쇠로 만든 손가락 모형에 놓여 있는 꽃이나 평범한 소품들조차도 아주 어울리게 장식되어 있어, 마천루의 기둥만큼이나 꼭 필요한 느낌을 주고 있었다. 니콜은 지치지도 않는지 보이는 방마다 공을 들여 효용성을 극대화하도록 바꾸어 놓았다. 그러고 나서 자신에게 찬사가 쏟아지자 니콜은 스스로를 거장의 경지에 이른 기술자라고 자처하는 것이었다.

보통 사람의 눈으로 볼 때에는 정말 이상스럽다고 여겨질 만한 면들이 이곳에는 많았는데 특히 딕에게 남자환자들이 입원해 있는 들장미관은 재미있는 곳이었다. 그곳에는 옷을 걸치지 않고 큰길을 활보하면 방해받지도 않고 많은 문제들이 해결될 것이라고 생각하는 해괴망측한 노출증환자도 있었다. 딕은 그 환자의 생각이 옳을지도 모른다고 생각했다.

딕이 제일 관심을 두는 환자는 본관에 있었다. 이 병원에 입원한 지 6개월쯤 된 30세 정도의 여자였는데, 직업은 화가로 오랫동안 프랑스에 머물고 있던 미국인이었다. 병원 측은 그녀의 이력에 대해서는 자세히 알지 못했다. 그녀의 사촌 한 명이 정신이 나간 그녀를 우연히 발견하게 되어 어느 진료소에 보냈는데, 그곳은 주로 약물중독과 알코올중독에 빠진 관광객들을 진료하는 곳이었다. 만족스럽지는 않았지만 그녀는 일단 그곳에서 치료를 받았고, 그녀의 사촌이 어렵사리 이곳 스위스로 보냈던 것이다. 처음에 이 병원에 들어왔을 때에는 그녀의 상태는 아주 양호한 듯했지만 요새 와서는 아주 안 좋아졌다. 혈액검사를 여러 번 해보았는데도 병의 원인을 알 수 없어서 신경성 습진으로 분류되었다. 마치 감옥에라도 갇힌 것처럼 그녀는 두 달 동안 그냥 조용히 있었다. 물론 환자라는 특수한 한계는 있었지만, 그녀는 그래도 나름대로 사리분별력이 있었고 총명했다.

딕은 특별히 그녀의 진료를 맡았는데, 그녀가 광기를 보일 때 감당할 수 있는 유일한 의사가 바로 딕이었다. 몇 주 전이었다. 그녀는 보통 밤에도 잠을 못 자고 고통스러워했는데, 그날도 역시 그렇게 고통스러워하자 프란츠가 그녀에게 최면을 거는 데 성공하여 편히 쉴 수 있게 해주었다. 그러나 그때뿐이었고, 다음에는 최면술도 듣지 않았다.

딕은 최면술이라는 일종의 치료도구를 신뢰하지 않았다. 그래서 거의 사용하지도 않았다. 딕은 자신의 내면에서 최면의 분위기를 만들어내지 못했던 것이다. 또 한번은 그가 니콜에게 최면술을 시도해 보았지만 잘 듣지 않아 오히려 그녀의 비웃음만 샀던 경험도 있었다.

20호실에 입원해 있는 여자환자는 눈 주위가 너무 부어 있어서 딕이 병실에 들어가도 알아보지 못했다. 그녀는 강하면서도 깊고 풍부하며 떨리는 어조로 딕에게 물었다.

"언제까지 이러고 있어야 되지요? 영원히 이런 상태로 있어야 하는 것은 아니겠지요?"

"오래 걸리지는 않을 겁니다. 라디슬라우 박사가 그러더군요. 많이 나아졌다고."

"내가 이렇게 고생해야 하는 이유를 안다면 그나마 조용히 이 현실을 받아들일 수 있을 것 같아요."

"그런 것을 궁금하게 여겨봐야 쓸데없습니다. 당신의 병은 신경성이라는 것이 우리 의료진의 생각입니다. 사춘기 소녀였을 때 얼굴이 쉽게 붉어지곤 했던 경험이 있지 않습니까? 그런 것도 다 신경과 관련이 있는 현상이지요. 당신의 지금 증상도 마찬가지입니다."

그녀는 얼굴을 천장으로 향하고 눕더니 딕에게 말했다.

"철이 들고 나서부터는 얼굴이 붉어질 만한 일을 하지 않았어요."

"사소한 잘못이나 실수도 저지른 적이 없었나 보지요?"

"나 스스로에게 부끄러운 짓을 한 적이 없으니까요."

"다행입니다."

딕의 말이 끝나자 그녀는 잠시 생각에 잠겼다. 그리고 잠시 후, 지하에서 흘러나오는 듯한 가라앉은 어조의 목소리가 붕대를 감은 얼굴을 통해 들려왔다.

"마치 전쟁을 치르듯이 남자들에게 도전하는 것이 이 시대 여자들의 운명이지요. 나도 그런 여자들과 운명을 함께 하고 있어요."

"그 전쟁도 보통의 다른 전쟁과 마찬가지일 뿐이라고 말한다면 크게 놀라시겠군요."

그녀의 평상적인 어투를 흉내 내어 딕이 한 말이었다.
"다른 전쟁과 마찬가지라고?"
그녀는 곰곰 생각하더니 말을 이었다.
"강자를 만날 수도 있겠지요. 비싼 대가를 치르고 승리하든가 아니면 패배하여 부서지고 폐허가 될 수도 있을 것이고. 패배한다면 당신은 마치 폐허 속에서 들려오는 유령의 메아리 같은 존재가 되겠지요."
"당신은 부서지지도 않았고 폐허가 되지도 않았어요. 당신이 정말 전쟁터에 있다고 생각하는 거예요?"
"내 몰골을 보시라고요."
그녀가 분노에 떨며 소리를 질렀다.
"당신이 고통을 겪고 있다는 것을 모르는 바 아닙니다. 하지만 남자들로 인한 고통을 겪기 이전에도 많은 여자들에게 다른 고통도 있었던 거지요. 어떤 경우에서든 단순히 한 번 실수한 것을 가지고 마치 모든 것이 다 끝난 양 여기지는 말아야 하지 않겠습니까."
논쟁이 벌어질 조짐을 보이자 딕이 한발 물러서며 말했다.
"말이야 쉽지요."
그녀의 조소하는 듯한 이 말이 마치 고통의 외피를 뚫고 발산하는 듯한 느낌이 들어 딕은 마음이 편치 않았다.
"우리는 당신이 여기까지 오게 된 진짜 원인이 알고 싶은 겁니다."
딕이 말을 꺼냈으나 그녀가 끼어들었다.
"내가 여기에 있다는 사실, 그것이 무엇을 의미하고 있는지 당신들은 알고 있는지 모르겠군요."
"당신은 환자일 뿐입니다."
딕은 기계적으로 대답했다.
"나는 그 의미를 알 것 같아요. 그게 무엇인지 아세요?"
"중병에 걸렸다는 것이겠지요."
"그게 전부인가요?"

"그래요, 그게 다예요."

딕은 자신이 한 거짓말에 혐오감을 느꼈다. 그러나 지금 여기서 논쟁을 확대하게 되면 결국 거짓말이 난무하는 성토의 마당이 될 뿐이었다.

"세상만사가 그렇게 단순하지는 않습니다. 나는 지금 당신을 가르치려는 것이 아니에요. 질병으로 인해 당신이 겪는 고통도 우리는 잘 알고 있습니다. 하지만 당신이 다시 건강해질 수 있으려면, 하루하루 일어나는 문제들을 해결해 나가야 해요. 비록 그러한 문제들이 아무리 작고 사소하게 보일지라도 말이지요. 그런 후에야 당신은……."

결론을 내리는 것은 피할 수가 없는 일이었지만, 딕은 되도록 그것을 면해보려고 했기 때문에 말의 속도가 느려졌다.

"의식이라는 미지의 세계를 개척해볼 수가 있는 것입니다."

미지의 세계를 개척하는 것은 예술가의 몫이지 그녀의 몫은 아니었다. 그녀는 상처받기 쉬운 예민한 성격이었는데, 이는 타고난 것이었고 그런 성격 탓에 결국은 신비주의가 그녀의 도피처가 될지도 모르는 일이었다. 개척이라는 것은 농부의 피가 흐르는 사람들, 어떤 고생도 온몸으로 달갑게 받아들이는 강건한 육체와 정신을 지닌 사람들에 해당하는 말인 것이다.

'당신에게는 해당되지 않는 말이요. 너무 거친 게임이란 말이오.' 이런 말이 목구멍까지 넘어왔지만 입 밖에 내지는 않았다.

그녀는 심한 고통에 빠져들었건만 딕은 오히려 그녀에게 거침없이, 성적인 욕망에 가까운 감정을 느끼며 다가갔다. 자신이 종종 니콜에게 했던 것처럼 팔로 그녀를 감싸 안고 그녀의 실수까지도 그녀의 일부분인 양 보듬어주고 싶었다. 창문 틈에서 새어나오는 햇빛, 침대 위에 죽은 듯 누워 있는 그녀의 모습, 그녀의 얼굴, 병을 치료하는 것도 다 헛되다고 말하는 그녀의 목소리 등이 딕에게는 멀리 떨어진 추상적인 것처럼 느껴졌다.

딕이 일어서자 그녀의 눈에서는 눈물이 폭포처럼 쏟아졌다.

"마음속에 쌓인 것이 많은가 봐요."

딕은 일어서서 그녀의 이마에 키스를 했다.

"우리 끝까지 최선을 다해봅시다."

그녀가 입원해 있는 방을 나오면서 딕은 간호사를 들여보냈다. 다른 환자들도 보아야 했던 것이다. 환자 중에는 15살짜리 미국인 소녀도 한 명 있었다. 어린 시절은 즐거워야 한다는 생각을 지닌 가정에서 자라왔지만, 정신질환을 앓게 된 소녀였다. 그 소녀가 손톱 가위로 머리카락을 마구 잘라버렸다는 말을 듣고 소녀의 아버지가 딕을 찾아온 것이었다. 그러나 대책이 없는 환자였다. 신경질환은 가족 대대로 내려온 질병이었고, 그런 환경 속에서 그 소녀의 성격 역시 정상적으로 형성될 수 없었다. 그 소녀의 아버지는 다행스럽게도 정상이었는데, 신경질환을 앓는 딸이 인생의 고통을 겪지 않게 하려고 노력을 해왔다. 그러나 인생을 살다 보면 예상하지 못한 사건들이 꼭 발생하기 마련이고, 오히려 인생의 고통들을 통해서 그런 사건들에 대한 적응 능력이 생기는 것이다. 그러나 소녀의 아버지는 딸에게 인생의 고통을 겪지 않게 하려다가 그러한 적응 능력마저 상실시키는 결과를 초래하게 되고 말았다. 딕은 별 할 말이 없었다.

"헬렌, 궁금한 것이 있으면 간호사에게 물어보렴. 간호사가 해결해 줄 거야. 그렇게 하겠다고 약속할 수 있겠지?"

정신질환을 앓는 환자와의 약속이 무슨 의미가 있는 것일까? 이런 생각을 하면서 딕은 코카서스에서 탈출해온 연약한 환자도 살펴보았다. 그 환자는, 예전에는 흔들거리는 그물침대 같은 것이었지만 지금은 따뜻한 의료용 욕조로 사용되고 있는 곳에 안전하게 묶여 있었다. 그다음에 딕은 딸 셋을 둔 포르투갈의 장군도 살펴보았는데, 그의 몸은 조금씩 마비가 오는 상태였다. 그 옆방에는 쇠약해진 정신과 의사가 입원해 있었다. 딕은 그에게 상태가 좋아지고 있다고 말했지만, 그 환자는 그 말이 정말인지 확인하느라 딕의 얼굴을 살피려고 했다. 왜냐하면 그 환자는 딕의 목소리를 통해서만 실제 상황을 그나마 어느 정도 파악했기 때문이었다. 즉 딕이 말할 때 그 목소리에 힘이 들어가 있는지 아니면 조금 맥이 빠져 있는지를 살펴보면서 그의 말이 사실인지 아닌지, 실제 상황에 대해 확신을 가질 수 있었던 것이다. 이렇게 어느덧 오전 근무는 끝났고 점심시간이 되었다.

15

환자들과의 식사는 딕에게는 그저 평범한 하루 일과의 하나일 뿐이었다. 그 식사모임에는 들장미관과 밤나무관에 입원해 있는 환자들은 물론 제외되었는데, 얼른 보기에는 평범한 식사모임이었다. 그러나 가만히 들여다보면 분위기가 상당히 무겁다는 것을 알 수 있었다. 의사들만 이야기를 나눌 뿐이지, 환자들 대부분은 아침 작업에 기력이 소진한 것인지, 아니면 동료들 때문에 우울해진 것인지, 거의 말도 하지 않은 채 접시만 바라보며 식사를 할 뿐이었다.

점심식사를 끝내고 딕이 집으로 돌아오자, 니콜이 묘한 표정을 지으며 그에게 말했다.

"이 편지 좀 읽어보세요."

딕은 니콜이 건네준 편지를 뜯어보았다. 최근에 병원에서 퇴원했던 여자로부터 온 편지였다. 퇴원을 하기는 했지만 그녀의 완치 여부에 대해서는 의료진들이 회의적이었던 바가 있었다. 편지의 내용은 자기를 간호하던 딸을 딕이 유혹했으며, 니콜도 이 사실과 더불어 딕이 '어떤 인간인지' 도 알고 있는 것이 좋을 것 같아 이렇게 적어 보낸다는 것이었다.

딕은 그 편지를 다시 읽어보았다. 명확하고 간결하게 쓰인 편지였지만 딕이 보기에는 제정신이 아닌 사람이 쓴 편지였다. 그녀의 딸은 사실 바람기가 좀 있는 여자였는데, 언젠가 딕은 그녀를 취리히까지 태워다 준 적이 있었다. 물론 딕은 그날 저녁 다시 그녀를 태우고 병원으로 돌아왔는데, 어떻게 하다가 그만 그녀에게 키스를 하고 말았다. 그 일이 있은 후, 그녀는 딕과의 관계를 좀 더 진전시키려 했으나 딕이 관심을 보이지 않았다. 그러다 보니 결국 그녀도 딕을 멀리하게 되었고 어머니를 퇴원시켰던 것이다.

딕은 입을 열었다.

"이 편지는 제정신이 아닌 사람이 쓴 편지야. 나는 그 여자를 좋아하지도 않았고 또 둘 사이에 아무런 일도 없었어."

"나도 그렇게 생각하려고 애쓰고 있어요."

"나를 못 믿겠나?"

"제가 뭐라고 했나요."

딕은 니콜 옆에 앉으며 목소리를 낮추어 한심하다는 듯이 말했다.

"이건 말도 안 되는 소리야. 정신병자가 보낸 편지라니까."

"나도 예전에는 정신병환자였잖아요."

딕은 일어서며 더욱 한심하다는 듯이 말했다.

"니콜, 말도 안 되는 소리는 그만하자고. 가서 아이들을 데리고 와. 밖으로 나가게."

가족들을 태운 딕은 햇빛과 물방울을 차창으로 받으며, 폭포수처럼 드리워진 소나무들을 지나서 호숫가를 따라 차를 몰았다. 딕의 르노 자동차는 너무 비좁아서 어른들은 꽉 끼어 앉았다. 차의 뒷좌석에는 보모가 아이들 사이에 앉았는데, 불쑥 튀어나와 있는 그 모습이 마치 등대 같았다. 그들은 어디쯤 가면 소나무 향기가 나며 또 어디쯤 가면 검은 연기가 솟아오르는지 알고 있을 정도로 이 길에 대해서는 속속들이 꿰뚫고 있었다. 아이들의 밀짚모자 위로 햇빛이 따갑게 비치고 있었다.

니콜이 아무 말도 하지 않은 채 그저 앞만 보고 있어서 딕은 신경이 쓰였다. 니콜과 있을 때 딕은 외로움 같은 감정을 자주 느끼기도 했고, 또 니콜은 딕에게 이런저런 개인적인 수다를 홍수처럼 쏟아 놓아 그를 피곤하게 하는 경우가 많았다. 그러나 딕은 오늘만큼은 니콜이 그렇게 수다를 떨어서 속마음을 조금이라도 내비쳤으면 좋겠다고 생각했다. 그녀가 마음의 문을 닫고 자신의 내부 세계로 들어가 버릴 때면 항상 심각한 상태가 되기 때문이었다.

보모는 쥬그에서 내려 일행과 헤어졌다. 딕과 가족들은 대형 증기롤러에 의해 움직이는 이동 동물원을 지나 놀이공원으로 갔다. 차를 세웠지만 니콜이 미동도 하지 않고 자신을 쳐다보기만 하자 딕이 입을 열었다.

"여보, 이제 내려."

니콜의 입가에 갑작스레 섬뜩한 미소가 흘렀지만 딕은 짐짓 못 본 체하고 다시 재촉했다.

"어서 내리라니까. 당신이 그러고 있으니까 아이들이 내리지 못하고 있잖아."

"알았어요."

니콜이 대답했지만 이 말은 입안에 잠깐 맴돌다 사라져 딕은 듣지 못했다.

"알았어요, 내린다니까요."

"그래요, 빨리 내리라고."

둘이 나란히 걸으면서도 니콜은 딕을 외면하고 있었다. 조롱하는 듯한, 거리감이 느껴지게 하는 듯한 표정을 짓고 있는 니콜의 얼굴에는 아직도 그 섬뜩한 미소가 가시지 않았다. 레이니어가 몇 번 그녀에게 말을 건네고 나서야 니콜은 자신만의 세계에서 뛰쳐나와 놀이공원에서 벌어지고 있는 행사에 주의를 기울여 집중할 수 있었다.

딕은 어떻게 해야 할지 생각을 짜내고 있었다. 딕이 니콜에 대해 가지고 있는 남편과 정신과 의사라는 이중적 시각은, 그가 의사로서 지니고 있는 능력을 점차로 마비시켰다. 지난 6년 동안 니콜은 동정심을 유발하거나 재치나 열정, 무관심 등으로 딕을 무장 해제시키면서 여러 차례 이성을 잃게 만들었고, 그러한 경우들이 지나고 나서야 딕은 안정을 되찾으며 니콜이 자신의 판단력을 흐리게 했음을 깨달았었다.

딕과 가족들은 노천 상점들 사이를 거닐었다. 모자를 쓰고 벨벳 상의에 밝은 색의 퍼진 치마를 입은 여자들의 모습이 푸른색과 오렌지색의 요란한 놀이기구들과 전시물에 대비되어 얌전하게 보였고, 놀이공원의 행사를 알리는 소리도 들려왔다.

순간 니콜이 갑자기 뛰기 시작했다. 너무 갑작스런 일이라서 딕은 잠시 동안 멍하니 있었다. 꿈인지 현실인지 저 앞에서 노란 옷을 입은 니콜이 사람들 사이를 뚫고 지나가는 것이 보였다. 딕은 니콜을 쫓아가기 시작했다. 둘은 서로의 눈에 띄지 않으려고 몰래 쫓고 쫓기고 있었다. 한낮의 더위에다 니콜에게 신경을 쓰느라고 아이들을 깜박 잊었던 딕은 방향을 돌려 아이들에게 돌아왔다. 딕의 팔은 아이들을 안고 있었지만 눈은 상점들을 살펴보고 있었다.

"아주머니, 죄송하지만 이 아이들을 잠깐만 봐주시겠습니까? 급한 일이 생겨서 그렇습니다. 제가 수고비로 10프랑 드리지요."

딕은 흰색 복권판매소에 있는 젊은 여인을 다급하게 불렀다.

"그러시지요."

딕은 아이들을 판매소 안으로 들여보내면서 말했다

"여기서 저 아줌마랑 잠깐 기다리고 있어, 알았지?"

"예, 아빠."

딕은 다시 니콜을 찾아보았으나 보이지 않았다. 니콜을 찾으려 회전목마 주변을 돌다가 보니, 자기 옆에 계속 같은 목마가 있는 것이 보였다. 그때야 딕은 자기가 회전목마와 같이 원을 그리며 뛰고 있기 때문에 같은 목마만 보게 되는 것을 알았다. 그는 이번에는 식당 안에서 팔꿈치로 사람들을 밀치고 돌아다니면서 니콜을 찾아보았다. 그러나 거기에서도 니콜을 찾지 못했다. 그러던 중 갑자기 니콜이 평소에도 무척 좋아하는 일이 점을 보는 일이라는 생각이 딕의 머릿속에 떠올랐다. 딕은 점을 쳐주는 곳으로 가서 천막을 휙 걷어 올리고 안을 들여다보았다. 힘없게 들리는 저음의 목소리가 딕을 맞았다.

"어서 들어오시오."

그러나 그곳에도 니콜은 없었다.

걷어 올렸던 천막을 내리고 유람선이 정박해 있는 호숫가를 향해 뛰어간 딕은 그곳에서야 니콜을 찾을 수 있었다.

니콜은 그곳에서 놀이기구를 타고 있었다. 놀이기구는 꼭대기에서 내려오고 있었고, 즐거운 듯이 들떠서 웃는 니콜의 모습을 보았다. 딕은 사람들 사이를 뚫고 들어갔다. 놀이기구를 타려고 기다리고 있는 사람들은 니콜의 심각한 발작을 바라보며 수군대고 있었다.

"저 여자 좀 봐, 조금 이상해."

그녀가 탄 놀이기구가 아래로 내려왔다. 놀이기구와 음악 소리의 속도가 느려졌고, 그녀가 탄 곳으로 몰려든 사람들은 니콜의 웃음소리를 듣고 동정을 표했다. 그러다 니콜은 사람들 가운데 있는 딕을 보자 웃음을 멈추었다. 그녀가 도망가려고 했지만, 딕에게 팔을 잡혀 그곳을 나오게 되었다.

"당신 도대체 왜 이래, 정신 좀 차리라고!"

"내가 왜 이러는지 당신도 잘 알잖아요."

"알기는 내가 어떻게 안다는 말이야."

"이 팔부터 좀 놓고 이야기해요. 당신은 지금 무조건 잡아떼려 하고 있어요. 나를 바보취급 하고 있다고요. 그 여자애가 당신을 바라보는 것을 내가 못 보았다고 생각하나 본데, 천만의 말씀이에요. 15살짜리 어린애라니, 세상에, 기가 찰 노릇이지……. 당신은 내가 못 본 줄 아나 보지요?"

"이제 그만하고 진정해."

딕과 니콜이 테이블에 앉았다. 니콜은 의심의 눈초리를 거두지 않은 채, 마치 앞에 방해되는 것이라도 있는 듯 손을 내저으며 말했다.

"목이 타는군요. 브랜디 한잔 마시고 싶어요."

"브랜디는 안 돼. 정 마시고 싶다면 흑맥주를 마셔."

"왜 브랜디는 안 된다는 거지요?"

"글쎄, 안 된다니까. 내 말 좀 들어봐. 그 소녀와의 일은 당신이 잘못 알고 있는 거야. 내 말, 무슨 뜻인지 알겠어?"

"내가 몰랐으면 하고 당신이 바라는 일들이 있지요. 내가 그런 일을 알아버렸을 때, 늘 당신은 그런 식으로 말하잖아요. 내가 잘못 알고 있는 거라고요."

딕은 일말의 죄책감을 느꼈다. 꼼짝없이 자기가 저지른 것이라고 생각하고 있는 죄에 대해 그 값을 치르는 악몽을 꾸었는데, 깨어나서 보니 자기가 저지른 죄가 아닐 때 느끼는 그런 죄책감이었다. 딕은 니콜을 바라보던 눈길을 거두었다.

"아이들을 상점에 있는 집시 여인에게 맡겨놓았어. 가서 아이들을 데려와야 해."

"당신은 자신이 어떤 사람이라고 생각하나요? 이기적인 의도로 남을 지배하는 사람이라고 생각해본 적 없나요?"

딕은 할 수 없이 니콜을 강제로 차 한구석에 태웠다. 15분 전만 해도 그들은 가족이었지만 지금 딕의 눈에는 아이들이나 어른들 모두 그저 위험한 사고뭉치일 뿐이었다.

"집에 가지."

"집이라니!"

니콜은 소리를 질렀지만 포기를 했는지 평소의 큰 목소리가 아니라 떨리고 쉰 듯한 목소리였다.

"우리 모두 썩어가고 있다고 생각해봐요. 정말 더러워요!"

니콜은 이렇게 소리를 질러보았자 소용이 없다는 것을 깨달았다. 딕은 그런 니콜의 모습을 안도하는 마음으로 바라보았다. 니콜도 딕의 표정을 통해 그의 기세가 다소 누그러졌다는 것을 알 수 있었다. 사람의 표정에 민감한 니콜이기에 자신의 얼굴도 부드러워졌다. 니콜은 딕에게 애원하였다.

"나를 도와줘요, 나를 도와달라고요, 딕!"

딕의 마음속에 고뇌의 물결이 출렁였다. 그토록 아름다운 여인이 홀로 서지를 못하고 오직 딕에게만 의지하고 있으니 안타까운 일이었다. 어쩌면 맞는지도 몰랐다. 남자와 여자는 서로 구별되고 보완하는 관계라는 것이 말이다. 그러나 딕과 니콜의 관계는 조금 달랐다. 그들은 하나였고 동등했다. 서로 구별되거나 보완해주는 관계가 아니었던 것이다. 니콜이 곧 딕이었다. 서로가 서로를 뼈저리게 필요로 하는 관계였다. 딕은 니콜의 분열 상태를 그냥 보고만 있을 수 없었다. 딕의 이성적인 사고는 온화함과 연민이라는 형태로 나타났다. 딕이 니콜을 위해서 할 수 있는 일은 정성어린 치료였다. 그는 니콜을 밤새 돌볼 간호사를 취리히에서 데려오리라 생각했다.

"당신은 나를 도와줄 수 있어요."

니콜이 부드럽게 조르자 딕이 그녀 앞으로 다가섰다.

"당신은 예전에 나를 도와주었잖아요. 그리고 지금도 나를 도와줄 수 있는 사람이에요."

"내가 당신을 도와준다 해도 옛날에 내가 했던 방식으로밖에 당신을 도와줄 수 없어."

"그렇다면 누군가 다른 사람이라도 있겠지요."

"그럴지도 모르지. 하지만 당신 스스로의 노력이 가장 중요해. 자, 아이들이나 찾아보자고."

복권판매소는 무척 많았다. 딕은 복권판매소를 잘못 찾아 들어가 당황해 했다. 악마 같은 눈초리의 니콜은 좀 떨어진 곳에 서 있었다. 그녀는 아이들을 거부하고 그들에게 화를 냈다. 니콜에게 아이들은 존재하지 않았어야 할 것들 중 하나였던 것이다. 딕은 곧 아이들을 찾았다. 딕의 아이들은 한 무리의 여자들과 아이들에 둘러싸여 있었는데, 그 여자들은 딕의 아이들을 마치 좋은 물건이라도 발견한 듯 이리저리 살펴보고 있었고, 시골아이들도 그들을 신기한 듯 쳐다보고 있었다.

"감사합니다, 선생님. 수고비를 이렇게 많이 주시다니요. 얘들아! 그럼 또 보자, 안녕."

그들은 뜨거운 햇볕을 받으며 돌아왔다. 자동차 안의 분위기는 불안과 고민으로 인해 가라앉아 있었다. 아이들도 이런 분위기를 느꼈는지 말이 없었다. 대단히 어둡고 익숙하지 않은 빛깔을 띤 채, 우울함이 그 모습을 드러내고 있었다. 쥬그 근처에 이르자 니콜은 분위기를 바꿔보려고 같은 말을 애써 되풀이했다. 길가에 노란 집이 있는데 페인트칠이 다 마르지 않은 것 같아 보인다는 말이었다. 그러나 이런 니콜의 노력은 한 가닥 희망이라도 잡아보려는 안간힘일 뿐이었다.

딕은 휴식을 취하려 했다. 집에서도 이러한 전쟁이 곧 발생할 것이고, 그럴 경우 니콜이 제정신을 차리도록 하려면 딕이 좀 더 오랫동안 인내해야 할 터였다. '정신분열증 환자'는 성격 파탄자의 다른 명칭이라고 할 수 있었다. 니콜은 아무것도 설명해줄 필요가 없는 사람이면서, 또 아무 설명도 해줄 수가 없는 사람이기도 했다. 그녀를 치료할 때는 능동적이고 확신을 지닌 태도가 필요했다. 현실세계를 바로 볼 수 있도록 해주고 거기에서 이탈하는 것은 어렵게 만들어야 했다. 그러나 니콜의 종잡을 수 없는 정신이상 증세는 둑에서 줄줄 새는 물과 같아서 좀처럼 사라지지 않았다. 그 때문에 치료를 위해서는 많은 사람들의 협조가 필요했다. 이번에야말로 니콜 스스로 병을 이겨내는 것이 필요하다는 것이 딕의 생각이었다. 우선 딕은 니콜이 과거를 극복할 때까지 기다리고 싶었다. 심신이 지친 딕은 1년 전에 사용했던 처방을 다시 쓸 계획을 세웠다.

딕은 언덕 위 지름길을 택해 병원으로 차를 몰았다. 언덕과 평행을 이루는 짧은 직선 길에 들어서자 가속기를 밟았는데, 그만 바퀴가 기울어져 자동차가 왼쪽 오른쪽으로 왔다갔다하면서 중심을 잡지 못했다. 니콜은 귀를 찢는 듯한 비명을 질렀고, 자동차는 길을 벗어나더니 방향을 바꾸어 덤불 속으로 처박히고 나서야 멈추었다.

아이들은 비명을 질렀고, 니콜은 저주를 퍼붓더니 딕의 얼굴을 할퀴려고까지 했다. 자동차가 얼마나 기울어져 있을까 하는 생각이 먼저 머릿속에 떠올라서, 딕은 니콜의 팔을 뿌리치고 자동차 위쪽으로 올라가 아이들을 밖으로 끄집어냈다. 다행히 자동차는 크게 기울어져 있지는 않았다. 사고를 수습해야 했지만 딕은 가슴이 떨리고 두근거려 잠시 서 있었다.

"당신!"

딕이 소리쳤다.

니콜은 발작적으로 웃어댔다. 부끄러워하지도 않고, 두려워하지도 않으며, 남의 일 대하듯 했다. 이 광경을 보고서 누가 니콜이 사고의 원인 제공자라는 사실을 알 수 있겠는가. 그녀는 마치 어린 시절로 편안한 여행이라도 하는 듯 즐거워했다.

"두려웠지요, 그렇지 않았나요? 죽기는 싫었나 보지요?"

니콜의 비난하는 듯한 말투였다.

니콜의 추궁하는 듯한 어투에 사고로 인한 정신적 충격까지 보태져서, 딕은 자기가 정말 두려움에 떨었던 것일까 하는 의문이 들었다. 그러나 긴장한 얼굴로 엄마와 아빠를 바라보는 아이들을 보자 딕은 이죽거리는 니콜의 얼굴을 후려갈기고 싶다는 생각이 들 정도로 분노가 치밀었다.

딕 일행이 있는 곳의 바로 위쪽으로 여관이 하나 있었다. 꾸불꾸불나 있는 길을 따라서 가면 한 500미터쯤 되는 거리였지만 산을 타면 90미터쯤 올라가야 하는 곳에 있는 여관이었고, 숲 사이로 그 모습이 조금 보였다.

"레이니어, 톱시의 손을 꼭 잡아라. 그렇지, 그렇게 꼭 잡고 저기 좁다란 길이 보이지? 저 길을 따라 언덕 위로 올라가면 여관이 있을 거야. 거기로 가서 안에 있는 사람에게 '딕 씨가 위험에 빠졌어요.' 라고 말해라. 그러면 사람이 이리로 올 거야."

레이니어는 사고가 왜 일어났는지 정확히 몰랐다. 그냥 날도 어두워지고 처음 가는 길이라서 그런 것이 아닌가 하고 생각할 뿐이었다.

"아빠는요?"

"나는 차에 있을 거야."

레이니어와 톱시는 엄마인 니콜을 쳐다보지도 않은 채 여관을 향해 나섰다. 딕은 출발하는 그들을 향해 소리쳤다.

"조심해라! 찬찬히 살피면서 가야 해!"

딕과 니콜은 서로를 똑바로 노려보았다. 그들의 눈은 증오로 타는 듯 이글거렸다. 니콜이 손거울을 꺼내어 얼굴을 비추어보더니, 머리 모양새를 다듬었다. 딕은 언덕을 오른 아이들이 소나무 숲 사이로 사라져 보이지 않을 때까지 눈을 떼지 않고 지켜보고 있었다. 아이들이 시야에서 사라지자 딕은 자동차가 얼마나 망가졌는지 살펴보고 다시 도로로 움직일 방법은 없는지 궁리해보았다. 먼지가 풀풀 나는 가운데 딕은 그 위험했던 순간의 흔적을 볼 수 있었다. 대강 한 30미터 정도를 그렇게 위험한 상태로 운전했던 것 같았다. 딕의 마음속에 분노와는 다른 어떤 역겨움 같은 것이 일었다.

아이들이 출발한 지 얼마 후, 여관 주인이 뛰어내려 와 소리쳤다.

"세상에! 어쩌다 이런 사고가 난 거지요? 과속하셨나요? 그나마 다행이에요. 이 나무가 없었더라면 언덕 저 아래로 굴러 떨어졌을지도 모르는 일 아닙니까."

여관 주인 에밀이 걸치고 있던 넓은 검정 앞치마로 얼굴에 흐르는 땀을 닦은 딕은, 차에서 나올 수 있도록 에밀의 도움을 받으라고 니콜에게 눈짓했다.

그녀는 아래쪽으로 뛰어내리다 경사 때문에 중심을 잃고 쓰러졌으나 다시 일어났다. 두 남자가 차를 움직이려고 애를 쓰는 것을 보면서 니콜은 가소로운 표정을 지었다. 그러나 그런 표정에도 신경 쓰지 않고 딕은 말했다.

"여보, 가서 아이들과 함께 기다리고 있어."

니콜이 가고 나서 얼마 후, 딕은 그녀가 코냑이 마시고 싶다는 말을 한 사실과 함께 여관에 코냑이 있다는 것도 생각이 났다.

딕은 에밀에게 큰 차를 불러서 도로로 끌어내면 되니까 차에는 신경 쓰지 말라고 말하며 서둘러 여관으로 달려갔다.

16

"어디론가 떠났으면 좋겠어. 한 달 정도? 아니, 가능하면 그보다 더 오래도록 떠나 있고 싶어."

딕은 프란츠에게 하소연을 늘어놓았다.

"떠나면 되잖아? 원래 우리끼리 그렇게 이야기했으니까. 머물자고 고집한 사람은 자네야. 자네와 니콜이……."

"니콜과 함께 떠나고 싶지는 않아. 혼자 가고 싶어. 지난번 사고가 나를 지쳐 나가떨어지게 했다네. 하루에 2시간 만이라도 잠을 잘 수 있다면 기적이야."

"이젠 절제하는데도 진력이 났구먼."

"그런 뜻이 아닐세. 떠나고 싶을 뿐이야. 내가 베를린에서 열리는 정신의학회에 참석하느라고 자리를 비우더라도 자네가 잘 꾸려갈 수 있겠지? 니콜도 지난 3개월 동안 별 이상 징후를 보이지 않았고, 담당 간호사를 마음에 들어 하니 말일세. 자네는 내가 이런 부탁을 할 수 있는 유일한 사람이지 않은가."

프란츠는 투덜거렸지만, 동료가 사정을 봐달라고 부탁할 정도로 자기가 신뢰를 받고 있는 사람인가 하는 생각이 들기도 했다.

그다음 주에 딕은 차를 몰고 공항으로 가서 뮌헨행 비행기를 탔다.

비행기가 이륙하여 굉음을 내며 푸른 하늘 위를 날자 정신이 멍해졌다. 심신이 많이 지친 상태였던 것이다. 병은 환자의 몫으로, 소음은 모터의 몫으로, 방향 잡는 것은 조종사의 몫으로 남겨둔 채 딕은 어느새 깊은 적막감에 휩싸였다. 학회에 참석할 생각은 없었다. 집에서 정리해도 그만인 새로 나온 팸플릿, 환자의 치아를 뽑거나 편도선에 뜸을 떠서 치매를 고쳤다고 주장하는 미국인 의사의 논문, 미국이 부자 나라, 강한 나라라서 이러한 논문이 조롱 반 존경 반으로 받아들여지는 현실 등, 이 모든 것은 학회에 참석하지 않아도 쉽게 상상할 수 있었기 때문이었다. 상업적인 동기로 학회에 참석한 사람들은 비굴한 표정을 짓고 있었다. 그들이 참석한 이유에는 자신들의 입지를 넓히기 위한 것도 포함되어 있었다. 그들은 자신들의 입지를 넓힘으로써 한몫 잡을 기회를 얻을 수 있었다. 또한 학계의 새로운 조류를 접함으로써 모든 가치가 끝도 없는 혼란을 겪는 가운데, 자신의 주가를 높이겠다는 것도 이러한 학회에 참석한 또 다른 이유였다. 빨간 머리의 슈와르츠는 미국에서 온 대표자 가운데 한 사람으로 성자 같은 얼굴을 하고는 무한한 인내심을 발휘하며 학회에 참석하고 있었다. 그도 역시 이러한 두 가지 이유 때문에 여기에 온 것이지만, 어떤 이유가 먼저인지는 분명하지 않았다. 참석자들 중에는 냉소적인 라틴계 사람들도 있었고, 비엔나에서 온 프로이드 학파의 학자들도 있었다. 그중에서 두드러지는 인물이 위대한 학자, 융이었다. 온화한 성품에 활력이 넘치는, 그가 다루는 연구의 범위는 인류학에서부터 취학아동들의 신경질환에 이르기까지 폭넓었다. 학회의 투표는 그 형식에 있어 로터리 회의와 비슷한데, 먼저 미국인이 나서면 다음에 단결심이 더 강한 유럽인이 이와 대적하고 끝에 가서는 미국인이 승리의 카드를 내놓는다. 거액의 기부금, 연구소와 교육기관의 신설이 그것이다. 그러면 유럽인들은 그 규모에 기가 질려 물러난다. 그러나 딕은 그런 것에 관심이 없었다.

딕이 탄 비행기가 볼러버그 알프스의 가장자리를 지나고 있었다. 마을을 내려다보니 전원 분위기가 풍겨 기분이 좋았다. 네다섯 개의 마을이 시야에 들어왔는데, 모두 교회 주위에 모여 있었다. 이렇게 멀리 위에서 내려다보니 아래 세상이 마치 장난감처럼 단순하게 보였다.

한 영국인이 복도 건너편에서 말을 건넸다. 사실 최근에 딕은 영국인들에 대해서 좋지 않은 감정을 품고 있었다. 그들은 자신들의 방탕함이 들통나자 예전의 권력을 찾기 위해 이를 무마하려는 부자들 같았다.

딕은 그 영국인과 잡지에 대해 이야기를 나누었지만 저 아래의 마을로 내려가 그곳 사람들과 이야기를 나누는 모습을 머릿속에 그려보는 것이 더 재미있었다. 그는 어렸을 때 주일날 깨끗하게 차려입고 나온 사람들과 함께 아버지가 목회하시는 교회에 앉아 예배를 드리고는 했는데, 마치 저 아래 교회에 그때처럼 앉아 있는 자신을 상상해보는 것이었다. 아버지가 목회를 하던 그 교회에서, 딕은 지혜의 성자이신 예수그리스도께서 십자가에 못이 박히시어 교회에 묻히셨다는 설교 말씀을 들었다. 또 헌금시간이 되면 5센트를 내야 하나 10센트를 내야 하나 고민하고는 했다. 뒷자리에 앉은 소녀가 의식되었기 때문이다.

딕에게 말을 걸어왔던 영국인이 딕이 읽고 있던 잡지책을 빌려달라고 했다. 딕은 잡지책보다는 앞으로 남은 여정에 대해 생각하려던 참이었으므로, 기꺼이 그에게 잡지책을 빌려주었다. 딕은 이 세상이 선사하는 즐거움에 대해 상상의 나래를 펴고 있었다. 올리브나무가 무성한 비옥한 토질을 자랑하는 청정해역의 지중해 지방, 장미꽃 같은 얼굴을 한 농부의 딸, 그 딸을 국경 너머로 납치해 간다면 어떻게 될까. 그리고 거기에다 그녀만 버려두고 그리스로 가버린다. 탁한 바다 물결이 이는 낯선 항구, 해변에는 소녀가 길을 잃은 채 서 있고 음악은 달빛처럼 흐른다.

비록 고상한 것이 아니고 싸구려 기념품 같은 것이기는 했지만, 딕은 이렇게 어린 시절의 향수에 젖어들었다. 헌금으로 5센트를 낼지

10센트를 낼지 하는 갈등에 빠져 상상과 현실을 오가던 딕은 겨우 정신을 추슬렀다.

17

토미는 뭔가 사람을 압도하는 듯한 영웅 같은 면모를 지닌 사람이었다. 딕은 뮌헨의 마리엔플라츠라는 곳에서 우연히 그를 만난 일이 있었다. 재미 삼아서 주사위를 굴리는 도박게임도 하는 그런 카페였는데, 사람들의 말소리와 트럼프카드 소리 등이 어우러져 실내는 꽤 시끄러웠다.

토미는 한 테이블에 앉아서 호탕하게 웃고 있었다. 보통 그렇듯이 오늘도 술을 한잔 마신 것 같았다. 주위를 압도하는 듯한 그의 분위기에 눌려, 동료들의 마음속에는 그에 대한 약간의 두려움이 항상 있었다. 그러나 최근에 토미가 뇌수술을 받았기 때문에 카페 안에서 가장 힘이 약한 사람일지라도 그의 머리에 타격을 가해 죽일 수 있었다.

"이분은 칠리 세프 왕자이십니다."

토미가 50세가량으로 세파에 시달린 듯한 모습을 한 러시아 사람을 소개했다.

"그리고 이쪽은 맥키번 씨, 이쪽은 한난 씨."

한난이라고 소개된 사람은 생기 있게 빛나는 검은 눈동자와 검은머리의 광대였다. 그는 소개를 받자마자 딕에게 말했다.

"악수하기 전에 먼저 한마디 묻겠소. 내 숙모님을 희롱했다니, 그게 무슨 말이오?"

"저는……."

"뮌헨에서는 무슨 일을 하고 있는 거요?"

이 광경을 옆에서 지켜보던 토미가 웃음을 터뜨렸고, 한난이라는 남자는 재차 딕에게 물었다.

"당신 숙모님이나 희롱할 일이지, 왜 남의 숙모님을 희롱하는 거요?"

딕은 어이가 없다는 듯 이야기했다.

"우리가 서로 안 지 30분도 채 되지 않았는데 느닷없이 알지도 못하는 숙모 이야기나 하니 도대체 무슨 영문인지 모르겠습니다."

토미가 다시 웃더니 부드럽지만 단호하게 말했다.

"그만해, 칠리. 딕, 앉게나. 그동안 어떻게 지냈나? 니콜은 좀 어때?"

그는 다른 사람들을 좋아하지 않았고 그들의 존재에 큰 관심도 없었다. 마치 전쟁을 앞두고 휴식을 취하는 사람 같았다. 운동경기에서 후방의 방어를 맡은 유능한 선수는 체력을 비축하며 쉬고 있다가 때가 되면 자신의 힘을 쏟아 붓는다. 그러나 무능한 선수는 체력을 비축하며 쉬는 척만 할 뿐이고, 신경은 계속 곤두서 있어 실제 힘을 발휘해야 할 때 제대로 힘을 쓰지 못한다.

한난은 피아노 앞에 앉았다. 기분이 아주 상한 것 같지는 않았지만 딕을 볼 때에는 화난 표정을 지었으며 피아노 연주를 하면서도 간간이 투덜댔다.

"그래, 자네는 요즘 어떻게 지내나? 썩 좋아 보이지는 않구먼."

토미가 다시 물었다. 그는 적당한 말을 찾으려고 애쓰는지 잠시 뜸을 들이더니 다시 말을 이었다.

"그러니까, 쾌활하고 멋있던 자네가 얼굴이 좀 안 돼 보인다는 말이야, 내 말은."

그 말은 왜 그렇게 기운이 없느냐고 놀려대는 것 같이 들렸다. 그러자 딕은 토미와 칠리 세프 왕자가 입고 있는 옷에 대해 언급함으로써 그들에게 반격을 가하려 했다. 그들이 입고 있는 옷이 너무 환상적이어서 일요일 날 빌 가에 나가도 손색이 없을 것 같다고 비아냥거리려던 참에 러시아 왕자라는 사람이 옷에 대해 먼저 말을 꺼냈다.

"우리 옷에 대해 관심이 있는 것 같은데, 우리는 러시아에서 방금 왔소."

"폴란드 왕실의 재단사가 만든 옷이야."

토미가 거들었다.

"폴란드와 러시아라니. 자네, 여행이라도 다녀왔나?"

딕이 묻자 토미와 그 러시아 왕자라는 사람은 웃음을 터뜨렸다. 특히 러시아 왕자는 토미의 등까지 두드려대면서 웃는 것이었다.

"맞아, 우리는 여행을 했어. 러시아 전역을 도는 엄청난 여행을 했지."

딕이 궁금해하자 맥키번 씨가 설명을 했다.

"저 사람들, 도망쳐왔어요."

"도망이라고? 그럼 러시아에서 감옥에라도 갇혀 있었단 말입니까?"

"그랬소. 감옥에 갇혀 있던 것이 아니라 숨어 있었어요."

힘없는 노란 눈동자로 딕을 바라보며 칠리 세프 왕자가 대답했다.

"도망 나오는 것이 쉽지는 않았겠지요."

"고생을 조금 했지요. 국경에서 경비병을 세 명이나 죽였어요. 토미가 두 명을 죽였고."

이야기를 하면서 칠리 세프 왕자는 프랑스 사람처럼 두 손가락을 들어 보였다.

"한 명은 내가 죽였고."

"알 수 없군. 왜 러시아가 당신들을 막았을까?"

맥키번이 의아해했다.

피아노 앞에 앉아 연주하던 한난이 몸을 돌리더니 사람들에게 눈을 찡긋하며 말했다.

"맥키번 씨는 마르크스주의자들을 성 마가 학교에라도 다니는 사람들로 알고 있나 봐."

그들이 들려준 이야기는 전형적인 탈출기였다. 귀족출신인 어느 사람이 자기가 하인으로 데리고 있던 자와 9년이나 숨어 지내다가, 정부에서 운영하는 빵 공장에서 일을 했다. 그러다 우연히 파리에서 살고 있는 18세의 딸과 만나게 되었는데 아버지를 알아보더란 이야기…….

맥키번이 일어섰다.

"나는 그만 가봐야 해요. 내일 아침 아내와 아들을 데리고 자동차로 인스부르크에 갈 예정입니다. 가정교사도 데리고 가야지요."

"나도 내일 거기에 가볼 참이었는데."

딕의 말을 듣자 맥키번이 잘됐다는 듯 소리쳤다.

"아, 그래요? 그러면 같이 가시지요. 차는 큰데 나하고 아내와 아이들, 가정교사만 타니까 자리가 많이 남거든요."

"그래도 그럴 수는 없지요."

"사실 그 여자는 가정교사가 아니에요. 아내는 당신 처형인 베이비를 알고 있거든요."

맥키번은 다소 애처롭다는 듯 딕을 쳐다보았다.

그러나 딕도 나름대로 계획이 있었다.

"저도 누구와 같이 가기로 약속이 돼 있습니다."

"아, 그렇군요. 그럼 여기서 작별인사를 해야겠군요."

맥키번이 실망한 표정을 지으며 말했다. 그는 근처 탁자에 매놓은 개 두 마리를 풀어서 데리고 떠났다. 딕은 맥키번 부부와 아이들, 짐, 시끄럽게 짖어대는 개 두 마리, 거기에 가정부까지 타니 아무리 큰 차라도 꽉 차서 비좁을 것이라고 생각하였다.

"신문에 그를 죽인 범인이 밝혀졌다고 하던데. 하지만 피살자의 사촌들은 신문에 범인의 이름이 밝혀지기를 원하지 않는다더군. 사건이 주류밀매업소에서 일어났기 때문이지. 자네는 어떻게 생각하나?"

토미가 물었다.
"집안 체면 때문이라고들 하던데."
한난이 사람들의 주의를 끌려는 듯 큰 소리로 피아노를 연주했다.
"나는 그의 첫 작품이 대단하다고 생각하지는 않아요. 에이브 정도의 실력을 가진 미국인은 얼마든지 있습니다. 유럽인이라면 이야기가 다르지만 말이에요."
그 말을 듣고 나서야 딕은 화제의 주인공이 에이브라는 것을 알았다.
"다른 사람들과의 차이가 있다면 에이브가 처음으로 시도했다는 것뿐이야."
토미의 말에 한난이 반박했다.
"나는 그렇게 생각하지 않아요. 그가 훌륭한 음악가로서 명성을 얻은 이유는 술을 너무 많이 마셔서 주위 사람들이 그에게……."
"에이브에게 무슨 일이라도 생겼나?"
"오늘 아침 신문 못 봤어?"
"보지 못했네."
"죽었어, 그 사람. 뉴욕에 있는 주류밀매업소에서 심하게 폭행을 당했다는군. 기다시피 해서 라켓클럽에 왔는데, 그만 죽고 말았대."
"에이브가 말인가?"
"그렇다니까."
"에이브가? 정말 죽은 것이 확실해?"
딕이 자리에서 일어나며 물었다.
한난이 맥키번 쪽으로 몸을 돌려 이야기했다.
"그가 기다시피 해서 갔던 곳은 라켓클럽이 아니라 하버드클럽이에요. 그는 라켓클럽 회원이 아니거든요."
"신문에는 라켓클럽이라고 났던데 무슨 소리야."
맥키번은 라켓클럽을 고집했다.
"뭔가 착오가 있었겠지요. 나는 라켓클럽 회원들을 거의 다 알고 있습니다. 하버드클럽이 틀림없다니까요."

호텔로 돌아오면서 딕은 충격에 정신이 하나도 없었다. 그런 그에게 토미가 이야기를 늘어놓았다.

"우리는 파리에 입고 가려고 옷을 맞추었는데 아직 다 완성되지 않아서 기다리고 있네. 주식중개소에 가려고 하는데 이런 모양으로 가면 들여보내 주지도 않을 거야. 미국 사람들은 떼돈을 벌고 있다는구먼. 그런데 자네, 정말 내일 떠날 생각인가? 그렇다면 자네와 저녁식사 한번 제대로 하지 못하겠군. 칠리 세프 러시아 왕자의 옛 애인이 뮌헨에 살았었네. 전화를 해보았는데 애인은 5년 전에 죽었고 딸만 둘 있는데 같이 저녁식사를 하기로 했어."

러시아 왕자라는 사람은 토미의 말이 맞다는 듯이 고개를 끄덕였다.

"딕 씨도 함께 하시지요."

"아니오, 저는 괜찮습니다."

딕은 얼른 사양했다. 그는 깊은 잠에 빠졌다가, 창 밖으로 군인들이 느릿느릿 애도의 행진을 하는 소리에 잠을 깼다. 눈에 익은 1914년도의 헬멧을 쓰고 제복을 입은 군인들, 외투에 실크모자를 쓴 사람들, 시민들, 귀족들, 평민들까지 많은 사람들이 행진의 대열에 참여하고 있었다. 이 행렬은 퇴역군인들이 전사자들에게 헌화하러 가는 행렬이었다. 그들은 잃어버린 영광과 지난날의 노고, 그리고 잊혀진 슬픔을 지닌 채 천천히 행진하고 있었다. 행진하는 사람들은 형식적인 슬픔의 표정을 짓고 있었지만, 딕의 가슴은 에이브의 죽음에 대한 애도와 자신의 지난 10년간의 삶에 대한 회한으로 찢어질 듯했다.

18

딕은 날이 저물어 어둑어둑해질 무렵에 인스부르크에 도착해, 호텔로 짐을 보내고 시내로 걸어갔다. 추모자들과 함께 무릎을 꿇고 기도를 드리는 맥시밀리안 황제의 청동상이 저녁노을 속에 그 모습을 드러내고 있었다. 아직 수련 중인 제수이트 수사(修士) 네 명이 학교 교정을 거닐면서 책을 읽는 모습도 보였다. 해가 지자 대리석으로 만든 기념비들의 모습이 어느새 사라지고 있었다. 딕은 수프와 맥주로 요기를 했다.

눈앞에 산맥이 보였지만, 여기서 니콜이 있는 스위스까지는 한참 먼 거리였다. 딕은 날이 꽤 어두워진 후 뜰을 거닐면서 멀리 떨어져 있는 니콜을 생각했다. 언젠가 한번은 그녀가 딕에게 급히 달려왔던 일이 있었다. 잔디가 젖어 있어 그녀가 신고 있던 얇은 슬리퍼도 이슬에 흠뻑 젖은 채였다. 그렇게 달려오더니 딕의 신발을 밟고 올라서서 몸을 바짝 밀착한 채, 펼쳐놓은 책처럼 얼굴을 들고는 이렇게 속삭였다.

"당신은 나를 얼마나 사랑하고 있나요. 항상 나를 이렇게 사랑해 달라고는 하지 않겠어요. 하지만 기억해 달라고는 하고 싶네요. 오늘 밤 이런 나의 모습이 진정한 나의 모습이라는 것을 말이에요."

그러나 딕은 니콜에 대한 회상을 지워버리고 자기 자신에 대해 생각해보았다. 자기를 잃어버린 딕, 하지만 그것이 언제인지는 알 수 없었다. 한때는 딕도 시원스레 문제들을 해결했었다. 아주 복잡한 문제도 가벼운 병을 앓고 있는 환자들을 다루듯 쉽게 해결해 나갔던 것이다. 취리히에서 꽃같이 아름다운 니콜을 만났을 때와, 로즈마리를 만났던 때가 각각 어느 때였는지 혼동되었다.

천성적으로 물질에 대한 욕심이 없던 딕도, 아버지가 어려운 환경에서 고생하는 모습을 지켜보았기 때문에 돈에 대한 욕망을 가지게 되었다. 그러나 그러한 욕망은 생활의 안정을 위한 건전한 것은 아니었다. 니콜과 결혼을 하던 무렵보다 더 자신감에 차 있던 때가 없었던 딕이었다. 그러나 지금은 심신이 피폐해졌고 금전적인 주도권도 워런 가의 손에 있었다.

"대륙적인 스타일로 해결을 보았어야 했어. 그러나 아직 끝난 것은 아니니까. 부자들에게 인간이 지녀야 할 예의를 기초부터 가르치느라 8년을 보냈지. 그러나 아직도 끝나지 않았어. 내 손에는 아직도 선보일 수 있는 카드가 많이 남아 있지."

딕은 제멋대로 자란 장미 덤불과 이름을 잘 알 수 없는 부드러운 고사리류의 식물들이 자생하고 있는 습지를 거닐었다. 10월치고는 따뜻한 날이었지만, 그래도 두툼한 코트를 입어야 할 만큼 쌀쌀한 날씨였다. 누군가가 나무 그림자 주변에서 움직이는 모습이 보였다. 딕이 로비에서 나올 때 마주쳤던 여자였다. 딕은 지금 눈에 띄는 모든 아름다운 여인들이 다 사랑스러웠다. 여인들의 형체, 벽에 비친 그림자마저도 사랑할 수 있을 것 같았다.

그녀는 딕을 등지고 도시의 불빛을 바라보고 있었다. 딕은 그녀가 들을 수 있을 정도로 소리를 내어 성냥불을 붙였지만, 그녀는 움직이지 않았다.

유혹하는 것일까 아니면 눈치 채지 못하고 있는 것일까? 단순한 욕망과 그 충족의 세계와는 담을 쌓고 산 딕이었다. 그는 이런 쪽에 대해서는 서툴렀고 잘 알지 못했다. 서로를 잘 알지 못하는 상태에서 헤매는 사람들 사이에는 서로를 빨리 파악할 수 있는 암호 같은 것이 있을 수 있겠다는 것이 딕이 생각하고 있는 전부였다.

아마도 다음은 그의 차례일 것이다. 처음 보는 낯선 아이들끼리는 서로 웃으며 '같이 놀자' 고 얘기할 테니 말이다.

딕이 다가가자 그 그림자는 옆으로 비켜났다. 어렸을 때 들었던 개구쟁이 북 치는 소년처럼 딕도 한바탕 야단을 맞을지도 몰랐다. 조사되지도, 분석되지도, 설명되지도 않은 그 누군가와 만난다는 생각 때문에 그의 가슴은 방망이질 쳤다.

갑자기 딕이 몸을 돌리자 그녀도 몸을 움직였고 그 때문에 나뭇잎들이 흔들렸다. 그녀는 보통 빠르기였지만 힘 있는 걸음걸이로 벤치를 돌아 호텔로 돌아갔다.

다음날 아침 딕은 안내원, 그리고 다른 두 명의 등산객과 함께 버카르스피체에 올랐다. 산 정상에 오르니, 그 아래에 있는 목장에서 울려퍼지는 소의 목에 달린 방울소리가 상쾌하게 느껴졌다. 딕은 오두막에서 보내게 될 밤에 대한 기대감에 피곤함도, 안내원의 지시에 대한 불쾌감도 기쁘게 받아들였다. 아무도 자기를 알아보지 않는 데서 오는 자유스러움도 만끽할 수 있었다. 그러나 한낮이 되자 하늘이 어둡게 변하면서 진눈깨비가 내리고 천둥이 쳤다. 딕과 다른 등산객 한 명은 계속 올라가자고 했으나, 안내원이 거부하는 바람에 아쉽게도 내일 다시 오르기로 하고 인스부르크로 힘겹게 되돌아왔다.

사람이 없어 썰렁한 식당에서 그 지방에서 생산된 독한 포도주를 곁들여 저녁식사를 한 딕은 왠지 모를 흥분을 느꼈고 그 흥분은 호텔 정원에서 일어난 일에 생각이 미칠 때까지 계속되었다. 딕은 저녁식사 전에 로비에서 그녀와 마주쳤는데, 그때는 그녀도 그를 쳐다보면서 아는 듯한 태도를 보였고 이것이 딕을 생각에 빠지게 만든 것이다. 왜일까? 살아오면서 만났던 그 많은 아름다운 여인들에게 구애할 기회도 많았건만 가만히 있다가, 왜 지금 이러는 것일까? 무엇에 홀린 것일까 아니면 한줌 욕망 때문일까? 왜일까?

딕의 상상은 계속되었지만 결국 오랫동안 지켜왔던 금욕주의, 낯선 곳이라는 불안감이 승리했다. 차라리 리비에라로 돌아가 아무 여자와 자는 편이 낫겠다는 생각이 들었던 것이다. 여기서 본의 아닌 저속한 행동으로 그동안 쌓아올렸던 것을 무너뜨릴 수는 없었다.

아직도 흥분이 가시지는 않은 채 딕은 베란다에서 나와 방으로 들어갔다. 육체적으로나 정신적으로 혼자라는 생각이 들자 외로움이 새록새록 솟아났고, 그러한 외로움은 또 다른 외로움을 낳았다.

딕은 위층으로 올라가 이리저리 걸으며 그 사건을 생각하다가 열기가 식은 히터 위에 등산복을 널어놓았다. 니콜이 친 전보가 개봉되지 않은 채 다시 눈에 들어왔다. 그녀는 이렇게 전보를 통하여 매일같이 딕의 여행에 동반하는 것이었다. 전보는 나중에 열어보자 하고 생각했던 것이 저녁을 들기 전이었는데, 그렇게 미루어 놓은 것은 호텔 정원에서의 일 때문인지도 몰랐다. 전보는 버펄로에서 온 것이었는데 취리히를 거쳐 딕이 받아보게 되었다.

부친께서 오늘밤 임종하셨습니다. — 홈즈 —

딕의 몸이 충격을 받아 크게 꿈틀거렸다. 그것은 이 사태를 부인하려는 움직임이었고, 그 움직임은 온몸으로 퍼져 목까지 치밀어 오르는 듯했다.

딕은 전보를 다시 읽어보았다. 그러고 나서 침대에 앉아 숨을 고른 채 그것을 바라보며 생각에 잠겼다. 가장 오래되고 강력한 보호막이 없어졌으니 이제 나는 어떻게 되는가 하는, 마치 부모의 죽음을 맞은 어린아이가 된 듯한 느낌이 들었다.

누구나 겪어야 하는 일이 그에게도 닥친 것이다. 딕은 방 안에서 서성거리다가 이따금씩 전보에 눈길을 주었다. 홈즈는 공식적으로는 딕의 아버지를 보좌하는 부목사였다. 그러나 실제로는 십 년 가까이 교회의 목회를 담당해 왔다. 아버지께서는 왜 갑자기 돌아가신 것일까? 일흔다섯이라는 고령 때문일까? 하기는, 그 정도 연세라면 오래

사신 편이기는 했다.

딕은 아버지가 외로이 임종을 맞이했을 것을 생각하니 가슴이 쓰렸다. 아내와 형제들이 모두 먼저 돌아가셨던 것이다. 버지니아에 사촌이 있기는 했지만, 여유 있는 삶을 사는 형편이 되지 못해 아버지의 임종을 보지 못했고 홈스가 전보를 보내야 했다. 딕은 아버지를 사랑했다. 어떤 결정을 내려야 할 때 아버지라면 이럴 때 어떻게 생각하고 어떻게 행동했을까를 몇 번이고 곱씹어 보곤 했던 딕이었다. 딕이 태어나기 몇 개월 전에 그의 어린 누이 두 명이 죽고 말았다. 아버지께서는 그런 어머니의 슬픔을 깊이 헤아리셔서 딕이 나쁜 길로 빠지지 않도록 직접 도덕적 안내자의 역할을 맡으셨다. 힘들었지만 스스로 채찍질하는 노력을 하시면서 말이다.

여름이면 아들과 아버지는 시내로 나섰다. 딕에게는 세일러복을 입히고 아버지께서는 언제나 단정하게 성직자들이 입는 옷을 입으셨다. 아버지께서는 잘생긴 어린 아들을 아주 자랑스러워하셨다. 또한 아버지께서는 인생에 대해 당신이 알고 있는 모든 것을 딕에게 이야기 해주었다. 많은 이야기를 해준 것은 아니었지만, 그 대부분은 참되고 소박한 이야기들이었으며 자신이 성직자로서의 경험에서 우러난 것들이었다.

"처음 목사 임명을 받고 낯선 마을에 부임할 때의 일이다. 사람들이 가득 차 있는 방에 들어갔는데 누가 주인인지 몰라 당황했단다. 몇몇 내가 아는 사람들이 나한테 오더구나. 하지만 나는 그 사람들보다는 방 한쪽 창문 옆에 앉아 있는 회색 머리의 여인에게 눈길이 갔다. 그래서 그 여인에게 가서 내 소개를 했지. 그러고 나서 나는 그 마을에서 많은 사람을 사귈 수 있었어."

딕의 아버지는 마음이 착해서 그런 일을 한 것이다. 그는 자신에 대해 확신을 가지고 있었고, 착한 심성, 명예, 예의, 그리고 용기보다 훌륭한 것은 없다고 믿게끔 그를 키워준 두 명의 여인에 대한 깊은 자부심도 지니고 있었다.

딕의 아버지는 늘 자기 아내가 남긴 유산이 아들 몫이라고 생각하고 있었다. 그래서 딕이 대학과 의과대학에서 공부하는 동안 아버지는 그에게 일 년에 네 번씩 꼬박꼬박 학비를 보내주었다. 딕의 아버지는 '그 양반 아주 점잖은 분이지. 하지만 패기는 없었어.' 라는 평판을 들었던, 도금시대(미국의 작가 마크 트웨인의 소설 제목으로 1865년에서 1890년까지의 시대를 말함. 이 소설은 남북전쟁 후 미국이 농업국에서 공업국으로 변하면서 물욕이 기승을 부리던 시대상을 풍자하고 있다: 옮긴이)의 마지막 멋쟁이였던 것이다.

딕은 신문을 가져오라고 일렀다. 전보가 놓여 있는 책상 주위를 왔다갔다하던 딕은 미국행 배편을 알아보았다. 그리고는 취리히에 있는 니콜에게 전화를 신청했다. 전화를 기다리는 동안 지난 일들을 회상하면서, 자기가 바랐던 그런 괜찮은 사람이 되고 싶다는 생각을 해 보는 것이었다.

19

아버지의 죽음으로 깊은 충격에 빠져 있던 딕에게는 뉴욕항의 화려한 모습조차 한동안 슬프고 장엄하게 느껴졌다. 그러나 육지에 내리자 그 느낌은 사라졌고 거리에서나 호텔, 버펄로로 가는 지루한 기차 안에서도, 그리고 아버지의 유해를 버지니아로 옮기는 중에도 다시 일지 않았다. 단지 기차가 덜컹거리며 웨스트모어랜드 지역의 잡목숲 사이로 달릴 때에야 자신의 처지가 다시 한 번 상기되었을 뿐이었다. 기차역에서 딕은 자신이 알고 있는 별과, 부두 위에 떠 있는 시리도록 밝게 빛나는 달을 바라보았다. 어디선가 4륜 짐마차의 바퀴가 삐걱대는 소리가 들렸고, 먼 옛날부터 거기에 있었던 인디언들이 이름을 지어준 그 강이 느릿느릿 흘러가는 소리도 정겹게 들려왔다.

다음날 조상들이 묻힌 곳에 아버지의 유해도 묻혔다. 조상들 옆이니 아버지는 저승에서도 외롭지는 않을 듯싶었다. 아직 단단히 다져지지 못한 흙더미 위 여기저기에 꽃이 놓여 있었다. 이제 자신은 이곳과는 아무 관계도 없게 되어 다시 올 일이 없을 것 같은 생각이 들었다. 딕은 딱딱한 흙바닥에 무릎을 꿇었다.

"아버님, 편히 잠드소서."

긴 지붕의 증기선들이 드나드는 부둣가에 서 있으니, 어느 지역 소속인지 헷갈리는 듯한 묘한 기분이 들었다. 사람들의 목소리로 실내의 노란 지붕이 울리는 듯했다. 트럭들이 덜컹대는 소리, 짐가방들이 부딪치는 소리, 귀에 거슬리게 삐걱대는 기중기 소리가 어우러져 들려오고 처음 맡아보는 짠 바다 냄새가 코를 자극했다. 사람들은 시간이 있음에도 서두르고 있었다. 이제 과거와 대륙은 뒤로 사라지고, 미래가 배 옆까지 다가와 있었다. 그리고 현재는 너무도 혼란스럽고 희미한 오솔길인 것이었다. 그러다 배에 올라타면 세상을 보는 시야는 스스로 조정 작용을 거쳐 좁아지게 된다. 사람들은 안도라 공화국(프랑스 · 에스파냐의 국경, 피레네 산맥의 동부 남사면에 있는 나라: 옮긴이)보다 작은 공화국의 시민이 되어, 이제 더 이상 어떤 일에도 확신을 가질 수 없게 되는 것이다. 그곳의 책상에 앉아 있는 사람은 선실의 모습만큼이나 기이한 모습이었다. 승객들은 무언가 못마땅하다는 듯한 눈빛을 띠고 있었다. 이윽고 기적소리가 애처롭게 울리더니 배가 심하게 흔들렸다. 배도, 인간의 마음도 움직이기 시작한 것이다. 부두와 사람들의 모습이 미끄러지듯 멀어지고, 배는 우연히 거기서 떨어져 나간 조각 같다는 생각이 한동안 들었다. 얼굴이 멀어지고 목소리도 잘 들리지 않게 되어 부두는 바닷가에 어른거리는 점들 중 하나가 되었다.

맥키스코도 같은 배에 타고 있었다. 그는 신문에서 최고의 작가라고 보도할 정도로 한창 잘 나가는 작가였다. 그의 소설은 동시대 최고 작가들의 작품을 모방한 것이지만 그에게는 무시하지 못할 재능이 있었다. 게다가 자신이 남의 작품에서 빌려온 것들을 부드럽게 바꿔놓는 재주도 있어서, 많은 독자들이 이해하기 쉬운 그의 작품에 매료되었다. 그는 성공에 따른 부침을 겪었다. 그는 자신의 능력에 대해 잘 알고 있었다. 자기보다 더 뛰어난 능력을 갖춘 작가들보다 자신이 더 생명력이 강하다는 것을 깨달았던 것이고, 자기가 이룩한 성공을 누리고자 했다. 그는 이렇게 말하고는 했다.

"아직 변변하게 해놓은 것이 없습니다. 또 내가 진정한 천재성을 가지고 있다고 생각하지도 않습니다. 하지만 계속 노력한다면 좋은 작품을 쓸 수 있을 것입니다."

많이 움츠렸던 개구리가 더 멀리 뛰는 법이던가. 과거에 그렇게 당했던 냉대는 다 잊히고 오히려 약이 되었다. 토미와의 대결도 그의 기억에서 사라졌다. 그러나 사실, 그가 거둔 성공의 토대는 심리적인 측면에서는 토미와의 대결이었다. 그리고 거기에 자신의 창조행위와 새로움에 대한 추구, 그리고 자존심이 보강되어 그의 성공이 완성되었다.

배가 출발한 지 이틀째 되는 날이었다. 맥키스코는 딕을 발견했다. 그러나 정말 딕인지 확인하는 눈길을 보낸 후에야 친절하게 자신을 소개하고 딕 옆에 앉았다. 딕은 맥키스코의 모습이 많이 변해 있어서 얼른 알아보지 못했다. 맥키스코는 자신을 괴롭히던 열등감이 사라져 딴 사람처럼 보였던 것이다. 딕은 몇 분이 지나서야 맥키스코를 알아보고, 읽고 있던 책을 옆에 내려놓은 후 즐거운 마음으로 그와 이야기를 나누었다. 대화를 나누다 보니, 맥키스코라는 사람은 참으로 다양한 분야에 관심도 많았고 지식도 상당한 수준임을 알 수 있었다. 그는 자기 생각이라면서 여기저기서 갖가지 이야기들을 끌어다가 조합하여 들려주었는데, 제법 재미가 있었다. 딕과 맥키스코는 이렇게 서로 친해졌고, 그들 부부와 여러 차례 식사도 함께 하게 되었다. 어느 날은 선장이 맥키스코 부부를 식사에 초대를 한 것 같았다. 그러나 그들 부부는 딕에게 '그런 사람들과 어떻게 식사를 같이 하지요.' 라고 말하며 유치한 모습을 보이기도 했다.

최고로 실력이 좋은 기술자가 특별히 심혈을 기울여 만든 의상으로 화려하게 치장한 바이올렛은 아주 우아한 자태를 뽐냈다. 그녀는 정상적인 여자들이라면 10대의 나이 때 배우게 되는 그런 것들에 이제야 매혹을 느끼는 여자였다. 사실 바이올렛은 보이지에 있을 때 어머니로부터 그런 것들을 배워야 했으나, 아이다호의 영화관들에 마음을 빼앗겨 어머니에게 배울 기회를 놓치게 되었다. 이제 그녀도 상류계급에 속해 있었다. 지나치게 어수룩하게 굴 때면 아직도 남편에게

면박을 당하지만 그래도 그녀는 행복했다.

맥키스코 부부는 지브롤터에서 내렸다. 다음날 저녁 나폴리에서, 딕은 길을 잃은 딱한 여인을 만났다. 호텔에서 기차역으로 가는 버스 안이었는데, 딸을 둘 데리고 있었다. 가만히 보니 배에서 보았던 사람들이어서 낯이 익었다. 딕은 그들을 도와주고 싶다는 생각과 존경받고 싶다는 강렬한 욕구를 느꼈고, 그들 모녀를 친절하게 대해주었다. 괜찮을까 싶었지만 와인을 사주었다. 그들이 점점 마음의 안정을 찾는 모습을, 딕은 기쁜 마음으로 지켜보았다. 딕은 그들 모녀에게 이런저런 거짓말을 늘어놓았다. 그러다가 자기가 한 거짓말에 스스로 걸려들었고, 너무 많은 술을 마셔 제대로 둘러대지 못했다. 그러나 모녀에게는 딕이 그저 고마울 뿐이었다. 밤이 다 갈 무렵이 되어서야 딕은 그들로부터 떨어져 나왔다. 기차는 카시노와 프로시노를 향해 덜컹거리며 달렸다. 로마 역에서 어색한 미국식 작별인사를 한 뒤에 딕은 지친 몸을 이끌고 퀴리날 호텔로 향했다.

호텔 프런트에서 갑자기 머리를 들고 뭔가를 바라보았다. 술기운이 퍼지는 듯 속이 화끈거리더니 머리까지 그 기운이 번져왔다. 보고 싶었던 사람, 보고 싶어 일부러 지중해까지 건너게 했던 바로 그 사람, 로즈마리를 본 것이다. 로즈마리도 딕을 알아보았다. 몹시 놀란 것 같았다. 그녀는 함께 있던 여자를 남겨둔 채 딕에게 황급히 달려왔다. 딕은 똑바로 서서 뛰는 호흡을 가라앉히고 그녀를 향해 몸을 돌렸다. 로비를 건너오는 그녀는 마치 기름칠을 하고 발굽을 깨끗이 닦아놓은 어린 말처럼 정갈한 아름다움을 간직하고 있어 정신이 번쩍 들었다. 순간적으로 벌어진 일이라 딕은 가능한 한 자신의 지친 모습을 보이지 않으려고 애쓰는 것 말고는 달리 어떻게 해야 할지 몰랐다. 자신감에 차 있는 그녀의 반짝이는 시선을 느끼자 딕은 자신의 속내와는 다르게, '여기서 당신을 만나다니……. 세상은 좁기도 하지.' 라는 의미의 몸짓을 해보였다.

그녀는 장갑을 낀 채로 책상 위에 놓인 딕의 손을 잡았다.

"딕, 우리는 지금 '장엄한 도시, 로마' 라는 영화를 찍고 있어요. 아직도 구체적인 일정에 들어가지는 못했지만 언젠가는 끝나겠지요."

딕은 로즈마리를 뚫어지게 바라보았다. 그렇게 하면 그녀는 그녀 자신에게 주의를 돌리기 때문에, 면도도 안 한 모습과 구겨진 칼라 같은 초라한 몰골을 눈치 채지 못할 것이라는 생각에서였다. 다행스럽게 그녀는 꽤 바쁜 것 같았다.

"오늘은 일찍 작업에 들어가요. 11시경에 안개가 낀다고 해서요. 2시에 전화해주세요."

호텔 방에 들어가자 딕은 마음을 가라앉혔다. 그는 프런트 직원에게 정오에 깨워달라고 부탁한 뒤, 옷을 벗고 깊은 잠에 빠져들었다.

딕은 전화소리도 듣지 못하고 계속 자다가 2시에 깨어났다. 몸은 개운했다. 일어나서 짐을 풀고 다림질거리와 세탁거리를 세탁소로 보냈다. 면도를 하고 30분가량 따뜻한 물에 목욕하고 나서 식사를 했다. 나치오날 거리에는 햇볕이 내리쬐고 있었고, 딕은 커튼을 열어 햇빛이 들어오게 했다. 옷이 손질되기를 기다리면서 '싱클레어 루이스는 〈월 스트리트〉라는 소설에서 미국 어느 소도시의 사회를 해부하고 있다.' 는 신문기사를 읽었다. 그런 다음에야 로즈마리에 대해 생각하려고 애썼다. 처음에는 아무 생각도 들지 않았다. 그녀는 젊고 매력적이었다. 그러나 그것은 자기 딸 톱시도 마찬가지다. 딕은 로즈마리가 지난 4년 동안 연애를 많이 했으리라 짐작했다. 어느 누구도 자신이 다른 사람의 가슴속에 정확하게 얼마나 큰 비중으로 남아 있는지를 알지 못한다. 딕도 로즈마리의 마음속에 자신이 얼마큼 큰 비중으로 남아 있는지는 알 수 없었으나, 그러한 알 수 없는 막연함에서 사랑이 피어올랐다. 이상적인 관계란 어떤 것일까. 장애가 있더라도 둘 사이의 관계를 유지해 나가는 것이 가장 이상적인 관계 아닐까. 옛날 추억이 생각났다. 딕은 소중한 보호막에 쌓인 이 여자, 자기 몸을 아끼지 않는 이 여자를 안아주고 싶었다. 딕은 로즈마리에게 매력 있게 보이려고 갖은 수를 다 썼다. 그러나 4년 전에 비하면 아무래도 딕은 덜 매력적이었다. 18세의 아가씨는 34세의 남자를 청춘의 안개 속에서 보았겠지만, 22세의 아가씨가 38세의 남자를 볼 때에는 그러한 안개는 걷히고, 또렷하게 상대방의 모습을 보게 된다. 게다가 전에 만났을 때는 딕이 감성적으로 최고조에 있었지만, 그 이후로는 그의 열정도 식어 있었다.

호텔 직원이 옷을 가지고 오자 딕은 흰 셔츠에 검은 넥타이와 진주 핀을 꽂았다. 독서용 안경 끈에도 같은 크기의 진주가 적당한 길이로 매달려 있었다. 잠을 자고 나서인지 얼굴빛은 리비에라에서 몇 번의 여름을 보낸 것처럼 붉은 갈색을 띠었다. 몸을 유연하게 하려고 만년필과 동전이 바닥에 떨어질 때까지 의자 위에서 물구나무서기를 했다. 3시에 로즈마리에게 전화를 하자 그녀는 딕에게 와달라고 말했다. 물구나무를 선 탓에 잠시 현기증이 느껴지자 진토닉을 한잔 마시려고 바에 들렀다.

"안녕하시오, 다이버 선생님!"

딕은 그가 콜리스라는 것을 즉시 알아챘다. 로즈마리가 이 호텔에 묵고 있으니 그도 당연히 이 호텔에 왔을 터였다. 그는 예전이나 마찬가지로 자신감에 넘치는 표정에 부유해 보였으며, 턱은 불쑥 튀어나와 있었다.

"이 호텔에 로즈마리가 묵고 있다는 것을 알고 계십니까?"

"아까 얼굴을 보았네."

"저는 플로렌스에 있었지만, 그녀가 여기에 있다는 이야기를 듣고 지난주에 이리로 왔습니다. 어릴 때에 비해서 얼마나 몰라보게 변했는지 모릅니다."

그는 자기가 한 말에 보충설명을 해주었다.

"제 말씀은 그녀가 애지중지 자라서, 이제는 세계적으로 유명한 사람이 되었다는 말입니다. 제 말이 무슨 뜻인지 아실 겁니다. 그녀가 로마 사내들의 애간장을 태운다는 말이지요! 대단한 일 아닙니까?"

"자네는 플로렌스에서 공부하고 있나?"

"저요? 그럼요. 저는 그곳에서 건축학을 공부하고 있습니다. 일요일에는 돌아갈 겁니다. 경마를 보려고 여기에 있는 거지요."

딕은 그가 자신의 술값까지 계산하려는 것을 간신히 말렸다.

20

딕은 엘리베이터에서 내려서 꼬불꼬불한 복도를 걸어가 불빛이 새어나오는 문 쪽을 향해 걸었다. 로즈마리는 검은 파자마 차림이었다. 점심식사를 방금 끝냈는지 그릇들이 아직 탁자 위에 있었고, 커피를 마시고 있었다.

"여전히 아름다운 모습이군. 전보다 더 아름다워진 것 같아."

"커피 드실래요?"

"아침에는 좋지 않은 모습을 보여 미안했어."

"아까는 안색이 좋지 않아 보였는데, 지금은 괜찮은가요? 커피 드실래요?"

"아니, 괜찮아."

"조금 나아 보이세요. 아침에는 놀랐어요. 여기서 촬영이 계속 되면 엄마가 다음달에 이리로 오실 거예요. 우리가 마치 이웃에 사는 줄 아시는지, 엄마는 제가 여기서 당신을 만났는가 늘 물어보시지요. 엄마는 항상 당신을 좋아하셨어요. 엄마는 당신이 내가 반드시 알고 지내야 하는 사람이라고 항상 생각하고 계시지요."

"아직도 그렇게 생각해주시니 고맙군."

"정말이에요. 어머니께서 얼마나 많이 생각하시는데요."

로즈마리는 다시 강조했다.

"당신이 출연한 영화를 여러 편 보았지. 한번은 혼자서 '아빠의 딸' 을 관람하기도 했어."

"이번에는 괜찮은 역을 맡았어요. 편집과정에서 삭제되지만 않는다면 말이지요."

그녀는 딕의 어깨를 스쳐 뒤로 가더니 그릇들을 치워달라고 전화를 한 뒤 커다란 의자에 앉았다.

"딕, 제가 당신을 만났을 때는 그냥 어린 소녀였지만, 지금은 숙녀예요."

"어떻게 지냈는지 듣고 싶군."

"니콜은 잘 있나요? 레이니어랑 톱시는 어때요?"

"다 잘 지내. 당신 이야기를 자주 하지."

그때 전화벨이 울렸다. 그녀가 전화를 받는 동안 딕은 소설 두 권을 훑어보았다. 한 권은 에드나 퍼버, 또 하나는 맥키스코의 작품이었다. 웨이터가 그릇을 거두어가기 위해 들어왔다. 그릇이 치워지자 검은 파자마 차림의 로즈마리는 더욱 고독해 보였다.

"……. 손님이 있어요. ……. 아니에요. 의상실에 가서 옷도 입어봐야 하고……. 지금은 안 돼요……."

탁자 위의 그릇이 깨끗이 치워져서 마음이 편해진 듯, 로즈마리는 딕을 보고 미소를 지었다. 마치 그들 둘이 세상의 모든 어려움을 다 이기고 이제 평화롭게 그들만의 세상을 맞이했다는 의미를 담은 듯한 미소였다.

"다 됐군요. 제가 당신을 위해 한 시간 동안이나 준비를 했다는 것을 아세요?"

그러나 또 전화가 왔다. 딕이 침대에 놓았던 모자를 옷걸이에 걸어두려고 일어서자 로즈마리가 놀라서 수화기를 손으로 막으며 물었다.

"가시려는 것 아니지요?"

"아니야."

통화가 끝나자 딕은 오후를 그녀와 함께 보내려고 말했다.
"나는 이제 사람을 만나 활력을 찾고 싶어."
"저도 그래요. 지금 방금 전화를 건 남자는 내가 자기 육촌인 줄 알고 있었대요. 정말 멍청한 사람이야!"
로즈마리는 둘만의 사랑을 위해 불빛을 어둡게 했다. 그런 이유가 아니라면 그렇게 불빛을 어둡게 해서 딕 앞에서 자신의 모습을 보이지 않게 할 이유가 없었다. 딕은 그녀를 향해 말문을 열었다. 그러나 마치 말이 아니라 편지가 그녀에게 도착하는 것처럼 시간이 더디게 느껴졌다.
"당신 옆에 이렇게 가까이 앉아 있으면서 키스도 하지 않고 있으려니 정말 힘들군."
말을 마치자, 그들은 바닥 한가운데서 열정적인 키스를 나누었다. 로즈마리는 딕을 밀쳐내고 의자에 돌아와 앉았다.
그러나 단순한 쾌락의 순간만이 지속되는 것은 아니었다. 둘은 서로 밀고 당기며 옥신각신하고 있었다. 그때 전화벨이 한 번 더 울렸다. 딕은 침실로 걸어와 침대에 앉은 채 맥키스코의 소설을 펼쳐보았다. 잠시 후 로즈마리가 와서 그의 옆에 앉았다.
"당신의 속눈썹이 무척 길군요."
"대학생 시절로 돌아가 축제에 참가한 기분이군. 긴 속눈썹 예찬론자인 로즈마리 양, 축제에 드디어 참가하다……."
로즈마리가 딕에게 키스를 했고, 딕은 그녀를 와락 끌어당겼다. 둘은 나란히 누워 숨이 찰 때까지 서로에게 키스를 퍼부어댔다. 그녀는 젊고 정열적이면서도 자극적인 숨결을 내뱉었다. 입술이 조금 마르기는 했지만, 양쪽 가장자리는 부드러웠다.
그들은 서로 뒤엉켜 있었다. 딕이 로즈마리의 등과 목덜미, 가슴을 더듬자 그녀가 속삭였다.
"지금은 아니에요. 그런 일을 하려면 분위기를 만들어야 해요."
딕은 자제심을 발휘하여 욕정을 마음 한구석으로 몰아냈다. 로즈마리를 안고 있던 딕은 가볍게 말했다.
"그것은 문제가 되지 않아."
로즈마리가 표정을 바꾸어 그를 바라보았다. 영원한 달빛 같은 것이 그 안에 담겨 있었다.
"당신이 그렇게 생각했다면 그것은 시(詩)적인 정의가 되겠지요."
그녀가 말하고 나자 딕의 품을 빠져나와 거울 앞으로 가서 흐트러진 머리를 매만졌다. 그리고 의자를 침대 가까이 끌어다 놓고 앉아서 딕의 뺨을 어루만졌다.
"당신의 속마음을 말해주기 바랄게."
"저는 항상 감추는 것 없이 얘기하고 있어요."
"어떻게 보면 그렇기도 하지. 하지만 당신 말은 앞뒤가 맞지 않아."
둘 다 웃음을 터뜨렸지만, 그래도 딕은 고집스럽고 끈질기게 물었다.
"당신, 정말 처녀인가?"
"아니—요!"
노래하듯 그녀가 대답했다.
"그동안 640명의 남자들과 잤어요. 당신이 원하는 대답이 이런 거라면 말이에요."
"그 문제는 내가 관여할 바는 아니지."
"그렇다면 제가 심리학의 사례 연구 대상이라도 되기를 바라세요?"
"1928년도에 살고 있는 22세의 극히 정상적인 처녀인 당신이 몇 번쯤 연애를 했는지 궁금했을 뿐이야."
"모두 다……. 실패였어요."
딕은 로즈마리의 말을 믿을 수 없었다. 그녀가 의도적으로 둘 사이에 장애를 만드는 건지, 아니면 그녀가 결국은 항복을 할 것이지만 이를 더 의미 깊게 만들려고 하는 것인지 알 수가 없었다.
"산책이나 가지."

딕은 옷매무시를 고치고 머리도 매만졌다. 결정적인 기회였건만, 그렇게 지나가 버렸다. 지난 3년 동안 딕은 로즈마리의 이상형으로서 그녀가 다른 남자를 평가할 때 기준이 되었고, 당연히 그녀의 마음속에 영웅 같은 존재로 자리 잡게 되었다. 로즈마리는 딕이 다른 남자들과는 뭔가 다르기를 바랐다. 그러나 마치 그녀를 자기 주머니에 넣고 독차지하려는 듯, 딕도 역시 남자들과 마찬가지로 그녀에게 요구했다.

천사의 조각상, 철학자의 조각상, 반은 사람 모습을 하고 반은 양의 모습을 한 목신의 조각상, 분수, 이런 것들 사이를 걸으며 로즈마리는 딕의 팔을 잡았다. 그녀는 팔을 잡은 자세가 편하도록 이렇게 저렇게 자세를 고쳤다. 마치 그 팔을 영원히 그 자리에 놓아두기라도 할 것처럼 보였다. 그녀는 나뭇가지를 하나 꺾어 부러뜨려 보았는데, 탄력이 있지는 않았다. 그녀는 갑자기 딕의 얼굴에서 뭔가 원하는 것이라도 본 것처럼 그의 장갑 낀 손을 잡더니 키스를 했다. 그리고 딕이 미소를 지을 때까지 어린아이처럼 껑충거리며 웃었다. 둘만의 즐거운 시간이었다.

"오늘밤에는 당신과 함께 외출할 수가 없어요. 오래전에 한 약속이 있어서요. 하지만 아침에 당신이 일찍 일어나시면 내일 촬영 세트가 있는 현장에 함께 가도록 하지요."

딕은 호텔에서 혼자 식사를 한 후에 일찍 잠자리에 들었다. 그리고 다음날 아침 6시 30분에 호텔로비에서 로즈마리를 만났다. 차 안에서 옆자리에 앉은 그녀는 아침 햇살을 받아 싱싱하게 빛을 발했다. 그들은 포르타 산 세바스티노를 지나서 아피안 도로를 따라 고대 로마시대의 광장이었던 곳에 자리 잡은 거대한 촬영 세트가 있는 현장에 도착했다. 실제 현장보다 더 거대해 보였다. 로즈마리가 딕을 누군가에게 소개하자, 그 사람은 딕을 아치와, 좌석, 투기장 등으로 안내했다. 로즈마리는 기독교 죄인들을 감시하는 경비초소로 꾸며놓은 곳에서 연기하고 있었다. 딕 일행도 여기저기 구경하다가 로즈마리가 연기하는 장소까지 오게 되었고, 그곳에서 니코테라를 보았다. 유명배우를 꿈꾸는 남자들 중 하나인 그는 여러 명의 여자 '포로' 들 앞에서 거만한 자세로 거닐고 있었다. 그녀들의 눈은 우수에 젖어 있었고, 속눈썹 화장을 해서 눈이 커 보였다.

로즈마리가 무릎 정도 오는 튜닉(고대 그리스 · 로마 사람들이 입던 속옷: 옮긴이)을 입고 등장했다.

"제 모습을 봐주세요. 당신이 평가 좀 해주세요. 러시를 본 모든 사람들이……."

그녀가 딕에게 속삭였다.

"러시가 뭐야?"

"전날 찍은 필름을 다음날 돌려보는 거예요. 제가 섹스어필한 모습을 처음 보였다고 주위에서 이야기하고 있어요."

"내 생각에는 그렇지 않아."

"당신은 그렇게 생각하고 싶지 않겠지요! 하지만 제게는 그런 면이 있어요."

전기 기술자가 감독과 머리를 맞대고 뭔가에 대해 의논을 하고 있는 동안, 표범가죽을 걸쳐 입은 니코테라는 로즈마리와 예의를 차려가며 정중하게 이야기를 나누었다. 마침내 감독이 거칠게 손으로 이마에 흐른 땀을 닦았다. 그러자 딕을 안내하던 사람이 말했다.

"그가 또 설쳐대기 시작했어요."

"누구 말입니까?"

딕이 물었다. 그러나 그가 미처 대답하기도 전에 감독이 금방 그들 쪽으로 걸어왔다.

"누가 설쳐댄다는 거야? 설쳐대는 사람은 당신 아냐?"

그는 배심원들에게 호소하듯 열정적으로 딕에게 말했다.

"저 인간은 자기가 설쳐댈 때면 다른 사람들도 자기 같은 줄 안다니까."

감독은 딕을 안내하던 이를 한동안 노려보더니 손뼉을 치며 외쳤다.

"좋아, 모두 자기 위치로!"

촬영장은 마치 소란스러운 가정을 방문한 것 같은 분위기였다. 한 여배우가 딕을 최근에 런던에서 온 영화배우로 착각하고 그에게 접근해 잠깐 대화를 나누었다. 그러나 그녀는 자기가 착각한 것을 알고는 당황하여 허둥지둥 사라졌다. 그곳에 있는 사람들 대부분은 외부 세계에 대해 커다란 우월감이나 열등감을 느끼고 있었는데, 그중에서도 전자의 감정이 지배적이었다. 그들은 용감하고 성실했다. 즐겁게 해주기만을 바라는 나라에서 나름대로 입지를 구축한 사람들이었던 것이다.

안개 때문에 불빛이 점점 흐려져 촬영은 끝났다. 화가들이 그림 그리기에는 좋은 불빛이지만, 카메라에게는 캘리포니아의 맑은 공기와는 비교가 되지 않을 정도로 좋지 않았다. 니코테라는 차가 있는 곳까지 로즈마리를 따라와 뭔가를 속삭였다. 그러나 로즈마리는 미소도 짓지 않고 그에게 잘 가라고 인사를 했다.

딕과 로즈마리는 카스텔리 쎄싸리에서 점심식사를 했다. 그곳은 높은 곳에 자리 잡고 있어서, 지금은 폐허가 된 고대 로마의 광장 모습이 한눈에 보이는 근사한 레스토랑이었다. 로즈마리는 칵테일 한 잔과 포도주를 조금 마셨고, 딕은 자신의 마음속에서 불만을 지워버리기 충분할 만큼 마셨다. 식사를 마치고 그들은 얼굴이 상기된 채 즐거운 기분으로 조용히 기쁨에 싸여 호텔에 돌아왔다. 로즈마리는 딕이 포옹해주길 바랐고, 그러한 그녀의 바람은 이루어졌다. 바닷가에서 어린아이 같은 마음으로 돌아가 시작된 사랑이 드디어 지금 이루어진 것이었다.

21

로즈마리에게 저녁 약속이 있었다. 영화사 직원의 생일 파티가 있었던 것이다. 딕은 호텔 로비에서 콜리스와 우연히 마주쳤지만, 혼자 저녁을 먹고 싶어서 엑셀시어에서 선약이 있는 척했다. 그는 콜리스와 칵테일을 한 잔 마셨다. 그러자 막연했던 불만이 초조함으로 나타났다. 스위스의 병원 업무를 소홀히 하는 것에 대해 더 이상 변명을 할 수가 없었던 것이다. 이는 낭만적인 추억이라기보다는 일에 대한 몰입에 가까웠다. 니콜은 그의 여자였다. 딕은 니콜 때문에 마음 상하는 일도 많았지만, 그래도 자신의 여자였다. 로즈마리와의 시간은 스스로를 탐닉하는 시간이었으나, 콜리스와 함께 있는 것은 시간낭비였다.

엑셀시어 입구에서 딕은 베이비와 마주쳤다. 그녀의 커다랗고 아름다운 눈이 딕을 바라보았다. 그녀의 눈은 놀라고 궁금한 나머지 마치 동그란 공깃돌 같아 보였다.

"딕! 나는 당신이 미국에 있는 줄 알았어요. 니콜도 여기 있나요?"

"나는 나폴리를 거쳐서 여기로 왔지요."

그의 팔에 달린 검은 띠가 베이비로 하여금 딕에게 위로의 말을 건네야 한다는 것을 상기시켰다.

"아버지께서 돌아가셔서 상심이 크시겠어요."

어쩔 수 없이 그들은 함께 저녁식사를 해야 했다.
"어떻게 지냈는지 이야기를 듣고 싶군요."
베이비가 청했다.
딕은 그녀에게 사실대로 이야기했다. 딕의 이야기가 끝나자 베이비의 표정이 일그러졌다. 그녀는 자기 동생 니콜의 삶이 망가진 것에 대해 누군가가 책임을 져야 할 필요가 있다고 생각했다.
"딕, 도물러 박사가 처음부터 니콜을 올바르게 치료했다고 생각하나요?"
"치료 방법들이 그렇게 다양하게 많은 것은 아닙니다. 물론 니콜처럼 특수한 환자를 치료하는데 정말로 딱 맞는 의사를 찾고 싶으시겠지만 말입니다."
"딕, 내가 충고나 아는 체하려고 이런 말씀을 드리는 것이 아닙니다. 하지만 변화를 주는 것도 니콜의 건강에 좋지 않을까 생각되네요. 병원 생활에서 벗어나 보통사람들처럼 생활하는 것도 괜찮지 않을까 해서 드리는 말씀입니다."
"하지만 지금 있는 병원에서 치료받기를 바라셨지 않습니까. 니콜에 대해서는 한시름 놓았다고 말씀하셨지요."
딕은 베이비에게 상기시켰다.
"그것은 당신이 리비에라에서 사람들과 가까이 하지 않고 마치 은둔자처럼 지낼 때의 이야기지요. 내 말은 다시 그런 생활로 돌아가라는 뜻이 아니라, 예를 들면 런던 같은 곳을 말하는 겁니다. 영국 사람들은 균형 잡힌 시각을 갖추었으니까요."
"내 생각은 그렇지 않습니다."
"아니에요. 나는 영국 사람들을 잘 압니다. 봄철 동안 런던에서 지낼 집을 마련하는 것이 좋을 거예요. 내가 탈보 광장에 가구가 딸려 있는 집을 하나 알고 있어요. 정상적이고 균형 잡힌 시각을 가진 영국 사람들과 함께 사는 것도 괜찮을 거예요."
딕이 웃음을 띠지 않은 채 이야기를 꺼내지도 않았다면, 베이비는 줄곧 고리타분한 선전 같은 이야기를 늘어놓았을 터였다.

"나는 마이클 알렌의 소설을 읽고 있는데 그것이 만약……."

베이비는 샐러드 스푼을 내저으며 마이클 알렌을 깎아내렸다.

"그 사람은 타락한 사람들에 대해서만 쓰고 있어요. 나는 훌륭한 영국인들을 말하는 겁니다."

그녀가 이렇게 영국 사람들에 관해 호의적으로 이야기했지만, 딕의 마음속에 그들은 유럽의 작은 호텔에서 북적거리는 이질적이고, 무뚝뚝한 사람들의 모습으로 남아 있었다.

"물론 내가 간섭할 일이 아닌 줄 알지만."

베이비가 자기 뜻을 관철시키기 위해 다시 말했다.

"그런 환경에다 니콜을 혼자 내버려둔다는 것은……."

"나는 아버지가 돌아가셨기 때문에 할 수 없이 미국에 갔던 겁니다."

"나도 알아요. 그에 대해서는 아까 나도 상심이 크겠다고 말씀드렸지 않습니까."

그녀는 목에 매달려 있는 유리로 된 포도 모양의 목걸이를 만지작거렸다.

"하지만 돈은 충분해요. 무슨 일이든지 할 수 있을 만큼 되지요. 그러니 돈을 아끼지 말고 니콜이 완쾌되도록 해야 합니다."

"나는 런던에서는 살고 싶지 않습니다."

"이유가 뭐지요? 그곳에서도 다른 곳에서 일하던 것처럼 잘할 수 있을 텐데."

딕은 의자에 몸을 깊이 묻은 채 그녀를 쳐다보았다. 만일 베이비가 니콜의 병이 진짜 무엇 때문에 생긴 것인지 그 치욕스러운 과거사를 의심해 보았더라도, 그녀는 틀림없이 그 진실을 부정할 것 같았다. 마치 실수로 구매한 그림처럼 먼지 낀 옷장 안에 아무렇게나 처박아 두듯 말이다.

그들이 울피아에서 계속 이야기를 나누고 있는데, 콜리스가 그들이 있는 자리로 와서 앉았다. 훌륭한 기타 연주자의 연주소리가 들려왔다.

"내가 니콜에게 도움이 되지 않는 사람일지도 모르지요. 하지만 니콜은 그래도 아마 나 같은 타입의 사람과 결혼했을 거예요. 그녀가 무한정 의지할 수 있는 그런 사람과 말입니다."

"니콜이 다른 사람과 결혼했어야 더 행복했을 거라고 생각하는 건가요? 물론 그럴 수도 있었겠지요."

베이비가 갑자기 언성을 높이며 말했다.

딕이 몸을 앞으로 숙인 채 힘없이 웃음을 짓는 모습을 보고 나서야 그녀는 자신이 한 말이 앞뒤가 맞지 않는다는 것을 알았다.

"아, 잘 알면서 왜 그래요. 그동안의 노고와 애정을 우리가 한 순간이라도 잊고 있다고는 생각하지 마세요. 고생 많이 한 것 잘 알고 있어요."

베이비가 다짐하듯 말했다.

"그런 말씀은 하지 마세요! 내가 니콜을 사랑하지 않았다면 그렇게 하지 않았을지도 몰라요."

딕이 반박했다.

"하지만 니콜을 사랑하잖아요?"

그녀는 놀라며 물었다.

콜리스가 둘 사이의 대화가 무슨 내용인지 눈치를 챘기 때문에 딕은 얼른 화제를 바꿨다.

"우리 다른 이야기합시다. 결혼 안 하세요? 파레이 경과 약혼했다고 들었는데……."

"작년 일인데요, 뭐."

베이비가 수줍어하며 말끝을 흐렸다.

"왜 결혼하지 않는 겁니까?"

딕은 끈질기게 물었다.

"나도 모르겠어요. 내가 사랑했던 남자 중 한 명은 전쟁터에서 죽었고, 또 한 명은 나를 버렸어요."

"개인적인 이야기도 좀 듣고 싶군요, 베이비. 당신 생각도 알고 싶어요. 우리는 항상 니콜에 관한 이야기만 했잖아요."

"두 남자 다 영국 사람이었어요. 일류 영국 신사보다 더 나은 남자는 이 세상에서 없다는 것이 내 생각이에요. 내 생각에 동의하지 않으시나요? 영국 신사보다 더 나은 남자가 있을 수 있을까요? 있다면 아직 내가 못 만난 것이겠지요. 이 남자는……. 아, 이 이야기는 너무 길어요. 나는 긴 이야기는 싫은데, 당신은 그렇지 않은가요?"

"상관없습니다."

콜리스가 대답했다.

"싫을 이유가 없습니다. 들을 만한 이야기라면 말이에요."

"딕, 당신은 그런 쪽에 재주가 있어요. 길지도 않은 말 한마디를 적절하게 구사해서 모임의 분위기를 부드럽게 만드니까요. 정말 훌륭한 재능이라고 생각해요."

"그것은 속임수예요."

딕은 부드럽게 말했다. 이렇게 말함으로써 그는 그녀의 세 가지 의견에 반대한 셈이 되었다.

"물론, 나는 정중한 태도가 좋아요. 일이 그렇게 해결되는 것이 좋지요. 당신은 그런 방식을 좋아하지 않을 수도 있겠지요. 하지만 그것은 내가 건실하다는 표시라는 점은 인정하셔야 할 거예요."

딕은 이런 말에 반대할 생각조차 하지 않았다.

"물론 다른 사람들이 무슨 말들을 하고 있는지는 나도 압니다. 새로운 남자를 쫓아다닌다고 유럽 전역을 돌아다니면서 인생에서 가장 귀중한 것을 잃어버리고 있다고들 이야기하지요. 하지만 내 생각은 반대입니다. 나는 오히려 내 자신이 귀중한 것을 추구하는 극소수의 사람들 중 한 명이라고 생각해요. 나는 이 시대에 가장 흥미 있는 사람들과 교분을 나눠왔으니까요."

그녀의 목소리는 기타연주소리와 섞여 명확하게 들리지는 않았지만, 한마디는 분명하게 들렸다.

"크게 실수한 적은 없었어요."

"그래요. 큰 실수만이 없었을 뿐이지요, 베이비."

딕의 눈에 장난기가 어려 있는 것을 보자 베이비는 화제를 바꿨다. 그들이 공동의 관심사를 가지고 이야기를 나누기는 어려워 보였다. 그러나 딕은 베이비를 추켜세웠다. 그리고 그녀의 가슴을 두근거리게 할 찬사를 늘어놓으며 그녀를 엑셀시어에 데려다주었다.

다음날 로즈마리는 딕에게 점심을 대접하겠다고 고집을 부렸다. 딕과 로즈마리는 미국에서도 일한 적이 있다는, 이탈리아 사람이 운영하는 식당에 가서 햄, 달걀, 와플로 점심을 먹고 호텔로 돌아왔다. 딕은 로즈마리가 자기를 사랑하지 않으며, 자신도 로즈마리를 사랑하지 않는다는 것을 알게 되었다. 그러나 이상하게도 그것은 딕이 로즈마리에 대해 가지고 있던 열정을 차갑게 만드는 것이 아니라 오히려 더 뜨겁게 만들었다. 딕은 로즈마리의 생활에 더 이상 끼어들려고 하지 않았고, 그래서 그녀는 딕에게 낯선 여인이 되었다. 남자들이 자기는 사랑에 빠졌다고 말을 할 경우가 있다. 이런 때 그 사랑에 빠졌다는 말의 뜻은, 딕이 니콜을 사랑하는 경우처럼 영혼이 가라앉는다거나, 모든 빛깔이 알아볼 수 없게 흐릿하게 되어 버리는, 그런 의미는 아니라고, 딕은 생각했다. 니콜이 죽는다면 어떨까 하는 생각을 하자 마음은 암흑같이 가라앉은 느낌이었고, 니콜이 다른 남자를 사랑한다면 어떨까 하는 생각을 하자 속이 메스꺼워지는 느낌이 들었다.

니코테라가 로즈마리의 거실에서 업무에 관해 대화를 나누고 있었다. 로즈마리가 그에게 가라고 눈치를 보내자, 그는 익살스럽게 안 가겠다고 버티다가 다소 건방진 눈길을 딕에게 보내며 방을 나갔다. 늘 그렇듯이 전화벨이 울리자 그녀는 10분 동안 통화를 했고, 딕은 마음이 급해졌다.

"내 방으로 가자고."

딕의 제안에 로즈마리도 동의했다.
그녀는 큰 소파 위에 딕의 무릎을 베고 누웠다. 딕은 그녀의 사랑스러운 앞 머리카락을 손으로 쓰다듬었다.
"당신에 관한 이야기를 다시 들려주지 않겠어?"
딕이 부탁했다.
"알고 싶은 것이 뭔가요?"
"남자관계지. 호기심 때문에 물어보는 것일 뿐, 다른 엉큼한 속셈은 없어."
"당신을 만나고 난 후 얼마나 지나서 남자를 만났느냐는 거지요?"
"아니면 나를 만나기 전에도 몇 번이나 남자와 만났는지 궁금해."
"말도 안 돼요. 그전에는 남자를 만나지 않았어요. 당신은 내가 처음으로 사랑했던 남자예요. 그리고 아직까지는 내가 진정으로 사랑하는 유일한 남자예요."
로즈마리는 충격을 받았다. 그러나 그녀는 잠시 생각을 해보더니 다시 말했다.
"일 년 정도 되었을 거예요."
"누구였는데?"
"그냥 남자예요."
딕은 회피하는 그녀에게 다그치듯 물었다.
"내가 말하지. 첫 번 관계는 별로 만족스럽지 못했어. 그 후에 한동안 조용하게 지냈겠지. 두 번째는 좀 나았지만, 처음 보자마자 사랑에 빠지지는 않았을 거야. 세 번째는 아주 좋았지……."
자신을 고문하는 듯한 괴로운 심정이었지만 딕은 계속했다.
"그다음에는 그래도 중요한 진정한 관계를 가졌겠지. 그때부터 두려워졌을 거야. 이러다가 마침내 사랑하는 사람을 만났을 때에 아무것도 줄 것이 없을 거라는 생각이 들었을 테니."
딕은 자신이 점점 위선적이 되어가고 있는 것을 느꼈다.
"그 후에는 잠깐잠깐 만났던 관계가 대여섯 번, 그렇게 해서 지금까지 이르렀을 테고. 내 이야기가 대충 맞지?"

로즈마리는 웃고 말았다. 묘한 기분이었다. 딕의 말이 재미있기도 하고 이렇게 딕이 변한 것이 슬프기도 해서 눈물이 났다.

"말도 안 되는 엉터리예요. 하지만 언젠가는 나도 누군가를 만나 죽도록 사랑하고 절대로 헤어지지 않겠지요."

로즈마리의 반응에 딕은 안도했다.

그때 전화벨이 울렸다. 딕이 전화를 받았는데, 로즈마리를 찾는 목소리가 니코테라의 것임을 딕도 알 수 있었다. 딕은 수화기를 손바닥으로 막고는 로즈마리에게 물었다.

"니코테라인데, 통화할 거야?"

그녀는 전화를 받고 딕이 알아들을 수 없는 빠른 이탈리아어로 수다를 떨었다.

"전화통화가 길어지는군. 4시가 지났어. 나는 5시에 약속이 있으니까 당신은 니코테라와 함께 시간을 보내는 것이 좋겠군."

"바보 같은 소리 말아요."

"그렇다면 나와 같이 있는 동안은 그 사람이 끼어들지 않도록 했어야지."

"그렇게 하기 힘들어요. 딕, 당신을 사랑해요. 그 누구보다 당신을 사랑해요. 하지만 당신이 저를 위해 무얼 해주셨나요?"

갑자기 그녀가 울기 시작했다.

"그럼 니코테라는 무엇을 해주었지?"

"그것은 다른 문제예요."

젊은 사람은 젊은 사람에게 끌리기 때문이다.

"더러운 자식!"

딕이 내뱉었다. 그는 질투로 미칠 지경이었다. 또다시 상처를 입고 싶지 않았다.

"그 사람은 아직 어려요. 당신도 알잖아요. 나는 당신 것이라는 걸."

로즈마리가 흐느끼며 말했다
그 말을 듣자 딕은 알았다는 듯 그녀를 안아 주었다. 그러나 그녀는 힘없이 몸을 뒤로 젖힐 뿐이었다. 딕은 로즈마리를 천천히 잠시 동안 안고 있었다. 그녀는 눈을 감았고, 머리카락은 물에 빠진 소녀처럼 뒤로 흘러내렸다.
"딕, 나를 놓아줘요. 내 생애에 지금처럼 혼란스러웠던 적은 없었어요."
딕은 난폭하게 굴었다. 원래 그는 사려가 깊은 마음 씀씀이와 이해심으로 로즈마리를 편안하게 해주었다. 그러나 지금은 그의 마음속에 부당한 질투심이 자리 잡고 있어서 원래의 그러한 딕의 모습이 아니었다. 그래서 로즈마리는 본능적으로 딕의 품에서 빠져나왔다.
"진실을 알고 싶어."
"알겠어요. 그렇다면 말씀드리지요. 그 사람과 나는 함께 많은 시간을 보냈어요. 또 나와 결혼하고 싶어해요. 하지만 나는 싫어요. 거기에 무슨 문제라도 있나요? 당신이 나한테 기대하는 것이 뭐지요? 당신은 나에게 청혼하지도 않았어요. 당신은 내가 얼간이 같은 콜리스와 영원히 어울려 다니기를 원하는 거예요?"
"어젯밤에 니코테라와 함께 있었지?"
"그것은 당신이 상관할 문제가 아니에요."
로즈마리가 흐느꼈다.
"미안해요, 딕. 당신이 상관할 만한 문제 같군요. 당신과 엄마만이 내가 이 세상에서 좋아하는 사람이니까요."
"니코테라는 어떤 사람이지?"
"그것을 내가 어떻게 알겠어요?"
딕은 겉으로는 아무렇지도 않은 척하며 의미심장한 질문을 했지만, 그녀는 교묘하게 답변을 피해갔다.
"파리에서 당신이 나한테 느꼈던 감정과 비슷한 감정을 느꼈나?"
"당신과 함께 있으면 편안하고 행복해요. 파리에서는 달랐지만 말이에요. 당신이 예전에 나에 대해 가졌던 느낌에 대해 정확히 알고 있는 것은 아니잖아요. 그렇지요?"

딕은 일어나 옷가지를 챙겼다. 비록 세상의 그 어떤 쓰라림과 증오를 뼈저리게 느낄지라도, 다시는 로즈마리와 사랑에 빠지지 않을 것이라는 것이 그의 생각이었다.

"나는 니코테라에게 관심 없다고요!"

로즈마리가 큰 소리로 말했다.

"하지만 나는 내일 촬영진과 리보르노로 가야 해요. 아, 왜 이래야 되는 거지요?"

그녀는 다시 눈물을 흘렸다.

"이게 무슨 꼴이지요? 이곳에는 왜 오셨나요? 우리 관계는 추억으로만 남았어야 했어요. 제 기분은 마치 엄마와 싸우는 느낌이에요."

딕이 옷을 입기 시작하자, 로즈마리는 일어나서 문 앞으로 갔다.

"오늘밤 파티에 가지 않을 거예요. 아무 데도 가지 않고 당신과 함께 있겠어요."

그것은 그녀의 마지막 저항이었다.

두 사람 사이에 다시 열정의 파도가 치기 시작했지만, 딕은 그 파도에 빠져들지 않았다.

"저는 제 방에 있을 거예요. 잘 가세요, 딕."

"잘 있어."

"아, 이렇게, 이렇게 치욕스러울 수가 없네요. 무엇 때문에 이러시는 거지요?"

"나도 오랫동안 당신을 생각해왔어."

"그런데 왜 내게 이런 치욕을 안겨주는 거지요?"

"내가 죽음의 사자라도 된 것 같은 생각이 드는군. 더 이상 아무도 행복하게 해줄 수 없을 것 같아."

딕이 느리게 말했다.

22

저녁식사 때가 지난 시각에 퀴리날 바 안에는 다섯 명이 있었다. 이탈리아 고급 매춘부 한 명이 '네, 네, 네.' 하는 지루한 대답만을 하는 바텐더를 상대로 의자에 앉아 끝없이 수다를 떨고 있었고, 속물처럼 보이는 이집트인이 한 명 있었는데, 그는 이탈리아 여인을 외로이, 그러나 주의 깊게 지켜보고 있었다. 그리고 미국인도 두 명 있었다.

콜리스는 가장 개성적인 인상마저 이미 고물이 되어버린 녹음기 속에 녹여 버리듯이 특색 없이 사는 사람이었다. 그러나 딕은 언제나 주위 환경을 민감하게 의식하는 사람이었다. 콜리스는 마치 불어오는 미풍에 몸을 맡기고 앉아 있는 남자같이 딕의 이야기를 듣고만 있었다.

딕은 오후의 사건들로 인해 기분이 좋지 않았고, 그 안 좋은 기분을 이탈리아인들에게 풀어 버리고 싶었다. 그는 마치 이탈리아 사람들이 듣고 분개라도 하기를 바라는 듯, 바 안을 둘러보며 말했다.

"오늘 오후에 엑셀시어에서 처형과 차를 마셨네. 우리는 하나 남은 빈 테이블에 자리를 잡았고, 나중에 두 남자가 들어와 둘러보았지만 빈자리가 없었어. 그런데 그중 한 명이 우리에게 다가와서 이러는 거 아니겠어? '이 테이블이 올시니 공주님을 위해 예약된 테이블이 아닌지요?' 그래서 내가 대답했지. '그런 표시 없었는데요.' 내 대답을 듣고 그자가 다시 말하더군. '하지만 제 생각에는 이 테이블이 올시니 공주님의 예약석이지 싶습니다.' 이 말을 듣고 나는 대꾸도 안 했지."

"그러니까 어떻게 나오던가요?"

"물러가더군. 나는 이런 사람들이 싫어. 언젠가 한번은 내가 로즈마리를 가게 앞에 잠시 기다리게 한 적이 있었는데, 한 경찰관이 모자를 툭툭 치며 그녀 앞에서 오락가락하는 거 아니겠어."

딕은 자세를 바꿔 앉았다.

"저는 잘 모르겠어요. 저 같으면 소매치기가 득실대는 파리보다는 차라리 여기에 있을 것 같은데요."

잠시 후 콜리스가 말을 받았다 그는 즐거움을 찾는 사람이었고, 자기의 즐거움에 훼방을 놓는 것이라면 그것이 무엇이든지 가까이하지 않았다.

"잘 모르겠지만 이곳이 나쁘지는 않은 것 같아요."

딕은 지난 며칠 동안 마음속에 뚜렷이 새겨진 일들을 되새겨 보았다. 과자 냄새 풍기는 나지오날의 제과점을 지나 아메리칸 익스프레스 쪽으로 가다 보면, 터널을 지나 스페니쉬 스텝이라는 곳이 나온다. 그곳에 있는 꽃가게와 시인 키이츠가 운명을 맞았던 집 앞에 다다르자 그의 마음은 한껏 들떴다. 딕은 사람에 대해서만 관심이 있었다. 날씨에는 그래도 신경을 조금 쓰는 편이지만, 무슨 주목할 만한 사건이라도 있어서 풍경이 급변하기 전에는 그는 장소가 어딘가에 관해서는 관심이 거의 없었다. 로마는 로즈마리에 대해 그가 가지고 있던 꿈이 깨어진 곳이었다.

호텔 웨이터가 오더니 딕에게 쪽지를 건넸다. 거기에는 '나는 파티에 가지 않고 지금 내 방에 있어요. 아침 일찍 리보르노로 출발할 거예요.' 라고 적혀 있었다.

딕은 그 쪽지를 팁과 함께 다시 웨이터에게 건네주었다.

"로즈마리 양에게는 나를 찾지 못했다고 해주세요."

그렇게 말하고 딕은 콜리스에게 봉보니에리에 가자고 제의했다.

그들은 바에 있는 매춘부를 쳐다보았지만, 그 직업의 특성상 갖게 되는 최소한의 흥미만 느껴질 뿐이었다. 그녀는 그들을 도발적인 눈빛으로 바라보았다. 딕과 콜리스는 빅토리아 시대의 먼지가 쌓인 듯한 우중충한 커튼에 짓눌려 있는 썰렁한 로비를 지났다. 현관에 이르러 경비에게 인사를 하자 그는 야간에 일을 하는 사람들 특유의 비굴함을 드러내는 몸짓으로 인사에 답례했다. 딕과 콜리스는 택시를 타고 축축한 11월의 활력 없는 밤거리를 달렸다. 거리에 여자는 보이지 않았고, 목까지 단추를 꼭꼭 채운 짙은 색 코트를 입은 창백한 얼굴의 남자들만이 눈에 띄었다. 그들은 차가운 길 가장자리에 모여 있었다.

"젠장!"

딕은 한숨을 내쉬었다.

"왜 그래요?"

"오늘 오후의 그 사람이 생각나서 그러네. '이 테이블이 올시니 공주님 예약석입니다.' 라고 이야기했던 그자들 말이네. 이들 옛날 로마 사람들이 어떤 사람들인 줄 아는가? 도적들이었다고. 로마가 분열된 후 사원과 궁전을 차지하고 백성을 약탈했던 자들이었단 말이네."

"그래도 저는 로마가 좋답니다. 경마 한번 구경해보지 않으시겠어요?"

콜리스가 계속 고집을 부렸다.

"나는 경마를 좋아하지 않네."

"하지만 여자들은 전부……."

"여기에는 내가 좋아할 만한 것들이 하나도 없네. 나는 프랑스가 좋아. 그곳에서는 모든 사람들이 자신을 나폴레옹처럼 생각하지. 하지만 이곳에서는 모든 사람들이 자신을 구세주라고 생각한다니까."

봉보니에리에 도착해 그들은 길 가운데 대충 임시방편으로 칸막이 해놓은 카바레로 들어갔다. 심드렁한 밴드가 탱고를 연주하는 가운데 몇몇 남녀들이 정교하면서도 화려한 스텝을 밟으며 넓은 플로어에서 춤을 추고 있었는데, 그 모습들이 미국인의 눈에는 별로 좋게 보이지 않았다. 웨이터들의 숫자가 모자랐다면 실내는 바삐 움직이는 그들로 인해 소란스러웠겠지만, 지금은 그런 분위기는 아니었다. 활력이 있어 보였지만, 그곳에는 춤이 그치기를, 밤이 그치기를, 그리고 안정을 유지하는 힘의 균형이 그치기를 기다리는 분위기가 흐르고 있는 듯했다. 민감한 손님들은 이런 곳에서 자신이 찾아 헤매는 것을 발견하지는 못하리라는 것이 확실해 보였다.

그것은 딕에게도 마찬가지였다. 그는 상상력의 눈이 아니라 영혼의 눈을 잡아당기는 것이 뭐 없을까 생각하며, 한 시간가량이나 주위를 둘러보았다. 그러나 그런 것은 없었다. 그는 잠시 후 콜리스에게 주의를 돌렸다. 딕은 요즘 자신이 갖고 있는 생각들을 콜리스에게 들려주었다. 그러나 콜리스는 딕의 말을 잘 받아주지 못하고, 반응도 별로 좋지 않아서 지겨워졌다. 그와 30분 정도 자리를 같이 하고 나자, 딕은 자신의 기력이 빠졌다는 것을 확연히 느낄 수 있었다.

그들은 이탈리아산 술을 한 병 마셨다. 딕은 술기운으로 얼굴이 창백해지고 말이 많아졌다. 그는 악단 지휘자를 테이블로 불렀다. 바하마 출신 흑인인 그 악단 지휘자는 오만하고 기분 나쁜 인물이었다. 잠시 후 그들 사이에 소동이 벌어졌다.

"당신이 나를 보고 앉으라고 했지 않소."

"그랬지. 그리고 당신에게 50리라 주었지. 그렇지 않았나?"

"그랬다니까요."

"좋아, 내가 당신에게 50리라를 주었단 말이야. 그렇지? 그러고 나서 당신이 와서 돈을 더 내라고 했잖아!"

"당신이 나를 보고 앉으라고 했지 않소, 그렇지요?"

"내가 앉으라고 했어. 하지만 50리라 주었잖아, 안 그래?"

"아, 됐어요, 됐어."

그 흑인은 재수 없다는 듯 일어나더니, 여전히 악의 어린 장난기가 발동한 딕을 남겨두고 가버렸다. 딕은 건너편에 있는 한 젊은 여자가 자신을 보고 웃는 것을 보았다. 그 여자 때문에 딕의 주위를 감싸고 있던 우울한 로마풍의 모습들이 사라져 보이지 않는 듯했다. 그녀는 금발머리의 건강하고 아름다운 영국 여자였다. 그녀는 다시 딕을 보고 노골적인 유혹의 미소를 지었다. 그러나 그것은 겉으로는 그렇게 보여도 어떤 육체적인 접촉을 의미하는 것은 아니었다.

"뭔가 속임수가 있는 것은 아닌지 잘 모르겠어."

딕은 자리에서 일어나 건너편에 있는 그녀에게 걸어갔다.

"저하고 춤 한번 추시지요?"

딕의 말에 그녀와 함께 있던 중년의 영국 남자는 괜히 미안해하며 '나는 조금 있다 갈 테니 알아서 하라고.' 하고 말했다.

딕은 흥분에 휩싸인 채 춤을 추었다. 그는 이 여자에게서 영국적인 것에서 느낄 수 있는 즐거움을 발견했다. 그녀의 목소리를 들으면 마치 바다에 둘러싸인 안전한 정원이 생각났다. 딕은 몸을 뒤로 기대고 그녀를 바라보며 말을 건넸는데, 너무나 진지하게 말을 했는지 목소리가 떨리기까지 했다. 그녀는 자기와 함께 있는 남자가 가면 딕 일행과 자리를 함께 하겠다고 약속했다. 그 영국 남자는 그녀가 자리로 돌아오자 또 미안해하며 웃음을 지어 보였다.

자리에 돌아온 딕은 술을 한 병 더 주문했다.

"저 여자는 영화에서 보았던 배우 같은데 누군지 생각이 나지 않는군."

그는 조바심이 나서 어깨 너머로 흘끗 뒤돌아보며 말했다.

"꽤 지체하는군."

"저도 영화 쪽 일을 하고 싶어요. 아버지의 사업을 이어받아야 하는 처지이지만, 그렇게 끌리지 않아요. 버밍햄의 사무실에 앉아 이십 년을 보내야 하니……."

콜리스가 신중하게 자기 생각을 말했다.

그의 목소리는 물질문명의 압력에 저항하고 있는 듯했다.

"그렇게도 영화 일이 좋나?"

딕이 물었다.

"그런 뜻은 아니에요."
"아니기는, 그런 것 같은데."
"선생님이 제 마음을 어떻게 알겠어요? 선생님은 왜 병원 개업을 하지 않으시는 거지요? 일하기를 그렇게 좋아하시면서 말이에요."
딕은 지금 이 순간 자신과 콜리스를 모두 비참하게 만들었다. 그리고 두 사람 모두 취해서 정신이 몽롱했고, 어느 순간에 기억이 끊겼다. 그러다가 콜리스가 자리를 떴고 그들은 정답게 악수를 했다.
"잘 생각해보게."
딕은 조언자라도 된 듯 말했다.
"뭘 생각해보라는 말이지요?"
"자네가 잘 알 텐데."
그것은 콜리스가 아버지 사업을 물려받는 것에 관한, 건전한 충고였다.
콜리스는 공간 속으로 사라지듯 걸어가 버렸다. 딕은 술병을 비우고 나서 그 영국 아가씨와 춤을 추었다. 몸은 말을 듣지 않았지만, 대담하고 힘 있게 플로어를 휘저었다. 그러나 갑자기 놀랄 만한 일이 벌어졌다. 딕이 여자와 함께 춤을 추고 있었는데, 음악이 멈추어서 보니 그녀가 사라지고 만 것이었다.
"아가씨 못 보셨나요?"
"아가씨라니요?"
"나하고 춤추던 아가씨 말이에요. 갑자기 없어져 버렸어요. 이 건물 안에 있는 것이 분명한데."
"거기에 들어가지 마세요! 여자화장실이에요."
딕은 그냥 서 있었다. 그곳에는 남자 둘이 있었지만, 어떻게 이야기를 시작해야 할지 방법이 떠오르지 않았다. 로마에 관한 이야기나 콜로나 집안과 가에타니 집안의 폭력적 기원에 대한 이야기로 시작할 수도 있지만, 처음부터 그런 이야기를 꺼내는 것은 적당하지 않을 것 같았다. 담배 판매대 위에 놓여진 인형들이 갑자기 바닥으로 떨어지는 소동이 일어났다. 딕은 자기 때문에 그랬다는 생각이 들어서 카바레로 돌아가 정신을 차리려고 블랙커피를 한 잔 마셨다. 콜리스도 가버렸고 영국 아가씨도 사라졌으니, 호텔로 돌아가 침대에 누워 우울한 마음을 달래는 것밖에는 할 일이 없는 듯했다. 딕은 계산을 마치고 모자와 코트를 집어들었다.

하수도와 거친 조약돌 사이에는 더러운 물이 고여 있었다. 부거의 평야에서부터 지친 문명의 땀 같은 습기가 퍼져 나와 아침 공기를 더럽히고 있었다. 주위에는 네 명의 택시 운전기사가 눈을 깜박이고 있었다. 딕은 그중에 끈덕지게 따라붙는 한 운전기사를 거칠게 밀쳐내며 물었다.

"퀴리날 호텔까지 얼마요?"

"100리라입니다."

100리라면 6달러였다. 딕은 고개를 저으며 30리라를 불렀다. 그 가격이면 낮 요금의 2배였다. 그러나 운전기사들은 어깨를 으쓱해 보이더니 가버리는 것이었다.

"35리라로 합시다."

딕은 단호하게 말했다.

"100리라 아니면 안 됩니다."

딕은 갑자기 영어로 말했다.

"800미터도 안 되는 거리인데? 40리라만 받으면 되겠구먼."

"그렇게는 안 되겠는데요."

딕은 몹시 피곤했다. 그래서 그냥 문을 열고 차에 탔다.

"퀴리날 호텔로 가자고!"

고집스러운 표정을 하고 차 밖에 서 있는 운전기사에게 말했다.

"그렇게 기분 나쁜 표정 짓지 말고 퀴리날 호텔로 갑시다."

"못 간다니까요."

딕은 차에서 내렸다. 봉보니에리의 입구 옆에서 어떤 사람이 택시 운전기사와 다투고 있었고, 또 어떤 사람은 딕에게 그들의 습성을 설명해주려고 했다. 다시 그들 중 하나가 뭐라고 몸짓으로 이야기하며 위압적으로 다가오자, 딕은 그를 밀쳐냈다.

"퀴리날 호텔로 가자니까."

"100리라를 내라고 하는군요."

통역을 해주는 사람이 말했다.

"알고 있어요. 50리라를 내겠소. 어서 갑시다."

이 말은 다시 다가온 고집스럽게 보이는 운전기사에게 한 말이었다. 그는 딕을 쳐다보더니 경멸하듯 침을 뱉었다.

마침내 일주일 동안 쌓였던 짜증이 극에 달한 딕은 자기 고향에서 명예롭고 전통적인 수단인 폭력을 쓰고 말았다. 딕은 다가가서 그의 얼굴을 갈겼다.

그러자 그들은 딕에게 몰려들어 주먹을 휘두르며 협박을 하고 밀어붙였다. 딕은 등을 벽에 붙인 채 서투르게 주먹을 휘둘러댔다. 그는 상대방을 피하기도 하고 때리기도 하며 몇 분 동안 그들과 주먹질을 했다. 딕은 비틀거리다가 넘어지더니, 갑자기 부러진 팔을 어쩌지 못한 채 일어서려고 안간힘을 썼다. 누군가가 왔는지, 못 듣던 목소리도 들리더니 이어서 또 뭐라고 입씨름하는 소리도 났다. 딕은 자신이 당한 모욕에 분통이 터져 숨을 몰아쉬며 벽에 기대어 서 있었다. 그의 편은 아무도 없었지만, 그는 자신이 잘못했다고는 꿈에도 생각하지 않았다.

그들은 경찰서로 가서 문제를 해결하기로 했다. 어떤 사람이 딕의 모자를 다시 건네주었다. 딕은 누군가에 의해 팔을 잡힌 채, 모퉁이를 돌아 희미한 불빛 아래 경찰관이 어슬렁거리고 있는 썰렁한 막사로 택시 운전기사와 함께 들어갔다.

책임자가 자리에 앉아 있었고, 아까 싸움을 말렸던 사람이 그 책임자에게 이탈리아어로 길게 사설을 늘어놓고 있었다. 그는 때때로 딕을 가리키기도 하고, 또 택시 운전기사의 욕지거리를 들어가면서 책임자에게 상황설명을 했다. 책임자는 참고 다 듣지 못하고 급하다는 듯 고개를 끄덕이기 시작했다. 그가 손을 들자, 길게 주절주절 계속되던 사설이 멈추었다. 그러고 나서 그가 딕에게 물었다.

"이탈리아 말을 할 줄 아시오?"

"모릅니다."

"불어를 할 수 있습니까?"

"예."

딕은 그를 노려보며 대답했다.

"잘 들으시오. 퀴리날 호텔로 가시오. 당신은 술에 취했소. 운전기사가 요구하는 대로 요금을 지불하시오. 알겠소?"

딕은 고개를 저었다.

"그렇게 못 하겠는데요."

"왜지요?"

"나는 40리라만 내겠소. 그거면 충분할 거요."

책임자가 일어섰다.

"잘 들어요. 당신은 술에 취했고 운전기사를 폭행했소."

그가 엄숙하게 말했다. 그는 흥분해서 허공에다 팔을 흔들어 때리는 시늉을 하며 말했다.

"철창신세 면한 것만 해도 감사하게 생각하라고. 어서 운전기사 요구대로 100리라 지불하고 퀴리날 호텔로 가시오."

수모로 인해 화가 잔뜩 난 딕은 그를 쏘아보았다.

"알겠소."

딕은 무턱대고 문을 향했다. 그의 앞에는 딕을 이곳까지 데리고 온 사람이 심술궂게 고개를 까딱대며 서 있었다. 그를 보고 딕은 소리쳤다.

"나는 가겠소. 하지만 이 자식 먼저 손 좀 보겠어!"

그러고 나서 딕은 눈을 동그랗게 치켜 뜬 경찰관 옆을 지나 웃고 있는 그의 얼굴에 주먹을 날렸다. 그자는 바닥에 쓰러졌다.

잠시 동안 딕은 쓰러진 자에 대한 원시적인 승리감을 느꼈다. 그러나 곧 딕은 정신이 아득해지면서 고통을 느꼈다. 곤봉과 주먹과 발길질 세례가 그에게 쏟아졌다. 코가 부러지고 고무판으로 머리를 맞아 눈앞에 불꽃이 일었다. 사람들에게 밟히면서 갈비뼈가 부러졌다. 딕은 잠깐 의식을 잃었다. 정신을 차려 보니 그들은 딕의 손목에 수갑을 채워 앉혀 놓았다. 그는 기계적으로 저항의 몸부림을 쳤다. 딕에게 맞아 쓰러졌던 사복차림의 경찰관이 손수건으로 자기 턱을 닦다가 손수건에 묻어 있는 핏자국을 보았다. 그는 딕에게 다가오더니 자세를 잡고 팔을 휘둘러 딕을 바닥에 쓰러뜨렸다.

딕은 한 차례 물세례를 받기 전까지도 정신을 잃은 채 누워 있었다. 정신을 차려보니 손목을 잡힌 채 어디론가 질질 끌려가고 있었다. 피가 흘러서 눈앞이 흐릿하게 보이기는 했지만 택시 운전기사 중 한 명의 유령 같은 얼굴을 알아보았다.

"엑셀시어 호텔로 가."

딕이 희미하게 외쳤다.

"거기 가서 미스 워런에게 말해 줘. 200리라를 주겠어! 미스 워런 양이야. 200리라를 주겠다고! 이 더러운 놈들……. 너희들은……."

피는 계속해서 흘렀다. 딕은 숨이 헐떡거릴 정도로 흐느끼면서 울퉁불퉁한 바닥 위로 질질 끌려가 조그만 방의 돌바닥 위에 내던져졌다. 사람들이 나가고 문이 쾅 소리를 내며 닫히자, 딕은 홀로 남게 되었다.

23

1시까지 베이비는 침대에 누워 마리온 크로포드가 쓴 지루한 책, 로마 이야기를 읽고 있었다. 그러다가 그녀는 창가에서 거리를 내려다보았다. 호텔 건너편에는 망토를 걸치고 울긋불긋한 모자를 쓴 기이한 인상의 경찰관 두 명이 왔다갔다하고 있었다. 그들을 보자 점심때 그녀를 뚫어지게 쳐다보던 근위대 장교가 생각났다. 그는 대체로 키가 작은 자기 나라 사람들 가운데 보기 드물게 키가 컸다. 그것이 무슨 자랑이라도 되는 것처럼 그는 거만하게 잘난 척했다. 자기는 키가 크니 이것으로 자기 역할은 다했다는 듯 보이는 사람이었다. 그가 다가와서 '함께 가실까요?' 라고 했다면, '그러지요.' 라고 대답했을 것이다. 적어도 지금 생각해보면 그랬을 것 같았다. 왜냐하면 그녀는 익숙하지 않은 낯선 이곳에서 여전히 마음이 혼란스러웠기 때문이었다.

그녀의 생각은 그 장교에 이어 두 명의 경찰관, 그리고 딕에게까지 미쳤다. 그녀는 불을 끄고 잠을 청했지만 4시가 조금 안 된 시각, 거친 노크소리에 잠이 깼다.

"무슨 일이에요?"

"경비원입니다."

그녀는 가운을 걸쳐 입고 잠이 덜 깬 채 경비를 쳐다보았다.

"딕이라는 분이 무슨 일을 당하신 것 같습니다. 경찰과 말썽이 생겨서 유치장에 있다더군요. 그 사실을 알리기 위해 그분께서 운전기사를 보냈습니다. 그분께서 이렇게 말씀을 전하면 운전기사에게 200리라를 주겠다고 하셨답니다."

그는 이 말이 사실임을 알아달라는 듯 조심스럽게 말을 멈추었다가 계속했다.

"딕 씨가 아주 곤란한 처지에 놓였다고 하는군요. 경찰과 싸우다가 많이 다치셨답니다."

"알겠습니다. 바로 내려가지요."

대답을 하고 옷을 챙겨 입는데, 가슴이 떨렸다. 10분 정도 지나서 그녀는 엘리베이터에서 나와 어두운 로비 쪽으로 발걸음을 옮겼다. 이 급한 소식을 전해주었던 운전기사는 벌써 가버리고 없었고, 경비원이 다른 운전기사를 불러 그 유치장의 위치를 일러주었다. 차를 타고 가는 동안 어둠은 걷혔지만, 베이비는 아직 잠이 덜 깬 상태라서 낮인지 밤인지 정신이 몽롱했다. 그녀는 잠을 이기려고 애썼다. 가끔 큰 길로 들어서면 잠이 깼지만, 차가 멈출 때면 졸음이 몰려와 정신이 가물가물해졌다. 운전기사는 큰 물줄기를 뿜어내고 있는 대형분수를 지나 구불구불한 길로 차를 몰았다. 길이 굽어서 건물들마저 삐뚤어지게 세워진 듯 보였다. 운전기사는 자갈길을 덜컹대며 차를 몰더니, 축축하게 젖어 있는 녹색 벽을 배경으로 세워져 있는 두 개의 초소 앞에 차를 세웠다. 차에서 내리자 갑자기 어두컴컴한 아치 밑의 통로에서 딕이 외쳐대는 소리가 들려왔다.

"거기 누구 영국 사람 없어요? 미국 사람 없어요? 거기 누구……. 이 더러운 이탈리아 놈들!"

그러다가 그의 목소리가 사라지더니 이번에는 문을 두들기는 소리가 흐릿하게 들렸고, 다시 딕의 목소리가 들려왔다.

"거기 누구 미국 사람 없어요? 영국 사람 없어요?"

베이비는 딕의 목소리가 나는 쪽을 따라서 아치 밑의 통로를 통해

안으로 들어섰다. 잠시 혼란스러워 어지러움을 느꼈지만, 곧 정신을 차리고 딕의 외침이 들려왔던 조그만 방을 찾았다. 두 명의 경찰관이 좇아왔지만, 그녀는 그들을 뿌리치고 그 방으로 갔다.

"딕! 어떻게 된 거예요?"

베이비가 놀라서 소리쳤다.

"놈들이 내 눈을 때렸어요. 수갑을 채우고 마구 때렸다고요. 저 나쁜 새끼들이, 저……."

딕이 소리쳤다.

베이비는 눈을 부릅뜨고 주위를 둘러보더니 경찰관에게 다가갔다.

"저 사람에게 무슨 짓을 한 거지요?"

그녀가 조용하지만 날카롭게 묻자 경찰관들은 그녀의 기세에 눌려 움찔했다.

"우리는 영어를 모릅니다."

그러자 그녀는 불어로 그들을 다그쳤다. 베이비의 거칠고 당당한 기세가 방을 압도했고 경찰관들은 그런 그녀의 위세에 눌려 쩔쩔맸다.

"어떻게 조치 좀 취해줘요! 조치 좀 취해달란 말이에요!"

"명령이 있을 때까지는 어쩔 수 없습니다."

"그래요? 그렇다면 좋습니다."

베이비가 다시 경찰관들을 닦달했고, 그들은 재수 없게 걸렸다는 듯 서로를 쳐다보며 자신들의 무능함에 대해 사과하느라 땀을 뻘뻘 흘렸다. 베이비는 문 쪽으로 가서 거기에 몸을 기대고, 마치 딕에게 자기가 도우러 왔다는 것을 느끼게 해주려는 듯 문을 부드럽게 쓰다듬으며 소리쳤다.

"대사관에 가보고 다시 올 거예요."

그러더니 그녀는 협박이라도 하듯 경찰관을 째려보고 밖으로 뛰어나갔다.

그녀는 택시 운전기사가 달라는 만큼 요금을 주고 미국대사관에서 내렸다. 계단을 올라가 벨을 누를 때까지도 동이 트지 않아 어두웠다. 벨을 세 번 누르고 나서야 졸린 표정의 영국인 경비원이 문을 열었다.

"이곳의 직원 좀 만나야겠어요. 아무라도 좋아요. 급한 일입니다."

"아직 아무도 일어나지 않았습니다, 부인. 9시가 되어야 업무를 시작해요."

그녀는 마음이 급해서 그때까지 기다릴 수가 없었다.

"중요한 일이에요. 남자가, 미국 남자 하나가 끔찍하게 폭행을 당하고 이탈리아 유치장에 갇혀 있습니다."

"아직 아무도 일어나지 않았다고 말씀드리지 않았습니까. 9시에……."

"그때까지 기다릴 수가 없어요. 맞아서 엉망이 됐어요. 내 동생 남편이 그렇게 되었단 말입니다. 그래놓고 풀어주지도 않으려고 해요. 그러니까 직원 좀 만나야겠어요. 무슨 이야기인지 모르겠어요? 멍청하게 그렇게 서 있기만 할 거예요?"

"저로서는 어떻게 해드릴 수가 없습니다, 부인."

"어서 가서 누구든지 깨우라는 말이에요!"

그녀는 경비원의 어깨를 붙잡고 거칠게 흔들었다.

"사람 목숨이 달린 중요한 문제예요. 당신이 지금 여기 직원을 깨워서 데리고 오지 않으면 당신도 무사하지 못할 거예요……."

"저에게 이러시면 안 됩니다, 부인."

그때 경비원 뒤 위층으로부터 다소 피곤함이 섞인 목소리가 들려왔다.

"거기 무슨 일인가?"

경비원이 안도하며 대답했다.

"숙녀 분이 오셔서 저를 붙잡고 난리를 치고 있습니다."

경비원이 대답하느라 한 걸음 뒤로 물러서자 그녀는 실내로 밀고 들어갔다. 특이한 외모의 젊은 남자가 금방 잠에서 깨어났는지 페르시아 잠옷을 걸친 채 계단 위에 서 있었다. 괴상하게 생긴 얼굴은 뚜렷하지만 생기가 없어서 부자연스럽게 보이는 분홍색을 띠고 있었고,

턱에 마스크 같은 것을 하고 있었다. 그는 베이비를 보더니 얼굴을 감추었다.

"무슨 일인가?"

그가 다시 물었다.

베이비는 흥분하여 계단 쪽으로 다가가며 말했다. 그 남자의 턱에 있는 마스크처럼 보이던 것이 사실은 수염을 감싸주는 붕대였으며, 얼굴이 분홍빛으로 보였던 것은 그가 분홍색 콜드크림을 발랐기 때문이었다. 이 사실을 알게 나자 베이비는 역겨움을 느꼈다. 그녀는 열을 내며 당장 함께 유치장으로 가서 딕을 구해달라고 그에게 소리쳤다.

"사정이 딱하게 되었군요."

"그렇습니다."

"경찰과 싸웠다는 말씀인데."

이렇게 말하는 그의 목소리에는 무례함이 담겨 있었다.

"9시까지는 어쩔 방법이 없을 것 같습니다."

"9시까지라니."

베이비는 기가 막힌다는 듯 되뇌었다.

"하지만 당신은 분명히 저와 유치장에 가서 경찰이 더 이상 그를 다치지 않도록 힘을 쓸 수 있는 능력 있는 분 아닙니까."

"우리는 그런 종류의 일을 담당하고 있지는 않습니다. 그런 일은 영사관에서 담당하는데, 거기도 9시에 업무를 시작합니다."

그의 얼굴은 수염 붕대의 끈 때문에 무표정해 보였는데, 그것이 베이비의 화를 북돋았다.

"9시까지 기다릴 수 없다니까요. 내 동생의 남편이 엉망으로 맞았다고요. 아주 엉망으로요! 저는 그 사람에게 가봐야 합니다. 의사도 불러야 해요."

그녀는 이성을 잃고 울부짖듯 이야기하기 시작했다. 이 자로 하여금 반응을 보이게 하기 위해서는 말로 하는 것보다 이렇게 하는 편이 낫다고 생각했기 때문이었다.

"손을 좀 써주셔야 합니다. 미국인들이 어려움을 당했을 때 보호해주는 것이 당신들 임무라고요."

그러나 그는 완고했다. 현재의 상황을 이해 못 하는 그녀를 딱하게 여기는 듯 고개를 저으며 페르시아 잠옷을 여미고 계단을 몇 발짝 내려왔다.

"이 숙녀 분께 영사관 주소를 적어드리게. 그리고 콜라초 박사 주소와 연락처도 찾아서 같이 적어드리게."

말을 마치자 그는 화가 잔뜩 난 예수님 같은 표정을 하고 베이비에게 말했다.

"부인, 외교관은 이탈리아 정부에 대해서 미국 정부를 대표합니다. 국무성의 지시가 없는 한 우리와 자국민의 보호와는 전혀 관계가 없어요. 부인 동생의 남편은 이 나라의 법을 어겼기 때문에 구속된 것입니다. 이탈리아인도 뉴욕에서 구속될 수 있는 것과 마찬가지로 말입니다. 그를 석방시킬 수 있는 권한은 이탈리아 법원에 있어요. 그들이 부인 동생의 남편을 고소했다면 미국 국민의 권리를 보호해주는 영사관에 가시면 도움을 받을 수 있을 겁니다. 영사관도 9시에 업무를 시작합니다. 내 친동생이라도 저로서는 달리 방법이 없습니다."

"그러면 영사관에 전화는 해주실 수는 있겠지요?"

베이비가 물었다.

"저희는 영사관에서 하는 일에 간섭할 수가 없습니다. 9시면 영사님이 출근하실……."

"영사님의 집 주소 좀 가르쳐주실 수 있겠어요?"

그는 잠시 생각하더니 고개를 저었다. 그리고 경비원에게 메모를 받아 베이비에게 건네주었다.

"저는 그만 실례하겠습니다."

경비원은 베이비를 출입구로 안내했다. 날이 밝기 시작해서 주위가 자주색을 띠고 있었고 분홍빛 얼굴과, 수염을 감싸고 있는 주머니에도 이 자줏빛이 드리우고 있었다. 베이비는 입구의 계단 위에 홀로 서 있었다. 대사관에 온 지 10분이 지나고 있었다.

대사관 앞 광장에는 끝에 못을 박은 막대기로 담배꽁초를 찍어서 줍고 있는 노인 말고는 아무도 없었다. 베이비는 택시를 타고 영사관으로 갔다. 그러나 그곳에도 세 명의 여자만이 계단을 청소하고 있을 뿐 아무도 없었다. 그 여자들에게 영사의 집 주소를 아느냐고 물었지만, 그녀들과 말이 통하지 않았다. 갑자기 불안해진 마음에 베이비는 택시 운전기사에게 딕이 갇혀 있는 유치장으로 가자고 했다. 운전기사는 그곳이 어디 있는 줄 몰랐지만, 베이비가 직진, 우회전, 좌회전 등의 단어를 써가며 운전기사에게 대략의 위치를 가르쳐 주었다. 그러다 그녀는 이쯤일 거라고 생각하고 차에서 내려 미로 같은 골목길을 찾아 헤맸다. 그러나 건물과 길이 모두 비슷비슷했다. 에스파냐 광장에 이르는 길에서 보니 아메리칸 익스프레스라는 간판이 눈에 띄었다. 간판의 '아메리칸' 이라는 단어만 보아도 마음이 가벼워지는 느낌이었다. 유리창을 통해 불이 켜 있는 것을 보고 광장을 가로질러 가서 문을 두드렸으나 잠겨 있었다. 시계는 7시를 가리키고 있었다. 그때 그녀의 머릿속에 콜리스가 떠올랐다.

그가 묵고 있는 호텔 이름도 기억났다. 엑셀시어 건너편에 있는 오래된 건물이었다. 그곳에서 근무하는 여직원은 베이비를 도와주려 하지 않았다. 자기는 콜리스 씨를 귀찮게 할 권리가 없다고 하면서, 베이비 혼자서 그의 방으로 올라가는 것도 허락하지 않았다. 그러다가 결국 여직원은 애정 문제 때문이 아닌 것을 확인하고 나서야 베이비를 방으로 안내했다.

콜리스는 알몸으로 침대에 누워 있었다. 그는 술이 덜 깨서 일어났기 때문에, 자기가 아무것도 입지 않고 있다는 것을 얼마가 지나서야 깨달았다. 그는 지나치게 예의를 차림으로써 그 무안함에서 벗어나려 했다. 급히 목욕탕으로 가서 옷을 입으며 중얼거렸다.

"제기랄, 저 여자가 내 홀딱 벗은 몸을 다 보았을 텐데!"

여기저기 전화를 몇 차례 걸고 나서, 베이비와 콜리스는 유치장의 위치를 알아내고 그곳으로 향했다.

방문은 열려 있었고, 딕은 유치장 안에 있는 의자에 기운 없이 늘어져 앉아 있었다. 경찰관 한 명이 딕의 얼굴에 흐르는 피를 닦고 머리도 빗은 후, 상처를 감추려는 듯 모자를 씌워놓았다. 베이비는 몸을 덜덜 떨면서 입구에 서 있었다.

"콜리스 씨가 당신 옆에 있을 거예요. 나는 영사님과 의사를 모시러 갔다 오겠어요."

"알겠습니다."

"조용히 기다리고 계세요."

"그렇게 하지요."

"다시 돌아올 거예요."

베이비는 영사관으로 갔다. 8시가 넘은 시간이었고, 대기실에서 기다리는 것이 허락되었다. 9시가 다 되어 가자 영사가 나타났다. 베이비는 기운도 없고 지친 상태라서, 신경질적으로 상황을 이야기했다. 이야기를 듣고 난 영사는 난감해했다. 그는 낯선 도시에서 싸움에 끼어들어서는 안 된다며 주위를 주고, 밖에서 기다리라고 했다. 베이비는 영사의 능구렁이 같은 눈빛에서, 그가 이 사건에 가능한 한 개입하지 않으려 하는 것을 알았다. 절망감이 몰려왔다. 영사관에서 조치를 기다리는 동안, 베이비는 의사에게 전화를 걸어 딕에게 가보라고 했다. 대기실에는 베이비 말고도 여러 명이 있었는데, 그중 몇몇 사람들이 영사 집무실로 들어가도록 허용되었다. 30분쯤 지나자 베이비는 영사 집무실에서 사람이 나오는 틈을 이용해 비서를 밀어젖히고 그곳으로 뛰어들어 갔다.

"어떻게 이럴 수가 있나요! 미국인이 죽도록 얻어맞고 감옥에 내팽개쳐져 있는데 당신들은 나 몰라라 하고 있군요."

"조금 기다리시지요, 부인……."

"충분히 기다렸어요. 지금 당장 나와 함께 유치장으로 가서 그 사람을 풀어주세요."

"부인……."

"우리는 그래도 미국에서는 어느 정도 사회적 지위가 있는 사람들이라고요……."

베이비는 점점 세게 나왔다.

"만약 이 사건을 해결해주지 못한다면……. 우리는 당신들의 이런 무관심한 태도를 해당 기관에 보고할 거예요. 제 동생의 남편이 영국 사람이었다면 벌써 풀려났겠지요. 하지만 당신은 당신들이 왜 이 자리에 와 있는가 하는 것보다, 이탈리아 경찰이 어떻게 나올까 하는 것에만 신경을 쓰고 있어요."

"부인……."

"지금 당장 모자를 쓰고 같이 갑시다."

모자라는 말에 영사는 깜짝 놀랐다. 그는 급히 안경을 닦고 서류들을 살펴보는 척했다. 그러나 소용없는 일이었다. 감정이 격해진 미국 여자가 그 앞에 버티고 서 있었다. 그로서는 너무나 비이성적인 이 여인을 감당하기가 벅찼다. 영사는 부영사를 찾았다. 베이비의 승리였다.

딕은 유치장 한구석의 창문을 통해 쏟아지는 햇살을 받으며 앉아 있었다. 콜리스가 밖에 있었고, 경찰관 두 명도 있었다. 그들은 무슨 조치가 취해지기를 기다리고 있었다. 딕의 성한 한쪽 눈에 경찰들이 보였다. 그들은 투스칸 지역의 농부출신으로 윗입술이 짧았다. 지난밤의 그 무지막지한 격투를 생각하니, 그들에게 말을 걸기가 어려웠다. 딕은 그들 중 한 명에게 맥주를 한잔 가져다 달라고 부탁했다.

맥주를 마시자 머리가 가벼워졌고, 지난밤의 소동이 냉소가 담겨진 웃기는 사건의 하나일 뿐이라는 생각이 문득 들었다. 콜리스는 이 불운한 사건이 그 사라진 영국 여자와 관련이 있다고 생각하고 있었다. 그러나 딕의 생각에 그 영국 여자는 이 사건이 일어나기 전에 사라졌음이 분명했다. 콜리스는 자신이 침대에 발가벗은 채 누워 있는 모습을 베이비가 보았다는 사실에 아직도 마음이 좋지 않았다.

딕의 마음속에 불같이 일었던 분노가 조금은 가라앉았다. 그는 자신은 범죄자로서의 책임이 전혀 없다고 생각했다. 이 사건은 그 어느 것보다도 유쾌하지 못한 사건이었다. 그렇다고 죽을 때까지 잊어버리고 지낼 수도 없는 일이니 어쩔 도리가 없었다. 이제부터 다른 사람이 되어본다는 생각도 했다. 그렇게 되면 이런 덜 성숙한 상태에서 어떤 새로운 인간이 될까. 생각해보니 묘한 기분이 들었다. 그러나 그것은 인간을 초월한 신의 영역이었다. 성숙한 아리안으로서 이런 모욕을 잊을 수는 없었다. 그가 용서를 한다면 이 일은 그의 삶의 일부가 되고, 그것은 곧 자신에 대한 모욕과 자신을 동일시하는 것과 마찬가지 아닌가. 절대 그럴 수는 없는 일이었다.

콜리스가 복수를 하자고 했지만, 딕은 고개를 저으며 아무 말도 하지 않았다. 상관이 근엄하고 씩씩하게 안으로 들어서자 경찰관들이 벌떡 일어나서 부동자세를 취했다. 그는 빈 맥주병을 보고 부하들에게 한바탕 난리를 부린 후, 우선 맥주병을 밖으로 치우도록 했다. 딕은 콜리스를 바라보고 웃었다.

부영사가 도착했다. 많은 업무량에 지쳐 보이는 젊은이로 이름은 스완슨이었다. 그들은 법정으로 향했다. 콜리스와 스완슨이 딕 양쪽 옆에서 걷고 있었고, 그 뒤를 경찰관들이 바짝 따라왔다. 안개 낀 아침 시간, 상가들이 밀집한 거리와 광장은 사람들로 붐볐다. 딕은 모자를 푹 눌러쓰고 빠른 걸음으로 걸었다. 다리가 짧아 걸음이 느린 경찰관 하나가 옆에서 뛰어오다 불만을 늘어놓았다.

"나 때문에 부끄러우시지요?"

딕은 유쾌하다는 듯 스완슨에게 물었다.

"이탈리아 사람들과 목숨 걸고 싸우다시피 하신 것 같습니다."

스완슨이 얌전하게 대꾸했다.

"이번에는 풀어주겠지만, 당신이 이탈리아 사람이었다면 아마 몇 달은 형무소에서 썩어야 했을 겁니다. 틀림없이 말입니다."

"형무소 신세를 진 적이 있었소?"

스완슨이 웃었다.

"저 사람, 괜찮은 사람 같군."

"아주 괜찮은 사람이에요. 사람들에게 좋은 충고도 들려주고 말입니다. 하지만 저 사람도 틀림없이 유치장 신세를 진 적이 있을 거예요. 아마 몇 주일 정도는 말입니다."

스완슨이 또 웃었다.

"조심하라고 드리는 말씀입니다. 여기 사람들이 어떤지 모르고 계시니까요."

"아니오, 여기 사람들이 어떤 사람들인지 나도 충분히 잘 알고 있소."

딕은 화를 내며 말을 끊고 나섰다.

"아주 나쁜 놈들이오. 내 말 알아들었소?"

딕은 경찰관들을 돌아보며 물었다.

"저는 그만 가보겠습니다. 베이비에게도 여기까지 도와주겠다고 말씀드렸습니다. 법정 2층에 가시면 우리 측 변호사가 있을 겁니다. 조심하세요."

"안녕히 가십시오, 고맙습니다. 당신은 앞으로 높은 자리까지 올라가실 거예요."

딕은 정중하게 악수를 했다

스완슨은 다시 웃었다. 그리고 천만의 말씀이라는 듯 표정을 지으며, 떠나는 발길을 재촉했다.

그들은 법원에 들어섰다. 사방으로 계단이 있었고 모두 위층에 있는 각 방으로 오르는 계단이었다. 그들이 걸어가고 있는데, 사람들의 분노와 조롱에 찬 야유와 비난 소리가 들려왔다. 딕은 웬일인가 하며 눈을 크게 떴다.

"왜들 저러는 걸까?"

딕이 놀라며 궁금해 했다.

경찰관 한 명이 사람들에게 뭐라고 이야기를 하자 소란이 그쳤다.

딕 일행이 법정으로 들어섰다. 딕과 콜리스가 옆에서 조용히 기다리고 있는 동안, 영사관에서 나온 초라한 행색의 이탈리아 변호사가 판사에게 길게 변론을 늘어놓았다. 영어를 할 줄 아는 사람 하나가 창문을 통해 바깥을 내다보다가, 몸을 돌려 조금 전에 딕 일행이 걸어올 때 일어났던 소동을 설명해주었다. 다섯 살짜리 아이를 강간하고 살해한 프리스카티 사람이 있는데, 오늘 아침 이곳으로 그가 이송되기로 되었다. 그래서 사람들이 딕을 그 사람으로 잘못 알고 있었던 것이었다.

얼마의 시간이 지난 후, 변호사는 딕에게 석방되었다고 말했다. 딕은 이미 벌을 충분히 받았다는 것이 법원의 판단이었던 것이다.

"충분히 벌을 받았다니, 내가 무슨 벌 받을 짓을 했다는 거지?"

딕은 소리쳤다

"이제 그만해요. 지금은 어쩔 수가 없습니다."

"하지만 택시 운전기사와 싸운 것 말고는 나는 아무 짓도 안 했어."

"그들 말로는 당신이 마치 악수할 것처럼 경찰에게 다가가서는 폭행을 가했다는 겁니다."

"그렇지 않아! 나는 싸우려는 태세를 갖추고 때렸어. 그리고 그자가 경찰인 줄도 몰랐고."

"어서 가시지요."

변호사가 재촉했다.

"갑시다."

콜리스가 딕의 팔을 부축하고 아래로 내려갔다.

"나 이야기 좀 합시다! 내가 어떻게 다섯 살짜리 아이를 강간했는지 이 사람들에게 말해주겠어. 내가 그랬을지도 모르는 일이니……."

딕은 소리쳤다.

"진정하세요."

베이비는 의사와 함께 택시 안에서 딕을 기다리고 있었다. 그러나 딕은 그녀를 보고 싶지 않았고, 그녀와 함께 있는 의사도 싫었다. 사람이 꽉 막혀 보이는 것이 한눈에 라틴계열의 도덕주의자처럼 보였다. 딕은 이 불운한 사건을 정리해서 이야기했지만, 아무도 별다른 말이 없었다. 의사는 퀴리날 호텔 방에서 딕의 몸에 묻은 피와 기름기 섞인 땀을 닦아주었다. 그리고 코와 부러진 갈비뼈, 그 밖에 작은 상처들과 눈도 치료해주었다. 여전히 흥분이 가시지 않고 신경이 예민해 있어서 딕은 모르핀을 부탁했고 그 덕분에 잠을 이룰 수 있었다. 의사와 콜리스는 떠났고, 베이비는 딕을 간호할 영국 여자를 기다리고 있었다. 어젯밤에는 많은 고생을 했지만, 그녀는 만족했다. 딕이 과거에 어떻게 지내왔던지 간에 이제 워런 집안사람들은 딕에게 쓸모가 남아 있는 한, 그에 대한 도덕적 우월감을 가질 수 있다고 생각했기 때문이었다.

3부

1

카아테는 남편의 뒤를 쫓아 집으로 가고 있었다.

"니콜은 어때요?"

그녀가 부드럽게 물었다. 그러나 숨을 몰아쉬며 묻는 것으로 보아 이 질문을 하려고 작심하고 남편을 쫓아온 것임을 알 수 있었다.

프란츠가 놀라서 그녀를 쳐다보았다.

"니콜은 아픈 데 없어. 왜 그런 쓸데없는 것을 묻는 거요?"

"당신이 니콜에게 자주 가보는 것 같아서 그녀가 아프구나 생각했어요."

"집에 가서 이야기합시다."

카아테는 남편의 말에 순순히 응했다. 그의 연구실은 행정관 건물에 있었고, 아이들은 가정교사와 함께 거실에 있었다. 그들 부부는 침실로 올라갔다.

"미안해요, 프란츠."

그가 입을 열기도 전에 카아테가 먼저 이야기했다.

"용서해주세요. 내가 주제넘은 말을 한 것 같군요. 나는 내 위치를 알고 있고, 또 내 위치에 대해 자부심을 가지고 있어요. 하지만 니콜과 나 사이에는 앙금이 남아 있단 말이에요."

"같은 여자끼리 왜 그래, 서로 사이좋게 지내야지!"

프란츠가 버럭 소리를 질렀다. 그러다가 괜히 쓸데없이 소리를 지른 것 같은 생각이 들었던지, 아주 진부한 말에 의미를 두며 말했던 옛 스승, 도물러 박사의 말투를 흉내 내어, 말하는 사이사이에 잠깐 쉬었다가 다시 말을 하고, 그 말투에서도 신중함이 엿보이도록 애를 썼다.

"같은 여자들끼리는 서로서로 사이좋게 지내야지!"

"나도 알고 있어요. 제가 니콜에게 얼마나 정중하게 대하는지 당신도 알잖아요."

"당신은 상식을 망각하고 있어. 니콜은 물론 건강한 상태는 아니야. 어쩌면 그녀는 평생을 그렇게 건강하지 못한 상태로 지낼지도 모르지. 딕이 없는 동안에는 내게 책임이 있다고."

그는 주저했다. 카아테에게 알리지 않고 은근슬쩍 농담 비슷하게 넘어가고 싶은 이야기도 있었던 것이다.

"오늘 아침에 로마에서 전보가 왔는데, 딕이 독감에 걸려 내일 출발한다고 하는군."

마음이 조금 편해진 카아테는 조금은 담담하게 하던 말을 계속했다.

"사람들이 생각하는 것만큼 니콜의 상태가 그렇게 좋지 않은 것은 아닌 것 같은데요. 그녀는 아프게 보임으로써 그저 다른 사람에게 영향력을 행사하려 할 뿐이라는 이야기지요. 그런 여자가 영화 쪽에서 일해야 하는 건데. 당신이 좋아하는 노마 탈마지처럼 말이에요. 미국 여자들은 영화 일 하는 것을 다들 좋아하니까요."

"영화에 출연한 노마 탈마지를 질투하고 있는 건가?"

"나는 미국인들이 싫어요. 그들은 이기적이에요. 아주 이기적이라고요!"

"하지만 당신도 딕을 좋아하잖아."

"좋아하지요. 그 사람은 달라요. 다른 사람들을 배려할 줄 아는 사람이라고요."

그녀도 시인했다.

'노마 탈마지도 그런 여자지. 그녀는 아름다움을 넘어서 훌륭하고 고상한 여자임에 틀림없다고. 할 수 없이 바보 같은 역을 하고 있을 뿐이야. 안다는 자체만으로도 큰 특권이랄 수 있는 여자, 노마 탈마지는 그런 여자임에 틀림없어.' 라고 프란츠는 생각했다.

취리히에서 영화를 보고 돌아오던 어느 날 밤, 심각할 정도로 마음을 졸이던 노마 탈마지의 생생한 모습을 카아테는 잊고 있었다.

"……. 딕은 돈 때문에 니콜과 결혼을 했어요. 그것이 바로 그의 약점이었지요. 당신도 그런 비슷한 말을 한 적이 있었잖아요."

"당신, 지금 말을 막 하고 있어."

"제가 좀 지나쳤군요, 죄송해요. 당신 말대로 우리는 사이좋게 지내야 하는데 말이에요. 하지만 마치 나한테서 무슨 고약한 냄새라도 나는 것처럼, 코를 움켜쥐고 뒤로 물러서는 니콜의 모습을 보고서 어떻게 사이좋게 지낼 수가 있겠어요!"

그것은 사실이었다. 그녀는 집안일을 거의 다 스스로 직접 하는 여자이며, 검소한 생활태도를 지녔기 때문에 옷도 거의 사지 않았다. 매일 두 번씩 갈아입는 속옷을 세탁하는 미국인 점원 아가씨라면 전날의 수고로 인해 카아테의 몸에서 나는 땀의 흔적을 알아볼 수 있을 것이다. 그것은 단순한 냄새라기보다는, 흙냄새 같이 영원한 자연을 생각하게 하는 냄새였다. 프란츠에게 이것은 카아테의 머리에서 나는 냄새만큼 자연스러웠고, 그 때문에 그가 그 존재를 잊고 지내는 냄새인지도 몰랐다. 그러나 옷을 입혀주는 간호사의 손가락 냄새조차 싫어했던 니콜에게는, 이것은 견디기 힘든 공세였다.

"그리고 아이들 문제도 있어요. 니콜은 자기 아이들이 우리 아이들과 같이 노는 것을 싫어해요……."

이는 프란츠도 여러 번 들었던 이야기였다.

"그만 합시다. 그런 식으로 이야기하면 일하는 데 지장이 있을 수 있어. 이 병원을 운영하게 된 것도 니콜 덕분이지 않소. 점심이나 먹자고."

카아테는 감정을 그렇게 폭발시킨 것이 경솔한 행동이었음을 깨달았다. 그러나 프란츠가 끝에 한 말은 다른 미국인들도 돈이 있다는 사실을 카아테에게 일깨워 주었고, 일주일 후에 그녀는 니콜에 대한 반감을 새로운 표현으로 드러냈다.

딕이 돌아온 것을 환영하기 위해 프란츠 부부가 다이버 부부를 식사에 초대했을 때였다. 다이버 부부의 발소리가 채 사라지기가 무섭게 카아테는 문을 닫고 프란츠에게 말했다.

"딕의 눈가를 보았어요? 엉망진창이던데요."

"말 좀 가려서 해요. 딕은 오자마자 말하더군. 딕은 배에서 권투시합을 했다는 거요. 대서양 횡단 여객선에서는 미국인들이 자주 권투시합을 벌인다고 합디다."

"나보고 그 말을 믿으라는 거예요? 팔을 움직일 때면 통증을 느끼는 것 같았어요. 관자놀이 주위에도 아물지 않은 상처가 있었고요……. 머리카락도 잘려나간 부분이 있던데요."

그녀가 조롱 섞인 말투로 이야기했다.

프란츠는 이렇게 자세히 보지는 않았다.

"그게 어떻다는 거요?"

프란츠의 물음에 카아테가 말했다.

"당신은 그런 행동이 우리 병원에 도움이 된다고 생각하세요? 오늘 밤에도 술 냄새가 나더라고요. 딕이 돌아온 이후로 그렇게 술 냄새가 났던 적이 한두 번이 아니란 말이에요."

그녀는 이제 말하고자 하는 내용의 중요성에 걸맞게 천천히 말했다.

"딕은 이제 더 이상 진지한 사람이 아니에요."

프란츠는 카아테의 끈질긴 공세를 무시하고 어깨를 흔들며 계단을 올라갔다. 침실에 들어서자 프란츠는 아내에게 말했다.

"딕은 분명 진지한 사람이고 똑똑한 사람이야. 취리히에서 최근에 신경 병리학 부문에서 학위를 받은 사람들 중에서 딕은 가장 우수한 인재로 인정받고 있지. 나는 상대도 안 될 정도로 대단한 사람이란 말이야."

"그런 말을 하다니, 부끄럽지도 않아요?"

"그게 사실이니 어쩌겠나. 사실을 인정하지 않는 것이 부끄러운 일이지. 조치가 곤란한 환자가 있을 경우에는 나도 딕의 도움을 받고 있어. 딕의 저서들은 아직도 그 방면에서는 인정받고 있으니까……. 아무 의과대학 도서관에라도 가서 물어보면 알 수 있을 거야. 대부분의 학생들은 딕을 영국 사람인 줄 알고 있지……. 그러한 철두철미함이 미국에서 나올 수 있으리라고는 믿을 수 없을 테니 말이야."

그는 베개 밑에서 잠옷을 꺼내며 불평을 늘어놓았다.

"왜 그렇게 말을 하는지 이해할 수가 없군. 당신은 딕을 좋게 보고 있는 걸로 알고 있었는데 말이야."

"무슨 말씀이세요! 당신이야말로 확실한 사람이고, 능력 있는 사람이란 말이에요. 이것은 토끼와 거북이의 경주 같은 경우지요. 그리고 내가 보기에는 토끼의 독주는 거의 끝났어요."

"쯧쯧!"

"정말이라니까요."

프란츠가 손을 내저으며 말했다.

"그만둬!"

결국 그들은 논쟁을 벌이는 사람들처럼 의견을 교환하는 것에 그쳤다. 사실 카아테도 자신이 인정했고 존경했던 딕에게 심하게 대했다는 사실을 스스로 인정하고 있었다. 그리고 딕은 카아테에게 친절하게 대해주었고, 그녀를 이해해주었던 사람이었다. 일단 카아테의 생각이 프란츠의 마음을 잠식해버리자, 프란츠도 그 후로는 딕이 진지한 사람이라는 생각을 다시는 하지 않게 되었다. 그리고 점차 시간이 흐르면서 자기가 그런 생각을 했던 적조차 없었다고 확신하게 되었다.

2

딕은 로마에서 봉변당했던 일을 적당히 각색하여 니콜에게 들려주었다. 이 각색된 이야기에 따르면, 딕은 술에 취한 친구를 구해낸 인정 있는 사람이었다. 딕은 베이비가 비밀을 지켜줄 거라고 믿었다. 사실을 이야기해서 득이 될 것이 없다고 베이비에게 말했기 때문이었다. 그러나 그 사건이 딕에게 미치는 영향에 비한다면 이런 일들은 사소한 장애물일 뿐이었다.

이런 일을 겪은 데에 대한 반작용으로 딕은 더욱 일을 열심히 했고, 상황이 이렇게 되자 딕과의 관계를 끝내려 했던 프란츠는 그 구실을 찾을 수 없게 되었다. 어떤 우정이든 그것이 깨지려면 살이 찢기는 고통을 겪지 않으면 안 된다. 딕은 지적인 면에서, 또 정서적인 면에서 정신없는 속도로 달리고 있기 때문에 프란츠는 불편함을 느끼고 있었다……. 전에는 이러한 대조적인 성격이 둘 사이의 관계에 있어 장점으로 여겨졌던 부분이었다. 그러나 지금은 서로가 상대방에게 부담스러운 존재가 되었다.

프란츠가 첫 번째 쐐기를 박을 기회를 찾을 수 있던 것은 5월이 되어서였다. 딕은 어느 날 오후에 창백하고 피곤한 모습으로 사무실로 들어와 앉으며 말했다.

"그 여자, 죽었어."

"그 여자가 죽었다고?"
"심장이 멎었다네."
딕은 지쳐서 문 가까이 있는 의자에 앉았다. 그는 피부에 온통 딱지가 덕지덕지 붙은 무명의 여류 예술가 옆을 사흘 동안 지켰다. 딕은 그 여인을 사랑하고 있었다. 겉으로는 아드레날린을 주사하기 위해서였지만, 사실은 눈앞의 어둠에 빛을 던져주기 위해서였다.
딕의 감정에 대해 대강 감을 잡은 프란츠가 재빨리 소견을 말했다.
"신경성 매독이야. 모든 검사가 같은 결과였지. 척수가……."
"신경 쓰지 말게. 신경 쓰지 말라니까! 그녀가 자기 비밀을 끝까지 지키고 싶어한다면, 그렇게 하라고 해."
"자네, 하루 정도 쉬는 것이 좋겠네."
"걱정 말게. 나도 그럴 생각이니까."
기회를 잡은 프란츠가 죽은 여인의 오빠에게 전보를 쓰다 말고 말했다.
"아니면 잠깐 여행이라도 다녀오는 것이 어떤가?"
"지금은 싫어."
"휴가를 말하는 것이 아니네. 로잔에 환자가 있어. 오전 내내 칠레인 한 명과 통화를 했는데……."
"그녀는 정말 용감했어. 그래서 그렇게 오래 끌 수 있었던 거야."
프란츠가 공감한다는 의사표시로 고개를 흔들었고, 딕은 정신을 가다듬었다.
"말을 끊어서 미안하네."
"잠시 기분전환도 할 겸 다녀오면 좋을 거야……. 아들 때문에 골치를 썩는 아버지가 한 사람 있네……. 그러나 그 아버지가 아들을 여기까지 데려올 수가 없다는 거야. 그래서 누군가가 그곳까지 와주었으면 좋겠다는 걸세."
"뭐 때문에 문제라는 거지? 알코올중독? 동성연애? 로잔이라고 하면……."

"모든 것이 조금씩 다 관련되어 있네."

"내가 가겠네. 수입이 좀 될 것 같은가?"

"꽤 될 걸세. 한 2~3일 정도 머물 생각을 하고 있게. 혹시 환자를 검사해야 할 것 같으면 이리로 데려오면 돼. 어쨌든 자네는 천천히 편안한 마음으로 지내도록 하게. 쉬엄쉬엄 하라는 이야기야."

기차에서 2시간 남짓 잠을 자서 몸이 가뿐해진 딕은, 상쾌한 기분으로 리알이라는 사람과 면담할 수 있었다.

이러한 면담들은 거의 다 비슷비슷했다. 때로는 가족 대표자의 히스테리가 환자의 상태만큼이나 심리학적으로 흥미로운 경우도 있었다. 이번 경우도 예외가 아니었다. 리알이라는 사람은 잘생긴 스페인 남성으로, 머리색은 약간 녹색이 섞인 회색이었다. 또 그 행동에서는 귀족 같은 모습도 엿보였다. 그는 부와 권력을 나타내는 갖가지 장식을 주렁주렁 매달고는, 호텔의 자기 방을 이리저리 왔다갔다하면서 술에 취한 여인만큼이나 자제력이 없는 아들에 관한 이야기를 털어놓았다.

"지금까지 갖은 방법을 다 써보았습니다. 제 아들놈은 타락했어요. 해로우 학교와 캠브리지 킹즈 대학을 다니면서 타락해 버렸습니다. 아주 철저하게 말입니다. 이제는 이렇게 술까지 마셔대니 이놈이 어느 정도인지 더욱 확실해진 셈이지요. 또 끊임없이 추문을 일으키고 있습니다. 모든 수단을 다 동원해보았습니다. 의사인 친구와 계획을 세워 아들과 함께 스페인으로 보내보았지요. 제 아들놈 프란체스코는 매일 저녁에 자극제 주사를 맞고 난 후 의사와 함께 유명한 사창가에도 갔지요. 한 일주일 동안은 효과를 보는 듯했지만 결국은 소용이 없었습니다. 마침내 지난주에 바로 이 방, 아니, 저 욕실에서……."

그는 손가락으로 욕실을 가리켰다.

"……. 나는 프란체스코의 웃옷을 벗기고 채찍으로 갈겼습니다."

감정을 못 이겨서 그가 자리에 주저앉자 딕이 말했다.

"현명하지 못한 행동을 하셨군요. 스페인 여행도 역시 쓸데없는 일이었고…….”

딕은 흥분을 억제하느라 애를 썼다. 의사라고 이름을 걸어놓고 있는 사람이 그런 서툰 실험을 하다니!

“……. 리알 씨, 이런 경우라면 저는 아무것도 약속드릴 수 없다는 말씀을 드려야 될 것 같군요. 알코올 중독에 관한 문제라면 저희도 웬만한 경우 성공적인 치료를 할 수 있습니다. 물론 적절한 협조가 있어야겠지만 말입니다. 우선 아드님을 만나 그 자신이 문제를 인식하고 있는지를 알아보고, 이를 통해 아드님에 대한 믿음을 지니는 일이 우선 되어야 합니다.”

딕은 테라스에 있는 그 청년의 옆에 가서 앉았다. 나이는 20살가량 되었고 얼굴도 잘생긴데다가 민첩해 보이는 그 청년이었다.

“자네 생각을 알고 싶네. 상태가 점점 나빠지고 있다고 생각하나? 치료를 받고 싶은 마음은 있나?”

“예, 그랬으면 좋겠어요. 굉장히 좋지 않은 상태거든요.”

프란체스코가 대답했다.

“자네는 그 원인이 알코올중독이라고 생각하나, 아니면 정신이상이라고 생각하나?”

“정신이상 때문에 알코올중독에 걸린 것 같습니다.”

그 청년은 잠깐 심각한 표정을 지었다. 그러다 갑자기 얼굴에 참을 길 없는 장난스러움이 어리더니, 결국 웃음을 보였다.

“절망적입니다. 킹즈 대학에서 나는 ‘칠레의 여왕’이라고 불렸지요. 그놈의 스페인 여행 때문에 나는 여자만 봐도 매스껍게 느껴집니다.”

딕은 그에게 날카롭게 물었다.

“지금 같은 상태가 좋다고 생각한다면 나는 자네를 도와줄 수가 없네. 시간만 낭비하고 있는 셈이 되는 걸세.”

“아닙니다. 말씀해주시지요. 사실 나는 거의 모든 사람들을 경멸하고 있습니다.”

이 청년에게는 남자다운 구석이 있었는데, 그것이 지금은 아버지에 대한 강한 반항의 형태를 띠고 있었다. 그러나 그의 눈에는 동성연애자들이 이런 문제에 대해 논의할 때 볼 수 있는 전형적인 장난기가 어려 있었다.

"잘해보았자 초라한 인생밖에 안 되네. 그런 쪽을 탐닉하면서 자네 삶을 낭비하면, 다른 훌륭한 일이나 사회적 활동을 할 시간과 기력이 다 소모될 걸세. 세상과 부딪쳐서 살고 싶다면, 우선 자네의 욕정부터 억제해야 하네. 그리고 무엇보다도 그 욕정을 불러일으키는 알코올을……."

딕은 벌써 10분 전에 이 환자를 포기했기 때문에, 그저 기계적으로 이야기했다. 그들은 칠레에 있는 청년의 집과 그의 야망에 대해 한 시간 정도에 걸쳐 즐겁게 이야기를 나누었다. 이렇게 부담 없이 대화를 나누는 것이, 그러한 인물을 병리학적인 관점에서만 바라보는 것과 다를 바 없었다. 바로 이런 매력 때문에 프란체스코가 그렇게 삐뚤어지게 된 것 같았다. 오늘 아침 병원에서 죽은 비참한 인간의 광적인 용기이거나, 아니면 길을 잃고 방황하는 젊은 청년이 아무것도 아닌 옛날이야기를 하게끔 한 용감한 아름다움이든 간에, 딕에게는 매력이라는 것은 항상 독립적인 존재였다. 딕은 불면 날아갈 정도로 아주 잘게 조각조각 그것을 나누려고 했다. 삶의 전체적인 모습은 질적인 측면에서 그 부분들과는 다른 것이며, 또한 40대라는 연령에서는 인생은 단지 부분적으로만 보일 뿐이라는 것을 깨달았다. 니콜과 로즈마리에 대한 사랑, 에이브와의 우정, 그리고 전쟁 끝에 파괴된 세상에서 피어난 토미와의 우정……. 이러한 관계 속에서 딕은 그 사람들에 눌려 자기 자신이 마치 그들이 되어버린 듯했다. 전부를 가지던지 아니면 하나도 가지지 않든지, 선택의 때가 온 것 같았다. 그것은 마치 그가 남은 삶을 살아가는 동안, 만나고 사랑했던 사람들의 자아를 자기 마음속에 지니고 살도록, 그리고 그들이 완벽한 만큼만 자기 자신도 완벽하도록 운명 지워진 것 같았다. 고독이라는 요소도 이것과 연관

되어 있었다. 사랑을 받기는 쉽지만 사랑을 하는 것은 어려운 법이다.
딕은 프란체스코와 베란다에 앉아 있었는데, 과거의 망령이 그의 눈앞에 나타났다. 키가 크고 개성 있는 모습의 남자 한 명이 숲 속에서 나오더니, 딕과 프란체스코가 있는 쪽으로 흔들거리듯 걸어왔다. 주위의 풍경 때문에 처음에 딕은 그가 누군지 알아보지 못했다. 그러다가 딕은 일어나서 어색한 표정을 지으며 그와 악수를 했다. 딕은 "제기랄, 내가 새둥지를 흔들어 놓았군!" 하고 생각하며, 그의 이름을 생각해내려고 애를 썼다.
"다이버 박사님이시지요?"
"예, 맞습니다만, 그쪽은 로열 씨 아니십니까?"
"예. 로열입니다. 박사님 댁의 그 아름다운 정원에서 저녁식사를 한 적이 있었지요."
"아, 그렇군요."
로열의 흥분을 가라앉히기 위해서 딕은 연도를 헤아려보고 있었다.
"그때가 1924년인가 25년도였지요."
그는 여전히 서 있었다. 로열은 처음 만났을 때처럼 수줍음을 타는 듯했지만, 부지런히 이것저것 이야기를 늘어놓았다. 그는 경박해 보이기는 하지만 친한 척하며 프란체스코에게 말을 붙였다. 그러나 그를 수치스럽게 생각한 프란체스코는 냉담하게 그를 쫓아버리려는 딕에게 가세했다.
"다이버 박사님……. 가시기 전에 말씀드릴 것이 하나 있습니다. 저는 박사님 댁 정원에서의 그 밤을 잊을 수가 없습니다. 특히 박사님과 사모님이 베푸셨던 친절함을 말입니다. 제 평생의 가장 아름답고 가장 행복했던 추억 중 하나지요. 저는 그것이 제가 아는 사람들 중에 가장 점잖은 분들의 모임이었다고 항상 생각해 왔습니다."
딕은 가장 가까이 있는 호텔 문을 향해 뒷걸음질쳤다.
"그날을 그렇게 좋은 날로 기억하고 계신다니 고맙군요. 그럼, 저는 이만……."

"이해합니다."
로열은 동정이라도 한다는 듯 계속 떨어지지 않았다.
"그 사람이 다 죽어가고 있다는 말을 들었습니다."
"누구 말씀인지요?"
"제가 말씀드려도 괜찮은지 모르겠지만, 같은 의사 분이 저와 그분을 담당하고 있으니까요."
딕은 그의 말에 놀라 잠시 멍하고 있다가 물었다.
"지금 누구를 말씀하고 계신 겁니까?"
"박사님의 장인어른을 말씀드리는 겁니다. 아마……."
"누구요?"
"처음 듣는 말씀인가 보군요……."
"장인어른이 이곳, 로잔에 계시다는 말씀입니까?"
"저는 박사님께서도 그 사실을 알고 계신 줄 알았는데……. 그 일 때문에 박사님께서 여기에 와 계신 걸로 생각했지요."
"담당의사가 누구랍니까?"
딕은 종이에 의사의 이름을 휘갈겨 적은 후, 실례한다는 말을 남기고 전화를 하기 위해 급히 달려갔다.
당게 박사는 지금 곧 자기 집으로 와도 괜찮다고 했다.
제네바 출신의 젊은 의사인 그는 돈 많은 환자 하나를 놓치게 되는 것은 아닌가 하는 걱정을 잠깐 하기도 했다. 그러나 딕이 그런 일은 없을 거라고 안심을 시키자, 딕의 장인인 디버럭스 씨가 죽어가고 있다는 것이 사실임을 밝혔다.
"아직 50세밖에 안 되었지만, 간이 제 기능을 하지 못하고 있습니다. 알코올중독 때문에 그렇게 된 것이지요."
"음식도 드시지 못하십니까?"
"유동식 말고는 아무것도 드시지 못하십니다……. 제가 보기에는 사흘, 길어야 일주일을 못 넘기실 것 같습니다."
"그분의 따님이신 베이비 양도 이 사실을 알고 있나요?"

"남자 하인 외에는 아무한테도 알리지 말라는 것이 그분의 뜻이었습니다. 저도 오늘 아침이 되어서야 그분에게 말씀드려야겠다고 생각했습니다……. 디버럭스 씨는 질병 초기부터 깊은 신앙심과 체념한 듯한 태도를 보였지만, 이 사실에 대해서는 마음의 동요를 일으키더군요."

딕은 생각에 잠겼다.

"음……."

그리고 천천히 마음을 정했다.

"어떤 경우든 저는 가족들의 뜻을 고려할 겁니다. 하지만 제 생각에 가족들은 진찰 받기를 원할 것 같습니다."

"뜻대로 하시지요."

"가족들을 대신해서 부탁드리겠습니다. 이 지역에서 가장 유명한 의사를 불러주세요. 제네바의 허브루게라는 분을 말씀드리는 겁니다."

"저도 허브루게를 생각하고 있었습니다."

"저는 적어도 하루 정도는 여기에 머물 겁니다. 그동안 선생과 서로 연락을 하도록 하지요."

그날 저녁, 딕은 리알이라는 사람을 만나 이야기를 나누었다.

"칠레에는 제 소유의 땅이 많이 있지요. 아들 녀석에게 그것들을 관리하라고 하던지, 아니면 파리에 있는 회사에 입사하라고 하든지 할 수 있습니다만……."

리알은 고개를 저으며 창문 앞으로 다가갔다. 밖에는 봄비가 내리고 있었는데, 반가운 봄비라서 백조들도 비를 피하지 않았다.

"나한테는 하나밖에 없는 아들입니다! 선생님께서 아들 녀석을 거두어 주실 수 없으십니까?"

이 스페인 사람이 갑자기 딕 앞에 무릎을 꿇었다.

"하나밖에 없는 제 아들을 치료해주실 수 없으시겠습니까? 저는 선생님을 믿습니다……. 그 녀석을 데려가서 치료해주십시오."

"그런 이유로 사람을 책임질 수는 없지요. 설령 그렇게 하는 것이 가능하다 해도 저는 하지 않겠습니다."

스페인 사람이 일어섰다.

"제가 급하게 굴었던 것 같군요. 너무 몰아쳐서……."

로비로 내려가는 길에 딕은 엘리베이터 안에서 당게 박사를 만났다.

"마침 당신을 방문하려는 참이었소. 테라스에서 이야기 좀 할 수 있겠습니까?"

당게 박사가 말했다.

"장인어른이 돌아가셨나요?"

딕이 물었다.

"돌아가신 거나 마찬가지입니다……. 아침에 살펴볼 겁니다. 그분께서는 당신 부인이신 따님을 몹시 보고 싶어하고 계십니다. 부녀간에 불화가 있었던 것 같던데……."

"저도 잘 알고 있습니다."

그들은 생각에 잠겨서 서로를 바라보고만 있었다.

"결정을 내리기 전에 그분과 한번 이야기를 해보는 것이 어떻겠습니까?"

당게 박사가 제의했다.

"그분께서는 조용한 죽음을 맞으실 것 같습니다……. 기력이 점점 떨어지다가 마침내 돌아가실 테니 말입니다."

어렵게 결심을 한 끝에 딕은 그의 제안에 동의했다.

"그렇게 하지요."

딕의 장인이 조용히 죽음을 맞이하고 있는 호텔 방은 리알이 투숙해 있는 방과 같은 정도의 크기였다. 이 호텔에는 객실이 많았다. 그곳에는 망해버린 부자들이나, 도피 중인 범죄자들, 그리고 다른 나라에 예속되어 없어진 공국(公國)의 왕위 계승자라고 주장하는 자들이 많이 투숙해 있었다. 그들은 아편이나 수면제를 탐닉하면서 쓸데없는 옛날 이야기나 하고 시간을 보내기 일쑤였다. 이 유럽의 한구석에서는 사람들을 불편하게 만드는 질문들을 하지 않음으로써 사람들을 끌어들였다. 이곳은 여러 군데로 길이 통하는 교차점으로, 사설 요양소 혹은 산 속에 있는 결핵 요양소로 가야 하는 사람들이나 프랑스나 이탈리아에서는 환대받지 못한 사람들이 지나가는 곳이었다.

방 안 분위기가 침울했다. 경건한 표정을 한 수녀가 하얀 시트 위에서 힘없이 손가락으로 묵주를 만지고 있는 환자를 간호하고 있었다. 당게 박사는 딕과 환자만 남겨둔 채 그 방을 나갔다. 죽음을 앞두고 있었지만 그는 여전히 미남이었다. 그러나 목소리는 그다지 뚜렷하게 들리지 않았다.

"사람들은 삶을 마감할 때가 되면 이해심이 깊어진다네. 나는 지금에서야 깨달음을 얻게 되었어."

딕은 그의 말을 기다렸다.

"나는 나쁜 사람이었어. 내가 니콜을 다시 볼 면목이 없는 사람이라는 것을 자네도 알 걸세. 하지만 우리보다 위대한 하느님께서는 용서와 자비를 말씀하셨네."

그의 힘없는 손에서 묵주가 빠져나와 부드러운 이불 밖으로 떨어졌다. 딕은 그것을 주워 그에게 쥐여주었다.

"10분 동안이라도 좋으니 니콜을 볼 수만 있다면 나는 기쁜 마음으로 죽을 수 있을 것 같아."

"그것은 저 혼자 내릴 수 있는 결정이 아닙니다. 니콜도 건강이 좋지 않습니다."

딕은 결정을 했지만 주저하는 척했다.

"동료 의사들과 의논해보겠습니다."

"자네의 동료 의사도 나와 같은 의견일 걸세……. 좋아, 자네한테 너무 많은 빚을 져서 어쩌나……."

딕은 급히 일어섰다.

"당게 박사를 통해 결과를 알려드리겠습니다."

딕은 자기 방에서 쥬거시에 있는 병원으로 전화를 걸었다. 한참이

지나서야 카아테가 자기 집에서 전화를 받았다.

"프란츠와 통화 좀 하고 싶습니다만."

"프란츠는 산에 올라갔어요. 저도 올라갈 텐데……. 무슨 말씀인지 제가 전해드리면 안 되나요?"

"니콜에 관한 거예요. 그녀의 아버님이 이곳 로잔에서 임종을 하시게 될 것 같습니다. 이 이야기를 프란츠에게 전해주십시오……. 중요한 문제라는 말씀도 함께 말입니다. 그리고 그곳에서 저에게 전화해 달라고 이야기해주십시오."

"알겠습니다."

"제가 3시부터 5시까지, 그리고 7시부터 8시까지는 호텔 방에 있을 겁니다. 그리고 그 이후에는 식당으로 연결을 해달라고 하면 됩니다."

시간 이야기를 하면서 딕은 니콜에게는 이 이야기를 하지 말라고 당부하는 것을 잊었다. 다시 생각이 났지만, 전화는 끊겨 있었다. 딕은 카아테가 니콜에게 이야기를 하지 않을 것이라고 생각했다.

겨울에는 스키를 태워주기 위해서, 그리고 봄에는 등산을 시키기 위해서 환자들을 데리고 가는 산이었다. 야생화가 피어 있고, 조용한 바람만이 부는 황량한 산언덕을 기차를 타고 올라갈 때만 해도 카아테는 니콜에게 딕과의 전화내용을 이야기할 생각은 없었다. 기차에서 내리자, 아이들과 놀아주고 있는 니콜의 모습이 보였다. 카아테는 그녀에게 가까이 다가가서 니콜의 어깨에 부드럽게 팔을 얹으며 말했다.

"아이들과 잘 놀아 주시네요……. 여름에는 수영도 가르쳐주시면 좋을 거예요."

그들은 노는데 정신이 팔려서 더운 것 같았다. 니콜은 반사적으로 카아테의 팔에서 몸을 뺐다. 무례라고 볼 수 있을 정도로 기계적인 몸짓이었다. 카아테는 손을 어디다 두어야 할지 몰라 무안한 감정이 들었다. 그러나 그녀도 가만히 있지만은 않고 말로 반격을 가했다.

"내가 당신을 포옹하려는 줄 알았나 보지요?"

그녀가 날카롭게 쏘아붙였다.
"딕에 관한 이야기를 하려던 참이었어요. 딕과 전화통화를 했는데, 나는 그저 안 됐다는 생각에……."
"딕에게 무슨 일이 생겼나요?"
카아테는 갑자기 자신의 실수를 깨달았다. 그러나 이미 물은 엎질러졌고, '뭐가 안 됐다는 거지요?' 라고 끈질기게 묻는 니콜에게 대답을 할 수밖에 없었다.
"딕에 관한 이야기가 아니에요. 먼저 프란츠와 이야기를 해야 합니다."
"딕에 관한 일인 것 같은데요."
니콜의 얼굴에는 두려움이 떠올랐고, 근처에 있던 딕의 아이들도 놀란 얼굴이었다. 이렇게 된 마당에, 카아테는 말하지 않을 수 없었다.
"당신의 아버지가 로잔에서 병석에 계신답니다……. 딕은 그 일 때문에 프란츠와 이야기하고 싶다고 하더군요."
"많이 편찮다고 하시던가요?"
니콜이 물었다. 그때 마침 프란츠가 다정다감한 태도로 다가왔다. 카아테는 다행이라고 생각하며 뒷일을 남편에게 맡겼다. 그러나 이미 늦은 시점이었다.
"로잔에 가겠어요."
"잠깐 계셔보세요. 그렇게 하는 것이 현명한지는 잘 모르겠군요. 우선 딕과 전화통화를 해야 할 것 같습니다."
"그렇게 되면 내려가는 기차를 놓친단 말이에요."
니콜은 거부했다.
"그리고 취리히에서 오는 3시 기차도 타지 못한단 말이에요! 아버지가 위독하다면 나는……."
그녀는 입 밖에 내는 것조차 두려운지, 끝까지 말을 맺지 못했다.
"반드시 가야 해요. 기차를 타려면 뛰어야 할 것 같군요."
말도 채 끝내기 전에 그녀는 언덕 위에서 김을 뿜으며 기적소리를 울리고 있는 기차를 향해 달려가고 있었다. 니콜이 뛰어가며 어깨 너머로 소리쳤다.

"딕과 전화통화를 하실 거라면 제가 간다는 말을 전해주세요, 프란츠!"

수녀가 딕의 호텔 방으로 급히 들어온 것은 딕이 뉴욕 헤럴드지를 읽고 있을 때였다. 그리고 그녀가 방으로 들어서자 동시에 전화도 울렸다.

"돌아가셨나요?"

딕은 당연히 그럴 거라고 생각하며 수녀에게 물었다.

"그분이 없어졌어요."

"뭐라고요?"

"없어졌다고요……. 사람도 짐도 모두 사라졌어요."

믿어지지 않았다. 그런 위독한 상태에 있는 사람이 사라져버리다니.

딕은 프란츠에게 걸려 온 전화를 받았다.

"니콜에게는 이야기를 하지 말았어야 했는데."

"카아테가 어리석게도 말하고 말았네."

"내 실수였네. 일이 끝날 때까지는 이야기하면 안 되는 건데 말일세. 하지만 니콜을 만나기는 해야겠지……. 그런데 프란츠, 여기서 놀라 자빠질 일이 일어났네……. 그 노인네가 침대에서 일어나 사라져 버렸어……."

"뭐야? 자네 지금 뭐라고 했나?"

"우리 장인어른이 걸어 나갔다고 했네. 걸어서 나가버렸다고!"

"그게 어쨌다는 건가?"

"장인어른은 위독한 상태였단 말일세……. 그런 분이 일어나서 사라졌어……. 내 생각에는 시카고로 돌아간 것 같은데……. 확실하지는 않아. 간호사가 지금 여기에 있는데……. 정말 모를 일일세, 프란츠……. 나도 금방 그 이야기를 들었네……. 나중에 다시 전화하게."

딕이 그의 장인, 디버럭스의 행방을 찾는 데는 두 시간이 걸렸다. 디버럭스는 주간에 근무하는 간호사와 야간에 근무하는 간호사의 교대 시간을 이용해 병원을 탈출하여 술집에 가서 위스키를 네 잔이나 마셨다. 그리고 호텔비용을 천 달러 지폐로 지불하고, 잔돈은 우송해달라고 한 뒤 떠났다. 아마 미국으로 간 것 같았다. 딕과 당게 박사는 디버럭스를 찾으려고 온 힘을 다해 역으로 갔지만 찾을 수 없었고, 그 때문에 딕은 니콜과 만나지 못했다. 나중에 딕은 호텔 로비에서 니콜을 만났는데, 피곤한 모습에 입도 꽉 다물고 있어서 딕의 마음이 편하지 않았다.

"아버지는 어떠신가요?"

니콜이 물었다.

"많이 좋아지셨어. 내부에 기력을 남겨두기라도 하셨던 모양이야."

딕은 잠깐 주저하다가 그냥 말하고 말았다.

"사실은 일어나서 가버리셨어."

디버럭스를 찾아다니느라 저녁식사를 하지 못한 채 갈증을 느낀 딕은, 영문도 모르는 니콜을 데리고 식당으로 가서 커다란 가죽의자에 앉아 하이볼 한 잔과 맥주 한 잔을 주문한 후 이야기를 계속 이어갔다.

"장인어른을 진료하던 의사가 오진을 했을지도 모르지……. 잠깐만 기다리라고. 나도 어떻게 된 일인지 생각해볼 시간이 필요해."

"가버리셨다고요?"

"파리행 저녁기차를 타셨어."

그들은 말없이 앉아 있었다. 니콜은 비극적이랄 수밖에 없는 무감각한 심정이었다.

"그것은 본능이었을 거야. 그분은 정말 위독한 상태였어. 하지만 회복하려고 애를 쓰셨지. 죽음을 앞둔 채 누워 있던 사람이 걸어나간 경우는 전에도 있었어……. 마치 낡은 시계와 같은 것이지……. 낡은 시계를 흔들면 예전의 습관 때문에 시계가 다시 가기 시작하잖아. 이제 당신 아버지는……."

딕이 마침내 입을 열었다.
"그만하세요."
"장인어른이 그렇게 사라져버린 이유는 두려움 때문이야."
딕은 계속해서 말했다.
"두려움이 엄습해오자 그분은 사라진 것이지. 그분은 아마 90살까지 사실지도 몰라……."
"제발 더 이상 아무 말도 하지 마세요, 제발……. 더 이상 견딜 수가 없어요."
"알았어. 나는 여기에 와서 청년 한 명을 진찰했는데, 절망적인 상태야. 내일 돌아가는 것이 좋겠어."
"당신이 왜……. 이런 일까지 거들어야 하는지 이해가 되지 않는군요."
그녀가 느닷없이 말했다.
"그렇게 생각하나? 어떤 때에는 나도 이해가 안 돼."
니콜은 자기 손을 딕의 손 위에 얹었다
"미안해요, 딕. 그런 말을 하는 것이 아니었는데."
누군가 바 안으로 전축을 가져와서, 그들은 '얼룩 인형의 결혼' 이라는 곡을 감상했다.

3

일주일이 지났다. 딕은 자기 앞으로 우편물이 와 있나 알아보려고 우편물 담당 사무실에 들렀으나 밖에서 무슨 일이 있는 것 같았다. 알고 보니 오스트레일리아 사람인 모리스 씨가 대형 리무진 안에다 아들의 짐을 되는 대로 싣고 있었고, 그 옆에서 라디슬라우 박사가 환자의 아버지인 모리스 씨의 화난 태도에 어찌할 바를 모른 채 그들을 만류하고 있었다. 딕이 가까이 가보니, 그 아들은 자기의 퇴원을 남의 일 보듯이 하고 있었다.

"별안간 왜 이러시는 겁니까, 모리스 씨?"

모리스는 딕을 보고 깜짝 놀랐다. 그의 얼굴색과 양복의 커다란 체크무늬가 전등불처럼 켜졌다 꺼졌다 하는 것 같았다. 그는 마치 한대 치기라도 할 듯한 기세로 딕에게 다가왔다.

"갈 때가 된 것 같습니다. 우리들, 그리고 우리와 함께 온 사람들 말입니다."

그는 이렇게 말하고 나서 숨을 돌리려고 잠시 말을 멈추었다.

"떠날 때가 되었단 말입니다. 다이버 박사님, 때가 되었어요."

"그러지 마시고 제 사무실로 가시겠습니까?"

딕이 제의했다.

"가지 않겠습니다! 분명히 말하지만, 당신과 당신의 병원하고는 관계를 끊겠소."

그는 딕에게 삿대질을 해댔다.

"여기 있는 의사 분에게도 금방 말했지만, 우리는 시간과 돈을 허비했단 말이오."

라디슬라우 박사는 슬라브인 특유의 모호하게 회피하는 태도를 보이며 약하게 부정했다. 딕은 라디슬라우 박사를 좋게 보지 않았다. 딕은 이 흥분한 오스트레일리아인을 사무실 안으로 들어가자고 설득을 해서 간신히 자기 사무실 쪽으로 데리고 갔다. 그러나 그는 고개를 저었다.

"당신 때문이야, 다이버 박사. 바로 당신 때문이라고. 당신은 자리에 없었고, 프란츠 박사도 밤중까지 시간이 없었어요. 그리고 나도 기다리고 싶은 마음이 없었기 때문에 라디슬라우 박사에게 갔던 거요. 절대 기다릴 수 없지! 우리 아들이 사실을 말해준 후로 나는 단 일 분도 기다리지 않을 거라고 마음먹었소."

그가 험악한 표정을 하고 딕에게 다가오자, 딕은 만일의 경우 필요하다면 그를 완력으로 제지할 수 있도록 자세를 취했다.

"우리 아들은 알코올중독 때문에 여기에 왔단 말이오. 그러나 아들놈 말이 당신에게서 술 냄새가 난다는 거야!"

말을 하면서 그는 잽싸게 냄새를 맡아보았지만, 술 냄새는 나지 않았다.

"한 번도 아니고 두 번씩이나 당신에게서 술 냄새가 났다고 하더군. 우리 부부는 여태 살아오면서 술은 한 방울도 입에 대지 않았소. 우리는 아들을 치료해달라고 당신한테 맡겨 놓았는데, 당신은 한 달 동안 두 번이나 술 냄새를 풍겼단 말이야. 대체 무슨 놈의 치료가 그따위요?"

딕은 망설였다. 모리스 씨는 능히 병원에서 소란을 피우고도 남을 사람이었다.

"모리스 씨, 당신의 아들 때문에, 스스로 음식이라고 여기는 것을 포기할 수 없는 사람도 있습니다…….”
“하지만 당신은 의사란 말이야!”
모리스가 화를 내며 소리를 질렀다.
“노동자들이야 맥주를 마실 수도 있겠지……. 하지만 당신의 의무는 병을 치료하는 거란 말이야…….”
“말씀이 지나치시군요. 댁의 아드님은 도벽 때문에 여기에 온 겁니다.”
“겉으로는 그랬지만, 사실은 그게 아니잖소!”
그는 찢는 듯 날카롭게 외쳤다.
“술……. 그놈의 까만 술이야. 까만색이란 것이 어떤 건지 아시오? 그것은 완전한 암흑이라구! 내 숙부님도 그 때문에 목을 매달았단 말이야, 아시겠소! 아들놈을 요양소에 보내놓았더니 의사란 사람이 술 냄새나 풀풀 풍기고 다니니!”
“나가주십시오.”
“나가달라고? 당신이 그렇게 말하지 않아도 우리는 나갈 거야!”
“당신이 조금만 자제를 했으면 우리는 당신에게 지금까지의 치료 결과를 말씀드렸을 겁니다. 그러나 지금 당신의 태도 때문에 우리는 당신의 아들을 환자로 받아들이지 않을 것이며…….”
“당신이 감히 나한테 자제라는 말을 할 수가 있는 거요?”
딕은 라디슬라우 박사를 불러 그가 다가오자 말했다.
“우리 병원을 대표해서 환자와 그 가족들에게 안녕히 가시라고 인사를 해주시겠소?”
딕은 모리스에게 허리를 약간 숙여 인사를 하고 사무실로 들어가서 잠시 동안 서 있었다. 그는 앞뒤 가리지 않는 부모가, 성격이 여리고 몸과 마음이 피폐해진 자식을 차에 태워 떠나는 모습을 바라보고 있었다. 그들 가족이 그 무식함과 돈으로 선량한 사람들을 괴롭히면서 유럽을 헤매고 다닐 것은 뻔했다. 그러나 그들이 탄 차가 시야에서 사라진 후 딕이 깊이 생각한 것은, 이런 사태가 일어나게 된 것에 자기가 어느 정도만큼 원인을 제공했는가 하는 문제였다. 그는 식사 때마다 포도주를 마셨고, 밤에는 따뜻한 럼주를, 그리고 어떤 때에는 오후에도 진을 마시기도 했다……. 진이라는 술은 냄새가 잘 나지 않는 술이었다. 결국 딕은 하루 평균 250밀리 정도의 술을 마신 셈이고, 이는 그의 육체적 정신적 기능이 활발하게 작용하기에 지장을 줄 정도의 양이라고 할 수 있었다.

자신을 정당화하고 싶은 유혹을 떨쳐내고 딕은 책상 앞에 앉아 마치 처방전을 쓰듯, 자신의 음주량을 지금의 절반으로 줄이는 계획을 세웠다. 의사, 운전기사, 목사들, 그리고 화가나 중개업자, 또는 기병대의 대장처럼 술 냄새를 풍기다니, 이는 있어서는 안 되는 일이었다. 딕은 자신이 신중하지 못했다는 점에 대해서만 스스로 잘못을 인정했다. 그러나 30분 후, 알프스 산중에서 충분한 휴식을 취한 프란츠가 돌아왔을 때에도 그 문제가 명확하게 해결된 것은 아니었다. 프란츠는 일을 다시 하고 싶은 열정이 너무 강해서 자기 사무실에 도착하기도 전에 벌써 일에 뛰어들 태세였다. 딕은 프란츠의 사무실에서 그를 만났다.

"에베레스트 산은 어땠나?"

"지금같이 우리가 해나간다면 에베레스트 산이라고 별거 있겠나. 그런 생각을 해보았네. 그쪽은 어떤가? 카아테와 니콜은 잘 있지?"

"다들 잘 있네. 그런데 프란츠, 오늘 아침에 안 좋은 일이 일어났어."

"어떤 일인데?"

프란츠가 집으로 전화를 하는 동안 딕은 방 안을 왔다갔다하고 있었다. 프란츠가 가족들과 통화를 끝내자, 딕이 말했다.

"모리스 씨가 아들을 데려갔다네……. 한 차례 소란을 떨고서 말이야."

환하던 프란츠의 얼굴이 어두워졌다.

"나도 알아. 베란다에서 라디슬라우를 만났네."

"라디슬라우가 뭐라고 하던가?"

"모리스 씨의 아들이 퇴원했다는 말밖에 하지 않았네……. 자네가 자세히 이야기할 거라고 했네. 어떻게 된 거야?"

"늘 그렇듯이 말도 되지 않는 이유 때문이네."

"악동 같은 사람이기는 하지."

"감각상실증 환자 같기도 해. 어쨌든 내가 갔을 때에는 이미 모리스 씨는 라디슬라우를 식민지 하인처럼 몰아세웠네. 라디슬라우에 대해 어떻게 생각하나? 그 사람을 계속 데리고 있을 셈인가? 나는 반대야……. 그다지 유능한 사람이 아니라고 생각하네. 무슨 일이든 제대로 하는 것이 없는 것 같아."

딕은 진실을 말하려는 순간, 머뭇거리고 있었다. 요점을 정리하려고 잠시 시간을 벌기 위해서였다. 프란츠는 외투도 벗지 않고 여행용 장갑을 낀 채, 책상 끝에 앉아 있었다. 딕이 말했다.

"그 아이가 자기 아버지한테 한 이야기 중에 하나는, 자네의 동료가 술고래라는 것이었네. 능력은 뛰어난 동료지만 말이야. 그 아버지는 엄청나게 극성을 떠는 사람인데, 그 아들이 나한테서 포도주 냄새를 맡았나 봐."

프란츠가 자리에 앉으며 말했다.

"나중에 그 문제를 이야기해도 되지 않나."

그러자 그가 다시 말했다.

"지금 하면 안 되나? 내가 술주정뱅이가 아니라는 것은 자네도 알아야 하네."

딕의 눈과 프란츠의 눈이 부딪쳐 번쩍였다.

"라디슬라우가 그 남자를 자극했기 때문에 나는 방어를 했지. 환자들 앞에서 소란이 벌어질 수도 있었네. 그런 상황에서 스스로 방어한다는 것이 얼마나 어려운지는 자네도 상상할 수 있을 거야!"

프란츠는 장갑과 외투를 벗었다. 그리고 밖으로 나가서 비서에게 중요한 이야기를 하고 있으니 아무도 들여보내지 말도록 해달라고 말했다. 다시 방으로 들어온 프란츠는 기다란 탁자 앞에 몸을 던지더니, 이야기해야 할 내용에 어울리는 표정을 지으며 차분하게 우편물을 만지작거렸다.

"딕, 우리가 음주문제에 대해서는 완전히 같은 생각은 아니더라도, 자네가 자제력이 있고 균형 있는 시각을 지닌 사람이라는 것을 잘 알고 있어. 하지만 때가 왔네……. 딕, 솔직히 말하겠어. 술을 마시면 안 될 때임에도 불구하고 자네가 술을 마셨던 것을 나는 여러 번 보았네. 뭔가 이유가 있겠지. 어디든 떠나서 술을 끊으려는 노력을 한 번 더 해보는 것이 어떻겠나?"

"끊으라는 말이 아니라 끝내라는 말이겠지."

딕은 기계적으로 프란츠가 한 말을 수정했다.

"내가 어디로 떠난다고 문제가 해결되는 것은 아니네."

프란츠도 돌아와 보니 이런 상황이 되어 화가 났고, 결국 둘 다 기분이 상했다.

"딕, 자네는 때로 상식을 무시하는군."

"상식이 갖는 의미가 복잡한 문제에도 적용된다는 것이 나는 이해가 되지 않네……. 그것이 일반 개업의가 전문의보다 수술을 더 잘할 수도 있다는 의미가 아니라면 말일세."

딕은 지금의 상황에 대해 깊은 혐오감에 사로잡혔다. 설명을 하면서 이리저리 둘러대는 것보다……. 이러한 행동은 그들의 나이에 걸맞지 않았다……. 귓가에 울리는 진리의 메아리를 듣는 것이 나았다.

"갈 데까지 갔어."

딕이 갑자기 입을 열었다.

"음, 나도 그런 생각이 들었네. 딕, 자네의 마음은 더 이상 여기에 있지 않네."

프란츠도 시인했다.

"나도 알아. 떠나고 싶네……. 니콜의 돈을 점차 거두어들일 방법을 생각할 수 있을 거야."

"그에 대해서도 생각해보았네, 딕……. 나는 이런 날이 올 줄 알았네. 다른 후원자를 구할 수 있을 거야. 그리고 자네의 돈 모두를 연말까지 회수하는 것이 가능할 테고."

딕은 이렇게 빨리 결정을 내릴 생각은 아니었으며, 헤어지는 데 그렇게 쉽게 프란츠가 동의하리라고는 예상하지 못했다. 그러나 딕은 오히려 마음이 편했다. 자신의 직업윤리가 생명력이 없는 그 무엇 속에 녹아들고 있는 것을 오래전부터 느껴오면서, 절망감이 들었기 때문이었다.

4

다이버 부부는 고향 같은 리비에라로 돌아가려 했다. 여름 동안 다이애나 별장을 임대해주었으므로 그들은 시간을 내서, 며칠 정도는 항상 즐겁게 보낼 수 있는 프랑스의 성지와 독일의 온천지대를 여행했다. 딕은 별다른 방법론을 사용하지 않고 글을 조금 썼다. 딕에게 있어 지금은 인생에서 기다리는 시간이었다. 여행을 통해 기력을 회복한 듯 보이는 니콜의 건강을 기다리는 것도 아니고, 일을 기다리는 것도 아니다. 그냥 기다리고 있는 시간이었다. 이 시기에 목적의식을 심어주었던 것은 아이들이었다.

이제 11살, 9살인 아이들에 대한 관심은 자라면서 더욱 커졌다. 아이들에게 무엇을 강요하는 것은 부적절한 교육방법이며, 그보다는 오랫동안 아이들을 주의 깊게 관찰하고, 너무 귀여워만 하기보다는 적당히 야단치고 이해하는 것이 결국에는 아이들이 어느 수준 이래로 떨어지는 것을 막아준다고 생각했다. 딕은 아이들을 고용인에게 맡겨두지 않으려 했다. 니콜보다 딕은 아이들에 대해 더 잘 이해하고 있었다. 그는 포도주를 마시고 여유가 날 때에는 오랫동안 아이들과 함께 이야기도 하면서 놀아주었다. 마음 내키는 대로 울거나 웃지 못하도록 어릴 때부터 교육을 받아 온 아이들이 지니고 있는 특징이라고 할 수 있는, 거의 슬픔에 가까운 우울한 매력이 딕의 아이들에게는 있었다. 감정의 극단으로 치우치는 일도 없었고, 자기들에게 허용된 단순한 훈련과 단순한 기쁨에 만족해하는 아이들이었다. 그들은 서구사회의 유서 깊은 집안들이 겪어왔던 경험 속에서 사람들에게 인정된 방침에 따라 자라났지, 그 방침에 거슬러 자라지는 않았다. 예를 들어, 딕은 관찰력을 개발하는 좋은 방법으로 강제로 말을 하지 않게 만드는 것보다 더 나은 것이 없다고 생각했다.

레이니어는 엉뚱한 호기심이 많은, 예측할 수 없는 소년이었다.

"저, 아버지. 포메라니아 개 몇 마리가 덤벼야 사자 한 마리를 당해 낼 수 있을까요?" 하는 질문이 딕을 괴롭히는 전형적인 것이었다. 톱시는 레이니어보다 단순했다. 9살인데, 아주 예뻤으나 니콜처럼 예민한 성격이라서 예전에는 걱정을 했다. 그러나 요즘에는 톱시도 그 어떤 미국아이들만큼이나 강해졌다. 딕은 두 아이 모두에게 만족하고 있었지만, 아이들 앞에서는 이러한 만족감을 겉으로 드러내지 않았다. 아이들은 삐뚤게 나가지 않았다…….

"가정에서 예절을 배워야지. 그렇지 않으면 세상이 혹독하게 너를 가르칠 것이고, 그런 과정에서 너희들은 상처를 받을 수도 있단다. 톱시가 아빠를 존경하든 하지 않든, 그것은 문제가 되지 않아."

다이버 부부에게 있어 올해 여름과 가을이 다른 때와 다른 점이 있다면 그것은 풍족한 돈이었다. 병원의 주식을 팔았고, 미국에서의 개발사업도 이익을 남겼기 때문에, 그 돈을 쓰는 일과 사업을 관리하는 일만도 벅찰 정도로 돈이 많았다. 그들은 여행도 입이 딱 벌어질 정도로 거창하게 다녔다.

예를 들어, 그들이 2주 동안 지내게 될 보앵에 기차가 천천히 도착하는 모습만 보아도 그렇다. 침대차를 타고 이동하는 것은 이탈리아 국경에서 시작된다. 가정교사의 하녀와 다이버 부인의 하녀가 짐과 개를 돌보기 위해 2등석에서 건너온다. 벨일앙메르 출신 아가씨 한 명이 하녀에게 테리어(영리하고 날쌘 애완견: 옮긴이) 중 한 마리를 맡겨 놓고, 또 한 명의 하녀에게는 발바리 두 마리를 맡겨 놓는다. 그리고 자기는 수화물을 관리한다. 여인이 주변에 동물을 가까이 두고 싶어하는 것은 반드시 마음속이 텅 빈 느낌이 들어서가 아니다. 관심이 다양하기 때문이다. 아플 때만 빼면 니콜도 주변의 모든 일을 잘 관리해 나갈 수 있었다. 예를 들어, 옷 가방 네 개와 구두 가방 한 개, 모자 가방 세 개, 모자 상자 2개, 하인들 가방 한 더미, 휴대용 파일 캐비닛, 구급약 상자, 알코올램프 상자, 야외소풍 나갈 때 쓰는 물건들, 테니스 라켓들, 축음기, 타자기 등 어마어마한 양의 짐들을 어떻게 관리하는가를 보면 이를 알 수 있었다. 다이버 식구들과 그 일행들을 위한 공간에는 스무 개가 넘는 손가방, 소형가방, 짐 등이 흐트러져 있었는데, 그 모든 짐에 일일이 숫자가 매겨져 있었다. 니콜은 짐들을 '단기여행목록' 과 '장기여행목록' 으로 나누고 이들 목록을 끊임없이 수정했으며, 또한 그 목록에 따라 짐들을 보관해 놓던지 아니면 휴대하고 다녔다. 그래서 어떤 역에서도 이 모든 짐에 대한 검사는 2분 만에 끝났다. 그녀는 기력이 없는 어머니와 함께 여행을 하던 어린 시절에 이러한 방법을 생각해냈다. 이것은 3천명의 식량과 장비를 걱정해야 하는 연대의 보급 장교가 사용하는 방법과 같은 방법이었다.

다이버 식구들은 기차에서 내려 일찍 땅거미가 내려앉은 골짜기로 갔다. 마을 사람들은 딕 일행의 도착을 경외하는 마음으로 지켜보았다. 그 경외하는 마음은 백 년 전 바이론 경이 행했던 이탈리아 순례여행 때 사람들이 지녔던 마음과 비슷했다. 딕 일행을 맞이한 여주인은 밍게티 백작부인, 즉 메리 노스였다. 남편인 에이브가 죽자 뉴어크(미국 뉴저지 주에 있는 도시: 옮긴이)에 있는 표구사(表具師) 2층 방에서 시작한 그녀의 방황은 호세인과의 특별한 결혼으로 끝을 맺었던 것이다.

'밍게티 백작' 이라는 칭호는 단순히 가톨릭에서 부르는 칭호였다. 메리의 남편, 호세인은 아시아 서남쪽에서 망간이 매장된 곳을 발견하고 그곳을 소유하고 지배하게 되었는데, 그의 재산은 거기에서 나왔다. 그는 메이슨—다이버슨 경계선(미국의 북부와 남부를 구분 짓는 선:

옮긴이) 남쪽으로 여행을 갈 만한 사람은 아니었으며, 북아프리카와 아시아계의 혈통을 이어받았으나 항구에 사는 혼혈인보다 유럽인과 더 비슷했다.

이러한 동양과 서양의 기품 있는 두 집안이 기차역 승강장에서 마주쳤을 때, 다이버 집안의 호화스러움은 오히려 개척자의 소박함처럼 보였다. 손님을 맞는 편에서는 깃발을 들고 있는 하인과 모터사이클을 타고 터번을 두른 하인들, 그리고 베일로 얼굴을 반쯤 가리고 있는 여자 하인 두 명을 데리고 나왔다. 그 여자 하인들은 메리의 뒤에 공손하게 서 있다가 이마에 손을 대고 니콜에게 인사를 했다. 니콜은 뜻밖의 동작에 깜짝 놀랐다.

이러한 독특한 인사는 다이버 부부뿐 아니라 메리에게도 아주 우스꽝스러워 보였다. 메리는 킥킥대고 웃으며 사과를 했다. 그러나 아시아 분위기가 풍기는 남편의 이름을 소개할 때 그녀의 목소리는 높았고 자부심이 흘렀다.

식사를 하기 위해 방에서 옷을 갈아입으며 딕과 니콜은 서로에게 얼굴을 찌푸렸다. 교양 있게 보이기 바라는 부자들은, 상대방이 자존심을 내세우면 그 앞에서는 그런 상대방을 인정해주는 척하는 것이다.

"메리는 자기가 원하는 것을 알아. 죽은 에이브가 그녀를 가르쳤어. 지금 그녀는 마치 부처님과 결혼생활을 하는 셈이지. 볼셰비즘이 유럽을 뒤엎는다면 그녀는 아마도 스탈린의 신부가 될지도 모르지."

딕은 면도를 하면서 중얼거렸다.

니콜이 화장을 하다가 주위를 둘러보았다.

"말을 조심하세요, 딕."

그러나 말은 이렇게 해도 그녀 역시 웃고 있었다.

"대단한 사람들이에요. 군함이란 공격을 하든지 경의를 표하든지 하기 마련이지요. 메리는 런던에서는 왕실 버스를 타거든요."

"그렇겠지."

핀을 달라고 소리 지르는 니콜의 음성을 들으며 딕은 크게 말했다.

"위스키를 좀 달라고 해도 괜찮은지 모르겠군. 산 공기가 느껴지는군!"

"그 여자가 알아서 해줄 거예요. 지금 있는 여자는 기차역 앞에 있던 여자 중 한 명이에요. 베일을 벗었더군요."

조금 있다가 니콜의 목소리가 욕실 문을 넘어 들려왔다.

"메리는 어떻게 지낸다고 하던가?"

딕이 물었다.

"말이 별로 없었어요……. 그녀는 상류생활에 관심이 있어 해요……. 우리 집안 가계(家系) 같은 것에 대해 많이 물어보더군요. 마치 내가 그런 것에 대해 뭔가 알고 있다는 듯이 말이에요. 그 남편에게는 전처에게서 낳은 황갈색 피부색을 가진 아이가 둘이 있는 것 같던데……. 그중 한 아이가 아시아에서 발생한 듯한 무슨 희귀한 병을 앓고 있어요. 우리 아이들에게 조심하라고 일러야겠어요. 분위기도 조금 이상한 것 같고요. 메리도 우리가 어떻게 느끼는지 알겠지요."

니콜은 걱정을 하고 있었다.

"그 여자도 잘 알고 있을 거야. 아마 그 애는 병석에 누워 있을 거야."

딕은 니콜에게 확신을 주었다.

저녁식사 때 딕은 영국 공립학교에 재직하고 있는 호세인에게 말을 건넸다. 호세인은 주식이나 할리우드에 대해 알고 싶어했고, 딕은 샴페인에 취해서 터무니없는 이야기를 해댔다.

"몇십 억 규모겠지요?"

호세인이 물었다.

"몇 조 규모예요."

딕은 자신 있게 말했다.

"정말 못 믿겠는데……."

"글쎄, 백만 단위일 수도 있지요. 호텔 손님들한테는 환락이 제공되지요. 아니, 환락 비슷한 것이라도 말이에요."

딕이 양보했다.

"배우와 감독들은 그렇지 않겠지요?"

"호텔손님들……. 심지어 여행 중인 판매원들에게도 다 제공됩니다. 나한테는 열 명도 넘는 여자를 보내 선택하도록 했어요. 하지만 니콜이 그런 것을 견디지 못했지요."

방에 둘만 있게 되자 니콜이 딕을 비난했다.

"웬 술을 그리 많이 마셔요? 또 그 사람 앞에서 검둥이라는 말을 하다니 그럴 수 있는 거예요?"

"미안해, 검은 연기라는 말을 하려다가 혀가 미끄러지는 바람에 그랬소."

"딕, 당신답지 않군요."

"다시 한 번 미안하게 생각해. 정말 나답지 않았던 것 같아."

그날 밤 딕은 좁은 뜰 안이 보이는 욕실의 창문을 열어놓았다. 밖은 어두웠고, 슬픔을 느끼게 하는 독특한 음악이 들렸다. 플루트처럼 슬픈 음색이었다. 두 남자가 동양풍 음악을 흥얼거리고 있었다. 딕이 몸을 앞으로 내밀었지만 그들을 볼 수 없었다. 그들의 음악에는 확실히 종교적인 면이 어려 있었다. 피곤하기도 하고 감정이 일지도 않은 딕은 그들이 자기를 위해 기도를 하도록 내버려두었다. 그러나 점점 더 감상적이 되어가는 가운데 자기 자신을 잃어서는 안 된다는 생각만 들 뿐, 그들이 무엇 때문에 저렇게 기도를 하는 것인지 알 수 없었다.

다음날, 딕 일행은 나무가 그다지 많지 않은 산언덕에서 영국식 사냥을 모방하여 새 사냥을 했다. 경험이 미숙하여 딕이 잘못하면 그들에게 총을 쏠 뻔하기도 했지만, 그들의 머리 위로 총을 쏘아서 가까스로 위험을 벗어나기도 했다.

집에 돌아오자 레이니어가 방에서 기다리고 있었다.

"아빠, 그 병든 아이가 가까이 오면 즉시 말하라고 하셨지요?"

니콜이 그 말을 듣고 경계태세라도 취하는 듯 긴장된 표정을 지었다.

"그런데 엄마! 그 아이는 매일 밤 목욕을 하는데 오늘밤에는 바로 내 앞 순서에서 목욕을 했어요. 나는 그 아이가 들어갔던 물에 들어가야 했어요. 물도 더러웠고요."

레이니어가 엄마를 쳐다보며 말을 이었다.

"뭐라고?"

"토니를 목욕탕에서 꺼내는 것을 보았어요. 그러고 나서 나를 불러 목욕탕 안으로 들어가라고 했어요. 물도 더러웠는데."

"그래서 목욕탕 안에 들어갔니?"

"예, 엄마."

"맙소사!"

니콜이 딕에게 외쳤다.

딕은 궁금해 했다.

"루시엔이 왜 목욕탕 물을 갈지 않았을까?"

"루시엔은 그렇게 할 수가 없지요. 난방기계가 아주 희한하거든요……. 어젯밤에 갑자기 고장을 일으켜 팔에 화상을 입었어요. 그래서 겁을 먹고……."

"너는 지금 욕실에 가서 다시 목욕을 하도록 해라."

"제가 말했다고는 하지 마세요."

레이니어가 문 쪽에서 말했다.

딕은 욕실에 들어가 탕 안에 유황을 뿌리고 나서 문을 닫으며 니콜에게 말했다.

"메리에게 한마디 하든지 아니면 이곳을 나가든지 해야겠어."

니콜이 동의하자 딕은 계속 말을 이었다.

"사람들은 자기 자식이 원래부터 남의 자식보다 깨끗하다고 생각하지. 그리고 자기 자식이 갖고 있는 질병도 남들에게는 전염이 안 된다고 생각하고 말이야."

딕은 방에 들어와서 욕실에서 들려오는 물소리의 리듬에 따라 비스킷을 마구 씹어대고 목도 축였다.

"루시엔에게 난방기계 사용법을 배우라고 말 좀 해봐……."

딕이 말하는 순간 아시아 사람같이 생긴 여인이 문 앞에 와서 말했다.
"백작 부인께서……."
딕은 손짓을 하여 그녀를 방 안으로 들어오게 한 다음 문을 닫았다.
"아프다던 아이는 괜찮습니까?"
딕이 상냥하게 물었다.
"예, 나아졌어요. 하지만 아직도 가끔 발진에 시달린답니다."
"그것 참 안 됐군요. 하지만 우리 애들이 그 애가 썼던 물로 목욕하지 않도록 해주셨으면 합니다. 그럴 리야 없겠지만, 당신이 지금같이 한 것을 안주인이 알게 되면 그녀도 틀림없이 화를 낼 겁니다."
"네? 저는 선생님들이 데리고 온 하인이 난방기계를 사용할 줄 모르는 것 같아서 사용방법을 일러주고 물을 틀었을 뿐입니다."
그녀는 벼락에라도 맞은 듯 놀라며 외쳤다.
"하지만 환자가 있을 경우에는 물을 완전히 빼고 욕조를 청소해야지요."
"예?"
목이 막히는지 그녀는 길게 숨을 내쉬었다. 그리고 몸을 떨며 흐느끼더니 방에서 뛰어나갔다.
"저 여자가 서양 문명을 익히는 데 우리가 희생양이 될 수는 없지."
딕은 냉정하게 말했다.
그날 밤 저녁식사 때 딕은 여기를 그만 떠나야겠다고 결심했다. 호세인은 자기 모국을 산과 염소와 염소를 치는 목동밖에 없는 나라로 여기고 있는 듯했다. 그는 말이 별로 없는 젊은 사람이었다. 그의 입을 열려면 딕이 그의 가족을 위해 준비한, 진지한 노력이 필요했다. 식사를 마치자 호세인은 메리와 다이버 부부만을 남겨둔 채 자리를 떠났다. 그러나 예전의 유대감은 없어졌다……. 그들 사이에는 메리가 이제 정복하고자 하는, 부침이 심한 사회영역이 놓여 있었던 것이다. 메리가 9시 30분에 메모 하나를 읽고 일어서자 딕은 안도했다.
"실례하겠습니다. 남편이 짧은 여행을 떠나는데 제가 옆에 있어야 하거든요."

다음날 아침, 커피를 가지고 온 하녀와 함께 메리는 딕이 있는 방으로 들어왔다. 메리는 옷을 차려입고 왔지만, 딕과 니콜은 아직 옷을 갖추어 입지 않고 있었다. 메리는 잠자리에서 한참 전에 일어난 것 같았다. 그녀의 얼굴은 분노로 인해 일그러져 있었다.

"레이니어가 더러운 물에서 목욕했다는 것이 무슨 말이지요?"

딕이 뭐라 말하려 했지만, 그녀는 말을 막았다.

"당신이 우리 남편의 여동생에게 레이니어를 위해 욕조를 청소하라고 했다는 것은 또 무슨 말이지요?"

딕과 니콜은 무릎 위에 쟁반을 올려놓고 침대 속의 우상처럼 무력하게 앉아 있었고, 메리는 그런 그들의 모습을 떡 하니 버티고 서서 노려보고 있었다. 그러자 딕과 니콜이 동시에 외쳤다.

"남편의 여동생이라고요?"

"당신들이 남편의 여동생들 중 한 명에게 욕조를 청소하라고 했다면서요!"

"우리는 그런 적 없습니다. 하인에게 그랬단 말이에요……."

역시 둘이 함께 대답했다.

"당신들은 호세인의 여동생에게 말한 거라고요."

"나는 그 여자들이 하녀라고 생각했어요."

"그 여자들이 자신들을 '히마도운' 이라고 말했을 텐데요."

"뭐라고요?"

딕은 침대에서 나와 옷을 입었다.

"어젯밤에 피아노 옆에서 설명해 드렸을 텐데. 너무 기분 좋은 분위기라서 몰랐다고는 말씀하지 마세요."

"말씀하셨던 것이 그 이야기였어요? 처음 부분을 듣지 못했습니다. 이 이야기인 줄 몰랐어요, 메리. 우리가 그녀를 만나 사과해야겠군요."

"그녀를 만나서 사과를 하다니! 내가 설명을 했잖아요. 식구들 중 제일 나이가 많은 남자가 결혼을 하면 나이가 많은 두 누이가 신랑의 '히마도운', 다시 말하면 아내의 하녀가 된다고 말이에요."

"어젯밤에 호세인이 떠난 것도 그것 때문이었어요?"

메리가 잠시 망설이더니 고개를 끄덕였다.

"그 사람은 그래야만 했어요. 가족들이 모두 떠났지요. 명예를 위해서는 어쩔 수 없었던 겁니다."

다이버 부부가 둘 다 일어나서 옷을 입었고, 메리가 계속해서 물었다.

"목욕물 이야기는 도대체 어떻게 된 겁니까? 그런 일이 이 집에서 일어나다니! 레이니어한테 한번 물어봅시다."

딕은 옆으로 물러나 앉은 채, 니콜에게 당신이 해결하라는 몸짓을 해보였다. 그동안 메리는 문으로 가서 하인에게 이탈리아어로 뭔가를 이야기했다.

"잠깐만요, 그렇게는 안 돼요."

니콜이 말했다.

"당신들이 우리를 비난했어요."

메리가 대답했다. 전에 니콜에게 말할 때에는 들어볼 수 없었던 말투였다.

"그래도 알아볼 권리는 있지 않겠어요?"

"아이를 데리고 오지 않겠어요."

니콜은 옷이 마치 쇠사슬이라도 되는 것처럼 어렵게 입었다.

"어쨌든 레이니어를 데리고 오라고. 욕조 사건을 매듭지어야 할 거 아니야. 그 사건이 진짜인지 꾸며낸 것인지 알아봐야 하지 않겠소."

딕이 나서자 레이니어가 옷을 반쯤 입은 모습으로 나타나 어른들의 화난 얼굴을 바라보았다.

"레이니어, 잘 들어라. 다른 사람이 먼저 썼던 물에서 목욕을 했니? 어떻게 그런 생각을 하게 된 거지?"

메리가 물었다.

"말해보렴."

"그냥 더러웠어요. 그게 다예요."
"새로 욕조에 물을 가는 소리를 옆에 있는 네 방에서 듣지 못했니?"
레이니어는 들은 것 같다고도 말했지만, 물이 더러웠다는 이야기만을 반복했다. 레이니어는 약간 겁을 먹기도 했지만, 무슨 일인지 궁금하기도 했다.
"물을 갈고 있었을 리가 없어요. 왜냐하면……."
"그것은 왜지?"
사람들이 다그쳤다.
레이니어는 부모의 동정심을 유발하는 듯한 작은 잠옷을 입고 서 있었다. 그러나 그 옷차림은 메리를 점점 조급하게 만들었다.
레이니어가 말했다.
"물이 더러웠어요. 비누거품으로 가득 차 있었고요."
"확실하지 않은 이야기를 할 때에는……."
메리가 입을 열었으나 니콜이 말을 막았다.
"메리, 그만하세요. 물 속에 거품이 있었다면 그 물이 더럽다고 생각하는 것이 당연하지요. 아이 아빠가 이야기하라고 했으니까……."
"물 속에 거품이 있었을 리가 없어요."
레이니어는 자기를 배신한 아버지를 비난하는 듯 쳐다보았다. 니콜이 아이의 어깨를 붙잡고 방 밖으로 내보냈다. 딕은 웃음으로 긴장된 분위기를 수습하려 했다.
딕의 웃음소리가 과거의 우정이라도 생각나게 만들었는지, 메리는 그동안 다이버 부부와의 관계가 얼마나 소원(疏遠)했는지 생각하고, 다소 누그러진 말투로 이야기했다.
"아이들이 뭐 그렇지요."
과거를 회상하면서 그녀의 불편함은 커졌다.
"가실 필요 없어요……. 호세인은 어차피 여행하기를 바랐으니까요. 결국, 당신들은 우리 손님이고, 단지 실수를 한 것뿐이지요."
그러나 딕은 그녀의 말이 옳지 않다는 생각에, 또 그녀가 실수라는 말까지 썼기 때문에 화가 났다. 그는 등을 돌려 짐을 챙기면서 말했다.
"그 여자 분에 대해서는 정말 죄송하게 생각합니다. 여기 오신 분께라도 사과를 하고 싶습니다."
"피아노 옆에서 말씀을 잘만 들으셨더라도 이런 일은 없었을 텐데!"
"하지만 당신이 너무 지루하게 이야기했어요. 내 딴에는 최대한 열심히 들었다고요."
"그만 이야기하세요!"
니콜이 딕에게 말했다.
"나도 되돌려주어야겠군요. 안녕히 가세요, 니콜."
말을 마치고 메리는 나가버렸다.
메리가 배웅 나오지 않을 것은 확실했다. 하인들 중 우두머리인 사람이 출발 채비에 관한 업무를 이끌었다. 딕은 호세인과 그의 누이들에게 형식적이나마 인사편지를 남겼다. 떠날 수밖에 없었다. 딕과 일행 모두 기분이 좋지 않았지만 특히 레이니어의 기분이 좋지 않았다.
"그 물은 더러웠단 말이에요."
레이니어는 기차에서도 자기주장을 굽히지 않았다.
"괜찮다. 잊어버리는 것이 좋아……. 아빠하고 헤어지고 싶지 않다면 말이다. 프랑스에는 자식과 아버지가 인연을 끊을 수 있는 새로운 법이 있다는 것을 알고 있니?"
레이니어는 딕의 말에 재미있다는 듯 웃었고, 다이버 식구들은 다시 단합되었다……. 딕은 앞으로 몇 번이나 더 이런 일이 있을까 하고 생각했다.

5

니콜은 테라스에서 벌어지고 있는 싸움을 구경하기 위해 창가로 가서 몸을 내밀었다. 요리사인 오거스틴의 성스러운 얼굴은 분홍빛이 되었고, 술에 취한 그녀가 흔들어대고 있는 부엌칼에는 푸른빛이 감돌았다. 그녀는 다이버 일가가 다이애나 별장으로 돌아온 2월부터 이곳에서 일하고 있었다.

니콜이 있는 곳에서는 청동 손잡이가 달린 무거운 지팡이를 잡고 있는 딕의 손과 머리만 보였다. 서로를 겨누고 있는 식칼과 지팡이는 검투사가 대결을 하는 데서 볼 수 있는 단검 같았다. 딕이 먼저 입을 열었다.

"부엌에 있는 요리용 포도주야 얼마든지 마셔도 신경 쓰지 않지만, 고급 포도주 샤블리 무통을 마시다니……."

"술 이야기를 하다니! 매일 술을 마셔대는 사람은 당신이야!"

오거스틴이 부엌칼을 흔들면서 소리를 질렀다.

햇볕을 가리기 위해 쳐놓은 포장 너머에서 니콜이 소리쳤다.

"딕, 무슨 일이에요?"

니콜의 물음에 딕은 영어로 대답했다.

"이 늙은 여자가 최고급 포도주를 다 마셔버렸어. 이 여자를 해고해야겠어."

"맙소사! 어찌되었던, 그 부엌칼을 조심하세요."
오거스틴은 부엌칼을 치켜들고 니콜에게도 흔들어댔다.
"말씀드려야겠군요, 부인. 남편께서는 노동자처럼 술을 마시고 계십니다……."
"입 닥치고 나가요! 경찰을 부르겠어요."
니콜이 말을 끊으며 소리를 질렀다.
"경찰을 부른다고! 내 동생이 경찰서에 있어! 구역질나는 미국인들이 뭘 어쩐다고?"
딕은 니콜에게 영어로 말했다.
"내가 이 일을 해결할 때까지 아이들을 데리고 나가 있도록 해."
"남의 나라에 와서 최고급 포도주를 마셔버리는 구역질나는 미국인들."
오거스틴이 혁명의 구호라도 외치는 듯한 목소리로 말했다
딕은 단호하게 말했다.
"지금 당장 나가시오! 급료를 계산해주겠소."
"당연히 해주셔야지! 내가 한 가지만 말씀드리지……."
그녀가 가까이 다가와 칼을 위협적으로 흔들어대는 바람에 딕은 지팡이를 치켜들었다. 그러자 그녀는 부엌으로 뛰어들어 가서 칼을 더 가지고 나왔다.
상황이 좋지 않았다. 오거스틴은 기운이 센 여자여서, 그녀에게 중상을 입히지 않고는 무기를 빼앗을 수 없었다……. 그렇게 되면 프랑스 국민에게 해를 입힌 것이 되기 때문에 법적으로 복잡해진다. 딕은 엄포라도 놓는 듯 니콜에게 큰 소리로 외쳤다.
"니콜, 경찰에 전화를 해."
그러고 나서 그녀가 들고 있는 무기를 가리키며 오거스틴에게 말했다.
"그런 위험한 물건을 가지고 있으니 당신은 체포될 거야."
"하하하!"
그녀는 끔찍스럽게 웃기는 했지만, 더 이상 가까이 오지는 않았다.

니콜은 경찰에 전화를 걸었다. 그러나 그녀의 귀에는 오거스틴의 웃음이 메아리치는 소리만 들렸다. 수화기에서 뭐라고 중얼거리는 소리와 주위 사람들에게 이야기하는 소리가 들리더니, 전화가 갑자기 끊어진 것이었다. 니콜이 창가로 돌아와서 딕에게 소리쳤다.

"그 여자한테 돈을 좀 더 얹어주세요!"

"내가 전화를 걸었어야 했는데!"

그러나 이는 실현 불가능해 보였기 때문에, 딕은 조건부로 항복하고 말았다. 그녀를 빨리 내보내겠다는 생각에 50프랑을 100프랑으로 올려주자, 오거스틴은 고집을 꺾고 '더러워서!' 라는 말을 내뱉으며 물러섰다. 그녀는 자기 조카가 짐을 가지러 오면 떠나겠다고 했다. 부엌 근처에서 조심스럽게 기다리는 동안 딕은 안에서 코르크 마개 따는 소리를 들었다. 그러나 눈감아 주었다. 그 밖에 다른 문제는 없었다. 조카가 와서 미안해서 어쩔 줄 몰라 했고, 오거스틴은 딕에게 활기찬 작별인사를 했으며, 니콜 방의 창문을 향해 '또 봅시다, 부인!' 하고 큰 소리로 인사했다.

다이버 부부는 니스로 가서 생선과 조그만 바다가재로 만든 스튜와 향미료로 맛을 돋운 부이야베스를 먹었고, 차가운 샤블리를 마셨다. 딕은 오거스틴에 대한 미안한 감정을 나타냈다.

"나는 전혀 미안하게 생각하지 않아요."

"나는 미안하게 생각해……. 하지만 그녀가 절벽 아래로 떨어져버렸으면 하는 생각도 들어."

최근에 그들은 거의 대화를 하지 않았다. 어쩌다 말을 하려 해도 적당한 단어를 찾지 못했고, 또 적당한 단어가 생각이 났을 때에는 이미 이야기할 시점이 지난 뒤였다. 그러나 오늘밤에는 오거스틴 사건이 두 사람 사이의 어색한 분위기를 깨뜨렸다. 그들은 양념된 수프와 얼큰한 포도주로 인한 열기와 냉기를 느끼면서 이야기를 나누었다.

"계속 이렇게 살 수 없어요. 그렇지 않아요? 당신 생각은 어때요?"

그녀는 딕이 금방 반박을 하지 않자 놀라서 계속 이야기했다.

"때로는 내가 잘못했다는 생각도 들어요……. 내가 당신을 망쳐 놓은 것 같아요."

"그래서 내가 망가졌다는 말이오?"

딕은 유쾌하게 물었다.

"그런 뜻이 아니에요. 하지만 당신은 무언가를 창조하기 바라는 사람이었는데……. 지금은 부숴버리기를 바라는 사람이 된 것 같아요."

니콜은 자기가 이렇게 노골적인 말로 딕을 비판하고 있다는 생각에 몸을 떨었다. 딕이 계속해서 침묵을 지키고 있어 더욱 두려웠다. 그 침묵과 차갑고 푸른 눈, 그리고 아이들에 대한 부자연스러운 관심 뒤에는 무엇인가가 있다고 생각했다. 또한 그는 놀라울 정도로 감정을 폭발시켜서 그녀를 놀라게 하기도 했다. 그는 갑자기 어떤 사람, 인종, 계급, 생활방식, 사고방식에 대해 길게 경멸을 늘어놓고는 했다. 그것은 마치 그의 마음속에 있는 무수한 이야기가 스스로 떠도는 것 같았으며, 그 이야기는 겉으로 표출되고 나서야 그 속을 짐작할 수 있는 이야기였다.

"결국 당신은 이 생활에서 뭘 얻는다는 거지요?"

니콜이 물었다.

"날이 갈수록 당신이 건강해지고 있다는 것, 그리고 당신의 병이 수확 체감의 법칙을 따른다는 것을 알게 되지."

딕의 목소리는 마치 낯설고 학문적인 이야기처럼 귀에 잘 들어오지 않았다. 그녀는 갑자기 정신이 들어 '딕!' 하고 외치며 탁자 건너 딕에게 손을 뻗었다. 딕은 반사적으로 손을 뒤로 옮기며 말했다.

"전체적으로 상황을 생각해보아야 해. 그렇지 않아? 당신 한 사람만 생각해서 될 일이 아니지."

딕은 니콜의 손을 잡고, 쾌락, 악의, 이익, 그리고 기쁨을 은밀하게 꿈꾸는 사람에게서 들을 수 있는, 그런 즐거운 목소리로 말했다.

"저기 저 배 보이지?"

그것은 니스 만(灣)의 잔잔한 물결 위에 조용히 정박해 있는 T.F.골딩의 요트로, 복잡한 현실과는 상관이 없이 낭만적인 여행을 하고 있었다.

"저곳으로 가서 배에 있는 사람들이 어떻게 지내고 있는지 물어보자고. 그들이 행복한지 알 수 있을 거야."

"잘 알지도 못하는 사람들이잖아요."

니콜이 반대했다.

"그 사람들이 우리에게 오라고 했어. 게다가 베이비도 그 사람을 잘 알고 있으니……. 그 사람과 약혼했던 사이잖아……. 그렇지 않나?"

그들이 배를 빌려 항구를 떠났을 때에는 이미 여름의 땅거미가 내려앉고 있었고 마아진 호(號)에서 불빛이 깜박거리고 있었다. 요트 옆으로 가까이 가면서, 니콜의 의혹은 더욱 깊어졌다.

"파티를 열고 있나 봐요……."

"라디오 소리일 거야."

누군가 그들을 불렀다. 흰색 옷을 입은 거구의 백발 남자가 그들을 내려다보며 물었다.

"다이버 부부 맞지요?"

"예, 안녕하시오?"

배를 탄 다이버 부부는 갑판과 선실 사이의 계단 아래로 향했다. 그들이 계단을 올라가자, 골딩은 큰 몸을 굽히며 니콜에게 손을 내밀었다.

"저녁식사 시간에 때맞추어 잘 오셨군요."

작은 규모지만 오케스트라가 배 뒤쪽에서 연주를 하고 있었다.

당신이 원하면 나는 당신의 것…….
그러나 그때까지는 나에게 뭐라 하지 마세요.

골딩에게 이끌려 올라가면서, 니콜은 여기에 온 것을 후회했으며 딕에게 더욱 참을 수 없을 정도로 화가 났다. 딕의 업무와 니콜의 건강

때문에 기분파인 이곳 사람들과 별로 어울리지 않은 탓인지, 그들 부부는 까다로운 사람들이라는 소리를 들었다. 그러나 몇 년이 지나고 리비에라도 분위기가 바뀌어 까다로운 사람들이란 말은 '인기 없는 사람들' 이라는 뜻으로 해석되었다. 그럼에도 니콜은 기왕에 그런 평판을 받았으니, 일시적인 자기 태만으로 값싸게 타협할 수는 없다고 느꼈다.

딕과 니콜이 살롱을 지나갔다. 배의 뒤쪽에서 어두운 불빛 아래 사람들이 춤추고 있는 듯 보였다. 그러나 이는 황홀한 음악과 익숙하지 않은 조명, 그리고 사방이 물에 둘러싸여 있기 때문에 만들어진 환각이었다. 사실 몇몇 바쁜 승무원들을 제외하면, 손님들은 갑판의 곡선을 따라 놓여 있는 넓고 긴 의자에 빈둥거리며 앉아 있었다. 흰 드레스와 빨간 드레스, 흐릿한 색깔의 드레스를 입은 부인도 있었고 깨끗하게 세탁된 셔츠를 입은 남자들도 보였다. 그들 중 한 남자를 알아본 니콜은 기쁨에 차서 작은 함성을 질렀다.

"토미!"

그는 프랑스식으로 인사를 했지만, 니콜은 이를 무시하고 자기 뺨을 그의 뺨에 갖다댔다. 그들은 긴 의자에 나란히 앉았다. 아니, 누웠다고 하는 편이 맞을 것이다.

그의 잘생긴 얼굴은 너무나 까맣게 탔기 때문에 보기 좋은 그을림과는 거리가 있었고, 피부가 검은 사람들 특유의 아름다움도 없었다. 그저 닳아버린 가죽 같았다. 이국땅에서 검게 탄 얼굴, 또한 그곳의 양분 섭취, 여러 방언들이 섞인 어색한 발음, 뜻밖의 놀라움에 마치 준비라도 한 듯 반응을 보이는 행동……. 이런 요소들이 니콜을 매혹시키고 편안함을 느끼게 했다. 토미를 만나는 순간 니콜은 마음속에서 그의 가슴에 깊이 누워 안기고 있었다. 그러나 곧 그녀는 자기 보호본능을 발휘해 그녀의 세계로 돌아와 가벼운 말투로 물었다.

"영화에 나오는 탐험가라도 된 것 같군요……. 어째서 그렇게 오랫동안 돌아다녔던 거지요?"

토미는 니콜의 말을 주의 깊게 듣고 있었지만, 이해를 하지 못하고 그녀를 쳐다보았다. 그의 눈동자가 반짝였다.

"5년이에요. 너무 길었어요. 일을 끝내고 돌아와서 잠깐만이라도 우리와 함께 호흡할 수는 없었어요?"

그녀는 무엇인가를 흉내 내는 목소리로 말했다.

니콜과 함께 있어 마음이 편해진 토미는 재빨리 유럽인으로 돌아왔다.

"우리는 지금 영웅이 필요해요, 니콜. 영웅주의는 큰 무대에서 나오는 거요. 작은 무대에서는 나올 수가 없어요."

"나에게는 영어로 말하세요, 토미."

"나와 이야기할 때에는 프랑스어로 합시다, 니콜."

"하지만 의미가 달라요……. 프랑스어로 하면 품위가 있어 보여요. 영웅답고 용감해 보이지요. 당신도 알듯이 말이에요. 하지만 영어로 하면 영웅다울 수가 없고 용감해 보일 수가 없어요. 약간 이상하게 굴지 않으면 말이지요. 영어로 하면 내게 유리해요."

"하지만 결국……. 영어로 하더라도 나는 용감하고 영웅답소."

그가 갑자기 킥킥 웃자 니콜은 놀랐다. 어이가 없어 하는 척했지만 토미는 당혹해 하지 않았다.

"나는 영화에서 본 것만을 알고 있을 뿐이오."

"모두 영화에 나왔던 그대로던가요?"

"영화는 괜찮게 표현했더군요……. 로널드 콜맨의 '북아프리카 군단' 에 관한 영화를 보았어요? 좋은 영화지요."

"그렇군요. 내가 영화를 볼 때마다 당신도 그 순간에 그런 경험을 하고 있다고 생각하겠어요."

이야기를 하면서 니콜은 작은 체구에 창백한 얼굴빛을 띠고 있는, 예쁘고 젊은 여자를 의식하고 있었다. 갑판 불빛 속에 거의 초록빛으로 차갑게 보이는 아름다운 머릿결을 가진 이 여자는 토미의 건너편에 앉아 있었는데, 그의 일행이 아니면 그 옆의 다른 사람들과 이야기를 나누고 있었던 것 같았다. 그녀는 토미를 독점하고 있었던 것이 분명했다. 그러나 이제 그녀는 그의 주위를 끌려는 희망을 포기하고 성질을 내며 초승달 모양의 갑판을 건너갔다.

"결국 내가 영웅이오. 나는 사자처럼, 술에 취한 사람처럼, 불같은 용기가 있소."

토미는 반은 농담으로 조용하게 말했다.

니콜은 그가 잘난 척하는 태도를 누그러뜨릴 때까지 기다렸다. 전에는 결코 이런 말을 하지 않았다는 것을 알고 있었다. 그녀는 주위의 낯선 사람들을 바라보았다. 늘 그렇듯이 그들 가운데 아주 신경질적이지만 평온한 척하는 여자를 발견했다. 도시를 무서워해서, 또 그런 분위기를 만드는 자신들의 목소리를 무서워해서 시골을 좋아하는 그런 여자를…….

"흰옷을 입고 있는 저 여자는 누구지요?"

"내 옆에 있던 여자 말이오? 캐럴라인요."

그들은 저쪽에서 들려오는 여자의 목소리에 잠시 귀를 기울였다.

"악당 같지만 참 재미있는 사람이지요. 우리는 밤새 카드놀이를 했고, 그 사람은 내게 천 스위스 프랑의 빚이 있답니다."

토미가 웃으면서 말했다.

"저 여자는 런던에서 가장 못된 여자요……. 내가 유럽에 돌아올 때마다 런던 출신의 가장 못된 여자가 새로 나타나지요. 최근에는 바로 저 여자가 그런 여자요……. 비록 저 여자만큼 못된 여자가 지금 또 한 명 있기는 하지만 말이오."

니콜은 갑판 건너편에 있는 여자를 다시 힐끗 쳐다보았다. 결핵에 걸린 환자처럼 연약한 여자였다. 그토록 좁은 어깨와 가냘픈 팔로, 몰락하는 나라의 마지막 표시인 퇴폐의 깃발을 높이 들 수 있다는 것을 믿을 수가 없었다. 그녀는 전쟁 전, 화가나 소설가의 모델이 되었던 키가 크고 활기 없는 금발머리 천사가 아니라, 만화가의 그림에 등장하는 평면적인 말괄량이 소녀와 닮은 여자였다.

골딩이 거구를 흔들며 다가와서 확성기로 이야기하는 듯한 목소리로 그의 뜻을 전달했다. 니콜은 여전히 께름칙했지만, 계속되는 그의 이야기를 들어야 했다. 저녁식사가 끝나면 곧바로 마진 호(號)는 칸으로 갈 것이며, 저녁을 먹은 후라도 언제든지 캐비아와 샴페인을 싸가지고 갈 수 있고, 지금 딕은 니스에 있는 운전기사에게 '차를 칸까지 몰고 와서 자신이 쉽게 찾을 수 있도록 알리에 카페 앞에 주차해 놓으라.' 고 전화로 지시하고 있다는 것이 골딩이 한 이야기였다.

일행은 식당으로 갔다. 딕은 거기서 캐럴라인의 옆에 앉게 되었다. 니콜은 항상 혈색이 좋았던 딕의 얼굴에 핏기가 없는 것을 보았다. 딕은 고집이 담긴 목소리로 이야기를 하고 있었지만, 니콜에게는 이야기의 내용이 조금씩밖에 들리지 않았다.

"당신네 영국 사람들한테는 괜찮겠지요. 당신들은 죽음의 춤을 추고 있어서……. 파괴된 성 안에 있는 인도 민병들, 성문과 요새를 지키고 있는 그들은 어떻겠습니까. 푸른 모자, 찌그러진 모자를 쓴, 미래가 없는 사람들이지요."

캐럴라인은 딕의 말에 중간 중간 짧은 말로 호응을 해주었다. 그러한 캐럴라인의 말 중에는 경고 신호도 있었지만, 딕은 이러한 경고를 전혀 눈치 채지 못하고 있는 것 같았다. 갑자기 그는 강경하게 이야기했다. 니콜은 무슨 이야기를 하는지 잘 몰랐지만, 그 젊은 여자가 인상을 찌푸리는 것을 보았고, 날카롭게 반박하는 소리도 들었다.

"결국 끼리끼리 노는 겁니다."

그는 다시 누군가를 화나게 했다……. 조금 더 말조심을 할 수는 없을까? 얼마 동안이나? 죽을 때까지.

오케스트라에 있던 젊은 금발의 스코틀랜드 사람이 피아노를 치면서 노래하고 있었다. 그는 그것이 무슨 감동이라도 주는 것처럼, 가사를 매우 정확하게 발음했다.

지옥에서 온 젊은 여인이 있었네
그녀는 종소리에 뛰어올랐네

그녀는 나쁜, 나쁜, 나쁜 여자라서
종소리에 뛰어올랐네
지옥에서
지옥에서
지옥에서 온 젊은 여인…….

"저게 대체 뭐야?"
토미가 니콜에게 속삭였다.
그의 반대편 옆에 있는 여자가 대답을 했다.
"캐럴라인이 작사를 했고, 저 남자가 작곡을 한 곡이지요."
"아이들 장난하는 건가!"
토미는 노래의 다음 소절이 시작되어 다시 여인이 뛰어올랐다는 가사가 나올 때쯤 되자 중얼거렸다.
"라신느의 시라도 암송하고 있는 것 같군."
적어도 겉으로 볼 때, 캐럴라인은 자기 작품이 연주되는 데에 신경을 쓰지 않았다. 그녀를 다시 힐끗 쳐다보면서 니콜은 감동을 받았다. 성격이나 인성 때문이 아니라 그 태도에서 나오는 순수한 힘 때문에 감동을 받은 것이었다. 니콜은 그녀가 강한 여자라고 생각했고, 일행들이 탁자에서 일어날 때 그러한 생각이 더욱 굳어졌다. 딕은 이상한 표정을 지으며 의자에 앉아 있다가 거칠게 한마디 내뱉었다.
"나는 귀를 간지럽게 하는 영국인들의 속삭임 안에 담긴 풍자를 좋아하지 않소."
벌써 방 밖으로 반쯤 나가 있던 캐럴라인이 몸을 돌려 다시 딕 앞에 왔다. 그녀는 모든 사람들이 들을 수 있도록 일부러 또박또박 이야기를 했다.
"당신이 나한테 와서 그렇게 부탁했잖아요……. 우리나라 사람과 내 친구, 메리 밍게티를 깔보는 말을 하셨어요……. 나는 단지 당신이 로잔에서 이상한 사람들과 함께 있는 것을 보았다는 말만 했을 뿐이에요. 그것이 귀를 간지럽게 하는 속삭임이었어요? 아니면 그저 당신 귀가 간지러웠을 따름이었나?"

"아직도 소리가 너무 작아. 그래서 나에 대한 평이 정말 나쁜가……."

딕이 말했으나 약간 늦었다.

골딩이 다음과 같이 말하며 딕의 입을 막았다.

"자, 그만하시지!"

골딩은 거대한 덩치로 위협하면서 손님들을 밖으로 내몰았다. 문을 나서며, 니콜은 여전히 앉아 있는 딕을 보았다. 니콜은 말을 함부로 한 그 여자에게 화가 났지만 딕에게도 화가 났다. 일행을 이런 곳에 데리고 왔다는 점, 술에 취했다는 점, 마음속에 담고 있던 야유를 해 댄 점, 모욕을 당한 점들 때문에 딕에게도 화가 났던 것이다. 한편, 니콜은 여기에 오자마자 자기가 토미를 차지해버린 것이 영국 여자를 짜증나게 했다는 사실을 알고 약간 신경이 쓰였다.

얼마 후 니콜은 딕이 문 앞에 서 있는 것을 보았다. 골딩과 이야기를 하고 있는 모습을 보니 확실히 정신이 든 것 같았다. 그러나 그 이후 약 30분 동안 갑판 주변 어디에서도 딕이 보이지 않았다. 니콜은 게임을 하다 말고 혼자 나와서 토미에게 말했다.

"딕을 찾아봐야겠어요."

저녁식사가 끝나고 나서부터 요트는 서쪽으로 움직이고 있었다. 배 양쪽으로 황홀한 밤이 흐르고 있었고, 디젤 엔진이 부드러운 소리를 내며 돌아가고 있었다. 불어오는 봄바람에 니콜의 머리칼이 휘날렸다. 깃대 옆의 구석에 서 있는 딕을 보자 니콜은 신경이 날카로워짐을 느꼈다. 딕은 그녀를 보고 차분한 목소리로 말했다.

"좋은 밤이야."

"걱정했어요."

"오, 당신이 걱정을 했다고?"

"그런 식으로 말하지 말아요. 당신을 위해 작은 도움이라도 될 수 있다는 것이 저에게는 큰 기쁨이에요, 딕."

딕은 니콜에게 등을 돌린 채, 아프리카 쪽에서 빛나고 있는 별빛의 장막을 향해 있었다.

"그 말이 사실이라고 믿겠어, 니콜. 하지만 당신이 생각하는 도움이라는 것이 작을수록 당신의 기쁨은 커지는 것이라고 가끔 믿게 되지."

"말을 왜 그런 식으로 하는지 모르겠군요……. 그런 식으로 말하지 마세요."

하얀 물보라가 불빛을 잡고 있다가, 별빛이 화려한 하늘 쪽으로 던져버리는 가운데 창백한 딕의 얼굴이 나타났다. 니콜이 예상했던 고뇌의 주름살은 딕의 얼굴에서 보이지 않았다. 오히려 뭔가 초월한 느낌이 들었다. 장기판에서 신중하게 말을 옮기듯이, 그의 눈이 천천히 그녀에게 향했다. 같은 속도로 딕은 니콜의 손목을 잡아 가까이 끌어당겼다.

"당신이 나를 망가뜨렸소. 그렇지 않은가? 그렇지 않다면 우리 둘 다 망가진 거야. 그래서……."

딕은 부드럽게 물었다

두려움 때문에 추워진 니콜은 다른 쪽 손목도 딕의 손 안에 밀어 넣었다. 좋다, 나는 그와 함께 가리라……. 다시 그녀는 딕을 따르고 자신은 포기하는 순간을 맞았다. 그 밤의 아름다움이 생생하게 느껴졌다……. 좋아, 그러면…….

그러나 갑자기 그녀는 뜻밖의 허전함을 느꼈고, 딕이 쯧쯧 혀를 차는 소리를 내며 등을 돌렸다.

니콜의 얼굴에 눈물이 흘러내렸다. 그때 누군가 다가오는 소리가 들렸다. 토미였다.

"찾았군, 딕! 니콜은 자네가 물 속에 뛰어든 것은 아닐까 걱정했네. 별것 아닌 영국 여자가 당신을 모욕했다고 말이야."

"물 속에 뛰어들기에 딱 좋은 환경이야."

딕이 부드럽게 말했다.
"그렇지 않은가요? 구명 기구를 빌려서 뛰어내리자고요. 뭔가 특별한 일을 벌이도록 하지요. 우리는 너무 갑갑하게 살아왔어요."
니콜이 얼른 말을 받았다.
토미는 두 사람을 차례로 살피며 그 밤의 상황을 파악하려 했다.
"그 술고래 영국 여자한테 가서 무엇을 해야 할지 물어봅시다. 그녀라면 어떻게 해야 하는지 알고 있겠지요. 그녀의 노래, '지옥에서 온 여자가 있었네' 를 외워야 합니다. 나는 그것을 번안해서 성공시킬 거요. 그래서 카지노에서 큰돈을 벌어야지."
"토미, 당신 부자야?"
요트를 따라 되돌아가면서 딕이 물었다.
"지금은 아냐. 중개업에 싫증이 나서 때려치웠어. 하지만 친구가 주식을 관리해주고 있는데, 잘해나가고 있네."
"딕은 날이 갈수록 부자가 되고 있어요."
니콜이 말했으나 배가 흔들려서 그녀의 목소리가 떨렸다.
갑판 뒤쪽에서 골딩은 커다란 손으로 세 쌍의 남녀를 춤판으로 밀어 넣었다. 니콜과 토미도 그 속에 끼었다. 토미가 말했다.
"딕은 술을 마시는 것 같은데."
"맞아요, 딕은 적당한 정도로만 마시지요."
니콜이 남편의 체면을 생각해서 말했다.
"세상에는 술을 마실 수 있는 사람과 마시지 못하는 사람이 있어요. 분명히 딕은 술을 마시지 못하는 사람이오. 당신이 딕에게 술을 마시지 말라고 말해야 해요."
"내가요? 내가 그에게 해야 할 일과 하지 말아야 할 일을 말해야 하다니!"
니콜이 놀라서 물었다.
그들은 칸의 부두에 도착했다. 그러나 딕은 여전히 정신이 몽롱한 가운데 잠에 취해 있었다. 골딩이 구명보트에 태워 그를 내려주자, 캐럴라인은 드러내놓고 자리를 바꾸었다. 부두에서 그는 너무도 정중하게 인사를 했다. 딕은 뼈가 있는 말로 그녀를 자극하려는 생각을 잠시 하는 듯했지만, 토미가 딕의 팔을 잡아끌고 대기 중인 자동차로 향했다.

"집까지 데려다 줄게."

"그럴 거 없어……. 택시 타고 가면 돼."

"데려다 줄게. 대신 집에서 나를 재워주게."

뒷자리에 앉아 있던 딕은 골프 쥬앙의 노란 기둥과, 쥬앙 레펭에서 지속적으로 열리고 있는 카니발을 지나칠 때까지는 조용히 있었다. 카니발에서는 음악이 울려 퍼졌고 외국 사람들로 인해 이국적인 말소리도 많이 들렸다. 자동차가 타름을 향해 언덕을 올라가다가 기우뚱하자, 딕이 갑자기 일어나더니 결론이라도 내리듯 입을 열었다.

"어떤 회사의……."

딕은 잠시 말을 더듬었다.

"매력적인 대표가 내 머리를 영국의 깡통 머리로 만드네."

그렇게 몇 마디 내뱉더니 딕은 아무 일 없다는 듯 잠이 들었고, 이따금씩 부드럽고 따뜻한 어둠 속으로 만족스럽게 트림을 했다.

6

다음날 아침 일찍 딕은 니콜의 방으로 갔다.

"당신이 일어날 때까지 기다렸어. 말할 필요도 없지만 나는 어젯밤 일에 대해 후회하고 있어……. 하지만 지난 이야기는 그만두도록 하는 것이 어때?"

"좋아요."

니콜은 거울을 들여다보며 쌀쌀맞게 대답했다.

"토미가 집까지 데려다 주었나? 아니면 내가 꿈을 꾸었을까?"

"다 알면서 왜 모르는 척하세요."

"그랬던 것 같았어. 그가 기침하는 소리를 금방 들었지. 토미를 만나 봐야겠군."

딕이 방을 나가자 니콜은 기뻤다. 이런 일은 거의 처음이었다……. 항상 옳은 행동을 하는 딕의 능력이 드디어 그를 버린 것 같았다.

토미는 커피를 기다리며 침대에서 뒹굴고 있었다.

"잘 잤나?"

딕이 물었다.

토미가 목이 아프다고 하자, 딕의 직업의식이 발동했다.

"입 속을 헹구는 것이 좋겠어……."

"약을 가지고 있나?"

"나한테는 없고……. 아마 니콜에게는 있을 걸세."
"그렇다고 자는 걸 깨우지는 말게."
"벌써 일어났어."
"니콜은 괜찮은가?"
딕은 천천히 몸을 돌렸다.
"내가 술이 취했다고 해서 니콜이 죽기라도 했을 것 같은가?"
딕은 즐겁다는 듯 대꾸했다.
"니콜은……. 조오지아 소나무일세. 뉴질랜드의 유창목을 빼면 세상에서 가장 단단한 나무란 말이네……."
니콜은 아래층으로 내려오면서 둘 사이에 오간 이야기의 끝 부분을 들었다. 그녀는 토미가 자기를 사랑한다는 것을 이전부터 알고 있었다. 그리고 토미가 딕을 싫어하게 되었으며, 딕도 그전에 벌써 토미에 대해 좋지 않은 감정을 갖고 있다는 것을 알 수 있었다. 또한 딕이 토미의 외로운 열정에 능동적으로 반응을 할 것이라는 것도 알고 있었다. 이러한 생각에 이어 여성만이 느낄 수 있는 만족감이 밀려왔다. 이층에서 두 남자가 자기에 대한 이야기를 하고 있는 동안, 니콜은 아이들의 아침상을 살펴보며 가정부에게 지시를 내렸다.
나중에 정원에서 니콜은 행복감을 느꼈다. 그녀는 아무 일도 일어나지 않기를 바랐다. 그저 지금 상황이 유지되면서 두 남자가 마음속으로 서로 그녀를 던지고 받기를 바랄 뿐이었다. 오랫동안 그녀는 공만도 못한 존재였던 것이다.
"토끼야, 맛있지?"
토끼는 양배추 잎사귀만 먹어보았지만, 코를 가볍게 벌름거리며 그렇다고 대답하는 듯했다.
니콜은 늘 그래왔듯이 정원을 손질했다. 잘려진 꽃들은 정해진 장소에 모아져서 나중에 정원사로 하여금 집으로 가져오도록 했다. 바다 쪽에 접한 울타리에 다다르자, 그녀는 이야기를 하고 싶었으나 이야기할 상대가 없었다. 그녀는 걸음을 멈추고 생각에 잠겼다. 자기가 다른 남자한테 관심을 갖는다니 다소 충격적인 일이었다. 그러나 다른 여자들도 애인이 있다……. 나만 없어야 할 이유가 뭔가? 상쾌한 봄날 아침, 남자에 대한 그동안의 자제심이 사라졌고, 니콜은 꽃처럼 밝은 기분이 되었다. 바람 따라 그녀의 머리칼이 나부꼈고, 그 바람에 맞추어 니콜은 머리를 흔들었다. 다른 여자들도 애인이 있다……. 어젯밤 그녀로 하여금 딕 앞에서 죽음과도 같은 치욕스런 복종을 하게 만들었던 꼭 같은 힘이, 이제는 바람에 따라 고개를 흔들게 만들었다. 그리고 나라고 그렇게 하지 못할 이유가 어디 있는가, 라는 생각에 만족하고 행복해 했다.

그녀는 낮은 담에 앉아서 아래쪽의 바다를 내려다보았다. 또 하나의 바다, 잔뜩 부푼 공상의 바다에서 그녀는 손에 만질 수 있는 것을 낚아 올렸던 것이다. 자신의 전리품들 옆에 놓아 둘, 그런 것을 말이다. 만일 그녀가 어젯밤과 같이 딕과 영원히 함께 할 필요가 없다고 생각한다면, 그녀는 딕의 마음에 남아 있을 필요가 없었다. 단지 하나의 기념품 같은 존재가 되면 그뿐이었다.

넓은 울타리에서도 니콜이 이곳에 앉은 이유는, 채소밭을 포함한 경사진 초지에 절벽이 그림자를 드리우고 있기 때문이었다. 무성한 나뭇가지 사이로 갈퀴와 삽을 들고 있는 두 남자를 보았다. 그들은 니스 억양과 프로방스 억양이 섞인 말로 이야기를 하고 있었고, 니콜은 그들의 대화와 몸짓에 이끌려 귀를 기울였다.

"그 여자를 여기에 눕혔지."

"나는 저 포도나무 뒤로 데려갔어."

"그 여자도 신경 쓰지 않더군, 남자도 그랬고. 아무튼 나는 그녀를 여기에 눕히고……."

"갈퀴 가져왔나?"

"이 멍청한 사람아, 자네가 가져왔잖아."

"어쨌든 자네가 그 여자를 어디에다 눕혔는지 나는 관심 없네. 결혼한 후 그날 밤까지 나는 여자와 가슴을 맞댄 적이 없었어……. 벌써

12년 전인데 말이야. 그런데 자네가 지금 이야기를 하니…….”
니콜은 나뭇가지 사이로 그들을 지켜보았다. 그들이 하는 이야기는 맞는 것 같았다. 사람마다 다 다르니 말이다. 그러나 니콜이 엿들은 남자들의 세계였다. 집으로 돌아오면서 그녀는 다시 의구심을 가졌다.
딕과 토미는 테라스에 있었다. 니콜은 그들 곁을 지나 집 안으로 들어가서 스케치북을 갖고 나와 토미의 머리를 그리기 시작했다.
“그냥 가만히 있지를 못하는군……. 실을 감는 막대라도 돌려야 직성이 풀리지.”
딕이 가볍게 말했다. 다갈색 거품을 묻힌 수염이 충혈된 눈처럼 빨갛게 보일 정도로 아직도 얼굴에 혈색이 돌지 않고 있는 사람의 입에서, 어떻게 저런 시시한 농담이 나올 수 있는 걸까? 니콜이 토미를 보며 말했다.
“나는 못 하는 것이 없지요. 예전에 아주 활발하고 귀여운 폴리네시아 원숭이를 기른 적이 있었는데, 내가 그 원숭이를 데리고 몇 시간이나 놀았지요. 사람들이 끔찍하고 거친 농담을 할 때까지 말이에요…….”
그녀는 딕을 쳐다보지도 않았다. 조금 있다가 딕은 미안하다며 집으로 들어갔다……. 딕이 물을 두 잔이나 벌컥벌컥 들이키는 것을 보자 그에 대한 니콜의 태도는 더욱 냉담해졌다.
“니콜…….”
토미는 뭐라 말을 하려 했으나, 쉰 목소리를 가다듬느라고 그만두었다.
“잘 듣는 약을 드릴 거예요. 미국 제품인데……. 딕도 그 약의 효능을 인정하고 있지요. 금방 갖다 드릴 거예요.”
“나는 정말 가야겠어.”
딕은 나와서 의자에 앉았다.
“뭘 인정한다는 거지?”
니콜이 약병을 갖고 돌아왔다. 그녀가 보기에 이들 두 남자들은 뭔지는 모르지만 열띤 대화의 시간을 갖고 있었는데도, 아무도 움직이지 않고 가만히 있었다.

운전기사가 문 앞에서 기다리고 있었다. 전날 밤에 토미가 입었던 옷을 담은 가방을 든 모습이었다. 딕의 옷을 빌려 입은 토미의 모습을 보자, 니콜은 슬펐다. 마치 그가 그런 옷을 살 능력이 없는 것 같은 생각이 들었던 것이다.

"호텔에 도착하면 이것을 목과 가슴에 문지르고 나서 숨을 들이쉬세요."

"잠깐만! 토미에게 그 약을 다 주지는 말라고……. 그 약을 사려면 파리에다 주문을 해야 해……. 여기서는 품절이야."

토미가 계단을 내려가고 있는데 딕이 작은 소리로 말했다.

토미는 이야기소리를 들을 수 있을 정도의 거리 안으로 다시 돌아왔고, 세 사람은 햇볕을 받으며 서 있었다. 토미는 차 앞에 정면으로 서 있었기 때문에, 조금만 밀어도 차가 앞으로 움직일 듯 보였다.

니콜이 통로를 향해 내려갔다.

"자, 받으세요. 아주 귀한 거예요."

니콜은 자기 옆에 있는 딕이 말없이 잠자코 있는 것을 의식했다. 그녀는 딕으로부터 한 걸음 물러나서, 약을 가지고 떠나는 토미가 탄 차를 향해 손을 흔들었다. 그러고 나서 자기도 약을 먹기 위해 돌아섰다.

"그렇게 할 필요는 없을 것 같았는데. 우리 집에 네 식구나 있어……. 그리고 수년 동안 기침을 하는 사람이 있을 때마다……."

그들은 서로 얼굴을 쳐다보았다.

"그 약은 우리가 언제든지 다시 살 수 있잖아요……."

니콜은 말하고 나서 기가 죽었다. 잠시 후 그녀는 딕을 따라 이층으로 올라갔다. 딕은 침대에 누운 채 한 마디도 하지 않았다.

"점심을 여기로 가져오도록 할까요?"

니콜이 물었지만 딕은 고개만 끄덕이고, 계속 천장만 쳐다보며 누워만 있었다. 왜 저럴까 생각하며 니콜은 하녀들에게 지시를 하러 내려왔다. 다시 이층으로 올라온 니콜은 딕이 있는 방을 들여다보았다. 푸른빛을 띤 딕의 눈은 마치 서치라이트처럼 어두운 하늘을 향하고 있었다. 그녀는 잠시 복도에 서 있었다. 딕에게 저지른 죄를 알고 있기에 다시 들어가기가 약간 두려웠던 것이다. 니콜은 딕의 머리를 쓰다듬을 것처럼 손을 내밀었지만, 딕은 의심 많은 동물처럼 몸을 돌렸다. 니콜은 더 이상 그런 상황을 견딜 수가 없었다. 그녀는 공포에 질린 하녀처럼 아래층으로 뛰어내려 갔다. 니콜은 딕의 여윈 가슴을 메마른 감정으로 여전히 계속해서 감싸주었지만, 마음에 충격을 받은 딕은 무심하기만 했다. 니콜은 두렵기까지 했다.

일주일이 지나자 니콜은 토미와 관련된 기억을 잊었다. 그녀는 사람들을 별로 기억하지 않고 쉽게 잊었다. 그러나 6월 들어 처음으로 푹푹 찌던 날, 니콜은 토미가 니스에 있다는 소식을 들었다. 토미가 딕과 니콜 모두에게 짧은 편지를 보냈다. 니콜은 그 편지를 바닷가의 파라솔 아래에서, 집에서 가져온 다른 우편물들과 함께 열어보았다. 편지를 읽고 나서 그것을 딕에게 주었고, 딕은 전보 한 통을 그녀의 무릎에 던져주었다.

내일 고스에 감. 어머니는 가지 않음. 만나기를 바람.

—로즈마리—

"그녀를 만나게 되다니 기쁘군요."

니콜이 차갑게 한마디 했다.

7

다음날 아침 니콜은 딕이 열심히 해결책을 찾고 있음을 새삼 느끼면서, 그와 함께 해변으로 갔다. 골딩의 요트에 갔던 날 밤부터 상황이 어떻게 진행되고 있는지를 그녀도 감지하고 있었다. 니콜은 근본적으로 자신을 바꿀 도약의 시기가 임박했음을 온몸으로 느끼고 있었다. 그러나 그녀는 이러한 느낌과, 늘 안전을 보장해주었던 과거의 발판 사이에서 절묘하게 균형을 잡고 있었다. 그러나 감히 그 문제를 의식의 전면에 가져오지 못했다. 딱히 말할 수는 없지만, 변해가는 딕과 니콜의 모습은 환상적인 댄스 속으로 빨려 들어가는 유령 같았다. 몇 달 동안 말 한 마디 한 마디가 여러 의미를 지니고 있는 듯했는데, 딕은 곧 그러한 분명하지 않은 말의 의미들을 확정하고자 했다. 마음이 이러한 상태를 유지하는 것이 아마도 좀 더 희망적이기는 하겠지만……. 긴 세월을 순수하게 살아오면서, 예전에는 질병 때문에 억눌려 있었던 그녀의 본성이 살아났다. 그러한 본성은 딕도 찾아내지 못했던 것이었다. 딕의 잘못 때문에 찾아내지 못했던 것이 아니라, 그저 하나의 본성이 다른 본성 안으로 완전히 뻗어갈 수는 없었기 때문이었다. 여전히 마음은 불안했다. 그들의 관계에서 가장 불행했던 것은 점점 심해지는 딕의 무관심이었고, 이것은 현재 그가 과음을 하는 형태로 나타나고 있었다. 니콜은 자신이 완전히 망가질지 아니면 무사

할지 알 수가 없었다. 진지하게 들리지 않는 딕의 목소리가 사태를 복잡하게 만들었던 것이다. 거북이처럼 느리게 깔린 융단 위에서 딕이 다음에는 어떤 행동을 하게 될지, 또 마지막 도약의 순간에 어떤 일이 벌어질지, 그녀는 짐작을 할 수가 없었다.

그 이후에 발생할지도 모르는 일에 대해서 니콜은 아무 걱정도 하지 않았다. 그것이 짐을 가볍게 한다든지, 눈을 가렸던 안대를 푸는 일이 되지는 않을까 하고 생각해볼 뿐이었다. 니콜은 풍부한 돈을 기반으로 하여 큰 변화를, 아니 큰 도약을 꿈꾸고 있었다. 새로운 상황을 비유하자면, 가족용 리무진 껍데기가 씌워진 경주용 자동차가 있는데, 그 껍데기가 제거되어 본래의 경주용 자동차의 모습으로 되돌아간 모습과 비슷했다. 니콜은 이미 새로운 변화를 느끼고 있었다. 그녀가 두려워하는 비틀림, 그리고 그것이 다가올 때의 어두운 분위기를 말이다.

다이버 부부는 해변에 나갔다. 그들이 입은 하얀 수영복은 그을린 피부색과 대비되어 더욱 하얗게 보였다. 니콜은 혼잡하게 널려 있는 파라솔들 사이에서 아이들을 찾고 있는 딕을 보고 있었다. 그의 마음이 그녀를 잡고자 하는 노력을 포기한 채 그녀로부터 떠나 있기에, 니콜은 냉정한 눈으로 딕을 보고 있었다. 이윽고 그가 아이들을 보호하기 위해서가 아니라 보호받기 위해서 찾고 있는 것이라고 결론을 내렸다. 왕좌를 빼앗기고 나서 몰래 옛 왕궁을 찾은 왕처럼, 딕이 두려워하고 있는 것은 아마 이 해변일지도 몰랐다. 미묘한 농담과 정중함이 있는 딕의 세계, 이것이 수년 동안 니콜에게 열려 있는 유일한 세계였지만 그녀는 그 사실을 잊은 채 그러한 딕의 세계를 싫어하게 되었다. 아무 맛도 없는 그의 해변을 자기 혼자 보게 내버려둘 것이다. 하루종일 찾아보아도 그가 한때 그 주위에 중국풍의 성벽을 쌓는데 사용한 돌멩이 하나도, 옛 친구의 발자국도 발견할 수 없을 것이다.

잠시 니콜은 이러한 현실에 안타까움을 느꼈다. 그녀는 기억하고 있었다. 딕이 오래된 쓰레기더미 속에서 갈퀴로 긁어냈던 유리잔, 니스의 뒷골목에 둘이 같이 가서 샀던 해군바지와 스웨터……. 나중에 비단을 재료로 하여 만들어져 파리에서 유행되었던 복장이다. 방파제에 기어오르며 새처럼 '그래서요? 그래서요?' 하고 소리치던 순수한 프랑스 소녀들, 외향적 성격이었지만 아침에 무슨 의식을 치르듯 바다와 태양을 향해 고요하고 평안하게 마음을 유지했던 일……. 불과 몇 년 안 되는 시간이었지만 모래보다 더 깊이 파묻혀버린 갖가지 추억들…….

그러나 이제 이 해수욕장은 '클럽'이 되었다. 다만 그 이름처럼 국제적인 사교장과 비슷하게 되었지만 가입 자격은 말하기가 어려웠다.

딕이 짚으로 만든 돗자리에 무릎을 대고 앉아 로즈마리를 찾기 시작하자, 니콜은 다시 마음이 냉랭해졌다. 딕의 눈길을 따라 니콜의 눈길도 해변의 시설물들, 수상그네, 이동욕실, 지난밤 축제 때 사용했던 서치라이트, 그리고 간이식당 등을 차례로 훑었다.

바다는 딕이 로즈마리를 찾기 위해 훑어본 거의 마지막 장소였다. 왜냐하면 이 푸른 낙원에서 수영하는 사람은 거의 없었고, 15미터 높이의 바위에서 특별하게 다이빙을 하면서 아침에 종지부를 찍는, 그런 과시욕구가 있는 하인, 그리고 어린이들만이 있었기 때문이었다. 고스호텔에 머무르고 있는 손님들은 대부분 활기 있는 사람들이 아니라서, 오후 1시에 잠깐 몸을 물에 담그기만 할 뿐이었다.

"저기 있어요."

니콜은 부교에서 부교로 로즈마리의 뒤를 따라가는 딕의 눈길을 지켜보았다. 그러나 그녀의 가슴에서 터져 나온 한숨은 5년 전부터 쌓여온 것이었다.

"헤엄을 쳐서 로즈마리에게 가서 이야기하자고."

"당신이나 가세요."

"같이 갑시다."

니콜은 딕의 제안을 잠깐 동안 거부하다가, 결국 함께 수영을 해서 로즈마리를 따라가는 한 무리의 고기떼를 좇아 그녀에게 나아갔다.

고기떼는 그녀가 마치 송어낚시 바늘의 반짝이는 부분이라도 되는 듯 그녀를 쫓아가고 있었다.

니콜은 계속 물 속에 있었고, 딕은 부교 위에 올라가 로즈마리 옆에 앉았다. 두 사람은 몸에서 물을 뚝뚝 떨어뜨리며, 마치 서로 사랑했던 적이 없었던 사람들처럼, 서로 몸도 닿은 적도 없었던 사람들처럼 이야기를 하고 있었다. 로즈마리는 아름다웠다. 그녀의 젊음은 니콜에게는 충격이었다. 그러나 니콜은 이 젊은 아가씨가 자기보다 조금 뚱뚱하다는 것에는 기뻐하고 있었다. 니콜은 작은 원을 그리며 수영을 하면서, 기쁨과, 즐거움과, 기대감을 연기하고 있는 로즈마리의 이야기를 듣고 있었다. 그녀는 5년 전보다 더욱 자신감에 차 있었다.

"저도 어머니가 뵙고 싶어요. 월요일에 파리에서 만날 거예요."

"로즈마리는 5년 전에 이곳에 왔었지. 그때 호텔 실내복을 입고 있던 모습이 얼마나 우습고 귀여운 모습이었는데!"

"그런 것까지 기억을 하고 계시다니! 언제나 기억력이 좋으셨지요……. 언제나 즐거웠던 일들만 기억하였고요."

니콜은 구태의연한 아첨 놀이가 다시 시작되고 있음을 보고 물 속으로 잠수했다. 그리고 다시 물 밖으로 나오자 로즈마리의 목소리가 들렸다.

"지금이 5년 전이고 제가 다시 18살 소녀라고 생각하세요. 당신들은 말하자면, 나를 행복하게 느낄 수 있도록 만들어 주었어요. 니콜과 당신이 말이에요. 지금도 나는 두 사람이 저 해변의 파라솔 밑에 있는 것 같아요. 제가 알고 있던 사람들 중에서, 그리고 앞으로 알게 될 사람들 중에서도 두 사람은 가장 훌륭한 분들이세요."

멀리 수영을 해나가던 니콜은, 딕을 뒤덮고 있던 우울함이 로즈마리와 즐거운 시간을 가지면서부터 사라지고, 사람을 다루는 그의 옛 솜씨가 나오고 있음을 알았다. 니콜은 딕이 술만 한두 잔 마시면 한때 쉽게 해냈던 여러 가지 묘기들을, 로즈마리를 위해 해주는 것이 아닌가 생각했다. 그녀는 딕이 이번 여름에는 처음으로 하이 다이빙을 하지 않고 있다는 사실도 알고 있었다.

나중에 딕은 부교 사이로 달아나는 그녀를 따라잡았다.

"로즈마리의 친구 몇 명이 쾌속정을 갖고 있다더군. 저기 있는 저 거야. 수상스키 타지 않겠어? 재미있을 거야."

과거에 언젠가 딕이 활주판 끝에 있는 의자 위에서 물구나무를 섰던 것을 기억한 니콜은, 레이니어의 응석을 받아 주는 것처럼 마음대로 하도록 놔두었다. 지난여름, 쥬거시에서 그들은 이와 같은 수상 게임을 즐긴 적이 있었다. 그때 딕은 체중이 90킬로그램이나 되는 남자를 활주판에서 어깨 높이까지 들어 올렸다. 그러나 여자들이란 남편이 가진 재능에 반해 결혼하는 것이지만, 일단 결혼하고 난 다음에는 당연히 감동을 받지 않는다.

니콜은 그냥 단순하게 '네, 그래요, 저도 그렇게 생각해요.' 라고 대답은 했지만, 감동받은 척조차도 하지 않고 있었다.

그러나 딕은 다소 지쳐 있다는 것, 그리고 지금 자신이 이러한 노력을 하도록 자극하고 있는 것은 로즈마리의 활기찬 젊음을 가까이 느끼고 있기 때문이라는 것을 알고 있었다. 니콜은 자신이 아이를 낳았을 때 딕이 그 아이의 몸에서 지금과 같은 활력을 얻는 것을 보았다. 니콜은 딕이 괜히 창피만 당하는 것은 아닐까, 하고 그냥 담담하게 생각해보았다. 배에 타고 있는 사람들 중 딕 부부가 가장 나이가 많았다. 다른 사람들은 공손하고 예의 바른 젊은이들이었다. 그러나 니콜은 그들이 마음속으로는 '도대체 이 많은 사람들이 모두 누구야?' 라고 생각하고 있다고 느꼈다. 분위기를 잘 이끌어 모두를 즐겁게 만드는 딕의 재능이 나타나지 않는 것이 아쉬웠다. 딕은 앞으로 하려는 일에 정신을 집중하고 있었다.

배는 180미터 정도 앞으로 나아갔고, 젊은이들 중 한 명이 배의 끝 부분에서 물 속으로 뛰어들었다. 그는 이리저리 흔들리고 있는 활주판까지 수영을 한 후에, 그것을 잡고 천천히 그 위로 올라가 무릎으로, 그다음에는 두 발로 완전히 일어섰다. 그리고 그와 동시에 배는 속도를 냈다. 그 젊은이는 몸을 뒤로 젖힌 채 활주판을 이쪽저쪽으로 움직이며 아슬아슬한 곡선을 그리고 있었고, 그때마다 물결이 일었다. 그는 배 뒤를 직선으로 따라가다가 잡고 있던 줄을 놓았다. 그리고 잠시 균형을 잡더니, 금방 물 속으로 곤두박질치면서 모습을 감추었다. 배가 원을 그리며 그에게 다시 돌아가자, 그는 다시 머리를 물 위로 드러냈다.

니콜의 차례가 왔지만, 하지 않겠다고 거절했다. 그러나 로즈마리는 깔끔하고 날렵하게 활주판 위에 올라탔다. 로즈마리를 응원하는 사람들은 익살스런 환호성을 질렀고, 그들 중 세 사람은 그녀를 배 안으로 끌어올리는 영예를 차지하려고 경쟁을 벌였다. 그 와중에 그녀는 무릎과 엉덩이를 배에 부딪쳐 멍이 들기도 했다.

"이제 의사 선생님 차례입니다."

키를 잡고 있던 멕시코인이 말했다.

딕, 그리고 마지막 차례인 젊은이가 함께 물 속으로 뛰어들어 수영을 해서 활주판이 있는 곳까지 나아갔다. 딕은 사람을 들어 올리는 묘기를 시도하려 했고, 니콜은 비웃음이 섞인 눈길로 그를 바라보고 있었다. 무엇보다도 로즈마리에게 자기의 육체적 능력을 과시하려 하고 있는 딕의 모습에 니콜은 마음이 불편했던 것이다.

활주판 위에서 균형을 잡을 만큼 충분히 나아가자, 딕은 무릎을 꿇고 상대방 남자의 가랑이 사이로 목을 넣었다. 그리고 밧줄을 다리 사이에 끼고 천천히 일어나기 시작했다.

배 안에서 가만히 지켜보고 있던 사람들은 딕이 힘겨워하고 있다는 것을 알 수 있었다. 그는 겨우겨우 한쪽 무릎을 세웠다. 이제 다른 쪽 무릎을 세우고 똑바로 일어나야 했다. 그는 잠시 쉬었다가, 얼굴은 찡그린 채 다시 사력을 다해서 젊은이를 들어올렸다.

활주판은 폭이 좁았다. 그 젊은이는 비록 몸무게가 70킬로그램도 안 되었지만 자기 몸도 제대로 가누지 못한 채, 딕의 머리를 그다지 보기가 좋지 않은 자세로 움켜잡고 있었다. 딕이 안간힘을 다하여 똑바로 일어서자, 활주판이 옆으로 미끄러지면서 두 사람은 물 속으로 처박히고 말았다.

배에서 로즈마리가 외쳤다.

"멋져요! 성공한 것과 다름없어요."

배가 다가오자, 니콜은 딕의 얼굴을 살폈다. 니콜이 생각했던 대로 초조한 기색이 역력했다. 불과 2년 전만 해도 그런 묘기는 가볍게 해냈기 때문이었다.

두 번째에는 좀 더 신중을 기했다. 딕은 몸을 약간 일으켜서 자기가 짊어진 짐의 균형을 가늠해 보더니, 다시 무릎을 꿇었다. 그런 다음 기합 소리를 지르며 일어서기 시작했다. 그러나 채 몸을 일으키기도 전에 무릎이 다시 굽혀졌다. 쓰러지면서 활주판을 발로 겨우 밀어냈기 때문에, 그나마 물 속에 빠질 때 부딪히지 않을 수 있었다.

배가 다시 다가왔다. 이번에는 누가 봐도 딕이 화가 나 있다는 것을 알 수 있었다.

"한 번 더 해봐도 될까? 거의 성공할 뻔했는데."

딕이 물 속에서 말했다.

"그럼요, 해보세요."

딕의 안색이 아주 창백하게 보여서 니콜은 그를 말렸다.

"그만하면 된 것 아니에요?"

딕은 대답하지 않았다. 이번에는 첫 번째 파트너였던 남자가 배를 운전하고, 배를 운전하던 멕시코 사람이 파트너 역할을 했다.

그 멕시코 사람은 첫 번째 파트너보다 몸무게가 더 나갔다. 배가 속도를 낼 때까지 딕은 활주판에 배를 대고 엎드려 있었다. 그러다가 딕은 그 남자의 밑으로 들어가 밧줄을 잡은 후, 일어서려고 근육에 힘을 주었다.

그러나 일어서지 못했다. 그는 자세를 바꾸어 다시 힘을 써 보았지만, 파트너의 몸무게가 그의 어깨를 내리누르자 꼼짝도 못 했다. 그는 다시 시도했다. 조금씩 파트너를 들어 올렸다. 이 광경을 지켜보던 니콜도 긴장을 했는지 몸에 힘이 들어가서 이마에 땀방울이 맺혔다. 딕은 여전히 같은 자세를 취하고 있다가 뒤로 나자빠지고 말았다. 두 사람은 같이 곤두박질쳤고, 딕은 하마터면 머리를 활주판에 부딪힐 뻔했다.

"빨리 돌아가요!"

니콜이 운전자에게 외쳤다. 소리치는 동안에도 딕은 물 속으로 빠져 들어가고 있었고, 이 광경을 보고 있던 니콜이 비명을 질렀다. 그러나 딕은 다시 물 속에서 나와 자세를 유지했다. 멕시코인이 딕을 구조하기 위해 헤엄쳐갔다. 배가 두 사람 있는 곳까지 가는데 너무나 오래 걸리는 것처럼 느껴졌다. 마침내 배가 그들에게 다가갔을 때, 딕은 하늘을 보며 외롭고 지친 모습으로 아무 표정 없이 물에 떠 있었다. 이러한 모습을 보자 니콜이 가지고 있던 두려움은 갑자기 경멸로 변했다.

"우리가 구해드리겠습니다, 선생님! 발을 잡으세요. 예, 좋습니다. 자, 자 같이……."

딕은 숨을 가쁘게 몰아쉬며 멍한 눈으로 허공을 바라보고 있었다.

"당신, 쓸데없는 짓을 했어요."

니콜은 한마디 하지 않을 수가 없었다.

"처음 두 번 할 때에 탈진하셨던 겁니다."

멕시코인이 말했다.

"바보 같은 짓이었어요."

니콜이 계속 핀잔을 주었다. 로즈마리는 눈치 빠르게도 입을 다물고 있었다.

잠시 후 약간 정신을 차린 딕이 숨을 헐떡이며 말했다.

"아까는 정말 종이 인형도 못 들어 올릴 정도였어."

사람들 사이에서 웃음이 터져 나와서 딕 때문에 생겼던 긴장감이 풀렸다. 딕이 부두에 내릴 때 사람들은 성심껏 신경을 써주었다. 그러나 니콜은 화가 나 있었다.

딕의 행동 모두가 그녀의 화를 돋우었다.

딕이 마실 것을 가지러 자리를 비운 동안에 니콜은 로즈마리와 함께 파라솔 밑에 앉아 있었다. 얼마 후, 딕은 여자들을 위해 셰리주를 가지고 돌아왔다.

"내가 처음으로 술을 마셨던 때, 그때 당신이 저와 함께 마셨지요."

로즈마리가 갑자기 흥분해서 말했다.

"정말 이렇게 만나서 너무 반갑군요. 무사히 잘 지내시는 것 같아 기쁘기도 하고요. 저는 걱정을 했지요……."

그녀는 말을 돌리느라 잠시 말을 끊었다.

"잘 지내시지 못하는 것은 아닐까 하고요."

"내가 타락했다는 이야기라도 들었나?"

"아, 아니에요. 저는 그저……. 당신이 변했다는 이야기를 들었을 뿐이에요. 하지만 그 이야기가 사실이 아니라는 것을 제 눈으로 직접 확인하게 되어 기쁘네요."

"아니, 그 이야기는 사실이야. 그 변화는 상당히 오래전부터 찾아왔어. 하지만 처음에는 변화가 느껴지지 않았지. 어떤 사람이 도덕성을 점점 상실한다 해도, 겉으로 보이는 그 사람의 태도가 금방 달라지는 것은 아니니까."

딕이 그들 옆에 앉으며 말했다.

"리비에라에서 개업하셨나요?"

로즈마리가 서둘러 물었다.

"개업을 하면 환자는 많겠지."

딕은 금빛 모래밭 여기저기에 있는 사람들을 향해 고개를 끄덕거리며 말했다.

"엄청난 후보자들이지. 옛 친구인 에이브럼즈 부인이 메리 여왕에게 공작부인처럼 굴고 있는 것을 보았나? 질투할 필요는 없어. 에이브럼즈 부인이 엉금엉금 기어서 리츠의 그 긴 계단을 올라갔던 상황, 그리고 그녀가 융단의 먼지를 얼마나 많이 마셨을지 생각해 봐."

딕이 말을 하는데 로즈마리가 중간에 끼어들었다.

"저 여자가 정말로 메리인가요?"

그녀는 사람들의 눈길을 받는데 익숙한 것처럼 행동하며, 그들 쪽으로 느릿느릿 걸어오고 있는 한 여자를 보며 말했다. 그들과 딕 일행과의 거리가 약 3미터로 좁혀지자, 메리는 다이버 부부를 흘끗 쳐다보았다. 마치 '나를 알잖아요. 그런데 왜 모르는 척하고 있지요.' 하고 묻는 듯한 눈길이었다. 이는 다이버 부부나 로즈마리 같으면 절대로 누구한테도 감히 던져보지 못했을, 그런 불쾌한 눈길이었다. 메리가 로즈마리를 알아보고 방향을 바꾸어 다가오자 딕은 기뻐했다. 메리는 니콜에게 웃는 낯으로 다정하게 말을 건넸지만, 딕에게는 마치 그가 전염병에 걸린 환자라도 되는 것처럼 쌀쌀맞게 고개만 끄덕였다. 이에 딕은 그녀에게 비웃음 섞인 인사를 했다. 메리가 로즈마리에게 물었다.

"여기에 와 있다는 이야기는 들었어요. 언제까지 머무를 예정인가요?"

"내일까지 머물 예정이에요."

로즈마리가 대답했다.

그녀 역시 메리가 자기에게 말을 건네기 전에 다이버 부부에게 어떤 태도를 보였는지 보았고, 그녀에게 아무 의무감도 없었기에 저녁식사를 같이 하자는 메리의 제의를 거절했다.

메리는 니콜을 향해 돌아섰다. 그녀의 태도에는 애정과 연민이 섞여 있었다.

"아이들은 잘 있나요?"

마침 그때 아이들이 몰려왔다. 니콜은 아이들의 이야기를 들으려고 귀를 기울였다. 아이들은 니콜에게 수영 강습이 마음에 들지 않는다며 가정교사를 야단쳐 달라고 말했다.

"안 돼! 선생님의 말씀을 들어야지."

딕이 니콜 대신 대답을 했다.

니콜 역시 가정교사를 두둔하는 딕과 같은 의견이었기에 아이들의 요구를 들어주지 않았다. 메리는—실제로 집에서 프랑스산 푸들 강아지 한 마리도 키우지 않았을 여자이지만—고약한 악한이라도 보듯이 딕을 쳐다보았다. 딕은 사람을 피곤하게 하는 메리에게 화를 내면서 조롱하듯이 물었다.

"그쪽 아이들은 잘 있습니까, 그리고 아이들의 고모들도?"

메리는 대답하지 않았다. 그녀는 싫어하는 레이니어의 머리를 불쌍하다는 듯 쓰다듬고 가버렸다. 그녀가 가버리자 딕이 말했다.

"저 여자를 도와주는데 허비한 시간이 너무나 아까워."

"나는 메리가 좋아요."

로즈마리는 딕의 냉랭한 태도에 놀랐다. 그녀는 딕이 모든 것을 용서해주고 모든 것을 이해해주는 사람이라고 생각했기 때문이었다. 로즈마리는 딕에 대해 들었던 이야기가 갑자기 생각났다. 배에 같이 탔던 미국 국무부 사람들과 이야기를 나누고 있을 때였다. 누구나 알고 있는 베이비 이야기가 화제에 올랐는데, 베이비의 동생은 타락한 의사와 결혼하여 인생을 망쳤다고 말하는 사람도 있었다. 그 사람이 "그 남자는 더 이상 어디에서도 환영받지 못할 거예요."라고 말했다는 것이다.

이 말은 로즈마리를 불편하게 했다. 물론 그 말이 사실이더라도 다이버 부부가 그 말 때문에 사회생활에 영향을 받는 것은 아니라고 생각할 수 있겠지만, 그럼에도 다이버 부부에 대한 좋지 않은 소리들이 귀에서 계속 울리고 있었다.

"그 남자는 이제 어디서나 환영받지 못할 거예요."

로즈마리는 머릿속에 딕의 모습을 그려보았다. 거대한 저택의 계단을 올라가서 명함을 내밀자 집사에게 '우리는 이제 당신을 받아들이지 않습니다.' 라는 말을 듣는 모습, 그러고 나서 다시 길을 따라 내려가지만 결국 수많은 다른 사람들에게 똑같은 말을 듣게 되는, 그런 딕의 모습을 그려보았던 것이다.

니콜은 어떻게 해결할 방법이 없을까 궁리했다. 딕이 눈치가 빠르고 점점 매력적인 사람이 되어 로즈마리의 마음을 잡을 것이라고 생각했다. 과연 그의 목소리는 자기가 했던 말에 담겼던 모든 불쾌함을 확실히 누그러뜨리고 있었다.

"메리는 괜찮은 사람이오. 그 여자는 잘하고 있어. 하지만 자기를 좋아하지 않는 사람을 계속 좋아하기는 어렵지."

로즈마리는 딕 쪽으로 몸을 기울인 채 작은 소리로 말했다.

"당신은 정말 좋은 사람이에요. 모두들 당신을 용서할 거예요. 당신이 그들에게 무슨 짓을 해도 말이에요."

자신의 과찬이 니콜의 권리를 침해했다고 느끼자, 로즈마리는 그들 사이의 모래사장을 바라보며 말했다.

"제가 최근에 출연한 영화에 대한 두 분의 생각을 알고 싶어요. 영화를 보셨다면 말이에요."

니콜은 아무 말도 하지 않았다. 그녀는 로즈마리의 영화를 한 편 보기는 했지만, 이야기할 것이 별로 없었다.

"짧게 이야기하지. 예를 들어 니콜이 로즈마리한테 레이니어가 앓고 있다는 말을 한다고 가정하면 어떨까. 연기가 아니라 실제라면 어떻게 하겠어? 대부분의 사람들이 어떻게 나올까? 사람들은 '연기'를 하는 거야. 얼굴과 목소리와 말을 가지고 말이지. 얼굴은 슬픔을 표현하고, 목소리는 놀람을 표현하며, 말은 동정을 표현하지."

"네……. 그렇군요."

"하지만 영화에서는 그렇지 않지. 영화에서는 배우들이 모두 감정의 반응, 예를 들면 공포니 사랑이니 동정이니 하는 것을 희극화 함으로써 그들의 명성을 쌓아나가는 거야."

"알겠어요."

대답은 했지만 이해가 잘되지 않았다.

딕이 이야기를 계속했지만 니콜은 이야기의 갈피를 잡을 수가 없어서 차츰 짜증이 났다.

"여배우들은 반응이라는 것 때문에 어려움을 겪지. 또 한 번 예를 들자면, 누군가가 로즈마리 당신에게 '당신의 애인이 죽었소.' 라고 말을 했다고 가정해보자고. 실제 생활에서라면 아마 제정신이 아닐 거야. 하지만 무대에서는 관객을 즐겁게 해주려고 노력하겠지. 관객들도 스스로 '반응' 을 보일 수 있어. 먼저 여배우는 따라야 할 순서를 지니고 있어야 해. 그다음에는 살해된 중국인이나 그 밖에 것으로부터 관객의 주의를 빼앗아서 다시 자기한테로 돌려놓아야지. 그렇기 때문에 여배우는 기대 밖의 파격적인 것을 보여주어야 해. 만약 관객들이 그 여배우가 맡은 인물을 강한 사람이라고 생각하고 있으면, 부드럽게 연기해야지. 또 관객들이 부드러운 인물이라고 생각하고 있으면, 강하게 나가야 하고, 맡은 인물이 지니고 있는 모습을 탈피해야 하는 거야. 무슨 말인지 알겠어?"

"잘 모르겠는데요. 인물이 지니고 있는 모습을 탈피해야 한다는 말이 무슨 뜻이지요?"

로즈마리가 솔직히 물었다.

"관객을 객관적인 사실로부터 자기에게 끌어갈 때까지 예상 밖의 모습을 보여주라는 뜻이야. 그런 다음에 다시 극 속의 인물 속으로 슬며시 들어가는 거지."

니콜은 더 이상 참을 수가 없었다. 그녀는 짜증을 감추려고 하지도 않은 채 자리에서 벌떡 일어났다. 조금 전부터 그녀의 이런 분위기를 느끼고 있던 로즈마리는 상황을 바꿔보려는 듯 톱시에게 말을 붙였다.

"나중에 크면 영화배우가 되고 싶지 않니? 너는 훌륭한 영화배우가 될 수 있을 것 같구나."

니콜은 그녀를 바라보며 할아버지 같은 목소리로 천천히 그리고 분명하게 말했다.

"아이들한테 그런 생각을 불어넣다니 어이가 없군요. 우리는 아이들에 대한 다른 계획이 있다는 것을 기억하세요."

말을 마치고 니콜은 딕에게 몸을 돌렸다.

"나는 차를 타고 집에 가겠어요. 그리고 당신과 아이들을 데리러

미셸을 보내겠어요."

"당신은 몇 달 동안 운전을 하지 않았잖아."

"그렇다고 운전하는 법을 잊어버린 것은 아니에요."

얼굴이 격한 '반응'을 보이고 있는 로즈마리를 쳐다보지도 않고 니콜은 파라솔을 나섰다.

탈의실에서 그녀는 바지로 갈아입었다. 그녀의 표정은 아직도 금속판처럼 딱딱했다. 그러나 소나무가 아치 모양으로 늘어선 길로 들어서며 새로운 분위기—나뭇가지 사이로 다람쥐가 돌아다니고, 바람결에 나뭇잎이 흔들리며, 새소리가 정적을 깨뜨리고, 햇빛이 흘러들어오며, 해변의 사람들 목소리가 잦아드는—로 바뀌자 니콜은 편안해지면서 새롭고 행복한 기분이 들었다. 그녀의 마음은 훌륭한 소리를 내는 종처럼 맑았다. 그녀는 자신이 완쾌되어 새롭게 변했다고 생각했다. 오랫동안 미로에서 헤매는 동안, 그녀의 자아는 탐스런 장미꽃처럼 성장하기 시작했다. 그녀는 해변이 싫었다. 그동안 딕이 태양이라면 자기는 그 주위를 도는 혹성에 불과했다. 그런 역할을 담당해왔던 그 해변이기에 니콜은 혐오했던 것이다.

"그래, 나도 이제는 거의 완전해졌어. 딕이 없어도 혼자 살 수 있을 거야."

니콜은 생각했다. 그녀는 행복한 어린아이처럼 가능한 한 빨리 완쾌되기를 바랐다. 그리고 딕도 그녀가 완쾌되기를 바라고 있다고 생각했다. 그녀는 집에 도착하는 즉시 침대에 엎드려 니스에 있는 토미에게 짤막하고 도발적인 편지를 썼다.

그러나 그것은 낮 동안의 생각이었다. 저녁이 가까워질수록 어쩔 수 없이 흥분이 가라앉으면서 기분은 시들해졌고, 어둠이 내려앉자 한껏 고양되었던 마음도 식어버렸다. 니콜은 딕이 마음속에 품고 있는 생각이 두려웠다. 다시 그녀는 근래 딕이 계획적으로 움직이고 있다고 느꼈고, 그런 그의 계획들이 두려웠다. 보통 그의 계획은 의도대로 이루어졌고, 그러한 계획에는 니콜이 어떻게 할 수 없는 논리가 있었던 것이다. 니콜은 생각하는 일 자체를 딕에게 맡겨버렸고, 그리하여 딕이 없는 동안에도 그녀의 모든 행동은 자동적으로 딕의 뜻이라고 생각되는 것에 지배를 받는 듯했다. 지금까지도 니콜은 딕의 뜻에 거슬리는 생각을 한다는 것이 합당하지 못한 일처럼 느끼고 있었다. 그러나 그녀는 때가 되었다고 생각했다. 마침내 무섭지만 환상적인 문, 도피처로 향하는 문의 번호를 알아냈던 것이다. 자기 자신을 속이는 것은 현재는 물론 미래에도 가장 큰 죄악임을 알고 있었다. 오래 걸리기는 했어도 그녀는 그러한 사실을 배운 것이다. 자기가 스스로 사고를 해야 했다. 그렇지 않으면 다른 사람이 나 대신 사고를 하고, 나의 힘을 빼앗아가며, 나의 타고난 본성을 바꾸고 훈련도 시키며, 나를 깨우쳐 주고 정화시켜 주어야 하는 것이다.

그들은 조용하게 저녁식사를 했다. 딕은 맥주를 많이 마셨고 어스름이 낀 방에서 아이들과 즐거운 시간을 보냈다. 식사를 마치고 그는 슈베르트의 노래와 미국 재즈 신곡을 연주했다. 니콜은 그의 어깨 너머에서 감미롭지만 약간 쉰 목소리로 흥얼거렸다.

감사합니다, 아버… 지
감사합니다, 어머… 니
덕분에 서로 만나게 되었으니…….

"그곳은 별로야."
딕은 페이지를 넘기며 말했다.
"그냥 하세요! 죽을 때까지 내가 아버지라는 단어에 상처를 받으면서 살아야겠어요?"
니콜이 외쳤다

그날 밤 마차를 끌어 주었던 그 말이여, 고마워라!

두 사람도 고마워라, 한 잔 술에 기분이 좋으니…….

나중에 그들은 아이들과 무어식 지붕에 함께 앉아, 해변에 위치했지만 서로 멀리 떨어져 있는 두 개의 카지노에서 나오는 불빛을 바라보았다. 서로 상대방에 대해 아무 감정이 없다는 것은 외롭고 슬픈 일이었다.

다음날 아침, 칸에서 쇼핑을 하고 돌아온 니콜은, '작은 차를 타고 며칠 동안 혼자 프로방스에 다녀오겠다.' 는 글이 적힌 쪽지를 발견했다. 딕이 남긴 쪽지였다. 그녀가 쪽지를 읽고 있을 때 전화가 울렸다. 몬테카를로에서 토미로부터 걸려온 전화였다. 그는 니콜이 보낸 편지를 받았으며, 곧 이곳으로 오겠다고 했다. 어서 오라는 말을 하면서 니콜은 수화기에서 자신의 입술의 온기를 느꼈다.

8

니콜은 목욕을 한 후 오일을 바르고 온몸에 파우더도 발랐다. 그리고 자신의 날씬하고도 아름다운 육체가 언제부터 시들기 시작할 것인가, 하고 생각하면서 허리의 주름을 자세히 보았다. 6년 정도 지나면 그렇게 되겠지. 그러나 지금까지는 괜찮다. 사실 나는 내가 알고 있는 어느 누구보다도 아름답지 않은가.

니콜의 생각은 결코 과장이 아니었다. 현재의 니콜이 5년 전의 니콜과 다른 점이 꼭 하나 있다면, 그것은 그녀가 더 이상 젊은 나이가 아니라는 것뿐이었다. 그러나 그녀도 젊음에 대한 숭배는 어쩔 수 없어 청춘에 질투심을 느끼고 있었다.

니콜은 오래전부터 간직해왔던 최고급 드레스를 입고, 향수 샤넬 16을 몸에 뿌렸다. 1시에 토미가 차를 몰고 도착했을 때, 그녀는 자기 자신을 꽃밭에서 가장 아름다운 꽃으로 만들었다.

신비를 지니고 있는 척하며 뭇 남성들의 숭배를 받는 것은 얼마나 기분 좋은 일인가! 니콜은 꽃다운 시절 중에 2년이라는 세월을 헛되이 보냈다. 이제 그녀는 그 잃어버린 시간을 보상받는 듯한 기분이 들었다. 니콜은 마치 그녀의 발밑에 있는 수많은 남자들 중 하나에 불과한 사람인 것처럼 토미를 맞았고, 정원을 가로질러 그늘 있는 곳으로 걸어갈 때에는 그와 나란히 걷는 것이 아니라 그의 앞에 서서 걸어갔다. 매력적인 여인은 그 나이가 19살이든 29살이든, 확고한 자신을 갖고 있는 점에서 비슷하다. 그러나 이와는 반대로 뭔가를 갈구하는 20대 여인은 바깥 세계를 자기 주위로 끌어당기지 않는다. 10대의 여자에게는 젊은 사관후보생 같은 오만함이 있고, 20대의 여자에게는 전쟁을 한바탕 겪고 나서 활발하게 걷고 있는 투사 같은 면이 있다.

그러나 19세의 여자는 많은 사람들이 관심을 보일 때 자신감을 얻지만, 29세의 여자는 좀 더 미묘한 데서 자신을 얻게 된다. 마시고 싶을 때는 현명하게 술을 선택하며, 술에 만족하면 캐비아를 즐긴다. 또 행복감에 젖게 될 때가 있다. 그런 경우에는 공포심, 또는 포기나 미련 등으로 인해 통찰력이 흐려지는 때가 온다는 것을 예측하지 못하는 듯하다. 그러나 19세나 29세가 끝나는 시점이 되면 현실을 인식하게 된다.

니콜이 막연한 정신적 로맨스를 원하고 있는 것은 아니었다. 그녀는 사건을, 변화를 바라고 있었다. 딕의 사고방식대로라면, 아무런 감정도 없이 그들 모두에게 해로운 방종에 빠진다는 것은 겉으로만 본다면 천박한 짓이라는 사실을, 니콜도 알 수 있었다. 반면에 그녀는 이러한 상황을 만든 딕을 비난했다. 그러나 이러한 실험이 치료의 효과가 있을지도 모른다는 것이 니콜의 솔직한 생각이었다. 그녀는 마음대로 하면서도 그에 대한 벌을 받지 않는 사람들을 보며 자극을 받았던 것이다. 더 나아가, 이제는 더 이상 스스로를 속이지 않겠다고 결심을 했음에도, 그녀는 자기의 길을 가고 있는 것이며 언제라도 물러설 수 있다고 생각했다.

그늘 아래에 들어서자 토미는 두 팔로 니콜을 안으며 그녀의 눈을 바라보았다.

"움직이지 말아요. 이제부터 당신을 실컷 바라볼 거요."

그의 머리에서는 향내가 풍겼고, 입고 있는 하얀 옷에서는 희미한 비누 냄새가 났다. 니콜은 입을 굳게 다물고 있었고 웃지도 않았다. 그렇게 두 사람은 얼마 동안 상대방을 바라보고만 있었다.

"지금 당신 눈에 비친 내 모습이 마음에 드세요?"
니콜이 작은 소리로 물었다.
"프랑스어로 하지요."
"그렇게 할게요. 지금 당신 눈에 비친 내 모습이 마음에 드세요?"
니콜이 프랑스어로 다시 물었다.
토미는 니콜을 가까이 끌어당겼다.
"당신의 모든 면이 다 좋소. 나는 당신의 얼굴을 알고 있다고 생각했는데, 지금 보니 내가 몰랐던 면이 있는 것 같군요. 언제부터 그렇게 당신의 눈이 무섭게 변했지요?"
그는 약간 망설이더니 말을 꺼냈다
니콜은 충격을 받고 화가 나서 몸을 뺐다. 그리고 영어로 쏘아붙였다.
"그래서 프랑스어로 대화를 나누자고 하셨나요?"
집사가 셰리주를 갖고 오자 그녀의 목소리가 다시 부드러워졌다.
"좀 더 확실히 내 속을 긁어놓으려고 말이지요?"
니콜은 은색 방석 위에 거칠게 앉았다.
"여기에는 거울이 없어요. 하지만 내 눈이 변했다면, 내가 다시 건강을 되찾았기 때문일 거예요. 그리고 건강을 되찾아서 아마 본래의 진정한 내 모습으로 되돌아간 것이겠지요. 우리 할아버지께서 무서운 눈을 가지셨고, 나도 그 피를 이어받아 무서운 눈이 되었나 보지요. 이렇게 말씀드리면 당신의 그 논리적인 머리가 만족하겠지요?"
그녀는 다시 프랑스어로 단호하게 말했다.
토미는 니콜이 무슨 이야기를 하고 있는지 잘 모르는 듯했다.
"딕은 어디 있소……. 그 사람도 우리하고 점심을 같이 할 거요?"
니콜은 그가 별 뜻 없이 한 이 말을 웃어넘겼다.
"딕은 여행을 갔어요. 로즈마리가 왔거든요. 둘이 함께 갔는지 아니면 로즈마리가 딕을 화나게 해서 딕 혼자 떠나면서 그녀에 대해 꿈을 꾸고 있든지 하겠지요."
니콜이 대답했다.

"아는지 모르겠지만, 당신은 조금 복잡한 사람이오."
"오, 아니에요, 아니에요. 정말 아니라고요. 나는 그저……. 나는 그저 다른 사람들과 같은 단순한 사람이에요."
니콜이 재빨리 부정했다.
가정부가 멜론과 얼음을 가져왔다. 니콜은 무서운 눈이라고 한 말에 대해서 생각하지 않을 수가 없었기 때문에 대답을 하지 않았다. 토미는 조금씩 비난을 하는 것이 아니라 한꺼번에 퍼부어댔다.
"사람들이 당신을 원래 상태대로 놔두지 않는 이유가 무엇이지요? 당신은 내가 아는 사람들 중에 가장 극적으로 살고 있는 사람이오."
잠시 후에 토미가 물었다.
니콜은 아무 대답도 하지 않았다.
"여자를 이렇게 길들이다니!"
토미가 조롱하듯 내뱉었다.
"어떤 사회에도……."
그녀는 딕의 유령이 팔꿈치를 찌르며 재촉하는 듯한 느낌이 들었지만, 토미의 말에 눌려 가만히 있었다.
"나는 많은 남자들을 짐승처럼 만들었지만 여자에게는 그렇게 하지 않으려고 했지요. 특히 이렇게 '친절하게' 괴롭히는 것이 누구에게 이익이 된다는 거요? 당신이요, 딕이요, 아니면 다른 누구요?"
니콜은 가슴이 뛰는 것을 느꼈다. 그러나 딕이 고맙게 해준 것이 생각나자 가슴이 다시 가라앉았다.
"아마 나는……."
"당신은 돈이 너무 많소. 그것이 바로 중요한 점이오. 딕은 그 점을 이겨내지 못해요."
토미가 못 참겠다는 듯 말했다.
멜론이 치워지는 동안 니콜은 생각해보았다.
"그러면 내가 어떻게 해야 한다고 생각하세요?"
십 년 만에 처음으로 니콜은 남편이 아닌 다른 사람에게 지배당하고 있었다. 토미가 그녀에게 하는 모든 말이 영원히 그녀의 일부가 되었다.

살살 부는 바람이 소나무를 스쳐 지나가고 있었다. 이른 오후임에도 온몸으로 느껴지는 햇빛이 체크무늬 식탁보 위에 매혹적인 얼룩무늬를 만들고 있었다. 그들은 포도주를 마셨다. 토미는 그녀의 뒤로 다가와 니콜의 손을 잡았다. 그들의 뺨이, 그리고 입술이 서로 닿았다. 니콜은 숨이 막히는 듯했다. 절반은 그에 대한 열정 때문에, 그리고 나머지 절반은 그러한 열정의 힘에 갑자기 놀라서…….

"가정부와 아이들을 오후 동안 어디 다른 곳으로 보낼 수 없겠소?"

"아이들은 피아노 레슨을 받아야 해요. 하지만 나도 여기 있고 싶지 않군요. 키스해줘요."

잠시 후, 니스를 향해 달리는 차 안에서 니콜은 생각했다. '내 눈은 무섭게 생겼어. 확실히 그렇지? 그렇다면 좋아. 미친 청교도가 되기보다는, 비록 무서운 눈을 가졌지만 제정신인 사람이 되는 것이 더 낫지.'

토미의 주장은 모든 비난 혹은 책임으로부터 그녀를 해방시켜 주는 것 같았다. 새로운 각도에서 자기 자신을 바라보자 기뻐서 전율을 느낄 정도였다. 복종하거나 사랑할 필요가 없는 많은 남자들 사이에 있는 자신의 미래 모습이 눈앞에 보이는 듯했다. 니콜은 숨을 크게 들이마시고 어깨를 움츠리며 토미를 돌아보았다.

"우리가 꼭 몬테카를로에 있는 호텔까지 가야 하나요?"

토미가 갑자기 차를 멈추자 타이어 끌리는 소리가 났다.

"아니오! 아, 지금 이 순간만큼 행복했던 적이 없었소."

그가 대답했다.

그들이 탄 차는 푸른 해변을 따라 니스를 지나 중간 정도 되는 높이인 코르니슈 산을 오르기 시작했다. 토미는 바닷가를 향해 차를 돌리더니, 그다지 날카롭게 생기지 않은 반도를 달려 해변에 있는 작은 호텔 뒤편에 차를 세웠다.

생각했던 바가 현실로 나타나자 니콜은 잠시 두려움에 쌓였다. 카운터에서는 미국인 한 명이 환율에 대해 접수계원과 끈질기게 말싸움을 하고 있었다. 토미가 숙박계를 쓰고 있는 동안……. 자기의 이름은 실명으로, 니콜의 이름은 가명으로……. 니콜은 속으로는 비참한 심정이었지만, 겉으로는 태연한 척하며 서성거렸다. 그들이 묵을 방은 마치 고행자의 방처럼 썰렁하고 깨끗했지만 바다가 밝아서 그런지 조금 어두웠다. 단순한 기쁨에 걸맞은 가장 단순한 장소였다. 토미는 코냑 두 잔을 주문했다. 웨이터가 문을 닫고 나가자, 토미는 하나밖에 없는 의자에 앉았다. 그는 까무잡잡한 피부에, 흉터가 있고 잘생긴 미남이었다. 눈썹은 아치 모양이었고 위쪽 눈썹은 구불구불했다. 그리고 호전적이며 열성적으로 보였다.

술을 다 마시기도 전에 그들은 갑자기 마주 보며 일어섰다. 토미는 다시 침대에 걸터앉아 니콜의 딱딱한 무릎에 입을 맞추었다. 몸부림을 치기는 했지만, 그녀는 쇠사슬에서 풀려난 동물처럼, 딕과 무섭게 생긴 눈, 앞에 있는 토미까지도 모두 다 잊어버리고 깊이, 더 깊이 가라앉았다.

창문 아래쪽에서 점점 더 시끄러워지고 있는 소동이 무엇 때문인가 알아내기 위해 토미가 일어나서 창문을 열었다. 토미의 몸은 피부가 검은데다가 근육이 있어서 딕보다 더 정력적으로 보였다. 토미도 니콜을 잠시 잊고 있었다. 토미의 몸이 그녀의 몸에서 떨어져 나가는 그 순간, 니콜은 사태가 자기가 예상했던 것과는 다르게 진행될지도 모른다는 예감이 들었다. 그리고 기쁨이나 슬픔이나 모든 감정을 앞서는, 마치 폭풍우가 오기 전의 우레와 같은 뭐라 말로 표현할 수 없는 공포를 느꼈다.

토미가 발코니에서 자세히 내다보더니 말했다.

"바로 아래층 발코니에 있는 두 여자 외에는 아무도 없소. 흔들의자에 앉아 날씨 이야기를 하고 있군."

"그런데 그렇게 시끄럽단 말인가요?"

"시끄러운 소리는 저 아래쪽에서 들려오고 있소. 들어 봐요."

"오, 남부의 목화지대에서는
호텔서 빈둥빈둥 일은 안 하고 저 봐."

"미국인들이군요."
니콜은 양팔을 활짝 펴고 침대에 누워서 천장을 바라보았다. 몸에 발랐던 파우더가 촉촉하게 젖어서, 그녀의 피부는 우유색깔이 되었다. 휑하니 썰렁한 방, 머리 위를 날아다니는 파리 소리도 좋았다. 토미가 침대 옆으로 의자를 끌어당겨 그 위에 있던 옷을 밀어내고 앉았다. 니콜은 바닥에 뒹굴어 다니는 토미의 바지와 옷가지들이 간편한 것이 마음에 들었다.
토미가 말했다.
"당신은 갓난아기처럼 모든 것이 새롭소."
"무서운 눈을 해가지고 말이지요."
"내가 잘 고쳐줄 거요."
"무서운 눈을……. 특히 시카고 태생의 무서운 눈을 고쳐 주기가 무척 어려울 텐데."
"나는 농부들 사이에서 전해오는 민간요법을 잘 알고 있소."
"토미, 입술에 키스해줘요."
"이런 키스는 미국식이오."
토미가 키스를 하면서 말했다.
"내가 최근에 미국에 있을 때, 키스로 상대방을 찢어버리고 자기 자신도 찢어버리고 말 것 같은 여자들이 있었소. 입술에 피가 몰려 반점이 생기고 얼굴이 새빨갛게 될 때까지 키스를 하더군. 하지만 그러고 끝냅디다."
니콜은 한쪽 팔꿈치로 머리를 받쳤다.
"나는 이 방이 좋아요."

"내 생각에는 뭔가 허전한 듯하군. 니콜, 당신이 몬테카를로에 도착할 때까지 기다리지 못하겠다고 해서 기뻤소."

"왜, 뭔가 허전하게 느껴진다는 거지요? 아니에요, 이 방은 멋있는 방이에요, 토미……. 세잔느와 피카소의 그림에 많이 등장하는 장식 없는 탁자들처럼 말이에요."

"나는 잘 모르겠소. 다시 시끄러워지기 시작하는군. 살인사건이라도 일어났나?"

토미는 니콜의 말을 이해하려 하지 않았다.

토미가 창가로 다가가며 말했다.

"미국 해군들이 싸움을 하고 있고, 옆에서 다른 해군들 여러 명이 응원을 하고 있는 것 같군. 저 앞에 보이는 군함에서 나온 해군들이오."

그는 몸에 수건을 두르고 발코니로 가서 조금 더 바깥쪽으로 나가 보았다.

"여자들이 같이 있소. 그러고 보니 언젠가 들은 이야기가 생각나네. 저 여자들은 배가 가는 곳마다 따라다닌다는 거요. 하지만 저런 여자들이라면 실망인데! 군인들의 월급이라면 더 괜찮은 여자들을 찾을 수 있을 것 같은데. 저 여자들은 코르닐로프를 따라다녔던 여자들이오! 우리는 발레리나 정도의 수준 아래에 있는 여자는 본 일도 없었다고!"

니콜은 토미가 그렇게 많은 여자들을 알고 있다는 사실이 기뻤다. 그가 했던 말 그 자체는 그에게 아무 의미도 없었다. 니콜 안에 있는 특성이 그녀의 육체가 지닌 보편성을 초월하는 한, 니콜은 토미를 잡아둘 수 있는 것이다.

"다친 곳을 치라고!"

"야— 아— 아!"

"이봐, 거기 안쪽을 쳐봐!"

"덤벼, 이 자식아!"

"야아— 야아!"

"야— 예이— 야아!"

토미가 다시 들어왔다.

"이곳은 그렇게 좋은 데가 아닌 것 같은데도 우리는 오래 버티고 있군. 당신 생각은 어떻소?"

니콜도 같은 생각이었다. 그들은 옷을 입기 전 잠시 껴안았다. 그러자 이곳이 다른 어느 곳에 뒤지지 않은 궁전처럼 느껴졌다.

마침내 옷을 입으며 토미가 말했다.

"세상에! 아래층 발코니의 흔들의자에 앉아 있는 두 여자가 꼼짝도 하지 않고 있소. 죽을 때까지 그 이야기를 할 모양인가 봅니다. 휴가를 알뜰하게 보내려고 이곳에 왔으니 미국 해군도, 유럽의 매춘부들도, 저 여자들을 방해할 수가 없었나 보지요."

토미가 부드럽게 다가와 니콜을 안으면서 이빨로 그녀의 속치마 끈을 제자리에 가져다 놓았다. 그때 밖에서 공기를 가르는 굉음이 들렸다. 군함에서 보내는 귀환신호였다.

그러자 창 밖은 실로 아수라장으로 변했다. 아직 신호가 나지도 않았는데 배가 부두가로 다가오고 있었기 때문이었다. 웨이터들이 계산내역을 불러주며 다급한 목소리로 지불을 요구했다. 욕들을 해대고, 술값이 너무 비싸다며 또 거스름돈이 턱없이 모자란다고 계산서를 집어던지기도 했다. 만취한 수병들은 부축을 받아 배로 옮겨졌고, 명령을 전달하는 해군 헌병의 목소리도 들렸다. 울음소리, 눈물, 비명소리, 약속을 하는 소리 등이 뒤섞이는 가운데 첫 번째 배가 떠났고, 여자들은 부두 앞쪽에 모여서 울며불며 손을 흔들었다.

토미는 아래층 발코니에서 여자 한 명이 뛰어나와 손수건을 흔드는 것을 보았다. 흔들의자에 앉아 있던 두 영국 여자들이 결국 이야기를 그만두고 지금 이 여자를 주목할지 궁금했다. 그러나 그 궁금증이 풀리기 전에 누군가 방문을 두드렸다. 밖에서 들려오는 흥분한 여자들의 목소리에 문을 열자, 거칠게 생기고 마른 체형의 젊은 여자 두 명이

서 있었다. 그 여자들은 길을 잃었다기보다는 들키지 않으려고 숨어 있는 듯한 모습이었다. 그들 중 한 명이 숨이 막힐 것처럼 흐느꼈다.
"이 방의 발코니에서 작별인사를 해도 될까요? 꼭 좀 부탁드리겠습니다. 저기 남자 친구들에게 작별인사를 하려고 합니다. 그렇게 해주세요. 다른 방은 모두 잠겼어요."
다른 여자가 간곡하게 부탁했다.
"예, 그렇게 하세요."
토미가 승낙했다.
두 여자는 발코니로 뛰어나갔고, 곧 이어 그들의 목소리가 주위의 시끄러운 소리들 가운데서도 크게 들렸다.
"잘 가, 찰리! 찰리, 여기 위쪽이야!"
"니스로 전보를 보내!"
"찰리! 내가 어디 있는지 모르나 봐."
갑자기 그들 중 한 여자가 치마를 걷어 올리더니 분홍색 속옷을 벗어 그것을 찢더니 적당한 크기의 깃발을 만들었다. 그리고 '벤! 벤!' 하고 소리를 지르며 그것을 마구 흔들어댔다. 토미와 니콜이 방을 떠났는데도, 그 깃발은 푸른 하늘 아래에서 계속 펄럭이고 있었다. 오! 기억에도 생생한 육체의 그 부드러운 색이 보이는가? 한편, 전함의 끝 부분에는 그것과 경쟁이라도 하듯이 성조기가 올라가고 있었다.
니콜과 토미는 몬테카를로에 새로 생긴 비치 카지노에서 저녁식사를 했다. 그리고 한참 후에 수영을 했다. 니콜은 토미가 이렇게 경치 좋은 곳으로 자기를 데리고 온 것에 기뻐했다. 이곳의 경치는 이들 두 사람 사이처럼 새로웠다. 마치 그가 다마스쿠스에서 니콜을 빼 내와서 말안장 앞 고리에 매단 채, 몽고의 대평원을 달리고 있는 느낌이 들었다. 매 순간마다 딕이 그녀에게 가르쳐주었던 모든 것이 떨어져 나갔고, 니콜은 처음의 자기 모습에 가까이 가고 있었다. 그녀의 주변에서 계속 힘을 발휘하고 있는 세력에 굴복하는, 그런 원래의 자기 모습에 가까이 가고 있던 것이다. 달빛 아래에서 사랑으로 뒤엉킨 채,

니콜은 연인을 받아들였다.

그들이 함께 눈을 떴을 때 달은 기울었고 공기는 싸늘했다. 니콜이 겨우 일어나서 시간을 묻자 토미는 대략 3시 정도 되었을 것이라고 대답했다.

"그럼 집에 가야 해요."

"나는 우리가 함께 몬테카를로에서 잘 거라고 생각했소."

"안 돼요. 가정부와 아이들이 있어요. 나는 날이 밝기 전에 가야 해요."

"그렇다면 할 수 없군."

그들은 잠깐 동안 물 속에 들어갔다. 니콜이 떨고 있는 것을 보자 토미는 얼른 수건으로 그녀를 닦아주었다. 두 사람은 머리칼이 젖은 채로 차 안에 들어갔다. 그들의 피부는 싱싱하게 빛나고 있었다. 둘 다 돌아가기가 싫었다. 그들이 있던 곳은 무척 밝은 곳이었다. 토미는 키스를 할 때 니콜의 하얀 뺨, 하얀 치아, 차가운 이마와 얼굴 등에 매혹되어 자기 자신조차 잃어버리고 있었다. 니콜도 토미의 손길을 통해서 그것을 느끼고 있었다. 니콜은 아직도 딕에게 적응이 되어 있었기 때문에, 해석과 설명을 기다리고 있었지만 소용없었다. 졸리기는 했어도, 니콜은 그런 해석과 설명이 없었다는 것을 확인하니 기뻤다. 잠시 후 그녀는 자동차 엔진 소리를 들으면서, 차가 다이애나 별장을 향해 올라가는 것을 느꼈다. 문 앞에서 니콜은 거의 기계적인 작별의 키스를 했다. 길을 걸어가는 그녀의 발걸음 소리는 전과 달랐고, 정원에서 밤이면 들리는 소리도 갑자기 어색하게 느껴졌다. 그럼에도 그녀는 돌아온 것이 기뻤다. 그날 하루는 너무도 정신없이 돌아갔다. 그것에 만족해하면서도 니콜은 그러한 긴장감이 생소했던 것이다.

9

다음날 오후 4시, 택시가 문 앞에 서더니 딕이 차에서 내렸다. 갑자기 당황한 니콜은 테라스에서 뛰어나가 그를 맞았다. 그녀는 자신의 당황한 마음을 감추려했다.

"차는 어떻게 했어요?"

니콜이 물었다.

"아를르에 두고 왔어. 운전을 하고 싶지 않아서 말이야."

"당신이 쓴 쪽지를 읽어보았는데, 며칠 더 걸릴 거라고 생각했어요."

"미스트랄(프랑스 남부 지방에서 발생하는 강풍으로 비를 동반함: 옮긴이)이 불어서 비까지 맞았지."

"재미있었어요?"

"일상에서 탈출한 사람들이 느끼는 재미, 그 정도였어. 아비뇽까지 로즈마리를 태워다주었고, 거기에서 그녀를 기차에 태워보냈어."

딕과 니콜은 함께 테라스 쪽으로 걸어갔다. 딕은 그곳에 가방을 내려놓았다.

"당신이 여러 가지 상상을 할 것 같아서 쪽지에 적지 않았어."

"생각도 깊군요."

자신에 대한 확신이 더 강해진 니콜이었다.

"로즈마리가 무슨 이야기를 할지 궁금했어. 이야기를 주고받을 분위기를 만들기 위해서는 단둘이 있는 것이 유일한 방법이었지."
"로즈마리가 뭐라고 이야기하던가요?"
"로즈마리는 조금도 변하지 않았더군. 아마 그게 더 나을지도 몰라. 당신은 어떻게 지냈어?"
니콜은 자기의 얼굴이 토끼처럼 떨리는 것을 느꼈다.
"어젯밤에 춤을 추러 갔었어요……. 토미와 함께요. 우리는……."
딕이 멈칫하며 그녀의 말을 막았다.
"이야기하지 마. 당신이 뭘 하던 상관없어. 자세히 알고 싶지 않아."
"알고 말고 할 것도 없어요."
"됐어, 됐어."
딕은 일주일 정도 집을 떠나 있었던 사람처럼 물었다.
"아이들은 다 잘 있었나?"
그때 집 안에서 전화가 울렸다.
"나를 찾는 전화면 집에 없다고 해. 서재에서 할 일이 있어."
딕이 급히 돌아서며 말했다.
니콜은 딕이 우물 뒤편으로 사라질 때까지 기다렸다가 집 안으로 들어가 전화를 받았다.
"니콜, 어떻게 지내요?"
"딕이 집에 왔어요."
토미가 신음소리를 냈다.
"칸에서 만납시다. 당신에게 할 말이 있소."
"안 될 것 같아요."
"사랑한다고 말해주시오."
니콜은 말없이 수화기를 향해 고개만 끄덕였다. 토미가 다시 말했다.
"사랑한다고 말해주시오."
"사랑해요. 하지만 지금 당장 어쩔 수가 없어요."

"아니오. 딕도 둘 사이의 관계가 이미 끝났다는 것을 알고 있소. 그가 끝을 냈다는 것이 확실해요. 딕이 당신에게 바라는 것이 뭐지요?"
그가 초조한 듯 물었다.
"나도 몰라요."
딕한테 물어볼 수 있을 때까지 기다려야 한다고 말하려다가 그만두고 대신 니콜은 '편지를 쓸 거예요. 그리고 내일 전화를 하겠어요.' 라고 말하며 끝을 맺었다.
니콜은 자기의 일 처리에 마음이 편해져서 오히려 만족한 듯 이리저리 집 안을 돌아다녔다. 그녀는 못된 여자가 되었지만, 그것도 만족스러웠다. 그녀는 우리 안에 갇힌 사냥감을 노리는 사냥꾼이 더 이상 아니었다. 어제의 일이 자세한 부분까지 생생하게 그녀의 가슴에 되살아났다. 그 기억은 딕에 대한 그녀의 사랑이 싱싱하고 완벽했을 때의 비슷한 순간들에 대한 기억을 압도하기 시작했다. 니콜은 딕과의 사랑을 별것 아닌 걸로 보기 시작했고, 처음부터 감상적인 사랑이었던 것으로 생각했다. 딕과 결혼하기 전 한 달 동안, 세상 구석구석에 있는 비밀스런 장소에서 서로 상대방을 소유했을 때의 느낌을 거의 기억할 수가 없었다. 여성 특유의 기회주의적인 기억력 때문이었다. 전에는 결코 그렇게 완전하고 철저한 적이 없었다고 맹세하며, 토미에게 거짓말을 했던 것과 똑같았다.
그러나 지난 세월을 너무나 무시했던 자신의 배신행위가 양심에 찔려서 그녀는 발걸음을 딕의 성역 쪽으로 옮겼다.
니콜은 조용히 다가갔다. 딕은 오두막 뒤쪽, 절벽과 맞닿아 있는 울타리 옆에 놓여 있는 의자에 앉아 있었다. 니콜은 잠시 동안 말없이 딕을 바라보았다. 그는 생각에 잠겨 있었고 완전히 자기 혼자만의 세계에서 살고 있었다. 딕은 얼굴을 가볍게 움직이기도 하고, 이마를 찡그렸다 폈다 했다. 또 눈을 크게 떴다가 작게 뜨기도 하고, 입술을 닫았다 열었다 하기도 했으며, 손을 꼼지락거리기도 했다. 그 모습을 보고 니콜은 딕이 마음속에서 그녀가 아닌, 자기 자신에게서 나오는 이야기의 단계를 하나씩 진전시켜 나가고 있는 것을 보았다. 주먹을 한 번 불끈 쥐고 몸을 앞으로 굽히는가 하면, 얼굴에 고통과 절망의 표정이 드리워지기도 했다. 이러한 행동을 하고 난 후에도 그 자국은 눈가에 남아 있었다. 평생 처음으로 니콜은 딕이 불쌍하다고 생각되었다. 한때 정신적인 아픔을 겪었던 사람들이 건강한 사람을 불쌍하게 생각한다는 것은 어려운 일이며, 비록 니콜이 잃어버렸던 세계를 되찾도록 딕이 자신을 이끌어 주었다는 사실에 대해 말로만 감사를 표한 적도 가끔 있었지만, 사실 니콜은 딕이 피로를 모르는 대단한 정력가라고 생각했던 것이다. 니콜은 한껏 고무되어 자신의 고통을 잊어버린 그 순간, 자신이 딕에게 가져다준 고통에 대해서는 잊고 있었다. 딕은 더 이상 니콜을 마음대로 하지 못한다는 것을 알고 있을까? 이 모든 상황이 그가 바랐던 상황은 아닐까? 니콜은 딕을 불쌍하게 생각했는데, 그러한 감정은 전에 가끔씩 에이브와 그의 불명예스런 죽음에 대해서, 또는 갓난아기와 노인의 무력함에 대해서 느꼈던 불쌍함과 같은 감정이었다.

니콜은 다가가서 딕의 어깨에 한 팔을 얹고 머리를 맞대면서 말했다.

"슬퍼하지 마세요."

딕은 싸늘한 눈빛으로 니콜을 쳐다보았다.

"나한테 손대지 마!"

딕이 외쳤다.

그녀는 당황해서 몇 걸음 뒤로 물러났다.

"미안해, 내가 당신을 어떻게 생각하고 있는가에 대해 생각하고 있었어."

딕은 정신이 멍한 채 말했다.

"새롭게 만든 분류를 당신 책에 추가하지 그러세요?"

"그것도 생각해보았지……. '정신병과 노이로제를 넘어 더 깊이…….'"

"당신 속을 긁어 놓으려고 여기에 온 것이 아니에요."

"그럼 무엇 때문에 온 거야? 나는 당신한테 더 이상 해줄 수가 없어. 나 자신을 구제하려고 노력하고 있는 중이란 말이야."

"나로부터 당신을 구제한다는 말인가요?"

"나는 직업 때문에 때로는 의심스러운 사람과도 접촉을 해야 한다는 말이야."

니콜은 이러한 모욕에 화가 나서 울고 말았다.

"당신은 비겁해요! 자기 인생에 실패하고, 그 책임을 내 탓으로 돌리고 싶어하다니."

딕은 아무 대답도 하지 않았다. 니콜은 딕의 지성 때문에 최면에 걸리는 듯한 느낌이 들기 시작했다. 때로 그것은 효과가 없기도 했지만, 언제나 그녀로서는 깨뜨리거나 금 가게 할 수 없는 근본적인 진리가 있었다. 니콜은 다시 그것과 싸웠다. 작고 아름다운 눈을 똑바로 뜨고, 싸움에서 승리한 자에게서 풍기는 오만함을 지닌 채, 다른 남자에게 마음을 주기 시작하면서, 여러 해 동안 쌓인 분노를 활활 태우며, 니콜은 싸우고 있었다. 그녀는 갖고 있는 돈을 무기 삼아서도 싸웠다. 그리고 딕을 좋아하지 않는 자기 언니가 뒤를 봐줄 거라는 믿음도 역시 딕과 싸우는 무기가 되었다. 또한 딕은 사람들에게 냉담하게 대해서 새로운 적들을 만들고 있었고 술로 인해 몸과 마음이 둔해진 것에 반해 니콜은 민첩했다. 딕은 육체적으로도 쇠퇴했지만, 니콜은 건강도 되찾았고 아름다웠다. 한편, 딕이 도덕적이라면 니콜은 부도덕했다. 이러한 내면적 싸움을 위해서 니콜은 자신의 약점까지도 이용했다. 니콜은 자신이 속죄한 갖은 죄들과 분노, 실수 등이 담긴 빈 그릇, 깡통, 병 등을 가지고 용감하게 싸움을 벌였던 것이다. 그리고 갑자기 그녀는 2분 만에 승리를 했고, 거짓이나 핑계를 대지 않고 자기 자신을 정당화했다. 이렇게 두 사람 사이의 인연을 영원히 끊어버리고 말았다. 니콜은 마침내 자기 소유가 된 집을 향해 흐느끼며 힘없이 걸어갔다.

딕은 니콜의 모습이 완전히 보이지 않게 될 때까지 기다렸다. 니콜이 보이지 않자 그는 앞에 있는 난간에 머리를 기댔다. 상황은 끝났고, 다이버 박사는 자유의 몸이 되었다.

10

그날 밤 2시, 전화벨소리에 잠을 깬 니콜은 옆방에서 딕이 통화하는 소리를 들었다.

"네, 네……. 하지만 누구에게 말하면 됩니까? 네……."

놀랐는지 갑자기 딕의 목소리가 높아졌다.

"하지만 그 두 여자 분들 중 어느 한 분과 직접 통화할 수 없겠습니까? 그 두 분 모두 높으신 분들이고 잘못하면 심각한 정치적 문제를 야기할 수도 있습니다. 그것은 사실입니다. 맹세하지요. 좋습니다. 그럼 나중에 봅시다."

딕은 자리에서 일어섰다. 상황 파악을 한 그는 자신이 이 사건의 처리를 맡아야 한다고 확신했다. 남을 기쁘게 해주는 딕의 성격과 활기찬 매력이, '나를 이용하세요.' 라는 외침과 함께 그에게 다시 돌아왔던 것이다. 딕은 자기와는 전혀 상관이 없는 이 사건을 해결해야 할 것이다. 왜냐하면 사랑받는 것이 예전부터 습관이 되었기 때문이었다. 아마 딕은 자신이 망해 가는 한집안의 마지막 희망이라는 사실을 깨달았던 그 순간부터 그런 습관에 젖어들었을 것이다. 취리히의 도물러 병원에 있었을 때, 이와 비슷한 경우가 있었다. 그때에도 딕은 이러한 힘을 의식하고, 스스로 오필리아를 선택했던 것이다. 즉 달콤한 독을 선택해 그것을 마셨다. 무엇보다도 용감하고 친절하기를 원했던 그는, 그 이상으로 사랑받기를 원했다. 지금까지 그랬고 앞으로도 그럴 것이다. 전화를 끊을 때, 딕은 고풍스럽게 느릿느릿 울리는 종소리를 들으며 그렇게 생각했다.

오랜 침묵이 흘렀다.

"무슨 일이에요? 누구예요?"

니콜이 물었다

딕은 전화를 끊자마자 옷을 입기 시작했다.

"안티브의 경찰서에서 걸려온 전화였어……. 그들이 메리와 캐럴라인을 붙잡아 두고 있다더군. 심각한 사건 같은데 말을 해주지 않아. 그저 상해 사건도 아니고 자동차 사고도 아니라는 말만 계속 하더군."

"그런데 왜 당신한테 연락을 한 거지요? 참 이상하네요."

"그들은 체면 때문에 보석금을 내고 나와야 하는데, 알프스 마리타임 지역에 재산이 있는 사람만이 보석금을 낼 수 있다더군."

"뻔뻔스러운 사람들이군요."

"괜찮아, 나는 호텔로 가서 고스를 태우고 가야지."

딕이 나간 후에도 니콜은 그들이 무슨 죄를 저질렀을지 생각하다가 잠이 들었다. 3시가 조금 지나 딕이 돌아오자 니콜은 완전히 잠이 깨어 일어나 앉았다. 그리고 마치 꿈속에 나타난 사람에게 말하듯 '어떻게 됐어요?' 하고 물었다.

"황당한 사건이야……."

그는 니콜의 침대 끝에 앉았다. 그리고 알자스 출신답게 깊이 자고 있는 고스를 깨워 금고에 있던 돈을 챙기게 한 후 경찰서에 데리고 간 이야기를 들려주었다.

"영국인을 도와주고 싶지 않아."

고스가 투덜거렸다.

프랑스 해군복 차림을 한 메리와 캐럴라인은 어두운 감방 밖에 있는 두 개의 의자에 앉아 있었다. 캐럴라인은 지금 당장이라도 영국의 지중해 함대가 도와주러 오리라고 기대했던 영국인처럼 화가 나 있었다. 메리는 공포와 절망 상태에 있었다. 그녀는 딕에게 뭔가 조치를 취해달라고 애원하면서, 마치 그의 가슴이 큰 관련이 있는 부분이라도 되는 듯, 그의 가슴에 글자 그대로 매달렸다. 그동안 경찰서장은 고스에게 사건을 설명해주었다. 고스는 한 마디 한 마디를 억지로 듣고 있었는데, 경찰서장의 말솜씨에 감탄한 듯한 표정을 짓기도 하고, 또 이 사건은 자신의 눈으로 본다면 조금도 놀라운 것이 아니라는 그런 표정도 짓고 있었다.

"그냥 장난삼아 해본 거라고요."

캐럴라인이 경멸이 섞인 말투로 이야기했다.

"우리는 휴가를 나온 해군인 척하고 있었어요. 그리고 바보 같은 아가씨 두 명을 꼬셨지요. 그런데 그 여자들이 여관에서 사고를 일으킨 거예요."

딕은 고해성사를 듣고 있는 신부님처럼 바닥을 내려다보면서 엄숙하게 고개를 끄덕였다. 그러나 기가 막혀 웃고 싶은 마음도 들었고, 50대의 매와 2주간의 징역을 선고하고 싶은 마음도 들었다. 캐럴라인의 얼굴에는 프로방스 지방의 겁쟁이 여자들에게나 볼 수 있는 약간의 죄의식과 어리석은 경찰에 대한 감정 외에는 아무런 죄의식도 보이지 않아, 딕의 머릿속이 혼란스러웠다. 그러나 딕은 영국인들 중 어느 계급 사람들은 반(反)사회적인 태도로 살고 있는 것으로 오래전부터 결론을 내리고 있었다. 그것에 비하면 뉴욕 사람들의 방탕은 아이들이 아이스크림을 너무 많이 먹어 배탈을 일으키는 그런 정도였다.

"호세인이 이 일을 알기 전에 여기서 나가야 해요. 딕, 당신은 항상 일을 잘 처리하잖아요. 돈은 얼마든지 내겠으니 바로 집으로 돌아가게 해달라고 저 사람들에게 말해주세요."

메리가 애원했다.

"나는 그렇게 하지 않겠습니다. 일 실링도 내지 않겠어요. 칸에 있는 영사관에서 이 사건에 대해 뭐라고 어떻게 나올지 두고 보겠어

요."

캐럴라인이 거만하게 말했다.

"안 돼요! 오늘밤에 여기서 나가야 한다고요."

"어떻게 해야 할지 알아보겠습니다. 하지만 돈을 써야 한다는 것은 확실합니다."

딕은 유죄임을 알고 있지만 마치 무죄인 듯 그들을 바라보면서 고개를 저었다.

"이런 한심한 경우가 있나!"

캐럴라인은 만족한 웃음을 지었다.

"당신은 미친 사람을 다루는 의사가 아니시던가요? 우리를 도와주셔야 해요. 그리고 고스도 그래야 합니다!"

이때 딕은 고스에게 가서 그가 알게 된 사실들에 대해 이야기했다. 사태는 예상보다 심각했다. 그들이 꼬셨던 여자들 중 한 명은 점잖은 집안의 딸이었다. 그녀의 집안 식구들은 몹시 화가 나 있었다. 아니, 그런 척하고 있는 것인지도 몰랐다. 아무튼 그들과 해결을 보아야 했다. 다른 한 여자는 항구에서 왔는데, 그녀와는 일을 쉽게 해결할 수 있을 것 같았다. 프랑스 법은 이러한 죄를 징역, 아니면 최소한 국외 추방에 처할 수 있게 되어 있었다. 또한 외국인 때문에 혜택을 받고 있는 주민들과, 반대로 이로 인한 물가 상승 때문에 화가 난 주민들이 있어서, 이들 사이에 외국인들을 얼마나 너그럽게 보느냐에 관해 견해차가 있었고 그 간격은 점점 커가고 있었다. 이 점도 역시 곤란한 문제였다. 고스는 이런 내용을 설명해주고는, 뒷일을 딕에게 맡겼다. 딕은 경찰서장과 이야기를 했다.

"서장님도 아시다시피 지금 프랑스 정부는 미국에서 많은 관광객이 오도록 노력하고 있습니다. 파리에서는 이번 여름에 중대한 불법 행위를 저지른 것이 아니면 미국인들을 체포하지 말라는 지시까지 내릴 정도로 말입니다."

"이 사건은 아주 중대한 사건입니다."

"하지만 보십시오. 저 여자들은 신분증을 갖고 있지 않습니까?"
"저 여자들은 신분증을 갖고 있지 않았습니다. 아무것도 없었어요. 200프랑의 돈과 반지 몇 개뿐이었어요. 스스로 목을 조를 구두끈도 없었어요!"
신분증이 없다는 말에 딕은 다행이라 생각하고 계속 말했다.
"저 이탈리아 백작부인은 아직 미국 시민입니다. 저분은……."
딕은 천천히 그리고 당당하게 거짓말을 늘어놓았다.
"존 록펠러 멜론의 손녀입니다. 서장님도 그분의 존함은 들어보셨지요?"
"물론이지요. 저를 어떻게 보고 그런 말씀을 하십니까?"
"게다가 저 여자 분은 헨리 포드 경의 조카입니다. 그러니 당연히 르노 사와 시트로앵 사하고도 관련이 있고……."
딕은 이 정도에서 멈추는 것이 좋겠다고 생각했다. 그러나 진지하게 들리는 그의 목소리가 경찰서장에게 효과를 미치기 시작했으므로 계속 말을 이었다.
"결국 저분들을 체포하는 것은 지체 높으신 영국의 왕족을 체포하는 것과 마찬가지라는 이야기입니다. 전쟁이 날지도 모른다는 말씀입니다!"
"하지만 저 영국 여자는?"
"말씀드리지요. 그녀는 황태자 동생 버킹엄 공작의 약혼녀이십니다."
"대단한 신붓감이군."
"그래서 우리는……. 저 여자 분들에게 일인당 천 프랑씩 드리지요. 그리고 그 '심각한' 아가씨의 아버님에게는 천 프랑을 더 드리겠습니다. 그리고 별도로 2천 프랑을 드릴 테니 서장님께서……. 저분들을 체포했던 경관들과 여관주인, 그리고 그 외에 적당한 사람들에게 나누어주십시오. 지금 오천 프랑을 드릴 테니 곧 해결을 해주시기 바랍니다. 그리고 저분들을 치안방해죄 같은 걸로 처리하시고 보석으로 풀어주십시오. 벌금이 얼마가 나오든지 간에 내일 치안판사 앞으로 지불해 드리겠습니다. 사람을 시켜서 말입니다."

경찰서장이 말을 꺼내기도 전에 딕은 그의 표정을 보고 일이 잘 수습될 것을 알 수 있었다. 서장이 망설이면서 말했다.

"저분들이 신분증을 가지고 있지 않았기 때문에 아직 서류에 적어넣지 않았습니다. 그러면, 일단 돈을 주십시오."

한 시간 후에 딕과 고스는 마제스틱 호텔 옆에 두 여자들을 내려주었다. 그곳에서 캐럴라인의 운전기사가 차 안에서 자고 있었다.

"기억하세요. 당신들은 고스 씨한테 백 달러씩 빚이 있다는 것을 말입니다."

"알았어요. 내일 수표를 끊어 드리겠어요. 그리고 감사한 마음으로 조금 더 생각해 드리겠습니다."

"나는 그렇게 못 합니다!"

모두들 깜짝 놀라서 캐럴라인을 바라보았다. 이제 완전히 기력을 회복한 그녀가 당당하게 말했다.

"이것은 전부 불법이에요. 그 사람들한테 백 달러를 주라는 권한을 나는 절대로 당신한테 주지 않았어요."

키가 작은 고스가 갑자기 이글거리는 눈빛으로 쳐다보았다.

"내 돈을 갚지 않겠다고?"

"갚아드릴 겁니다."

고스는 런던에서 버스 승무원 일을 했을 때도 참았던 욕이 가슴속에서 갑자기 치밀어 올랐다. 그는 달빛을 받으며 캐럴라인에게 걸어갔다.

고스는 캐럴라인에게 비난을 퍼부었다. 그러나 그녀가 냉소를 띠며 돌아서자 한 걸음 뒤따라가서 그녀를 발로 찼다. 불시에 일격을 당한 캐럴라인은 깜짝 놀라서 마치 총에 맞은 사람처럼 길가에 엎어지고 말았다.

딕의 목소리가 화난 캐럴라인의 말을 잘랐다.

"메리, 저 여자 좀 말리세요! 그렇지 않으면 둘 다 10분 안에 발에

족쇄를 채워버릴 거야!"

호텔로 돌아가면서 쥬앙 레팽 카지노를 지날 때까지 고스는 한 마디도 하지 않았다. 그곳에서는 아직도 흐느끼는 소리와 기침소리 같은 재즈음악이 흘러나왔다. 거기서 그는 한숨을 내쉬며 말했다.

"내 저런 여자들은 처음 보았소. 매춘부들도 많이 알고 있었고, 또 가끔은 그런 여자들에게 존경심도 가져보았지만, 저런 여자들은 처음이오."

11

딕과 니콜은 함께 이발소에 가고는 했다. 그곳에서 서로 옆방에 앉아 머리를 자르고 손질했다. 딕이 있는 방에서 가위질소리와 잔돈을 세는 소리, 그리고 '어서 오십시오.' 라든지 '안녕하십니까?' 하는 인사소리가 들려오고는 했다. 딕이 돌아온 다음날, 그들은 머리를 손질하기 위해 시내로 갔다.

여느 지하실문과 마찬가지로 여름에도 고집스럽게 창문에 아무 장식도 하지 않은 카를르통 호텔 앞에서 차 한 대가 그들을 지나쳤다. 차 안에는 토미가 타고 있었다. 니콜이 언뜻 그의 모습을 보자 생각에 잠겨 있는 무거운 표정이었다. 또한 니콜을 보자 눈을 크게 뜨며 깜짝 놀라던 그의 모습은 그녀를 심란하게 만들었다. 니콜은 토미가 가는 곳으로 따라가고 싶었다. 미용사와 함께 있는 이 시간이 그녀의 인생에 있어 쓸데없이 낭비하는 시간처럼 느껴졌고, 마치 작은 감옥에 와 있는 듯한 기분이 들었다. 희미하게 입술화장을 한 채, 흰 제복을 입고 있는 미용사, 그리고 화장수 냄새 등이 니콜로 하여금 간호사들을 연상하게 했다.

옆방에서는 딕이 에이프런을 하고 비누거품 속에서 졸고 있었다. 니콜은 자기 앞에 있는 거울을 통해서 남자용 방과 여자용 방 사이에 나 있는 복도를 보고 있었다. 그러나 토미가 들어오더니 복도를 지나 남자용 방 쪽으로 사라지는 것이 아닌가. 그녀는 어떤 결판이 나려 한다는 사실을 알고 기뻐했다.

니콜의 귀에 그 시작부분이 단편적으로 들려왔다.

"이야기 좀 하지."

"중요한 이야기야?"

"중요한 일이라니까."

"좋아."

곧이어 딕은 니콜이 있는 곳으로 왔다. 급하게 얼굴을 닦은 그는 당황한 듯한 표정을 하고 이야기를 했다.

"당신 친구가 무슨 결심을 했나 봐. 우리 둘을 만나고 싶다고 해서, 그러자고 했지. 어서 가자고!"

"하지만 머리를……. 반밖에 자르지 못했어요."

"괜찮아……. 어서 가자고!"

니콜은 화가 났지만 미용사에게 수건을 치워달라고 말했다.

그녀는 개운하지 않은 마음으로 딕을 따라 호텔을 나섰다. 밖에서 토미가 손 위로 몸을 굽혀 그녀를 잡아 주었다.

"알리에 카페로 갑시다."

"조용한 곳이라면 어디든지 괜찮지."

토미가 말을 받았다.

한여름, 아치 모양의 나무 아래에서 딕이 물었다.

"니콜, 뭘 마실까?"

"레몬주스를 마시겠어요."

"나는 반 잔만 주시오."

토미가 말했다.

"블랙앤화이트와 탄산수."

딕이 주문했다.

"블랙엔화이트는 없는데요. 조니워커만 있습니다."

"그럼 그것으로 주시오."

"자네의 부인은 자네를 사랑하지 않아. 그녀는 나를 사랑하고 있네."

토미가 갑자기 입을 열었다.

이들 두 남자는 묘한 표정으로 서로를 쳐다보았다. 그러한 상황에서는 두 사람 사이에 의사소통이 이루어질 리가 없었다. 그들 둘은 직접 관계를 맺은 것이 아니라 니콜을 사이에 두고 간접적으로 관계를 맺은 사이였고, 두 남자가 각자 그동안 니콜의 마음을 얼마나 많이 사로잡았는지, 또 앞으로 얼마만큼 사로잡게 될 것인지에 따라 달리 맺어질 관계이기 때문이었다. 그들 사이의 감정은 마치 연결 상태가 좋지 않은 전화선을 통과하듯이, 니콜의 분열된 정신상태를 통과하는 것이었다.

"잠깐만! 진과 탄산수를 부탁하겠습니다."

딕의 말이었다.

"알겠습니다, 손님."

"좋아, 토미. 계속 얘기해보게."

"자네와 니콜의 결혼생활이 사실상 끝났다는 것은 확실한 사실이야. 이제 니콜을 돌이킬 수는 없네. 이렇게 되기까지 내가 5년 동안이나 기다려온 셈이지."

"니콜의 말도 들어봐야 하지 않겠나?"

두 남자는 니콜을 쳐다보았다.

"나는 토미를 좋아해요, 딕."

딕은 고개를 끄덕였다.

"당신은 더 이상 나를 사랑하지 않아요. 모든 것이 그냥 습관이었을 따름이지요. 로즈마리가 나타난 후부터 당신은 예전과 달라졌어요."

토미가 이러한 분위기에 끌려들지 않고 날카롭게 끼어들었다.

"자네는 니콜을 이해하지 못하고 있네. 그녀가 한때 환자였다는 이유로 자네는 그녀를 언제나 환자 대하듯이 하고 있어."

인상도 좋지 않고 고집스런 미국인이 갑자기 나타나는 바람에 그들의 이야기는 중단되었다. 그는 뉴욕판 헤럴드지와 타임스지를 팔고 있었다.

"여기에 다 있습니다, 손님. 이곳에 계신 지 오래되셨나 보지요?"

"저리 가세요!"

토미가 소리를 지르고 나서 다시 딕에게 말했다.

"그런 것을 참아낼 여자는 없……."

"손님들!"

그 미국인이 다시 대화를 방해했다.

"당신들은 내가 시간 낭비를 하고 있다고 생각하시겠지만, 다른 많은 사람들은 그렇게 생각하지 않습니다."

그는 신문에서 오려낸 회색 종이조각을 지갑에서 꺼냈다. 딕은 그것이 무엇인지 금방 알 수 있었다. 그것은 황금을 담은 가방을 들고 배에서 줄지어 내리고 있는 수백만의 미국인들을 그린 풍자만화였다.

"내가 이 중 일부를 내 것으로 만들 수 없다고 생각하십니까? 아닙니다. 나는 할 겁니다. 나는 프랑스 관광객을 상대로 영업을 하러 니스에서 왔지요."

"저리 가세요."

토미가 화가 나서 그 남자를 내쫓았다. 그때 딕은 그 남자가 5년 전에 셍테장르 거리에서 인사를 한 남자라는 것을 알았다.

"그 프랑스 관광객들은 언제 도착할까요?"

딕은 그 남자의 등에다 대고 물었다.

"금방 도착할 겁니다, 손님."

그 남자는 유쾌하게 손을 흔들면서 떠났고, 토미는 딕에게 다시 돌아와서 말했다.

"니콜은 자네보다는 나하고 같이 있을 필요가 있어."

"있을 필요가 있다니 그게 무슨 뜻인가?"

"있을 필요가 있다는 말의 뜻이 뭐냐고? 그것은 나와 함께 있는 것이 더 행복하다는 말이네."

"둘 다 서로에게 새로운 삶이 될 테니 그렇겠지. 하지만 니콜은 나와 함께 있는 동안에도 많이 행복했네, 토미."

"가족 사이의 사랑이겠지?"

토미가 비웃듯이 말했다.

"자네와 니콜이 결혼을 하더라도 가족적인 애정 같은 것은 없을 거야."

주위가 점점 시끄러워져서 대화가 끊겼다. 잠시 후, 산책로에 뱀이 한 마리 나타났고, 낮잠에서 깨어난 사람들이 길가에 나다니기 시작했다.

경주가 벌어지고 있는지 자전거 행렬이 지나가고 있었다. 거리를 미끄러지듯 지나는 자전거 행렬 때문에 자동차들도 떼 지어 거북이걸음이었다. 경적소리가 선수들이 계속 다가오고 있음을 알려 주었다. 속옷차림의 요리사들이 음식점 문 앞에 나타났을 때 선수들은 모퉁이를 돌아 나오고 있었다. 맨 앞에서 빨간색 옷을 입은 선수가 서쪽으로 저무는 석양을 받으며 자신감에 넘친 모습으로 열심히 자전거 페달을 밟으며 지나갔다. 많은 사람들이 그에게 박수갈채를 보냈다. 그 다음에는 다채로운 빛깔의 옷을 입은 세 사람이 함께 왔다. 먼지와 땀으로 다리는 노란색이 되었고, 표정도 없었으며, 눈을 보니 아주 지친 것 같았다.

토미가 딕의 얼굴을 보며 말했다.

"니콜은 이혼하기를 바라고 있어. 자네도 반대는 하지 않으리라고 생각하네."

50명 이상 되는 선수들이 180미터 이상의 거리를 두고 선두를 따르고 있었다. 미소를 지으며 자신감에 차 있는 선수들도 있었고, 눈에 띄게 지쳐 보이는 선수들도 있었다. 그러나 대부분의 선수들은 관심 없는 표정에 지쳐 있었다. 어린 소년들과 반항적인 낙오자들이 몇 명 지나갔고, 사고를 낸 사람들과 낙오한 사람들을 실은 소형 트럭도 지나갔다. 딕 일행은 다시 자리에 돌아왔다. 니콜은 딕이 주도권을 잡았으면 했다. 그러나 딕은 자르다가 만 머리를 한 니콜에 걸맞게, 깎다 만 수염을 하고 가만히 앉아 있는 것에 만족하는 듯했다.

"나하고 같이 계속 살아도 더 이상 행복하지 않은 것이 사실 아닌가요? 내가 없으면 당신은 일을 다시 시작할 수 있을 거예요. 당신이 내 걱정을 하지 않는다면 일도 더 잘할 수 있겠지요."

니콜이 물었다.

토미가 재촉하는 듯 말했다.

"쓸데없는 이야기 그만하자고. 니콜과 나는 서로 사랑하고 있어. 그걸로 됐지 않은가."

"좋아, 그렇다면."

딕이 말했다.

"문제가 다 해결된 것 같으니 우리는 다시 머리나 자르러 돌아가야겠군."

토미는 이야기를 더하고 싶었다.

"몇 가지 얘기하자면……."

"니콜과 내가 이야기를 끝낼 거야. 걱정하지 마. 나는 원칙적으로 찬성하고, 니콜과 서로 이해하고 있어. 셋이서 이렇게 얼굴 맞대고 얘기하는 것을 피할 수 있었다면, 그래도 좀 덜 불쾌했을 텐데."

딕은 공정하게 얘기했다.

토미는 어쩔 수 없이 딕의 말을 수긍했지만, 유리한 위치를 차지하고자 하는 민족적인 기질에 그냥 가만히 있지는 않았다.

"이 사실만은 서로 알고 있어야 하네. 지금부터 세부적인 일들이 다 정리될 때까지 내가 니콜의 보호자가 되겠네. 자네가 계속 니콜과 같은 집에서 산다고 해서 행동을 함부로 한다면, 나는 자네에게 엄중히 책임을 묻겠네."

딕은 고개를 끄덕이더니, 니콜의 시선을 뒤로하고 호텔을 향해 걸어갔다.

"딕은 그래도 이성적인 사람이오. 니콜, 우리가 오늘밤 함께 지낼 수 있겠소?"

토미가 물었다.

"그렇게 하지요."

이렇게 상황은 끝났다……. 극적인 요소도 별로 없었다. 편도선 약 사건이 있었을 때부터 딕은 이미 모든 것을 예상했던 것 같다는 것이 니콜의 생각이었다. 그러나 그녀는 행복했고 들떠 있었다. 딕에게 모든 이야기를 하고 싶다는 이상한 생각도 들었지만, 그러한 생각은 금방 없어졌다. 그러나 니콜은 딕의 모습이 점점 작아져서 마침내 사람들과 섞여 보이지 않을 때까지 그의 모습을 바라보고 있었다.

12

딕은 리비에라를 떠나기 전날, 아이들과 함께 시간을 보냈다. 그는 이제 더 이상 꿈과 희망에 부푼 젊은이가 아니었다. 그는 그저 그러한 것들을 추억하고 싶을 뿐이었다. 아이들에게는 겨울을 런던에 있는 이모 집에서 지내라고 얘기했다. 거기서 지내고 나면 얼마 있다가 미국에서 다시 아버지와 만나게 될 것이라고 했다. 가정교사는 딕의 동의가 없이는 해고시킬 수 없도록 되어 있었다.

딕은 자기가 어린 딸을 위해 많이 배려했다고 생각해 마음이 흡족했다. 그러나 아들을 위해서도 그렇게 했는지는 확신이 서지 않았다. 그는 계속해서 안기고 매달리는 아들에게 잘해주고 있는지에 대해서는 자신 있게 단언할 수 없었던 것이다. 그러나 아이들에게 작별인사를 할 때, 딕은 아이들을 몇 시간이고 안아주고 싶었다.

그는 6년 전에 다이애나 별장에 처음으로 정원을 만들어주었던 정원사와 포옹을 했고, 또 아이들을 돌보아주었던 프로방스 아가씨에게도 키스를 했다. 거의 10년 동안이나 그들과 함께 지내온 그 아가씨는 무릎을 꿇고 앉아 울음을 터뜨렸다. 딕은 그녀를 일으켜 세워 300프랑을 주었다. 니콜은 사전에 서로 이야기한 대로 늦잠을 자고 있었다. 딕은 니콜과 베이비 앞으로도 편지를 써두었다. 베이비는 사르디니아에서 금방 도착해 이곳에 머물고 있었다. 그리고 딕은 누군가가 그들에게 선물해주었던 브랜디 병에서 술을 한 잔 따라 마셨다.

그런 다음 딕은 칸에 있는 역 근처에 짐을 맡겨두고, 마지막으로 한 번 해변을 둘러보기로 했다.

니콜과 베이비가 그날 아침에 해변에 나와 보았지만 그곳에는 어린 아이들만 몇 명 있었다. 하늘은 맑았고, 태양만이 바람 한 점 불지 않는 바닷가에 그 열기를 뿜어대고 있었다. 호텔 웨이터들은 바 안에 얼음을 많이 갖다 놓았다. AP통신사의 미국인 사진 기자 한 사람이 시원한 그늘에서 장비를 가지고 작업을 하고 있다가, 계단을 내려오는 발소리가 들릴 때마다 재빨리 올려다보았다. 그 사진기자가 찍어야 할 사람들은 새벽에 먹은 수면제 때문에 아직도 호텔 방에서 잠을 자고 있었다.

니콜은 바닷가에서 딕이 수영복을 입지 않고 바위에 앉아 있는 것을 보았다. 그녀는 탈의용 텐트 그늘 속에 몸을 움츠렸다. 잠시 후 베이비가 와서 말했다.

"딕은 아직도 저기에 있군."

"나도 보았어요."

"떠나려니 마음이 심란한 모양이야."

"이곳은 그의 분신이나 다름없는 곳이에요. 어떻게 보면 그가 이곳을 발견했다고도 할 수 있지요. 고스는 늘 모든 것이 딕의 덕분이라고 이야기할 정도니까요."

베이비는 조용히 동생을 쳐다보았다.

"딕은 자전거 여행 정도만 할 수 있도록 만들어야 했어. 사람이란 자기가 처한 환경이 바뀌면 자기 분수를 모르게 되지. 아무리 말을 해주어도 말이야."

"딕은 6년 동안 나에게 정말 훌륭한 남편이었어요. 그 세월 동안 나는 단 일 분도 딕 때문에 아픔을 겪은 적이 없었고, 언제나 내가 상처받는 일이 없도록 최선을 다해주었지요."

베이비가 아래턱을 약간 내밀면서 말했다.
"그렇게 하도록 교육을 받은 사람이었으니까 그랬지."
두 자매는 아무 말 없이 앉아 있었다. 니콜은 지쳐서 여러 가지 생각을 하고 있었다.
베이비는 자기와 결혼을 원하는 합스부르크 가(家)의 후손과 결혼을 할까 말까 생각하고 있었다. 그녀는 이 문제를 진지하게 생각하고 있는 것은 아니었다. 베이비의 연애 경력은 오래전부터 비슷비슷했다. 따라서 점차 그녀의 열의도 식어가면서, 연애 자체보다는 이야기의 화제로써 가치가 있기 때문에 연애가 중요했다. 그녀의 감정은 그런 이야기를 할 때 가장 진실했다.
"딕은 갔나요? 기차가 12시에 떠날 텐데."
잠시 후에 니콜이 물었다.
베이비가 살펴보더니 말했다.
"아니, 테라스에서 어떤 여자들과 이야기를 하고 있는데. 이제는 사람들이 많이 나와 있으니 딕도 우리를 알아보지 못할 거야."
그러나 그들 자매가 텐트를 떠나 다시 그 모습이 보이지 않을 때까지 딕은 그들을 보고 있었다. 그는 메리와 술을 마시고 있었다.
"우리를 도와주었던 날 밤의 당신은 옛날의 당신 모습이었어요. 다만 마지막에 캐럴라인을 심하게 대했을 때만 빼고 말이에요. 언제나 그런 훌륭한 모습을 보여주지 않는 이유가 뭐지요? 그렇게 하실 수 있잖아요."
딕은 메리에게 이런 이야기를 듣고 있는 자신의 처지가 생소하게 느껴졌다.
"당신 친구들은 여전히 당신을 좋아하고 있어요, 딕. 하지만 당신은 술만 마시면 사람들에게 말을 심하게 해요. 올 여름 내내 나는 당신을 변호하느라 바빴지요."
"그 말은 엘리엇 박사의 저서에 나오는 말이군요."
"그래요, 아무도 당신이 술을 마시든 안 마시든 신경 쓰지 않아요."

그녀는 망설이다가 말을 했다.

"에이브가 술을 제일 엉망으로 마셨을 때에도, 당신만큼 사람들을 불쾌하게 만들지는 않았다고요."

"사람 지루하게 만들지 말고 그만하세요."

"하지만 우리 모두가 그렇게 생각하고 있어요!"

메리가 소리쳤다.

"좋은 사람들이 마음에 들지 않는다면, 좋지 못한 사람들과도 한번 사귀어 보고 그들이 과연 당신 마음에 드는지 경험해보세요! 사람들이 원하는 것은 다른 사람들과 즐겁게 지내자는 건데, 당신이 사람들을 불쾌하게 만들면 당신 스스로가 즐거움으로부터 자기를 단절시키는 것이지요."

"내가 즐거웠던 적이 있었나요?"

딕이 물었다.

메리는 단지 두려움에서 벗어나 딕과 함께 자리를 했지만, 즐거운 시간을 보내고 있었다. 그러나 그녀는 그 사실을 깨닫지 못하고 있었다. 메리는 다시 술을 사양하면서 말했다.

"그 뒤에는 자기 마음대로 하고 싶다는 생각이 숨어 있는 거예요. 에이브에 대한 경험 이후에 내가 어떤 생각을 하게 되었는지 당신도 물론 짐작하실 수 있겠지요. 훌륭한 사람이 알코올중독에 빠지는 과정을 보았기 때문에……."

계단 아래로 캐럴라인이 경쾌하게 걸어가고 있었다.

딕은 기분이 좋았다. 오전 시간인데도, 훌륭한 저녁식사를 마친 후에야 느낄 수 있는 그런 기분을 느꼈다. 그러나 딕은 메리에 대해 고상하고 신중하며, 절제된 관심만을 보였다. 한순간 어린아이의 눈처럼 맑아진 딕의 눈은 그녀에게 동정심을 바라고 있었고, 자기가 이 세상의 마지막 남자이고 그녀는 마지막 여자라는 확신을 심어주고 싶은 마음이 들었다.

그렇다면 딕은 다른 두 사람의 모습을 바라보지 않아도 될 것이다.

하늘을 뒤로하고 있는 까맣고 하얀 차가운 남자와 여자를…….
"당신도 한때 나를 좋아했지. 그렇지 않았나요?"
딕이 물었다.
"좋아했다니……. 나는 당신을 사랑했었어요. 모든 사람들이 당신을 사랑했어요. 당신은 원하기만 하면 누구든지 당신의 사람으로 만들 수 있었어요……."
"당신하고 나 사이에는 언제나 무엇인가가 있었지요."
그녀는 갈구하듯 물었다.
"그랬나요, 딕?"
"언제나 그랬어요……. 나는 당신이 처한 어려움과 그러한 어려움에 당신이 얼마나 용감하게 대처했는지를 알고 있었습니다."
그러나 딕의 마음속에서는 예전의 웃음이 나오기 시작해서 더 이상 계속할 수가 없었다.
"나는 항상 당신이 많은 것을 알고 있다고 생각했어요."
메리가 열정적으로 말했다.
"나에 대해서 다른 어떤 사람보다도 더 많이 알고 있다고 말이에요. 아마 그것 때문에 우리 사이가 좋지 않았을 때 내가 그렇게 당신을 두려워한 것 같아요."
딕은 부드럽고 다정하게 그녀를 바라보았다. 어떤 감정이 깔려 있는 그런 눈길이었다. 그들이 주고받는 눈길은 갑자기 엉겨 붙어 애무하고 껴안았다. 그러나 딕의 마음속에 울리는 웃음소리가 너무 커져 메리에게도 들릴 것 같았다. 딕은 전등스위치를 껐고, 그들은 다시 리비에라의 태양 아래로 돌아왔다.
"나는 가봐야 합니다."
일어서면서 딕은 조금 비틀거렸다. 기분이 좋지 않았다. 그의 피는 이제 천천히 흐르고 있었다. 딕은 오른손으로 십자가를 긋고 해변을 위해 축복을 기원했다. 몇몇 파라솔에서 사람들이 위를 쳐다보았다.

"딕에게 가야겠어요."
니콜이 일어서서 말했다.
"아니, 안 돼요."
토미가 그녀를 끌어 앉히며 말했다.
"혼자 있게 놔두자고."

13

니콜은 재혼을 하고 나서도 계속 딕과 연락을 하며 지냈다. 업무 문제와 아이들에 대한 내용을 담은 편지도 오고갔다. 가끔 그녀가 '나는 딕을 사랑했고 결코 잊지 못할 거예요.' 라고 말하면, 토미는 '물론 그럴 거야. 잊어야 할 필요는 없지.' 라고 대답했다.

딕은 버펄로에 병원을 열었지만, 성공하지 못한 것이 확실했다. 니콜은 왜 그렇게 되었는지 알 수가 없었다. 그러나 몇 달 후, 딕이 뉴욕의 바타비아라는 작은 마을에서 일반 병원을 열었다는 소식을 들었고, 또 그 후에는 록포트에서 같은 일을 하고 있다는 소식을 들었다. 우연히 니콜은 다른 곳보다 그곳에서 딕이 어떻게 지내고 있는지에 대해 더 많은 소식을 듣게 되었다. 딕은 자전거를 많이 타며, 여자들에게 인기가 많고, 언제나 책상 위에는 거의 완성단계에 있는 의학 논문의 원고가 산더미처럼 쌓여 있다는 이야기 등이 그것이었다. 또한 딕은 예의 바른 사람으로 인정받고 있으며, 언젠가 한번은 보건위생과 관련된 회의석상에서 마약 문제에 관해 훌륭한 연설을 했다는 이야기도 들려왔다. 그러나 그는 식료품 가게에서 일하는 여자와 문제를 일으켰고, 또 진료와 관련해 소송에도 휘말려서 록포트를 떠나고 말았다.

그 후로 딕은 아이들을 미국으로 보내달라는 요청을 하지도 않았고,

돈이 필요한지를 묻는 니콜의 편지에도 답장을 보내지 않았다. 그녀가 받은 마지막 편지에 딕이 뉴욕 주의 제네바라는 곳에서 개업을 했다는 내용이 적혀 있었다. 그 편지에서 니콜은 딕이 누군가의 집안을 돌보아주는 사람과 만나 정착을 했다는 인상을 받았다. 지도책에서 제네바가 어디 있는지 찾아보니 핑거 호수지역의 심장부에 있었다. 니콜은 그곳이 살기가 쾌적한 곳이라고 생각했다. 걸리너의 그랜트 장군처럼, 그의 의사로서의 경력도 이제 때를 마감하고 있는 것이라고 생각하고 싶었다. 최근에 딕이 보낸 편지에는 뉴욕 주 호넬의 소인이 찍혀 있었다. 그곳은 제네바에서 조금 떨어진 곳에 있는 아주 작은 마을이었다. 거기가 어디든, 딕이 미국의 어딘가에 살고 있다는 것은 거의 확실했다.

〈The End〉

역자의 말

우리가 문학작품을 흔히 시대의 거울이라 일컫는 만큼 자신이 살고 있는 시대를 어떤 식으로든지 반영하지 않는 작가는 거의 없을 것이다.

1차 대전이 끝난 1920년대의 미국은 그야말로 광란과 혼돈의 도가니였다.

이러한 어지러운 환경은 문학과 예술이 자라는 데에는 더할 나위 없이 좋은 토양이 되었다. 1920년대만큼 미국 문학이 빛을 내뿜은 적은 일찍이 없었다. '미국 문학의 제2 개화기'라고 부르는 이 시기에 스콧 피츠제럴드는 《낙원의 이쪽, This side of pa-radise》을 발표하면서 일약 문명(文名)과 부를 거머쥐었다. 그러나 피츠제럴드는 1922년에 발표한 두 번째 소설인 《아름답고 저주받은 사람들, The Beautiful and Damned》과 《위대한 개츠비, The Great Gatsby》에서 뛰어난 실력을 보여주었음에도 불구하고 자신이 진정한 예술가라는 사실을 사람들에게 각인시키지 못했다. 또한 7년에 걸친 작업 끝에 완성한 《밤은 부드러워, Tender is the Night》도 독자들의 외면을 받아 상업적으로 실패하고 말았다.

1929년에 시작된 대공황의 여파로 심각한 경제적 어려움을 겪고 있던 때에, 스위스와 지중해 등 유럽의 휴양지를 떠돌며 향락을 일삼는 부유한 특권층 사람들의 방탕한 생활을 다룬 소설은 독자들과 비평가들로부터 호된 비난과 외면을 받았고 《밤은 부드러워》 역시 예외는 아니었다.

언뜻 보면 《밤은 부드러워》는 1930년대의 시대상황에 역행하는 것처럼 보인다. 하지만 좀 더 여유를 갖고 섬세한 눈으로 살펴보면 이 작품 역시 《위대한 개츠비》와 마찬가지로 미국사회에 대한 비판을 담고 있다는 사실을 확인할 수 있다. 《위대한 개츠비》가 '미국의 꿈(American Dream)' 이라는 주제와 '재즈시대' 라 일컬어지는 혼돈의 시대를 얇은 책, 한 권 속에 놀랍도록 간결하고 완벽하게 표현한 걸작이라면, 《밤은 부드러워》는 피츠제럴드의 가슴과 혼이 담긴, 작가의 심정을 가장 가깝게 담아낸 책이라 할 수 있다. 거의 10년에 걸친 각고의 문학적 노역과 저자 자신의 고통의 산물일 뿐만 아니라, 애틋한 부부애와 인내, 그리고 낭만적인 사랑이 녹아 들어간 작품이기 때문이다. 피츠제럴드는 책의 사본을 친구에게 보내며 이런 말로 헌사를 대신했다.

'자네가 《위대한 개츠비》를 좋아한다면 부디 이 작품도 읽어주게. 《위대한 개츠비》가 걸작이라면 이 작품은 신념의 고백이라네.'

《밤은 부드러워》는 피츠제럴드의 야심작이었다. 발표 당시 이 소설을 호평한 존 필 비숍은 《밤은 부드러워》가 사실적이면서도 아름답고 비극적인 소설이라고 평했다. 사실 《밤은 부드러워》는 스콧 피츠제럴드라는 작가를 좋아하는 독자들이 가장 선호하는 작품으로 뽑는다. 이 소설을 혹평한 비평가들조차 인정하지 않을 수 없을 만큼 피츠제럴드는 《밤은 부드러워》에서 뛰어난 글 솜씨를 자랑했다.

그러나 《밤은 부드러워》는 《위대한 개츠비》처럼 간결함이 돋보이는 작품도 아니고 기승전결이 뚜렷하다거나 결말 부분의 극적인 반전, 혹은 부피에 버금가는 장대한 스케일을 자랑하지도 않는다.

자칫 등장인물들이 무슨 소리인지도 잘 모를, 시답잖은 이야기들을 끊임없이 주고받고 사소한 시시비비를 가리거나, 별것도 아닌 사건들이 나열되다가 결말이 나지 않는 황당한 느낌을 받을 수도 있다. 그러나 독자들은 극적인 반전, 감각적인 대화, 흡인력 있는 문체, 이런 화려한 것들은 잊고 한 시대의 상황을 그대로 담아낸 즉석 사진이라 생각하며 천천히 한 문장 한 문장을 음미하며 작가의 분신 같은 남자 주인공의, 삶의 역정을 따라가노라면 이 슬프고도 아름다운 로맨스의 맛을 제대로 느낄 수 있을 것이다.

솔직히《밤은 부드러워》는 여러 가지 면에서 작가의 의도를 독자에게 전달하기가 쉽지 않은 작품이다. 고민 끝에 옮긴이가 생각해 낸 것이 핸드헬드(hand-held) 기법으로 촬영한 영화이다.《밤은 부드러워》는 편집이 잘된 깔끔한 할리우드 영화가 아니다. 카메라를 손에 들고 담아낸 유럽 영화다. 독자들은 순수하며 꿈 많고 재능 있던 젊은이들이 황폐하고 어두운 시대의 무게에 짓눌려 서서히 파멸해 가는 모습을, 카메라를 들고 그들의 행동과 언어를 가감 없이 따라가며 그대로 옮겨놓은 영화를 본다고 생각하며 읽어주기를 부탁드린다.

번역은 고단한 일이지만 이를 보상해주는 매력이 있다. 좋은 작품을 만나 그 작품을 제대로 번역해 냈을 때의 성취감과 독자들에게 좋은 작품을 소개한다는 보람은 하나의 축복이 아닐 수 없다. 특히《밤은 부드러워》같은 좋은 작품을 만났을 때는 그 축복이 몇 배가 된다.

끝으로 역자는 혹 저자의 '의도의 오류'를 범하지 않았을까 하는 우려 속에 글을 맺으며, 나머지의 감동과 정서, 그리고 소설 속의 인물들이 갖는 독특한 개성과, 지문(地文)의 맛과 멋은 현명한 독자들의 몫으로 남긴다.

F. 스콧 피츠제럴드 생애와 연보

1896
미네소타 주 세인트폴에서 에드워드 피츠제럴드와 몰리 퀼 리언의 사이에 스콧 피츠제럴드(F. Scott Fitzgerald) 탄생.
1898
아버지인 에드워드 피츠제럴드는 가구 사업이 실패하자 가족을 이끌고 버펄로로 이사하고, 그곳에서 프록터 앤 갬블의 영업사원으로 일함.
1901
1월, 가족 모두가 다시 시러큐스로 이사. 여동생 애너벨리 태어남.
1903
9월, 일가족이 다시 버펄로로 돌아옴.
1908
에드워드 피츠제럴드가 프록터 앤 갬블에서의 직업을 잃고, 가족은 또다시 세인트폴로 돌아감. 피츠제럴드는 세인트폴 아카데미에 입학함.
1909
첫 단편 작품인 「레이먼드 저당의 신비」가 세인트폴 아카데미에서 발행하는 잡지 《지금과 그때》에 발표됨.
1911
뉴저지 주의 뉴먼 스쿨에 입학. 그곳에서 키릴 시고니 웹스터 페이 신부를 만나는데, 이 신부는 그의 초기 지적 단계에 중대한 영향력을 끼침. 이때부터 1913년까지 《뉴먼 스쿨 뉴스》에 단편 세 작품을 발표함.
1913
9월, 프린스턴 대학에 입학. 그곳에서 미국 문단에서 크게 활약한 에드먼드 윌슨과 시인 존 필 비숍과 친구가 됨. 학업보다는 문학과 연극 활동에 적극 참여함. 《나소 문학잡지》와 《프린스턴 타이거》에 단편, 희곡, 시 등을 발표함.
1914
12월, 세인트폴에서 일리노이 주 레이크포리스트 출신의 16세 소녀 지니브러 킹을 만남. 하지만 후에 그는 가난하다는 이유로 거절당하는데, 이때의 경험이 그의 모든 작품에 중요한 모티브가 됨.
1915
질병을 핑계로 프린스턴 대학을 휴학하고, 이 해 내내 지니브러 킹과 데이트를 즐김.

1916

졸업을 목표로 프린스턴 대학에 복학한 뒤, 3학년 과정을 재수강함. 그해 3월 지니브러는 웨스트오버 교양 학교에서 퇴학당함. 피츠제럴드는 8월 일리노이 주 포레스트 호수로 지니브러를 만나러 감.

1917

1월, 피츠제럴드와 헤어진 지니브러는 6월에 다른 남자와 약혼함.

10월, 그는 프린스턴을 떠나 미 보병대의 소위로 임관됨.

11월, 캔자스 주 레번워스 요새로 배치받고, 그곳에서 「낭만적인 에고이스트(Romantic Egoist)」의 집필을 시작함.

1918

2월, 켄터키 주 루이빌의 테일러 요새로(그 무렵, 「낭만적 에고이스트」를 탈고하여 뉴욕의 찰스 스크리브너스 선스 출판사에 보냄.), 4월, 조지아 주 고든 요새, 6월, 앨라배마 주 몽고메리 시 외곽의 셰리던 요새로 전임됨. 7월, 앨라배마 주 대법원 판사의 딸인 젤다 세이어를 만남. 8월, 스크리브너스 출판사는 그의 소설 출간을 거절함. 10월에 다시 개작하여 출판사에 보내지만 그마저 거절당함. 그해 11월 뉴욕 주 롱아일랜드에 있는 밀스 요새로 전임되어 해외 파견을 기다리던 중 제1차 세계대전이 끝남.

1919

2월, 군에서 제대한 뒤, 뉴욕으로 가 배런콜리어 광고 회사에 입사. 6월, 피츠제럴드의 미래가 불투명하다는 이유로 젤다가 약혼을 파기함. 7월 직장을 그만두고 세인트폴로 돌아와 그 해 여름 내내 「낭만적 에고이스트」의 개작에 몰두함. 9월 스크리브너스 출판사에서 「낙원의 이쪽」이라는 제목으로 출판 허락을 받음.

1920

1월, 남부로 돌아와 젤다와 약혼함. 다른 단편 소설들과 함께 「얼음 궁전」을 출판함. 3월, 첫 장편 소설인 「낙원의 이쪽」이 출간되고, 4월 3일 뉴욕, 세인트 패트릭 대성당의 목사관에서 젤다와 결혼. 신혼여행 후, 그들은 코네티컷 주 웨스트포트에 거주함. 같은 해 가을 잡지 《스마트 셋》에 희곡인 「오월제」를, 《새터데이 이브닝 포스트》에 「말괄량이 아가씨들과 철학자들(Flappers and Philosophers)」을 발표함. 10월, 뉴욕 시로 이주.

1921

5월, 영국, 프랑스, 이탈리아를 여행하고 돌아와 나머지 여름은 미네소타 주 화이트 베어 호수에서 보냄. 9월, 딸 프랜시스 스콧(애칭 스코티)이 태어남. 11월부터 1922년 6월까지 세인트폴에 거주함.

1922

3월, 두 번째 소설 「저주받은 아름다운 사람들(The Beautiful and Philosophers)」 출간. 9월, 두 번째 단편집 「재즈 시대의 이야기들(Tales of the Jazz Age)」이 출간. '리츠보다 큰 다이아몬드(The Diamond as Big as the Ritz)' 가 스마트 셋 6월호에 실림. 여름, 화이트 베어 요트 클럽으로 이사를 하고 그곳에서 피츠제럴드는 '위대한 개츠비' 의 초기 줄거리를 세움. 피츠제럴드는 뉴욕으로 돌아와 그레이트 넥, 게이트웨이 드라이브 6번지에서 삶. 이곳에서 그들은 링 라드너를 만나고 '위대한 개츠비' 의 배경이 되는 세상에 대해 알게 됨. '겨울 꿈(Winter Dream)' 이 메트로폴리탄 12월호에 개재됨.(10월 롱아일랜드의 그레이트넥으로 이주. 이곳에서 소설가 링 라드너를 만나고, '위대한 개츠비' 의 배경을 알게 되면서 작품의 줄거리를 잡음.)

1923

11월, 장편 희극 '야채(The vegetable)' 가 애틀랜틱 시에서 시험 공연되지만 실패함. 이후 피츠제럴드는 빚을 갚기 위해 5달 동안 단편 소설의 집필에 매진함.

1924

장기 체류를 위해 5월 유럽으로 떠남.(4월, 프랑스에 거주함. 젤다가 프랑스 조종사인 에두아르 조장과 애정행각을 벌임.) 결국 리비에라의 세인트 라파엘 시에 정착하고 남프랑스의 앙티브 만에서 사라 머피를 만남. 이때의 경험이 '밤은 부드러워' 의 줄거리에 중심적인 역할을 함. 「면제(Absolution)」가 아메리칸 머큐리 6월호에 개제됨. 여름부터 가을까지 '위대한 개츠비' 의 초고 집필. 이탈리아를 여행하며 '위대한 개츠비' 의 개작에 들어감.

1925

4월, 세 번째 장편 소설인 「위대한 개츠비」가 출판됨. 5월, 프랑스 몽파르나스에서 어니스트 헤밍웨이를 만나고, 파리 근교에서 이디스 워튼을 만남.

1926

1월, 《레드북》에 「부잣집 아이(The Rich Boy)」가 출간되고, 2월, 「모든 슬픈 젊은이들(All the sad Young Men)」이 출간됨. 12월, 집으로 돌아가기 전 일가족은 리비에라에서 다시 봄과 여름을 보냄.(미국으로 돌아옴.)

1927

할리우드 영화사에서 일하기 시작하면서 그곳에서 「밤은 부드러워」에서 로즈마리 호이트의 모델이 된 로이스 모런과 사귐. 3월, 피츠제럴드 가족은 델라웨어 주 윌밍턴 외곽의 장원인 엘러슬리로 이주함.

1928

4월, 파리로, 9월, 엘러슬리로 다시 돌아옴.

1929

3월, 프랑스와 이탈리아를 여행함.

「벨라의 최후(The Last of the Belles)」가 새터데이 이브닝 포스트에서 출판됨.

1930

2월, 북아프리카 여행.

4월, 젤다가 신경 쇠약 증세를 보이기 시작함. 병 치료를 위해 스위스로 이주하고, 젤다는 프랭잰스 진료소에 입원함.

1931

1월, 부친 사망으로 귀국함.

「다시 찾은 바빌론」이 새터 데이 이브닝 포스트 2월호에 게재됨. 9월, 미국으로 돌아온 그는 할리우드로 가 메트로-골드윈-메이어(Metro-Goldwyn-Mayer) 사에서 일함.

1932

2월, 젤다가 재발된 신경쇠약으로 메릴랜드 주의 존스홉킨스 대학병원에 입원함. 젤다의 소설 「나를 위해 왈츠를 남겨주오(Save Me the Waltz)」가 출간됨.

1933

볼티모어의 파크 애버뉴로 집을 옮김.

1934

1월, 젤다가 신경쇠약으로 쓰러짐. 4월, 네 번째 소설 「밤은 부드러워」가 출간됨.

1935

피츠제럴드가 병에 걸려, 휴양을 위해 트라이턴과 애슈빌에 머뭄. 3월, 네 번째 단편집 「기상나팔 소리(Taps at Reveille)」가 출간됨. 겨울 동안 지내기 위해 다시 핸더슨빌로 감. 나중에 '붕괴' 라는 에세이집에 실리게 되는 글을 집필하기 시작함.

1936

4월, 젤다, 애슈빌의 하일랜드 정신 병원에 입원함. 피츠제럴드의 모친 9월에 사망함.

1937

7월, 그는 세 번째로 할리우드로 가 MGM과의 6개월간 계약을 맺음. 그 무렵에 칼럼니스트인 셰일러 그레이엄과 만나고, 이들의 교제는 그가 사망할 때까지 계속됨.

1938

4월, 알라의 가든에서 식민지령 말리부로 이사하고, 10월, 말리부에서 엔시노로 이사하는데, 이곳에서 그는 에드워드 에버렛 호손의 영지 위에 있는 오두막에 머무름. 12월, MGM은 그와의 계약을 갱신하지 않음.

1939

1940년 봄까지 할리우드에서 프리랜서로 일함. 할리우드를 소재로 한 소설 「겨울 카니발(Winter Carnival)」은 뉴욕 병원에서 완성.

1940

「마지막 거물(The Last Tycoon)」을 집필. 에스콰이어 지에 「적절한 취미(Pat Hobby)」 실림. 12월 21일, 그레이엄의 집에서 심장마비로 사망함. 27일, 메릴랜드 주의 록빌 세인트 묘지에 묻힘.

1941

10월, 미완성 유작인 「마지막 거물」이 에드먼드 윌슨의 편집으로 출간됨.

1945

6월, 유작 에세이집 「붕괴(The Crack - Up」가 출간됨.

1948

하일랜드 병원에서 치료 중이던 젤다가 화재로 사망함.

밤은 부드러워
Tender is the Night

초판 1쇄 인쇄일 / 2008년 2월 11일
초판 1쇄 발행일 / 2008년 2월 16일

지은이 / F. 스콧 피츠제럴드
옮긴이 / 김문유. 김하영
발행처 / 현대문화센타
발행인 / 양장목
출판등록 / 1992년 11월 19일
등록번호 / 제3-448호
주소 / 서울특별시 은평구 대조동 191-1(122-842)
대표전화 / 384-0690~1   팩시밀리 / 384-0692
이메일 / hdpub@hanmail.net

ISBN 978-89-7428-323-0(03840)

값 15,000원